# 트리스탄

*Tristan*

Gottfried von Straßburg

대산세계문학총서
186

# 트리스탄

## Tristan

고트프리트 폰 슈트라스부르크  차윤석 옮김  문학과지성사

**대산세계문학총서 186**

# 트리스탄

| | |
|---|---|
| 지은이 | 고트프리트 폰 슈트라스부르크 |
| 옮긴이 | 차윤석 |
| 펴낸이 | 이광호 |
| 편집 | 김은주 이현숙 |
| 마케팅 | 이가은 허황 최지애 남미리 맹정현 |
| 제작 | 강병석 |
| 펴낸곳 | ㈜문학과지성사 |
| 등록번호 | 제1993-000098호 |
| 주소 | 04034 서울 마포구 잔다리로7길 18(서교동 377-20) |
| 전화 | 02) 338-7224 |
| 팩스 | 02) 323-4180(편집) 02) 338-7221(영업) |
| 전자우편 | moonji@moonji.com |
| 홈페이지 | www.moonji.com |

제1판 1쇄 2023년 12월 28일

ISBN 978-89-320-4245-9 04850
ISBN 978-89-320-1246-9 (세트)

이 책의 판권은 저작권자와 ㈜문학과지성사에 있습니다.
양측의 서면 동의 없는 무단 전재 및 복제를 금합니다.

이 책은 대산문화재단의 외국문학 번역지원사업을 통해 발간되었습니다.
대산문화재단은 大山 愼鏞虎 선생의 뜻에 따라 교보생명의 출연으로 창립되어
우리 문학의 창달과 세계화를 위해 다양한 공익문화사업을 펼치고 있습니다.

# 차례

트리스탄의 전체 줄거리가 수놓인 『트리스탄』 태피스트리
(빈하우젠 수도원, 1300년경)

일러두기

1. 이 책은 운문으로 된 『트리스탄』의 여러 필사본을 정리한 프리드리히 랑케 Friedrich Ranke의 중세 독일어판을 산문 형식으로 옮긴 것이다.

2. 인명, 지명 등 고유명사의 표기는 국립국어원 외래어 표기법에 따랐다. 이 책에는 여러 나라의 인명, 옛 지명이 다수 등장하는데, 구비문학의 특성을 반영해 원문인 중세 독일어 발음에 가깝게 표기했다. 다만 우리에게 익숙한 인명, 지명은 예외로 한다. (예: 쿠른발 → 콘월, 룬데르 → 런던, 타미즈 → 템스, 아르투어 → 아서 등)

3. 이 책의 각주는 독자의 이해를 돕기 위해 옮긴이가 단 것이다.

4. 화자가 등장하는 부분은 진행되는 이야기와 구별되도록 다른 서체로 표기했다.

# 1. 프롤로그. 이야기를 시작하며*

**세**(G)**상에 좋은 결과를 낳는 일을 좋게 받아들이지 않는다면, 세상에서 생겨나는 모든 좋은 것도 아무런 소용이 없을 것입니다.

**훌**(D)**륭한 사람***이 세상을 위해 최선을 다하는 일을 그 선의대로 받아들여야 하지, 그러지 않으면 부당하게 처신하는 셈이

---

* 중세 문학작품의 앞부분에는 고전주의 라틴 수사학의 전통인 '레토리카 rhetorica'의 '엑소르디움exordium' 규칙에 따라 항상 프롤로그 성격의 글이 있다. 프롤로그에는 화자가 전면에 등장하여 앞으로 시작할 이야기에 청중의 주의를 환기해 이야기를 잘 따라오도록 하는 동시에, 화자와 거리를 두게끔 한다. 앞으로 작품 이야기에서 화자의 등장이 뚜렷한 부분은 중세 문학의 구술적 성격을 살려 독자에게 직접 이야기하는 식으로 문체와 어법을 바꿔서 번역했다.

** 원문에서 각 시행의 첫 알파벳 대문자를 모으면 G D I E T Ê R I C H가 되는데, '디트리히DIETÊRICH'는 이 작품의 후원자 이름, 앞의 'G'는 후원자의 '백작grav' 작위 또는 저자인 고트프리트의 첫 글자를 가리키는 것 같다. 이처럼 각 문장 첫 단어의 철자를 세로로 읽으면 한 단어 또는 한 문장을 이루는 기법을 '아크로스티콘'이라고 한다.

*** 화자 자신을 암시하는데, 도덕적으로도 훌륭하고 말도 잘하는 '좋은 사람vir bonus'을 뜻하는 수사학적 용어다.

지요.

 저(I)는 사람들이 진정 원하는 것인데도 일을 망쳐버리는 경우를 자주 듣곤 합니다. 여기서는 쓸모없는 것이 너무 많고, 저기서는 탐탁지 않아 하는 것을 오히려 원하더군요.

 하(E)지만 필요한 것이 있다면, 그것을 치켜세워야 하며, 마음에 드는 한 그것을 마음껏 누려야 합니다.

 좋(T)고 나쁨을 가릴 수 있는 이, 저와 다른 사람을 그 품격에 따라 제대로 알아봐줄 수 있는 이는 제게 소중하고 귀한 사람입니다.

 경(Ê)의와 칭송이 예술을 장려하며, 그런 곳에서 칭송이 자자한 걸작이 만들어집니다. 예술이 예찬받는 곳에서 온갖 종류의 예술이 피어나는 것이랍니다.

 일(R)반적으로 칭송이나 경의를 받지 못한 작품에 연연해하지 말아야, 반대로 존경받고 칭송이 자자한 작품이 꾸준히 사랑받는 법이지요.

 요(I)즘 좋은 것을 나쁘게 여기고 반대로 나쁜 것은 좋게 생각하는 이들이 너무나도 많습니다. 이런 건 풍습이 아니라 악습입니다.

 예(C)술과 예리한 감각, 이 둘은 한데 멋들어지게 잘 어우러집니다만, 시기猜忌가 거기에 끼어들면 예술과 감각의 불씨를 꺼뜨리게 됩니다.

 아(H), 완전무결함이여, 그대에게 가는 다리는 좁기만 하고 그 길은 참 험난하구나! 그대에게 가는 다리, 그대에게 가는 길, 이를 뒤따르는 이에게 축복이 내리기를!

『트리스탄』 필사본의 첫 페이지. (하이델베르크 대학 도서관 Cod. Pal. germ. 360)

제 (T)가 살 날이 한정되어 있는데도 제 시간을 헛되이 보낸다면, 저는 현세에서 정해진 세속의 소명대로 살고 있지 않은 것이겠지요.

저 (I)는 세상의 유익을 위해, 그리고 고상한 마음을 지닌 사람들의 기쁨을 위해 한 가지 일을 계획했습니다. 제 마음이 속한 그 마음들을 위해, 제 마음이 향하는 그 세상을 위해서 말이지요. 여러분이 흔히 말하는 사람들의 세상을 말하는 것이 아닙니다. 다시 말해 어려움을 견뎌내지 못하고 오로지 즐거운 삶만 누리려는 사람들에 관한 이야기가 아니랍니다. 그런 이들은 자기가 원하는 대로 살도록 하느님께서 내버려두시길! 그런 세상 사람들과 그처럼 사는 이들에게 제 이야기는 어울리지 않거든요. 그들의 삶과 제 삶은 서로 다르니 말입니다.

제가 말하는 이들은 완전히 다른 세상 사람들이랍니다. 그들은 마음속에 두 가지를 하나로 간직하던 이들입니다. 그들에게는 감미로운 쓰라림과 사랑스러운 고통, 그들의 샘솟는 기쁨과 그리움의 고통, 그들의 행복한 삶과 애달픈 죽음, 그들의 행복한 죽음과 애달픈 삶이 함께했지요. 저는 그런 삶을 살고 싶으며, 그런 세상에 속해서 살려 합니다. 그들과 함께 몰락해가건 행복해지건 간에요.

지금까지 저는 그들과 함께해왔으며, 그들과 함께 세월을 보내왔습니다. 그 시간은 힘든 시기에 제게 교훈이 될 테지요. 전 그들을 즐겁게 해주는 일을 제 업으로 삼았습니다. 제 이야기로 그들에게 닥친 근심을 절반으로 줄여 그들의 고통을 덜어주기 위해서였지요. 왜냐하면 어떤 일을 목전에 둔 사람은 그 생각으로 시간에 바삐 쫓기게 되어, 근심 걱정에서 벗어날 수밖에 없거든요. 마음이 아플 때는 그런 것이 특효약입니다. 한가로운 이가 마음의 병에 걸리게 되면, 그 한가로움으로 증세가 심해진다는 사실에 다들 동의하시겠지요? 그래서 연정이나 상사병으로 가슴 아파하는 사람은 반드시 뭔가 몰두할 일을 찾아야 합니다. 그래야 마음도 편하고 정신에도 좋거든요. 한 가지 덧붙이자면 사랑을 얻으려는 사람은 순수한 사랑에 맞지 않는 것을 선택해서는 결코 안 된다고 말하고 싶습니다. 마음속으로 그리워하는 이, 그 그리움을 표현하고자 하는 이는 괴로운 연정에 관한 이야기에 빠져들어야 그 시간이 덜 괴로워집니다.

그런데요, 그리움에 빠져든 영혼들이 연모의 정에 관한 이야기를 가까이할수록 그 고통이 더 심해진다는 말을 요사이 너무 흔하게 듣습니다. 하지만 전 이런 견해에 동의할 수 없네요. 진심으로 사랑하는 이는 그로 인해 계속 고통스러울지언정, 마음이 편해지려는 뭔가를 하지 않는다는 것은 불변의 사실이기 때문입니다. 마음속 사랑의 감정이 그리움으로 점점 더 활활 타오를수록 더욱더 강렬하게 사랑을 하게 됩니다. 이런 고통은 사랑을 가득 담고 있으며, 이런 고통을 느끼면 너무나 기분이 좋아서 고귀한 마음을 지닌 이는 이를 피하려고 하지 않습니다. 왜냐하면 이런 과정을 거쳐야만 비로소 사랑의 감정이 이뤄지기 때문이지요. 이것은 제가 죽는다는 것만큼이나 분명한 사실이며, 그리워하고 사모하는 마음을 지닌 고상한 사람은 연정을 다룬 이야기를 좋아한다는 사실은 힘들었던 그런 경험에서 분명히 알고 있습니다. 그런 이야기를 원하는 사람은 어디 멀리 가지 말고 이리로 오십시오. 세상 누구보다도 순수한 사랑의 열망을 보여주었던 아름다운 연인들의 이야기를 제가 제대로 들려드리겠습니다. 사랑하던 그와 사랑하던 그녀, 한 남자와 한 여인, 한 여인과 한 남자, 트리스탄과 이졸데,* 이졸데와 트리스탄의 이야기입니다.

이미 많은 분이 트리스탄에 관해 이야기를 해온 줄 알고 있습니다만, 제대로 이야기한 사람은 많지 않지요. 다른 분들이 들려준 이야기는 제 마음에 들지 않아서 제 방식대로 이야기보따리를 풀어보려고 합니다. 그분들의 이야기대로는 안 하렵니다. 물론 그분들은 이야기를 잘 들려주셨고, 고상한 마음에서 저와 세상 사람들에게 최선을 다해 이야기를 들려주셨습니다. 진정 그분들은 좋은 의도로 이야기를 하셨고, 그건 정말로 좋은 일이며 잘하신 겁니다. 하지만 그분들이 올바르게 이야기하지 않았다는 제 말도 사실입니다. 그분들은 토마스 폰 브리타니아**처럼 하지 못했거든요. 토마스는 이런 소재의 대가였지요. 브리타니아 책에서 모든 위대한 왕의 일대기를 읽어보고 거기서 이야기를 지어

---

* '트리스탄'은 7~9세기 켈트족 왕들이 사용하던 이름에서 나왔는데, 트리스트란트, 트리스트란, 트리스트람 등으로 조금씩 변형되어 쓰인다. '이졸데' 역시 켈트족 이름으로, 작품마다 조금씩 변형되어 이잘트, 이죄, 이졸트, 이존데로 표기되어 있다. 이 책에서는 독자에게 친숙한 트리스탄과 이졸데로 표기를 통일했다.
** 중세 시문학에서는 저자가 자기 이야기의 신빙성을 높이고자 그 출처가 되는 (가상 혹은 실제) 작가나 작품을 거론하는 일이 흔하다. 하지만 여기서 신빙성을 강조하는 것은 출처의 작가나 작품을 충실히 재현했다는 의미라기보다 당시 트리스탄 소재를 다룬 작가들과 고트프리트의 입장이 다르다는 것을 부각하기 위한 장치라고 봐야 한다.

냈습니다.

저는 그가 트리스탄에 대해 이야기한 내용을 좋아서 라틴어 책뿐만 아니라 프랑스어 책들까지 열렬히 뒤적여가며 모든 사실과 내용을 확인하고, 올바른 그의 모델을 따라 작품을 집필하려고 부단히 노력했습니다. 그렇게 오랫동안 찾다가 마침내 그가 이 '무용담' 내용을 전부 서술한 책 한 권*을 찾았습니다. 고상한 마음을 지닌 분들이 모두 그 이야기에 빠져들도록 제가 읽은 그 사랑 이야기를 들려드리고 싶네요.** 이야기를 듣는 것이 그들에게 도움이 될 테니 말입니다. 좋겠지요? 예, 정말 좋은 겁니다!

그 사랑 이야기는 사랑을 달콤하게 하고 감정을 고양하며, 신의를 굳게 하고 삶의 가치를 드높입니다. 왜냐하면 신의 있는 사람은 진정한 신의에 대해 듣거나 책에서 보게 되면 신의뿐만 아니라 다른 미덕도 더욱 사랑하게 되기 때문입니다. 우정, 신의, 흔들리지 않는 지조, 명예와 다른 품성들은 사랑의 기쁨과 고통을 사랑으로 이야기하는 바로 그곳에서만 더 빛을 발하는 법이죠. 사랑은 그 무엇보다 축복받은 것이고 복된 노력이어서, 그 교훈이 없다면 어떤 가치도 명예도 얻을 수 없습니다. 사랑은 삶을 매우 가치 있게 만들며, 많은 미덕이 생겨나게끔 합니다. 아,

---

* 소설을 쓰는 데 도움이 되었던 솔로몬의 「아가雅歌」 내지 옛 라틴어 연대기를 가리킨다는 해석도 있으나, 토마스 폰 브리타니아의 소설 『트리스탄』을 가리킨다고 보는 것이 문맥상 자연스럽다.

** 고트프리트는 여기서 다른 사람의 뜻이 아니라 자기가 쓰고 싶어서 이 글을 쓰고 있다고 강조한다. 앞서 자신에게 일을 맡긴 후원자를 아크로스티콘으로 암시한 부분을 감안할 때, 아마도 후원자가 이야기에 포함된 비윤리적인 내용들 때문에 자신을 공개적으로 밝히기를 꺼렸던 게 아닐까 추측해본다.

진정한 사랑을 얻고자 겨루는 사람들이 많지 않다니! 아, 연인에 대한 순수한 열망을 품고 있는 사람들을 거의 찾아볼 수 없다니! 그것은 이따금 마음속에 감춰진 사랑의 비참한 고통 때문일 것입니다.

어찌하여 고귀한 품성을 지닌 이가 천배나 더 큰 좋은 것, 엄청난 환희를 위해 고통과 괴로움을 감수하려 하지 않습니까? 사랑에서 고뇌가 생겨나지 않는 이에게는 사랑 같은 것도 생길 수 없습니다. 기쁨과 고뇌는 사랑 안에서 이미 불가분의 관계이거든요.* 이 둘과 함께 영예와 명성을 얻든지, 그 둘 없이 망하든지 해야 할 겁니다. 이 사랑 이야기가 전하는 이 두 사람이 사랑으로 인한 고뇌를, 마음의 환희로 인한 상사병의 고통을 짊어지지 않았더라면, 그들의 이름과 이야기는 결코 고상한 마음을 지닌 이들에게 높은 평가와 사랑을 받지 못했을 테지요. 오늘날까지도 그들의 두터운 신의, 그들의 사랑과 슬픔, 행복과 고통에 관한 이야기는 우리에게 친숙하면서도 매번 새로울 뿐만 아니라 우리를 편안케 합니다.

그들은 이미 오래전에 죽었지만, 그들의 사랑스러운 이름은 여전히 살아 있습니다. 그들의 죽음은 영원히 계속 살아서 신의를 갈망하고 신의를 나누며, 명예를 추구하고 명예를 나누는 이들을 이롭게 할 것입니다. 그들의 죽음은 우리 살아 있는 사람들 가운데서 계속 살아 있으면서 새로워질 것입니다. 왜냐하면 그들의

---

* '형용 모순Oxymoron'은 고트프리트가 즐겨 사용하는 수사법이다. 특히 사랑 lieb과 고통not의 불가분 관계는 문학의 오랜 전통으로 중세 사랑minne의 기본 개념이기도 하다.

신의, 신의의 순수함, 사랑의 행복과 고통에 관한 이야기를 계속 듣는 곳, 그곳에서 그 이야기는 고상한 마음을 지닌 모든 이의 양식이기 때문입니다. 이렇게 해서 두 사람의 죽음은 살아 있습니다. 우리는 그들의 삶을 읽고, 그들의 죽음을 읽습니다. 그것은 양식처럼 우리에게 감미롭습니다. 그들의 삶, 그들의 죽음이 우리의 양식이기 때문이지요. 그렇게 그들의 삶이 살아 있고, 그들의 죽음이 살아 있습니다. 그렇게 그들은 살아 있으며, 동시에 죽어 있습니다. 그들의 죽음은 살아 있는 이의 양식인 것입니다.* 자, 그들의 삶, 그들의 죽음, 그들의 기쁨, 그들의 한탄에 관한 이야기를 듣고자 하는 사람은 여기로 마음을 열고 귀를 기울이십시오. 바라는 대로 모두 이뤄질 것입니다.

---

\* 여기서 화자는 '양식(빵)'이란 개념을 의도적으로 반복하는데, 이는 중세 신학 텍스트에서 그리스도의 수난과 죽음을 '생명의 빵'으로 설명하는 것과 무관하지 않다. 이런 점에서 『트리스탄』 이야기를 듣는 것이 성서를 읽는 것과 동등하며, 트리스탄과 이졸데의 사랑이 성스러운 영역으로 고양된다고 해석하기도 한다.

## 2. 리발린과 블란셰플루어의 사랑*

파르메니에**에 한 영주가 살았습니다. 제가 책으로 보았던 무렵 그는 아직 어린 나이였지요. '이야기'가 사실대로 전한 바에 따르면, 그의 혈통은 왕처럼 고귀했고, 그의 나라는 제후령 못지않았다고 합디다.

---

* 이후 독자의 편의를 위해 각 장을 나눴을 뿐 원문 필사본에는 별다른 구별이 없다.

** 파르메니에(파르메니아)라는 지명은 고트프리트 작품에서 처음 등장하는데, 아마도 브리타니아 또는 그 인근 지역을 가리키는 아르메니아 또는 에르메니아를 잘못 표기한 것으로 보인다. 중세 아이슬란드 문학의 '사가saga'에 따르면 리발린의 고향은 '브레트란트'인데, 고트프리트는 트리스탄의 입을 빌려 "브리타니아라는 나라 너머 파르메니에라는 지방에 제 아버지가 사세요"(90쪽)라고 지리적으로 설명한다. 우리는 일반적으로 브리타니아라고 하면 옛 영국 본토를, 브르타뉴라고 하면 프랑스 북서부 해안 지방을 지칭하지만 사실 같은 어원에서 나온 것이다. 켈트-라틴어 지명인 '아르모리카Armorica'(켈트어 armor는 바닷가 땅이라는 뜻)는 프랑스 센강과 루아르강 사이의 해안 지역 전체를 가리키는데, 라틴어 작가들은 영국 본토인 '대브리타니아Britannia major'와 구별하기 위해 '소브리타니아Britannia minor'라고 불렀다.

파르메니에 영주는 멋지고 늠름하게 생겼으며, 믿음직하고 용 맹스러웠으며 부유하면서도 인심이 후한 사람이었다. 게다가 그 가 기쁘게 해줘야 할 사람들 모두에게 평생 기쁨을 주는 태양이 었다. 즉 그는 세상 사람들의 즐거움이자 기사도의 모범이었으 며, 그의 일족의 자랑이자 나라의 희망이었다.* 그는 군주가 갖 춰야 할 덕목을 하나도 빠짐없이 갖추었지만, 가슴이 부풀어 올 라 머나먼 미지의 땅으로 떠나 자기 뜻대로 살고 싶어 하는 것 이 그의 단점이었다. 안타깝게도 그는 청춘의 치솟는 힘과 넘쳐 나는 부로 점점 더 자만심에 빠졌다. 어른들은 더 강력한 힘을 행사할 수 있어도 관대함을 보여주지만, 이 젊은 영주는 그런 생각조차 하지 못했다. 나쁜 것은 나쁜 것으로 복수하고, 힘에 는 힘으로 맞서는 것만 알고 있을 뿐이었다.

　하지만 자신이 당한 것을 매번 카를 황제의 롯**으로 되갚고 자 한다면 오래갈 수 없는 법이지요. 하느님도 아시겠지만, 이런 거래에서 휘어진 것은 그대로 내버려둬야 합니다. 그러지 않으면 자신에게 오히려 큰 피해가 생겨나고 말거든요. 손해를 참지 못

---

\* 이상적인 통치자로서 갖춰야 할 덕목이나 기사의 덕목은 많은 중세 문학작품 에서 거론되고 있는데, 이런 덕목은 '제후 보감Fürstenspiegel' 장르의 텍스트에 집대성되어 있다. 대표작으로 고트프리트 폰 비테르보가 프리드리히 바르바로사 황제의 아들을 위해 집필한『군왕 보감Speculum regum』(1183)이 있다.
\*\* 카롤루스 대제 시대에 화폐 무게를 속일 경우 엄격하게 처벌하던 관습을 빗 댄 것으로, 자신이 당한 것을 그대로 되갚는다는 관용적인 표현이다. 무게 단위 인 '롯lot'은 대략 1/32파운드로 14~18그램에 해당하는데 유럽에서 19세기까지 사용되었다.

하는 사람은 그 때문에 다른 피해가 발생하는데, 이건 그에게 치명적입니다. 사람들은 곰을 이런 방법으로 잡는답니다.* 곰은 자신을 잡으려는 이의 공격마다 일일이 복수를 하려 하는데, 결국 이 많은 공격으로 전신에 치명적인 상처를 입거든요. 제 생각에는 파르메니에 영주도 그런 꼴이 된 것 같습니다.

그는 너무 자주 되갚아주려고 해서 결국 그것 때문에 자신도 부상을 당했다. 하지만 그것은 흔히 그렇듯 사악한 성격 때문에 그렇게 된 것이 아니라 아직 철부지였기 때문이다. 그가 한창 청춘일 때 젊은 귀족으로서 전력을 다해 자신의 행복과 맞서 싸운 것은 그의 마음을 자만으로 가득 차게 한 어린애 같은 성격 때문이었다. 그는 앞을 내다보지 못하는 철부지처럼 행동했다. 그는 자기 앞길에 어떤 걱정거리가 놓였는지 개의치 않고 그냥 늘 살아온 대로 계속해서 살았다. 샛별이 떠올라 웃으며 세상을 내려다보는 것처럼 그의 인생이 본격적으로 시작되었을 때, 전혀 가능하지 않은 일인데도 자신은 그렇게 영원히 살며 안락한 삶을 누리리라 생각했다. 아니었다. 그의 인생은 시작하자마자 짧게 끝나버렸다. 그 샛별이 세상의 기쁨을 막 화려하게 비추었을 때, 별안간 그가 전혀 예상치 못했던 저녁이 밀려들어 아침의 광채를 꺼버렸던 것이다.

---

* 중세 시대 곰을 잡으려고 할 때는 벌집 위에 크고 무거운 망치를 줄로 매달아놓았다. 그러면 곰이 꿀을 먹으려고 할 때마다 부딪쳐서 추의 운동으로 계속 얻어맞도록 했다. 즉 곰이 무감각해질 때까지 계속 망치에 맞다가 쓰러지면 잡는 방식이었다.

그를 어떻게 불렀는지는 그에 관한 무용담이 알려줍니다. 그의 정식 이름은 리발린이며, 그의 호號는 카넬엥그레스*랍니다. 많은 사람이 믿고 전하길,** 그 고귀한 영주는 로노이스*** 출신으로 이 나라의 왕이었답니다. 하지만 토마스가 여러 출전에서 찾아본 결과에 따르면, 그는 파르메니에 출신으로 또 다른 나라도 다스렸는데, 그 땅은 어떤 브리타니아인에게서 봉토로 하사받은 것이었지요. 그 브리타니아인은 '모르간 공작'****이라고 불렸답니다.

리발린 영주는 3년간 기사로서 큰 명예를 누리면서 기사의 모든 기술을 완벽히 체득했고, 싸우는 데 필요한 모든 것을 얻었다. 그는 영지, 가신, 재산을 모두 가지고 있었다.

정당방위였는지 자만심이었는지는 모르겠지만, 무용담이 전하길 그때 리발린은 모르간의 책임을 추궁하며 그를 공격했다고 합니다.

---

* 카넬엥그레스는 항구도시 카노엘(=카넬) 출신의 잉글랜드 사람이란 뜻이다.
** 고트프리트와 동시대 작가인 아일하르트의 『트리스트란트』, 볼프람 폰 에셴바흐의 『파르치팔Parzival』에서 리발린은 로노이스 출신이라고 언급하고 있다.
*** '로노이스'는 오늘날 스코틀랜드 포스만의 남쪽에 위치한 로디언을 가리키는데, 초창기 전승에 따르면 트리스탄의 진짜 고향으로 간주되었다. 따라서 이 지역과 현재 프랑스 브르타뉴 지방 북쪽 해안 생폴드레옹 지역이 옛 트리스탄 소설의 무대가 되었다. 하지만 고트프리트의 지리적 정보가 부정확한 경우가 많아서 로노이스와 파르메니에가 같은 지역을 가리킬 수도 있다.
**** '모르간'은 켈트어로 '바다에서 태어난'이라는 뜻이다.

리발린은 큰 병력을 이끌고 모르간의 나라로 쳐들어가 많은 성읍을 점령했다. 도시 사람들은 자기 재산과 목숨을 지키려면 그에게 항복하고 보석금을 바쳐야 했다. 그리하여 그는 많은 금과 재물을 쌓을 수 있었고 기사들을 더 모집해 전력을 보강할 수 있었다. 그의 군대는 성이든 도시든 어디든지 자기 뜻대로 좌지우지할 수 있었다. 하지만 그 자신도 손실이 컸다. 모르간이 방어하며 자기 군대로 응전했기 때문에 많은 용사를 잃었다.

전쟁과 기사의 삶에는 이익이나 손해가 뒤따를 수밖에 없지요. 싸움이 벌어지는 곳마다 잃는 사람, 얻는 사람이 있으며, 전쟁은 그런 식으로 치러집니다. 제 생각에 모르간도 마찬가지로 그랬을 겁니다.

모르간도 많은 성과 도시를 점령하고 재물과 포로들을 수중에 넣으면서 리발린에게 최대한 피해를 입혔다. 하지만 이 모든 것이 아무런 소용도 없었다. 리발린이 계속 쉴 새 없이 몰아붙이며 큰 타격을 입혔기에, 결국 모르간은 더 버티지 못하고 최상의 요새인 자신의 성으로 피신할 수밖에 없는 지경에 이르렀다.

리발린은 그 성을 포위한 후 크고 작은 접전을 수없이 벌였고, 매번 모르간을 다시 성벽 안으로 격퇴했다. 그는 종종 성문 앞에서 마상 창시합을 벌여 기사로서 강력함을 드러냈다.* 이처럼 리발린이 모르간을 힘으로 누르며 약탈과 방화로 나라를 쑥

대밭으로 만들었기 때문에 모르간은 협상에 나설 수밖에 없었고, 가까스로 일 년간의 휴전과 평화 협약을 체결하게 되었다.*
늘 그러하듯 양편의 인질과 맹세가 오간 뒤 협약의 효력이 발휘되었다. 그런 뒤 리발린은 자기 부하들을 이끌고 의기양양하게 귀국길에 올랐다. 그는 신하들에게 후하게 상을 내렸으며, 모두를 부자로 만들어주었다. 그들의 고귀한 명예에 걸맞게 기쁜 마음으로 집으로 돌아갈 수 있도록 해준 것이다.

이런 성공을 거둔 지 얼마 지나지도 않아 카넬은 재미 삼아 새로운 원정을 계획했다. 그는 명성을 차지하기 위해 떠나는 이들처럼 성대한 차림으로 다시 말을 타고 나갔다. 모든 장비와 그가 가져가길 원했던 물건 전부를 배 한 척에다 실었는데, 대략 일 년 치 물량이었다. 그는 콘월의 왕인 젊은 마르케**가 궁정 법도를 잘 따르고 기품이 있다는 사람들의 칭찬을 꽤 들었다. 당시 그 왕의 명성은 사방에 널리 퍼져 있었다. 그 왕은 콘월과 잉글랜드를 다스렸다. 콘월은 그가 상속받은 땅이었고, 잉

---

* 리발린은 상대편에게 자기 전력의 우세함을 과시하기 위해 일종의 심리전을 펼치고 있는데, 역사적으로도 이와 비슷한 사례가 있다. 오토 폰 프라이징의 『프리드리히 전기』에 따르면, 1127년 8월 12일 프리드리히 공작과 콘라트 공작은 포위한 뷔르츠부르크 성문 앞에서 적인 로타르 3세의 기사들과 맞서 마상 창시합을 펼친 적이 있는데, 처음에는 연습으로 시작했지만 바로 실전으로 바뀌었다고 한다.

** 마르케는 원래 '말'을 의미하는데, 켈트족의 동화에 따르면 마르케왕의 귀가 말의 귀와 비슷하다고 한다. 마르케왕은 6세기를 배경으로 한 『파울리누스 아우렐리우스 전기 *Vita S. Pauli Aureliani*』(884년도 작성)에 이름이 등장한다.

글랜드도 비슷한 상황이었다. 그는 갈레스*의 색슨족이 거기서 브리튼족을 내쫓고 그곳 주인으로 정착한 이후로 그 땅을 얻었던 것이다. 그 땅은 새 주인의 이름을 따서 붙인 것으로, 그 이전에는 브리타니아라고 불렸지만, 이제는 웨일스에서 온 사람들의 이름을 따라 잉글랜드라고 부르게 되었다.** 그들이 그 땅을 수중에 넣은 후 서로 나눠 가진 것은 저마다 작은 왕이 자신들의 군주가 되기를 바랐기 때문이다. 그런데 그것이 그들에게 올가미가 될 줄은 몰랐다. 차츰 그들 사이에 살육과 혈투가 벌어졌고 결국 자신들과 왕국을 마르케에게 의탁했다. 그 뒤로 매사 그를 섬기며 따랐는데, 다른 어떤 왕국의 백성도 이들만큼 충성스럽게 왕을 모신 적이 없을 정도였다.

전하는 이야기에 따르면 마르케왕의 명성이 익히 알려진 주변 나라에서 그 왕보다 존경받는 왕이 없었다고 합니다. 리발린이 바로 마르케에게 가려 했던 겁니다. 그는 마르케 곁에서 일 년을 머물면서 기사로서 무기를 보다 능숙하게 다루는 법을 익히고 예법을 가다듬는 등 수련을 쌓아 덕을 갖출 계획이었지요. 낯선 나라의 풍습을 배우게 되면 자기 풍습을 개선할 수 있고 낯선 이들

---

* 오늘날 웨일스 지방으로 원문에는 고대 프랑스어로 된 지명을 그대로 사용해 갈레스, 갈로이스로 표기되어 있다. 편의상 이후에는 익숙한 지명인 웨일스로 통일해 표기했다.

** 고트프리트의 이런 '역사' 묘사는 사실 잘못된 것인데, 중세 아이슬란드의 '사가'나 『트리스트렘 경』 등에도 관련 내용이 없어서 어떤 문헌에 근거하여 이렇게 기술했는지 알 수가 없다.

에게 인정받을 수도 있다고 그의 고귀한 심성이 그에게 말했던 것이죠. 이런 목적을 가지고 그는 길을 떠났답니다.

리발린은 자신이 신임하던 원수元帥*에게 자기 나라와 백성을 다스리도록 맡겼다. 그의 이름은 루알 리 포이테난트**였다. 그런 뒤 12명의 동료를 이끌고 항해를 시작했다. 더 많은 사람은 필요 없었고, 그 인원만으로도 충분했다. 콘월에 다다를 무렵 바다 위에서 그 유명한 마르케가 틴타욜***에 있다는 사실을 알고는 그곳으로 뱃머리를 돌렸다. 리발린은 그곳에 상륙해서 마르케를 만나게 되자 진심으로 기뻐했다. 그는 동료들과 함께 신분에 걸맞게 훌륭한 의복으로 갈아입었다. 훌륭한 마르케는 궁정에서 리발린과 그 동료들을 성대하게 맞이했다. 그 자리에서 리발린에게 보인 경의는 그 이전에도 그 어디서도 누린 적이 없을 만큼 정중한 귀빈 영접이었다. 리발린은 기분이 무척 좋았

---

* '원수'라고 번역한 마샬(원문 marschalk)은 원래 '말marah'과 '시종scalc'이 합해진 말로 궁정 마구간지기였지만, 중세 궁정에서는 중요한 의전 직책이다. 이런 궁정직은 메로빙거 왕조 시기부터 발전했고, 기사 문화가 확산되면서 기마병의 최고 지휘관을 거쳐 이후 군대의 통수권자이자 야전군 사령관으로 그 의미가 차츰 확대되었다. 10세기부터는 신성 로마 제국의 주요 제후들이 상징적으로 그 직책을 맡았다.

** 중세 문학에서 이름은 그 인물의 캐릭터를 그대로 반영하는 경우가 많다. 루알 리 포이테난트는 프랑스어로 '신의를 간직한 이'란 뜻으로 작중 인물의 충성스러운 인품을 드러낸다.

*** 마르케의 궁정이 위치한 서쪽 해안의 틴타욜(오늘날 틴태절Tintagel)은 중세 기사문학에서 기사도의 모범인 아서왕이 탄생한 곳으로도 알려져 있다. 앞서 고트프리트가 리발린이 마르케 궁정으로 가서 예법과 기사도를 배우려고 한다는 스토리를 설정했을 때 이 점을 의식했을 것이다.

고, 그런 궁정 법도가 마음에 쏙 들었다. 그는 줄곧 생각했다.

'정말 하느님께서 나를 이곳 사람들에게 오도록 손수 이끌어 주셨구나. 내가 운이 좋았지. 마르케의 덕망에 대해 들었던 내용 전부를 여기서 확인할 수 있구나. 그는 정말 예의 바르고 완벽한 생활을 하고 있군.'

그는 마르케에게 이곳을 찾아오게 된 까닭을 털어놓았다. 마르케는 그의 이야기를 듣고 그의 의도를 알자 크게 반색했다.

"하느님의 이름으로 환영하는 바입니다! 내 생명과 내가 소유한 모든 것을 귀하 마음대로 하십시오."*

리발린은 궁에서 편안히 지냈고, 궁에는 그의 소문이 자자했다. 신분 고하를 막론하고 다들 그를 좋아하며 높이 평가했다. 어떤 손님도 그만큼 사랑을 받은 적이 없었다. 그는 그런 대접을 충분히 받을 만했다. 편안한 분위기를 조성하기 위해 부단히 애를 쓰며 사람들의 청을 들어주었기 때문이다. 이렇게 그는 품격 있고 올바르게 처신하며 하루하루 배워나갔다.

그러던 중 마르케가 큰 축제를 개최하려던 날이 되었다. 마르케는 이 축제에 많은 사람을 초청하고 참석하라고 명령했다. 그가 일 년에 한 번 사신들을 보내면 잉글랜드 왕국의 모든 기사가 즉시 콘월에 집결했다. 그들은 매혹적인 숙녀들을 많이 대동했고, 온갖 멋진 물품을 전부 챙겨 왔다.

---

* 훗날 마르케가 리발린의 아들 트리스탄을 만나 환대하는 장면의 묘사도 이와 비슷하다(125쪽 이후 참조).

26

자, 이제 축제가 시작되었습니다. 사랑스러운 5월이 시작되어 끝날 때까지 화창한 4주 동안 틴타욀 근처에서 열리게 되었지요.*

여태 본 것 중 가장 멋진 초원이 그 앞에 펼쳐져 있었다. 때는 부드럽고 달콤한 여름이 이들을 매혹적으로 단장하려 바삐 다가오던 시기였다. 노랫소리로 귀를 즐겁게 만들 숲속의 작은 새들, 꽃, 풀, 나무의 꽃과 잎, 그리고 눈을 사로잡고 고상한 마음을 기쁘게 하는 다른 모든 것이 여름의 초원에 그득했다. 거기서는 5월에 기대할 만한 것이 전부 있었다. 햇살과 그림자, 샘과 보리수, 부드럽고 훈훈한 바람이 마르케의 신하들을 그들만의 방식으로 맞이했다. 화창하게 핀 꽃들이 이슬을 머금은 풀 사이에서 웃고 있었다. 5월의 벗인 푸른 잔디는 꽃이 만발한 여름옷으로 단장했고, 그 화려함을 사랑스러운 손님들의 눈동자에 비추고 있었다. 꽃이 활짝 핀 나무는 모든 이에게 다정하게 웃고 있어서, 감성적인 사람이나 이성적인 사람 모두 울긋불긋 만개한 꽃들을 반짝거리는 눈으로 쳐다보며 웃음으로 화답했다. 듣기에 기분 좋은 새들의 간드러진 노랫소리, 달콤하고 고운 노랫소리가 산과 계곡 구석구석에 울려 퍼졌다. 사랑스럽고 어여쁜

---

* 이후 펼쳐질 궁정 축제에 대한 장황한 묘사는 『니벨룽족의 노래』『에레크』『파르치팔』『이바인』 등 중세 서사시의 특징으로서, 동시대 청중의 자기 욕구를 반영한다. 특히 시간적 배경인 5월의 성령 강림 대축일은 날씨가 좋아 가장 인기 있는 축제 시기이다. 역사적 사례로 가장 대표적인 것은 1184년 프리드리히 1세 황제의 마인츠 궁정 축제로, 그 성대함과 화려함은 당대에 큰 화제가 되었다.

작은 새 나이팅게일은 나무의 꽃가지들 사이에서 활기차게 노래를 부르고 있었고, 영원히 멈추지 않을 것 같은 고운 노랫소리에 고귀한 사람들은 기쁨과 즐거움으로 마음이 뿌듯해졌다.*

축제 일행은 흥을 내며 푸른 잔디 위에 원하는 대로 막사를 세웠다. 그런 뒤 훌륭한 영주들은 기품 있게, 궁정의 일행은 궁정 예법에 맞게 자기들 편한 대로 자리 잡았다. 이쪽 사람들은 비단 장막 아래에서 쉬었고, 저쪽 사람들은 꽃이 만개한 나무 아래에서 쉬었다. 보리수를 지붕 삼아 자리 잡은 이들도 많았으며, 푸른 잎이 무성한 나뭇가지로 만든 막사에 자리 잡은 이들도 많았다. 신하들이나 귀빈들 가운데 이곳에서만큼 멋진 야영을 해본 사람은 없었다. 또한 잔치에서 늘 그렇듯이 음식이나 의복이 넘쳐서 누구나 원하는 대로 가질 수 있었다. 더군다나 마르케가 이들을 극진하게 대접했기에 모두가 흥겹고 여유로운 시간을 보냈다.

자, 이렇게 축제가 시작되었습니다. 구경거리를 즐기는 사람이라면 보고 싶은 것 전부를 이곳에서 흡족히 볼 수 있었지요. 말하자면 원하는 것이라면 뭐든지 다 볼 수 있었답니다.

이쪽 사람들은 우아한 숙녀들을 보러 갔고, 저쪽 사람들은 춤추는 모습을 지켜보았다. 이쪽 사람들은 기사들의 단체 마상 경

---

* 자연 풍경에 대한 자세한 묘사는 수사학적으로 "사랑의 장소locus amoenus"란 토포스에 따른 것으로, 리발린과 블랑셰플루어의 사랑 이야기에 적합한 배경을 마련해준다.

기*를 관람했고, 저쪽 사람들은 일대일 마상 창시합을 구경했다. 서로 원하는 것이 풍족했다. 왜냐하면 그곳에 있던 사람들 모두가 한창 젊은 나이여서 서로 앞다퉈 축제 분위기를 띄우려고 했기 때문이다. 그때 궁정의 기품과 위엄을 갖춘 훌륭한 마르케는 자신을 둘러싼 아름다운 숙녀들 외에도 아주 빼어나게 아름다운 사람을 곁에 두고 있었다. 바로 자기 누이인 블란셰플루어**였는데, 세상 어디서도 그보다 아름다운 소녀를 볼 수 없을 만큼 아름다웠다.

그녀의 미모에 대한 소문을 들려드릴까요? 한번 그녀를 쳐다보면 매료되어서 평생 여인에 대한 사랑, 완전함에 대한 사랑이 채워졌다고 합니다.

이런 행복한 눈의 향연饗宴으로 들판의 많은 사람은 사기가 높아졌고, 성취욕이 자극되었다. 고결한 마음을 지닌 이들은 자부심이 피어올랐다. 게다가 강가 초원에는 다른 아름다운 숙녀들이 많았는데, 이들의 미모도 위대한 여왕에 비견할 만했다. 또한 그들은 그곳에 있는 모든 사람에게 즐거움과 기쁨을 안겨

---

\* 두 기사가 창을 가지고 격돌하는 마상 창시합과 달리 '부흐르트'는 두 패가 말을 타고 서로 칼을 휘두르며 싸우는 경기로 12세기까지만 해도 날카로운 무기를 가지고 싸웠지만, 13세기부터 안전상 이유로 목봉이나 목검을 이용했다.

\*\* '하얀 꽃, 백합'을 뜻하는 프랑스 이름으로 트리스탄을 다룬 거의 모든 중세 작품에 등장한다. 특이하게 크레티앵 드 트루아의 『페르스발Perceval』에서 페르스발의 아내를 블란셰플루어라고 부르는데, 볼프람 폰 에셴바흐의 『파르치팔』에서 파르치팔의 아내 이름은 콘드비라무어스이다.

마르케궁 5월 축제의 모습(바이에른 국립 도서관 BSB Cgm 51)

주었으며, 많은 이의 가슴을 부풀어 오르게 했다.

　드디어 궁정의 신하들과 손님들의 마상 경기가 시작되었다. 훌륭하기 그지없는 이들과 최고라고 불리는 이들이 온 사방에서 모여들었다. 거기에는 훌륭한 마르케와 그의 벗 리발린도 함께 참석했다. 굳이 언급하지 않더라도 경기에 참가해 업적을 쌓아서 명성을 얻으려는 궁정의 다른 인물들도 있었다. 브로케이

드와 비단으로 화려하게 치장된 수많은 군마軍馬가 모여 있는 모습을 볼 수 있었는데, 순백색, 노란색, 자주색, 붉은색, 녹색의 덮개들로 덮여 있었다. 다른 곳의 말 덮개는 고급 비단을 다양한 방식으로 재단하고 염색해서 다시 이어 붙인 것으로, 제각각 다른 형태로 만든 것이었다. 기사들은 놀라우리만큼 화려하게 마름질하여 수놓은 의복을 입었다. 여름도 자신이 마르케 편임을 드러내는 듯했다. 멋진 화환들이 잔뜩 있었는데, 그 꽃들은 여름이 왕에게 바친 선물이었다.

이런 감미로운 여름 분위기에서 기사들의 의식이 성대하게 거행되었다. 마상 경기에서 두 무리가 한데 뒤엉켜 이리저리 서로 밀고 당기며 싸우다가, 이 세상의 경이로운 존재인 고결한 블란셰플루어와 다른 아름다운 숙녀들이 앉아서 지켜보는 장소에 다다르게 되었다. 기사들이 매우 멋지고 진정 황제와 같은 장관을 연출했으므로 많은 사람의 시선을 사로잡았다. 이런저런 기사들이 큰 업적을 세웠지만, 이날 기품 있는 리발린이 이 들판에서 출중했다는 사실에 토를 다는 사람은 없었다. 숙녀들도 그를 인정했고, 모든 기사 가운데서 그렇게 완벽한 모습을 보여준 이가 없다며 다들 그의 업적을 칭송했다.

"보렴, 저 젊은이는 복 받은 남자야. 그가 이룬 업적 전부가 얼마나 멋진지! 그의 외모는 얼마나 준수한지! 고루고루 잘 자란 저 신체에 황제처럼 늠름한 저 하체! 마치 방패가 달라붙은 듯 제자리에 딱 잡고 있는 모습! 손에 창을 쥐고 있는 걸 봐! 의복은 저리 멋지게 갖춰 입다니! 머리와 머리카락이 얼마나 단아한지! 저 당당한 자세와 저 멋진 몸매! 아, 그에게서 기쁨을 얻을 수 있는 여자는 영원토록 행복할 거야!"

이 모든 소리를 아름다운 블란셰플루어도 들었다. 그녀 역시 다른 사람들이 하듯 그를 마음속으로 매우 높이 평가했다. 그녀는 그가 자기 생각 속으로 들어오는 것을 허락했고, 그는 그녀 마음속으로 들어가 그녀 마음의 왕국에서 왕관을 쓰고 왕홀王笏로 다스렸다. 하지만 그녀는 아무도 알아차리지 못하도록 그 사실을 감추었고, 우아한 자태로 은밀하게 바라만 보았다.*

이제 마상 경기가 끝나고 기사들이 뿔뿔이 흩어져서 각자 제 갈 길을 갈 때, 우연히도 리발린은 아름다운 블란셰플루어가 앉아 있는 곳으로 향하게 되었다. 그는 말에 박차를 가해 다가갔고 그녀가 눈에 들어왔을 때 매우 상냥하게 그녀에게 프랑스어로 인사를 건넸다.

"오, 아름다우신 분께 하느님의 가호가 깃들길!"

그러자 그 규수도 수줍은 듯 "메르시"라고 감사의 뜻을 드러냈다.**

"모든 이의 마음을 기쁨으로 채워주시는 전지전능하신 하느님께서 당신의 생각과 마음을 행복하게 해주시길. 당신께 감사의 인사를 드려야 하겠지만, 당신께 따질 권리는 포기할 수 없군요."

---

* '은밀한 사랑'은 중세 연애시의 주요 모티브 중 하나이다. 또 뒤에 나올 트리스탄과 이졸데 사이의 '공개와 비밀'이라는 이중적 사랑을 상징한다.

** 독일 중세 기사문학에서는 등장인물의 교양과 지적 수준을 드러내기 위해 첫 만남에서 프랑스어를 사용하는 경우가 많다.

"아니, 제가 아름다우신 분께 혹시 잘못한 것이 있는지요?" 예의 바른 리발린이 즉각 되물었다.

"당신은 제 가까이 있는 친구, 여태 제가 본 사람 중 최고인 친구에게 고통을 안겨다 주셨답니다."

'맙소사! 이게 무슨 말이지? 내가 뭘 책임져야 하는 걸까, 그녀는 무엇 때문에 나를 비난하는 거지?' 그는 생각했다. 그는 행여 자신도 모르게 그녀 친척 중 누군가에게 심한 피해를 입히지는 않았는지, 그 일로 가슴 아픈 그녀가 지금 자신을 질책하는 것이 아닌지 곰곰이 생각했다.

아니지요. 그녀가 말한 친구란 리발린 때문에 아파하고 있는 그녀의 마음이었지요. 자신의 마음이 바로 그녀가 말한 친구였거든요. 하지만 그는 전혀 그 사실을 몰랐답니다.

"아름다우신 분, 당신께서 저를 배척하거나 제게 화를 내지 않으시길 빕니다. 아가씨께서 질책하신 일이 사실이라면, 직접 저를 심판하십시오. 명하시는 대로 따르겠습니다."

리발린이 자신의 성품대로 그녀에게 다정하게 대하자, 아름다운 그녀도 화답했다.

"그 일로 당신을 너무 미워하지는 않겠습니다만, 그 일 때문에 당신을 좋아하지도 않을 거예요. 당신이 제게 한 일을 어떻게 속죄하는지 한번 지켜보기로 하지요."

그가 몸을 숙여 인사를 한 후 자리를 떠나려고 하자 아름다운 아가씨는 몰래 깊이 탄식하며 말했다. "아! 사랑하는 벗이여, 하느님의 축복이 내리시길." 그 순간 그들은 서로에 대한 생각이 처음으로 통하기 시작했다.

카넬엥그레스는 깊은 생각에 잠겨 자리를 떠났다. 그는 무엇이 블란셰플루어를 걱정하도록 만들었는지, 그것이 자신과 무슨 관계가 있는지 그녀의 질문을 곰곰이 되새겼다. 그녀가 건넨 인사말과 대화를 찬찬히 따져보았다. 그녀의 탄식과 축복, 그녀의 모든 태도, 이 모든 것을 곱씹었고, 그녀의 탄식과 다정한 축복 인사를 사랑의 맥락에서 이해하기 시작했다. 결국 그 두 가지가 사랑 외에 다른 이유가 없다는 것을 깨달았다. 그 순간 그의 감정은 활활 타올랐고, 다시 블란셰플루어에게 달려들어 그녀를 붙잡아 리발린의 마음의 고향으로 데려가서 그곳의 여왕으로 삼도록 만들었다.

그렇습니다. 블란셰플루어와 리발린, 사랑스러운 여왕과 왕은 서로 자기 마음의 왕국을 오붓하게 공유했던 것이지요. 그녀의 마음은 그에게, 반대로 그의 마음은 그녀에게 속하게 되었지만, 두 사람 중 누구도 상대방에게 이런 일이 벌어졌는지 몰랐답니다. 하지만 두 사람은 한마음 한뜻으로 서로의 생각이 이어져 있었지요. 그리하여 일이 벌어지게 되었는데, 이건 아주 당연했답니다.

이제 리발린도 그녀에게 입힌 마음의 고통을 똑같이 겪게 되었다. 하지만 그는 그녀가 사랑으로 그런 말을 했는지 아니면 거부감으로 한 말이었는지 그녀의 감정을 확신하지 못했기에,

회의에 빠진 채 안절부절못했다. 그의 생각은 이랬다저랬다 바뀌었다. 이쪽이다 싶다가 금방 다시 되돌아오는 등 제 생각의 타래에 뒤엉켜 전혀 헤어 나올 수 없는 지경에까지 이르렀다. 결국 자신만의 생각에 사로잡힌 끝에, 사랑에 빠진 이의 심정이 자유 의지대로 라임 가지에 내려앉는 자유로운 새의 처지와 비슷하다는 것을 자신의 사례로 몸소 입증했다.

새가 라임을 알아채고 날아오르려고 하면 발이 뒤엉켜버리게 됩니다. 그래서 가지에서 떨어지려고 날갯짓을 하다 보면, 나뭇가지 어딘가를 스치며 닿을 수밖에 없어서 완전히 붙잡히고 말지요.* 사력을 다해 날개를 이리저리 푸드덕거리지만 결국 제풀에 지치고, 온몸은 라임으로 범벅이 되어 나뭇가지에 매달릴 뿐이거든요. 사랑의 감정에 휩싸인 적이 없는 사람도 이와 똑같습니다. 그리움에 사무치면 사랑이 그에게 마법을 부려서 그리움의 열병에 시달리게 되며, 사랑에 빠진 이가 다시 자유롭고자 해도 라임이 칠해진 사랑의 감미로움이 그를 붙잡고 말지요. 점점 더 사로잡혀서 결국 더는 사지를 자유자재로 움직일 수 없는 지경이 됩니다. 머릿속에는 온통 자기 마음의 여왕에 대한 사랑밖에 없는 리발린에게도 이와 같은 일이 벌어졌답니다.

---

* 가지에다 끈적거리는 라임 덩어리를 입혀서 새를 잡는 사냥법으로, 지금도 프랑스 남부나 에스파냐 카탈루냐 지방에서 이런 방법으로 새를 잡는다. 여기서는 사랑에 빠진 리발린과 블란셰플루어의 처지를 라임 가지에 발이 얽혀 꼼짝 못하는 새에 비유한 것이다. 이런 사랑의 함정은 이 작품에서 중심 모티브가 되는 '사랑의 미약'의 효과와도 비슷하다.

리발린의 경우 정말 더 혼란스러웠는데, 사랑하는 이가 자신을 좋게 생각하는지 나쁘게 생각하는지 몰랐기 때문이었다. 그는 그녀가 자신을 사랑하는지 아니면 싫어하는지 전혀 알 수가 없었다. 어떤 희망의 근거나 절망의 근거도 없었기에, 그는 어느 쪽인지 결정도 못 하고 위안과 의심 사이에서 끊임없이 갈등했다. 사랑이라고 위안을 받았다가도 미워할 거라는 의심에 빠졌다. 이런 갈등이 계속되다 보니 증오와 사랑 중 어떤 게 맞는지 확신할 수가 없었다. 그의 생각은 이렇게 불확실한 항구 사이를 오갔다.* 희망이 그를 높이 치켜세웠다가, 절망이 그를 끌어내리는 등 어디에서도 쉴 틈이 없었다. 이 둘은 조화를 이루지 못했다. 의심이 밀려들어 블란셰플루어가 자신을 싫어할 뿐이라고 말하면, 그는 의기소침해져서 어디론가 도망가고 싶어 하다가도, 그 순간 희망이 다시 찾아와 그에게 달콤한 사랑에 대한 믿음을 심어주며 기를 북돋웠기에 계속 버틸 수밖에 없었다. 그는 이 싸움에서 어디로 가야 할지 몰랐다. 갈 수도 멈출 수도 없었던 것이다. 그가 노력하면 할수록 사랑은 더욱더 그를 힘세게 포박했다. 그가 필사적으로 날아가려고 할수록 사랑이 그를 더욱 힘세게 끌어당겼다. 이렇게 사랑이 그를 가지고 놀았지만, 마침내 희망이 승리를 거두고 의심은 도망가버렸기에, 리발린은 그의 블란셰플루어가 자신을 사랑한다는 확신을 갖게

* 사랑일 것이라는 희망은 그를 안전한 해안가로 데려가고, 미움일 것이라는 의심은 그를 망망대해로 내모는 상황을 항구와 바다에 비유한 것이다.

되었다. 이제 그의 머리와 마음은 하나가 되어 그녀를 향했으며, 어떤 거리낌도 없었다.

사랑이 그의 의지를 완전히 제압했을 때도* 그는 진정한 사랑이 그토록 아픈 고통인 줄은 몰랐다. 그는 블란셰플루어와 만났던 장면 하나하나를 찬찬히 떠올렸다. 그녀의 머리카락, 이마, 관자놀이, 볼, 입, 턱, 행복한 부활절**처럼 화사한 그녀의 눈웃음…… 그 순간 진짜 불꽃으로 그녀에 대한 그리움에 불을 지른 참된 사랑이 찾아들었다. 그 불꽃은 그의 마음에 불을 지펴 그리움의 고통이 진정 무엇인지를 맛보여주었다.*** 이제 그에게는 전혀 다른 삶이 펼쳐졌다. 생각과 행동이 달라졌고, 완전히 다른 사람이 되었다. 그가 하는 모든 행동이 이상해져 마치 맹목적으로 움직이는 것 같았다. 타고난 그의 이성은 사랑에 의해 마치 자신이 그러려고 노력한 것처럼 황폐해지고 불안정해졌다. 그의 삶은 메말라갔다. 예전에는 맘껏 웃는 일도 많았지만, 이제 웃는 것마저도 할 수 없었다. 침묵을 지키며 우울하게 지내는 것이 그의 일상이 되어버렸다. 이제 사랑의 고통이 그의 호

---

* 사랑의 의인화는 대부분 거부할 수 없는 강력한 사랑의 힘의 은유적 표현이다. 사랑이 정복자의 이미지를 가진 것은 아마도 오비디우스의 초기 애가 모음집 『사랑도 가지가지*Amores*』가 처음이 아닌가 한다(I, 2, 31행 이하). 이 이미지는 나중에 트리스탄과 이졸데에게도 그대로 적용된다(290쪽 이하).

** 부활절 또는 부활 시기의 날은 '최상의 기쁨, 행복'을 나타내는 이미지로 많이 사용되는데, 하인리히 폰 모룽겐과 라인마르 폰 하게나우도 자신들의 숙녀를 부활 시기의 날로 칭송하고 있다.

*** 사랑에 불타오르는 이미지는 중세 궁정소설의 사랑 묘사에서 자주 등장한다. 하인리히 폰 펠데케의 『에네아스 소설』에서는 큐피드가 디도 여왕에게 횃불을 가져다주고, 라비니아는 베누스의 뜨거운 불로 채찍을 맞는 장면이 나온다.

쾌함을 짓눌러버렸기 때문이다.

　그가 겪던 그리움의 고통이 사랑에 빠진 블란셰플루어에게 없었던 것은 아니었다. 그녀 때문에 그가 괴로워하듯이, 그녀도 그 때문에 똑같은 고통을 겪고 있었다. 강력한 힘을 지닌 사랑이 그녀 머릿속에 폭풍처럼 밀고 들어와서 통제력을 송두리째 빼앗았다. 그녀는 자기 자신이나 주변 사람들에게 익숙지 않은 모습을 보였다. 자신이 이전에 누렸던 즐거움과 익숙했던 농담에 거부감을 느꼈기 때문이다. 이제 그녀는 자신을 무겁게 짓누르는 근심거리에 어울리는 삶을 살았다. 하지만 사랑의 고통으로 그토록 신음하면서도 무엇이 자신을 그렇게 괴롭히는지 몰랐다. 다시 말해 이렇게 우울하고 근심에 싸이는 것이 무엇을 의미하는지 전혀 경험한 적이 없었던 것이다. 그녀는 계속 혼잣말로 하소연했다.

　"하느님 맙소사, 사는 게 이 모양이라니! 내게 무슨 일이 생긴 거지? 많은 남자를 보아왔지만 근심에 싸인 적은 한 번도 없었는데. 그런데 그 남자를 본 뒤부터 내 마음이 이전처럼 자유롭지도 기쁘지도 않으니. 단지 그를 한 번 보았을 뿐인데 이토록 끔찍하게 고통스럽다니. 여태껏 그런 아픔을 알지 못한 내 마음이 크게 상처를 입었나 봐. 그 사람이 나의 몸과 마음을 송두리째 바꿔버렸어. 그의 이야기를 듣거나 그를 보는 여자라면 누구나 내게 닥친 일을 겪게 될 거야. 그가 본디 그런 사람이라면, 그는 자신의 아름다움을 허비하는 것이며, 다른 사람에게 해를 끼치며 사는 거야. 만일 그가 어떤 마술을 부릴 수 있어서 이 낯설고 기이한 느낌과 고통스러운 근심을 낳았다면, 다른 여인들이 그를 볼 수 없도록 그가 죽는 것이 훨씬 나을 테지. 하느님이 계신데, 어떻게 그로 인해 내가 고통과 괴로움을 겪을 수가 있는지! 나는 그 사람이나 다른 남자들을 나쁜 눈으로 바라본 적이 없었고, 누구를 싫어한 적도 없었는데. 그런데 내가 다정하게 바라본 누군가가 내게 고통을 입히다니, 내가 왜 이런 일을 당해야만 할까?

그나저나 내가 그 훌륭한 사람을 비난할 수 있을까? 그는 아무런 잘못이 없는데. 하느님께서는 아시겠지만, 그 사람 때문에 아니 그 사람을 위해서 겪는 이 고통은 분명 내 마음이 만들어낸 거야. 나는 그 사람 외에 많은 남자를 봤어. 내가 다른 사람이 아닌 그를 주목하게 된 것에 그가 뭘 할 수 있겠어? 마치 공놀이에서 공을 이리저리 주고받듯, 많은 고귀한 숙녀가 그의 훌륭한 풍모와 기사로서 이룬 성과를 칭찬하는 이야기를 나누는 것을 들었을 때, 사람들이 격찬한 그의 덕행을 직접 보고 그 칭송받을 만한 모습을 마음에 고이 간직했을 때, 나는 정신이 혼미해졌어. 그 때문에 내 마음이 온통 그에게 향한 거야. 사실 나를 눈멀게 한 것, 그것이 마법이야. 그것이 나 자신을 망각하도록 만들었어. 그 사람, 내가 책임을 돌리려 하고 한탄하는 그 사랑스러운 이는 내게 나쁜 짓을 하지 않았어. 바보같이 어쩔 줄 모르는 내 감정이 나를 괴롭히고, 계속 해코지하려고 해. 그 감정은 무엇이 세련되고 명예로운 것인지 생각도 못 하게 하고 단지 갈망 또 갈망만 하게 만드는구나. 한순간 완전히 반하게 된 그 행복한 남자만 원하게 만들 뿐이야. 나 자신이 명예롭고, 또 처녀라서 이런 말을 한다고 부끄러워할 필요가 없다고 생각한다면, 하느님께 맹세코 그 사람 때문에 겪는 이 마음의 고통은 다름 아닌 사랑에서 나온 거야. 이건 내가 그와 함께 있고 싶어 했다는 사실로 알 수 있어. 그것이 다른 무엇을 뜻한다 하더라도, 여기 내 경우에는 사랑이 의미하는, 남자가 의미하는 무엇인가가 생겼어. 왜냐하면 그간 살면서 정말 사랑에 빠진 여자와 사랑의 행복에 관한 남들의 이야기를 들어왔는데, 지금 그것이 내 마음속으로 들어왔기 때문이야. 고상한 마음을 지닌 많은 이를 달콤한 고통으로 괴롭혔던 그 가슴 아픈 사랑이 이제 내 마음속에 자리 잡았나 봐.”

자, 이제 그 고결한 소녀는 자신의 친구 리발린이 자기 마음에 기쁨을 안겨주고 큰 위로가 되며 최고의 인생이 될 것이라는 사실을 마음속 깊은 곳에서부터 느끼게 되었습니다. 그 순간부터 그녀는 그에게 눈길을 더 많이 주기 시작했으며, 가능한 한 그를 더 많이 보려고 했지요. 이건 다른 모든 연인도 마찬가지지요.

그녀는 예법에 어긋나지 않는 선에서 은밀히 감정이 섞인 눈빛으로 그에게 인사를 했다. 그녀는 그를 연모의 눈으로 한동안 쳐다보며 사랑에 빠져들었다. 그 사랑하는 남자는 이 사실을 알아차리고는 그녀에 대한 사랑과 신뢰가 커지기 시작했다. 비로소 그의 욕망이 불타올랐으며, 사랑스러운 그녀의 눈길에 좀 더 대담하게 사랑을 표현했다. 그도 마음이 가는 대로 그녀에게 눈짓하며 마음을 전했다. 이제 그 아름다운 여인도 자기처럼 그 남자도 자신을 사랑한다는 사실을 알아챘다. 그 순간 그녀의 근심은 사라졌다. 그때까지만 해도 그가 자신을 원하지 않는다고 생각했는데, 이제 자신에 대한 그의 감정이 호의적이고 마치 연인들 간의 감정처럼 다정다감하다는 것을 정확히 알게 되었다. 그도 똑같은 사실을 알게 되었다. 두 사람의 감정은 활활 타올랐고, 서로를 진심으로 사모하며 사랑하기 시작했다. "연인들이 서로 바라볼 때마다, 사랑의 불꽃은 새 양식을 얻는다"라는 말이 그대로 그들에게 일어난 것이다.

축제가 끝나고 귀빈들이 흩어졌을 때, 마르케는 자신의 적 중한 왕이 강력한 군대를 이끌고 쳐들어왔다는 전갈을 받았다. 그를 재빨리 물리치지 않으면, 말을 타고 갈 수 있는 거리 안에 있는 마르케의 모든 영토를 파괴할 수 있을 만큼 큰 세력을 거느리고 쳐들어왔다는 보고였다. 마르케는 그 즉시 군대를 소집하여 큰 병력으로 그에게 맞섰다. 그는 그 왕과 싸워 승리를 거두었고, 수많은 적을 죽이거나 포로로 잡았다. 도망치거나 살아남은 이들이 자기는 운이 좋았다고 말할 수 있을 정도로 대승이었다. 하지만 그 전쟁에서 고귀한 리발린은 창에 옆구리를 찔리는 중상을 입었다. 부하들은 그를 거의 죽은 목숨이라 여기고 틴타욜로 옮겨 와서는 안타까움에 발을 동동 구르며 죽음만 기다릴 뿐이었다.

카넬엥그레스가 전투에서 중상을 당했다는 소문이 즉시 퍼졌다. 궁정과 온 나라에 탄식이 흘렀다. 그의 덕성을 아는 사람은 누구나 그의 불행을 진심으로 슬퍼했다. 그의 용맹, 풍모, 청춘의 아름다움, 높은 명성의 미덕이 순식간에 사라져버리고 너무 빠른 종말을 맞게 된 처지를 한탄했다. 그의 벗 마르케왕은 전에 없는 슬픔에 심장이 찢어질 것 같았다. 많은 귀부인이 그를 위해 울었으며, 많은 숙녀가 그의 삶을 슬퍼했다. 그리고 그전에 그를 한 번이라도 본 사람은 그의 불행을 안타까워했다.*

하지만 그의 불행 때문에 다들 슬퍼한다 하더라도 그녀만큼은 아니었다지요. 눈과 마음으로 열성을 다해 사랑하는 이의 고통을 슬퍼하며 운 이는 바로 그 아름답고 순수하며 착한 블란셰플루어뿐이었답니다.

블란셰플루어는 혼자 있게 되어 자신의 아픔을 겉으로 드러내도 될 때면 손으로 온몸을 때렸다. 가슴을 수천 번 치며 그 아픔이 계속 이어지도록 했다. 아름다운 여인은 자신의 젊고 아름다우며 사랑스러운 몸을 그토록 심하게 자학했기 때문에 하마터면 사랑이 아니라 슬픔으로 또 다른 죽음을 맞이할 뻔했다. 어떤 희생을 감수하더라도 그를 다시 한번 볼 수 있다는 희망이, 보겠다는 굳센 의지가 그녀에게 힘을 불어넣고 그녀를 바로 세우지 않았더라면 분명 그녀는 비탄에 젖어 죽었을 것이다. 그 사람을 볼 수만 있다면, 그 뒤에 자신에게 무슨 일이 생겨도 기쁘게 받아들이려고 했다. 그리하여 그녀는 다시 제정신이 들 때

---

* 이 장면은 사울왕의 죽음을 애도하는 다윗의 장면을 연상시킨다(『구약 성경』의 「사무엘 하」 1장).

까지 살아 있을 수 있었고, 슬픔이 요구하는 대로 그에게 가서 만날 방법을 곰곰이 생각할 수 있었다.

그때 블란셰플루어는 자신을 보살피는 선생을 만나야겠다는 생각이 들었다. 자기를 어디서든 항상 가르치고 챙겨주었으며 자신을 돌보는 데 한 치의 소홀함도 없던 사람이었다.* 그녀는 선생을 불러들인 후 아무도 없는 곳으로 가서 자신처럼 마음이 아픈 사람들이 다들 그러하듯이 그녀에게 자기 신세를 한탄했다. 그녀는 울기 시작했으며, 뜨거운 눈물이 창백한 뺨 위로 쉴 새 없이 줄줄 흘러내렸다. 그녀는 애원하듯 두 손을 깍지 끼고 한탄했다.

"어휴, 내 팔자야! 아이고 아이고, 내 팔자야! 아, 사랑하는 선생님, 넘치도록 지니신 그대의 신의를 제게 보여주세요. 그대는 복된 사람이라, 나의 모든 행복과 구원이 그대 도움에 달렸어요. 그러니 그대의 친절함을 믿고 내 마음속 고통을 이렇게 하소연하는 거예요. 그대가 나를 도와주지 않는다면 죽을 수밖에 없어요."

"아니 아기씨, 무엇 때문에 그리 상심이 크셔서 그렇게 한탄

---

* 중세 때 고귀한 가문의 자제들에게는 언제나 가르침과 보살핌을 받을 후견인이 있었다. 사내아이의 경우 대부분 궁내 의전관이 아이의 교육이 끝날 때까지 후견의 책임을 맡았다. 이에 반해 여자아이의 경우 일반적으로 결혼할 때까지 고귀한 가문 출신의 여자 선생이 맡아서 키웠는데, 선생 역할뿐만 아니라 결혼할 때 시녀 역할까지 담당했다. 이졸데의 경우 이 역할을 브랑게네가 맡게 된다. 이들은 자신이 모시는 아가씨의 연애를 도우며, 이로써 작중에서 비극적인 줄거리가 전개될 수 있도록 만드는 역할을 하는데, 이런 '속마음을 털어놓을 수 있는 중개인' 모티브는 세계문학에서 흔히 발견된다.

하시는지요?"

"어휴, 그대에게 이야기해도 될까요?"

"그럼요, 아기씨. 말씀해보세요!"

"저 죽어가는 남자, 파르메니에의 리발린 때문에 내가 죽을 것 같아요. 가능하면 그를 정말로 보고 싶은데, 그가 진짜 죽기 전에 어떻게 하면 그렇게 할 수 있을지 모르겠어요. 안타깝게도 그는 다시 회복되지 못할 것 같으니. 그대가 나를 도와줄 수 있다면 내 평생 그대 소원을 거절하지 않겠어요."

그러자 선생은 '내가 이를 받아들인다고 해서 무슨 해를 끼칠 수 있을까? 어차피 빈사 상태인 그는 곧 죽을 테니, 우리 아기씨는 목숨과 체면을 지킬 수 있고 나는 영원토록 아기씨에게 다른 어느 여인보다도 총애를 받게 될 거야'라고 생각하며 말했다.

"지체 높으신 아기씨, 사랑하는 아기씨의 탄식을 들으니 제 마음이 참으로 아픕니다. 아기씨의 근심을 제가 덜어드리지요. 저를 믿으셔도 됩니다. 제가 직접 그쪽으로 가서 그를 보고 다시 돌아오겠습니다. 그가 어떤 처지인지, 그곳이 어디인지, 누가 같이 있는지 알아보지요."

그녀는 마치 불행을 애도하러 온 것처럼 그쪽으로 건너가서, 리발린에게 자신의 아기씨가 그를 간절히 보고 싶어 한다는 이야기를 은밀히 당부했고, 그 일이 법도와 체통에 맞게 이뤄질 수 있게끔 하셔야 한다고 당부했다. 그런 후 돌아와서 자초지종을 아뢰었다. 그녀는 숙녀를 불쌍한 거지 차림으로 변장시켰다. 그녀는 아기씨의 아름다운 얼굴을 두꺼운 스카프로 가린 채 손을 잡고 리발린에게로 갔다. 그도 그사이 자신을 보살피던 이들을 모두 물러가게 하고는 홀로 있었다. 주위 사람들에게 혼자서 쉬는 것이 낫겠다고 말했던 것이다. 선생은 주위 사람들에게 여의사를 모셔 왔다고 말해서 자신들을 안으로 들여보내도록 했다. 그런 후 문을 닫아걸었다.

"아기씨, 이제 그분 앞에 와 계십니다"라고 그녀는 말했다.

그러자 아름다운 여인은 앞으로 나아가 그를 직접 보았다. 그녀는 탄식했다.

"아, 이제와 항상 영원히! 아아, 이 세상에 내가 왜 태어났을까! 내 모든 희망이 날아가버렸구나!"

그때 리발린은 죽어가는 환자들이 가까스로 인사하는 것처럼 그녀에게 몸을 아주 살짝 숙였다. 그녀는 그 인사를 전혀 보지 못했고 거의 아무것도 알아채지 못했다. 그녀는 멍한 눈으로 주저앉아 자기 뺨을 리발린 얼굴에 비볐고, 사랑과 고통에 모든 기력이 빠져나갈 지경에 이르렀다. 그녀의 장밋빛 입술은 색이 바랬고 얼굴빛은 예전의 살색을 완전히 잃고 창백해졌다. 그녀의 맑은 눈에 대낮은 흐릿하고 어두운 밤처럼 변했다. 그녀는 그렇게 기진맥진해 자기 뺨을 그의 볼에 댄 채 마치 죽은 듯이 한동안 의식을 잃고 누워 있었다.

곤경에 처한 그녀는 조금 기운을 되찾자, 연인을 팔에 안고 자기 입술을 그의 입술에다 대고, 입술이 그 안에서 사랑의 욕망과 힘이 불타오를 때까지 짧은 시간 동안 수없이 키스를 했다. 왜냐하면 사랑이 그녀의 입술에 있었기 때문이다. 그녀의 입술이 그를 행복하게 만들고 엄청난 힘을 불어넣어서, 그는 그

리발린의 결투 모습과 사랑에 빠진 블란셰플루어(바이에른 국립 도서관 BSB Cgm 51)

멋진 여인을 반쯤 죽어가는 자신의 몸으로 바짝 끌어당겨 밀착
시켰다. 두 사람의 욕망이 채워지기까지는 그리 오래 걸리지 않
았으며, 사랑스러운 여인은 그의 아이를 배었다.

　그는 여인과 사랑으로 거의 죽을 뻔했지요. 하느님께서 도와주
지 않으셨더라면 그는 분명 살아남을 수 없었을 겁니다. 하지만

그는 다시 건강하게 되었답니다. 뭐, 원래 이야기가 그렇게 흘러 가야 하지 않겠습니까?

그리하여 리발린은 건강을 되찾았고 아름다운 여인 블란셰플 루어는 마음의 상처를 입는 동시에 해방되었다. 그녀는 그에게 서 큰 시름을 덜었지만, 더 큰 고통을 떠안았다. 그녀는 거기서 사랑의 고통을 떨쳐버렸지만, 그로 인해 죽음을 짊어졌다. 사랑 을 통해 그녀의 고뇌는 사라졌지만, 아이와 더불어 죽음을 잉태 했던 것이다. 하지만 그녀는 오로지 자신의 사랑과 자기가 사 랑하는 연인만을 바라보았다. 그게 행복이 되었든 불행이 되었 든, 그 사람 때문에 고통을 짊어지든 고통에서 해방되든 상관 없었다. 그녀는 아이에 대해서도 불행한 죽음에 대해서도 몰랐 지만, 사랑과 남자를 알았고, 연인들이 하고 또 해야만 하는 대 로 처신했다. 그녀의 마음과 생각, 온 정성이 리발린만을 향했 다. 마찬가지로 그의 생각도 오로지 그녀와 그녀에 대한 사랑뿐 이었다. 두 사람의 생각은 단지 하나의 사랑, 하나의 바람으로 차 있었던 것이다. 그가 그녀였고, 그녀가 그였다. 그는 그녀의 것이었고, 그녀는 그의 것이었다. 블란셰플루어가 있는 곳에 리 발린이 있었고, 리발린이 있는 곳에 블란셰플루어가 있었으며, 그 둘이 있는 곳에는 '참사랑'이 있었다. 그들은 모든 것을 함께 했다. 그들은 서로 행복했으며, 서로의 사랑스러움에 대해 기뻐 했다. 그들이 함께할 수 있는 자리라면 언제라도 그들의 지상의 행복은 충만했으며, 자신들의 삶을 천국과 바꾸지 않으려고 할 만큼 즐겁고 행복했다. 하지만 이 행복이 오래가지는 않았다.

더 바랄 것이 없는 그들의 낙원과 같은 삶이 막 시작되었을 때, 리발린에게 사신이 찾아왔다. 그의 적인 모르간이 자기 나라에서 대군을 일으켰다는 전갈이었다. 이 소식에 리발린은 곧바로 배 한 척을 준비하게 했다. 거기에 그의 모든 장비가 실렸고, 말과 식량 등 여행을 위해 모든 것이 준비되었다.

사랑스러운 블란셰플루어는 연인에 관한 이 괴로운 소식을 듣자마자 근심 걱정이 밀려들었다. 너무나도 상심한 나머지 귀가 먹먹해지고 눈앞이 캄캄해졌다. 얼굴빛은 마치 죽은 여인처럼 창백해졌고, 입에서는 "어휴!"라는 탄식밖에 나오지 않았다. 다른 말 없이 연이어 신음만 내뱉었다.

"맙소사! 어휴 맙소사! 아 내 사랑, 아 내 사람! 어찌하여 내게 이토록 극심한 걱정거리를 안기는지요? 모든 사람의 저주를 받을 사랑아! 행복이 이렇게 순식간에 끝나다니, 이 얼마나 믿을 게 못 되는지. 세상 사람들이 너의 무엇을 믿고 사랑을 하는 거지? 세상 사람들에게 어떻게 사기로 되갚는지 이제야 똑바로 알겠구나. 찰나의 행복으로 일단 유혹해놓고 기나긴 고통 속으로 빠뜨리다니, 너의 끝은 세상 사람들에게 약속한 것처럼 그렇게 좋은 것만은 아니야. 순전히 속임수뿐인 달콤함으로 위장하여 유혹하는 너의 가식은 살아 있는 모든 이를 속이지. 내가 그 좋은 예로구나. 내 모든 행복의 원천인 것으로부터 이제 그저 치명적인 아픔만을 겪어야 하는구나. 내 희망은 이제 사라지고 나만 홀로 남았네."

이렇게 하소연하는 동안 그녀의 연인 리발린이 그녀와 작별을 하기 위해 우는 가슴을 안고 안으로 들어왔다. 그는 말했다.

"아가씨, 제가 고국으로 돌아가야만 함을 허락해주십시오. 하느님께서 아름다운 당신을 보살펴주시길 빕니다. 늘 행복하게 지내시고 건강하십시오!"

그러자 그녀는 고통스러운 마음에 다시 정신을 잃었고, 마치 죽은 듯이 그녀 선생의 무릎 위로 쓰러졌다. 그녀의 신의 있는 동지는 자신이 사랑하는 여인이 얼마나 큰 고통을 겪는지를 보자 그녀의 고통에 동참했다. 리발린은 그녀의 깊은 슬픔을 자기 것으로 받아들였다. 그는 안색이 바뀌며 온몸에서 기운이 빠져버렸다. 그는 몹시 비참한 모습으로 고통스럽게 주저앉았고, 그녀가 다시 기력을 찾기를 초조하게 기다리다가 그녀의 팔을 붙잡고는 그 불행한 여인을 애틋하게 자신의 품 안으로 끌어당겨 안고서는 그녀의 뺨과 눈, 입술에다 계속 키스를 하며 애무했다. 그때에야 그녀는 조금씩 정신을 차리기 시작했다.

블란셰플루어가 정신을 차려 연인을 알아봤을 때, 그는 몹시 걱정스러운 시선으로 바라보고 있었다.

"아! 내 사랑, 어떻게 당신이 저를 이렇게 아프게 할 수 있나요! 당신 때문에, 당신 잘못으로 제 맘에 이토록 쓰라린 고통만 가득한데, 왜 제가 당신을 마냥 바라보고 있어야 하나요? 감히 당신께 말씀을 드려도 된다면, 당신은 저를 좀더 다정하고 상냥하게 대해주셔야만 할 거예요. 사랑하는 당신 때문에 저는 고통스러운데, 특히 세 가지 때문에 괴롭답니다. 그건 치명적이고 피할 수도 없는 거랍니다. 첫째는 제가 아이를 배고 있는데 하느님께서 저를 돕지 않으신다면 출산할 때 살아남지 못할 게 분명해요. 둘째 고통은 더하답니다. 제 오라버니이자 주군께서 제 불행을 알고 그분의 수치로 여긴다면, 저를 저주하고 수모를 당하며 죽도록 내버려두실 거예요. 하지만 셋째가 가장 비참하며 죽음보다 심한 일이지요. 오라버니가 제 목숨을 빼앗지 않고 살려두실 경우, 제게서 모든 상속권을 박탈해서 제 재산과 명예를 앗아 갈 거라고 확신해요. 그렇게 되면 저는 영원히 위신이 실추되어 무시당하며 살아야 할 겁니다. 더군다나 제 아이를 아버지가 살아 있는데도 그 도움 없이 키워야만 할 테지요. 그래도 그 수모를 저 혼자만 겪고, 제 고귀한 가문과 제 오라버니인 왕께서 이런 저의 수치를 모면할 수 있다면 이 일을 비난하지 않으렵니다. 하지만 제가 혼외의 아이를 가졌다는 소식이 널리 퍼진다면, 이 나라와 저 나라, 그러니까 콘월과 잉글랜드에 공개적인 망신이 될 거예요. 아아, 사람들이 저를 그런 눈으로 쳐다보고, 이 두 나라가 제 잘못으로 수모를 겪고 멸시받는 일이 벌어질 바에야 제가 그냥 죽는 게 훨씬 낫지요."

그녀는 하소연을 이어나갔다.

"생각해보세요. 이것이 제 마음을 괴롭히는 고민거리이며, 이것 때문에 평생을 죽은 듯이 살아야 한답니다. 아, 당신이 저를 돕지 않고 하느님께서 그대로 내버려두신다면, 저는 결코 다시 행복해질 수 없을 거예요."

"사랑하는 아가씨," 그는 그녀에게 대답했다. "당신이 저로 인해 고통을 겪게 된다면 제가 할 수 있는 한 보상을 할 것입니다. 제 잘못으로 고난을 겪거나 망신을 당하는 일이 없도록 하겠습니다. 어떤 일이 벌어진다 하더라도, 제가 당신과 함께 그토

50

록 행복한 나날을 보냈는데 당신이 저를 위해 고난을 짊어진다는 것은 부당합니다. 아가씨, 제 마음과 모든 감정을 당신께 전합니다. 슬픔과 기쁨, 나쁨과 좋음, 당신이 겪는 그 모든 것에서 저도 함께하겠습니다. 그것이 고통스럽다 하더라도 항상 그 곁에 있을 것이고, 당신께 선택을 맡길 테니 마음이 가는 대로 하십시오. 제가 머무를지, 아니면 떠나야 할지. 직접 이 두 가지를 생각해보십시오. 제가 여기에 머물러서 당신이 어떻게 되어가는지 보는 게 당신 뜻이라면 그렇게 하겠습니다. 하지만 제가 여기를 떠나 고국으로 가길 바라신다면, 저 자신과 제가 가진 모든 것을 영원히 당신께 바치겠습니다. 당신이 저를 너무 잘 대해주셨기에, 감사를 드리기 위해 분명히 제 모든 것을 드리는 것이 옳겠지요. 그러니 아가씨, 당신이 어떤 결정을 하셨는지 알려주십시오. 당신이 원하는 대로 하겠습니다."

"자비하신 분이셔라, 그렇게 말하고 행하시니 하느님께 반드시 상을 받으실 거예요. 저도 기꺼이 당신 발 아래 엎드리고자 합니다. 아! 내 사랑, 제가 여기 머무를 수 없다는 것을 당신은 아시겠지요. 제 아기 때문에 처한 이 상황을 불행히도 숨길 수가 없답니다. 몰래 이곳에서 도망칠 수만 있다면! 그것이 제 처지로 볼 때 제게 최선책일 것 같아요. 사랑하는 이여, 저를 도와주세요!"

"그렇다면 아가씨, 저와 같이 갑시다. 밤에 제가 배를 타러 갈 때 저보다 먼저 그곳에 도착해 계십시오. 선상에서 제 신하들 가운데 당신을 볼 수 있도록 제가 작별을 고하기 전까지 배에 올라타 계십시오. 그렇게 해보세요! 반드시 그렇게 되어야 합니다."

이런 말을 남기고 리발린은 마르케왕에게 가서, 자신의 왕국과 백성에 관해 자신이 들었던 이야기를 설명했다. 그런 후 바로 작별을 고하고 궁정 사람들과도 작별을 나누었다. 모두 리발린이 떠나는 것을 아쉬워했는데, 그는 이토록 자신 때문에 슬퍼하는 것은 그 전에도 이후에도 보지 못했다. 하느님께서 그의 명예와 삶을 보호해주십사 하고 많은 이가 축복을 기원했다.

밤이 되자 그는 자신의 배로 가서 모든 짐을 배에 싣고, 아름다운 블란셰플루어가 와 있는지도 확인했다. 이내 배는 육지에서 멀어졌고, 이리하여 그들은 그곳에서 떠났다.

리발린은 자신의 나라에 도착해서 모르간이 강력한 군대를 이끌고 쳐들어와서 일으킨 매우 곤란한 상황을 듣자, 충성을 익히 알고 있으며 가장 신뢰하던 자신의 원수元帥를 불러오라 명했다. 그는 리발린을 대신하여 나라와 백성을 다스리고 있었다. 그 사람은 루알 리 포이테난트로, 충성심이 한 치도 흔들림이 없었던 명예와 신의의 모범이었다. 그는 리발린에게 얼마나 위험한 상황에 처했는지를 최대한 자세하게 보고한 뒤 안도의 말을 내뱉었다.

"하지만 하느님께서 주군을 고국으로 돌려보내주셔서, 제때 우리 모두를 도우러 도착하셨으니, 상황이 호전될 수 있을 것입니다. 이제 기쁜 마음으로 우리 근심 걱정을 잊을 수 있겠습니다."

그러자 리발린은 그에게 블란셰플루어와의 달콤했던 사연을 들려주었다. 그는 이 소식에 매우 기뻐하며 자기 생각을 말했다.

"제 생각에는 모든 면에서 주군의 위신이 드높아질 것입니다. 주군의 위신과 명성, 주군의 행복과 영광이 태양처럼 떠오를 것입니다. 세상 어디에도 그분만큼 주군의 존함을 드높일 여인이 없습니다. 그러니 주군, 제 충언을 따르십시오. 그분이 주군께 그렇게 친절을 베푸셨다니 이제 그 상을 받으셔야 합니다. 지금 우리 어깨를 무겁게 짓누르고 있는 현안을 처리해서 위험을 물리치고 나면 축하연을 벌이도록 분부하십시오. 아주 성대하고 화려한 축제가 되어야 할 것입니다. 거기서 모든 친척과 신하 앞에서 공식적으로 부인으로 맞이하십시오. 그리고 진심으로 충언을 드립니다만, 그전에 우선 주군은 성당에서 성직자와 평신도들이 보는 앞에서 그리스도교의 전례대로 결혼이 성사되었음을 확인받아야 할 것입니다. 그래야 축복을 받을 수 있습니다. 그래야 주군의 일로 더더욱 주군 명성이 드높아지고 주군께 유익하리라는 것을 보장받을 수 있습니다."

일이 순조롭게 진행되어 리발린은 이 모든 것을 마무리 지을 수 있었다. 그가 그녀와 결혼했을 때, 그녀의 손을 충실한 포이테난트에게 넘겨주었다. 포이테난트는 그녀를 카노엘성으로 모시고 갔다.

제가 읽은 기억으로는 그 성의 이름을 따서 그의 주인을 카넬 엥그레스라고 불렀다고 합니다. 카넬이 카노엘이지요. 바로 이 성에 그는 자신의 부인, 여성의 품위를 갖추고 생각과 행동을 궁정 세계에 맞춰 살아온 여인이 살도록 한 것이지요.

루알은 그곳에 귀부인을 맡기고, 그녀의 신분에 합당하게 편안함을 누릴 수 있도록 배려했다. 그 뒤 자신의 주군에게 돌아갔고, 두 사람은 목전의 곤경을 상의했다. 그들은 왕국 전역으로 사신을 보내어 기사들을 불러 모았다. 그들은 모든 자원과 역량을 전투를 위해 동원한 후, 병력을 이끌고 모르간에게 맞서 싸우러 나갔다. 모르간과 그의 군대는 이미 그들이 오리라 예상하고 있었다. 그들은 리발린에게 격렬하게 응전했다.

아, 그토록 많은 용맹한 군사가 거기서 쓰러져 전사했으니! 거기서 무사한 이는 거의 없었으니! 얼마나 많은 이가 사지에 빠졌는지, 양쪽 군대에서 얼마나 많은 이가 거기서 부상당하고 죽었는지! 이런 처절한 방어전에서 정말 애달파해야 할 이가 전사했으니, 죽고 나서 슬피 울부짖는 것이 무슨 소용이 있냐 하시겠지만, 그를 잃은 사실에 온 세상이 슬퍼해야 합니다. 기사의 품성에서나 통치자의 덕에서나 결코 한 치도 벗어남이 없었던 그 훌륭한 카넬엥그레스가 애통하게도 저기 죽어 쓰러져 있습니다. 그의 부하들은 갖은 난관에도 불구하고 그의 시신을 보호해서 힘겹게 전장을 떠났지요. 그들은 크게 비통해하며 그를 이고 와서 그 명예나 품위가 절대 손상되지 않게 장례를 치렀습니다. 그들의 슬픔과 비탄, 그들이 고통으로 슬피 울었던 것을 지금 상세히 이야기해봤자 무슨 소용이 있겠습니까? 아무 소용도 없지요. 그들 모두 그와 함께 죽은 셈이며, 명예, 재산, 그리고 훌륭한 사람들에게 행복과 기쁨을 선사할 수 있는 그 모든 정신도 같이 죽었거든요.

이런 일이 벌어졌지만, 되돌릴 수 없습니다. 이제 훌륭한 리발린은 죽었습니다. 이제 사람들이 죽은 자에게 응당 해야만 하는 일을 그에게 할 뿐 달리 할 수 있는 게 없지요. 그를 떠나보내야만 합니다. 하늘에 계신 하느님께서 그를 보살펴주시겠지요. 그분은 고귀한 마음을 지닌 이를 결코 내버려두지 않으시니! 자, 이제 블란셰플루어는 어찌 되었는지 계속해서 이야기해보겠습니다.

모르간과 결투에서 목숨을 잃은 리발린(바이에른 국립 도서관 BSB Cgm 51)

그 아름다운 이가 이 비극적인 소식을 들었을 때, 그녀의 마음은 어땠을까요?

오, 주 하느님, 이제 우리가 겪는 일에서 우리를 보호하소서! 제가 하나는 믿어 의심치 않습니다. 어떤 여인이 사랑하는 남편 때문에 마음에 큰 상처를 받으면, 그 고통이 자기 것이 되어버리지요. 그렇습니다. 블란셰플루어의 마음은 쓰라림뿐이었습니다. 그녀가 그의 죽음을 온 마음으로 받아들였다는 것은 만천하가 아는 사실입니다. 하지만 이런 슬픔에도 그녀의 눈가는 전혀 축축해지지 않았답니다.

주 하느님, 울지 않았다니, 어떻게 그리될 수 있었는지요? 그녀의 마음은 돌처럼 굳어버렸던 것입니다. 그 안에서 더 이상 생명이 살아남지 못했고, 단지 살아 있는 사랑과 그녀의 삶에 줄곧 대항하는 살아 있는 고뇌만이 남았습니다. 그렇다면 그녀가 임에 대한 한탄을 말로 표현했을까요? 아닙니다. 그녀는 그러지 않았답니다. 그녀는 그 순간 말문이 막혔기 때문입니다. 한탄 소리가 입에서 사라져버렸습니다. 그녀의 혀, 입, 가슴, 느낌, 그 모든 것이 사라졌습니다. 아름다운 여인은 전혀 슬퍼하지 않았습니다. 신음도 탄식도 내뱉지 않았습니다. 그녀는 그 자리에 쓰러져 사흘 내내 앓아누웠는데, 그 어떤 여인보다도 비참했습니다. 그녀는 몸을 이리저리 돌렸다가 사지를 구부렸다가 펴곤 했는데, 어마어마한 산고 끝에 아기를 낳을 때까지 이런 행동을 계속했답니다. 다들 이것 좀 보십시오, 저 아이는 살아남았지만, 그녀는 숨을 거두었습니다.*

맙소사, 이런 괴로운 장면이라니. 큰 고통을 겪은 뒤에 더 큰 고통의 순간을 보게 되다니!

　리발린의 명예가 달려 있었고, 하느님께서 리발린에게 허락하신 동안 그가 가장 영예롭게 보살피던 그녀의 고통은 안타깝게도 너무나도 컸으며, 다른 모든 고통을 뛰어넘었습니다. 그녀의 모든 희망과 기력, 그녀의 처신과 기사적인 삶, 그녀의 명망과 품위, 그 모든 것이 사라져버렸습니다. 그의 죽음은 영광스럽다 하겠지만, 그녀의 죽음은 불쌍하기 짝이 없는 일이었습니다. 주군의 죽음으로 왕국과 백성의 불행과 슬픔이 아무리 크다고 하더라도, 사랑스럽기 그지없는 이 여인의 잔혹한 고통과 가련한 죽음을 보는 것만큼 원통한 일은 없었습니다. 어떤 행복한 사람이라도 그들의 슬픔과 불행을 애통해할 것입니다. 그리고 여자 때문에 행복해진 사람이나 행복해지기를 바라는 사람이 있다면, 그러한 일들에서 불행이 착한 사람들을 얼마나 쉽게 엄습할 수 있는지, 또 그들의 행복과 안녕이 얼마나 쉬이 고통으로 바뀌어나가는지 염두에 둬야 합니다. 그러니 그런 사람들은 티 없이 순수한 이 여인에게 하느님의 선하심과 계명이 도움과 희망이 될 수 있도록 그분의 축복이 있기를 기원해야 할 것입니다.

　자, 이제 우리는 아이에 대해 이야기를 해봅시다. 아버지도 어머니도 없는 그 아이에게 하느님께서 어떤 일을 하실지 말입니다.

---

* 트리스탄 부모처럼 연애 결혼이 비극적인 결말로 끝나는 건 중세 유럽 문학의 공통적인 주제다. 『니벨룽족의 노래』에서 지크프리트의 어머니도 출산의 고통으로 비극적인 죽음을 맞이한다.

## 3. 충성스러운 루알 리 포이테난트

 벗이 죽고 난 뒤에도 슬픔과 굳건한 신의가 다시 계속된다면, 그 벗과 쭉 같이 지내는 겁니다. 바로 그런 것이 최고의 신의지요. 벗을 슬퍼하며 죽은 뒤에도 변치 않고 신의로 그의 곁을 지키는 사람은 어떤 보답보다도 큰 보답을 하는 것이며, 진정 신의의 정수라 할 것입니다. 제가 읽은 바로는 이런 최고의 신의를 지닌 사람이 원수元帥와 그의 복 받은 아내였답니다. 두 사람은 하느님과 세상 앞에 신의로 하나가 된 사람들이었거든요. 하느님의 모상으로 세상의 모범이 되는 살아 있는 예였죠. 그들은 하느님의 뜻에 따라 신의를 완벽하게 지켰으며 마지막까지 순진무구함을 지녔습니다. 만일 이 세상에서 신의만 가지고 왕이나 여왕이 될 수 있다고 한다면, 이 두 사람은 응당 그럴 자격이 있습니다. 정말 그런지 지금 입증해보려 합니다. 자, 그가 어떻게 행동하고 그녀가 어떻게 처신했는지 그 이야기를 여러분께 들려드리겠습니다.

그들의 여왕인 블란셰플루어가 죽고 리발린의 장례가 끝났을 때, 아기는 여전히 살아 있었다. 갓난애인 그 고아는 지극히 불행한 처지에도 불구하고 마치 행운의 아이처럼 잘 보살핌을 받았다. 원수와 그의 아내는 사람들의 눈을 피해 이 아기를 데려다 숨기고는, 사람들에게 여왕이 아기를 배 속에 품은 채 서거했다고 말을 퍼뜨렸다. 그러자 이런 세 곱절의 불행에 온 나라가 큰 슬픔에 빠졌다. 리발린이 목숨을 잃었을 때의 슬픔, 블란셰플루어가 죽었을 때의 슬픔, 그리고 두 사람의 희망이었던 아기마저 죽었다는 슬픔이 겹겹이 쌓였다. 게다가 강력한 모르간의 위협까지 직면하게 되었다. 그 두려움은 자기들 주군의 죽음이 주는 고통만큼 괴로웠다. 밤낮으로 원수怨讎를 눈앞에 두고 있어야 하는 것은 세상에서 가장 견디기 힘들고 끔찍한 고통이기 때문에 살아도 살아 있는 처지가 아니었다. 살아남은 자들의 슬픔 속에 블란셰플루어가 매장되었다. 큰 탄식과 슬픔의 소리가 그녀의 무덤가에서 울려 퍼졌다.

실망이 어마어마했다는 정도로 상상하시면 됩니다. 이제 슬픈 이야기로 여러분의 귀를 더 괴롭히지 않겠습니다. 그래선 안 되겠지요. 슬픈 이야기를 과도하게 이야기하면 귀에 거슬리니까요. 좋은 이야기라 하더라도 너무 오래 되풀이하면 그 효과를 잃고 남는 것이 없기 마련이거든요. 그러니 슬픔은 이제 멈추고 우리의 관심을 그 고아에게 돌려, 지금부터 그 아이의 이야기를 하려 합니다.

세상일은 종종 불행과 맞부딪치지만, 불행 속에서도 다시 좋은 결말을 맺는다. 참혹한 시간 가운데서 유능한 이는 일이 어떻게 되든 간에 자신이 어떻게 도움을 받을 수 있을지를 생각해야 한다. 사는 동안 살아 있는 사람과 함께 살아야 하며 살고자 하는 굳센 의지를 지녀야 한다. 원수 포이테낭트가 그렇게 했다. 그는 곤란한 상황에 처했기에, 지금 온갖 역경 속에서 제국의 몰락, 자신의 죽음을 염두에 두고 고민했다. 이제 맞서 싸운다는 것은 아무런 소용이 없고, 적들과 싸워서는 몸을 보전할 수 없었기에 계책을 내놓았다. 그는 즉시 군주의 왕국 전역에 있는 귀족들과 상의하여 영구적인 평화 조약을 맺도록 했다. 그들에게도 은혜를 청하며 항복하는 것 외에는 별다른 수가 없었다. 그래서 모르간을 자비로운 군주로 섬기겠다며 목숨과 재산을 바쳤다. 그들은 이렇게 기민하게 모르간과 서로 간의 적대감을 모두 정리하며 자기 나라와 백성을 구했던 것이다.

의로운 포이테낭트 원수는 집으로 돌아가 착한 아내를 설득했다. 살고 싶다면 마치 해산을 기다리는 여자처럼 숙소로 돌아가 침대에 있으라고 간청했던 것이다. 그리고 적당한 시간이 되면 옥동자를 낳았다고 알리도록 했다. 원수의 착한 부인 플로레테는 순수하고 품위 있는 훌륭한 여성으로 여성이 지녀야 할 미덕의 모범이자 보석과 같이 고귀한 여성이었다. 그녀는 자신의 명예를 지켜주려는 남편의 말에 곧바로 따랐다. 그녀는 마치 막 해산하려는 여자처럼 정신적, 육체적으로 고통스러워하는 모습을 연기했다. 또 해산 준비에 걸맞게 방과 집을 정돈시켰다. 그녀는 때가 되면 어떻게 해야 하는지 잘 알았기 때문에, 실제로 산통을 겪는 듯이 소리를 냈다. 산통으로 몹시 고통스러워 소리치는 여인처럼 온몸과 온정신을 다해 비명을 내질렀다. 그런 뒤 몰래 아기를 침대로 숨겨 와 내려놓아서 산파 외에는 아무도 속임수를 눈치채지 못했다. 곧바로 원수의 부인이 아들을 낳았다는 소식이 퍼졌다. 거짓말이 아니었다. 실제로 그녀는 아들을 팔에 안고 있었으며, 아이에 대한 그녀의 사랑은 그들의 마지막까지 이어졌다. 사랑스러운 아기는 아이가 엄마에게 자아낼 수 있는 깊은 사랑을 그녀에게 불러일으켰다. 그건 당연하고 옳은 일이었다. 그녀도 사랑하는 엄마로서 아이에게 모든 신경을 기울였고, 진정 자기 가슴에 품은 아이처럼 꾸준히 보살폈다.

이 이야기를 통해 이제 아시겠지만, 한 남자와 한 여인이 자기 주인을 그와 같은 사랑으로 키워낸 것은 전무후무한 일이랍니다. 제가 이미 이야기한 이 아이를 원수가 아버지로서 잘 보살피기 위해 얼마나 노력했는지 어디 한번 들어보시지요.

때는 고상한 원수 부인이 산후조리를 하고 여성에게 규정된 대로 6주가 지난 뒤였다.* 그녀는 앞서 이야기한 아들 때문에 성당에 가게 됐는데, 엄마처럼 포근하게 직접 아이를 품에 안고 하느님의 집으로 갔다. 그곳에서 산모의 축복을 받고 아름다운 시녀들과 함께 제물을 봉헌한 후, 아이가 하느님의 이름으로 그

---

* 『구약 성경』의 「레위기」(12: 2~4)에 규정된 정결례에 따라 플로레테도 출산한 지 40일이 지나야 성당에 갈 수 있었다. 세례식 때 바치는 제물도 성경의 가르침에 따른 것이다.

리스도교를 받아들이도록 거룩한 세례를 받을 준비를 했다. 이로써 어떤 일이 벌어지더라도 그 아이는 그리스도교 신자인 것이다. 세례식 주례 사제는 모든 것을 준비하고는, 세례식 관습에 따라 아이의 이름을 어떻게 정할지 물었다. 고상한 원수 부인은 남편에게 조용히 아이의 이름을 뭐라고 할지 의견을 물었다. 원수는 한동안 말을 않고 이런 특별한 경우 어떤 이름이 어울릴지 심사숙고했다. 그는 아이를 처음 알게 되었을 때, 그때부터 아이가 겪어온 운명을 생각했다. 그러고 나서 말을 꺼냈다.

"이봐요, 부인. 이 아이의 아버지에게 블란셰플루어가 어떤 일을 겪었는지 들었소. 얼마나 큰 고통 속에서 그에 대한 그녀의 그리움이 이루어질 수 있었는지, 그녀가 어떻게 하여 슬픔 속에 아이를 임신하게 되었고 어떤 슬픔 속에서 아이를 낳게 되었는지를 알고 있소. 그러니 우리는 이 아이를 트리스탄이라고 불러야 할 것이오."

'트리스트'는 '슬픔'이란 뜻입니다. 이리하여 이 무용담에서 아이는 트리스탄이라 불리게 되었고, 트리스탄 이름으로 세례를 받았습니다. '트리스트'에서 나온 트리스탄이 그의 이름이었으며, 그 이름은 그에게 딱 맞았고 여러모로 적절했지요. 그건 이야기의 모든 면에서 잘 드러납니다.

자, 여러분은 그 아이의 어머니가 출산을 할 때 얼마나 슬픈 상황을 겪었는지 알고 계시지요. 그 아이가 얼마나 이른 시기에 고통과 슬픔을 짊어지게 되었는지도 아시지요. 그 아이가 얼마나 슬픈 삶을 살아야 하는지, 그의 슬픈 죽음으로 그의 모든 심적 고통이 한 번에 끝난다는 사실도 아실 테지요. 그 죽음은 어떤 죽음보다도 비참하며, 어떤 슬픔보다도 쓰라립니다. 이 이야기를 읽어본 사람은 누구나 그 이름이 삶과 일치한다는 것을 알 수밖에 없답니다. 그 사내는 바로 자신의 이름대로였고, 그는 자신 그대로 이름이 불렸습니다. 트리스탄은 그에게 딱 맞는 이름이었지요. 그런데 포이테난트가 아기 트리스탄이 난산으로 죽은 엄마 배 속에 그대로 남아 죽었다는 이야기를 퍼뜨린 이유를 알고 싶은 분이 계시겠지요? 그 이야기를 들려드리죠.

그것은 충정에서 우러나온 일이었습니다. 모르간의 적개심을 두려워했기에, 신의로 그렇게 한 것이지요.* 그가 아이의 존재를 알게 되면 계책을 부리거나 아이를 죽여 그 나라를 힘으로 앗아 갈 수도 있거든요. 신의의 사나이는 그 고아를 자식으로 받아들여 훌륭하게 키워냈기에, 세상 사람들은 모두 하느님의 축복이상으로 내리길 기도해야 할 것입니다. 고아였던 그 아이는 그 상을 받기에 합당했습니다.

이제 아기가 그리스도교 관례에 따라 세례 성사를 받았을 때, 훌륭한 원수 부인은 사랑스러운 아이를 다시 맡아 사랑으로 보살폈다. 그녀는 늘 아이가 잘 지내는지 살펴보며 챙겼다. 사랑스러운 엄마는 열정 어린 사랑으로 아이를 보살폈기에, 아이가 걸음을 불안하게 내딛기만 해도 어쩔 줄 몰라 했다. 그녀는 아

---

* 동방 박사를 통해 예수 그리스도의 탄생을 알게 된 헤롯왕이 자신의 왕위를 잃을까 봐 갓난아이를 죽이도록 한 것을 빗댄 서술이다.

이가 말과 행동을 잘 이해할 수 있는 일곱 살이 될 때까지 어머니 노릇을 했다. 이제 그의 아버지인 원수는 아이를 어머니와 떼어놓아 학식이 있는 이에게 맡겼다. 그는 이 사람과 함께 아이를 외국으로 보내 외국어를 배우게 했다. 게다가 즉시 책 읽는 법을 배우기 시작했는데, 다른 공부보다 여기에 더욱 매진하도록 했다.

그것이 아이가 자신의 자유에 제한을 받은 첫번째 경험이었다. 여태껏 자신이 받은 적이 없는 낯선 훈육이라는 걱정거리와 부딪쳐야 했다. 초창기 한창때, 그의 모든 행복이 막 싹틀 어린 나이에, 아무런 근심 없이 즐겁게 삶을 시작할 무렵에 삶이 막 지나가버렸던 것이다. 말하자면 기쁨으로 한창일 무렵에 근심의 서리를 맞았는데, 그런 건 자주 청춘에 불행을 초래하고 행운의 싹을 말라비틀어지게 한다. 처음으로 자유를 만끽할 순간 자신의 모든 자유가 사라져버렸다. 책을 읽고 공부해야 한다는 의무감으로 고통이 시작되었다. 하지만 아이는 일단 시작한 뒤로는 열성을 다해 전념했다. 그처럼 단시간에 그토록 많은 책을 공부한 아이는 전무후무할 것이다. 책을 읽고 언어를 배우는 일에만 그친 것이 아니라, 각종 현악기 연주를 익히는 데도 많은 시간을 보냈다. 그는 아침저녁으로 열심히 매진했기 때문에 놀랄만큼 뛰어난 실력을 갖추게 되었다. 오늘도 내일도 처음부터 완벽하게 될 때까지 계속해서 공부했다. 그뿐 아니라 그는 방패와 창을 들고 날렵하게 말을 타는 법, 말에 가볍게 박차를 가하거나 질주하게 만드는 법, 고삐를 잡아 걷게 만들거나 뛰어난 기사처럼 자신의 발로 방향을 잡는 법을 배웠다. 그는 덤비고 회

트리스탄의 세례식과 교육 모습(바이에른 국립 도서관 BSB Cgm 51)

피하는 연습을 하고, 거세게 달리고 멀리 도약하며 창을 던지는 운동을 즐겼으며, 이 모든 것을 전력을 다해 익혔다.

자, 지금 이야기로 여러분은 그 아이가 지금까지 있어왔던 어떤 남자보다 뛰어난 사냥과 추적 실력을 갖췄다는 걸 아시게 되었습니다. 궁정의 모든 예술과 놀이를 탁월하게 익혔지요. 게다가 세상에 태어난 아이 중 그 아이보다 아름다운 몸을 가진 아이는 없었답니다. 정신과 육체 모든 면에서 뛰어났습니다. 하지만 제가 읽은 바로는 이 행운아는 오랜 불행으로 어둡게 되었습니다. 고통을 겪을 운명이었던 거죠.

그가 열네 살이 되었을 때, 원수는 그를 다시 집으로 데려와 폭넓게 여행을 하라고 명했다. 말을 타고 돌아다니며 왕국과 사람들의 소식을 듣고 그곳의 모든 관습을 익히도록 한 것이다. 이 귀중한 소년은 그 말을 철저히 따랐는데, 왕국 전체를 통틀어 그 나이 때 소년들 중 트리스탄만큼 정통한 이가 없을 정도였다. 세상 전부가 다정한 눈길로 그를 만났는데, 완벽함을 위해 그토록 노력하고, 무자격자를 혐오하는 이들이라면 당연히 그를 응원할 수밖에 없었다.

# 4. 트리스탄이 납치당하다

그 무렵 그의 일생에 새로운 모험이 다가오고 있었는데, 어떤 일인지 들어보시죠.

노르웨이에서 바다를 가로질러 무역선 한 척이 파르메니에 왕국으로 와 카노엘 항구에 상륙했다. 그곳은 바로 원수가 젊은 군주 트리스탄과 함께 머물며 국사를 보는 성 앞이었다. 낯선 상인들이 검사를 받기 위해 상품을 풀어놓자마자, 이번에 팔러 온 상품에 대한 소문이 궁정의 모든 사람에게 전해졌다. 거기에 대한 유혹이 트리스탄에게 불행이 될 줄은 아무도 몰랐다. 팔려고 내놓은 물건 중에는 매사냥에 쓰이는 매와 다른 새들이 많았다. 새들에 대한 이야기가 많이 떠돌았고, 결국 원수의 아들 중 두 명이 먼저 젖형제인 트리스탄과 의기투합하여 아버지를 찾아갔다. 트리스탄의 매를 사러 자신들을 보내달라고 간청하려 했던 것이다.

사실 소년들이라면 그런 물건은 늘 갖고 싶어 하는 게 당연합니다. 고귀한 루알은 아들들의 부탁을 들어주었지요. 그것이 트리스탄을 위한 것이라면, 아무것도 거절하지 않고 뭐든지 들어주었을 겁니다. 트리스탄을 친척이나 부하 영주보다도 아꼈기 때문이죠. 심지어 자신의 아이들보다 그에게 더 지극정성을 쏟았답니다. 이처럼 세상 사람들에게 자신의 무조건적인 신의, 타고난 명예와 품성을 드러냈답니다.

　즉시 그는 자리에서 일어나 준비했다. 진짜 아버지처럼 트리스탄의 손을 이끌고 다른 아들들과 하인들을 거느리고 배가 있는 쪽으로 내려갔다. 그곳에는 장사를 하러 온 사람이든 놀러 온 사람이든 누구나 좋아하고 끌릴 만한 상품이 있었다. 보석류, 비단, 우아한 옷 등 모든 게 잔뜩 쌓여 있었다. 날랜 송골매, 새매, 도롱태, 다 자라 깃털이 풍성한 참매와 적갈색 깃털의 어린 참매 등 사냥용 새도 많았는데, 각각 고를 만한 모델도 많았다. 하인들은 명을 받아 트리스탄에게 도롱태와 덩치 큰 송골매를 사 주었다. 트리스탄은 자기 젖형제들의 새도 사고 싶어 했고, 그의 바람대로 세 명 모두 저마다 원하는 것을 얻었다.
　돌아갈 시간이 되었을 때, 우연히 트리스탄의 시선이 배 안의 체스 세트에 멈췄다. 아주 멋지게 잘 만들어진 체스 말과 테두리가 멋지게 장식된 체스판으로, 뛰어난 장인의 솜씨로 만든 세공품이었다. 체스 말은 진짜 상아로 조각된 걸작이었다. 다방면에 박식한 트리스탄은 그걸 오랫동안 유심히 살펴보다가 물었다.
　"아, 하느님께서 고귀한 상인분들을 축복해주시길! 말 좀 해보세요, 체스 게임*을 할 줄 아세요?"

저런, 그 아이가 직접 이런 말을 꺼냈답니다.

상인들은 소년이 그들 나라 말로 이야기하자 그 소년을 주목하기 시작했다. 다른 사람이 자기들 말을 한다는 건 쉽지 않았기 때문이었다. 그들은 그 소년의 모습 전반을 찬찬히 뜯어보더니 그렇게 세련된 매너를 갖춘 소년을 본 적이 없다는 것을 깨달았다.

"아무렴요, 젊은 나리, 우리 가운데 체스를 둘 줄 아는 사람이 적지 않죠. 원하신다면 한판 벌일 수 있습니다요. 제가 대적을 해드리리다."

그들 중 한 사람이 대답했다.

"정말요? 그럼 한 판 해요."

두 명은 자리를 펴고 게임을 시작했다. 그때 원수가 끼어들었다.

"트리스탄, 나는 지금 성으로 돌아간다. 원하면 여기 머물러서 게임을 하려무나. 다른 아이들은 나와 함께 갈 거다. 너를 보살피게 네 가정교사는 여기에 있으라고 하마."

그리하여 원수는 자기 부하들을 이끌고 떠났습니다. 트리스탄

---

* 체스는 13세기 귀족 사이에 매우 인기가 높았다. 그래서 귀족이 주인공인 중세 작품의 서사 구조에서 체스를 중요한 계기로 이용할 때가 많다.

은 선생과 함께 남아 있고 말입니다. 여러분께 진짜로 말할 수 있는데, 그 선생은 기품이나 성품 면에서 어떤 기사 견습생에도 뒤지지 않는 고상한 사람이었다고 전해집니다. 그의 이름은 쿠르베날*이었죠. 그는 많은 기술에 정통했기 때문에 트리스탄의 선생님으로는 적격이었죠. 트리스탄은 그의 지도를 받아 많은 기술을 능숙하게 익혔습니다.

많은 기술을 숙달한 소년이자 교육의 모범인 트리스탄은 게임에 쏙 빠져버렸다. 매번 트리스탄이 너무나도 좋은 수를 두었기 때문에, 외국 상인들은 모두 그를 뚫어져라 쳐다보며 수군댔다. 그렇게 잘 두는 젊은이를 본 적이 없었기 때문이었다. 하지만 그가 게임 중에 보여주는 수는 다른 재능에 비하면 별것 아니었다. 그저 어린이에 불과한데 어떻게 그 많은 언어를 할 줄 아는지! 그동안 가본 곳 어디에서도 들을 수 없었던 수많은 언어가 트리스탄 입에서 흘러나왔던 것이다. 왕실의 예의 바른 표현, 일반적인 궁정 지식뿐 아니라 이따금 외국의 체스 게임 용어들을 사용했다. 그는 이 모든 지식을 자유자재로 정확히 활용하며 게임을 주도해나갔다. 또 샹송과 가곡, 후렴이 있는 노래와 현악기에 어울리는 노래를 흥얼거렸다.

트리스탄이 다양한 궁정 예법에 정통했기 때문에 곧 상인들과 무역업자들은 비밀스레 서로 의논하기 시작했다. 트리스탄이 눈치채지 못하게 유괴할 수만 있다면, 분명 그를 인질로 삼아

---

* 이 이름 역시 고대 프랑스어로 '기르다, 교육하다'란 뜻에서 나왔다.

더 많은 이득을 취할 수 있을 터였다. 그들은 즉시 뱃사공에게 노를 저을 준비를 하라고 명령을 내리고, 불필요한 이목을 끌지 않고 슬그머니 닻을 올렸다. 별일 아닌 듯 자연스럽게 배가 떠났기 때문에 트리스탄이나 쿠르베날도 배가 육지와 1큰 마일* 이나 떨어졌을 때 비로소 알아차릴 수 있었다. 둘 다 게임에 몰두하느라 어떤 일이 벌어지고 있는지 전혀 깨닫지 못했던 것이다.

판을 끝냈을 때 승자는 트리스탄이었다. 그제야 그는 주변을 둘러보고는 사태를 파악했다. 아무도 어미 배 속에서 태어난 아이 중 그때 트리스탄만큼 당황한 이를 보지 못했을 것이다. 그는 벌떡 일어나 그들 앞에 서서 소리쳤다.

"맙소사, 상인 양반, 대체 이게 무슨 짓입니까? 나를 어디로 데려가는 거죠?"

"이봐요, 젊은 나리, 아무 소용 없소. 우리랑 같이 가는 수밖에 없을 거요. 그냥 편하게 생각하고 행동해요."

상인 한 사람이 대꾸하자, 트리스탄은 서글프게 울기 시작했다. 그의 동행 쿠르베날도 따라 울었다. 두 사람의 울음소리가 얼마나 처량했던지 선원들의 심사도 불편해졌다. 결국 그들은 쿠르베날을 조각배에 태우고는 원하는 항구 어디로든 떠나라고 일렀다. 항해 중 굶어 죽지 않도록 최소한의 필수품과 노 하나, 마른 빵 몇 조각도 챙겨 주었다. 하지만 트리스탄은 자신들

---

* 로마 제국의 1마일은 2천 걸음 정도로 1.5킬로미터지만, 독일식 마일은 이보다 훨씬 거리가 멀기 때문에 '큰 마일'로 표현한다. 대략 7.5킬로미터이다.

과 남아야 한다고 말했다. 이렇게 그들은 쿠르베날이 바다 위에서 알아서 자기 앞가림을 하도록 내버려둔 채 떠나갔다.

쿠르베날은 바다 위를 표류했다. 온갖 번민과 고뇌로 머릿속이 복잡했다. 불쌍한 트리스탄이 괴로워하는 모습을 지켜볼 수밖에 없었던 고통, 자신에게 닥친 위험과 서서히 다가오는 죽음의 공포. 그는 노를 젓거나 배를 모는 기술을 배우지 못했기 때문에 속수무책이었던 것이다. 절망에 빠져 중얼거렸다.

"하느님 맙소사, 내가 뭘 해야 하지? 이런 곤궁에 빠진 적이 없었는데. 혼자서 배를 몰아야 한다고? 방법을 모르는데! 하느님, 지금 저를 보호해주시고, 제가 가는 길에 늘 함께하소서! 비록 전에는 당신께 의탁하지 못했사오나, 당신께 엎드려 자비를 청하오니, 저를 여기서 구해주소서!"

그는 하느님의 도움을 구하려 울부짖으며 전력을 다해 노를 붙잡고 저었다.

그는 신의 도움으로 오래지 않아 고향에 도착했다. 그는 즉시 무슨 일이 일어났는지 전부 보고했다. 원수와 그의 착한 아내는 양아들이 죽을지도 모른다는 걱정에 가슴이 송두리째 찢겨 나가는 아픔을 겪었다. 그들이 느낀 고통은 뭐라 표현할 수 없을 정도로 깊었다. 그들은 다른 신하들과 함께 바닷가로 나가 잃어버린 아이를 두고 슬퍼했다. 많은 이가 하느님께 매달려 도와달라고 기도를 드렸고, 수많은 이의 이런저런 탄식 소리가 울려퍼졌다.

어둠이 깔리기 시작하자 하나둘씩 자리를 떴고, 잦아진 슬픔은 한목소리, 한 가지 내용으로 모였다. 여기저기서 외침과 울부짖음이 있었지만, 다들 똑같은 내용을 프랑스어로 외쳤다.

"착한 트리스탄, 예의 바른 트리스탄, 네 몸과 네 목숨을 하느님께 맡기렴. 네 아름다운 몸, 네 사랑스러운 목숨을 하느님께서 보호하시기를!"

그러는 사이 노르웨이 상인들은 먼바다를 항해하고 있었다. 그동안 자신들이 얼마나 성공을 거뒀는지, 어떤 이득을 남길지 생각에 푹 빠져 있었다.

하지만 만사를 조정하시고 잘못된 것을 바로잡으시는 그분이 그들의 계획을 수포로 돌아가게 만드셨지요. 그분 앞에서는 힘센 바람과 바다도 덜덜 떨며 복종하지 않습니까? 그분이 바라시는 대로, 명령하시는 대로 바다에 사납고 어마어마한 폭풍우가 몰아치기 시작했답니다.

폭풍우에 맞서려는 선원들의 노력은 아무런 소용도 없었다. 거센 바람이 부는 대로 배는 이리저리 휘몰렸고, 그들 모두 폭풍우를 벗어나 살아남으리라는 희망을 포기할 수밖에 없었다. 그들은 풍향이 이리저리 바뀌는 대로 몸을 내맡겼다. 모험의 무기인 우연에 달렸을 뿐, 그들이 살아남을지 죽을지는 운명에 달려 있었다. 바다의 난폭함에 몸을 싣고 움직일 뿐 달리 할 수 있는 게 없었다. 하늘 높이 치솟았다가 심연으로 떨어지듯 다시 아래로 떨어졌다. 미친 듯이 날뛰는 격류가 그들을 삼켜 한순간 치켜올렸다 내팽개쳤고, 이쪽으로 잡아당겼다 저쪽으로 밀어 버렸다. 배 위에서 한순간이라도 제대로 서 있는 사람은 아무도 없을 정도였다.

여드레 동안 밤낮으로 이런 상태가 계속되었기 때문에 모두 기진맥진해서 감각이 모두 마비될 지경에 이르렀다. 마침내 그들 중 한 사람이 말을 꺼냈다.

"이봐 동료들, 내 생각에는 이게 하느님의 명령이신 것 같네. 우리가 거센 파도 한가운데서 가라앉지 않고 간신히 목숨을 부지하는 것은 우리가 배신을 저지르고 트리스탄을 그 애 친구들에게서 납치해 온 우리의 죄 때문일세."

"자네 말이 옳으이. 그 때문에 벌어진 일이 분명해."

그들 모두가 동의했다. 그러자 그들은 계획을 세웠다. 날씨가 누그러져 육지에 배를 댈 만큼 바다와 바람이 잔잔해지면, 트리스탄이 가고 싶은 곳으로 가도록 놔주자고 했다. 다들 이런 생각에 찬성하는 순간 항해로 생긴 시련과 어려움이 일시에 확 줄기 시작했다. 바다의 바람과 높은 파도가 약해지며 누그러지기 시작했고, 굽이치던 물결도 잔잔해졌다. 태양도 전과 같이 얼굴을 내밀었다. 그러자 그들은 바삐 몸을 움직였다. 폭풍우가 치던 여드레 동안 바다와 바람은 그들을 콘월의 나라에 꽤 가까운 곳까지 내몰았다. 그들은 이미 육지가 잘 보이는 연안에 다다랐다는 것을 알고는, 해안가로 뱃머리를 잠시 돌렸다. 그러고는 트리스탄에게 빵과 다른 먹을거리를 쥐여 준 뒤 조각배에 태워 떠나보냈다.

"이봐 친구, 하느님께서 자넬 지켜주실 걸세. 이제 우리는 자네 목숨을 그분 손에 맡기겠네."

이렇게 축복을 빌어준 뒤, 그들은 황급히 먼바다로 나갔다.

이제 집 잃은 트리스탄이 무슨 일을 했는지 궁금하시겠지요? 말씀드리지요. 일이 엉망이 됐을 때 아이들이 하듯이 그저 주저앉아서 울기 시작했답니다. 아무런 위로도 없이 그는 손을 모으고 하느님께 열렬히 기도를 드렸지요.

"오, 자비로우신 하느님, 저를 불쌍히 여기시어 자비를 베풀어주세요. 사랑하는 하느님, 당신께 간절히 청하오니 제발 자비를 베풀어주세요. 제가 납치를 당한 것도 당신의 뜻에 따른 것이니, 부디 저를 보살펴주세요. 저의 인도자이신 하느님, 여기서 누굴 찾아야 할지, 어디로 가야 할지 알려주세요! 아무리 둘러보아도, 살아 있는 생명이라고는 흔적을 찾아볼 수 없네요. 보이는 곳마다 적막한 땅이니 두렵기만 합니다. 마치 세상 끝에 있는 것 같아요. 가는 길마다 허허벌판이고 황무지이며, 급경사인 절벽과 사나운 바다뿐이니. 이것만으로도 무섭기 그지없는데, 늑대나 사나운 날짐승이 저를 잡아먹을까 봐 더 걱정이에요. 다른 길로 가기에는 이미 늦었고, 곧 어두워질 것 같습니다. 여기서 시간을 다 지체한다면 상황은 더 나빠질 거예요. 서두르지 않으면 밤이 곧 저를 덮칠 테니까요. 그럼 저는 끝장이에요. 제 앞에 보이는 건 높이 솟은 절벽과 언덕뿐입니다. 저곳들 중 한 곳을 기어 올라가야겠죠. 쉽진 않겠지만, 아직 주변이 환하니까 일단 올라가서 둘러봐야겠네요. 행여 도움을 청할 수 있는 사람들이 사는 집이나 마을이라도 보인다면, 어디든지 그쪽으로 가보렵니다."

그는 길을 나서기 위해 일어섰다.

이때 그는 스커트와 매우 부드러운 비단으로 된 넓은 망토를 걸치고 있었습니다. 장인의 손길을 거친 최고 걸작으로 매우 비싼 물건이었죠. 사라센인이 그 망토를 우아하고 이국적으로 실을 꼬아 수술로 장식했으며, 이교도 문양으로 자수를 놓아 만들었거든요. 그 아이의 멋진 몸에 딱 맞게 아주 공을 들여 재단했는데, 그때까지 그토록 딱 들어맞도록 멋지게 재단한 옷이 지어진 적이 없을 정도랍니다. 전하는 이야기에 따르면 그렇게 지어진 그 멋진 의복은 5월의 풀보다 훨씬 더 푸르렀으며, 그 안에 댄 안감은 순전히 새하얀 모피였습니다.

이제 그는 선택의 여지 없이 가야 하는 험난한 길 때문에 처량하게 훌쩍거리며 발걸음을 옮겼다. 그는 스커트를 약간 위로 들어 올려 벨트를 맸다. 망토는 어깨 위로 두른 뒤 숲과 들판을 가로지르며 아무도 살지 않는 땅으로 길을 떠났다.

그곳은 길이 전혀 없었다. 트리스탄이 직접 길을 내며 전진해야 했다. 발로 밟고 손으로 헤쳐 길을 냈다. 산을 오를 때는 두 팔과 두 다리를 이용했다. 바위를 넘고 험한 길을 지나 계속 위로 올라갔고, 마침내 언덕 꼭대기에 다다랐다. 그는 우연히 그곳에서 어렴풋이 삼림으로 난 길의 흔적을 발견했는데, 풀이 잔뜩 자라난 좁은 길이었다. 그 길을 따라가면 어딘가에 다다를 수 있으리라는 희망을 품고 길을 따라 반대편으로 내려갔다. 그 길은 작은 오솔길을 지나 잘 닦인 도로로 이어졌다. 사람들이 오간 흔적이 많은 꽤 넓고 쭉 뻗은 도로였다.

그는 큰 도로 가에서 잠시 앉아서 쉬었다. 그때 눈가에서 눈물이 조용히 흘러내렸다. 친구들과 고향 사람들을 다시 보고 싶다는 마음, 지인들과 함께 있고 싶다는 생각에 슬픔이 밀려왔다. 탄식하며 하느님께 다시 기도하기 시작했다. 하늘을 쳐다보며 간절히 기도를 올렸다.

"사랑하는 하느님, 전능하신 주님, 아버지와 어머니가 얼마나 저를 그리워하고 있을지…… 어휴, 망할 체스 사랑 때문에 이렇게 되다니! 되돌릴 수만 있다면 다시는 게임을 하지 않겠어요! 송골매, 도룡태, 새매 따위는 악마에게나 줘버리라지! 그것들이 저를 아버지에게서 빼앗아 갔어요. 그것들 때문에 가족과 친구들과 떨어지게 된 거죠. 제가 잘되고 행복하길 바랐던 사람들이 저 때문에 슬픔에 빠져 울며 걱정하고 있습니다. 사랑하는 어머니, 어머니가 저 때문에 얼마나 괴로워하고 있을지 알아요. 아버지, 가슴이 찢어지도록 아파하실 테죠. 예, 두 분 다 근심으로 시름겨우시겠죠. 오, 사랑하는 주님, 그분들이 제가 아직 아무런 해를 입지 않고 건강하게 살아 있다는 걸 아실 수만 있다면, 그것만도 그분들께는 엄청난 선물일 거예요. 제게도 마찬가지일 테죠. 그분들이 제가 살아 있다는 것을 알도록 하느님께서 직접 이끌어주시지 않는다면, 그분들은 결코 다시 평화를 얻지 못하실 것을 너무 잘 압니다. 오, 사랑하는 주님, 슬픔의 위대한 위로자시여, 제발 그렇게 이뤄지도록 해주세요!"

　제가 이야기한 것처럼 그가 거기 앉아서 울던 때였습니다. 멀리서 나이 든 순례자 두 사람이 다가오는 게 아니겠습니까.

　순례자는 몇 날 몇 해를 수염도 깎지 않고 머리도 다듬지 않은 것처럼 보였다.* 그토록 하느님의 자녀가 되겠다고 하는 모습은 하느님이 보시기에 기쁜 일이었다. 그들은 순례를 하는 동안 조촐한 리넨 고깔과 순례자들이 늘 착용하는 그런 장식들을 하고 있었다. 외투와 상의에는 조개들과 다른 이상한 물건들이 매달려 있었다. 손에는 순례자의 길고 딱딱한 지팡이를 쥐고 있었다. 머리에 쓴 것과 다른 옷들에서 그들이 드러내 보이고자 하는 상태가 잘 드러났다. 주님의 종들은 거친 리넨 바지를 입었고, 발목 위에는 밧줄이 단단히 묶여 있었다. 왼쪽 발과 발목은 맨살을 드러냈는데, 길에서 겪은 고초를 보여주는 듯했다. 그들의 참회를 상징하듯 등 뒤로는 거룩한 올리브 잎을 매달았고,「시편」과 기도, 다른 간청들을 끊임없이 노래했다.
　트리스탄은 이들을 보자 덜컥 걱정부터 들었다.
　"자비로우신 하느님, 저를 보호해주세요. 이제 저는 어떻게 하지요? 저기 오는 두 사람이 저를 못 봤으면 합니다. 만일 저를 본다면 붙잡으려 할 거예요!"

---

* 중세 순례자는 순례 중 머리와 수염을 다듬지 않았다. 당시 대표적인 순례지인 로마로 가는 순례자는 등에 커다란 올리브 잎을 매달았고, 산티아고델콤포스텔라로 가는 순례자는 가리비를 상징으로 지녔다.

하지만 그들이 가까이 다가오자 트리스탄은 지팡이와 옷차림으로 그들이 누군지 알았다. 거룩한 가르침을 마음 깊이 새기며 사는 사람들임을 알고는 어느 정도 정신을 차렸다. 트리스탄은 다시 열심히 기도했다.

"주 하느님 찬미받으소서! 이들은 진정 좋은 사람일 겁니다. 무서워할 필요가 없겠어요."

잠시 후 저쪽 편에 아이 하나가 앉아 있는 게 그들의 눈에 들어왔다. 그들이 좀더 가까이 다가가자, 아이는 일어나 앞에 손을 가지런히 모으고 공손하게 인사했다.* 이 모습에 순례자 두 사람은 궁정 예법임을 알아차리고는, 대체 저 아이가 누군지 궁금해했다. 그들은 아이에게 친절하게 다가가서는 따뜻하게 포옹하고 프랑스어로 축복을 빌었다.

"사랑하는 벗이여, 하느님의 축복이 내리시길! 자네가 누군지는 모르겠지만, 하느님께서 자넬 보살펴주시길 비네!"

"하느님께서 이 거룩한 분들께 축복을 내려주시길 빕니다!"

트리스탄도 어른들에게 프랑스어로 답례를 하자, 그들은 놀랐다.

"얘야, 참으로 사랑스럽구나. 대체 너는 어디서 왔니? 누가 너를 이곳으로 데려왔지?"

어린 트리스탄의 상상력은 또래 아이들보다 훨씬 뛰어났다. 그는 신기한 이야기를 지어내기 시작했다.

"거룩한 분들, 저는 이곳 토박이예요. 오늘 오후 말을 타고 나

---

* 로마 제국과 비잔티움 제국에서 존경을 표시하는 대표적인 인사법이다.

와서 다른 사람들과 함께 이곳 숲에서 사냥을 하고 있었죠. 근데 어쩌다가 사냥 나온 일행과 사냥개들과 떨어지게 되었답니다. 그 사람들은 이 숲의 길을 다 알아서 어떻게 다닐지를 알지만 저는 몰라요. 한번 길을 벗어나니 헷갈려서 완전히 외톨이가 되고 말았죠. 희미하게나마 발자국을 찾았지만 작은 도랑으로 이어진 길이었고, 말이 그 아래로 내달리는 것을 멈출 수가 없었습니다. 잠시 후 말과 함께 한데 나둥그러지고 말았습니다. 재빨리 다시 등자에 발을 올려야 하는데 그만 잡고 있던 말고삐를 놓치고 말았지요. 그 녀석은 숲으로 도망쳐버렸어요. 결국 조그만 오솔길을 찾아서 그 길을 따라 계속 온 겁니다. 지금은 제가 어디 있는지, 어디로 가고 있는지 도통 모르겠어요. 좋으신 분들, 여러분이 가시는 목적지가 어딘지 말씀해주실 수 있나요?"

"그쯤이야, 하느님이 허락하신다면 오늘 밤 우리는 틴타욜 도시에 도착하게 될 걸세."

그들 중 한 사람이 대답했다. 트리스탄은 공손하게 거기로 데려다달라고 부탁했다.

"얘야, 그렇게 하자꾸나. 거기로 가고 싶다면 함께 가자."


트리스탄은 그들과 합류했다. 금세 서로 많은 이야기를 나누었다. 트리스탄은 궁정 예법을 익혔기 때문에 신중하게 대화를 나눌 줄 알았다. 그들이 이것저것 물을 때만 대답을 했고 먼저 나서진 않았다. 트리스탄의 말과 행동이 예의 발랐기 때문에, 나이를 먹어 지혜로운 그 사람들은 트리스탄이 참 복된 아이라고 생각했다. 그의 세련된 행동거지와 태도와 잘생긴 외모를 다시금 눈여겨보았다. 화려한 옷감과 탁월한 재단 솜씨를 드러내는 트리스탄의 우아한 의복에 깊은 인상을 받았다. 그들끼리 중얼거렸다.

"자비로우신 주 하느님, 이 아이는 대체 어디서 왔습니까? 이토록 기품 있고 몸가짐이 뛰어나다니요!"

그들은 트리스탄의 걸음걸이마다 감탄하며 1웨일스마일*은 족히 걸었답니다. 그 길은 꽤 즐거웠을 겁니다.

---

* 앞서 나온 독일식 마일보다 짧은 거리인 로마 제국의 기준에 따른 1마일을 가리킨다.

# 5. 사냥 실력을 드러내다*

 

얼마 지나지 않아 그들은 트리스탄의 삼촌인 콘월 백작의 사냥개들과 마주쳤습니다. 우리에게 전해진 진짜 무용담에 따르면 이런 상황이었다고 합니다.

사냥개들은 뿔이 완전히 자란 수사슴을 도로 쪽으로 내몰고 있었다. 쫓기던 수사슴은 전력으로 도망치느라 거의 기진맥진해서, 도로 가까이에서 잠시 숨을 돌리고 대응하려 했다. 한편 사냥꾼들도 최후의 일격을 가하기 위해 뿔피리를 불며 점점 다가왔다. 트리스탄은 궁지에 몰린 수사슴을 보자, 같이 걷던 동료들에게 다시 이야기를 꾸며댔다.

"어르신들, 저기에 사냥개들과 수사슴이 있네요. 사람들도 보이고요. 아까 저들과 함께 있었는데, 이제 다시 만나게 됐군요.

---

* 이 장에서는 사냥 전문 용어를 써서 고대 프랑스식 사냥법을 설명하고 있다. 중세 사람들은 트리스탄을 사냥의 명수로 여겼는데, 실제 사냥과 연인의 마음을 사냥한다는 이중적 의미가 담겨 있다.

저들은 제가 아는 사람들입니다. 여러분을 떠나 이제 그들과 합류하렵니다."

"애야, 하느님께서 너에게 복을 내려주시길! 앞길에 좋은 일만 가득하길 빈다."

"고맙습니다. 하느님께서 여러분을 지켜주시길 빌어요."

트리스탄은 그들의 축복에 답례하고는 등을 돌려 사냥꾼 일행에 합류하러 발걸음을 돌렸다.

이제 수사슴은 완전히 쓰러졌다. 사냥꾼 대장이 사슴을 풀밭에 눕힌 뒤 돼지처럼 사지를 쭉 잡아당겼다.

"저런, 이게 뭐죠, 어르신?" 트리스탄이 예의 바르게 말했다. "멈추세요. 어휴, 뭘 하시는 거죠? 수사슴을 그렇게 손질한다고요?"

사냥꾼은 손을 멈추고 일어나서 그를 바라보며 천천히 말했다.

"흠, 내가 어떻게 해야 한다는 거냐, 꼬마야? 우린 여기서 이런 식으로 하지. 우선 수사슴의 껍질을 쭉 벗기고 배 가운데를 한 번 가른 뒤 다시 위에서부터 아래까지 쭉 갈라 네 조각으로 만들어. 어느 조각이 더 크거나 작지 않도록 제대로 해야 하지. 이게 이 근방에서 하는 방식이야. 꼬마야, 이 작업에 대해서 잘 알고 있어?"

"그럼요, 정말 잘 알고 있죠. 제가 자란 곳에서는 전혀 그런 방식이 아닙니다."

"거기서는 어떻게 하는데?" 대장이 물었다.

"수사슴의 '할육거피',* 즉 가죽을 제대로 벗겨야 합니다."

"이봐, 어린 친구. 어떻게 하는지 보여주지 않는다면 그 '할육거피'가 뭘 어떻게 하는 건지 전혀 알 수 없어. 이 왕국 어디에서도 그 기술을 아는 사람이 없으니. 나 역시 현지인이나 이방인에게 그런 기술을 들어본 적이 없어. 그러니 사랑스러운 아이야, 한번 보여주렴. 자, 이 수사슴의 가죽을 제대로 벗겨보렴."

"존경하는 어르신, 허락만 하신다면야. 진정 그걸 보고 싶으시다니 제 고향에서는 어떻게 하는지 제가 배운 대로 알려드리죠. 수사슴의 가죽을 정확히 벗기는 법 말입니다." 트리스탄이 흔쾌히 대답했다.

사냥꾼 대장은 미소를 지으며 어린 이방인을 따뜻한 시선으로 바라보았다. 그 역시 궁정의 일원이었고, 인품을 갖춘 남자라면 마땅히 알아야 할 많은 예법을 잘 알고 있었기 때문이었다.

"물론이지, 어린 친구. 시작해보렴. 네가 기력이 충분치 않다면 나와 여기 내 동료들이 기꺼이 손을 빌려주지. 너처럼 훌륭한 어린 친구가 지시하는 대로 수사슴을 돌려놓거나 뒤집을 테니까. 지시만 해."

유랑하던 소년 트리스탄은 어깨 망토를 풀어 벗은 뒤 접어서 근처 나뭇가지에 두었다. 그리고 스커트를 높이 걷어 올리고 소매를 접었다. 그는 멋진 머리카락을 빗어서 귀 위로 부드럽게 넘겼다. 그러자 사냥 현장에 있던 사람들 모두 그 아이의 자신

---

* 사냥꾼은 단순히 짐승의 껍질을 벗긴다는 표현을 쓰지만, 트리스탄은 사냥물을 전문적으로 손질한다는, 즉 사냥한 짐승의 가죽을 벗기고 살을 베어낸다는 사냥 용어인 'bast'를 알고 있다. 원문의 뜻을 살리기 위해 비슷한 뜻의 사자성어를 빌렸다.

만만한 태도에 주목하기 시작했다.

그 아이는 꽤 인상을 남기기 시작했다. 모두가 그의 뛰어난 여러 자질을 생각했다. 범상치 않게 화려한 그의 의복, 훌륭한 체격과 근사한 신장, 보기만 해도 즐겁고 정말 든든하다고 다들 진심으로 생각했다. 아이 주변으로 점점 더 많은 사냥꾼 일행이 모여들었고, 저마다 그를 뚫어지게 바라보았다.

고향을 떠난 어린 사냥 달인인 트리스탄은 두 손으로 사냥물을 쥐고 뒤집으려고 했다. 하지만 짐승이 너무 무거워 움직일 수 없었다. 그는 주변 사람들에게 '할육거피'를 준비하기 위해 자기 대신 짐승을 뒤집어달라고 정중하게 부탁했다. 물론 그들은 흔쾌히 해주었다. 트리스탄은 머리 위에 자리를 잡고 가죽을 벗기기 시작했는데, 우선 주둥이부터 아래로 내려가며 길게 쨌다. 그런 뒤 앞쪽의 사분지 일 부분으로 다시 올라가면서 오른쪽을 해체했고, 그다음으로 왼쪽을 해체했다. 뒤이어 뒷다리 부분을 마찬가지로 차례로 해체했다. 이제 머리부터 몸통 전체를 양쪽으로 조심스럽게 가죽을 벗기기 시작했다. 살과 단단히 들러붙은 곳의 가죽을 평평하게 펼치면서 힘줄을 끊어냈다. 다음 단계는 앞쪽의 사분지 일 부분 손질이었다. 그는 가슴살의 가죽을 벗겨내고 가슴과 갈빗살은 전부 남겨둔 뒤, 앞 넓적다리를 잘라냈다. 그런 뒤 등뼈와 양 옆구리 살을 잘라냈는데, 갈비 세 대는 그대로 붙은 채 놓아두었다.

이건 정말 제대로 된 할육거피 법이랍니다. 제대로 아는 사람들은 늘 그렇게 손질을 하지요.

그러고는 지체 없이 엉덩이 살 부분과 뒷다리를 둘로 가르지 않고 한 덩어리로 능숙하게 제거해냈다. 제대로 된 손질법대로 등심에서 채끝 부위 너머 우둔살과 거기서 손 한 뼘 반 부위인 양지라고 불리는 부분은 정확히 남겨두었다. 이제 트리스탄은 등 부분에서 갈비를 떼어낸 뒤, 나머지 일은 그가 멋진 손으로 하기에 적합하지 않아, 다른 사람에게 지시했다.

"두 사람을 불러주세요. 이걸 가져가서 우리 앞에 펼쳐놓도록 하세요!"

수사슴의 할육거피가 끝났고, 가죽도 말끔하게 벗겼다. 가슴 살, 엉덩이 살, 허벅지 살, 양지…… 트리스탄은 이 모든 부위를 한편에다 차곡차곡 쌓아두었다. 할육거피가 드디어 완성되었다. 고향을 떠나 유랑하던 트리스탄은 사냥꾼 대장에게 말했다.

"어르신, 사냥물 손질이 이제 끝났습니다. 이게 제대로 하는 방법이죠. 부하들을 부르셔서 '푸르키에'를 하시면 됩니다."

"푸르키에, 애야, 그게 무슨 말이지? 네가 무슨 말을 하는지 이해하지 못하겠구나. 너는 우리에게 낯설지만 칭찬할 만한 사냥꾼 솜씨를 선보였어. 그것도 아주 능숙하게 말이야. 이제 다른 기술도 보자꾸나. 네 능력을 온전히 발휘해다오. 우린 네가 원하는 대로 하마."

이 말에 트리스탄은 여러 갈래로 갈라진 나뭇가지를 찾으러 숲으로 내달렸다.


푸르키에를 아는 사람은 그런 가지를 '푸르슈'라고 부르는데,

사실상 두 말은 차이가 없지요. '푸르슈'란 여러분이 아는 쇠스랑이거든요.

트리스탄은 이런 형태의 가지를 구해 잎사귀를 모두 잘라냈다. 그러고는 내장을 따로 끄집어내고, 마지막으로 사슴 음경에서 고환을 잘라냈다. 그는 잔디밭에 앉아서 신선한 푸른 줄기를 서로 엮어 이 세 덩어리를 돌돌 감아 가지에 매달았다.

"나리들, 이걸 사냥 용어로 푸르키에라고 하지요. 쇠스랑에 매달았기 때문에 '푸르키에'란 이름이 붙었는데요, 쇠스랑 용도로 쓰니까 딱 알맞은 이름이죠. 짐꾼더러 가져가라고 하세요. 그리고 쿠리에*를 치르는 걸로 하루를 마무리 짓는 걸 잊지 마시고요."

"쿠리에? 어이쿠!" 모두가 고개를 갸웃댔다. "아랍어를 알아듣는 게 더 쉽겠군. 이봐, 자네, 쿠리에라는 게 뭔가? 아니 아닐세. 우리한테 이야기하지 말고 그게 뭐든 알아서 해보게나. 우리는 자네가 하는 걸 지켜보기만 할 테니. 탁월한 자네 솜씨를 선보이게."**

이 말에 트리스탄은 다시 일에 착수해 염통을 포함한 모든 걸 분리했다.

여기서 저는 심장 주변부에 있는 걸 말하는 겁니다.

---

* 사냥개들에게 사냥물 일부를 내주는 프랑스 사냥 관습.
** 트리스탄의 솜씨를 보고 난 뒤 사람들은 트리스탄을 존중하기 시작한다.

그는 염통을 아랫부분까지 말끔하게 반으로 갈라 손에 쥐었다. 그러고는 십자 모양으로 잘라 네 덩어리로 나눈 뒤 가죽 위에 내려놓았다. 나머지도 뜯어내는 작업을 시작했다. 비장과 허파를 깔끔하게 잘라내는 것으로 염통의 모든 부분이 정리됐다. 이제 잘라낸 것을 가죽 위에 펼쳐놓고는 윗부분의 식도와 힘줄을 잘라냈다. 다음으로 사슴뿔이 달린 머리와 목을 분리해야 했다. 그는 머리를 끌어안고 당기며 말했다.

"거기 아무나 한 분이 여기 등뼈 좀 잡아당겨주세요. 혹시 가난한 사람이 오면 분명 이걸 가져가고 싶어 할 거예요. 그 사람에게 그냥 주거나, 평소 하시던 대로 하세요. 그사이 전 쿠리에를 치르겠습니다."

사냥꾼 일행이 전부 모여들어 트리스탄의 실력을 놀란 눈으로 지켜보았다. 그는 자신이 막 준비한 모든 것을 자기 앞으로 가져오도록 했다. 그가 지시한 대로 이제 모든 부위가 적절한 자리에 놓였다. 사냥물은 넷으로 나뉘어 놓였고, 사냥 관습대로 네 조각이 난 염통도 가죽의 한구석에 놓였다. 비장과 허파는 사냥개들이 먹도록 위와 장과 함께 잘게 조각내고는 큰 소리로 사냥개들을 불러들였다.

"자, 자, 자!"

이 소리에 사냥개들이 모두 즉시 달려와서 먹이 주변에 섰다.

"지금 보시는 게 파르메니에서 쿠리에라고 부르는 것인데, 이유를 말씀드리죠. 사냥개들에게 줄 먹이가 '퀴이흐'* 위에 놓

---

* 고대 프랑스어로 '짐승 가죽'이라는 뜻이다.

여 있기 때문에 쿠리에라고 부르지요. 즉 사냥꾼 용어 '쿠리에'
는 퀴이흐에서 나온 겁니다. 이렇게 하는 게 사냥개에게 좋기
때문에 생긴 사냥 관습이지요. 개들이 먹이에서 나는 피의 맛과
냄새에 익숙해지기 때문에 개들을 훈련하기 좋은 방법이거든요.
자, 이제 할육거피가 끝났습니다. 더 남은 일은 없어요. 여러분
맘에 드셨으면 좋겠네요."

"우아! 참으로 훌륭하구나. 무슨 말을 그렇게 잘하니? 이런
관습들이 크고 작은 사냥개에게 아주 도움이 된다는 걸 분명히
알겠구나."

다들 한목소리로 말하자, 트리스탄은 답례를 하며 말했다.

"가죽은 가져가셔도 됩니다. 제가 더 할 게 없네요. 다시 한번
말씀드리지만, 제가 좀더 여러분께 잘해드릴 수 있다면 흔쾌히
그렇게 했을 거예요. 이제 짐꾼들더러 덩굴을 잘라서 고깃덩어
리를 묶으라 하세요. 대가리는 손에 들고 사냥에서 얻은 수확물
을 들고 적절한 의식을 치르며 궁정으로 돌아가시면 됩니다. 이
일로 여러분 모두 명성이 드높아질 겁니다. 여러분은 수사슴을
제대로 진상하는 법을 아시겠죠? 제대로 바치시면 됩니다."

사냥꾼 대장과 그의 부하들은 이 아이가 보여준 경이로움에
다시 한번 놀랐다. 사냥 관습을 그렇게 능란하게 보여주고, 사
냥에 관해 산더미 같은 지식을 지니고 있었기 때문이다.

"참으로 축복받은 아이구나! 네가 보여준 신기하고 다양한 재
주는 끝이 없는 것 같군. 우리를 위해 쭉 보여주지 않았다면, 네
가 우리에게 해준 것을 도저히 이해하지 못했을 거야."

그들은 급히 말에 안장을 놓고, 트리스탄에게 자기 식대로 말

에 올라타도록 했다. 그런 뒤 지금까지 한 것처럼 트리스탄 고향의 관습을 모두가 제대로 볼 수 있도록 함께 궁정으로 돌아가자고 부탁했다.

"아유, 물론이죠. 수사슴을 챙겨서 떠나십시다."

트리스탄은 말에 올라타고는 그들과 함께 출발했다.


이제 그들은 함께 길을 떠났다. 사냥꾼들은 너무나도 궁금해서 참을 수가 없었다. 저마다 이 소년이 어디서 왔는지, 어쩌다 그곳에 있게 되었는지 추측하느라 부산을 떨었다. '이 어린 친구는 누구일까?' '어디로 가던 중이었을까?'

트리스탄은 어떻게 하면 이 사람들의 궁금증을 풀어줄까 하며 그 모습을 재밌게 지켜보았다. 그러다가 재미를 살리기 위해 즉석에서 이야기를 꾸며댔다. 아이치고 그렇게 이야기를 만들어낼 수 있는 아이는 없었고, 다시 해보라고 해도 못 할 정도였다. 그는 아주 재치 있게 이야기보따리를 풀었다.

"브리타니아*라는 나라 너머 파르메니에라는 지방에 제 아버지가 사세요. 상인이지만 세상 사는 방식을 아주 잘 아시죠. 물론 상인에게 걸맞은 삶을 살 줄 안다는 얘기입니다. 전혀 의심하지 마세요. 부유함이 사람을 만드는 것은 아니니까요. 재산이 많은 분이긴 하지만, 아버지처럼 훌륭한 남자는 없답니다. 오늘날의 저를 만드신 분이지요. 외국 여러 왕국에서 많은 상인이

---

* 여기서는 라틴어로 '브리타니아 미노르', 오늘날 프랑스 북서부의 브르타뉴 지방을 가리킨다.

우리가 사는 곳에 자주 옵니다. 저는 그들의 언어와 관습을 순식간에 많이 배웠죠. 그 덕분에 외국 왕국을 찾아가 그곳에 살고 싶다는 생각이 생겼어요. 낯선 사람들을 만나고 낯선 나라를 배우는 게 제 소원이었거든요. 그 생각에 빠져 집과 아버지를 떠나 상인 집단과 함께 모험을 떠났다가 이 나라에 도착하게 된 겁니다. 제가 어떻게 여기까지 오게 되었는지 이제 다 들려드렸습니다. 제 이야기를 어떻게 받아들이셨는지는 잘 모르겠네요."

다들 감탄하며 말했다.

"사랑스러운 아이야, 네가 품고 있던 소원은 참 고상했구나. 천진난만한 성품은 착한 마음에 좋으며 모든 미덕을 자라게 해준단다. 소중한 녀석, 넌 진실한 동료야. 상인이 아이를 이처럼 훌륭하기 그지없게 키운 나라는 하느님의 복이 있을지어다! 오늘날 통치하는 왕들 중에 너보다 훌륭한 아들을 둔 왕은 아무도 없어. 애야, 이제 너의 우아한 아버지가 네게 지어준 이름이 뭔지 알려줄 수 있겠니?"

"트리스탄입니다. 제 이름은 트리스탄이죠."

"하느님 찬미받으소서!" 한 사람이 중얼거리며 물었다. "네 이름을 왜 그렇게 지었지? 프랑스어로 '쥐빈테벨레라리앙', 웃는 미소년이란 이름이 더 어울릴 것 같은데."

한 사람이 이야기를 꺼내면 다른 사람이 되받아치는 식으로 다들 이야기를 나누며 말을 타고 갔다. 그들의 농담과 유머가 그 아이에게 쏟아졌고 질문이 끊이지 않았다.

얼마 지나지 않아 저 멀리 성이 보였다. 트리스탄은 보리수

가지를 꺾어서 화환* 두 개를 짰다. 하나는 자기 머리에 쓰고, 좀 큰 것은 사냥꾼 대장에게 건네주었다.

"우아, 어르신! 저기 요새가 뭔지 말씀해주시겠어요? 분명 왕이 사는 성처럼 보이네요."

"저건 틴타욜이란다." 사냥꾼이 알려주었다.

"틴타욜이라고요? 성 한번 멋지네요!"

트리스탄은 프랑스어로 축복을 빌었다.

"하느님께서 틴타욜과 틴타욜에 사는 분들을 보호해주시길!"

"아, 정말 훌륭한 아이로구나." 동료 중 한 사람이 감동하며 말했다. "네게 늘 축복과 행운이 가득하길 빈다. 너뿐 아니라 너를 알게 된 우리 모두 잘되길!"

드디어 그들은 성문에 도착했고, 트리스탄은 말고삐를 잡아당겼다. 그는 함께 온 이에게 말을 붙였다.

"어르신, 제가 어르신 이름을 모르고 낯선 처지인데도 옆에 같이 있네요. 바짝 붙어서 둘씩 짝지어서 차례로 말을 타고 들어가되, 수사슴이 생긴 모양대로 하지요. 사슴뿔이 앞장서고, 그다음은 가슴살이 차례로 가고요. 앞부분 뒤에 목살, 그다음은 좁은 허릿살이 바로 목살을 뒤따르는 게 보이도록 합니다. 물론 사냥물과 푸르키에 다음에 뒷부위를 들고 오는 게 보이도록 해야 합니다. 이게 훌륭한 사냥꾼의 스타일이죠. 그리고 너무 서둘러 입성하지 않도록 하세요. 촘촘히 줄지어 가기만 하면 됩니다. 어르신은 여기 서시고, 허락하신다면 시종으로 제가 함께

---

* 중세에는 축제 때 남자들도 화환을 머리에 썼다.

말을 타고 가겠습니다. 이게 좋은 아이디어라는 걸 아셔야 합니다."

"오, 사랑스러운 아이야, 우리는 네가 원하는 대로 하마."

모두가 동의하자 트리스탄이 말했다.

"자 이렇게 하세요! 이제 제가 다룰 수 있는 크기의 호른을 빌려주세요. 제가 하는 걸 보고 힌트를 얻으시면 됩니다. 시작할 테니 잘 들으시고, 제가 소리 내는 대로 따라서 소리를 내세요!"

사냥꾼 대장은 말을 보탰다.

"멋진 친구, 네가 하고자 하는 대로 소리를 내며 가렴. 나를 포함해 우리 모두 너를 뒤따라 소리를 낼 테니."

"아, 좋지요. 그렇게 하죠."

트리스탄이 프랑스어로 우아하게 말했다. 그들은 트리스탄에게 조그만 호른을 건넸는데, 작지만 소리가 맑고 큰 호른이었다.

"앞으로 행진! 알레 아방!"*

그의 프랑스어 호령에 두 사람이 나란히 대형을 갖춰 전진하기 시작했다. 일행이 성문을 통과할 때 트리스탄은 호른에 바람을 불어넣어 우렁차고 경쾌한 소리를 냈다. 그가 연주하기 시작하자 곧이어 음악 소리가 물결쳤다. 모두가 트리스탄의 멜로디에 맞춰 자기 호른을 불며 합주를 했기 때문이다. 트리스탄이 음을 잡아 나머지 사람들을 이끌었고, 사람들은 적절하게 앙상

---

* '알레 아방allez avant'은 '자, 앞으로'라는 뜻이다.

블을 이루며 조화롭게 그의 팡파르를 되풀이했다. 그 소리가 요새 한쪽 끝에서 다른 끝까지 울려 퍼졌다.

이런 이국풍 사냥 행렬의 소리가 보통 때보다 훨씬 크게 궁내에까지 울려 퍼지자 왕과 왕의 기사 견습생들은 모두 움찔했다. 전에는 그렇게 큰 소음이 궁에 들린 적이 없었기 때문이다. 곧 왕궁 앞 정문에 행렬이 도착했다. 낭랑한 호른 소리에 끌려 꽤 많은 군중이 모여들었다. 모두가 요란한 소리가 뭔지 무척 궁금해했다. 명성이 자자한 마르케왕도 이게 무슨 일인지 알아보기 위해 나왔고, 궁정의 높은 신분의 사람들도 왕을 뒤따라 우르르 몰려나왔다.

트리스탄은 눈에 왕이 비치자마자 다른 누구보다도 그에게 끌림을 느꼈답니다. 트리스탄의 심장이 뛰기 시작했습니다. 그들은 같은 피가 흐르고 있었기 때문이죠. 본성이 그의 시선을 끌었던 거지요.*

트리스탄은 왕을 조심스럽게 지켜본 뒤, 인사 곡을 지어 연주하기 시작했다. 특이한 호른 소리로 꽤 다른 음을 불어댔다. 그가 너무나 우렁찬 소리로 연주했기 때문에 거기 있던 다른 사람들은 그 곡에 맞춰서 연주할 수 없었다.

---

\* 중세 사람들은 혈육이면 서로 누군지 모르는 사이라도 자연스럽게 정을 느낀다고 생각했다.

94

이제 연주는 끝났습니다. 뭐 충분히 불 만큼 불어댔으니까요.


  고향을 떠난 고귀한 태생의 아이는 연주를 멈추고 조용해졌다. 그는 왕에게 우아하게 절을 하고는 자기가 익숙한 대로 매력적으로 친근하게 말했다.

  "선하시고 정의로우신 하느님께서 폐하와 폐하의 신하들에게 축복을 내려주시길 빕니다!"

  고귀한 정신을 지닌 마르케왕과 그의 신하들은 높은 덕을 지닌 이에게 걸맞게 프랑스어로 친절하게 소년에게 답례했다. 신분의 높낮이에 상관없이 모두 그를 보고 감탄했다.

  "아! 이렇게 사랑스러운 피조물에게 축복과 사랑을 내려주시길!"

  왕은 소년을 좀더 자세히 들여다보더니 그의 옆에 있는 사냥꾼에게 물었다.

  "저토록 공손하고 정제된 표현을 쓸 수 있다니! 대체 이 아이가 누군지 말해보라."

  "폐하, 저 아이는 파르메니에 출신입니다. 저도 저렇게 예의 바르고 기품 있는 아이를 본 적이 없습니다. 본인 말에 따르면 이름은 트리스탄이며, 자기 아버지는 무역상이라고 합니다. 하지만 전 그 말을 믿지 않습니다. 어떻게 일로 바쁜 상인이 아이를 저렇게 키울 수 있겠습니까? 일에 부대끼는 생활을 하며 저렇게 다방면으로 챙길 수는 없지요. 폐하, 저 아이는 정말 특출한 재능을 지녔습니다. 지금 폐하께서 보고 계시지만, 저희가 궁으로 가져온 사냥물의 저 새롭고 낯선 손질법은 전부 저 아이에게 배운 것입니다. 저 멋진 기술을 한번 보십시오. 수사슴을 원래 부위가 있던 모습 그대로 궁정으로 운반해 왔습니다. 그런 걸 누가 생각해낼 수 있겠습니까? 폐하께서 보고 계시듯, 머리를 선두로 해서 가슴, 오른쪽 뒷부위, 정강이와 어깻죽지 순서로 말입니다. 이번처럼 궁정에서 더 멋지게 늘어놓은 적이 없었습니다. 저기를 보십시오! 폐하께서는 이 '푸르키에'를 전에 보신 적이 있으십니까? 제 사냥 경험으로 저런 방식은 들어본 적이 없습니다. 근데 저게 전부가 아닙니다. 저 아이는 우리에게 수사슴을 정확히 분해하는 방법을 보여주었습니다. 이 방법은 너무 정교해서, 앞으로는 제가 사냥을 하는 한 수사슴이든 어떤 사냥물이든 무작정 넷으로 등분하지는 않을 겁니다."

그러면서 그는 주군에게 트리스탄이 훌륭하게 보여준 기품 있는 사냥물 손질법에 대해 처음부터 이야기하기 시작했다. 또 사냥개들의 먹잇감을 위해 쿠리에를 어떻게 펼쳤는지도 이야기했다. 사냥꾼의 이야기를 왕은 쭉 경청했다. 그런 뒤 소년에게 머무르라고 명령한 뒤, 사냥꾼 일행은 숙소로 돌아가 다른 업무를 처리하라고 해산시켰다. 그들은 말에 박차를 가해 궁을 떠났다. 어린 사냥 달인인 트리스탄은 갖고 있던 작은 호른을 연장자에게 돌려준 뒤 말에서 내렸다. 젊은 기사 견습생들이 다가가 소년이 말에서 내리는 것을 도운 뒤 예법에 따라 팔짱을 끼고* 왕 앞으로 인도했다. 소년도 궁정식 걸음걸이를 잘 알고 있었다.

---

* 손님의 손을 잡는 대신 팔짱을 끼고 인도하는 것이 프랑스 유행이었다.

트리스탄은 사랑으로 만들어진 풍모도 갖추고 있었다. 장미처럼 붉고 두툼한 입술, 빛나는 용모, 총기 어린 눈, 곱슬곱슬한 머리카락*에 머리숱이 풍성하고 거무스름한 고수머리. 손과 팔의 골격도 좋고, 흰색에 단아한 자태를 갖췄다. 너무 작지도 않고 너무 크지도 않으며, 다리의 비율도 좋고 좌우 대칭도 조화를 이뤄서 그런 훌륭한 사람을 뽑는다면 당연히 칭찬만 자아내는 풍모였다.

이미 여러분께 이야기했듯이, 그가 입은 의상은 몸에 딱 맞게 탁월하게 재단해서 만든 맞춤옷이었죠. 그 소년은 훌륭한 예법과 당당한 몸가짐을 너무나도 잘 익혔기 때문에 그를 바라보는 것만으로도 즐거움이 그치지 않았답니다.

마르케는 트리스탄을 한참 응시하다가 입을 열었다.
"여봐라, 네 이름이 트리스탄이라고?"
"네, 폐하. 트리스탄이라고 합니다. 하느님의 가호가 있으시길!"
"하느님의 가호가 있기를, 훌륭한 신하로구나!"**
"친절하신 왕께 감사드립니다." 트리스탄도 프랑스어로 답례하며 다시 축복을 빌었다. "콘월의 고귀하신 폐하. 폐하와 폐하

---

* 곱슬머리는 당시 남녀에게 모두 이상적인 미모의 조건이었다.
** 트리스탄이 프랑스어로 하느님의 가호를 빌자 마르케도 프랑스어로 화답한다. 원문에서는 트리스탄의 귀족적 소양을 보여주기 위해 프랑스어 단어가 자주 등장하는데, 이는 당시 유럽 귀족이 프랑스 궁정 문화를 선호했기 때문이다.

의 신하는 모두 하느님의 자녀이시니 이제부터 영원히 축복받으실 테지요."

그 자리에 있던 궁정의 다른 신하들은 감탄하느라 제대로 답례를 하지 못할 정도였다. 그들 모두 한목소리로 프랑스어로 칭찬했다.

"트리스탄, 훌륭하고 예절 바른 파르메니에의 트리스탄이로군!"

이제 마르케는 트리스탄에게 다시 말을 걸었다.

"트리스탄, 짐이 네가 해야 할 일을 일러주겠다. 한 가지는 반드시 따라야 한다. 네 거절은 듣지 않겠다."

"폐하, 뭐든 명령하십시오."

"내 사냥꾼 대장을 맡아줘야겠다."

"폐하, 폐하가 원하시는 대로 분부하십시오. 폐하의 분부대로 폐하의 충실한 신하이자 사냥꾼이 되겠습니다. 분부를 받자와 최대한 노력하겠습니다."

트리스탄의 대답에 마르케의 웃음소리가 궁정에 울려 퍼졌다.

"그래, 무척 기쁘구나. 그리 말했으니 그렇게 되도록 하려무나."

# 6. 젊은 예술가 트리스탄

여러분이 들으신 대로 이제 트리스탄은 자신도 모르게 집으로 돌아온 셈입니다. 자신은 여전히 길을 잃었다고 믿고 있겠지만요. 혈육을 만날 것이라고 기대해본 적도 없는 마르케왕은 지금 진행된 대로 소원을 훌륭하게 이뤘지요. 그것도 아주 멋지게 잘 이뤘습니다.

왕은 궁정의 모든 이에게 새롭게 도착한 아이를 친절하게 잘 대해주고 아주 극진히 대접하라고 명했다. 모두 기꺼이 그 뜻에 따라 시행했다. 고귀한 트리스탄은 왕에게 환대를 받았고, 마르케왕은 트리스탄을 즐겁게 지켜봤다. 심정적으로도 그에게 끌렸기 때문에, 자주 그와 함께 시간을 보냈다. 트리스탄도 매번 마르케왕을 예의 바르게 모셨다. 언제든 왕이 모습을 드러낼 때마다 시중을 들었다. 마르케왕이 어디에 있건, 어디에 가건 왕의 옆을 지켰던 것이다. 마르케왕은 이를 몹시 기뻐했고, 그에 대한 호감이 점점 더 커졌다. 트리스탄과 함께 있는 것만으로 즐거웠다.

그렇게 한 주가 흘렀다. 마르케왕과 트리스탄은 수많은 궁정 신하를 이끌고 사냥을 나가게 되었다. 모두가 트리스탄의 사냥 솜씨와 처리 능력을 보고 싶어 했던 것이다. 마르케는 자기 사냥 말을 끌고 오도록 해서 트리스탄에게 하사했다.* 윤기가 넘치고 강건하고 날쌘 말이었는데, 트리스탄은 전에 없던 솜씨로 말에 올라탔다. 게다가 왕은 맑은 소리가 나는 기다란 사냥용 호른도 하사했다.

"트리스탄아, 네가 나의 사냥꾼 대장인 것을 잊지 않았겠지? 오늘 너의 사냥 실력을 남김없이 보여다오. 네 사냥개를 데리고 가 네가 적절하다고 생각하는 곳에 몰이꾼을 배치하여라."

"아닙니다, 폐하. 그리하시면 안 됩니다." 제대로 교육받은 트리스탄이 대답했다.

"사냥꾼을 내보내셔야 합니다. 그들이 몰이꾼을 배치하고 사냥감을 쫓도록 해야 합니다. 그들은 저보다 이곳 지리에 정통하고, 수사슴이 어느 길로 가는지, 사냥개를 피해 어디로 가는지 잘 압니다. 그들에게는 장점이 많지만, 저는 이곳에서 말을 타고 나가본 적이 없는 이방인입니다. 그들을 따르는 게 옳지요."

"어이쿠, 트리스탄 네 말이 옳다. 이건 네 능력을 발휘할 자리가 아니다. 사냥꾼들을 내보내 일을 직접 처리하도록 하여라."

말이 떨어지자 사냥꾼이 나섰다. 그들은 개에 목줄을 매고**

---

* 상인 아들에게 왕이 말을 하사한다는 건 대단한 선물이다.
** 사냥을 나갈 때와 돌아올 때 사냥개를 제어하기 위해 목줄을 맨다.

출발해 몰이꾼을 적재적소에 배치했다. 그런 뒤 수사슴 사냥에 나서서 저녁 무렵까지 사냥감을 쫓았다. 마침내 사냥개들이 수사슴을 궁지에 몰았다. 그러자 수사슴을 쓰러뜨리는 장면을 보기 위해 마르케왕과 트리스탄, 신하들 무리가 달려왔다. 아름다운 호른 소리가 차례로 울려 퍼졌는데, 마르케왕과 신하들은 호른 소리에 큰 감동을 받았다.

사냥꾼들이 수사슴을 쓰러뜨리자 그들의 친절한 손님이자 사냥꾼 대장인 트리스탄을 불러 어떻게 사냥물을 '손질'하는지 처음부터 끝까지 자세히 보여달라고 요청했다. 물론 트리스탄은 준비가 되어 있었다.

"자, 그럼 시작해볼까요."

트리스탄은 곧 일에 착수했다.


자, 이제 저는 여러분께 똑같은 이야기를 반복해서 들려드릴 필요는 없다고 말씀드려야겠네요. 제가 저번 수사슴에 대해 들려드린 것과 하나도 다를 바가 없이, 트리스탄은 이번에도 똑같은 방식으로 수사슴을 손질했답니다. 그들은 할육거피와 푸르키에를 보았고, 쿠리에 모습도 봤죠. 아무도 트리스탄보다 탁월한 솜씨로 손질할 수 없다는 것도 명백하게 알았답니다. 그렇지요, 더 나은 방법도 생각해내지 못할 겁니다.


왕의 명령에 따라 사냥꾼 일행은 수사슴을 짊어지고, 왕과 그의 사냥꾼인 트리스탄, 그의 신하 행렬 모두 귀갓길에 올랐다. 맨 앞에는 사슴뿔, 그 뒤에는 푸르키에를 한 채 궁으로 돌아갔다. 그때부터 유능한 트리스탄은 궁의 모든 사람에게 존경을 받았다. 왕과 왕족들은 그를 한 가족처럼 여겼다. 트리스탄은 신분 따위는 전혀 개의치 않는 것처럼 신분이 높고 낮음을 떠나 모든 사람에게 예의를 다했다. 한 사람 한 사람 도움을 줄 수 있을 때마다 큰 기쁨을 느꼈다. 이는 하느님께서 그에게 내려주신 축복으로, 그는 모든 사람을 위해 존재하는 것 같았다. 같이 웃고, 춤추고, 노래하고, 말 타고, 달리고, 도약하고, 멈추고, 격식 없이 그들과 함께했다. 청소년들이 그렇게 살듯 자기 마음이 끌리는 대로 살았다. 어떤 일을 시작하든 그는 함께할 자세가 되어 있었다.

그러던 어느 날이었다. 마르케가 식사를 마치고 보통 때처럼 즐겁게 이야기를 나누는 시간이었다. 그는 조용히 앉아서 누구보다도 하프 실력이 뛰어난 연주자의 노래에 귀를 기울이고 있었다. 웨일스 출신의 연주자였다.* 그때 파르메니에 사람인 트리스탄이 와서, 그 연주자의 발치에 앉았다. 가사와 달콤한 멜로디에 푹 빠지는 바람에, 그만 사형을 당할지도 모를 말을 입밖으로 내뱉고 말았다. 트리스탄이 감정에 북받쳤던 것이다.

"명인님, 정말 훌륭한 연주가이십니다. 제대로 그리움에 찬 멜로디를 연주하시는군요. 당신께서도 잘 아시겠지만, 브리타니아 사람이 이 곡을 만들었죠. 제 군주이신 구룬과 그의 연인에

---

* 중세 직업 음악가는 고향을 떠나 각지를 다니며 실력을 선보였는데, 특히 웨일스(갈로이스) 사람은 노래와 악기 연주 솜씨가 뛰어나다는 평을 받았다.

관한 노래*이잖습니까."

하프 연주자는 소년의 말을 똑똑히 들었지만, 마치 흘려들은 듯 아무 말이 없었다. 연주를 끝낸 뒤에야 소년에게 몸을 돌려 말했다.

"사랑스러운 아이야, 이 곡이 어느 나라 곡인지 잘 알고 있구나. 곡의 내용도 잘 아니?"

"그럼요, 명인님. 예전에는 곧잘 연주했는데, 지금은 연습을 하지 않아 명인님 앞에서 제대로 할 수 있을지 모르겠네요."

"그래? 여기 하프가 있으니 네가 있었던 나라의 사람들이 이 곡을 어떻게 해석하는지 한번 들려주렴."

"그렇게 명하시니, 명인님 앞에서 제가 연주해도 될까요?"

"물론이지, 애야. 여기 하프를 받으렴."

트리스탄이 하프를 넘겨받자, 마치 하프는 트리스탄을 위해 만들어진 것처럼 보였다. 하프는 매우 멋졌고, 윤이 나고 부드러웠으며, 가늘고 길어서 마치 흰 모피와도 같았다. 트리스탄은 시험 삼아 하프의 현을 뜯고 손으로 하프 몸체를 치며, 짧지만 이국적이고 감미로운 곡을 연주했다. 자기가 아는 브리타니아의 노래를 연주했던 것이다. 그런 뒤 픽을 손에 쥐고 줄감개와 현의 높낮이를 원하는 대로 조절했다. 곧이어 트리스탄은 갓 태어난 음유시인으로서 자신의 새로운 일을 성실하게 시작했다.

---

* 기론을 주인공으로 한 중세 프랑스 운문 서사시를 가리킨다. 기론 기사는 자신이 섬기던 귀부인을 사랑했다는 이유로 그녀의 남편에게 살해되고, 그녀는 그 기사의 심장을 먹어야 했다. 심장을 먹는 것은 중세 문학작품에 자주 쓰이던 비극적 소재였다.

그가 연주한 멜로디와 즉흥곡은 너무나도 감미롭고 조화로웠다. 이국적이고 웅장한 연주를 듣기 위해 사방에서 사람들이 계속 몰려들었다. 이내 궁의 모든 사람이 트리스탄을 둘러쌌다. 아무도 연주를 놓치려 하지 않았다. 마르케왕은 근처에 조용히 앉아서 친구인 트리스탄을 놀란 눈으로 지켜보았다. 세련된 궁정 예법을 많이 익히고 진귀한 지식을 지닌 이 소년이 세상 사람들이 모르게 너무나 많은 능력을 감추고 있다는 사실에 경탄했다.

이제 트리스탄은 훌륭한 그랄란트*의 너무나 자랑스러운 연인을 다룬 곡을 연주하기 시작했다. 경쾌하게 진짜 브리타니아 방식으로 너무나도 감미롭고 빼어나게 연주했기 때문에, 그곳에서 서거나 앉아서 사람들은 무아지경에 빠져들었다. 심장과 귀가 멎는 듯했다. 별의별 생각이 피어나기 시작했다.

"아, 저렇게 훌륭하게 자란 아들을 둔 상인은 정말 복 받았군, 복 받았어!"

그의 하얀 손이 재빠르게 현 위를 뛰놀며 다양한 음역의 곡을 연주했고, 그 소리가 궁전 전체에 울려 퍼졌다. 그의 손이 부리는 마법을 쳐다보느라 다들 눈이 바삐 돌아갔다.

드디어 연주가 끝났다. 왕은 시동을 보내 트리스탄에게 한 곡 더 연주해달라고 부탁했다. 트리스탄은 "기꺼이 하죠!"라고 웨일스어로 대답하고, 다시 사랑을 주제로 한 구舊 바빌론**의 고

---

* 중세 프랑스 운문 서사시 '레lai'에서 아서왕의 기사 그랄랑은 요정의 여왕을 사랑한 나머지 사랑을 쟁취하기 위해 목숨을 걸고 물속 요정의 왕국으로 들어간다.
** 바그다드를 말한다. 중세에 신 바빌론은 멤피스를 가리켰다.

귀한 티스베* 곡을 경쾌하게 연주하기 시작했다. 그가 곡을 완벽하게 연주해냈기 때문에 궁의 하프 연주가는 감탄을 내뱉었다. 뛰어난 재능을 지닌 소년은 적절한 시점이 되자 샹송을 연주했다. 그는 곡에 맞춰 발랄하고 감미롭게 노래를 불렀다. 브리타니아어, 웨일스어, 라틴어, 프랑스어를 오가며 아름다운 목소리로 노래를 불렀기 때문에, 하프 연주가 더 나은지 아니면 노래가 더 나은지 도저히 우열을 가릴 수가 없었다.

그가 보여준 모든 솜씨와 탁월한 능력은 많은 이야깃거리가되었다. 궁정에 있던 사람들은 입을 모아 이 왕국에서 이처럼 뛰어난 연주를 한 사람이 없다고들 말했다. 또 이런 소리도 들렸다.

"아, 이 아이는 도대체 어떤 아이지? 어떻게 우리 궁에 이런 아이가 뚝 떨어진 거지? 세상의 모든 아이가 온다 해도 트리스탄에 미치지 못할 거야."

드디어 트리스탄이 연주를 마치자 마르케왕이 말했다.

"트리스탄, 내 곁으로 오렴. 너를 가르친 스승은 하느님의 권좌 앞에서 큰 상을 받을 것이다. 너와 스승은 충분히 그럴 자격이 있다. 앞으로도 저녁때 네가 자러 가기 전에 네 연주를 자주듣고 싶구나. 그게 너한테도 좋고 내게도 좋을 것 같거든."

"폐하, 그렇게 하지요."

"이제 네가 어떤 다른 악기를 연주할 수 있는지 말해보렴."

---

* 오비디우스의 『변신 이야기』 4권에 나오는 '피라무스와 티스베' 연인 이야기를 가리킨다. 기사의 이상적인 사랑을 묘사하여 중세에 매우 인기가 높았다.

"딴 것은 못합니다."

"못한다고, 정말? 나를 생각하고도 그렇게 말하는 거냐?"

그러자 소년은 대답했다.

"폐하, 폐하께서 그렇게 엄중히 물으시기에 못한다고 말해 야겠습니다. 왜냐하면 폐하께서 알고자 하시는 것은 모두 아뢸 의무가 있기 때문이지요. 전 세상에 있는 모든 현악기를 연주해보려고 노력했습니다만 어느 것도 잘 연주하지 못했어요. 그 래서 더 노력해보지 않았답니다. 음악을 오래 연습하지 않았다 는 점도 고백해야겠습니다. 기껏해야 7년 조금 더 했을까요. 사 실대로 말씀드리면 그것도 이따금 중단하곤 했죠. 파르메니에 악사들에게 피델*과 현악기 연주를 배웠고, 웨일스인인 두 스승 에게 드렐라이어,** 하프, 로테***를 배웠습니다. 그런 뒤 룻**** 에서 온 브리타니아인에게 리라*****와 삼부카******를 배웠습 니다."

---

* 평평한 울림판이 있는 다섯 줄로 된 현악기로 중세에 매우 인기가 높았다.

** 손잡이를 돌려 현을 타는 악기로 오르가니스트룸, 허디거디라고 부르기도 한 다. 중세 음유시인의 대표적인 악기로 주로 끈을 달아 목에 걸고 연주했다.

*** 로테rotte는 중세 게르만족의 현악기로 영국 웨일스 지역에서 사용된 직사 각형 모양의 현악기인 크루스crwth 또는 크롯crot의 변형이다. 북유럽에서는 탈 하르파talharpa라고도 부른다. 연주할 때 손가락뿐 아니라 이따금 활을 사용한다 는 점에서 하프와는 조금 다르고, 르네상스 시대부터 유행한 류트lute와도 차이 가 있다.

**** 런던을 가리키는 옛 지명.

***** 하프의 일종으로 울림 상자에 두 개의 지주를 세우고 여기에 가로목을 건 너질러 줄을 쳤다. 무릎 위에 세우고 손가락으로 튕기며 연주했다.

****** 그리스에서 전해진 소형 하프.

"삼부카? 사랑스러운 이여, 대체 그게 무엇이냐?"

"제가 아는 최고의 악기랍니다."

"저것 봐, 하느님께서 저 아이에게 정말 엄청난 축복과 자비를 베푸셨다니까!" 군중이 술렁거렸다. 하지만 마르케왕은 여전히 의문이 남았다.

"트리스탄, 좀 전에 네가 브리타니아어, 웨일스어, 라틴어, 프랑스어로 노래하는 것을 들었다. 그 언어들을 아느냐?"

"예 폐하, 잘 압니다."

그러자 사람들이 트리스탄을 둘러싸고, 이웃 국가에서 외국어를 배웠던 사람들이 저마다 각각 다른 외국어로 트리스탄을 시험했다. 트리스탄은 노르웨이인, 아일랜드인, 독일인,* 스코틀랜드인, 덴마크인, 누구의 질문에도 만족스럽게 대답했다. 많은 사람에게 트리스탄과 같은 재능을 갖고 싶은 마음이 생겼고, 그처럼 되고자 했다. 모두들 동경에 가득 차 말했다.

"아, 트리스탄, 내가 너였더라면! 트리스탄, 너는 정말 좋겠구나. 트리스탄, 사람들이 바라는 정말 좋은 재능은 다 가졌구나. 이 세상에서 한 사람이 가질 수 있는 모든 것을 다 말이야."

그 가운데 경탄의 목소리도 이곳저곳에서 터져 나왔다.

"들어봐!"

"이것 좀 들어봐. 열네 살 소년이 세상의 모든 예술을 다 알고 있어!"

---

* 이 작품에서 고트프리트는 독일, 독일인을 가리킬 때 중세 독일어 단어 대신 고대 프랑스어 단어로 알레망이라고 지칭한다. 이는 그가 고대 프랑스어본에 나온 지명을 그대로 가져와 쓰고 있음을 보여준다.

그때 왕이 말했다.

"트리스탄아, 너는 네가 바라는 걸 모두 가지고 있고, 사냥, 외국어, 음악 연주와 같이 내가 원하는 걸 모두 할 수 있구나. 그러니 지금부터 너와 나는 동료가 되자꾸나. 너는 나의 동무, 나는 너의 동무 말이야. 우리는 낮에 말을 타고 사냥을 다니고, 저녁에는 여기서 궁정 일을 처리할 것이다. 너는 하프 연주를 잘하고, 현악기를 멋지게 켜며 노래까지 잘하니, 나를 즐겁게 해줄 수 있을 것이다. 대신 나도 너를 위해 뭔가를 해주마. 네 마음에 드는 아름다운 옷, 말을 선물로 주겠다. 네가 원하는 대로 최고의 것을 주마. 봐라, 내 칼과 갑옷, 박차, 황금 사냥 호른을 네게 맡기마. 사랑하는 벗이여, 이것을 입고 나를 위해 써주렴. 품격 높은 생활을 하려무나."

이리하여 고향을 잃은 그 소년은 왕궁이 자기 집이 되었답니다. 그토록 많은 축복을 받은 아이는 본 적이 없지요. 그가 무슨 일을 하든, 무슨 말을 하든 훌륭하게 했기 때문에, 세상 사람 모두 그를 사랑했고, 그를 진심으로 대했습니다. 그 이야기는 이만하면 됐고, 이제 한동안 하지 않았던 이야기를 다시 할 때가 됐습니다. 바로 트리스탄의 아버지인 신의의 남자 루알 리 포이테난트 원수 이야기지요. 자, 루알이 트리스탄을 잃어버린 뒤 어떤 일이 벌어졌는지 한번 들어보시죠.

## 7. 아버지와 재회하다

고귀한 군주 루알 리 포이테난트는 즉시 바다를 건너가기 위해 배에 올라탔다. 그는 엄청난 재화를 싣고 떠났다. 아무리 오래 걸리더라도 자신의 어린 군주에게 무슨 일이 일어났는지 확실한 소식을 듣기 위해 돌아다닐 작정이었다. 그는 노르웨이에 도착해서 쉬지 않고 나라 전역을 돌아다니며 소중한 트리스탄의 행방을 쫓았다. 무슨 소용이 있었을까? 그곳에는 트리스탄이 없었다. 찾아다닌 게 모두 헛수고였다. 그곳에서 트리스탄을 찾지 못하자 아일랜드로 건너갔다.

아, 거기서도 별다른 흔적을 찾을 수가 없었지요. 그러는 사이에 그는 가진 돈과 재산을 너무 많이 써버렸기 때문에, 걸어서 여행을 계속하기로 결정했답니다.

그는 기사 견습생들이 고향으로 돌아갈 수 있도록 말까지 팔아서 노잣돈을 마련해주었다. 자기 몸은 신경도 쓰지 않았고,

매일 빵을 구걸하며 돌아다녔다. 그렇게 한 지역에서 다른 지역으로, 한 왕국에서 다른 왕국으로 옮겨 다니며 3년 넘게 트리스탄의 행방을 찾아다녔다. 결국 기력이 너무 쇠약해지고 외모도 볼품없이 창백해져서 그가 한때 영주였다고 생각하고 대하는 사람이 없게 되었다.

고귀한 루알은 비렁뱅이처럼 그런 수모를 겪으며 지냈습니다. 그렇다고 가난함이 그의 고귀한 정신을 앗아갈 순 없었지요. 이런 일은 종종 있다는 것을 하느님께서는 아십니다.

트리스탄을 찾아나선 지 4년째가 되었을 때 루알은 덴마크에 도착했다. 그곳에서도 이곳저곳 분주히 돌아다니며 자신의 어린 군주를 찾았다. 그때 하느님의 은총 덕분에 두 명의 순례자를 만나게 되었는데, 바로 트리스탄이 숲속 길에서 만났던 사람들이었다. 두 사람에게 자세히 캐물은 끝에, 그들이 몇 년 전쯤에 루알이 찾고 있는 소년과 같은 이를 만나서 잠깐 동행했다는 사실을 알아냈다. 그들은 소년의 얼굴, 머리칼을 정확히 묘사했고, 소년이 어떻게 말하고 행동했는지, 그의 몸짓과 의복에 대해서도 말했다. 그러고는 소년의 언어 능력과 높은 교양에 대해 칭찬을 늘어놓았다. 그 순간 루알은 그 소년이 트리스탄임이 분명하다고 확신했다.

그는 하느님의 이름으로 순례자들에게 그 아이를 두고 온 곳이 어디인지, 그곳 지명이 무엇인지 알려달라고 간청했다. 순례자들은 루알에게 그곳은 콘월의 틴타욜 근처였다고 알려주었다.

그는 몇 번이나 그 도시 이름을 확인하며 물었다.

"근데 콘월이 정확히 어디에 있습니까?"

"브리타니아 지방 바로 옆에 붙어 있습니다."

한 사람이 대답했다. 루알은 머릿속으로 외쳤다.

'아, 하느님 감사합니다. 제가 들은 게 맞는다면, 이건 분명히 당신의 은총입니다. 두 사람의 말대로 트리스탄이 콘월로 갔다면, 그 아이는 진짜 자기 집으로 찾아간 셈입니다. 마르케가 그의 삼촌이니까요. 사랑하는 주님, 이제 저를 그곳으로 인도해주소서. 하늘에 계신 주님, 한 번만이라도 트리스탄을 볼 수 있는 행운을 제게 허락해주십시오. 내가 여기서 겪은 일 덕분에 다시 나는 행복하게 되었어. 이건 정말 좋은 소식이야. 무거웠던 내 마음이 다시 가벼워졌구나. 정말 기뻐.'

루알은 순례자들에게 인사했다.

"하느님의 축복을 가득히 받으신 분들, 동정녀의 아드님이 여러분을 지켜주실 겁니다! 그 아이를 찾으러 이제 제 갈 길을 가보겠습니다."

"이 세상을 다스리는 분께서 당신을 그 아이에게 인도하실 거요."

"정말 감사합니다. 전 이만 가봐야겠습니다." 루알은 프랑스어로 감사를 표했다.

"이만 안녕히. 잘 가시게."

순례자들도 루알에게 작별을 고하고 헤어졌다.

루알은 길을 서둘렀다. 한 번도 반나절 이상을 쉰 적이 없었지만, 바닷가에 도착했을 때는 부득이 쉬어야만 했다. 항해를 떠날 배가 마련되지 않았기 때문이다. 마침내 배편을 찾아 브리타니아 지방으로 건너갔다. 그는 여러 지역을 가로질러 갔는데, 매일 하루가 길기를 바라며 밤이 되어도 쉬지 않고 걸었다. 그가 힘과 용기를 얻은 건 그가 들은 소식 때문이었고, 희망 덕분에 몸이 무겁고 피로한 줄 몰랐다. 마침내 콘월에 도착하자마자 틴타욜이 어딘지 물었다. 사람들이 말해주는 대로 그는 계속해서 발걸음을 옮겨 마침내 틴타욜에 도착했다. 때는 미사가 막 시작되는 토요일 아침 시간이었다. 그는 성당 앞 광장으로 갔는데, 그곳은 사람들로 꽤 붐볐다. 그는 질문에 제대로 대답해줄 사람을 찾으려고 주변을 둘러봤다.

'이 사람들은 나보다 훨씬 나아 보이는걸. 내가 저들에게 질문을 해도 제대로 대답을 해줄지 걱정이군. 내가 형편없는 몰골로 여기에 왔으니까. 하느님, 제가 어떻게 해야 할지 알려주십시오!'

때마침 마르케왕이 성대하게 신하들을 이끌고 나타났다. 충실한 루알은 자신이 찾던 대상을 그 속에서 찾지 못했다. 나중에 왕이 미사를 마치고 궁정으로 돌아갈 때, 루알은 옆에 나서서 나이 든 시종의 팔을 잡고 물었다.

"나리, 친절을 베푸셔서 말씀 좀 해주시오. 여기 궁에서 살며 왕의 시중을 든다고 하는 아이의 이름이 혹시 트리스탄인가요?"

"아이요?" 그 남자가 재빠르게 대답했다. "아이인지는 모르겠소만, 기사 작위를 받기 직전의 젊은이가 궁에 있으면서 왕에게 높은 평가를 받고 있지요. 그는 많은 기술을 알고 있으며, 두루두루 교육을 받아서 모든 예법을 잘 알고 있습니다. 신체도 건강하고, 갈색 빛의 곱슬머리를 하고 있지요. 그리고 훌륭하게 처신할 줄도 압니다. 그는 외국인인데 우린 그를 트리스탄이라고 부른답니다."

루알은 바로 되물었다.

"아, 나리도 궁정에서 일하십니까?"

"그렇소."

"나리, 나리의 명예를 걸고 간단한 부탁 하나 드립시다. 나리께도 좋은 일이 될 겁니다. 그 아이를 만나고 싶은 늙은이 한 사람이 여기 있다고 말 좀 전해주시오. 그 아이에게 고향에서 온 사람이라고 말하면 될 겁니다."

그 사람은 트리스탄에게 같은 고향 사람이 왔다고 알렸다. 그 즉시 트리스탄이 왔고, 루알에게 눈길이 멈추는 순간 기쁨에 넘쳐 외쳤다.

"하늘에 계신 주님 찬미받으소서! 아버지, 아버지를 다시 볼 줄이야!"

첫마디를 내뱉자마자 트리스탄은 흔히 귀족의 아들이 아버지에게 인사하듯 루알에게 달려와 입맞춤을 했다.

이 둘은 정말 부자지간이었기 때문에 제대로 된 인사를 나눴죠. 지금 우리 시대의 아버지나 그 이전의 아버지 중에서 루알만큼 아버지로서 자기 아이들을 잘 보살핀 사람은 없으니까 말입니다.

트리스탄은 루알을 껴안음과 동시에 아버지, 어머니, 친척, 충실한 신하들을 함께 껴안은 셈이었다. 한 사람 안에 그의 모든 사랑이 담겨 있었기 때문이다. 그는 감정이 북받쳤다.

"아, 선하고 의로우신 아버지, 다정하신 어머니, 제 형제들은 아직 살아 있습니까?"

"애야, 모른단다. 내가 마지막에 봤을 때는 다들 너 때문에 엄청난 고통을 겪었지만 모두 괜찮았어. 그 이후로 어떻게 되었는지 아무 말도 해줄 수 없구나. 내가 너무 오래 나와 있었고, 그동안 아는 사람을 만나지 못했거든. 내게 불행이 닥친 그날 이후로 고향에 머문 적이 없었단다."

"저런, 아버지. 대체 무슨 일이 있었던 거예요? 아버지의 멋진 풍모는 어디로 사라진 겁니까?"

"아들아, 네가 모두 앗아 가버렸잖니."

"그럼 제가 돌려드릴게요."

"애야, 그런 날이 다시 찾아오길 빈다!"

"아버지, 이제 저와 함께 폐하께 갑시다."

"아들아 그럴 수는 없어. 보다시피 지금 내가 사람들과 어울릴 차림은 아니잖니."

"그래도 가야 해요, 아버지. 제 주군이신 폐하께서 아버지를 보셔야 해요."

고귀하고 기품 있는 루알은 생각했다. '내 몰골이 별문제가 되진 않겠지. 내가 이런 허름한 모습으로 왔다고 해도 여기 이 아이가 자기 조카라는 사실을 알려주면 왕이 정말 기뻐할 거야. 그동안 내가 한 일의 자초지종을 자세히 들려주면 내게 제대로 성대한 의복을 갖춰줄 거야.'

트리스탄은 루알의 손을 꽉 잡았다. 원래 루알은 제대로 격식을 차려 입었지만 지금은 외투도 없이 누더기가 되도록 해져 구멍이 숭숭 뚫린 허름한 상의 차림이었다. 고귀한 그 사람의 하의도 마찬가지였다. 실밥이 다 풀어지고 때가 잔뜩 묻었다. 머리카락과 수염은 전혀 손질하지 않아 마치 야만인처럼 덥수룩한 상태였다. 그 높은 명성을 지닌 사람이 맨발이었고, 다리도 드러낸 상태였으며, 게다가 배고픔, 추위, 더위, 풍파에 시달려 몰골이 완전히 망가진 행색을 하고 있었다. 그런 모습으로 궁에서 마르케왕과 마주하게 되었다. 마르케왕은 그를 보자마자 트리스탄에게 물었다.

"트리스탄, 대체 이 사람은 누구냐?"

"제 아버지입니다, 폐하."

"그게 정말이냐?"

"그렇습니다."

"그렇다면 정말 우리가 환영해야 할 분이로구나!"

고귀한 왕이 크게 반겼다.

루알은 기품 있게 절을 했다. 그때 기사들과 궁정의 모든 사람이 모여들어 루알을 항해 한목소리로 외쳤다.

"나리, 하느님께서 나리를 지켜주시길!"

이제 여러분은 루알이 복장은 기대에 훨씬 못 미치긴 하지만 흠잡을 데 없는 사나이라는 걸 잘 아셔야 합니다.

그의 풍모는 기품이 넘쳤고, 움직일 때마다 이민족 전사와 같은 강건함이 드러났다. 팔과 다리의 길이도 적당했고, 그의 걸음걸이는 훌륭하고 멋졌으며, 몸도 제대로 가꿨다. 그는 나이가 그리 적지도 많지도 않은, 힘이 가장 넘치고 성숙한 인생 절정의 나이였다. 그는 마치 황제와 같은 카리스마를 지니고 있었다. 그의 목소리는 사냥 호른처럼 카랑카랑했으며, 그의 입에서 나오는 말은 정제되어 있었다. 그는 궁정의 모든 사람을 기품 있게 대했다. 그전부터 이렇게 해왔기 때문에 낯설지 않았다. 기사들과 남작들 사이에서 웅성거리는 소리가 들리기 시작했다.

"근데 정말 저 사람이 맞아? 트리스탄이 자기 아버지라고 이야기했던 그 고귀한 상인이 맞는 거야? 훌륭한 사람이라고 그토록 칭찬을 늘어놓았는데, 저따위 행색으로 왕 앞에 나설 수 있단 말인가?"

사람들이 쑥덕쑥덕하자, 고귀한 마르케왕은 그를 즉시 숙소로 데려가도록 해서 화려하고 성대한 의복을 갖추도록 명령했다. 곧이어 트리스탄은 아버지를 목욕시키고, 멋지게 단장시켰다. 준비된 작은 화관도 머리에 썼는데, 누구보다도 그에게 잘 어울렸다. 이제 눈부신 차림으로 멋진 모습을 갖췄다. 트리스탄은 옛날처럼 사랑스럽게 아버지의 손을 잡고 다시 마르케왕을 알현했다. 모두가 아까보다 훨씬 더 좋은 인상을 받았고, 바뀐 모습에 다들 기뻐했다. 그들 중 한 사람이 말했다.

"저것 좀 봐, 멋진 옷이 이 사람을 순식간에 멋진 남자로 바꾸다니! 의복이 상인에게 잘 어울려. 이거 모두들 칭찬을 해야겠는걸. 게다가 저 사람도 마치 군주처럼 보이네. 저 사람도 군주로서의 미덕을 가졌는지 누가 알겠어. 그가 걸어오는 모습을 보면 정말 그렇다고 생각할 거야. 보라고, 걸음걸이마다 기품이 넘치잖아. 저 멋진 의복을 저렇게 잘 차려입을 수 있다니. 하긴 트리스탄만 봐도 저 사람이 어떤 사람인지 알 수 있지. 귀족의 피를 타고나지 않았다면 장사를 하는 사람이 어떻게 자기 아이를 저렇게 훌륭하게 길러낼 수 있겠어?"

이제 손 씻을 물이 준비되었고,* 왕은 식탁에 앉았다. 손님인 루알에게 자기 옆자리를 내주며 시종들에게 그를 극진히 시중 들라고 분부했다. 마르케가 트리스탄에게 말했다.

"얼른 가서 네가 직접 아버지의 시중을 들어라!"

트리스탄은 당연히 분부대로 몸과 마음을 다해 아버지를 지극 정성으로 보살펴드렸지요. 제 말을 믿으셔도 좋습니다.

고귀한 루알은 트리스탄의 시중을 받으며 기쁘게 식사를 했다. 무엇보다도 트리스탄을 다시 보게 된 것만으로도 기분이 좋았다. 식사가 끝나자 왕은 손님과 대화를 나누었다. 고향에 대해서 묻기도 하고 그간의 기나긴 여정에 대해서도 물었다. 모든 기사가 그의 물음에 집중했고, 루알의 이야기에 귀를 기울였다.

"폐하, 제가 여행을 떠난 지 꼬박 3년하고도 반년이 흘렀습니다. 어딜 가겠다는 뚜렷한 목적지나 목표 없이 돌아다니다가 결

---

* 중세에는 손으로 식사했기 때문에 식사 전후에 손을 씻는 것이 올바른 예법이었다.

국 이곳으로 오게 되었습니다."

"대체 무슨 이유에서 그랬단 말이오?"

"트리스탄 때문이었습니다. 제게는 하느님이 선물하신 다른 아이들이 있습니다. 다른 아버지들도 마찬가지겠지만 그들의 안위도 늘 제 마음 깊숙이 자리 잡고 있지요. 아들이 셋인데, 제가 떠나지 않았더라면, 아마 지금쯤은 기사가 되었을 겁니다. 만일 제가 제 아이가 아닌 트리스탄에게 쏟은 정성의 반만이라도 그 셋을 위해 쏟았더라면, 그들은 아버지의 사랑을 듬뿍 누리며 자랐을 겁니다."

"당신 아이가 아니라니 그게 대체 무슨 말이오? 트리스탄의 말로는 자기가 당신 아들이라고 하던데……"

왕이 놀라서 물었다.

"폐하, 아닙니다. 트리스탄과 저는 아무 혈연관계도 없습니다. 정확히 말씀드리자면 트리스탄은 제 주군입니다."

트리스탄은 놀라서 루알을 쳐다보았다. 왕이 물었다.

"도대체 무슨 연유로 당신이 저 아이를 위해 모든 고통을 감내했는지 이야기 좀 해보시오. 당신 아이도 아닌데 어떻게 당신 처와 아이들을 내버려둘 수 있었는지?"

"저와 하느님만 아는 사실입니다, 폐하."

"이보게 친구 양반, 그렇다면 내게도 알려주시오. 정말 궁금해 미칠 지경이오."

"제가 여기서 이 이야기를 하는 게 옳고, 나중에 후회하지 않을 거라고 확신할 수 있을지 모르겠습니다만, 폐하께 놀라운 사실을 하나 알려드리겠습니다. 지금까지 일이 어떻게 흘러왔는지, 폐하 앞에 서 있는 트리스탄에게 무슨 일이 일어났던 건지 말씀드리겠습니다."

그 순간 마르케왕과 귀족들을 포함해 궁정에 모여 있던 모든 사람이 한목소리로 간청했다.

"고귀한 어르신, 트리스탄이 대체 누군지 제발 들려주십시오."

고귀한 루알은 이야기를 시작했다.

"꽤 오래전에 일어난 일입니다만, 폐하와 당시 거기에 있었던 사람들은 잘 아시겠지만 리발린이 폐하의 훌륭함에 대해 계속 이야기를 전해 듣던 시절의 이야기입니다. 제가 바로 그분의 가신이었습니다. 하느님께서 그분이 아직 살아 있기를 원하셨다면, 저는 여전히 가신으로서 그분을 섬기고 있겠죠. 제 주군께서는 제게 땅과 백성을 모두 맡기시고, 폐하를 만나 뵙기 위해 이곳으로 오셨습니다. 여기서 한동안 사셨죠. 분명 폐하께서도 아름다운 블란셰플루어의 이야기를 아시겠지요. 제 주군은 그녀의 사랑을 얻어 이곳에서 도망치셨죠. 두 분은 고향으로 돌아오셔서 결혼하셨습니다. 바로 제 집에서 결혼식을 치렀고, 저를 포함해 많은 사람이 증인이 되었습니다. 주군께서는 제게 블란셰플루어를 보살피라고 명하셨고, 그때부터 줄곧 온 정성을 다해 모셨습니다. 그러고 나서 주군은 바로 전쟁을 치르기 위해 군대를 소집하고 가신들을 불러들였습니다. 여러분도 들어서 잘 아시겠지만, 주군은 전장으로 떠나셨다가 그만 거기서 목숨을 잃고 말았습니다. 부고가 전해졌고 아름다운 블란셰플루어도 사태를 알아차렸답니다. 그때 그녀 가슴속에 죽을 듯한 통증이 밀려들며, 당시 배 속에 품고 있던 아기를 출산했는데, 산모는 그

만 출산 도중에 목숨을 잃고 말았습니다. 그 아기가 지금 여기
서 있는 트리스탄입니다."

그러자 신의의 남자 마르케는 밀려오는 고통에 뼈아픈 감정
을 밖으로 드러내고 말았다. 그는 털썩 주저앉더니 마치 아이처
럼 울음을 터뜨렸다.* 이 이야기를 들은 다른 사람들도 눈물을
훔쳤다. 고귀한 마르케왕은 가슴이 저리도록 고통스러워했고,
눈물이 뺨을 흘러내려 옷을 적셨다. 트리스탄도 무척 괴로워했
다. 다름 아니라 저토록 의로운 남자가 자신의 아버지가 아니라
는 사실과 진짜 아버지는 죽고 없다는 사실이 고통스러웠기 때
문이다.

저기 고귀한 루알은 낙담한 채 주저앉아서 궁정 사람들에게
불쌍한 트리스탄의 운명을 들려주고 있습니다. 갓 태어난 아기
를 키우게 된 이야기, 아무도 발견하지 못한 장소로 아기를 몰래
데려온 이야기, 아기가 엄마 배 속에서 죽었다는 소문을 사람들
에게 퍼뜨리게 된 이야기, 자기 부인을 마치 임신한 것처럼 꾸며
서 한동안 누워 있도록 한 뒤 세상 사람들에게 아이가 태어났다
고 알린 이야기. 이 이야기들은 제가 이미 여러분께 들려드렸지
요. 또 그 뒤 성당으로 가서 아이가 세례를 받도록 한 이야기, 트
리스탄 이름을 짓게 된 사연, 낯선 외국으로 보내 그곳의 언어와
생활 지식을 배워 익히도록 한 이야기, 배에 남겨두고 온 트리스

---

* 중세 남성은 운다고 품위가 떨어지지 않았다. 남성이 여성처럼 울어서는 안
된다는 관념은 19세기 이후에 생겼다.

탄이 납치당한 이야기, 트리스탄을 찾아 나서서 온갖 고초를 겪은 뒤 마침내 여기에 도착하기까지의 이야기…… 자초지종을 듣자 마르케왕도 울고 루알도 울었답니다. 아니, 그곳에 있던 모든 사람이 애달파했지요. 하지만 트리스탄은 울지 않았어요. 그 모든 이야기를 들었지만, 감당하기 힘든 일이 너무 갑작스럽게 벌어져서 슬퍼할 수가 없었던 것이죠.

아무튼 고귀한 루알이 카넬과 블란셰플루어 두 연인의 신의를 궁정 사람들에게 높이 칭송했지만, 그들이 죽었을 때 루알이 아이를 위하여 했던 모든 일에서 드러난 신의에 비할 수는 없습니다. 세상의 어떤 가신도 루알처럼 주군에게 그처럼 충성과 봉사를 다한 사람은 없었거든요.


이야기가 전부 끝나자 마르케왕은 반신반의하며 물었다.

"어르신, 당신께서 하신 이야기가 전부 사실입니까?"

그러자 고귀한 루알은 손에 낀 반지를 보여주었다.

"폐하, 이것이 제가 이야기하고 들려드린 사연의 증표입니다."

명예롭기 그지없는 마르케왕은 반지를 받아들고 자세히 살펴보았다. 그러자 더 심한 고통이 물밀듯이 밀려왔다.

"아, 내가 사랑하는 누이에게 주었던 바로 그 반지로구나. 선친이 돌아가시기 직전에 내게 준 반지였는데. 이제야 이야기를 믿을 수 있겠구나. 트리스탄아, 내게 와서 입을 맞추렴! 진정 나와 네가 살아 있는 동안 양아버지가 되어주마. 너는 나의 모든 것을 상속하게 될 것이다. 하느님께서 네 어머니 블란셰플루어와 네 아버지 카넬의 영혼에 자비를 베푸시어 영원한 생명을 주시길! 하느님께서 내가 가장 사랑하는 누이에게서 태어난 트리스탄을 나의 집에 오도록 섭리하셨으니, 하느님의 축복으로 지금부터 영원히 행복할 것이다."

그렇게 말한 뒤 손님을 향해 물었다.

"친애하는 벗이여, 당신이 누군지, 당신 이름이 어떻게 되는지 알려주시오."

"루알입니다, 폐하."

"루알이라고?"

"예."

마르케는 기억을 더듬었다. 그전에 이 사람의 현명함과 고귀함, 지칠 줄 모르는 충성심에 대한 이야기를 많이 들었기 때문이다. 왕이 소리쳤다.

"아, 루알 리 포이테낭트?"

"맞습니다, 폐하. 저를 그렇게들 부릅니다."

고귀한 마르케왕은 즉시 그에게로 가서 그에게 입맞춤을 하고 그의 명예에 걸맞게 그를 환영했다. 왕국의 모든 귀족이 그에게 입맞춤을 하기 위해 다가왔다. 경탄과 찬사의 소리와 함께 환영 인사를 전했다.

"어서 오십시오, 고귀한 루알 님, 이 세상의 살아 있는 기적 같은 분!"

루알은 환대를 받았다. 왕은 곧 그의 손을 붙잡고 무리에서 끌어내더니, 친절하게 자기 옆에 가까이 앉게 했다. 좀더 이야기를 나누고 싶었기 때문이다. 두 사람은 트리스탄과 블랑셰플루어의 소식을 나눴고, 그들에게 일어났던 일과 카넬과 모르간

사이의 전쟁이 어떻게 진행되었는지, 어떤 나쁜 결과를 가져왔는지 이야기했다.

두 사람의 대화는 곧 트리스탄을 주제로 옮아갔다. 트리스탄이 궁정에서 머리를 굴려 자신의 아버지가 상인이라고 소개하고 처신했다는 이야기에 루알은 트리스탄을 지그시 쳐다보며 한마디 했다.

"얘야, 내가 너 때문에 너무 오랫동안 가난에 허덕이며 힘들게 장사를 해온 것 같구나. 여하튼 모든 일이 좋게 마무리되었으니, 무릎을 꿇고 하느님께 감사를 올려야겠구나."

트리스탄도 지지 않고 대꾸했다.

"아버지, 제가 사실을 알게 되었지만, 결국 저는 행복해질 테지요. 제게는 모든 일이 정말 놀라울 따름입니다. 제 아버지가 오래전에 죽임을 당했다고 말씀하셨지요. 그 말씀으로 아버지가 친아버지가 아님을 밝히셨고, 저를 그만 고아로 만드셨어요. 저는 두 분의 아버지를 잃어버린 셈입니다. 아, 아버지, 아버지라고 믿었던 분, 그 두 분을 이제 빼앗기다니! 제가 아버지라고 생각했던 분이 여기 오시자, 두 분의 아버지를 잃은 겁니다."

그러자 고귀한 원수 루알이 트리스탄을 달랬다.

"자, 자, 트리스탄. 무슨 소리를 하는 거냐. 그런 식으로 말하지 말려무나. 그건 옳지 않아. 내가 여기 오게 되면서 너는 이제 네가 생각하는 것보다 훨씬 더 고귀한 사람이 되었다. 내 덕분에 드높은 신분에 오르게 되었고 여전히 두 사람의 아버지를 갖고 있어. 여기 계신 주군과 나 말이다. 이분은 나와 마찬가지로 너의 아버지다. 그러니 딴말 말고 앞으로 왕족 신분에 걸맞게 행동하거라. 엉뚱한 이야기는 이제 그만하고, 네 외삼촌이신 폐하께 이곳 일을 정리하고 기사가 되게 해달라고 간청하여라. 너는 이제 스스로 네 일을 처리할 능력을 갖추었다. 그리고 여기 계신 어르신들도 폐하께 그렇게 해주십사 말씀드려주십시오."

그러자 모든 사람이 루알과 함께 간청했다.

"폐하, 마땅히 그렇게 하셔야 합니다. 트리스탄은 충분히 체력을 갖춘 성인이 되었습니다."

왕이 트리스탄에게 물었다.

"조카야, 네 뜻은 어떠하냐? 내가 하는 대로 기꺼이 따르겠느냐?"

"존경하는 폐하, 지금 제 생각은 이렇습니다. 제가 원하는 바대로 기사가 되기에 충분한 재산을 가지고 있다면,* 또 제가 기사 신분에 부끄럽지 않고, 기사도의 명예를 훼손하지 않는다면, 기꺼이 기사가 되어 젊었을 때 세상의 명예를 일구는 데 게을렀던 저 자신을 발전시키고 싶습니다. 어렸을 때부터 기사도를 익히지 않으면 훗날 제대로 된 기사가 되기 어렵다고들 말하더군요. 저는 철부지같이 살았습니다. 평소 명예롭고 용감하게 사는 것에 익숙해지기를 오랫동안 소홀히 한 건 엄청난 실수였지요. 저 자신을 용서할 수 없습니다. 예부터 편안함과 기사의 명예는 서로 어울리지 않는다는 것을 잘 압니다. 그냥 서로 안 맞는 것이죠. 책에서도 읽었습니다. 명예는 위험과 고통을 원한다고요. 어렸을 때 너무 편안함과 응석에 익숙해지면 명예는 죽고 맙니

---

* 중세 기사 서임식은 상상을 초월할 만큼 비용이 많이 들었다.

다. 한 가지는 분명히 말씀드릴 수 있습니다. 제가 일 년 전이나 그보다 일찍 이 사실을 알았더라면 지금처럼 지내지 않았을 것입니다. 하지만 일이 이렇게 오래 걸렸으니, 그간 소홀히 한 것을 당연히 따라잡아야겠습니다. 육체와 정신에 부족한 것이 없습니다. 제가 기사가 되는 데 필요한 부를 얻고, 기사로서 필요한 마음가짐을 갖출 수 있도록 하느님께서 도와주시길 빕니다!"

마르케왕이 말했다.

"네가 콘월을 다스리는 왕과 주인으로 정해졌다면, 네가 어떻게 해야 할지 곰곰이 생각해보아라. 그리고 여기에 네게 정성을 다해 헌신한 아버지 루알이 있다. 이분이 네가 원하는 대로 목표를 달성할 수 있도록 네게 조언을 하며 도와줄 것이다. 사랑하는 조카 트리스탄아, 네가 가난한 처지라고 생각하지 마라. 너도 알다시피 파르메니에가 네 것이다. 나와 네 아버지 루알이 살아 있는 한 네 소유로 남아 있을 것이다. 게다가 너는 내 도움도 받을 것이다. 사랑하는 조카야, 내 나라와 내 백성, 내가 가진 모든 것을 네 마음대로 해도 된단다. 네가 성대한 차림을 갖추고 싶고, 네가 아까 말한 것이 너의 확고한 의지라면 내가 가진 재산을 아낌없이 쓰겠다. 콘월이 너의 봉토이며, 왕의 지위로 공물을 거둘 수 있다. 세상에서 성공을 거둔 사람으로 존경받고 싶다면, 군주로서 정신을 수양하거라. 군주에게 속한 부는 내가 너에게 주마. 봐라, 너는 황제의 보물을 가지고 있으니 절대 포기해선 안 된다. 네가 뜻을 올바르게 세우고, 네가 말한 대로 정신을 올바르게 차리면 내가 그냥 손 놓고 보고만 있지 않겠다. 명심하려무나. 내가 네게서 군주의 의지를 발견하게 되면,

네가 갖고 싶은 모든 걸 상자 가득 받을 수 있을 것이다. 틴타욜은 네 금고와 보물 창고가 될 것이다. 네가 진정 고귀한 정신으로 앞으로 나아가는데, 내 능력으로 너를 뒷받침해주지 않는다면, 콘월에서 나의 권력은 모두 사라지고 말 것이다."

이 말을 들은 고귀한 수장들은 모두 순종의 표시로 왕에게 절을 했다. 그들은 감격에 찬 목소리로 외쳤다.

"마르케 폐하, 폐하께서는 고상한 지도자시며, 진정 군주로서 지당한 말씀을 하셨습니다. 당신의 입, 당신의 가슴, 당신의 손으로 이 나라를 영원히 다스리소서! 폐하는 영원히 콘월의 왕이십니다!"

의로운 원수 루알과 그의 젊은 주군 트리스탄은 왕이 그들에게 지시하고, 그들의 판단에 맡긴 대로 기사 서임식을 성대하게 준비했다.


이제는 제가 고민에 빠지고 말았네요. 이 둘의 본성, 아버지와 아들의 본성 때문에 그렇습니다. 나이 든 사람과 젊은이 사이에 좀처럼 합의를 보기 힘든 지점이 있지요. 나이 든 사람은 돈을 소중히 여기지만, 젊은이는 그렇지 않거든요. 그래서 두 사람이 합의에 이르렀는지 궁금하실 겁니다. 루알이 돈을 적절하게 쓰면서도 트리스탄의 기대를 만족시켜주었는지 말이죠. 이런 궁금증을 제가 한마디로 정리해드리지요.

루알과 트리스탄은 정말 똑같이 착한 마음으로 서로를 대했기 때문에, 그들 중 누구도 그 일이 좋건 나쁘건 상대방을 밀어붙이지 않았고, 기꺼이 상대방 뜻을 받아들였답니다. 고귀한 루알은

트리스탄을 신뢰했고 그의 젊은 패기를 감안했거든요. 트리스탄
도 루알의 지혜를 존중하며 흔쾌히 양보했지요. 그리하여 그들은
일치된 마음으로 공통의 목표를 향해 노력했고, 생각과 행동에서
도 완전히 일치했답니다. 이리하여 나이 든 이와 젊은이가 미덕
으로 하나가 된 거지요. 하늘 높이 치솟는 야망이 이성과 합쳐져
그 둘이 제대로 하나가 되었습니다. 말하자면 트리스탄의 의기양
양한 기분, 루알의 검소한 정신이 서로 잘 어우러져 둘 중 어느
하나도 억지를 부리지 않았던 겁니다.

   루알과 트리스탄은 그들 앞에 놓인 일을 합리적이면서도 취
향에 맞게 처리했다. 고귀한 트리스탄이 동료로 선발한 기사
30명을 제대로 무장시킬 갑옷과 의복을 30일 이내에 마련했다.*

---

* 12세기 말부터 독일 제후의 아들이 기사가 될 때 다른 기사 견습생들도 함께
기사 서임식을 치렀다.

# 8. 트리스탄이 기사가 되다

트리스탄의 기사 서임식(바이에른 국립 도서관 BSB Cgm 51)

그들이 얼마나 멋지게 차려입었는지, 어떻게 이들을 선발했는지 궁금하시다고요? 덧붙일 것 없이 모험담이 전하는 그대로 여러분께 들려드리죠. 행여 제가 다른 이야기를 꾸며댄다면 반박하시고, 직접 이야기를 하셔도 좋습니다.

그들의 의상은 네 종류의 훌륭함에 따라 나뉘었는데, 네 종류 전부 제각각 훌륭한 직무를 나타냈다. 첫째는 높은 기상, 둘째는 부, 셋째는 그 두 가지를 잘 조합할 수 있는 판단력, 넷째는 앞의 세 가지를 이끄는 고상한 신념이었다. 이 네 가지는 그들의 특성에 따라 멋지게 기능했다. 높은 기상이 요구하면, 부는 내어주고, 판단력은 기획하고 잘라내며, 고상한 신념은 이 모든 것을 바느질해서 옷, 마구, 깃발 등 기사들에게 필요한 것을 모두 만들었다. 무엇보다도 군마와 말을 탈 사람을 위한 기사의 무장이 화려했는데, 다들 너무나 멋져서 왕의 기사 서임식에 어울릴 만한 물건들이었다.

동료들이 신분에 걸맞게 멋지게 무장을 했으니, 이제 귀하신 주인공인 트리스탄이 기사 서임식을 위해 어떻게 치장했는지 이야기를 들려드리는 것이 당연하겠지요? 하지만 여러분을 만족시켜드리고 생생한 현장감을 살리려면 어떻게 묘사하는 게 좋을지 모르겠습니다.

제 시대와 그 훨씬 이전에 그런 호화스럽고 화려한 갑옷을 멋들어지게 묘사한 사람이 있었습니다. 만약 제가 지닌 영리함과 그것들을 사용하는 기술이 열두 쌍이 있다고 해도, 제 입으로 열두 가지 언어를 말할 능력이 있다 해도 예전을 능가했던 그 의식의 화려함과 웅장함을 어떤 방식으로 묘사해야 할지 여전히 모르겠습니다. 기사도의 우아함은 여러 방법으로 묘사되어왔고 지나치게 자주 묘사되었기 때문에, 저로서는 어떤 한 사람을 기쁘게 할 뭔가 다른 묘사를 하기가 힘들군요.

　오, 하르트만 폰 아우에,* 그 선생은 어떻게 말과 생각을 안팎으로 그렇게 다채롭고 화려하게 만들어내는지, 무용담을 어떻게 그리 멋지게 표현하는지? 그분이 선택한 단어는 어찌 그렇게 크리스털처럼 투명하고 순수한지? 그분의 단어가 제게는 퍽 감동적입니다. 고상한 품격으로 다가오니까요. 친절한 마음을 지닌 분이라면 누구나 마음에 들 겁니다. 좋은 언어를 평가하고 이해할 수 있는 분이라면 하르트만에게 명예의 화관과 월계수 가지를 줄 테지요.
　이와 반대로 산토끼처럼 단어의 언덕 위로 크게 도약하고, 주사위처럼 단어를 막 던지고자 하는 사람**은 그를 좀처럼 뒤따르지 못합니다. 아니, 따라가길 바라지 않는다 하더라도 월계관을 노린다면 제발 그 꿈을 접으십시오. 우리가 알아서 판단할 테니까요. 우리는 화관의 꽃을 채집하는 일을 돕습니다만, 대체 그

---

* 고트프리트와 동시대 작가로 고트프리트는 하르트만의 작품을 기사문학의 완벽한 모델로 높이 평가한다. 대표작으로 원탁의 기사들 이야기를 다룬 『에레크』와 『이바인』이 있다.
** 동시대 작가 볼프람 폰 에셴바흐가 『파르치팔』의 서문에서 '산토끼' 비유를 쓴 것을 비꼬는 것 같다.

런 사람이 뭘 원하는지 알고 싶습니다. 화관을 갖고 싶다면, 날 렵하게 껑충 뛰어와서 자신의 꽃을 그 위에 꽂으세요. 그러면 우리가 보고 그 꽃이 정말 잘 어울리는지 한번 봐드리죠. 하르트만 폰 아우에의 월계관을 빼앗아다 그걸 그 사람에게 씌워줄 테니 말입니다. 하지만 아직까지 그 위에 꽂을 만한 더 나은 게 없으니, 하느님의 이름으로 그대로 두려고 합니다. 단어들이 정말 순수하고, 이야기가 고르고 올곧아서, 용기 있고 똑바르게 절뚝거리지 않고 바로 그곳으로 달려가는 사람이 아니라면 결코 이 화관을 써서는 안 됩니다.

엉망진창인 이야기의 작가, 시의 사냥터를 어슬렁거리는 실력 없는 사냥꾼! 그들은 자신의 목걸이로 보잘것없는 예술품을 완성한답시고 순진한 사람을 속이고, 형편없는 도구로 금을 만드는 것처럼 어린이의 눈을 현혹하며, 마법 상자에서 먼지로 진주를 만들어낸다는 사기꾼입니다. 푸른 오월의 잎이 무성한 가지가 아닌 메마른 가지로 우리에게 그늘을 만들어주겠다는 이들이지요. 그들이 친절하게 제공하는 그늘은 기분을 상쾌하게 해주지 못합니다. 이런 시는 영혼에게 아무것도 주지 못하거든요. 사람 마음을 즐겁게 하는 그 무엇도 담겨 있지 않으며, 그런 사람들의 이야기는 고귀한 가슴을 기쁘게 할 힘이 전혀 없지요.

이런 사냥꾼들은 자신의 이야기를 설명해주는 해설자가 있어야 합니다. 그 이야기를 낭송하는 것을 듣거나 책으로 읽어도 무슨 내용인지 이해할 수 없거든요. 그렇다고 우리가 검은 책들*에

---

* 볼프람이 언급한 마법사의 어휘 설명집을 가리킨다.

서 학자들의 주석을 찾을 만큼 한가롭지 않지요.

　단어의 장인이 또 한 사람 있지요. 블리거 폰 슈타이나흐*의 말들은 정말로 사랑스럽습니다. 귀부인에 대해서는 마치 금실과 비단실로 비잔티움 양식의 자수를 놓는 것처럼 이야기를 풀어냅니다. 그의 단어는 즐거움 자체이죠. 때로는 요정들이 신기하게 그 말들을 뽑아내고, 샘에 가져다 씻어 정화한 것처럼 깨끗한 느낌을 주거든요. 정말 요정의 선물입니다. 그의 입은 문장을 지어내는 하프와 같아서 곱절로 축복을 받았습니다. 첫째는 말이고, 둘째는 정신인데, 드물게 탁월한 솜씨로 이 둘을 조화롭게 엮어 이야기를 풀어내지요. 그 단어의 마술사가 칼로 날렵한 운을 잘라내며 자신의 태피스트리에 어떻게 풀어내는지 한번 보십시오. 맞습니다. 그 사람은 운율을 잘 연결해서, 마치 운율이 쑥쑥 자라는 것처럼 보이거든요. 분명 책과 알파벳을 날개처럼 묶은 게 분명합니다. 주의를 기울여 보면 그의 말은 독수리처럼 날아오르죠.

　이제 누구를 선택할 수 있을까요? 말과 의미가 풍부한 사람들은 많이 있었고, 지금도 많습니다. 하인리히 폰 펠데케,** 그분은 시를 완벽하게 짓는 법을 알고 있습니다. 사랑 노래를 잘하고, 또 얼마나 섬세하게 자신의 생각을 표현했는지요! 아마 페

---

* 12세기 말 독일 하이델베르크 인근 출신의 시인으로 연애 가요 몇 편이 전한다.
** 12세기 말 활약한 마스트리히트 인근 출신의 시인. 여기서는 로마 건국의 주인공의 사랑과 모험을 다룬 궁정 서사시 『에네아스 소설』을 언급하고 있다.

가수스의 샘*에서 직접 자신의 지혜를 길어냈다는 생각이 드는군요. 제가 펠데케를 더 자세히는 알지 못하지만, 그분이 당시 장인들 중 최고였다는 칭찬 소리는 듣고 있습니다. 그분은 명백히 독일어로 첫 싹을 틔웠고, 그 싹에서 가지가 넓게 퍼지고 꽃이 피어났으며, 그 꽃에서 명민한 장인의 발명품을 이끌어냈습니다. 오늘날 이 지식은 널리 자유롭게 퍼져나가 모든 시인은 말이나 멜로디가 부족할 때면 그 방법으로 풍성한 꽃을 따거나 잔가지를 꺾을 수 있게 됐지요.

여기서 이야기하진 않겠습니다만, 나이팅게일**과 같은 부류의 사람들은 많이 있습니다. 그들 이야기는 이 자리에 맞지 않으니, 예전에 제가 그들에 대해 계속하던 말만 하렵니다. 그들은 자신의 역할을 잘 알아 아름다운 여름의 노래를 멋지게 부르며, 그들의 목소리는 청아하고 아름답습니다. 그들은 신선한 기운을 북돋우고 사람들의 마음을 즐겁게 해주지요. 새들의 사랑스러운 노래가 아니라면 사람들은 빛바랜 무덤덤함 속에서 우울하게 살았을 겁니다. 그 노래는 한 번이라도 사랑을 했던 이들에게 사랑과 좋은 감정을 상기시켜주고, 고상한 마음을 가진 이를 기쁘게 하는 온갖 기분을 떠올리게 합니다. 새들의 사랑스러운 노래가 우리의 기쁨을 이야기한다면, 우리의 생각을 깊게 만드는 편안한 감정이 피어오르게 되지요.

---

* 헬리콘산의 히포크레네 샘을 가리킨다. 고대부터 시의 원천으로 간주되었다.
** 텍스트와 멜로디를 완벽하게 결합해 시를 만드는 시인들을 가리킨다.

그렇다면 "나이팅게일이 누굴 말하는 것이냐?"라고 물으실 테죠. 그들은 모든 사랑의 고통을 음악과 시로 들려주는 자신의 일과 기법을 잘 아는 사람들이었습니다. 하지만 그 세계에서 리더였던 라인마르 폰 하게나우*가 침묵을 지켰으니 이제 그들 중 누가 깃발을 들고 인도해야 할까요? 모든 멜로디를 푸는 마법의 주문이 그의 혀에 달려 있었는데 말이죠. 저는 그 멋진 멜로디를 자주 생각합니다. '그 멜로디는 어디서 온 것일까?' '놀랍기 그지없는 그 기적적인 다양한 변주는 어디서 왔을까?' 제 생각에는 모든 멜로디를 알고 있는 오르페우스**의 혀가 그 입에서 노래하고 있는 것 같습니다. 하지만 이제 오르페우스의 혀는 없습니다. 우리에게 없지요. 현명한 한 사람이 우리에게 말할 겁니다. '이제 누가 그 매혹적인 무리를 인도해야 합니까? 누가 이 무리의 지도자가 되어야 합니까?'

깃발을 쥐고 인도해야 하는 사람이 누구인지 전 이미 알 것 같군요. 아마도 발터 폰 데어 포겔바이데***겠지요. 지금 초원 너

---

* 아마도 12세기 후반부에 활동한 시인인 대大 라인마르를 가리키는 듯하다. 이 부분에 따르면 그가 『트리스탄』이 나오기 전인 1205년에서 1210년 사이에 사망한 것으로 추정할 수 있다.

** 고대 그리스 신화에 나오는 음유시인으로 죽은 아내를 그리워한 나머지 저승까지 내려가 저승의 신을 음악으로 감동시켜 죽은 아내를 지상으로 데려올 수 있었다. 라인마르도 닿을 수 없는 연인에 대한 사랑을 절절히 노래했다는 점에서 통하는 데가 있다.

*** 11세기 말부터 12세기 초까지 활동한 시인으로 독일 시가문학의 거두로 꼽힌다. 무엇보다도 당시 주류였던 귀족의 이상적인 사랑을 노래하는 '고급 연애가요' 도식을 깨뜨리고, 일반인과의 꾸밈없는 사랑을 노래하는 장르를 열었다는 점에서 문학사적 의의가 있다.

머로 울려 퍼지는 그 맑은 소리! 놀라울 정도로 완벽하지 않나요? 얼마나 뛰어난 기교로 연주하고 있는지! 얼마나 자유자재로 그 노래를 부르는지요! 여신이 사랑을 지배하는 키테론산*의 방식으로 말입니다. 그 장인은 그곳 궁정의 궁정장입니다. 그가 선두에 서야 합니다. 그야말로 여러분께 최상의 즐거움을 줄 것이며, 진정한 사랑의 멜로디를 찾아야 하는 곳을 정확히 알고 있거든요. 그와 그의 동료들은 자신들이 이야기하는 고통과 애타는 호소를 기쁨으로 변화시켜야 할 겁니다. 제가 살아 있는 동안 그런 일이 이뤄지면 정말 좋겠네요.

자, 저는 교양 있는 여러분 앞에서 훌륭한 교육을 받아 높이 평가받아야 할 사람들에 대해 충분히 이야기했습니다. 근데 트리스탄은 여전히 기사 서임식 준비를 마치지 못했습니다. 어떻게 묘사해야 할지 도통 모르겠네요. 제 머릿속이 멍해졌기 때문입니다. 혀만으로는 그런 묘사를 전혀 할 수가 없거든요. 정신을 차리지 않고서는 아무것도 못 하지요. 무엇이 제 혀와 정신을 혼란스럽게 하는지 말씀드리려 합니다. 이 둘을 혼란스럽게 하는 것이 수천 명을 혼란스럽게 만듭니다. 말발이 뛰어나지 않은 이가 이야기를 매우 잘하는 사람과 마주치면, 그만 단어가 입에서 완전히 사라지고 맙니다. 바로 그런 일이 제게도 벌어진 것 같네요. 저는 언어 표현이 노련한 사람들을 많이 봤기 때문에, 여기

---

* 키테론은 음악의 여신들이 사는 산이다. 아프로디테 여신의 장소인 키테라섬을 착각했거나, 음악과 사랑의 의미를 살리기 위한 의도적 표현일 수도 있다.

서 내세운 말들과 비교하면 한 푼의 가치조차 없어 보이는 것을 이야기할 생각이 들지 않는 겁니다. 오늘날 언어문화가 아주 높은 수준에 있기 때문에, 저는 이걸 염두에 둬야 합니다. 또 제 단어들이 다른 사람들의 표현 방식과 견줄 만한 수준이 되는지, 다른 사람들의 말을 따라 한다는 비판을 견뎌낼 수 있는지 항상 정확히 검토해야만 하지요. 그래서 저는 어떻게 말을 꺼내야 할지 모르겠네요. 제 혀나 모든 지각 능력이 아무 도움도 되지 않거든요. 제가 쓸 수 있는 모든 단어가 마치 입속에서 누가 훔쳐 간 듯이 사라져버렸습니다. 조언을 받을 길도 없는데 어쩌면 좋지요? 맞습니다. 지금까지 한 적이 없는 방법을 시도해봐야겠습니다.

지금 온 마음과 온 힘을 다해 아홉 개 권좌에 있는 하늘의 헬리콘*에 호소하려고 합니다. 거기서부터 샘이 쏟아져 나와, 단어와 생각의 은사恩賜가 제게 흘러들 테지요. 그곳에 사시는 주인 아폴로와 새 여주인 카메네,** 즉 귀를 멀게 했던 아홉 명의 세이렌이 이런 은사를 내려주실 테죠. 그들은 사람들 저마다의 총애의 크기에 맞게 공평하게 은사를 전해주거든요. 이미 많은 사람에게 영감의 물을 풍부하게 주었기 때문에, 제게도 그중 한 방울 정도 주는 건 거절하지 않을 것입니다. 제가 날쌔게 그 한 방울을 받는다면, 언어 예술에 효력을 발휘할 것이라고 도처에 주장할 겁니다. 이 한 방울이 아주 미미한 양이라고 하더라도, 혼돈에 빠진 제 혀와 정신을 다시 바로잡아 회복시킬 테지요. 그

---

* 신화에서 헬리콘은 아홉 명의 예술의 여신 무사(뮤즈)가 있는 곳이다.
** 고대 이탈리아 샘의 여신들로 중세에 무사와 같은 신으로 여겼다.

한 방울로 제 말들은 카메네들의 지혜의 빛나는 도가니로 들어가서 아라비아의 금처럼 전에 없는 아름다움으로 정화되고 융합될 것입니다. 귀에 울려 퍼져 마음속으로 즐겁게 들어오는 말들, 정련된 철처럼 한 편의 시를 밝히는 말들이 샘솟는 진실한 헬리콘의 가장 높은 권좌에서 나오는 신의 은총을 주시길! 제 목소리와 제 간청이 그곳 천상의 합창단까지 전해져 제가 바라는 것을 주시길!

제 말이 귀에 사랑스럽게 울리고 가슴마다 항상 푸른 보리수 잎으로 그림자를 드리운다면, 제 시가 잘 다듬어지고, 단계마다 길을 닦고 깨끗해져서 길 위에 먼지 한 톨 없이 오로지 클로버 잎과 아름다운 꽃으로 단장된 길을 걷게 된다면…… 제가 기도한 이 모든 것이 일어나고, 모든 게 제게 주어지고 충분히 받는다면, 재능 없는 제가 많은 사람이 그토록 헛되이 시도했던 일에는 저의 재능을 쓰지 않아도 되겠죠. 그런 일은 정말 해선 안 됩니다. 많은 사람이 이미 충분히 해온 대로 제 시를 짓는 재주를 기사를 무장시키는 데 쓰면 어떨까요? 영리하고 재능 많은 대장장이 불카누스*가 트리스탄의 흉갑, 칼, 각대, 그 밖에 기사에게 필요한 장비를 멋지고 탁월한 제품으로 만들어냈다는 식으로 여러분께 이야기하면 어떨까요? 그가 어떻게 디자인을 하고 잘라냈으며 용맹함을 드러내기 위해 방패에 수퇘지**를 새겼는지, 그

---

* 펠데케는 『에네아스 소설』에서 불카누스가 무기와 장비를 만드는 모습을 상세하게 묘사했다.
** 중세 문학작품에서 수퇘지는 전투 의지와 용맹함의 상징이다.

가 투구를 어떻게 제작하고 그 위에 사랑의 고통을 상징하는 번개 장식을 했는지, 또 장비 하나하나를 얼마나 기가 막히도록 멋있게 만들었는지를 일일이 이야기해야 할까요? 트로이의 현명한 여인 카산드라*가 자신의 실력과 지력, 다시 말해 꼼꼼히 신경을 써가며 완성하는 능력과 제가 들은 것처럼 천상의 신들 덕분에 밝아진 머리로 트리스탄의 의복을 계획하고 바느질해 만들었다는 이야기는 어떤가요? 앞서 트리스탄의 동료들이 기사 서임식을 준비한 것을 묘사한 것과 별반 차이가 없지 않습니까? 그러니 이제 여러분이 동의하신다면, 다음과 같은 사실을 분명히 말씀드리고자 합니다. 높은 기상과 부, 거기다 판단력과 고상한 신념까지 더해져 정말 멋들어지게 어우러졌답니다. 그렇습니다. 불카누스와 카산드라가 그 네 가지만큼 기사를 멋지게 꾸밀 수 없거든요.

자, 훌륭한 네 가지가 그 성대한 기사 서임식을 잘 치러냈기 때문에, 우리 친구 트리스탄에 대한 걱정을 안심하고 내려놓을 수 있답니다. 왜냐하면 그들이 트리스탄의 동료들이 입은 옷보다 디자인이나 재질 면에서 더 훌륭하고 멋진 옷을 만들어냈기 때문입니다. 트리스탄은 그 모습으로 궁정과 마상 경기장에서 자기 모습을 드러냈습니다. 모든 면에서 그의 동료들도 똑같았는데, 똑같이 화려하고 웅장했지요. 물론 인간 손으로 만든 옷에 관한 이야기이지, 타고난 모습과 마음의 작업장에서 만든 옷을 이야기

---

* 아폴로에게 예언의 능력을 받은 신화 속 인물로, 인간 운명의 실타래를 푼다는 차원에서 중세에 직물 장인으로 간주되었다.

138

하는 건 아닙니다. 그런 의복은 남자에게 경쾌한 기운을 북돋우고 몸과 생활에 고상한 광채를 부여하는 고귀한 정신이란 천으로 짠 것이거든요. 그 옷에서 주인과 그 동료들의 지참금이 구별되는 거죠.

맞습니다. 하느님은 아시겠지만, 의협심이 있고 명예욕에 찬 트리스탄이 입고 있는 옷은 그들의 옷과 같지 않습니다. 다른 화려함은 트리스탄이 지닌 자세와 기품 덕분입니다. 비록 외관상 아무런 차이도 느낄 수 없겠지만, 옷에서 그의 훌륭한 행동거지와 교양은 비교할 수 없는 광채를 띠고 있었지요. 암튼 그 무리의 고귀한 대장은 다른 사람들과 똑같은 복장을 하고 있었다고 말씀드릴 수 있겠네요.


파르메니에의 군주인 그 고귀한 이는 다른 동료와 함께 성당으로 왔다. 그들은 미사에 참석했고, 서임 때 받아야 할 축복을 받았다. 그런 뒤 마르케왕은 조카 트리스탄을 챙겼다. 그는 트리스탄의 허리에 칼을 둘러주고 박차를 매어주었다.

"사랑하는 조카 트리스탄. 네 칼이 축복을 받았으니 너는 이제 기사가 되었다. 항상 기사도를 생각하고, 자기 일에 책임을 져야 한다는 것을 명심하렴. 네 출신과 품위를 결코 잊지 말아야 한다. 늘 남을 도우려는 마음을 가지고 공정해지려무나. 진실하고 솔선수범하여라. 가난한 사람들에게 항상 베풀고, 강자에게는 의연함을 보여라. 외모를 신경 쓰고 가꿔라. 모든 여성을 존경하고 사랑하여라. 관대함을 보이고 의리를 지키며 매번 그러도록 노력하여라. 왜냐하면 나의 명예를 걸고 네게 말하노니, 금이나 담비 가죽보다 충성과 관대함이 창과 방패에 어울리기 때문이다."

말을 마친 마르케왕은 트리스탄에게 방패를 건넸다. 마르케왕은 그에게 입맞춤하며 말했다.

"사랑하는 조카야, 이제 네 길을 가려무나. 하느님께서 기사인 너를 지켜주실 것이다. 예의와 품위를 지키고, 항상 즐겁고 행복하게 살아라."

트리스탄은 외삼촌이 자신에게 한 것처럼 자신의 동료에게도 똑같이 했다. 칼과 박차와 방패를 동료에게 차례차례로 건넸다. 그는 협조심, 신의, 관대함에 대해 진심 어린 말을 전했다.

자, 이것으로 의식은 다 끝난 셈입니다. 이제 말을 타고 나가 마상 경기와 마상 창시합을 벌이는 일만 남았지요. 물론 그들이 어떻게 링을 뛰어넘었고, 창으로 과녁을 맞혔는지, 얼마나 많은 창을 산산조각 냈는지, 그 이야기는 행사를 진행한 장정들이 여러분에게 이야기하게끔 남겨두겠습니다. 그곳에서 벌어진 결투마다 시합의 전령관이 외친 장면을 제가 다 이야기할 순 없잖습니까. 하지만 그 기사를 위해서는 계속 봉사해야겠죠. 그 일이라면 기꺼이 하지요. 여러분 모두의 명예가 더 높아지고 하느님께서 여러분에게 기사로서 가치 있는 삶을 주시길 빕니다.

# 9. 고향으로 돌아가 복수를 하다

행복이든 불행이든 변함없이 신의를 지킨 사람이 있다면 트리스탄이 바로 그런 사람입니다. 그는 행복과 마찬가지로 불행을 떠나보낸 적이 없기 때문입니다. 여러분께 설명해드리지요. 그의 운명은 행복이든 불행이든 똑같이 설정되어 있었습니다. 그가 무엇을 시작하든 최상의 결과를 얻었고, 그런 성공 가운데 늘 불행도 함께했기 때문이죠. 마치 하나가 다른 하나와 찰떡같이 붙어 있는 것처럼 서로 적수인 행복과 의리로 지킨 불행을 한 사람 안에서 떼어놓을 수 없었답니다.

저기 어떤 분이 물으시네요. "하느님의 이름으로 말 좀 해보시게. 트리스탄은 이제 기사가 되었고, 멋지고 화려하게 행복을 누렸소. 근데 어떤 불행이 이런 행복을 비집고 들어올 수 있단 말이오?"

하느님은 아시겠지만, 트리스탄에게는 마음을 뒤흔들 뭔가가 충분했고 그 때문에 몹시 고통스러웠습니다. 루알을 통해 아버지가 죽임을 당했다는 사실을 알게 된 뒤, 마음이 괴로웠거든요.

선과 악, 행복과 불행, 기쁨과 슬픔이 서로 한데 엉겨서 마음속 깊이 똬리를 틀고 있었던 것이지요. 노인보다 젊은이가 증오 때문에 쉽게 격정에 사로잡힌다는 사실에 모두들 동의하시겠지요?

트리스탄은 화려함 속에서도 아무도 모르게 슬픔을 감추며 고통스러워했다. 그의 주변 사람들은 이런 사정을 전혀 눈치채지 못했지만, 리발린은 죽고 모르간은 살아 있다는 사실이 그를 따라다니며 괴롭혔다. 고통을 짊어진 트리스탄과 신의를 자신의 이름에 새긴 충실한 조언자인 선량한 포이테난트는 황급히 배를 장만하고, 성대하게 꾸민 뒤 온갖 값진 물건을 잔뜩 실었다. 그러고는 마르케왕 앞으로 나아갔다.

"친애하는 폐하, 하해와 같은 은혜를 베푸시어 제가 파르메니에로 가는 것을 허락해주시길 청합니다. 폐하께서는 그 왕국이 제 왕국이라고 말씀하셨으니, 왕국에서 저희가 맡은 일을 돌보는 것이 폐하의 뜻이기도 합니다."

"사랑하는 조카야, 네 뜻대로 하여라. 네가 없으면 내가 무척 힘들겠지만, 네 청을 받아들이겠다. 동료들을 데리고 파르메니에로 가거라. 기사가 더 필요하면 원하는 만큼 거느리고 떠나거라. 말, 금과 은을 가져가라. 네가 필요한 것, 갖고 싶은 것, 맘에 드는 것 전부 챙겨 가라. 네 기사들을 잘 대해주어야 한다. 크게 베풀고 친절하게 대해라. 그러면 그들은 너를 잘 섬기고 네게 신의를 다 지킬 것이다. 사랑하는 조카야, 여기 서 있는 네 아버지인 충실한 루알의 충고에 따라 행동하고 처신하여라. 그는 항상 본받을 만한 신의로 너를 섬겨온 사람이기 때문이다.

근데 애야, 하느님의 도움으로 네 이익과 명예가 추구하는 대로 일을 처리하고 잘 마무리되면, 내게로 돌아오너라. 곧바로 돌아와야 한다. 네게 약속한다. 아니, 하느님께 맹세한다. 내 재산과 왕국을 너와 나눠 공동으로 가지겠다. 네가 나보다 더 오래 살게 된다면, 너는 나의 상속자로서 모든 것을 차지하게 될 것이다. 왜냐하면 내가 너를 위해 결혼도 하지 않고 평생 독신으로 살 것이기 때문이다. 사랑하는 조카야, 내 부탁과 내 뜻을 잘 들었겠지? 내가 너를 진심으로 사랑하고 잘 대하듯 너도 그처럼 나를 대해준다면 우리는 이 세상 끝날 때까지 기쁘고 행복하게 살게 될 거다. 이제 작별을 고한다. 동정녀의 아드님이 너를 보호해주시길 빈다. 항상 네 일을 잘 처리해 명예를 드높이도록 주의하렴."

그들은 그 이상 지체하지 않았다. 트리스탄과 그의 벗 루알은 자기 사람들을 이끌고 콘월을 떠나 고향인 파르메니에로 향했다.


여러분은 이 고귀한 군주들이 고국에서 어떤 환영을 받았는지 듣고 싶으시겠죠. 환영 장면에 대해 제가 직접 들은 이야기를 흔쾌히 여러분께도 들려드리겠습니다.


그들 모두의 지도자인 의롭고 용감한 루알이 앞서서 상륙했다. 그는 모자를 벗고 망토를 잘 펼쳐 놓고는 웃으며 트리스탄에게 달려와 입을 맞추며 환영했다.

"주군, 하느님과 저를 포함한 당신의 왕국이 환영합니다. 바닷가에 자리 잡은 이 아름다운 나라를 보십시오. 방어가 잘된 도시, 튼튼한 성벽, 아름다운 많은 성을 주군의 아버지이신 카넬이 유산으로 남겨주셨습니다. 강력하고 현명하게 다스리시면, 주군 눈앞에 펼쳐진 이 모든 것을 잃어버리는 일이 없을 것입니다. 제가 보증하는 바입니다."

그는 뿌듯한 마음으로 말을 마치고 다른 이들을 향했다. 기사 한 사람 한 사람에게 기쁜 마음으로 인사했다. 우애 어린 포즈와 탁월한 말솜씨로 그들을 환영한 뒤 그들을 카노엘성으로 인도했다.

루알은 카넬이 생전에 다스리던 왕국의 모든 도시와 성을 충성의 맹세대로 트리스탄에게 이양했고, 심지어 자신이 조상들에게서 상속받은 땅까지도 봉토로 바쳤다.

길게 설명할 필요가 있겠습니까? 한마디로 그는 부와 명예를 가졌기 때문에, 자신이 가진 것을 모두 주군을 돕기 위해 기꺼이 내놓았답니다. 주군의 부하들에게도 도움이 되었죠. 그가 그들의 편의를 위해 보여준 헌신적인 노력과 근면함은 세상에서 볼 수 없던 것이었습니다.

어떻게 이런 일이 일어난 거죠? 아차, 제가 한 가지를 빼먹었나 봅니다. 대체 무슨 생각을 하고 있는 건지. 제가 그만 순수하고 고결한 우리 착하신 원수 부인을 전혀 언급하지 않았네요! 이건 여간 큰 결례가 아닙니다. 그래서 제대로 이야기를 들려드려 속죄하려고 합니다. 정숙하고 자애로우며, 최고로 고상하신 귀부인은 손님들을 공손한 말로만 환영한 것이 아니었답니다. 멋진 환영 인사는 그녀의 입술에서 나온 게 아니라 다정한 뜻에서 우러나온 것이었지요. 그녀의 마음이 날개를 달고 하늘 높이 날아올랐거든요. 그녀의 뜻과 말이 함께 어우러진 것으로 보아 진심으로 손님들을 맞이했음을 알 수 있습니다. 그 축복받은 플로레테가 남편과 아이를 보자 마음속으로 얼마나 기뻐했는지 정확하게 들려드릴 수 있습니다. 물론 여기서 아이란 이 이야기의 주인공, 그녀의 아들 트리스탄이죠. 그 복 받은 부인이 얼마나 지극정성으로 그들을 맞이했는지 책에서 읽었거든요. 그녀는 으레 사람들이 한 여성에게 바라는 것을 전혀 모자람 없이 가지고 있었고, 그걸 제대로 보여주었답니다. 즉 자신의 아이와 그의 사람들을 기사들만 받을 수 있는 예법으로 공손하고 편안하게 보살폈지요. 예의범절의 대가인 쿠르베날도 트리스탄의 귀향을 분명 기뻐했을 겁니다. 의심의 여지가 없지요.

그때 파르메니에의 모든 지역으로 사신이 떠나, 모든 도시와 성을 다스리고 있는 영주와 그의 부하들을 궁으로 불러들였다. 그들은 모두 카노엘에 모여 트리스탄에 관한 사실을 직접 듣고 눈으로 확인했다.

여러분이 이미 들으신 모험담이 전해준 그 이야기 말입니다.

모든 사람의 입에서 셀 수 없는 환영 인사가 쏟아져 나왔다. 이 땅의 백성은 기나긴 슬픔에서 깨어나, 놀라운 행운을 바라보며 기분이 하늘을 날아갈 듯했다. 모두가 주군인 트리스탄에게서 자신의 땅과 백성을 봉토로 받으려는 의식을 밟았고, 모두가 봉신으로서 맹세를 하고 그의 가신이 되었다. 이 의식 중에서도 트리스탄은 모르간이 자신에게 입힌 고통을 드러내지 않았다. 그 고통이 아침부터 밤늦게까지 그를 떠나지 않았다. 그래서 그는 벗과 가신들의 조언을 구했고, 마침내 결단을 내렸다. 즉시 브리타니아로 가서 아버지의 나라가 좀더 나은 권리를 누리기 위해 적에게 자신의 봉토를 요구하기로 한 것이다. 말이 떨어지는 즉시 실행에 옮겼다. 그는 위험한 계획을 감행할 사람이 마땅히 준비하듯이 모든 신하에게 전투 준비를 시키고 잘 무장시킨 뒤 신하들을 이끌고 파르메니에를 출발했다.

브리타니아에 도착한 트리스탄은 현지 사람들에게서 모르간 공작이 마침 숲으로 사냥을 떠났다는 이야기를 들었다. 그는 자신의 기사들에게 서둘러서 무장하되, 망토로 갑옷을 감추라고 명령했다. 갑옷의 작은 철 고리 하나도 빛이 반사되지 않게 주의하도록 했다. 분부대로 시행되었다. 기사들은 안장에 올라타기 전에 여행용 망토를 추가로 더 둘렀다. 보급 부대는 그 즉시 조용히 되돌아가도록 했다. 기사단을 둘로 나눠서, 더 큰 무리는 보급 부대를 보호하기 위해 함께 돌아가도록 했다. 남은 무리인 기사 30명 정도가 트리스탄과 함께 말을 타고 갔고, 기사 60명 이상이 보급 부대와 함께 떠났다.

오래지 않아 트리스탄은 사냥개와 사냥꾼과 마주치게 되었다. 그는 공작이 어디 있는지 물었고, 사람들은 공작이 간 방향을 가리켰다. 이내 넓은 들판에서 브리타니아 기사들을 찾을 수 있었다. 풀밭에는 파비용*과 천막이 쳐져 있었는데, 그 주변에는 다채로운 나뭇잎과 꽃이 뿌려져 있었다. 사냥개와 사냥매도 주변에 잔뜩 눈에 띄었다. 기사들은 트리스탄과 그의 부하들에게 궁정 예법에 따라 공손하게 인사를 하며 그들의 주군인 모르간은 근처 숲에서 사냥 중이라고 아뢰었다.

트리스탄 일행은 그쪽으로 서둘러 떠났다. 그들은 거기서 모르간을 발견했는데, 카스티야 말을 타고 있는 많은 브리타니아 기사가 그의 곁에 있었다. 그들은 말을 달려 모르간에게 다가갔다. 모르간은 그들이 찾아온 의도를 모른 채 낯선 이들을 적절한 예의로 친절하게 맞이했다. 저마다 앞으로 나와 자기를 소개하며 인사를 나누었다. 서로 지루하게 격식을 차리며 인사를 마친 뒤, 트리스탄은 모르간에게 말했다.

"공작님, 저는 제 봉토 때문에 여기 왔습니다. 제 권리에 속한 것을 제게 주는 걸 거절하진 않으시겠지요. 예법에 맞게 처신하시길 빕니다."

"경은 어디서 오셨고, 대체 누구신지요?"

모르간의 물음에 트리스탄이 대답했다.

"저는 파르메니에 사람이고, 제 아버지는 리발린입니다. 저는 그의 적법한 후계자 트리스탄입니다."**

---

* 직사각형 모양의 야영용 천막을 말한다.
** 리발린이 받았던 봉토가 자동으로 트리스탄에게 상속되지 않는다. 리발린의 상속자인 트리스탄이 모르간과 다시 주종 관계를 맺고 봉토를 받는 형식을 거쳐야 한다.

"경은 꺼내지 말아야 할 쓸데없는 옛이야기를 하러 오셨군요. 오래 생각할 필요도 없는 일입니다. 정말 경이 제게 뭘 요구할 게 있다면, 당장 경에게 주어질 것입니다. 경이 고귀한 명예에 합당한 분이라면 경을 방해할 것은 아무것도 없을 테니까. 하지만 말입니다. 세상 사람들이 말들 하더군요. 블란셰플루어와 당신의 아버지가 함께 도망쳤다고 말이죠. 그 일로 어떤 명예를 얻었는지, 그따위 연분으로 어떤 결말을 맺었는지도 잘 압니다."

"연분이라고요? 경은 대체 뭘 말하고 싶은 겁니까?"

"아, 됐습니다. 사실 그런 거니깐 이 이상 말할 필요는 없죠."

"무슨 말인지 이제야 제대로 이해하겠군요. 경은 제가 합법적인 결혼으로 태어나지 않았기 때문에, 제 봉토와 봉토에 대한 권리를 잃어버렸다는 주장을 하는 거죠?"

"젊은 양반, 사실 그렇잖습니까? 많은 사람이 나와 같은 생각입니다."

"참 나쁘게 말씀하시는군요."

트리스탄이 발끈했다.

"저는 나쁜 짓을 하는 사람들에게도 품위와 예법을 지켜야 한다고 늘 생각했습니다. 예의 바르게 이성적으로 대화해야 한다고 말입니다. 경이 조금이라도 생각이 있거나 예의를 차린다면, 이따위 나쁜 짓을 저지를 수 있다고 하더라도 제게 더 큰 고통을 주고 옛 잘못을 상기시키는 그따위 말은 삼갔어야 합니다. 경은 제 아버지를 죽였습니다. 그런데도 그런 식으로 말을 하다니, 그 고통을 준 것만으로는 부족한가 보군요. 이제 제 어머니가 저를 합법적으로 낳지 않았다고 주장하시는군요! 맙소사, 저는 지금 이 자리에서 일일이 거론하지 못할 만큼 많은 귀족을 만나왔습니다. 그들은 모두 저에게 손바닥을 펼쳐 맹세했습니다.* 만일 경이 지금 제게 뒤집어씌우려는 모욕적인 비난을 그대로 받아들였다면, 그들 중 아무도 제 편이 되지 않았을 겁니다. 그들은 모두 제 아버지 리발린이 죽기 직전에 합법적인 결혼을 통해 제 어머니를 아내로 받아들였다는 진실을 압니다. 이 사실을 경에게 목숨을 걸고 입증해야 한다면 기꺼이 그렇게 하지요."

"입증 따위는 개나 주든가. 난 관심 없고, 나처럼 고귀한 신분의 사람을 쓰러뜨릴 능력이 당신에게 없을 테니."**

"어디 그런지 한번 봅시다."

트리스탄은 칼을 빼내서 그에게 달려들었다. 그는 모르간의 머리를 쳐서 뇌와 두개골을 관통해 혀까지 베었다. 재빨리 칼로 두번째 공격을 가해 가슴을 찔렀다. 이로써 '빚은 썩지 않고 남는다'는 속담이 진짜임이 판명되었다.

모르간 편이었던 용감한 브리타니아인들은 아무런 도움도 되지 않았다. 모르간을 구하러 왔지만 이미 때는 늦었다. 하지만 그들은 힘을 다해 싸웠고, 오래지 않아 엄청난 수의 군사가 모여들었다. 무장하지 않은 사람들도 용맹스럽게 적에게 달려들었

---

* 중세에 봉신은 영주에게 펼친 손바닥을 내밀며 복종과 충성을 맹세했다.

** 트리스탄이 혼외 자식이라면 신의 심판 형식으로 일대일 결투에 나설 법적 자격이 없다.

다. 피하는 사람은 아무도 없었고, 위험을 무릅쓰고 적을 향해 진격했고, 곧 힘으로 적을 숲에서 들판으로 내몰았다.

엄청난 비명을 지르며 다들 큰 소리로 울고 절망했다. 모르간의 죽음을 두고 온갖 탄식 소리가 마치 날개를 단 듯 사방으로 울려 퍼졌고, 온 나라의 성과 지역에 나쁜 소식이 전해졌다. 나라 전체에 "우리 주군이 죽었다! 누가 우리 나라를 지킬 것인가? 각 도시 성의 훌륭한 영웅들은 한시바삐 이 짓을 저지른 외국인들에게 앙갚음을 하자!"라는 격문이 돌았다. 이에 따라 적에 대한 공격이 끊임없이 이어졌다. 외국에서 온 손님들은 그들에게 아무 잘못도 저지르지 않았지만, 그들은 말을 타고 무리를 지어 서둘러 반격에 나섰고 많은 이가 목숨을 잃었다.

외국에서 온 손님들은 싸우면서 자신들의 주력이 있는 곳으로 퇴각했다. 얼마 지나지 않아 일행이 있는 곳에 도착해서 방어가 잘된 산에 진을 치고 밤을 보낼 수 있었다. 그러나 밤사이에 브리타니아의 원군이 더 모여들었다. 전투력이 보강된 브리타니아 군대는 날이 밝자마자 증오의 대상이 된 손님들을 강력하게 몰아붙였고, 많은 이가 찔려 말에서 떨어졌다. 그들은 매번 창과 칼을 들고 적의 무리에 뛰어들었지만, 창과 칼이 오래가지 못했다. 창과 칼은 튼튼했지만 적과 맞붙자마자 금방 산산조각이 났기 때문이다.

군대는 소수였지만 정말 용감하게 싸웠고, 매 공격마다 많은 기사가 목숨을 잃었다. 양측 모두 시간이 갈수록 피해가 커졌다. 많은 남자가 쓰러지고 치명적인 부상을 입었다. 치열한 싸움 끝에 방어 측의 힘이 서서히 약해졌다. 방어 측의 수는 점점 줄어

모르간에게 복수하는 트리스탄(바이에른 국립 도서관 BSB Cgm 51)

든 반면에 공격 측의 수는 점점 늘어났기 때문이다. 공격 측은 새로운 전력이 계속 더해져 힘의 우세를 차지하며 어둠이 깔리기 전에 적을 다시 한곳으로 몰게 되었다. 이방인들은 해자를 두른 성에 들어가 방어하며 밤을 버텨냈다. 이제 그들은 마치 울타리에 갇힌 것처럼 적의 군대에 완전히 포위되고 만 것이다.

궁지에 몰린 그 이방인들은 이제 어떻게 할까요? 트리스탄과 그의 신하들은 이 상황을 어떻게 타개해야 하지요? 그 이야기를 이제 들려드리겠습니다. 그 뒤 그들에게 무슨 일이 벌어졌는지, 어떻게 궁지를 벗어나게 되었는지, 어떻게 적들에게 승리를 거두게 되었는지 말입니다.

사실 트리스탄이 브리타니아로 출발할 때, 신의의 남자 루알은 트리스탄에게 봉토를 받는 즉시 고국으로 돌아오라고 조언했다. 하지만 그 뒤로 트리스탄에 대한 근심 걱정에서 벗어나지 못했다. 모르간에게 복수하라고 조언하지는 않았지만, 행여나 트리스탄에게 무슨 일이 벌어질까 봐 노심초사했다. 그는 수백 명의 기사를 거느리고 트리스탄이 갔던 길을 그대로 뒤따라갔다. 짧은 항해 뒤 브리타니아에 도착했고, 거기서 어떤 일이 벌어졌는지 알게 되었다. 소식을 듣자마자 그는 그 성을 포위하고 있는 브리타니아인을 향해 진군했다. 적이 시야에 들어오는 곳까지 접근해 보니 양측 모두 나무랄 데 없이 자기 자리를 벗어나지 않고 극렬하게 대치하며 싸우고 있었다. 그들은 즉시 깃발을 휘날리며 싸움에 뛰어들었고, 사방에 "파르메니에 기병대! 파르메니에 기병대!" 군호 소리가 울려 퍼졌다. 페넌트들이 화려하게 물결쳤고, 많은 사람이 최후를 맞이했다. 그들은 파비용 사이를 다니며 브리타니아인에게 치명타를 입혔다.

성안에 있던 이들도 아주 가까이에서 자기들의 군호 소리가 들리자 밖으로 뛰쳐나왔다. 트리스탄은 부하들이 용감하게 싸우도록 격려했다. 이제 그곳 나라 기사들이 엄청난 손실을 입기 시작했다. 휘두르는 칼과 찌르는 창 때문에 전방과 후방 양쪽의 전선이 붕괴되며 기사들은 사로잡히거나 죽임을 당했다. 공격하는 양측 모두 큰 목소리로 "파르메니에 기병대" 군호를 외쳤다. 적들의 사기는 떨어졌다. 저항이나 반격은 생각조차 할 수 없고, 숨거나 멀리 성이나 숲으로 퇴각하거나 도망칠 수밖에 없었다.

자, 이제 싸움은 산발적이 되어버렸지만, 대부분의 사람에게 죽음을 피할 수 있는 최선의 무기이자 수단은 도망이었답니다.

적이 불명예의 들판에서 패하자, 기사들은 휴식을 취하며 야영지를 마련했다. 그런 뒤 전장에서 쓰러진 죽은 이들을 매장했으며, 부상자들은 들것에 실어 고향으로 보냈다. 이리하여 트리스탄은 자신의 봉토를 제대로 받았는데, 자기 손으로 직접 얻어낸 것이었다. 그는 자기 아버지가 아무것도 받아낸 적이 없는 남자의 주인이자 동시에 가신이 되었다. 그는 자기 문제를 똑바로 해결했다. 정당하게 자기 소유물을 차지했기 때문에 그의 마음은 자부심으로 넘쳤다. 그의 잘못된 권리는 이제 정상적인 권리가 되었고, 상처 입은 마음은 평온을 되찾았다. 그는 아버지의 유산과 왕국 전체를 완벽하게 차지했으며, 거기에 시비를 걸사람은 없었다.

이제 그는 헤어진 외삼촌과 외삼촌이 자기에게 진심으로 베푼 일이 떠올랐다. 콘월이 그리워진 것이다. 하지만 아버지처럼 신의를 지키며 자기를 보살펴주는 루알을 떠날 수 없었다. 그는 루알과 마르케왕을 진심으로 사랑했기 때문에, 이 둘에 대한 그리움 때문에 마음이 어지러웠다.

누군가가 이렇게 묻는 사람이 있다면 그를 칭송하고 싶습니다. "이제 그 고귀한 트리스탄은 그 두 사람을 어떻게 만족시키고, 자신이 진 빚을 갚을 건가요?" 누구나 아실 겁니다. 하나를 가지려면 다른 하나를 반드시 버려야 한다는 사실을 말이죠.

트리스탄의 상황이 어떤지 들어보시겠습니까? 그가 콘월로 돌아간다면 파르메니에에서 쌓은 명성을 가져갈 수 있지만, 동시에 루알은 자신의 행복과 삶의 즐거움뿐 아니라 기쁨의 원천인 소유물을 잃어버리게 되겠죠. 그렇다고 파르메니에에 머문다면 트리스탄은 더 높은 영예를 얻지 못하게 될 것이며, 모든 명예가 걸린 마르케의 바람을 저버리게 됩니다.

자, 트리스탄이 올바른 결단을 내릴까요? 하느님께 맹세코, 우린 그가 돌아가야 한다고 말해야 합니다. 왜냐면 그는 명예를 드높여야 하고, 진정한 성공을 거둬 행복해지려면 늘 더 높은 목표를 향해 나아가야 하거든요. 그는 드높은 명예를 추구해야 하며, 그것이 그의 정당한 권리랍니다. 행운의 여신이 그를 지켜주고자 한다면, 그렇게 하도록 할 것입니다. 사실 그쪽으로 그의 마음이 쏠렸지요.

영리한 트리스탄은 한참을 고민한 끝에 한 가지 결론에 도달했다. 그는 두 아버지 사이에서 한가운데를 자르듯 자신을 둘로 나누기로 한 것이다. 그는 날 선 칼로 달걀을 반으로 쪼개듯 둘로 나눠 각자에게 더 낫다고 생각하는 절반을 주었다.

여기서 사람을 반으로 나누는 것에 대해 들어본 적이 없는 분도 계실 테지요. 어떻게 나눴는지 설명해드리겠습니다. 두 가지가 사람을 만든다는 제 말에 누구나 적극 동의하시겠지요? 하나는 인격이고 다른 하나는 재산이지요. 이 두 가지에서부터 고귀한 정신과 세속적인 명예가 나옵니다. 하지만 이 둘을 떼어놓으면 궁핍해집니다. 존중을 받지 못하는 사람은 위신을 잃어버리게 되고, 온전한 몸이라고 해도 그저 반쪽짜리 인간이 되거든요. 여성도 마찬가지입니다. 남성이든 여성이든 상관없이 재산과 인격이 함께 온전한 인간을 만들어냅니다. 둘로 나뉜다면 그 둘은 아무것도 아닌 게 되지요.

트리스탄은 탁월한 정신과 관대한 마음으로 현명하게 행동했다. 훌륭한 말과 고상한 의복을 준비하도록 명령했으며, 많은 손님을 성대하게 맞이해 큰 축하연을 벌일 때 필요한 물품과 다른 여러 가지 물품도 준비시켰다. 그는 사신들을 보내 나라의 세력가인 모든 귀족을 초대했다. 모두 트리스탄의 초대를 기꺼이 받아들였다. 트리스탄은 모든 준비를 잘 마쳤다. 아버지 루알의 두 아들에게 기사의 칼을 수여하는 것으로, 그들을 루알의 상속자로 지정했다.* 이날 행사를 성대하고 멋지게 치르기 위해

---

* 귀족의 아들은 기사가 되어야 법적으로 상속을 받을 수 있었다. 앞서 마르케 왕도 트리스탄의 기사 서임이 끝난 뒤 향후 상속 계획을 밝혔다.

비용을 전혀 아끼지 않았고, 형들을 마치 자식인 양 애정을 다해 신경을 쓰며 보살폈다.

이제 기사가 된 그 둘은 열두 명의 동료와 함께 이 행사에 참석했는데, 그 열둘 중 한 명은 바로 멋지고 예의 바른 청년 쿠르베날이었다. 예의 규범을 철저히 지키는 고귀한 트리스탄은 친구들, 가신들, 적절한 이해력을 갖췄거나 나이가 찬 남자들을 모두 궁정에 모이도록 한 뒤, 형들의 손을 잡고 그들 앞으로 나아갔다.

트리스탄은 그들 앞에 서서 자신의 계획을 밝혔다.

"제가 늘 정성껏 신의로써 섬기고 있는 영주님들과 명예로운 저의 친척과 가신 여러분. 여러분의 도움으로 제가 마음속으로 바라던 모든 것을 이뤘습니다. 하느님께서 허락하셨기 때문에 여러분의 용맹으로 모든 것을 다 이뤘습니다. 무슨 말씀을 더 드리겠습니까? 그 짧은 시간 동안 여러분은 명예와 목숨을 걸고 저를 위해 싸우셨습니다. 여러분이 제 뜻을 따라주지 않으셨다면 의심할 바 없이 명예는 산산조각이 나고 말았을 겁니다. 제 청에 따라 고상한 마음으로 이곳에 오신 모든 친구, 가신, 기타 여러분께서는 지금 제가 드리는 이야기에 크게 불편을 느끼지 않으시길 빕니다. 여러분뿐만 아니라 여기 계시는 제 아버지 루알께서도 이미 보고 들으셨지만, 제 외삼촌께서 당신 왕국을 제게 넘겨주셨다는 사실을 아실 겁니다. 저를 상속자로 정하기 위해서 결혼도 하지 않으시고 말입니다. 그분은 제가 언제 어디서든 항상 당신과 함께 있기를 바라셨지요. 그래서 그분의 소원을 들어드리기 위해 그분께 돌아가기로 결정했습니다. 이는 제 바람이기도 합니다. 이 땅에서 거둘 세금과 제가 누릴 명예를 아버지인 루알에게 넘기려 합니다. 콘월에서 제 운명이 어떻게 풀리든, 이 땅은 아버지의 세습 영지가 될 것입니다. 또 여기에 서 있는 그분의 다른 아들들이 그 세습권을 가지게 될 것입니다. 물론 제가 살아 있는 동안 저의 가신과 신하, 모든 봉토는 제가 알아서 하겠습니다."

기사들 사이에서 슬픔과 탄식의 소리가 흘러나왔다. 그들이 믿을 구석이 사라져서 그들의 운명이 불확실해졌기 때문이다.

"아, 주군!" 그들 중 한 명이 말했다.

"우리가 당신을 뵙지 않았더라면 지금보다 훨씬 더 나은 삶을 살았을 겁니다. 그러면 주군께서 지금 우리에게 주시는 이런 고통을 겪지도 않았을 테니 말입니다. 주군, 우리는 주군께서 우리에게 생명을 주셨다는 믿음을 가지고 주군께 희망을 걸었습니다. 맙소사, 주군께서 이리 가버리시면, 기쁘게 살아야 할 우리의 모든 생명이 사그라지고 맙니다. 우리의 고통을 줄여주시는 대신에 오히려 더 큰 고통을 주셨습니다. 우리의 행복이 이제 막 조금 늘어난 순간, 다시 고꾸라지고 말았습니다."

여러분께 한 가지는 분명히 말씀드릴 수 있겠네요. 그들은 죽은 것과 마찬가지라는 걸. 그들의 한탄은 그토록 컸지만, 다른 누구보다도 루알의 고통이 컸습니다. 트리스탄의 발언으로 자신이 위대하고 부유한 군주가 되긴 했지만, 그건 아무런 위로도 되지 못했지요. 하느님은 아시겠지만, 그가 봉토를 받았다고는 해도 트리스탄과 헤어진다는 슬픔 때문에 얻은 게 아무것도 없는

루알에게 파르메니에를 넘겨주고 작별하는 트리스탄
(바이에른 국립 도서관 BSB Cgm 51)

셈이었거든요.

이제 루알과 그의 아들들은 주군 트리스탄에게서 봉토와 세습권을 받았습니다. 트리스탄은 땅과 백성에게 하느님의 가호가 있기를 빌고 길을 떠났지요. 그의 스승인 쿠르베날이 트리스탄과 동행했습니다. 루알과 다른 가신들, 백성 전부가 정말 그토록 슬퍼했는지, 친애하는 주군을 그리워했는지 궁금하시다고요? 신의를 걸고 말씀드립니다. 파르메니에 사람들은 잃어버린 주군 때문에 전부 비탄에 빠져 있었습니다. 한탄할 만도 하지요. 원수 부인인 플로레테, 그 성실하고 고귀한 부인은 하느님께서 은총을 내려주신 여성의 명예에 걸맞게 평생을 슬픔으로 보냈답니다.

# 10. 모롤트와 결투를 벌이다

아직 그 이야기에 계속 머물러 있으면 안 되겠죠? 이제 자기 땅이 없는 트리스탄은 콘월에 도착하자마자, 아일랜드의 강력한 모롤트가 마르케왕에게 콘월과 잉글랜드에 부과한 세금을 바치지 않으면 쳐들어오겠다며 위협했다는 가슴 아픈 소식을 듣게 됩니다. 이 세금과 관련해서는 사연이 있었죠. 제가 읽은 역사책에 따르면 이랬습니다.

당시 아일랜드를 다스리던 군주는 용장 구르문*이었다. 그는 아프리카 태생으로 아버지가 왕이었다. 아버지가 죽자 그와 동생에게 동등하게 왕국의 공동 상속권이 주어졌다. 하지만 구르문은 야망이 크고 담대한 인물이어서 이 재산을 나누려고 하

---

\* 북아프리카를 지배하던 반달족의 왕족으로 500년 무렵 상속에서 배제되어 북아프리카를 떠나 잉글랜드 섬으로 와 해안 지역을 다스리던 고어문트를 가리킨다. 여기서 구르문은 동로마 제국의 황제 제논을 자기 통치의 적법성의 근거로 내세운다.

지 않았다. 혼자 통치자가 되겠다는 생각에 한시도 마음이 편하지 않았다. 그래서 강력하고 용감한 사람들을 모으기 시작했고, 최상의 전사, 기사, 경보병을 용병으로 맞이하거나 예의 규범을 다해 자기 사람으로 만들었다. 그는 동생에게 나라를 맡겨놓고 강하기로 명성이 자자한 로마군에게 정복 전쟁의 전권을 받아냈다. 전리품은 모두 자기가 차지하는 대신 로마에는 공물을 바치는 것으로 일종의 최고의 명예를 인정받은 것이다.

그는 즉시 강력한 군대를 이끌고 육지와 바다를 지나 아일랜드로 향했다. 그는 땅을 정복하고 그곳 주민들을 굴복시켜 원하건 원하지 않건 간에 자신을 주군으로 받아들이고 섬기도록 했다. 그리하여 그들은 그때부터 그의 전사와 군사가 되어 그를 섬겼고, 이웃 나라 정복을 도왔다. 구르문은 콘월과 잉글랜드도 정복했는데, 그때 당시 마르케는 전장에서 싸우기에는 너무 어리고 약했다. 그래서 주권을 잃어버렸고 구르문에게 공물을 바치게 되었다.

구르문은 아주 강력한 동맹까지 얻었다. 동맹으로 모롤트의 누이와 결혼하여 많은 권력과 명예를 누리게 되었고, 다들 그를 두려워했다. 모롤트는 그곳 아일랜드의 공작이었지만, 야망이 커서 자기만의 왕국을 가지고 싶었다. 땅과 부가 부족한 것도 아니었고, 힘이나 용기도 충분했다. 그는 구르문의 오른팔이었다.

잠시 각 나라에서 아일랜드로 보내던 세금을 사실대로 정확히 살펴보기로 하지요.

첫해는 청동 삼백 덩어리만 바치면 됐으나, 둘째 해에는 은, 셋째 해에는 금을 바쳐야 했다. 넷째 해에는 아일랜드에서 강력한 모롤트가 완전 무장을 하고 전투태세를 갖춰 찾아왔다. 모롤트는 자신을 알현하도록 콘월의 귀족들과 남작들을 불러들였고, 그 자리에서 그들의 아이들을 추첨하라고 명령했다. 궁정에서 시중을 들 수 있도록 멋지게 잘 자란 사내아이들을 뽑기 위해서였는데, 귀족들 중 30명의 아이를 보내야 했다. 이런 치욕적인 요구를 받아들이지 않으려면 일대일 결투에 나서거나 전면전을 벌여야 했다. 하지만 국력이 약했기 때문에 대놓고 전쟁을 벌일 수는 없었다. 더구나 모롤트는 너무 강하고 무자비하며 위협적이어서 그와 맞서 목숨을 걸고 싸울 만한 용기와 자신감을 가진 사람을 찾기가 어려웠다. 그래서 모롤트가 아일랜드로 돌아가는 길에 아이들을 딸려 보내야 했다.

다섯째 해에는 하지가 될 무렵 로마에 사신을 보내야 했다. 로마의 위신에 걸맞은 신분의 사람이 가서 강력한 원로원이 로마의 발밑에 있는 나라에 내리는 명령과 지시를 받아야 했는데, 매번 로마인의 뜻에 따라 법과 지역 법을 만들거나 재판하고 다스리도록 지시받았다. 그들은 거기서 지시하는 대로 실행에 옮겨야 했다. 두 나라는 이런 공물과 선물을 5년마다 자신들의 통치자인 로마에 바쳤다. 어떤 권리 때문이나 하느님께 순종하기 때문이 아니라 오로지 구르문의 명령 때문에 그렇게 했던 것이다.

자, 이제 본 이야기로 돌아가겠습니다.

트리스탄은 예전에 콘월에 머물 때 이런 나쁜 일에 대해 알았고, 오래전부터 세금을 어떻게 거둬서 바쳤는지도 알고 있었다. 하지만 날마다 그가 가는 길에 들른 도시와 성에 사는 사람들이 이 치욕과 고통을 하소연하는 소리를 듣게 된 것이다. 그가 틴타욜에 도착해서 왕의 백성을 보았을 때, 거리 곳곳마다 세금을 마련하느라 사람들의 한탄 소리가 끊이지 않았다.

트리스탄이 마르케왕이 있는 궁정에 도착했다는 소식은 이내 퍼졌다. 모두가 기뻐하며 반겼다.

다들 괴로운 상황이었기 때문에 더 반갑고 기뻤겠지요. 이때 마침 그 나라의 귀한 신분의 사람들이 앞서 말한 그 치욕적인 일을 하기 위해 다들 모여 있었거든요.

왕국의 귀족들은 자기 아이들의 불행을 놓고 제비뽑기를 하였다. 트리스탄이 궁에 들어갔을 때, 모두가 부끄럼을 잊은 채 무릎을 꿇고 눈물을 펑펑 흘리며 기도를 하고 있었다. 육체와 영혼이 모두 지쳤지만, 하느님께서 자신들의 아이와 명예를 보호해주시길 간절히 청했던 것이다.

그럼 트리스탄은 어떤 환영을 받았느냐고요? 어려운 질문이 아니니 사실대로 말씀 드리지요. 그들이 그렇게 슬픔에 빠져 있지 않더라면, 트리스탄은 모여 있던 사람들과 마르케왕에게 대대적으로 환영을 받았을 것입니다.

그러나 트리스탄은 별로 개의치 않았다. 그는 제비를 뽑던 사람들과 모롤트, 마르케왕 앞에 나서서 용감하게 말했다.

　"여기 계신 분들의 이름을 제가 다 알지는 못하지만, 자신의 제비를 뽑느라 너무 성급하게 여러분의 위신을 깎아내리는 것은 아닙니까? 나라를 모욕하는 이런 수모를 받아들이다니 부끄럽지 않습니까? 매사에 여러분처럼 용맹함을 갖춘 사람은 스스로 자신의 명예와 왕국의 명예를 지키고 보호할 뿐 아니라 명예를 드높일 책임이 있습니다. 그런데 여러분은 자발적으로 적들의 발밑에 굴복하여 공물을 대놓고 바쳐왔습니다. 여러분의 행복, 즐거움, 인생이 될 고귀한 자녀들을 하인이나 몸종으로 넘겨주었고, 지금도 그러려고 하는군요. 누가 여러분을 그렇게 억압하는지, 무엇이 그렇게 무서운지 모르겠지만, 겨우 한 사람과 싸우는 일대일 결투에 나설 수가 없다는 게 여러분의 가장 큰 어려움이라니요!

　여러분 중에서 남자 대 남자로서 목숨을 걸고 싸울 사람 하나를 정할 수 없습니까? 만약 그 사람이 죽는다고 해도, 그가 얻는 건 찰나의 죽음이며, 현재 삶에서 이런 어려움을 겪으며 사는 것보다 훨씬 고상하고 낫습니다. 만일 승리를 거둬 부당함을 쳐부수게 되면, 그는 명예를 얻을 뿐 아니라 하느님께 영원한 상을 받을 것입니다. 그래요, 아버지는 자녀를 위해 목숨을 바쳐야 합니다. 그게 하느님의 뜻입니다. 자신의 자유를 위해 자기 아이들을 종살이로 넘겨줘서 하인으로 살도록 하는 것은 하느님의 계명을 거스르는 일입니다.

164

여러분이 어떤 삶을 살아야 할지 여러분께 조언을 드리지요. 하느님과 명예를 충실히 지키십시오. 여러분 중 싸울 능력이 있고 살아남든 그러지 못하든 상관없이 싸울 준비가 되어 있는 사람을 뽑으시라고 조언하고 싶습니다. 그런 뒤 여러분 모두 하느님의 이름으로 그를 위해 기도하십시오. 모롤트의 덩치와 힘에 기죽지 않고 명예롭게 맞서 싸우도록 성령께서 행운을 주십사 기도하십시오. 옳은 일을 하는 사람을 내버려두지 않는 하느님을 의지하고 기뻐하십시오. 상황을 제대로 판단하여, 이 치욕에서 벗어나고 여러분을 적에서 구원할 결정을 신속히 내리십시오. 결단코 여러분의 품위와 명예를 모욕하는 일을 저지르지 마십시오."

"어휴, 트리스탄 경! 경은 저 사람을 모릅니다. 아무도 그를 이길 수가 없습니다."

모두가 이구동성으로 말했다.

"그딴 소리는 이제 관두십시오. 하느님의 뜻만 찬찬히 생각하십시오. 여러분은 모두 왕에 버금가는 혈통이며, 황제와 같이 고귀하신 분들입니다. 그런데도 여러분처럼 고귀한 아이들을 팔아넘겨 종으로 만들려고 하다니요. 여러분 중 이 나라가 겪는 고통을 불쌍히 여겨 하느님의 이름으로 정당하게 저 사람과 일대일로 붙어보겠다는 기백을 가진 이가 없다면, 또 하느님께 이 모든 일을 맡기며 기도해준다면, 제가 하느님을 의지하여 제 젊음과 목숨을 걸고 여러분을 위해 대신 싸움에 나서겠습니다. 하느님께서는 저를 도우셔서 여러분의 권리를 찾도록 도와주실 것입니다. 만일 이 결투가 제게 좋지 못한 결말로 끝난다 하더라도 여러분의 권리에 해로울 것은 없습니다. 이 일로 살아남지 못해 여러분께 도움이 되지 못한다 하더라도, 지금 상황보다 더 나빠질 것도 좋아질 것도 없을 겁니다. 하지만 운 좋게 행복하게 끝난다면, 참이신 하느님께서 그렇게 하신 것이니 그분께 감사드리면 됩니다.

지금 제가 혼자 맞서 싸워야 할 사람, 그의 용맹과 힘, 피비린내 나는 전장에서 기사로서 쌓은 업적은 잘 알고 있습니다. 그와 달리 저는 이제 겨우 처음으로 용맹과 힘을 시험하는 셈이죠. 제 전투 기술이 지금 싸움에 필요한 만큼 뛰어나다고 하긴 어렵습니다. 하지만 저는 저를 도와줄 승리에 익숙한 두 동료인 하느님과 권리를 가지고 있지요. 그리고 굳건한 의지도 싸움에서 한몫을 할 것입니다. 이 세 가지가 저를 도운다면, 경험은 아직 부족하지만 저 사람과 맞서 저의 생명을 구할 수 있다는 자신감이 있습니다.”

“트리스탄 경,” 모두가 반가운 목소리로 외쳤다. “온 세상을 창조하신 하느님께서 경의 애정 어린 마음과 친절한 위로의 말을 갚아주시길! 경은 우리 모두에게 희망을 심어주셨습니다. 트리스탄 경, 어떤 결론을 내릴지 말씀드리지요. 우리끼리 아무리 상의를 해봤자 올바른 결론이 나올 수 없습니다. 우리는 행복하기 위해 노력을 이만저만 한 것이 아닙니다. 우리가 여기 콘월에서 우리의 비참한 상황에 관해서 상의한 게 오늘이 처음도 아닙니다. 많은 논의를 했지만, 자신의 아이를 종살이로 보내지 않으려고 사악한 종살이에 맞서 생명을 내놓고자 하는 사람을 찾을 수가 없었습니다.”

"여러분, 무슨 말씀을 하시는 겁니까?"

트리스탄이 반문했다.

"많은 일이 일어날 수 있고, 높은 말을 타고 있는 오만한 이가 약한 이에게 당해 말에서 떨어진 사례도 셀 수 없이 봤습니다. 한 사람만 나선다면 그런 일이 쉽게 일어날 수도 있습니다."

이야기를 듣고 있던 모롤트는 명백히 미성숙해 보이는 트리스탄이 그렇게 열렬히 자신과 결투를 하고 싶어 한다는 사실이 불쾌했다. 마음속으로 화가 치밀었다.

트리스탄은 계속해서 말했다.

"여러분, 제가 여러분의 뜻에 따라 어떻게 하길 원하십니까?"

"트리스탄 경, 만약 가능하다면, 경이 우리를 위해 나서주기를 희망합니다. 그것이 우리의 바람입니다."

"여러분이 그렇게 합의하셨다고요? 그렇다면 하느님께서 저를 통해 구원해주시기로 정하셨는지, 저 자신도 하느님의 구원을 받게 될지 시험해보겠습니다."

그러자 마르케왕은 트리스탄이 그의 계획을 되돌리도록 온갖 말로 설득하려 했다. 자신이 금지하면 자신을 위해 그만두고 약속을 철회하기를 바랐다. 하지만 트리스탄은 그렇게 하려 하지 않았다. 명령을 하건 간청을 하건 간에 트리스탄은 자신의 결정을 도통 바꾸려 하지 않았다. 오히려 모롤트 앞에 서서 말했다.

"모롤트 경, 하느님의 이름으로 말씀해주시길 빕니다. 여기서 뭘 하시려고 합니까?"

"이봐 친구, 그걸 왜 묻는 거지? 내가 여기에 뭘 하려고 왔는지, 내가 뭘 바라는지 잘 알고 있지 않은가?"

모롤트는 지체 없이 대답했다. 그러자 트리스탄이 현명하게 일장 연설을 했다.

"폐하를 포함한 여기 계신 귀족분들 잘 들으십시오. 이 상황이 무시할 수 없을 정도로 너무 치욕적이라는 것은 모두 분명히 잘 알고 있습니다. 오랫동안 이곳과 잉글랜드는 부당한 세금을 아일랜드에 바쳤습니다. 그건 엄청난 강압과 폭력이 있었기 때문입니다. 사람들이 항복하고 살아남은 고귀한 전사들이 복종할 때까지 두 나라의 성과 도시를 무자비하게 파괴했고, 사람들도 많이 죽였지요. 죽음을 두려워했기 때문에, 어떤 명령을 내려도 선택의 여지 없이 받아들일 뿐 도저히 저항할 수 없었습니다. 그래서 여기 모롤트 경이 계속 보아온 이런 엄청난 부당한 일이 벌어지게 된 것입니다.

이제 무기를 들고 이 수모에 맞서 싸울 때가 된 것 같습니다. 이 두 나라는 국력을 회복해 전보다 더 커졌기 때문입니다. 외국인이든 내국인이든 더 많은 사람이 살고 있으며, 도시와 성도 더 많이 생겼고, 부와 명성도 드높아졌습니다. 마침내 잘못된 것을 바로잡아야 하고, 힘으로 우리 구원을 되찾아야 합니다. 우리가 온전하게 살아남으려면 전쟁과 전투에서 싸워야 합니다. 이 두 나라에는 그렇게 할 인력이 충분히 있습니다. 우리에게서 빼앗아 간 것, 우리 삶에서 부당하게 억류당한 것을 돌려받아야만 합니다. 하느님께서 허락하시면 바다를 건너가서라도 가져오고자 합니다. 여러분이 제 의견을 따르겠다면, 그들이 우리에게서 빼앗아 간 것, 그것이 크든 작든 돌려받아야만 합니다. 작은 반지 하나조차도 그들이 갖고 있으면 안 됩니다. 최후에는 청동이 붉은 금으로 변화할 수 있습니다. 실제로 사람들이 불가능하다고 여긴 일들이 사실로 일어난 적이 있습니다. 마찬가지로 생각조차 할 수 없었지만 그곳에 잡혀가 몸종이 된 여러분의 고귀한 아이들이 언젠가 자유의 몸이 될 날이 찾아올 것입니다. 하느님, 제 기도를 들어주십시오. 이 나라의 기사들과 함께 제 손으로 아일랜드에 군대 깃발을 꽂게 되기를 하느님의 이름으로 청합니다. 그리하여 아일랜드와 그 땅이 저를 통해 겸손해질 수 있도록 해주소서."

이 말에 모롤트가 대꾸했다.

"트리스탄 경, 이 사안에 관심을 두지 않는 것이 경에게도 좋을 거요. 하지만 여기서 그대들이 말로만 떠들어댔듯이, 우리에게 주어진 권리 중 어느 것도 결코 포기하지 않는다는 사실은 변함없소." 그런 뒤 마르케를 향해 말했다.

"폐하, 폐하뿐 아니라 자기 아이들에 대해 상의하기 위해 여기 모인 사람들은 내게 입장을 분명하게 밝혀야 할 겁니다. 전권을 위임받은 고귀한 트리스탄 경이 말한 것이 여러분 모두의 뜻이고 생각입니까?"

"모롤트 경, 그게 우리의 결정이고, 우리의 의지이며 우리가 바라는 바입니다. 그가 말한 것에 전적으로 동의합니다."

"그렇다면 당신들은 나와 내 주군에게 맹세한 충성과 우리 사이의 계약을 깨뜨리는 것입니다."

그러자 트리스탄이 예의 바르게 대답했다.

"그건 잘못 말씀하신 겁니다. 신의를 깨뜨렸다고 하시다니 좋지 않게 들리는군요. 저들 중 누구도 신의와 맹세를 깨뜨리지

않았습니다. 저들 나름대로 경을 칭송하며 약속한 내용 그대로
입니다. 매년 자신들에게 부과된 세금을 콘월과 잉글랜드에서
아일랜드로 보내거나, 아니면 일대일 결투나 전쟁으로 경의 권
리를 거부할 수 있다고 서약했을 뿐입니다. 그건 예나 지금이나
변함없는 사실입니다. 그들의 말을 지켜 경의 신의를 담보로 세
금을 내거나 싸움으로 해결하는 것은 전적으로 합당하게 권리
를 행사하는 것입니다. 모롤트 경, 그러니 신중히 생각하고 제
게 말씀해주십시오. 경과 일대일 결투를 벌이는 것과 전쟁을 치
르는 것 중 어느 것이 나을는지요? 어떻게든 우리와 경 사이 일
은 반드시 창과 칼로 결판내야 합니다. 그러니 그중 하나를 선
택해 말씀해주십시오. 아무튼 이제 더 이상 공물은 낼 수 없습
니다."

"트리스탄 경, 내가 뭘 할지 잘 알고 있으니 바로 결정을 내
릴 수 있습니다. 지금 여러분과 어떤 전쟁을 치를 만큼 인력이
충분하지 않습니다. 지난번처럼 나와 아주 친밀한 기사들만 데
리고 평화적인 의도로 이 나라에 왔기 때문입니다. 일이 이렇게
되리라고는 생각하지 못했습니다. 이 나라의 영주들을 믿었고,
내 권리를 침해받지 않고 여러분의 인사를 받으며 작별할 것이
라고 생각했습니다. 지금 여러분은 치고받고 싸우는 일만 선택
하라고 하지만, 난 준비가 되어 있지 않습니다."

"모롤트 경, 경이 전쟁을 치르고 싶다면 바로 당신 나라로 돌
아가서 기사들과 군대를 소집한 뒤 다시 이곳으로 오십시오. 그
때 우리 사이에 최종 결과가 어떻게 될지 한번 봅시다. 하지만
반년 안에 되돌아오지 않으면, 우리보고 쳐들어오라는 뜻으로

알고 우리가 건너가겠습니다. 그 점은 믿어도 좋을 것입니다. 사람들이 말하길, 폭력에는 폭력으로, 힘에는 힘으로 맞서야 한다고 합니다. 기사의 일이 낯선 나라의 권리를 무력으로 침해하고 영주들을 종으로 삼는 것이라면, 언젠가는 하느님의 도우심으로 우리가 겪은 수모를 당신께 갚아드릴 날이 올 것입니다."

"그건 하느님이 아실 테지요, 트리스탄 경. 그런 허장성세에 익숙하지 않고, 이런 식의 위협을 처음 당하는 사람이라면 당신의 말에 위축되어 놀랄지도 모르겠습니다만, 나는 그렇지 않아요. 분명히 돌아온다고 내가 보증합니다. 그런 허풍과 오만한 말로 압박하는 일은 많이 겪었지요. 구르문께서 그분의 나라와 백성이 걱정하지 않도록 하실 것이며, 당신들의 깃발과 군사들을 두려워하지 않으시리라 생각합니다. 아무튼 이런 식으로 충성 맹세를 깨뜨리면 아일랜드에서는 유예 기간 없이 바로 처벌을 받게 될 것입니다. 경과 내가 이 일을 처리할 테니, 결투장에서 경이 옳은지 내가 옳은지 우리 둘의 싸움으로 결정될 것입니다."

"하느님의 도우심으로 저는 그것을 입증할 것입니다. 우리 중 부당한 일을 하는 사람에게 천벌이 내릴 것입니다."

트리스탄이 응수했다. 그러고는 장갑을 벗어 모롤트에게 건네주었다.*

"폐하와 여기 계신 분들은 모두 주목하고 잘 들으십시오. 저

---

* 장갑은 통치자의 권리를 나타낸다. 모롤트가 장갑을 받는 순간 두 사람의 일대일 결투가 확정되었다. 만일 장갑을 뿌리친다면 트리스탄의 도전을 인정하지 않겠다는 뜻이다.

는 일을 바로잡기 위해 이 싸움에 뛰어드는 겁니다. 여기 계시는 모롤트 경이나 그의 명령을 받아 이곳에 온 이들이 콘월과 잉글랜드에서 적법한 권리로 세금을 거두지 않았다는 사실을 제 손으로 밝히고, 하느님과 세상 사람들 앞에서 두 나라가 오늘날까지 참고 견뎌야 했던 치욕과 고통을 안긴 이 사람과 책임지고 맞서 싸울 것입니다."

그러자 많은 귀족이 진심으로 하느님의 도움을 청했으며, 하느님께서 자신들이 겪는 치욕과 고통을 보시고 자신들을 종살이에서 해방해주시기를 큰 소리로 기도했다. 그들 모두 싸움을 놓고 크게 걱정하며 긴장했지만, 모롤트는 전혀 움츠러든 기색을 보이지 않고 침착하게 있었다. 그는 미동도 없이 전혀 물러서지 않고 거만한 태도로 도전을 받아들였다. 그는 이보다 더 잘할 수 있는 일은 없다고 생각했고, 이길 것이라고 확신했다.

이제 필요한 말은 전부 다 했네요. 그들에게 결투까지 사흘간의 말미*가 주어졌습니다. 사흘째 되는 날 나라의 영주들과 수많은 백성이 모여들었는데, 해안가 양쪽에 사람들로 북새통을 이뤘답니다. 모롤트는 결투를 위해 무장을 했는데, 그의 무기와 강력함을 저의 갈고닦은 정신과 예술가의 날카로운 눈으로 너무 자세히 묘사하지는 않으렵니다. 이미 모든 전사 중 최고라고 일컬어지는 사람에게 제 도구를 너무 사용해서 닳거나 무뎌지면 곤란하거든요. 여하튼 다른 나라의 기사 중 그의 용기, 기량, 전투

---

* 준비 시간을 갖는 건 법적인 효력을 지닌 일대일 결투에서 일반적이었다.

력과 비견할 사람이 없다고 칭송이 자자했죠. 우리도 이 정도 칭찬이면 충분할 것 같습니다. 그가 일대일 결투나 전장에서 기사로서 제대로 자신을 드러낼 수 있었다는 걸 다들 알지 않습니까? 이미 충분히 입증했죠.

하지만 고귀한 마르케왕은 결투 때문에 근심이 이만저만이 아니었다. 소심한 여인조차도 그처럼 한 사람에 대한 근심과 걱정으로 안절부절못하지는 않았을 것이다. 그는 트리스탄이 죽음을 피할 것이라는 희망을 전혀 품지 못했기 때문에 두 사람의 결투만 피할 수 있다면 끔찍한 공물을 계속 참고 바칠 작정이었다. 아무튼 지금 상황에서는 공물에 대한 일처럼 젊은이의 일도 잘 풀려야 했다. 경험이 부족한 전사인 트리스탄은 최대한 단단히 무장했다. 몸과 발을 일체형의 두꺼운 사슬 갑옷으로 훌륭하게 보호했고, 그 위에 장인이 기술과 지혜를 사용해 만든 광채를 발하는 값진 소재의 다리 보호대와 흉갑을 착용했다. 그의 의로운 벗인 마르케왕은 시종의 역할을 마다하지 않고 트리스탄의 장화에 튼튼하고 멋진 박차를 달아주었으며, 떨어지지 않도록 갑옷의 끈도 단단히 고정했다. 수가 놓인 전투복도 준비되었는데, 여성의 손길로 박음질하고 주름과 가장자리 술마다 더욱 화려하게 장식한 전투복이었다.

아, 이렇게 멋들어지게 차려입은 트리스탄을 보는 것이 얼마나 큰 기쁨인지요. 정말 칭송할 만하지요! 하지만 이 이야기는 너무 길게 하지 않으렵니다. 필요 이상으로 너무 세세하게 묘사하려고 한다면 이야기가 장황해져버릴 테니 말입니다. 그래도 한 가지는 아셔야 합니다. 그 남자는 자신의 훌륭함과 고귀함으로 옷을 더욱 빛나게 했다는 것 말이죠. 전투복이 아무리 화려했다 하더라도, 그 옷을 입은 고귀한 남자의 화려함에는 미치지 못했거든요.

마르케왕은 그의 허리에 칼을 채워주었는데 그건 자신의 생명과 마음의 표시였다. 그 칼의 도움으로 모롤트에게 맞서 싸우고 훗날 승리를 거두게 될 터였다. 칼은 마치 원래 트리스탄의 것인 양 옆구리에 잘 어울렸는데, 너무 높지도 낮지도 않은 적절한 위치에 매달려 있어서, 손쉽게 목표를 찾아 공격하게끔 쉽게 빼내 들 수 있었다. 밝게 빛나고 크리스털처럼 튼튼한 투구도 마련했는데, 기사가 쓸 수 있는 가장 멋진 투구였다.

제 생각에 콘월에는 그런 투구가 있었던 적이 없는 것 같습니다. 투구 위에는 사랑을 예언하는 화살 모양이 솟아 있었는데, 실제로 이 예언은 그에게 이뤄지게 됩니다. 사랑 이야기가 나오려면 한참 기다려야 하지만 말이죠.

"아, 사랑하는 조카야, 내가 너를 만나게 된 걸 하느님께 크게 한탄해야겠구나. 결투에서 네게 무슨 일이 일어난다면, 난 남자를 행복하게 해줄 수 있는 모든 것을 포기하며 고통스럽게 살겠다."

사람들이 방패를 가져왔는데, 숙련된 손으로 온갖 기교를 다해 만든 방패였다. 방패는 투구와 갑옷에 맞게 은빛을 띠었고, 잘 연마되어 새 거울처럼 빛이 났다. 그 위에는 장인이 조각한 수퇘지가 볼록 튀어나와 있었고, 석탄처럼 새까만 검은담비가 새겨져 있었다. 외삼촌은 조카에게 이 방패를 건네주었는데, 황제처럼 위풍당당한 젊은이에게 잘 어울렸다. 트리스탄은 방패가 흔들리지 않도록 꽉 쥐었는데, 마치 접착제로 붙인 것 같았다. 트리스탄이 방패를 쥐자, 이제 투구, 흉갑, 방패, 다리 보호대 네 가지가 훌륭한 남성이자 매력적인 젊은이에게서 서로 경쟁하듯 번쩍번쩍 빛났다. 마치 장인이 자기를 위해 만든 것처럼, 네 가지 모두 서로 어울려 다른 부품을 더욱 화려하게 만들었고, 네 가지 모두 저마다의 독특한 훌륭함으로 빛났다.

아직 등장하진 않았지만, 그 속에는 적을 놀라게 해서 쓰러뜨릴 기적 같은 존재가 들어 있지요. 그에 비하면 겉모습에서 보이는 그 놀라운 예술은 별것 아니었습니다. 외부가 그토록 멋지게 만들어졌지만, 내부를 만든 예술가는 제대로 된 기사를 만들기 위해 더 큰 창조력과 탁월하고 숙련된 예술 솜씨를 발휘했기 때문이랍니다. 갑옷에 가려진 최고의 작품에서는 장인의 모든 예술 솜씨가 빛이 났습니다. 그의 가슴, 팔다리는 멋지고 튼튼했으며, 몸매도 멋지고 고상했거든요.

그의 팔다리를 덮은 철갑은 그의 몸에 딱 들어맞았다. 한 기사 견습생이 말고삐를 잡고 있었는데, 에스파냐나 다른 곳에서도 찾아보기 힘든 길이 잘 든 말이었다.* 가슴은 넓고 튼튼했으며, 양옆으로 건실하게 볼기짝이 솟아 있어, 앞으로 보나 뒤로 보나 아주 완벽했다. 말 다리와 편자도 기준에 한 치의 어긋남이 없었다. 편자는 둥글게 잘 박혀 있었고, 네 다리 모두 야생 수사슴처럼 곧았다. 안장과 흉갑도 마치 말과 한몸인 양 다부지게 잘 부착되어 있었다. 말 위로는 갑옷과 비슷하게 대낮처럼 밝고 환한 흰 덮개가 놓였는데, 말의 무릎까지 흘러내릴 정도로 화려하고 길었다. 이로써 트리스탄은 기사의 법도와 예부터 전해지는 관습에 따라 일대일 결투를 위한 무장을 다 갖췄다. 한 남자를 제대로 평가할 줄 아는 사람들은 모두 그와 그의 무장을 칭찬했고, 이제까지 본 것 중 가장 훌륭하다고 입을 모았다.

그 모습 자체로도 훌륭했지만, 트리스탄이 말에 올라타고 장창을 손에 쥐자 더 화려하게 빛이 났다. 아주 감동적인 모습이었는데, 그 고귀한 기사는 안장 위부터 저 아래까지 모습 전부가 훌륭하기 그지없었다. 양팔과 어깨를 움직이는 데 걸림돌이 없었으며, 올바르게 안장에 앉아서 몸을 단단히 고정하는 법을 잘 알고 있었다. 두 다리는 잘 휘어진 가지처럼 말 옆구리를 똑바로 감쌌다. 말과 남자가 서로 너무나 잘 어울려서 마치 한 몸으로 태어나 자란 것처럼 보였다.

말에 올라탄 트리스탄의 모든 움직임은 기품 있고 세련되었으며 올바른 자세였다. 하지만 그가 보여준 자세와 모습보다도 그 안에 있는 정신이 너무나 순수하고 훌륭했다. 그처럼 고귀한

---

* 동시대 작가 하르트만도 『에레크』에서 주인공이 타는 말을 자세히 묘사한다. 이처럼 주인공 기사의 무장과 전마 묘사는 중세 서사시의 공통된 요소이다.

기상과 순수한 마음이 투구 아래서 하나가 된 적이 없었다.

이제 두 전사는 결투 장소인 바다에 있는 작은 섬*으로 인도되었다. 해안가에서 멀지 않기 때문에 그곳에서 벌어지는 결투 모습을 사람들이 잘 지켜볼 수 있었다. 두 사람을 제외하고는 싸움이 끝나기 전에 아무도 거기에 발을 들일 수 없다는 조건을 내걸었고, 모두가 여기에 동의했다. 말 한 마리와 무장한 기사 한 사람이 타기에 충분한 쪽배 두 척이 준비되었다. 모롤트는 신속하게 배에 올라타 노를 저어 그곳으로 건너갔다. 섬에 도착하자 배를 끌어당겨 선창에다 매달았다. 그는 잽싸게 안장에 올라 창을 쥐고 힘껏 섬 전체를 질주했고, 이따금 고삐를 당겨 말을 멈추기도 했다. 그는 마치 기사들의 시합에 온 듯이 기분 좋게 자신의 공격 솜씨를 선보였다.

트리스탄도 배에 올라탔다. 그는 말과 창을 가지고 뱃머리에 섰다.

"마르케 폐하, 제 몸과 목숨을 너무 염려하지 마십시오. 우리가 걱정해봤자 아무 도움도 되지 않습니다. 우리는 전적으로 하느님의 손에 맡겨야 합니다. 그러면 우리 예상보다 좀더 나은 결과를 보게 될 수도 있을 테니 말입니다. 승리와 우리의 구원은 어떤 기사의 능력으로 결정되는 게 아니라 하느님의 힘으로 결정됩니다. 섣불리 걱정부터 하지 마십시오. 결투에서 잘 버틸

---

* 크레티앵 드 트루아는 『에레크와 에니드*Erec et Enide*』에서 이 섬을 '샘슨섬'이라고 언급한다. 아마도 콘월의 포웨이강에서 출발해 아일랜드로 가는 뱃길에 있는 시칠리아 군도의 무인도 중 하나를 가리키는 듯하다.

수 있을 겁니다. 저도 담담한 심정으로 결투를 맞이할 테니, 폐하께서도 염려하지 마시고 저처럼 편안한 마음을 가지십시오. 하느님의 뜻대로 결과가 나오겠지만, 제게 무슨 일이 일어나거나 상황이 어떻게 흘러가든, 오늘 제가 하느님을 믿고 그분 손에 맡기는 것처럼 폐하도 폐하의 나라와 백성을 그분 손에 맡기십시오. 저와 함께 결전의 장으로 가셔서 싸워주실 하느님께서 정의를 경험하도록 해주실 것입니다. 그분을 믿사오니, 그분께서 알아서 하실 것입니다."

그런 뒤 작별을 고하고 하느님의 가호를 빌며 자신의 배를 띄웠다. 많은 귀족은 하느님께서 트리스탄의 몸과 목숨을 보호해주시기를 빌었으며, 손을 모아 그에게 애정 어린 축복을 빌었다. 건너편 해안에 도착했을 때, 그는 즉시 배를 물살에 떠내려가게 한 뒤 바로 안장에 올라탔다.

모롤트가 바로 앞을 가로막으며 물었다.

"이봐, 무슨 짓이지? 방패에 새긴 것은 뭐고, 배는 왜 띄워 보낸 거야?"*

"물론 이유가 있지. 여기에는 배 한 척과 남자 두 명이 있어. 결투 장소에 둘이 있지만, 의심할 바 없이 그중 하나는 섬에서 죽음을 맞이하겠지. 승자에게는 네가 타고 온 배 한 척으로 충분해."

"방해할 사람이 없으니 그만 결투를 시작하지. 네가 결투를

---

* 이때부터 모롤트가 트리스탄을 낮춰 보고 반말을 쓰기 시작한다. 트리스탄도 질세라 높임말 대신 반말로 대구한다.

178

모롤트와 일대일 결투를 벌이는 트리스탄(바이에른 국립 도서관 BSB Cgm 51)

하기 싫고 우리가 좋게 마무리 짓는다면, 내가 두 나라에서 세금을 거둘 권리를 계속 갖는 데 합의하면 된다. 그게 너 자신을 위해 할 수 있는 최선의 결정일 거야. 나로선 너를 죽여야 하는 게 정말 가슴 아프군. 내 눈앞에 섰던 기사들 중 너만큼 맘에 드는 녀석이 없었으니까."

하지만 트리스탄은 용기 있게 말했다.

"세금을 계속 거둬야겠다면, 우린 결코 합의에 도달할 수 없어."

"그렇다면 우리에게는 화해도 없고 평화도 없지. 세금은 계속 거둔다. 내가 받아 가겠다."

"그렇다면 우리에게는 쓸데없는 말을 나누고 있는 거다. 모롤트, 내가 너와 맞서 싸울 수 없다고 확신했었지? 목숨을 부지하려면 어디 한번 나의 공격을 막아봐라! 뭔가 다를 거다."

그는 말 머리를 돌려서 제대로 길을 달려 곧장 공격했다. 창을 조준해서 말이 최대한 빨리 달리도록 했는데, 두 발을 날려 말의 옆구리에 박차를 가하며 말의 속력을 높였다.

목숨이 달린 일인데, 상대편이 그냥 가만히 기다렸을 리는 없겠지요? 맞습니다. 그도 진정한 남자들이 전력투구할 때 하는 행동을 그대로 했답니다.

모롤트도 마찬가지로 말 머리를 돌려 창을 바로잡고 용맹하게 달려나갔다. 마치 악마에 내쫓긴 사람처럼 전속력으로 말을 내달렸다. 말과 사람이 한 몸이 되어 사냥매보다 빠르게 사냥감을 노리듯 트리스탄에게 달려들었다. 서로가 상대방을 사냥하듯 사납게 공격했지만 상대방을 찌르지는 못했다. 창이 방패에 부딪쳐 산산조각이 났기 때문이다. 그러자 저마다 옆구리에서 칼을 뽑아 들고 싸우기 시작했다.

하느님께서 즐겁게 구경하실 만한 결투였답니다. 사람들도 그리 이야기했지요. 모험담에도 오로지 두 남자만이 그 싸움에 참

여했다고 합니다. 하지만 두 그룹이 싸운 싸움이라고 보지요. 트리스탄의 이야기가 쓰인 책에는 그런 부분이 없지만, 저는 입증할 수 있습니다.

지금까지 참된 이야기가 전한 것처럼, 모롤트는 늘 장정 넷의 힘을 가지고 있었다고 하지요. 그러니 한쪽에서 싸우던 이는 네 명으로 된 강력한 그룹이었습니다. 다른 그룹에는 첫째 하느님, 둘째 권리, 셋째 확고부동한 신의를 지키는 고결한 기사인 명예로운 트리스탄이 있었고, 넷째로 어려운 상황에서도 기적을 종종 일으키는 굳건한 용기가 있었습니다. 이제 이 여덟 명의 두 그룹이 싸우는 장면을 제 능력이 닿는 대로 그려보겠습니다. 여러분은 여전히 두 마리 말 위에서 두 그룹이 서로 싸운다는 이야기를 어설픈 묘사라고 생각하실 수도 있겠네요. 하지만 실제로 여기서 양쪽에 하나의 투구 아래 네 명의 기사가, 아니 네 명의 기사의 힘이 싸우고 있다는 건 이미 알고 계신 이야기입니다.


이제 두번째 공격이 이뤄졌다. 장정 넷의 힘을 지닌 모롤트는 천둥처럼 트리스탄에게 달려들었다. 그 저주받은 악마 같은 남자가 내리친 강타에 트리스탄은 그만 힘과 감각을 잃어버릴 뻔했다. 만일 자기 몸을 지킬 방패가 없었더라면, 투구나 흉갑, 다른 갑옷이 무용지물이 돼서 목숨을 잃어버렸을 것이다. 모롤트는 트리스탄의 갑옷을 뚫을 것 같았다. 쉴 틈 없이 칼을 휘둘러 트리스탄의 행동반경을 좁혔고, 트리스탄은 우레와 같이 내리치는 모롤트의 공격에 방패를 높이 들어 막을 수밖에 없었다. 그 순간 모롤트는 트리스탄의 허벅지를 찔렀고, 거의 치명적인 부상을 입혔다. 갑옷 사이로 찢긴 살과 뼈가 드러났고, 피가 솟구쳐 나와 섬 주변을 적셨다.

"자, 어때? 이만하면 인정하시지? 부당한 일에 나서면 안 된다는 것을 네 눈으로 똑똑히 보았으니 말이야. 네가 잘못했다는 것이 여기서 드러났어. 살고 싶으면 어떻게 처신해야 할지 생각해라. 트리스탄, 네 상황이 좋지 않아. 죽을 게 분명해. 너를 구할 사람은 나 말고 없다. 이 세상에 어느 누구도 너를 치료할 순 없어. 너를 공격한 칼에는 독이 묻어 있으니, 넌 죽게 될 거야. 어떤 의사나 약도 너를 구할 수 없다. 오로지 내 여동생이자 아일랜드의 여왕인 이졸데만이 그럴 능력이 있지. 그녀는 세상 모든 약초와 그 효능을 알고 있으며, 치료법에 정통하거든. 이 독을 없애는 방법은 그녀만 알고, 다른 사람은 아무도 몰라. 그녀가 치료하지 않으면 치료를 받을 길이 없어. 나를 따라 공물을 바치는 데 동의한다면, 내 여동생인 여왕이 너를 다시 회복시켜 줄 것이고, 너를 내 친구로 삼아 내가 가진 것을 나눠 주마. 내 마음이 끌리는 대로 솔직히 전부 말했다."

"천만에, 네 여동생이나 너를 위해 내 진리와 명예를 포기하진 않겠어. 두 나라가 내 자유로운 손을 믿고 있다. 그 두 손을 내가 가지고 있고, 다시 여기서 살아 나갈 것이다. 여기서 더 나쁜 일, 심지어 죽음을 맞이한다고 해도 그걸 막을 수는 없다. 아직 내가 진 것은 아니야. 내가 모든 것을 잃어버릴 만큼 이 상처가 그리 심하지는 않아. 우리의 싸움은 아직 결판이 나지 않았어. 세금은 나나 네 생명으로 치르지, 딴건 소용이 없다."

트리스탄은 다시 공격을 시작했다.

자, 여러분 중 누군가가 물으시겠지요. "하느님과 권리, 그들은 지금 어디에 있는가, 트리스탄의 전우는 지금 어디에 있는가?" 사실 저도 그게 궁금합니다. 그들이 그를 도우러 오지 않는지 알고 싶거든요. 그들이 기다리는 동안 그가 이미 심각한 부상을 입었기 때문이죠. 곧바로 달려오지 않으면 늦습니다. 그러니 서두르세요! 여기에는 두 명이 네 명과 목숨을 걸고 싸우고 있습니다! 거의 포기할 지경에 다다랐으며, 절망과 낙담 속에서 쓰러질 지경입니다. 이들을 구원하고자 한다면 지체 없이 지금 구원해야 합니다.

그때 하느님과 권리가 정당한 판결을 내려 자기편을 구하고 적을 파멸시키기 위해 결투의 장으로 달려왔다. 마침내 두 그룹이 동등하게 4 대 4로 싸우게 되었다. 트리스탄은 전우가 자기를 지원하러 왔다는 것을 알아차리자 새롭게 힘과 용기를 얻었다. 친구들이 그에게 용기와 힘을 불어넣었다. 그는 말에 박차를 가해 맹렬히 달려들어 말의 가슴으로 적과 부딪쳐 적과 말을 함께 쓰러뜨렸다. 추락한 적이 정신을 차리고 다시 말로 가려는 순간, 트리스탄은 다시 달려들어 그의 투구를 칼로 쳐서 저 멀리 날려버렸다.

그러자 모롤트는 선 채로 그에게 달려들어 칼로 트리스탄의 말 앞다리를 베었다. 말은 앞으로 고꾸라졌지만, 말에 타고 있던 기사는 제대로 대응했다. 그는 날렵하게 옆으로 뛰어내렸다. 영리한 모롤트는 방패를 뒤로한 채 빈손을 뻗어 투구를 쥐었다.

그는 다시 말에 올라타면 그때 투구를 쓰고 공격에 나서리라고 상황 판단을 한 것이다. 실제로 그는 투구를 다시 쥐고 말이 있는 곳으로 뛰어가 한 손으로 고삐를 잡았다.

왼발을 등자 위에 올리고 한 손으로 안장을 잡고 말에 오르려는 순간 트리스탄이 달려들어 공격했다. 그는 안장을 잡은 모롤트의 오른손을 칼로 베었고, 잘린 손과 갑옷 조각들이 모래밭 위에 나뒹굴었다. 곧이어 위에서부터 투구 면갑 쪽으로 두번째 공격이 들어갔고, 칼날이 등 뒤로 삐져나올 정도로 깊숙이 관통했다.

이때 칼날 일부가 두개골에 걸려 나오지 않았습니다. 이 일로 훗날 트리스탄은 목숨이 위태로운 지경에 처하게 됩니다.

이제 상대 그룹은 완전히 패배했고, 모롤트는 완전히 무력하고 무방비 상태가 된 채로 쓰러지고 말았다. 트리스탄은 말했다.

"자, 어때? 이제 무슨 말을 할래, 모롤트? 하느님 앞에서 더는 그딴 소리를 하지 못하겠지? 너는 심한 부상을 당해서 상태가 영 좋아 보이지 않는군. 내 상처로 알게 되었지만, 너는 지금 효과가 뛰어난 약초가 필요한 게 분명해. 이제 네가 다시 회복하려면 네 여동생 이졸데의 치료법이 몽땅 필요할 거야. 정의로우시고 진실하신 하느님과 그분의 진리의 힘이 그날 네 부당함을 가져와 나로 하여금 정의를 세우게 도와주셨구나. 하느님의 손길이 계속 내게 미치시길! 이 오만한 자가 무너졌도다!"

트리스탄은 그에게 더 가까이 다가가 검을 뽑아 양손으로 잡고 적의 머리를 베었다. 그런 뒤 모롤트의 배가 있던 선착장으로 돌아왔고, 배를 타고 사람들이 기다리는 육지로 향했다. 해안가에서는 환호와 비탄의 소리가 교차했다.

왜 기쁨과 슬픔이 한데 있었느냐고요? 여러분께 설명드리겠습니다. 그의 승리가 축복이었던 사람들에게는 이날이 구원의 날이요, 기쁨이 넘치는 날이었지요. 그들은 손뼉을 치고 하느님을 찬미했고, 승리의 찬가가 하늘 높이 울려 퍼졌답니다. 하지만 아일랜드에서 온 불청객들에게는 나쁜 하루가 시작되었지요. 그들은 승리자의 찬가만큼 큰 소리로 신음했고, 손으로 머리를 움켜쥐고 자신들의 슬픔을 짓눌렀다고 합니다.

슬픔에 잠긴 아일랜드 이방인들은 자신들의 배로 돌아갔다. 그때 물가에서 다가오던 트리스탄이 그들과 마주쳤다.

"그대들은 이제 떠나라. 저기 섬에서 세금 권리를 찾아 챙겨가는 걸 잊지 마라. 그대들 주군에게 가져가서, 이로써 내 외삼촌인 마르케왕과 그의 나라들은 빚을 다 갚았다고 일러라. 만일 그런 세금이 또 내키면 언제든 사신을 다시 보내라고 해라. 빈손으로 돌려보내진 않을 테니. 우리로서는 이런 식으로 하는 게 고통스럽지만, 원한다면 똑같은 명예를 가지고 돌려보내겠다."

그는 이렇게 말하면서 이방인들이 자신의 피 흘리는 상처를 보지 못하도록 방패로 가리고 있었다. 이 일로 훗날 그는 목숨을 구하게 되었다. 트리스탄의 부상을 아무도 몰랐기 때문에, 그들이 아일랜드로 돌아가서도 아무것도 이야기하지 않았기 때문이다. 그들은 즉시 섬으로 건너가서 주군의 유해를 수습한 뒤 자기 나라로 떠났다.

그들이 자기 나라에 도착했을 때, 가져온 슬픈 선물, 즉 세 조각의 유해가 뿔뿔이 흩어지지 않도록 조심해서 한데 모은 뒤, 그들의 주군 앞에 나아가 아까 제가 들려드린 이야기 그대로 아뢰었답니다. 다들 그렇게 생각하시겠지만 제 생각에도 자부심이 넘치던 구르문왕은 기분이 팍 상했을 것입니다. 그가 입은 막심한 손해는 슬픔에 잠길 이유로 충분했습니다. 믿고 의지할 수 있는 출중한 용사인 한 남자를 잃었기 때문이지요. 거기다 기사들의 사기마저 잃었습니다. 자신의 명예를 가져다주던 행운의 바퀴가 사라진 겁니다. 원할 때마다 모든 나라를 돌아다니며 자기에게 활기를 불어넣던 모롤트가 죽었으니까요.

모롤트의 여동생인 여왕이 입은 피해는 더욱 컸답니다. 그녀의 슬픔과 고통은 말로 표현할 수 없었습니다. 그녀와 딸 이졸데*는 고통으로 신음했습니다. 여자들이 가슴이 찢어지도록 고통스러울 때 어떻게 슬퍼하는지 여러분은 잘 아실 테지요.

그들은 그 죽은 남자에게서 시선을 떼지 못했고, 시간이 갈수록 슬픔은 더욱 커졌다. 그들은 그의 머리와, 수많은 나라와 백성이 복종했던 그의 손에 입을 맞췄다. 슬픈 눈길로 구슬피 울며 머리에 입은 상처를 자세히 살펴보다가, 그 현명하고 지식

---

* 여왕과 공주는 이름이 같다.

많은 여왕은 쪼개진 칼날 조각을 발견했다. 그녀는 집게를 가져오게 해서 그 조각을 빼냈다. 그녀와 딸은 그 조각을 고통스럽게 지켜본 뒤 조그만 상자에 보관했다.

훗날 이 조그만 쇳조각이 트리스탄을 위기에 빠뜨리게 되지요. 아, 우리 모롤트 경은 죽었습니다. 그 백성의 슬픔과 애도를 계속 묘사한들 우리에게 뭐가 남겠습니까? 아무 도움도 되지 못할 테니 그 이야기는 이제 그만하겠습니다.

모롤트는 무덤으로 옮겨졌고, 다른 남자들처럼 매장되었다. 구르문왕은 그를 애도하며, 아일랜드의 모든 왕국에 남자든 여자든 콘월에서 건너온 사람이 있으면 모조리 죽이라는 칙령을 내렸다. 왕명이 엄격하게 시행되었기 때문에 그곳으로 여행 가려는 사람이 사라졌다. 또 콘월 출신으로 그곳에서 살던 사람은 아무리 돈을 낸다고 하더라도 자유로운 몸이 되지 못하고 목숨을 내놓아야 했다. 이 일로 아무 죄도 없는 수많은 아기가 죽음을 맞이했다.* 아무런 이유도 없이 그런 일이 자행된 것이다. 모롤트는 자기 힘만 과신했고, 그 용맹스러운 정신에 하느님의 자리는 없었다. 매번 그는 학정과 오만으로 방패를 들고 싸움에 나섰고, 결국 그 상징 아래서 죽고 말았다.

---

* 고트프리트는 헤롯왕의 명령 때문에 죄 없이 죽은 베들레헴의 아기들을 상기시키며, 권력자의 교만을 간접적으로 경고하고 있다.

## 11. 트리스탄이 궁정가인 탄트리스로 위장하다

자, 아까 이야기를 멈춘 부분으로 돌아가겠습니다.

트리스탄이 말이나 창 없이 맨몸으로 상륙하자, 수많은 사람이 그를 환영하기 위해 몰려왔다. 일부는 말을 타고 왔고, 일부는 뛰어서 왔는데, 행복하기 그지없는 환영이었다. 왕과 왕국은 이날만큼 기쁜 날이 없었다. 드높은 명예가 그의 복된 손 덕분에 다시 부활했기 때문이다. 그 손이 그들의 치욕과 고통을 떨쳐버렸다.

하지만 그가 입은 상처 때문에 엄청난 슬픔에 빠졌고, 정말 가슴 깊이 아파했다. 그가 금방 나을 것이라고 믿었다면 그렇게 걱정을 하지 않았을 것이다. 그들은 그를 따라 궁으로 돌아와서, 황급히 갑옷을 벗기고 최대한 편안하게 쉴 수 있도록 보살폈다. 다른 궁과 다른 나라에서 최고로 꼽히는 의사들을 불러들였다.

자, 의사들이 달려와 자신들이 가진 모든 지식과 의술을 펼쳤습니다. 소용이 있었을까요? 아닙니다. 아무 소용이 없었지요. 전혀 차도가 없었고, 어떤 의학적 지식으로도 그를 낫게 할 수 없었답니다.

그 독은 상처에서 제거할 수 없는 종류였기 때문에 전신으로 퍼지고 말았다. 갈수록 상황이 나빠졌다. 곧 알아볼 수 없을 정도로 몸이 쇠약해졌다. 게다가 상처에서 역겨운 악취가 풍겨 나와서, 더는 살고 싶은 생각이 들지 않을 정도로 자신의 몸을 혐오할 지경까지 이르렀다. 트리스탄은 자신이 한때 친구였던 이들에게 무거운 부담이 되고 있다는 사실이 가장 고통스러웠다. 모롤트의 말이 사실임을 점점 분명하게 깨닫게 되었다.

예전에 그도 모롤트의 여동생 이졸데가 얼마나 사랑스럽고 뛰어난 여인인지 이야기하는 것을 자주 듣곤 했지요. 그녀의 이름이 알려진 나라에서는 다음과 같은 소문이 입에서 입으로 전해지고 있었기 때문입니다.

"현명한 이졸데, 사랑스러운 이졸데, 아침놀처럼 밝게 빛난다네."

그 불행한 트리스탄은 모롤트의 이야기를 머릿속에서 떨쳐버릴 수 없었다. 회복하려면 그녀의 치료밖에는 다른 방법이 없었다. 풍부한 지식을 지닌 그 여왕 이외에는 이 상처를 다룰 사람이 없다는 게 분명해졌다. 하지만 어떻게 하면 그녀의 치료를 받을지 방법을 찾아낼 길이 없었다. 치료를 받지 못한다면 죽을 게 분명했기 때문에, 산송장으로 지내느니 이미 잃어버린 목숨을 한번 걸어보는 게 낫다는 생각이 들었다. 결국 병을 고치기 위해 그녀가 있는 나라로 가기로 결심했다. 하느님의 섭리에 운명을 걸어볼 작정이었다. 트리스탄은 외삼촌을 불러 자초지종을 설명하고 자신의 속마음과 계획을 털어놓았다. 친구 대 친구로서 모롤트의 충고를 따르겠다고 말했다. 왕은 그 계획을 탐탁지 않게 생각했다.

하지만 위기에 처한 사람은 그런 나쁜 일이라도 감내하는 법이랍니다. 나쁜 일 두 가지 중에 하나를 선택해야 한다면 덜 나쁜 일을 선택해야 하지요. 그게 현명하고 도움이 되는 결정이거든요. 그리하여 두 사람은 어떻게 일을 추진할지 곧 의견 일치를 보았답니다.

두 사람은 트리스탄이 아일랜드로 간다는 사실을 비밀에 부치기로 했다. 그 대신 살레르노*에서 요양한다는 소문을 퍼뜨리기로 했다. 그렇게 합의한 뒤, 쿠르베날을 불러 자신들의 결정을 알렸다. 계획을 들은 쿠르베날은 찬성하며 트리스탄이 살아나든 죽든 끝까지 옆에 붙어 있겠다고 맹세했다.

저녁 무렵 조각배와 작은 돛단배 한 척이 준비됐다. 충분한

---

* 중세 살레르노는 의과 대학이 있어 의학의 중심지로 꼽혔다. 12~13세기 교훈시 모음집인 『살레르노 건강 규칙』은 중세 의학서의 꽃이었다.

식량을 포함해 생필품과 항해에 필요한 장비들을 전부 실었다. 그런 뒤 슬픔 속에서 그 애처로운 트리스탄을 배에 태웠다. 물론 트리스탄과 함께 떠날 사람들을 제외하고는 아무도 그의 출발을 알지 못하도록 철저히 비밀을 지켰다.

트리스탄은 외삼촌 마르케왕에게 자신의 백성과 재산을 맡겼다. 트리스탄에게 어떤 일이 일어났는지 확실한 소식이 들리기 전에는 그 누구도 트리스탄의 소유물에 손끝 하나 대지 못할 터였다. 그는 다른 물건은 전부 내버려두고 하프 하나만 가져오게 한 뒤 바다로 나갔다. 여덟 명의 선원이 함께했는데, 그들 각자 자신의 목숨을 걸고 두 사람의 말에 충실히 따르며 결코 두 사람 곁을 떠나지 않을 것을 하느님께 엄숙히 맹세했다.

마르케왕이 지켜보는 동안 트리스탄이 탄 배는 저 멀리 사라졌습니다. 그때 그의 기분은 결코 유쾌하지 않았지요. 이 이별을 뼈저리게 가슴 아파했다는 점은 여러분께 분명히 말씀드릴 수 있습니다. 그럼에도 불구하고 두 사람 모두에게 행복과 즐거움이 찾아올 것입니다.

트리스탄의 상황이 심각해져 치료를 받기 위해 살레르노로 떠났다는 소식을 들었을 때, 모두가 마치 자기 자식의 일인 것처럼 고통스러워했다. 트리스탄이 자신들을 위해 결투하다 부상을 입었기 때문에, 그의 불행을 안타까워하는 것은 당연했다. 그사이 트리스탄은 순풍을 타고 전속력으로 아일랜드를 향해 밤낮으로 항해했다. 유능한 선원 덕분에 올바른 항로로 항해할 수 있었다. 마침내 아일랜드와 가까워져서 육지가 눈에 들어오자, 트리스탄은 조타수에게 수도 더블린으로 배를 몰도록 명령했다. 그 현명한 여왕이 그곳에서 사는 것을 알고 있었다. 조타수는 더블린을 향해 황급히 배를 몰았다. 도시의 모습이 보일 정도로 가까워지자 조타수는 트리스탄에게 물었다.

"보십시오, 도시가 보입니다. 어떻게 할지 분부해주십시오."

"여기 닻을 내려라. 저녁이 되어 어두워질 때까지 여기서 기다리자."

선원들은 닻을 내리고는 황혼이 내릴 때까지 그곳에 정박해 있었다. 밤이 되자 트리스탄은 배를 항구 쪽으로 서서히 몰라고 명령했다. 도시까지의 거리가 반 마일쯤 되자 일을 그르치지 않기 위해 배를 멈췄다. 트리스탄은 배에서 가장 허름한 옷을 가져오게 했다. 자신에게 넝마를 입히도록 한 뒤 조각배에 자신을 눕히라고 했다. 그런 뒤 자신의 옆에 하프를 가져다 놓고, 사나흘 치 양식을 조각배에 실어놓도록 했다. 그의 분부대로 모든 일이 재빨리 이루어졌다. 이제 쿠르베날과 모든 선원을 모아놓고는 당부했다.

"이봐 쿠르베날, 이 배와 이 사람들을 자네가 좀 챙겨. 나를 위해 이들에게 늘 좋고 친절한 주인이 되어줘. 고향으로 돌아가게 되면 다들 우리 비밀을 충실히 지키도록 이들에게 보수를 넉넉하게 챙겨주렴. 여기서 일어난 일을 아무에게도 말해선 안 될 테니. 이제 고향으로 출발해서, 삼촌에게 안부를 전해줘. 내가 아직 살아 있으며, 하느님의 자비로 계속 버티다가 언젠가 건강해지겠다는 희망을 갖고 있다는 이야기도 전해주고. 나 때문에 너무 슬퍼하지 마시라고 해. 내 운명이 허락한다면, 분명 한 해가 지나기 전에 다시 회복할 것이라고 이야기해줘. 좋은 소식이 생기면 바로 알려줄 테니. 궁정 사람이나 백성에게는 내가 고통을 씻어내기 위해 여행을 떠났다고 알려줘. 백성이 나를 배신하지 않도록 신경 써야 해. 내가 말한 기한을 일단 기다리고, 그 기간 안에 내 일이 잘 풀리지 않으면 그때는 나를 포기해도 돼. 내 가련한 영혼을 하느님께 맡길 테니, 지켜보기만 해. 이제 내 부하들을 데리고 내가 사랑하는 아버지 루알이 계신 파르메니에로 가서 거기서 지내. 아버지께 내 재산을 가지고 자네를 아낌없이 잘 대접하고, 큰 상을 내려주시라고 내가 부탁했다고 전해. 아버지께 한 가지 부탁이 더 있어. 나에게 늘 충성을 다해온 이 사람들 말인데, 이들에게도 고마운 마음으로 충분히 보상해 주셨으면 해."

끝으로 트리스탄은 부하들에게 축복을 빌어주었다.

"하느님께서 그대들을 보호해주시길 비네. 자, 이제 내가 물결 따라 저쪽으로 가도록 배를 띄우게. 이제 하느님의 은총을 기다릴 뿐 달리 할 게 없군. 그대들도 몸 성히 안전하게 돌아가길 빌어. 이제 곧 동이 틀 시간이야."

모두들 큰 소리로 슬퍼했습니다. 트리스탄을 파도가 거세게 치는 바다 위로 홀로 떠나보낼 때 다들 눈물을 흘렸답니다. 이렇게 슬픈 이별을 나눈 적은 없었을 것입니다. 진정한 우정을 경험하고 친구를 사랑할 줄 아는 신실한 사람이라면, 쿠르베날의 고통을 같이 느끼실 테지요. 그는 괴로웠지만 무거운 마음으로 길을 떠나갈 수밖에 없었습니다.

이제 트리스탄은 혼자 남았다. 그는 고통으로 신음하며 동이 틀 때까지 표류했다. 도시 사람들이 물결 위에 정처 없이 떠도는 조각배를 발견하자, 곧바로 사람들을 보내 배를 끌고 오도록 했다. 조각배에 가까이 다가갔을 때, 사람은 보이지 않았지만 심금을 울리는 아름다운 소리가 들려왔다. 아름다운 하프 음악 소리와 남자의 청량한 노랫소리가 귓가에 울려 퍼졌다. 사람들은 이 소리를 자신들을 환영하는 마법처럼 여기고, 트리스탄의 연주와 노랫소리가 울려 퍼지는 동안 전혀 건드리지 않았다.

근데 그들에게 주어진 즐거움은 오래가지 않았답니다. 그 음악이 마음 깊은 곳에서 우러나오는 것은 아니었거든요. 흔히 마음이 내키지 않을 때 나오는 그런 음악이었습니다. 요즘 그런 일이 잦다고 해도, 그런 건 제대로 된 음악이 아니지요. 영혼도 없고 감동도 없습니다. 젊은 트리스탄이 시간을 보내기 위해 하프를 타고 노래를 했지만, 이런 고통 속에 있는 남자가 연주를 한다는 건 진정한 희생이었고 괴로움 자체였습니다.

트리스탄의 연주 소리가 잦아지자마자 사람들이 탄 배가 움직였다. 그들은 트리스탄이 타고 있던 조각배 옆에다 배를 갖다대고는 고개를 내밀어 보았다. 그러자 처량하게 너덜너덜한 옷을 입은 남자가 보였다. 저런 사람의 손과 입이 기적 같은 소리를 냈다고 생각하니, 다들 가슴이 저려왔다. 하지만 그런 음악을 들려준 그를 한 남자로 인정해 제대로 인사를 했다. 그런 뒤 어떻게 해서 여기까지 오게 되었는지 들려달라고 했다.

"제가 말씀을 드리지요."

트리스탄은 입을 열었다.

"저는 궁정에 있던 음유시인입니다. 한때 아주 인기 많은 가인이었죠. 궁정 예법과 지식을 다 갖췄지요. 말할 때와 침묵할 때를 가릴 줄 알고, 칠현금, 바이올린, 하프, 로테도 연주할 수 있습니다. 오락이나 유희 등 흔히 저희 같은 사람들에게 기대하는 것이라면 전부 잘할 수 있지요. 사실 이 일로 꽤 많은 재산을 모았는데, 그게 저를 무절제하게 만들고 말았지요. 제 신분을 넘어서서 더 많은 것을 가지려 했거든요. 그래서 상인이 되었는데, 그게 저를 망치고 말았지요.*

저는 부유한 상인을 파트너로 뒀습니다. 우리 둘은 고향인 에스파냐에서 좋은 물건을 골라 배에다 싣고 브리타니아로 가려고 했습니다. 근데 바다에서 해적의 습격을 받아 우리가 가진 것을 몽땅 빼앗기고 말았습니다. 제 파트너와 선원들은 모두 죽었죠. 이런 부상을 입긴 했지만, 제가 유일하게 살아남을 수 있었던 건 다 하프 덕택이었습니다. 가난한 음유시인이라고, 살려달라고 애걸했거든요. 간신히 식량을 조금 얻어 이 조각배를 타고 목숨을 부지할 수 있었습니다. 그 뒤로 40일**간 밤낮으로

---

* 간접적으로 중세 궁정가인이 무엇을 갖춰야 하는지 알 수 있다. 능력이 뛰어난 음유시인은 넉넉하게 보수를 받았다.

** 40은 성경에 자주 등장하여, 특별한 마법의 힘을 가진 신비한 숫자로 여겼다.

심한 통증을 겪으며 파도가 치는 대로 떠내려왔습니다. 제가 지금 어디에 있는지, 어디로 가고 있는지 전혀 모르겠습니다. 그러니 어르신들, 제게 자비를 베풀어 사람들이 있는 곳으로 데려다주십시오. 하느님께서 갚아주실 겁니다."

"이봐, 친구!" 그들 중 한 사람이 나섰다. "자네의 아름다운 목소리와 감미로운 연주가 자네를 좋은 길로 이끌어줄 걸세. 더이상 정처 없이 바다 위를 떠다니지 않을 테니. 자네를 여기까지 오게 한 이가 하느님이든, 물이나 바람이든 상관없네. 우리가 자네를 사람들이 사는 곳으로 데려다주지."

그들은 약속을 지켰다. 트리스탄이 탄 조각배를 끌고 도시로 돌아와 항구에 묶고는 물었다.

"자네 발치로 보이는 저 성과 아름다운 도시를 보게. 이 도시가 어딘지 알겠나?"

"아뇨, 어르신, 여기가 어딘지 전혀 모르겠습니다."

"그럼 자네에게 알려주지. 자네는 지금 아일랜드의 더블린에 와 있다네."

"구세주께 감사합니다. 마침내 사람들 사는 곳으로 돌아왔군요. 이곳에는 저를 도와줄 좋은 분이 분명히 계실 테지요."


트리스탄을 데려온 사람들은 도시로 돌아가서 자신들이 겪은 일을 이야기하기 시작했고, 곧 도시 전체가 놀라움으로 술렁거렸다. 그들은 한 번도 본 적이 없는 놀라운 재능을 갖춘 한 남자가 겪은 모험에 대해 이야기를 퍼뜨렸다. 그리고 직접 체험한 놀라운 일도 이야기했다. 배를 타고 가까이 다가갔을 때 하프 연주와 노랫소리를 들었는데, 그 소리가 너무나도 아름다워서 마치 하느님이 기쁜 마음으로 들으시는 천국의 합창단의 음악과 같을 거라고 말했다. 근데 그 음악을 바로 불쌍한 희생자인 심하게 부상을 입은 궁정가인이 연주하고 불렀다는 것이었다.

"가서들 직접 보세요. 며칠 버티지 못하고 죽을 텐데, 그런 고통에도 불구하고 기죽지 않고 유쾌하게 있으니 참 사정이 딱하더군요. 그런 엄청난 불행을 별것 아닌 듯 짊어질 수 있는 사람이 있다니 놀라울 뿐이죠."

도시 사람들은 해안가로 내려가 상황을 둘러보고, 그 젊은이에게 이런저런 질문을 했다. 하지만 젊은이는 바다에서 했던 이야기만 반복할 뿐이었다. 그러자 그들은 아무 음악이나 연주해달라고 부탁했다. 젊은이는 그들의 청에 따라 온갖 기교를 부려 곡을 연주했다. 이번에는 그들에게서 동정을 얻기 위해 온 마음을 실어 연주했고, 최선을 다해 노래와 연주를 선보였다.

불쌍한 음유시인이 자신의 몸 상태에도 불구하고 하프를 뜯고 매혹적인 노랫소리를 들려주기 시작하자, 그곳에 있던 사람들 중 그의 처지를 안타까워하지 않는 사람이 없었다. 그들은 그를 조각배에서 일으켜 세운 뒤 의사에게 데리고 갔다. 최선을 다해 그를 치료하고 보살피도록 비용을 다 대주겠다고 했다. 하지만 의사가 그를 곁에 두고 치료하기 위해 백방으로 노력해봐도, 자신이 알고 있는 지식으로는 아무런 소용이 없었다. 이 소식이 곧 더블린 전역에 퍼졌고, 사람들은 무리를 지어 그를 찾아와 그의 불행을 슬퍼했다.

한번은 성직자가 트리스탄에게 와서 그의 연주와 노래를 들을 기회가 있었다. 그 성직자는 교육을 많이 받은 학자로 모든 종류의 현악기를 훌륭하게 연주할 줄 알았고, 외국어도 많이 구사할 수 있었다. 예의범절과 훌륭한 교양을 지녔는데, 이를 위해 많은 시간과 노력을 기울였던 사람이었다. 그는 여왕의 개인 교사로서 여왕이 어렸을 때부터 여왕에게 어려운 기술과 다양한 학문을 가르쳤다. 지금은 여왕의 딸 이졸데를 가르치고 있는데, 이졸데는 세상 사람들에게 회자될 만큼 완벽하기 그지없는 소녀였다. 이졸데는 여왕의 외동딸이었기 때문에, 그녀가 뭔가를 익힐 나이가 됐을 무렵부터 헌신적으로 그녀를 보살폈다. 자신이 알고 있던 연주와 노래를 비롯해, 아주 꼼꼼하게 학문과 현악기 연주를 가르쳤다.

성직자는 트리스탄의 놀라운 능력과 뛰어난 연주 솜씨를 보고 나니 동정심이 일어 그의 처지를 딱히 여겼다. 그는 지체하지 않고 바로 여왕에게 달려갔다. 시내에 죽을 만큼 큰 고통과 괴로움을 겪고 있는 음유시인이 있는데, 연주 솜씨가 너무나 뛰어날 뿐 아니라 세상에 태어난 아이 중 그처럼 쾌활함을 지닌 이가 없다고 여왕에게 말했다.

"어휴, 여왕님, 여왕님께서 위신에 걸맞게 방문하실 수 있는 곳으로 그를 옮길 수 있을지 모르겠습니다. 죽어가는 그 사람이 감동적으로 노래를 부르고 연주를 하는 기적을 직접 보셔야 할 텐데요. 그걸 듣고 있노라면 마음이 행복으로 벅차답니다! 근데 이 사람을 어떻게 도울 방법이 없습니다. 다시 회복될 기미가 보이지 않아요. 지금까지 그를 보살피며 치료하던 의사는 포기하고 말았답니다. 자기가 가지고 있는 의술로는 어떻게 해줄 수가 없다고 하더군요."

성직자의 이야기를 잠잠히 듣고 있던 여왕은 명령했다.

"흠, 그렇다면 시종들에게 말해, 그가 버틸 수 있다면 부축하든지 싣고 오든지 해서 이곳으로 데려와야겠군요. 그에게 아무런 도움을 줄 수 없는지, 아니면 치료를 할 수 있는지 한번 봅시다."

여왕의 분부대로 시행되었다. 그녀는 트리스탄의 곪은 상처를 살펴보더니, 독이 원인이라는 걸 금방 알아차렸다.

"어휴, 참 불쌍하군. 네 상처는 독 때문이구나."

그러자 트리스탄이 대답했다.

"전혀 몰랐습니다. 어쩌다 이렇게 되었는지 모르겠습니다. 단지 의술로는 아무 효과도 없다는 것만 알 뿐입니다. 살아 있는 동안 그저 하느님의 뜻에 맡길 뿐입니다. 제 병이 위중하니 누군가 제게 자비를 베풀어주신다면 하느님께서 상을 내리실 것입니다."

그러자 현명한 여왕이 물었다.

"이봐 음유시인, 네 이름이 뭐지?"

"여왕님, 저는 탄트리스라고 합니다."

"탄트리스, 내가 너를 낫게 해줄 테니 나만 믿으려무나. 기운을 차리고 기뻐하렴. 내가 직접 치료해주마."

"여왕님, 감사합니다. 여왕님의 목소리는 늘 청초하고, 여왕님의 마음은 결코 식지 않으며, 여왕님의 지혜는 영원하시길! 곤경에 처한 이에게 도움을 주시니, 온 세상이 여왕님의 이름을 찬송할지어다."

"탄트리스, 사실 네가 많이 쇠약한 상태이긴 하지만, 가능하다면 네 하프 연주를 듣고 싶구나. 사람들이 네가 연주를 곧잘 한다고 하니 말이다."

"여왕님, 염려하지 마십시오. 여왕님을 기쁘게 해드릴 수만 있다면 제가 꺼릴 게 뭐가 있겠습니까. 제가 아주 멋진 연주를 들려드리지요."

그러자 사람들이 트리스탄에게 하프를 가져다주었다. 그리고 젊은 공주를 불러왔다. 이리하여 훗날 트리스탄의 마음에 유일하게 각인될 참된 사랑의 표시인 사랑스러운 이졸데도 그곳으로 와서 트리스탄의 연주에 귀 기울이게 되었다.

트리스탄은 지금까지보다 더욱 뛰어난 솜씨로 연주했다. 자신에게 다시 희망이 생겼기 때문이다. 그는 자신의 불행을 떨치고, 더 이상 죽음을 앞둔 사람이 아닌 활기차고 명랑한 사람처럼 열정적으로 노래하고 연주했다. 손과 목소리로 너무나도 아름다운 음악을 들려주었고, 단시간에 모든 사람을 사로잡았다. 그건 그에게도 좋은 결과를 가져올 것이었다. 하지만 그가 연주하는 동안 그의 심한 상처에서는 여전히 악취가 진동하고 있었고, 냄새가 너무나도 역겨워서 아무도 오랫동안 그의 곁에 머물기 힘들었다. 여왕이 위로의 말을 건넸다.

"탄트리스, 일이 잘 풀린다면 네 상태가 다시 호전되어서 이 악취도 사라지고 사람들도 네 곁에 오래 머물 수 있을 거야. 그렇게 되면 여기 어린 이졸데를 네가 봐다오. 이 아이는 하프 연주도 열심히 배웠어. 지금까지 많은 시간 동안 공을 들여서 꽤 실력이 늘었지. 네가 이 아이의 스승과 내가 가르쳐줄 수 있는 것보다 더 많은 지식과 기술을 가지고 있다면, 나를 위해 이 아이를 가르쳐다오. 그 보상으로 네 생명과 건강하고 멋진 모습을 되찾게 해주지. 내 힘으로 가능한 일이야. 내 맘대로 낫게 할 수도 안 할 수도 있어."

아픈 음유시인은 흔쾌히 여왕의 제안을 받아들였다.

"치료가 도움이 되고 제가 다시 건강한 모습으로 연주할 수 있게 된다면, 그렇게 하겠습니다. 하느님도 제가 다시 두 발로 서길 바라시겠지요. 존경하옵는 여왕님, 따님인 이 소녀를 가르쳐달라고 말씀하시니, 이제야 제가 나을 수 있다는 든든한 믿음이 생겼습니다. 저는 학식을 꽤 익혔기 때문에 여왕님께서 만족하실 만큼 따님을 가르칠 수 있습니다. 게다가 제 자랑 같지만, 각종 현악기를 제 나이 또래 누구보다도 잘 연주할 수 있습니다. 폐하께서 바라시거나 요구하시는 것이라면 뭐든지 제 능력이 닿는 데까지 최선을 다하겠습니다."

그들은 그에게 작은 방을 내주었고, 그가 불편함이 없도록 매일 보살피며 챙겼다.


예전에 그가 육지에 도착했을 때, 낯선 아일랜드 이방인들이 상처를 보지 못하도록 방패로 옆을 가렸던 기민한 행동이 좋은 결과를 가져온 겁니다. 그가 다쳤다는 사실이 알려지지 않았지요. 아무도 그가 결투에서 부상을 당했다는 것을 몰랐습니다. 모롤트가 가지고 있던 칼로 부상을 입으면 어떻게 되는지 잘 알기 때문에, 만일 아일랜드인들이 트리스탄의 부상을 알아차렸더라면 일이 전혀 엉뚱한 방향으로 흘러갈 수 있었답니다. 트리스탄의 신중함 덕분에 아일랜드인이 트리스탄의 생명을 구하게 된 거죠. 이런 일에서 배울 점이 한 가지 있습니다. 좋은 결말을 낳기 위해서는 미리 생각을 하고 행동해야 한다는 사실이죠. 사려 깊음과 신중함으로 많은 이가 성공했답니다.

현명한 여왕은 한 남자를 구하기 위하여 자신이 가진 모든 지혜와 영적인 능력을 발휘했다. 그를 구할 수 있다면 자신의 목숨뿐 아니라 모든 명예도 희생할 태세였다. 사실 그녀는 자신을 사랑하는 것 이상으로 그를 증오했다. 하지만 어떻게 하면 그의 고통을 줄일지, 그를 도와 치료할 수 있을지 쉴 새 없이 궁리했고, 새벽부터 밤늦게까지 그를 보살폈다. 일이 그렇게 될 수밖에 없었다. 왜냐하면 그가 자신의 원수라는 걸 알지 못했기 때문이다. 자기가 누구의 목숨을 구하기 위해 전력을 다하고 있는지 알았더라면, 그의 목숨을 구해주는 대신 정말 죽음보다 나쁜 일을 겪도록 했을 것이다. 하지만 이때는 그가 좋은 사람인 줄로만 알았고, 그에게 좋은 일이 일어나도록 신경 쓸 뿐이었다.

지금 제가 여왕이 얼마나 훌륭한 의사인지, 그녀의 처방이 얼마나 놀라운 효과를 지녔는지, 환자를 어떻게 보살폈는지 계속해서 늘어놓아봤자 무슨 도움이 되겠습니까?* 고상한 분의 귀에는

---

* 고전에서 흔히 사용하는 수사학으로 '직업' 같은 특정한 주제에 대한 설명을 생략하는 반문이다.

훌륭한 단어 하나가 약국에서 가져올 수 있는 어떤 약보다 훨씬 듣기에 좋을 것입니다. 가능하다면 여러분의 귀에 거슬리고 심경을 불편하게 할 수 있는 말은 하지 않으렵니다. 장황한 말로 이야기를 망쳐서 여러분을 괴롭게 만드는 것보다 모든 일을 간단히 요약하는 게 나을 테지요. 지체 높은 귀부인의 치료와 환자의 회복에 대해 간단히 말씀드리겠습니다. 치료가 잘되어서 20일 후에는 사람들과 잘 어울리게 되었으며, 그의 상처 때문에 가까이 가지 않으려는 사람이 없게 되었답니다. 그 뒤로 젊은 공주는 매일 그의 가르침을 받았지요.

트리스탄은 그녀에게 자신의 모든 시간을 쏟아 열심히 가르쳤다. 일일이 들지 않더라도 자신이 알고 있는 최고의 작품과 기교를 그녀에게 선보였다. 또 그녀에게 뭘 배우고 싶은지 선택하게 했다. 아름다운 이졸데는 트리스탄의 기교 중 가장 최고라고 생각한 것을 골랐고, 모든 연주법을 열심히 연습했다. 그녀는 수업을 즐겼고, 수업받는 걸 좋아했다. 그녀는 이제 많은 것을 배웠고, 그녀의 손과 입은 탁월하고 우아한 기교를 익혔다. 그 아름다운 소녀는 더블린 사람들이 하는 일상어뿐 아니라 프랑스어와 라틴어도 할 줄 알았다. 또 프랑스풍의 바이올린도 훌륭하게 연주할 수 있었다. 손가락으로 현을 아름답게 뜯을 줄 알았고, 하프의 음을 자유자재로 다루었는데, 음계도 곧잘 옮겼다. 게다가 천부적 재능을 지녔기 때문에 노래도 잘 불렀고 목소리도 놀라울 정도로 감미로웠다. 그녀의 스승인 음유시인은 그녀의 타고난 재주와 능력을 이끌어내서 그녀가 일취월장하도록 도왔다. 수업 시간마다 그녀에게 더 많은 지식을 전수했다.

그 지식은 우리가 윤리, 도덕이라고 부르는 것입니다. 모든 귀부인이 어렸을 때 열심히 익혀야 하는 것이죠. 도덕은 아주 감미롭고 순수한 가르침으로 진정 축복입니다. 세상사뿐 아니라 하느님과도 관련이 있거든요. 하느님과 세상을 기쁘게 하기 위해서 그 계명들을 지켜야 하기 때문이지요. 도덕은 모든 고상한 마음의 유모로, 생활에 필요한 영양분, 즉 생명 자체를 도덕에서 얻습니다. 도덕에 어긋나면 부나 지위를 가질 수 없기 때문이지요.

젊은 공주는 다른 것보다 도덕을 익히는 데 매진했다. 자신의 지능과 생각을 도덕적으로 자주 단련하여 예의범절을 더욱 세련되게 만들었다. 그 결과 그녀의 정신은 나날이 순수하고 고결해졌으며, 몸가짐도 사랑스럽고 훌륭해졌다. 사랑스러운 소녀는 반년 만에 온 나라가 칭송하고 아버지인 왕도 기쁘게 자랑할 만한 교양과 몸가짐을 지니게 되었다. 여왕도 마찬가지로 크게 기뻐했다.

이제 아버지가 축제의 기분을 즐기고자 할 때나 낯선 기사가 손님으로 왕궁에 머물 때, 이졸데를 궁전으로 부르는 일이 잦아졌다. 그녀는 자신이 배운 모든 기예로 아버지와 그 자리에 참석한 사람들에게 즐거움을 선사했다. 아버지만 즐거워한 것이 아니라, 높은 신분이든 낮은 신분이든 그녀를 보는 이마다 귀가 즐거웠고 가슴이 상쾌했다. 순수하기 그지없는 사랑스러운 이졸데는 노래를 부르고 자신이 쓴 시를 낭송했다. 사람들을 기쁘게 하면서 자신도 기분이 좋았다. 그녀는 무도곡, 가요, 이국풍의 음악을 연주했는데, 정말 들어보지도 못한 상과 생드니*의 프랑스풍 곡을 현악기로 연주했다. 놀랍게도 그녀는 그중 많은 곡을 알고 있었다. 그녀는 하얀 손으로 양쪽에서 치터와 하프의 현을 뜯으며 탁월한 연주 솜씨를 선보였다. 룻이나 템스 도시의 스타일도 아닌 부드러운 손길이 감미로운 멜로디를 이끌어냈다. 사랑스럽고 아름다운 이졸데! 그녀는 파스투렐,** 로트루앙주,*** 론도,**** 샹송, 레플로이트,***** 폴라테******를 차례차례로 아름답게 불렀다. 그녀의 음악을 들은 사람들은 가슴마다 그리움이 가득 찼고, 머릿속으로 여러 가지 상상과 풍경이 펼쳐졌다. 그녀가 사람들에게 그동안 꿈꿔왔던 환상을 불러일으킨 것인데, 이졸데처럼 경이로운 수준의 아름다움과 예의범절을 갖춘 사람을 볼 때만 일어날 수 있는 일이었다.

이처럼 미모와 재능을 뽐내는 그녀와 비견될 만한 이는 세이렌뿐입니다. 자석으로 배를 자기 쪽으로 끌어당긴 그 요정 말입니다. 제가 보기에 이졸데는 그녀가 사랑의 고통을 겪으리라고

---

* 고트프리트 당대에 상 대성당과 생드니 수도원은 높은 수준의 교회 음악으로 유명했다.

** 기사의 구애를 받는 양치기 소녀가 화자로 등장하는 13세기 프로방스 전원시.

*** 몇 개의 절과 후렴으로 이루어진 중세의 시.

**** 프랑스에서 생겨난 2박자의 경쾌한 춤곡.

***** 반복되는 운이 있는 중세 프랑스 시의 한 형태.

****** 이 작품에서만 등장하는 단어로 어떤 형태의 악곡인지 알려지지 않았다.

생각조차 하지 못했던 사람들의 마음과 생각을 그처럼 사로잡았던 것 같네요. 인간 영혼은 닻이 없는 배랑 비슷하다고 볼 수 있지요. 이 둘은 잘 닦인 길로 다니지 못하고 종종 불확실한 항구에 정박해야 할 경우가 있거든요. 파도에 쉼 없이 오르락내리락하고 이리저리 떠도는 것처럼 사랑에 대한 동경도 욕망을 우연한 길로 이끕니다. 닻이 없는 배랑 똑같지요.

세련된 교양을 쌓은 이졸데, 젊고 영리하고 매력적인 여왕은 자석의 힘과 세이렌의 노래가 배를 끌어당기듯 마음의 문을 꽉 닫아둔 사람을 자신에게 끌어당겼다. 그녀의 노래는 귀와 눈을 통해 은밀하지만 묵직하게 많은 이의 가슴에 파고들었다. 그녀의 감미로운 목소리와 멋지게 연주하는 현 소리가 궁정 안팎에서 울려 퍼졌고, 그 소리는 강력한 힘으로 귀를 통해 가슴속으로 파고들었다. 또 다른 음악은 바로 그녀의 놀라운 미모였다. 그 음악은 영혼에게만 들리는 멜로디를 가지고 눈의 창을 통해 은밀히 고상한 이의 마음에 들어가서, 그리움으로 단단히 얽매어 사랑의 고통을 느끼도록 마법을 일으켰다.

사랑스러운 이졸데는 트리스탄의 가르침을 받으며 엄청나게 발전했다. 그녀는 몸가짐과 외모가 뛰어난 매력적인 아가씨였다. 여러 악기를 훌륭하게 연주했으며, 다른 멋진 기예에도 정통했다. 모든 종류의 곡을 쓸 수 있었으며, 샹송도 작곡할 수 있었다. 단어들을 잘 다룰 줄 알았고, 글을 읽고 쓸 수 있었다.

이제 트리스탄은 완전히 회복되어 생기가 돌았고, 예전처럼 밝고 멋진 모습을 되찾았다. 하지만 궁정 안이나 밖에서 자신을 알아보는 사람이 나타날까 봐 늘 초조했다. 이 걱정에서 벗어나기 위해 어떻게 하면 적절한 기회에 작별을 하고 떠날 수 있을까 궁리했다. 자신이 떠나려고 해도 젊은 공주나 여왕이 쉽게 보내주지 않으리라는 것을 잘 알고 있었다. 하지만 자기 삶은 늘 불확실함으로 내던져졌다고 생각하고, 여왕을 찾아가 평소 익숙한 대로 미리 잘 꾸며낸 말로 이야기했다. 무릎을 꿇은 채 아뢰었다.

"여왕님, 여왕님께서 제게 베풀어주신 모든 호의와 도움은 하느님께서 영원한 천상 왕국에서 갚아주실 것입니다. 여왕님께서 그토록 친절하게 저를 대우해주셨으니, 반드시 하느님께서 상을 내려주실 테지요. 비록 제가 비천한 사람이지만 여왕님의 영광을 위해서라면 마지막 날까지 폐하를 섬기며 감사하려 합니다. 축복받은 여왕님, 제가 고향으로 돌아갈 수 있도록 자비를 베풀어주십시오. 제 처지가 더는 이곳에 머물 수 없게 되었습니다."

여왕은 웃으며 손을 내저었다.

"아무리 아부해봤자 소용없다. 너를 보내지 않을 거야. 한 해를 온전히 넘기기 전에는 길을 떠나선 안 된다."

"아부라니요, 절대로 그렇지 않습니다, 고귀하신 여왕님. 저는 지금 거룩한 명예와 내적인 사랑 때문에 청을 드리는 겁니다. 제 목숨처럼 사랑하는 아내가 고향에 있습니다. 분명 제가 죽은 줄 알고 있을 테지요. 행여나 아내가 다른 사람의 부인이 될까 봐 불안해 죽을 것 같습니다. 저의 위로이자 생명, 모든 기쁨의 원천이 사라져버리게 되면, 저는 더 이상 행복해질 수 없을 겁니다."

"탄트리스, 사실 아내를 이길 수는 없지. 악한 마음을 품지 않는다면 그런 동반 관계를 갈라놓을 수 없구나. 하느님께서 너와 네 아내를 보호해주시길 빈다. 네가 떠나고 나면 아쉬움이 크겠지만, 하느님의 이름으로 너를 보내주겠다. 이제 작별 인사를 해야겠구나. 원망 없이 잘 보내주고 싶으니. 나와 내 딸 이졸데는 네게 여비로 황금 두 덩이를 주겠다."

이방인은 두 여왕, 즉 모녀에게 양손을 펼쳐 보이며 마음에서 우러나오는 존경을 표시했다.

"두 분 모두 하느님의 은총과 축복이 함께하길 빕니다."

트리스탄은 그 즉시 배를 타고 잉글랜드로 갔고, 거기서 다시 고향 콘월로 향했다.*

---

* 이 루트는 돌아가는 길이기에 고트프리트가 지리적 정보를 소홀히 다루고 있음을 증명한다.

# 12. 마르케왕의 신부를 구하러 떠나다

자, 트리스탄의 삼촌 마르케왕과 백성이 그가 건강하게 돌아왔다는 소식을 듣습니다. 모두가 진심으로 기뻐했지요. 그의 벗인 왕은 트리스탄에게 일어난 일에 대해 물었고, 트리스탄은 자초지종을 자세하게 이야기했답니다. 이야기를 들은 사람들은 처음에는 놀랐지만, 곧 아일랜드로 가서 자신의 원수였던 여왕의 도움으로 목숨을 멋지게 구한 사실, 그곳에서 벌어진 이야기를 듣고 다들 웃고 즐거워했지요. 애써 찾던 기적과 같은 치료법이 정말 있었던 겁니다. 트리스탄의 구원과 여행에 대해 한참을 웃고 떠들었습니다. 이제 이졸데에 대한 호기심을 풀어줄 차례지요.

"이졸데는 아주 아름다운 소녀로, 세상 사람들이 이야기하는 아름다움을 모두 한데 모은 것보다 더 뛰어난 아가씨입니다. 눈이 부시도록 아름다운 이졸데의 미모는 정말 독보적이지요. 여성에게서 태어난 소녀 중 그녀처럼 매력적이고 우아한 이는 없을 겁니다. 그녀는 아라비아 금처럼 순수하고 빛납니다. 예전에 책에 쓰인 찬미가를 읽었을 때는 틴타리데스의 유명한 딸 아우로라*가 모든 여성 가운데 가장 아름답다고 생각했는데요, 이제 그 생각은 버렸습니다. 이졸데가 더 뛰어나다는 걸 알게 된 거죠. 이제는 미케네에서 태양이 떠올랐다고 생각하지 않습니다. 완벽한 초절정의 아름다움은 그리스에서 빛나는 것이 아니라, 우리 위쪽 나라에서 빛나고 있습니다. 모든 남성은 아일랜드로 시선을 돌려야 할 것입니다. 그쪽을 봐야 눈이 행복해지지 다른 쪽은 아닙니다. 새로운 태양인 이졸데, 물론 그 태양을 세상에 낳은 아침놀인 이졸데가 더블린에서 모든 이의 가슴에 광채를 드리우고 있습니다. 그 멋진 여인은 경쾌한 빛으로 전 세계를 밝게 비춥니다. 여성의 명예와 관련한 사람들의 칭송과 문헌에 기록된 모든 칭찬도 이졸데를 직접 보게 되면 부질없을 겁니다. 머릿속과 가슴이 불 속의 금처럼 정화되기 때문이죠. 그런 즐거움을 경험하게 되면 살아 있다는 것 자체가 정말 소중하다는 걸 알게 될 테죠. 그렇다 해서 그녀의 빛 때문에 다른 여성의 광채가 희미해지지 않으며, 그 가치가 줄어들지 않습니다. 그녀의 아름다움은 모든 여성을 아름답게 장식하고 고귀하게 합니다. 모든 여성에게 왕관을 씌워주지요. 그래서 그녀 때문에 다른 여성이 두려워할 필요가 없습니다."

트리스탄은 아일랜드의 통치자인 그 매혹적인 소녀를 어떻게 알게 되었는지 들려주었다. 그는 마치 5월의 아침 이슬이 꽃잎

---

* 고트프리트는 틴다레오스 이름을 잘못 알고 있다. 게다가 그의 딸은 아우로라가 아니라 헬레네인데, 고트프리트가 아침놀인 이졸데와 비교하기 위해 의도적으로 새벽의 여신 아우로라를 말한 것일 수도 있다.

을 적시듯이 그곳에서 경청하던 모든 사람의 마음을 뒤흔들었다. 이야기를 들었던 모든 사람의 기운을 북돋웠다. 트리스탄도 다시 생명을 얻은 것처럼 삶의 활기를 되찾았다. 그는 다시 태어난 것처럼 즐거움과 기쁨으로 가득 차 있었다.

근데 말이죠, 결코 게으름을 피우지 않는 그 불행한 충동인 저 주받을 질투라는 놈이 왕과 궁정 사람들 사이에서 고개를 내밀고 활동하기 시작했습니다. 그들은 그놈이 하자는 대로 따랐지요. 그놈은 많은 영주의 생각을 어두움으로 뒤덮어버렸답니다. 그들은 궁정과 온 나라 백성이 인정하는 트리스탄의 높은 지위와 명예를 질투했지요. 트리스탄을 험담하기 시작했으며, 마법사라는 헛소문을 퍼뜨렸습니다. 제가 지금까지 여러분께 들려드린 모든 이야기, 즉 모롤트를 죽인 이야기와 아일랜드에서 있었던 이야기를 두고 흑마술의 도움을 받아 이뤄냈다고 수군거렸던 것이죠.

"저것 봐, 어디 생각해보고 말 좀 해봐. 그게 아니면 그가 어떻게 그 강력한 모롤트와 맞서 싸울 수 있었겠어? 어떻게 현명한 이졸데 여왕을 속여서 치료를 받아낼 수 있었겠어? 자기 원수인데 말이야. 들어보면 기가 막히지 않아? 간사한 사기꾼이 사람들의 눈을 흐려서 자기가 원하는 대로 일을 만들어내다니!"

마침내 마르케왕의 자문을 맡은 귀족들은 계획을 세웠다. 그들은 아침부터 밤늦게까지 마르케왕 곁을 떠나지 않고 계속해서 아내를 얻어야 한다고 꾀어댔다. 딸이든 아들이든 정식으로 상속받을 수 있는 자식이 있어야 한다는 것이었다. 하지만 마르케왕은 단칼에 거절했다.

"하느님께서 직접 우리에게 올바른 후계자를 주셨소. 하느님, 그 아이가 오래 살도록 해주소서. 그대들은 트리스탄이 살아 있는 한 이 궁정에서 왕비나 여왕을 볼 수 없을 것이오."

그 말을 듣자 그들의 증오가 더욱 커졌고, 트리스탄에 대한 질투심도 더욱 불타올랐다. 그들은 속이 끓어올라서 증오를 주체하지 못할 때가 많아졌다. 트리스탄은 점점 그들의 행동과 말 때문에 목숨을 조심해야 할 지경에 이르렀다. 언제 몰래 자신을 죽일지도 모른다는 두려움을 떨칠 수가 없었다. 그는 마르케 외삼촌에게 자기 목숨이 언제까지 붙어 있을지 모르겠으니, 제발 자신의 처지를 불쌍히 여겨 귀족들이 하자는 대로 해달라고 부탁했다. 하지만 의리의 남자 외삼촌은 완강히 거절했다.

"조카야, 말도 꺼내지 마라. 나는 너 말고 다른 상속자를 원하지 않는다. 목숨을 잃을까 봐 두려워할 필요가 없다. 그들이 너를 시기하고 질투한다고 한들, 그게 네게 무슨 위협이 되겠니? 제대로 된 남자라면 시기와 질투를 견뎌내야 한다. 사람은 다른 이들의 질투를 받으면서 드높은 자리로 올라간다. 높은 명예와 질투는 엄마와 자식처럼 함께 간다. 왜냐하면 명예는 시기와 질투를 낳기 마련이거든. 명예의 치맛자락에 매달려 있는 셈이지. 행복한 사람보다 불타오르는 시기를 견뎌낼 수 있는 사람이 어디 있겠느냐? 시기를 마주치지 않은 행복은 박약한 것일 뿐이다. 그러니 네가 원하는 대로 생활하고 행동하여라. 하지만 하루라도 시기와 질투를 받지 않는다면, 지금과 같은 날을 결코 가질 수 없을 거다. 사악한 이들에게서 평화를 누리려면 그들의 고통을 노래하며 그들에게 못되게 굴어라. 그러면 너를 시기하지 않을 거야. 트리스탄아, 다른 사람들이 뭘 하려 하든지, 너는 제일 높고 자랑스러운 위치에 있다는 사실을 명심하렴. 항상 앞만 쳐다보고, 너의 뛰어남과 명예를 자각하렴. 나쁜 녀석들이 네게 하려는 짓을 내게 하라고 말하는 건 관두렴. 난 네 말이나 그들 말에는 신경도 쓰지 않을 테니까."

"폐하, 그렇다면 제가 떠날 수 있도록 분부를 내려주십시오. 더 이상 이 궁정에 머물고 싶지 않습니다. 여기에는 보호막이 전혀 없기 때문입니다. 그렇게 힘들게 고통받으며 세상의 모든 왕국을 다스리느니, 차라리 왕국이 없는 것이 낫습니다."

마르케왕은 트리스탄의 태도가 진지한 걸 알고, 더 이상 말하지 말라며 진정시켰다.

"조카야, 내가 확언을 하고 내 충심을 입증하려 해도 너는 나를 믿지 않는구나. 그 때문에 일어나는 일은 내 잘못이 아니다. 어쩔 수 없이 네 말을 들어줘야겠구나. 내가 어떻게 해주길 바라느냐?"

"이 일을 이 지경으로 만든 자문을 맡은 귀족들을 불러 모아 그들의 의사를 들어보십시오. 삼촌께서 뭘 하면 가장 좋을지 그들의 판단을 구하고, 그들이 진정 하자는 대로 하십시오. 그럼 명예롭게 일이 처리될 것입니다."

트리스탄의 요청대로 귀족들이 한자리에 모였다. 그들은 가능하다면 왕이 아름다운 이졸데를 아내로 맞이해야 한다고 의견일치를 보았다. 그녀야말로 왕족의 피를 물려받았고, 영혼과 육신이 완벽하니 그 이상의 배우자는 없다는 게 공통된 의견이었다. 사실 이 주장은 트리스탄에 대한 악의에서 나온 것이었다. 그들은 마르케왕 앞에 말솜씨 좋은 한 사람을 내세워 자신들의 일치된 의견과 결정을 전했다.

"폐하, 저희 생각에 이건 정말 최상의 결정입니다. 모든 나라 사람들이 다 알듯이 아일랜드의 아름다운 이졸데야말로 온갖 매력과 장점을 두루 지닌 고상한 아가씨입니다. 여성으로서 타고날 수 있는 최고의 미덕이죠. 폐하께서도 이미 그녀의 미모에 대한 칭찬을 여러 차례 들으셨지요. 그녀의 자태는 즐거움과 행복이며, 완벽 그 자체입니다. 그녀가 폐하의 아내, 왕비가 된다면, 저희에게는 이 세상에서 그보다 큰 행복이 없습니다."

"이보시오, 하지만 내가 정말 그녀를 원한다고 해도, 그걸 어떻게 실현할 수 있겠소? 그대들은 우리와 아일랜드인의 관계가 어떠한지 생각해야 할 것이오. 그 나라 사람들 전부가 우리에게 적개심을 가지고 있잖소? 나는 구르문의 원수요. 나 역시 그를 원수로 생각하고 있소. 그러니 누가 우리 관계를 좋게 돌려놓을 수 있겠소?"

"폐하, 두 나라 관계에서는 그런 일이 일어나기도 합니다. 양측에서 해결책을 찾아내야 하지요. 후손들이 다시 평화를 누리도록 뭔가를 해야 할 겁니다. 분쟁과 전쟁에서 종종 끈끈한 우호 관계가 생깁니다. 항상 그걸 염두에 두셔야 합니다. 언젠가 아일랜드의 군주가 되실 날이 올 수도 있습니다. 왜냐하면 단지 세 사람이 아일랜드를 다스리고 있는데, 왕과 여왕은 자신이 가진 것을 모두 무남독녀인 이졸데에게 물려줄 테니까요."

그러자 마르케왕은 그에게 대꾸했다.

"내가 그녀 생각에 빠지게 된 건 트리스탄 때문이오. 그 녀석이 그녀를 칭찬한 뒤로 그녀 생각을 많이 하게 됐으니 말이오. 그래서 다른 여자에게는 관심이 없고 오로지 그녀만 생각하게 됐소. 그녀가 내 여자가 될 수 없다면, 이 세상 어느 여자도 내 아내가 될 수 없을 것이오. 하느님께서 진정 나를 도와주시길 빌 뿐이오."

마르케왕이 이런 말을 한 것은 정말 그런 생각을 확고하게 가지고 있었기 때문은 아니었다. 오히려 그런 일 따위는 전혀 성공할 수 없다고 생각했기 때문에 나름대로 꾀를 내서 한 이야기였다. 하지만 왕의 자문을 맡은 신하는 옳거니 하며 말했다.

"폐하, 여기 계신 트리스탄 님에게 폐하의 혼사를 맡기십시오. 이분은 아일랜드 궁정의 상황을 잘 알고 계시지 않습니까? 이분께 맡기면 그 일을 제대로 성사시킬 겁니다. 트리스탄 님은 영리하고 생각이 많으실 뿐 아니라 만사에 능하시니까요. 그 나라 말도 할 수 있고, 원하는 대로 일을 끌고 나갈 수 있습니다."

"거참 짓궂은 조언이군! 그대들은 트리스탄이 죽거나 다치기만 바라는구려. 트리스탄은 그대들과 그대들 재산을 지키기 위해 죽음을 무릅쓴 적이 있소. 그런데 또다시 사지로 내모는구려. 콘월의 영주들이여, 그럴 수는 없소. 그대들이 직접 그 일을 처리해야 할 것이오. 트리스탄을 끌어들이라는 말은 꺼내지도 마시오!"

그런데 트리스탄이 자원하며 나섰다.

"저분들이 하는 이야기가 틀리지 않습니다. 실제로 수긍이 가는 주장입니다. 폐하께서 내리신 결정이라면, 저는 용감하게 맡아서 처리할 수 있고, 어느 누구보다도 잘 준비되어 있습니다. 게다가 제가 그 일을 하는 게 옳습니다. 폐하, 제가 그 일의 적임자입니다. 그러니 저분들께 폐하의 혼사를 돕고 폐하의 명예를 드높이기 위해 저의 여행에 동행하라고 명을 내려주십시오."

"말도 안 된다. 하느님께서 너를 구원해주셔서 고향으로 돌아오게 해주셨는데, 다시 너를 원수의 손에 넘길 수는 없다."

"폐하, 어찌 됐든 한 가지 사실은 분명합니다. 저분들이 그곳에서 죽게 되든 살아남든 간에, 저 자신의 처지보다 더 끔찍한 일을 겪게 될 것입니다. 나라에 후계자가 하나도 없게 되면 제 책임이 아니라는 걸 자기들 눈으로 똑똑히 확인하게 될 테니까요. 저분들에게 길을 떠날 준비를 하라고 명령하십시오. 저는 배를 직접 조종해서 행운의 나라인 아일랜드로, 더블린으로 가려고 합니다. 빛으로 많은 이의 마음을 기쁘게 해주는 태양이 있는 그곳으로 말입니다. 우리가 그 아름다운 여인을 얻을 수 있을지도 모르잖습니까? 폐하께서 아름다운 이졸데를 얻으실 수 있다면 어떤 손실이라도 감내해야겠지요. 우리 모두가 죽어도 좋습니다."

트리스탄이 계획을 털어놓자 마르케왕의 자문을 맡은 귀족들은 그제야 무릎을 치며 후회했다. 살면서 이토록 절망스러운 때가 없었지만, 돌이킬 수 없게 됐다. 트리스탄은 왕의 신하들 가운데서 20명을 선발했는데, 궁에서 특히 충성심이 강하고 의리가 있으며, 싸움에 능한 이들로 뽑았다. 자기 고향 출신과 이국 용병 60명을 추가로 보강했다. 더구나 왕궁의 귀족 20명이 자문으로 따라가야 했다. 이리하여 더도 덜도 아닌 딱 100명이 함께 하게 됐다. 트리스탄은 이들을 이끌고 바다를 건너게 됐다. 물론 유능한 선원들을 데리고 갔고, 식량과 의복, 항해에 필요한 물자도 넉넉히 가져갔다. 큰 규모의 일행이 여행을 떠나면서 이처럼 잘 준비한 적이 없었다.

제비 한 마리가 둥지를 짓기 위해 귀부인의 머리카락 한 가닥을 가지러 콘월에서 아일랜드까지 바다를 건너 날아갔다가 돌아오려 했다는 트리스탄 이야기를 읽었다고 하시더군요. 어디서 그런 이야기가 나왔는지 도통 모르겠습니다. 자기 둥지를 짓기 위해 그토록 노력한 제비에 대해 들어보신 적이 있는지요? 주변에 둥지를 지을 재료가 넉넉했는데도, 바다 건너 머나먼 나라까지 날아가 찾아왔다고!

맙소사, 그 이야기는 헛소리입니다. 가당치 않은 이야기죠. 트리스탄이 자기가 어떤 일을 겪을지 전혀 신경 쓰지 않고, 어디로 가는지도 모르고 운을 하늘에 맡긴 채 사람들을 데리고 바다를 건너갔으며, 자신이 찾으려고 한 사람이 누구인지 몰랐다고 이야기한다면, 그런 이야기는 웃기는 겁니다. 이런 식의 이야기를 글로 써서 읽으라고 준 사람의 책은 딱하기 그지없습니다. 도대체 책에 뭘 짓을 한 겁니까? 그렇게 항해를 했다면, 왕이 보낸 사절단은 바보와 백치일 겁니다. 바보와 백치가 함께 간 것일 테지요.*

---

* 고트프리트는 다른 음유시인들이 전하는 트리스탄 이야기가 개연성이 없다고 비판하면서, 자신의 이야기에 정통성을 부여한다.

이제 트리스탄은 항구를 떠나 일행과 함께 항해를 시작했다. 그들 중 몇몇은 불만이 많았다. 다름 아닌 콘월에서 왕의 자문을 맡은 20명의 귀족들이었다. 그들의 걱정은 이만저만이 아니었다. 다들 죽은 목숨이라고 생각했다. 그들은 아일랜드로 갈 계획을 입 밖으로 냈던 그 순간을 떠올리며 맹렬히 저주를 퍼부었다. 정작 자신의 목숨이 걸린 일이 되자 어쩔 줄 몰랐던 것이다. 저마다 이런저런 의견을 냈지만, 전혀 결론을 내릴 수가 없었다. 행여나 도움이 될 만한 해결책은 전혀 나오지 않았다. 사실 아무런 결정도 내릴 수 없는 그들의 상황이 그다지 놀라운 일은 아니다. 그들 전부의 목숨을 연장하려면 꾀를 내거나 행운이 찾아오거나 방법은 두 가지뿐인데, 그들은 꾀와는 거리가 멀었고, 행운마저도 그들에게 주어질 것처럼 보이지 않았다. 다시 말해 아무 희망도 없는 처지였다. 하지만 이런 말을 하는 사람들이 꽤 많았다.

"저 젊은이는 영리하고 요령이 있소. 하느님께서 우리를 보살펴주신다면, 그와 함께 목숨을 부지할 수 있을 거요. 그가 넘치는 젊은 혈기만 절제해준다면 가능할 텐데! 저 녀석은 너무 기세등등해서 뒷일은 생각도 하지 않고 밀어붙인단 말이오. 자기 목숨과 우리 목숨은 안중에도 없으니. 그래도 그의 능력에 기대보는 수밖에 다른 선택의 여지가 없소. 영특한 머리로 우리 살길을 가르쳐줄 것이오."

그들은 아일랜드에 도착하자 왕이 머물고 있는 곳을 수소문해서 알아냈다. 베이제포르트*란 동네였다. 트리스탄은 항구에서 화살이 도달하는 거리보다 더 떨어진 곳에 닻을 내리라고 명령했다. 귀족들은 그를 둘러싸고 어떻게 구혼을 할 계획인지 제발 알려달라고 애걸했다. 자신들의 생사가 달린 일이니 자신들에게 계획을 알려주는 게 옳다는 주장이었다. 하지만 트리스탄은 경거망동하지 말라고 당부할 뿐이었다.

"그대들은 이곳 사람들 눈에 띄지 않도록 주의만 하면 되지 더 할 일이 없습니다. 갑판 아래 숨어 지내기만 하십시오. 수병들이나 뱃사람들이 성문 앞 다리에서 궁금해하며 꼬치꼬치 물어볼 테니까요. 그러니 내 앞에 아무도 모습을 드러내지 마십시오. 저 갑판 아래서 쥐 죽은 듯이 있으면 됩니다. 나 혼자 성문 앞에서 알아보겠습니다. 내가 그들 말을 할 줄 아니까요. 오래지 않아 우리에게 적개심을 품고 있는 사람들이 도시에서 몰려올 것입니다. 오늘 난 그들에게 순전히 거짓으로 꾸민 이야기를 퍼뜨려야 합니다. 널리 퍼질수록 더 좋지요. 거듭 말하지만, 여기 숨어 있어야 합니다. 여러분이 발각되면 일이 산더미처럼 커집니다. 온 나라 사람들이 우리를 공격할 게 분명하니까요. 내일 나는 여기 없을 겁니다. 아침 일찍 멀리 말을 타고 나가서, 우리가 어떤 행운을 잡을 수 있는지 한번 살펴볼 계획입니다. 내가 없는 동안 콘월과 이곳 말을 아는 사람들이 대신 저기 성문 앞에 나가 있을 겁니다. 한 가지만 더 신신당부합니다. 사나흘이 지나도 내가 돌아오지 않을 경우, 더 기다리지 말고 최대

* 아일랜드 남동 해안에 위치한 옛 왕국의 수도로 현재 지명은 웩스퍼드. 동시대의 앵글로 노르만 문헌에도 이 지명이 등장한다.

한 빨리 바다로 피해 목숨을 구하십시오. 구혼을 하다가 나 혼자 죽는 걸로 끝낼 테니, 여러분은 폐하께 여러분의 맘에 드는 다른 배우자를 권하세요. 이게 나의 결정이자 계획입니다."

아일랜드 왕의 원수가 그 도시와 항구를 다스리고 있었다. 그는 완전 무장을 한 채로 시민들과 사람들을 거느리고 해안가로 급히 달려왔다. 그들은 궁에서 명령을 받은 대로 했다.

이미 앞서도 한 이야기지만, 다시 말씀드리지요. 해안에 도착하는 사람이 있으면 그를 붙잡은 뒤, 그가 마르케의 왕국에서 온 사람인지, 그의 백성인지 철저히 심문해 잡아내야 한다는 명령 말입니다.

이들은 앞잡이, 아니 더 정확하게는 왕의 명령을 충실히 따라 이미 무고한 사람들을 무수히 죽인 잔혹한 살인 집단이었다. 이들이 갑옷과 활과 다른 무기로 무장한 채 항구로 달려왔는데, 마치 도적 떼처럼 보였다.
배의 주인인 트리스탄은 순례자용 망토 하나만 걸쳤다. 아무도 자신의 정체를 알아차리지 못하게 변장하고는 황금으로 된 컵을 가져오게 했다. 흔치 않게 아름다운 잉글랜드 스타일로 제작된 컵이었다. 트리스탄은 조각배에 올라타서 항구로 향했는데, 쿠르베날도 함께 배를 탔다. 그는 해안에서 멀찍이 떨어진 곳에서 지극히 공손한 태도로 친절하게 인사했다. 도시에서 달려온 사람들은 트리스탄의 인사에는 아랑곳없이 조각배 쪽으로 달려왔고, 해안가 사람들은 "여기에 배를 대라! 여기로 대라!" 하고 소리 질렀다. 트리스탄은 육지에 오르며 물었다.

"나리, 대체 이게 무슨 일이랍니까? 왜 그렇게 험상궂게 대하시는지 말씀 좀 해주십시오. 여러분의 태도가 전혀 우호적이지 않은데, 이게 대체 무슨 영문인지 모르겠네요. 친절을 베풀어주십시오. 혹시 이 자리에 이 나라에서 높으신 분이 계신지요? 그분과 말씀을 나누고 싶습니다."

"좋소, 내가 이곳의 원수요. 지금 내가 취한 태도는 아주 합당하오. 이제 그대가 어디서 왔는지 정확히 알아야겠소."

"물론입죠 나리. 제가 이야기를 들려드릴 수 있도록 여기 계신 분들을 좀 진정시켜주셨으면 합니다. 잘 교육받은 사람들이 그러하듯, 격식을 갖추고 제 이야기를 들어주시길 부탁드립니다."

사람들이 잠잠해졌다.

"나리, 우리가 어떻게 살았는지, 우리 출신이 어디고 고향이 어딘지 소상히 아뢰지요. 부끄러워할 일은 아닙니다만, 우리는 장사를 하며 돌아다닙니다. 네, 저와 제 동료는 상인이고, 노르망디에서 왔지요. 그곳에 아내와 자식들이 살고 있습니다. 우리는 종종 이리저리 여행길에 오르는데, 그곳에서 온갖 물건을 구입해 벌어들인 돈으로 먹고삽니다. 한 달 전 저와 다른 두 상인이 고향에서 같이 출발했는데, 이베르네*로 가는 길이었습니다. 근데 지금부터 꼬박 여드레 전 아침에 여기서 멀리 떨어진 곳에서 풍랑을 만나고 말았지요. 자주 있는 일입니다만, 그만 풍랑

---

* 이베르네는 고대 프랑스어로 아일랜드를 가리키는 지명이다.

때문에 저는 다른 두 상인과 헤어지고 말았습니다. 그들에게 무슨 일이 일어났는지는 모르겠습니다. 하느님의 보살핌으로 그들이 아직 살아 있기를 빕니다! 여드레 동안 엄청난 고초를 겪은 뒤 어제 정오쯤에야 이곳에 도달하게 되었습니다. 풍랑이 잦자 산과 육지가 보이더군요. 겨우 한숨을 돌리기 위해 이쪽으로 배를 저었습니다. 오늘 새벽 동틀 무렵까지 충분히 쉬고 난 뒤 계속해서 배를 저어 이곳 베이제포르트로 오게 된 겁니다.

그런데 지금 보니 제가 저기 먼바다에 있을 때보다 상황이 더 나빠진 것 같군요. 저는 이 도시를 잘 압니다. 이미 한 번 이곳에 장사를 하러 왔거든요. 그래서 이곳으로 피해 오면 좀더 쉽게 친절한 대우를 받을 줄 알았습니다. 근데 이제 제대로 난리통에 휘말리고 말았네요. 하지만 하느님께서 저를 구해주실 겁니다. 만약 이곳 사람들에게서 평화와 안식을 찾지 못한다면, 다시 바다로 나가겠습니다. 바다에서는 세상의 분쟁으로부터 벗어날 수 있을 테니까요. 혹시 나리께서 명성에 걸맞게 저를 정중하게 대해주실지도 모르겠습니다. 그러신다면 제가 가진 재물을 좀 드리겠습니다. 그러니 제가 여기 잠시 머물 수 있게 허락해주십시오. 저와 제 상품이 여기 항구에서 안전하게 보호받을 기회를 주십시오. 제 고향 사람 소식과 그들이 사는 곳을 알게 된다면 정말 운이 좋을 텐데요. 제가 여기 머무는 것을 나리께서 허락하신다면, 제가 무사히 이 사람들의 손에서 벗어나게끔 명령해주십시오. 저기 보십시오, 사람들이 모두 제 배로 가려고 하지 않습니까? 허락하지 않으신다면 저는 제 선원들이 있는 곳으로 돌아갈 테니, 나리는 티끌만큼도 염려하지 않으셔도 됩니다."

그러자 원수는 사람들에게 해안가로 되돌아가라고 손짓했다. 그런 뒤 이방인에게 물었다.

"내가 만일 이 나라에서 그대와 그대의 재물을 지켜준다면, 그대는 폐하께 무엇을 바치겠소?"

외국 상인은 바로 대답했다.

"나리, 제가 뭔가 이득을 얻게 되면, 폐하께 매일 순금 반 파운드를 바치겠습니다. 나리께서 저의 안전을 정말 챙겨주실 수 있다면, 그 보답으로 나리께 이 잔을 드리지요."

"물론 그러실 수 있소. 저분은 이 나라의 원수이시오."

구경꾼들이 대신 대답했다. 원수는 멋지고 굉장한 잔을 선물받았고, 상인이 항구에 오르는 것을 허락했다. 그는 상인과 그의 재물을 보호해주었다. 물론 상인은 세금과 선물도 바쳤다. 왕에게 바친 금은 붉은빛이 도는 정량의 순금이었으며, 왕의 관리가 보답으로 받은 선물도 그처럼 훌륭했다. 그 덕분에 트리스탄은 무사히 평화를 누리며 그 나라에 머물게 되었다.

## 13. 용과 싸움을 벌이다


이리하여 트리스탄은 안전하게 그들 무리로 잠입하는 데 성공했습니다. 그들 중 그의 계획을 눈치챈 사람은 아무도 없었지요. 여러분이 지루해하지 않을 이야기 하나를 들려드리지요. 그 나라에 살고 있는 무서운 용 한 마리에 대한 이야기랍니다.

그 용은 사악한 괴물로, 잔혹한 짓으로 그 나라에 엄청난 피해와 불행을 입혔다. 기사의 신분을 가진 이가 그 괴물을 죽인다면 그에게 자기 딸을 아내로 내주겠다고 맹세할 정도였다. 아름다운 공주 때문에 용과 대결했다가 목숨을 잃은 사람이 이미 수천 명이었다. 온 나라에 소문이 자자했기 때문에 트리스탄도 이미 그 이야기를 알고 있었다. 하지만 이 이야기에 그는 오히려 이 나라로 찾아올 용기를 얻었던 것이다. 그걸 좋은 기회라고 확신할 뿐 다른 가능성은 생각하지 않았다.

"이제 한판 벌일 시간이 되었다!"

다음 날 아침 일찍 그는 마치 전장에 나가는 사람처럼 무장을 했다. 기운 센 준마 위에 훌쩍 올라타고는 배에 있는 창 중 제일 튼튼하고 좋은 장창을 골라 오도록 했다. 그런 뒤 들판과 개울을 가로질러 길이 없는 황무지를 이리저리 말을 타고 달렸다. 해가 중천에 떠오르자 말 머리를 안페르기난* 골짜기로 급히 향했다.

전하는 문헌에 따르면 그곳에 용이 살았다고 합니다.

저 멀리 무장한 네 사람이 말을 타고 언덕을 넘어오는 것이 보였다. 총총걸음이 아니라 전력 질주로 달려오고 있었다. 그중 한 사람은 여왕의 궁정 집사장**으로 젊은 공주의 연인이 되길 원했지만, 공주는 전혀 그럴 마음이 없었다. 누군가가 자신의 운과 남자다움을 시험하고자 할 때면, 궁정 집사장은 시간과 장소를 가리지 않고 그 자리에 나왔다. 그저 자신이 그 자리에 함께했다는 이야기를 사람들에게서 듣고 싶었기 때문이다. 딱 거기까지일 뿐, 용의 모습이 보이자마자 그는 재빨리 멀리 몸을 피하곤 했다.

트리스탄은 도망치는 무리를 보는 순간, 근처에 용이 있다는 것을 알아차렸다. 그는 그쪽으로 몸을 돌렸고, 얼마 되지 않아 그 끔찍한 짐승이 눈에 들어왔다. 무서운 용이 나타난 것이다!

---

* 고대 프랑스어로 '울부짖는 소리가 나는 동굴'이란 뜻을 지닌 가상의 지명이다.
** 집사장은 궁정의 모든 살림과 의식주를 관장하던 고위직이다. 하지만 중세 문학작품에서는 주로 간교한 술수를 쓰는 악역을 맡을 때가 많다.

크게 벌린 아가리가 화염과 연기를 뿜어냈는데, 마치 악마의 자식처럼 보였다. 용은 곧바로 트리스탄 쪽으로 다가왔다. 트리스탄은 장창을 앞으로 조준한 채 말에 박차를 가했다. 그는 강력한 힘으로 용을 향해 그대로 돌진했고, 창은 용의 아가리를 통해 심장 깊숙한 곳까지 박혔다. 하지만 기사와 말이 용과 심하게 충돌하는 바람에 그 충격으로 말은 즉사했다. 다행히 트리스탄은 가까스로 살아남았다. 용은 이빨로 죽은 말을 뜯으며 불꽃을 내뿜었다. 말의 몸뚱이 반을 거의 삼켰을 때 몸에 박힌 창이 너무나도 고통스러워서 말을 뱉어내고는 자기 보금자리인 바위굴로 도망쳤다. 트리스탄은 용의 뒤를 바싹 뒤쫓았다.

　그 불행한 괴물은 고통으로 날뛰었다. 끔찍한 신음 소리가 숲 전체에 울려 퍼졌으며, 용이 내뿜는 화염에 덤불이 재로 변했다. 사납게 날뛰던 용은 마침내 고통에 짓눌려 머리를 구부린 채 암벽에 부딪혔다.

　트리스탄은 용이 더는 저항하지 못할 것이라고 믿고 칼을 내뽑아 다가갔다. 하지만 전혀 아니었다. 그때부터 본격적으로 싸움이 시작되었다. 아니 전보다 더 위험한 싸움이 되었다. 물론 아무리 위험하다고 하더라도, 트리스탄이 감당하지 못할 것은 아니었다. 트리스탄은 다시 용을 향해 달려들었다. 용은 격렬하게 맞서더니 트리스탄이 죽을지도 모른다는 생각이 들 만큼 궁지에 내몰았다. 용이 트리스탄을 정신없이 밀어붙여서, 제대로 공격이나 방어를 할 수 없을 지경이었다. 용은 그저 괴력만 가진 게 아니었다. 독이 서린 증기와 화염을 내뿜을 뿐 아니라 면도날보다 더 날카로운 이빨과 무시무시한 발톱으로 공격해 왔다. 용은 지그재그로 공격하며 트리스탄을 숲에서 덤불로 내몰았고, 트리스탄은 목숨을 구하기 위해 덤불 속으로 숨어야 했다. 어떻게 싸워야 할지 대책이 서지 않았기 때문이다. 트리스탄은 다시 반격에 나서려고 했지만, 손 앞에 있는 방패는 용이 내뿜는 사나운 화염으로 거의 숯이 되고 말았다. 절체절명의 순간이었다. 그때 잔혹한 용의 힘이 서서히 빠지기 시작했다. 깊숙이 박힌 창이 마침내 용을 고통의 나락으로 빠뜨리고 말았던 것이다. 트리스탄은 머뭇거리지 않고 용맹하게 달려들어 칼자루가 박힐 때까지 용의 가슴에 칼을 깊숙이 찔러 넣었다. 그러자 그 악마의 아가리에서 최후의 울부짖음이 터져 나오더니 언덕과 들판을 쩡쩡 울렸다. 그 굉음이 얼마나 컸던지 트리스탄이 공포에 떨 정도였다.

용이 더 이상 미동조차 하지 않고 죽은 것을 보자, 트리스탄은 온 힘을 다해 아가리를 찢어버렸다. 그는 용의 아가리에서 필요한 양만큼 혀 조각을 칼로 잘라냈다. 그러고는 앞주머니에다 넣고는 다시 아가리를 닫아버렸다. 그런 뒤 그곳을 떠나서 왔던 곳으로 되돌아가지 않고 광야로 나갔다. 어딘가 안전한 장소를 찾아 하루 정도 쉬고 기력을 되찾은 뒤에 자기 동료에게 돌아가기 위해서였다. 하지만 불을 내뿜는 용과 혈전을 치르고 난 여파로 몸에 열이 나기 시작했고, 움직일 힘이 하나도 없었다. 그때 빛에 반사된 물줄기가 보였는데, 절벽에서 가늘게 흘러내린 샘물이 흘러 고인 웅덩이였다. 그는 갑옷을 그대로 입은 채 거기에 풍덩 빠졌다. 겨우 입만 물 밖으로 드러나 있었다. 그렇게 꼬박 하루 밤낮을 누워 있었다. 몸에 지닌 용 혀의 사악한 힘 때문에 전혀 힘을 낼 수 없었기 때문이었다. 혀에서 흘러나오는 악취 때문에 기력을 회복하지 못했고, 여왕이 그를 끌어내기 전까지 창백하게 생기를 잃은 채 꼼짝도 못 하고 있었다.

자, 제가 아까 이야기한 그 궁정 집사장 있잖습니까? 멋진 아가씨의 연인이자 기사로 제대로 인정받고 싶은 그 양반은 신이 났습니다. 왜냐고요? 들어보십시오.

그는 들판과 숲이 떨어져 나가라 울려 퍼진 용의 울부짖는 소리에 실제로 무슨 일이 벌어졌는지 명확히 알았다.
'아하, 용이 죽은 게 확실하군. 아니면 적어도 힘이 완전히 빠져서 내가 잘만 하면 싸워 이길 수 있을 거야.'
그는 이렇게 생각하고는, 다른 기사 세 명과 멀어져서 비탈진 길을 내려온 뒤, 골짜기에서 소리가 나는 방향으로 박차를 가했다. 말이 죽어 쓰러진 곳에 도착해서는 일단 멈추었다. 오랫동안 그곳에 서서 걱정스럽게 주변을 둘러봤다. 겨우 잠깐 말을 달려온 것뿐이지만, 엄청 겁이 났다. 한참 시간이 지난 뒤에야 용기를 약간 내서 말을 타고 조금 더 들어갔다. 하지만 불탄 잔디와 낙엽이 이끄는 방향으로 다가가면서 두려움에 정신이 혼미해졌고, 용기라고는 하나도 남지 않았다. 그때 갑자기 저편에 용이 쓰러져 있는 게 눈에 들어왔다. 괴물이 가까이 있다는 사실에 너무나 놀랐다. 다리가 후들거려 조금이라도 건드리면 말에서 떨어질 지경이었다. 그는 곧 정신을 차리고 힘껏 고삐를 당겨 말의 방향을 돌렸다. 하지만 너무 갑작스럽게 잡아당기는 바람에 말과 함께 바닥에 나뒹굴고 말았다. 말이 다시 몸을 일으켜 세웠을 때, 그는 두려움에 벌벌 떨려서 안장 위에 제대로 앉을 수 없었다. 그 딱한 양반은 말을 내버려둔 채 일단 줄행랑을 쳤다.

하지만 아무도 자신을 쫓지 않는다는 것을 알자, 주춤거리며 다시 되돌아갔다. 그는 땅바닥에 떨어진 창을 집어 들고, 말고삐를 끌고 그루터기로 가서 주저앉았다. 이제 자신의 불행은 까마득하게 잊었다. 그는 용과 거리를 적당히 둔 채 앞으로 나아가 용이 죽었는지 살았는지 살펴봤다. 용이 죽었다는 걸 확인하고는 외쳤다.

"하느님께서 축복을 내리셨군! 여기서 모험을 겪다니. 딱 시간을 맞춰서 잘 왔어. 복이지 뭐야!"

그는 창을 앞으로 겨누고 말고삐를 꽉 쥔 뒤 박차를 가하며 프랑스어로 전투 구호를 내지르며 용에게 달려들었다.

"아가씨의 기사 나가신다, 금발의 이졸데, 내 사랑!"

얼마나 세게 부딪쳤는지, 물푸레나무로 된 그 강력한 창 자루가 손에서 미끄러질 정도였다. 그는 계속 싸우지 않고 멈췄는데, 나름대로 영리한 생각이 떠올랐기 때문이었다.

"하긴 이 용을 죽인 이가 아직도 살아 있다면, 내가 지금 하는 짓은 아무 소용도 없지."

그는 말을 타고 주변에 누가 있나 둘러보았다. 용과 싸워 완전히 기력을 잃거나 심한 부상을 입은 사람을 발견하길 기대했다. 그렇다면 쉽게 이길 수 있거나, 적어도 한번 싸워볼 만하다고 생각했기 때문이다. 그를 죽여서 시체를 어딘가 묻어버릴 속

셈이었다. 하지만 아무런 흔적도 찾을 수 없었다.

"뭐, 이것도 나쁘진 않지. 그가 살아 있어도, 내가 처음 왔으니, 내가 용을 죽였다는 사실에 시비를 걸 사람은 없겠지. 뭐 그런 자가 나타난대도, 나야 친척과 가신이 있으니 그 소리를 진지하게 받아들이지 않을걸."

이렇게 말하고는 다시 용이 있는 곳으로 전속력으로 달려왔다. 그는 아까 중단했던 싸움을 다시 벌이기 위해 말에서 내렸다. 칼로 그의 적을 찌르고, 여러 차례 가격하며 몸뚱이에 상처를 입혔다. 하지만 곧 힘이 부치기 시작했다. 이리저리 칼질을 했지만, 용이 너무 크고 가죽이 두꺼워서 더 이상 칼을 휘두를 엄두가 나지 않았기 때문이었다. 그래서 그루터기 위에다 창을 부서뜨린 후, 마치 싸워서 창을 꽂은 것처럼 앞 파편을 용의 아가리에 찔러 넣었다. 그런 뒤 에스파냐산 말에 훌쩍 올라타고는 기분 좋게 콧노래를 부르며 베이제포르트를 향해 말을 달렸다. 그는 사람들에게 네 마리 말이 끄는 튼튼한 수레를 준비해서 용의 머리를 가져오라고 명령했다. 그는 보는 사람마다 자신이 위험천만한 상황을 극복하고 승리를 거뒀다며 모험담을 떠벌렸다.

"자네들, 세상 사람 모두가 내 이야기에 귀를 쫑긋 세워야 할 거야. 이 기적 같은 일은 자기 눈으로 똑똑히 봐야 하거든. 굳건한 기상을 지닌 용맹스러운 남자가 사랑하는 여인을 위해 무슨 일을 했는지! 뭐, 내가 위험에서 벗어나 살아 있다는 사실만으로 믿기 힘든 기적이지. 내가 여느 남자들이 그렇듯 심성이 나약했다면 분명 무사할 수 없었을 테니까. 누군지는 모르지만, 내 앞에 자기 행복을 찾다가 불행히도 죽음을 맞이할 수밖에 없

용의 혀를 잘라내는 트리스탄과 죽은 용의 머리를 잘라서 궁으로 돌아오는 궁정 집사장
(바이에른 국립 도서관 BSB Cgm 51)

었던 모험심이 가득한 기사가 있었지. 하느님은 그의 기도를 들어주지 않으셨어. 용이 그 기사와 말을 잡아먹어버렸으니까. 말은 몸뚱이 반만 남아 있던데, 뜯어먹힌 채 불타버렸더군. 그 이야기는 길게 하지 않겠네. 한 여인의 사랑을 위하여 모험을 치르고 모든 위험을 극복한 사람이 여기 있으니까."

그는 친구들을 주변에 불러 모아서, 용이 있는 곳으로 가서 그 기적을 보여주었다. 그런 뒤 그들이 본 것에 대해 증인이 되어달라고 요구했다. 용의 머리는 성안으로 가져왔다. 그는 자신의 친척과 가신을 모아 함께 왕을 찾아뵈었다. 왕이 맹세한 사실을 상기시키기 위해서였다. 곧 이 사안을 다루기 위해 베이제포르트에서 제국 의회가 열리게 되었다.

자, 이제 제국의 모든 귀족은 소집령을 받았습니다. 다들 정해진 기한 안에 왕궁으로 갈 채비를 서둘렀다고 합니다. 물론 이 소식은 왕궁의 귀부인들 사이에서도 금방 퍼졌는데, 앞으로 겪어야 할 일 때문에 울고불고 난리가 아니었답니다.

사랑스러운 처녀, 아름다운 이졸데는 가슴이 뚫리는 것처럼 고통스러웠다. 오늘처럼 잔인한 날이 없었기 때문이다. 하지만 어머니인 이졸데는 딸을 달랬다.

"우리 예쁜 아가, 진정하렴. 그렇게 맘에 둘 필요가 없어. 사실이든 거짓이든 우리가 함께 처리할 수 있을 거야. 하느님께서 우리를 지켜주실 테니까. 울지 마라, 아가야. 이따위 사소한 일로 네 사랑스러운 눈이 충혈되면 안 되지."

"아니 어머니, 여왕으로서 어머니의 고귀한 소생과 어머니 자신을 욕되게 하지 마세요. 그 말을 따르기보다 차라리 가슴에 칼을 꽂고 죽겠어요. 그 남자가 나를 자기 뜻대로 하기 전에 목숨을 버리는 게 훨씬 낫죠. 그 사람은 나 이졸데를 결코 아내로 맞이할 수 없을 거예요. 뭐 죽은 시체라도 좋다면 그러라고 하

232

든지요.”

“그럼 안 돼, 예쁜 아가. 걱정 마라. 그가 무슨 말을 하거나 누가 뭐라 편들든 간에 아무 소용 없어. 온 세상이 그의 증인이 된다 한들, 그는 결코 네 남편이 되지 못할 거야.”

밤이 찾아오자, 현명한 여왕은 딸의 불행한 사건에 대해 자신만의 익숙하고 비밀스러운 술법으로 정보를 얻어냈다. 그녀는 꿈에서 백성이 떠드는 것과 같은 일이 일어나지 않았다는 사실을 알았던 것이다. 날이 밝았을 때 그녀는 딸에게 알렸다.

“사랑하는 아가, 일어났니?”

“예, 어머니.”

“이제 더는 걱정할 필요가 없다. 네게 좋은 소식이 있어. 그 집사장은 용을 죽이지 않았단다. 그에게 어떤 일이 벌어졌는지는 알 수 없다만, 용을 죽인 이는 낯선 이방인이란다. 얼른 일어나 거기로 가서 둘러보자꾸나. 브랑게네, 조용히 일어나서 파라니스에게 즉시 말에 안장을 준비하라고 이르럼. 우리 넷이 외출을 해야겠다. 과수원에서 들판으로 길이 나 있는 뒤편 작은 문 앞으로 최대한 빨리 말을 대령하도록 해라.”

모든 준비가 끝나자, 그들은 말에 올라 용이 죽었다는 장소로 찾아갔다. 그곳에는 죽은 말이 보였다. 그들은 안장을 자세히 살펴보고는, 아일랜드에서는 본 적이 없는 물건이라는 것을 알았다. 그러고는 용을 죽인 건 바로 이 말을 탔던 사람이라고 의견 일치를 보았다. 말을 타고 좀더 들어가니 용의 사체가 나왔다. 그 괴물이 얼마나 크고 끔찍하게 생겼는지, 귀부인들은 보는 순간 놀라서 얼굴이 사색이 되었을 정도였다. 어머니는 딸을 진정시키며 말했다.

"아하, 이제 분명해졌구나. 궁정 집사장은 감히 저 괴물과 맞서 싸울 수 없었을 거야! 이제 우린 안심해도 되겠군. 그런데 아가, 그 사람이 살았는지 죽었는지 모르지만, 분명 이 근처 어딘가에 숨어 있을 것 같구나. 왠지 꼭 그럴 것 같은 느낌이거든. 그러니 네가 찬성한다면 한번 찾아보자. 아마도 하느님께서 그를 찾도록 자비를 베푸셔서, 우리가 죽음과도 같은 이 곤경에서 벗어날 수 있도록 해주실 거야."

네 사람은 그렇게 하기로 하고, 사방으로 흩어져서 찾기 시작했지요. 이리하여 이졸데 공주는 운명대로 자신의 삶과 죽음, 행복과 고통을 처음으로 직면하게 됩니다.

그때 낯선 이의 투구가 빛에 반짝거렸다. 그걸 본 그녀는 곧바로 돌아가 어머니를 불렀다.

"어머니, 빨리 여기 와서 저걸 좀 보세요. 뭔가 반짝 빛나는 것이 보여요. 뭔지 모르겠지만 투구처럼 보여요. 그 사람을 찾은 것 같아요!"

"네 말이 옳다. 내가 보기에도 정말 그렇구나. 하느님께서 은혜를 베푸셨구나. 우리가 찾던 그 사람을 찾은 것 같다."

그들은 즉시 다른 두 사람을 불러서 함께 말을 타고 그곳으로 갔다. 가까이 다가갔을 때 누군가 쓰러져 있는 게 보였다. 처음엔 모두 그가 죽은 줄 알았다. 두 이졸데 모녀는 한탄했다.

"그가 죽다니, 우리 희망이 사라졌구나! 집사장이 교활하게도 그를 죽인 뒤 저 습지에 던져놓았나 보다."

네 사람은 말에서 내려, 서둘러 그를 뭍으로 끌어냈다. 투구의 끈을 풀고, 두건도 벗겨냈다. 지혜로운 이졸데는 그를 들여다보고는 그가 아직 살아 있다는 것을 알았다. 하지만 목숨이 간신히 붙어 있을 뿐이었다. 그녀는 외쳤다.

"살아 있구나, 아직 살아 있어! 빨리 갑옷을 벗겨내자. 운이 좋아 치명상을 입지 않았다면 어떻게든 살려낼 수 있을 거야."

미모가 빛나는 세 여인은 눈처럼 하얀 손으로 낯선 이의 갑옷을 벗겼다. 그러다가 용의 혀를 발견했다.

"세상에, 이게 대체 뭐지? 사랑하는 조카 브랑게네야, 네가 보기에 이게 뭔 것 같니?"

"제가 보기에는 혓바닥처럼 보여요."

"브랑게네, 네 말대로다. 내가 보기에도 그래. 분명 용한테서 나온 것 같구나. 이졸데, 귀여운 아가, 우리에겐 정말 행운이구나, 이제 확실히 찾았어. 이 혀 조각이 그의 힘을 빼앗아서 그를 기절시킨 게 분명해."

조심스럽게 그의 갑옷을 벗기고 나서, 그가 멍이나 상처를 전혀 입지 않은 것을 보고 안도의 한숨을 내쉬었다. 지혜로운 여왕이 그에게 약을 먹이자, 그는 곧 땀을 흘리기 시작했다.

"이 남자는 다시 회복할 거다. 혀가 뿜어냈던 독 기운은 곧 사라지고, 그는 곧 말을 하고 눈도 뜰 거야."

실제로 여왕의 말대로 되었다. 얼마 지나지 않아 그는 눈을 떠서 주위를 두리번거렸다. 매력적인 여성들이 자신을 둘러싸고 있는 것을 보자 그는 속으로 감사의 기도를 올렸다.

'오, 자비로우신 주님, 당신은 저를 잊지 않으셨군요! 세상에서 가장 빛나는 삼중주, 많은 이의 눈과 마음을 즐겁고 뜨겁게 만드는 세 여인이 제 옆에 앉아 있군요. 빛나는 태양인 이졸데, 경쾌한 아침놀인 그녀의 어머니 이졸데, 환한 보름달인 여장부 브랑게네가 제 옆에 있다니요.'

그는 안간힘을 써서 거의 들리지 않는 목소리로 말했다.

"흐흠, 여러분은 누구시죠? 지금 제가 있는 곳이 어딘가요?"

"아, 기사님, 말씀하실 수 있으세요? 뭐든 말씀하세요. 우리가 도와드릴게요."

지혜로운 이졸데가 말했다.

"네, 매력적이고 다정하신 부인, 제가 어쩌다 이렇게 기력이 약해졌는지 모르겠습니다. 순식간에 몸에서 온 힘이 빠져나가버렸어요."

어린 이졸데는 그를 자세히 살펴보며 말했다.

"어, 내가 보기에 음유시인 탄트리스 같은데……"

다른 사람들도 고개를 끄덕였다.

"맞아, 우리도 같은 생각이야."

그러자 지혜로운 여왕이 물었다.

"네가 탄트리스가 맞느냐?"

"네, 그렇습니다. 여왕님."

"네가 어디서 어떻게 여기로 오게 되었는지 이야기를 해보렴. 여기서 대체 무슨 일을 한 거냐?"

"축복받으신 여왕님, 제 몸 상태가 지금 너무 안 좋고 허약해서, 제게 일어난 일을 세세하게 여왕님께 말씀드리기가 힘듭니다. 그러니 저를 어딘가로 옮겨서 밤낮으로 저를 간호해주셨으면 합니다. 다시 기운을 찾게 되면, 여왕님이 바라시는 대로 자초지종을 모두 아뢰겠습니다."

네 사람은 트리스탄을 보호하기로 하고, 말에 태워 궁으로 돌아왔다. 비밀 문으로 몰래 들어왔기 때문에, 그녀들이 궁 밖으로 외출했다 돌아온 걸 알아차린 이는 아무도 없었다. 게다가 아까 이야기한 혀, 트리스탄의 갑옷과 무기도 몽땅 가져왔고, 그 현장에는 철 고리 하나도 남겨두지 않았다. 그들은 궁에서 트리스탄을 지극히 보살폈다.

다음 날 지혜로운 여왕은 그에게 다시 물었다.

"자, 탄트리스, 내가 예나 지금이나 네게 베푼 은혜를 생각해야 할 것이다. 두 번이나 네 목숨을 구했고, 너와 네 아내를 위해 친절하게 대하지 않았니? 그러니 언제 아일랜드로 왔는지, 또 어떻게 그 용을 죽일 수 있었는지 말해보렴."

"여왕님, 기꺼이 말씀드리죠. 최근에 다른 상인들과 함께 여기 항구에 도착했습니다. 오늘이 사흘째죠. 우린 도적 떼의 습격을 받았는데요. 우리가 금을 내놓지 않았더라면, 아마 금은 물론이고 우리 목숨까지 앗아 갔을 겁니다. 우리 운명이 그런 거죠. 우리는 항상 낯선 나라를 고향처럼 여기고 살아야 하지만, 누굴 신뢰할 수 있는지 알 수 없습니다. 자주 폭행을 당하며 살지요. 그사이 만일 이 나라에서 어떤 방법으로든 이름을 날린다면 제게 도움이 된다는 것을 체득하게 됐죠. 외국에서 인지도가 높아지면 돈벌이에 크게 도움이 되니까요. 여왕님, 그게 제

의도였습니다. 저야 이미 용에 대한 소문을 자주 들었기 때문에, 용을 죽인 건 다른 이유가 아니라 이 나라 백성에게 보호받고 친절을 누리기 위해서였습니다."

"너는 죽을 때까지 보호를 받고 친절을 누리게 될 거다. 네가 여기 온 건 너뿐 아니라 우리에게도 행복이야. 자, 이제 갖고 싶은 게 있으면 말하렴. 우리 폐하와 내게 뭘 바라든지 갖게 해주마."

"여왕님, 감사합니다. 제 배와 저 자신을 당신의 보호에 맡깁니다. 제가 가진 모든 것과 제 목숨을 당신의 손에 맡긴 걸 하루라도 후회한 적이 없다는 것을 알아주십시오."

"탄트리스, 걱정 마라. 네 목숨이나 네 재산은 전혀 염려할 필요가 없다. 내 명예를 걸고 맹세하건대, 내가 살아 있는 한 아일랜드에서 네게 해로운 일은 일어나지 않도록 하겠다. 하지만 한 가지 부탁이 있단다. 내 명예와 행복이 달린 일이 있는데 어떻게 하면 좋을지 조언을 해다오."

여왕은 제가 여러분께 이미 들려드린 이야기를 트리스탄에게 털어놓았답니다. 궁정 집사장이 자신의 영웅적인 행위에 대한 보상으로 오로지 이졸데를 요구하고 있다는 이야기, 그가 거짓말로 사람들을 속였고 누군가 자기 일에 이의를 제기하면 법정으로 가져가 다투려고 위협한다는 이야기를 들려주었지요. 자, 트리스탄이 어떻게 이야기했는지 들어보시겠습니까?

"존경하는 여왕님, 그 점은 전혀 걱정하지 않으셔도 됩니다.

여왕님은 두 번이나 제 목숨을 구해주셨습니다. 이 싸움뿐 아니라 어떤 곤경에도 여왕님을 위해 기꺼이 나서 싸우겠습니다. 맹세하지요."

"탄트리스, 하느님께서 갚아주실 거야. 이제 네게 의지할 수 있어서 정말 기쁘구나. 하지만 이것만은 이야기해야겠어. 일이 제대로 풀리지 않고 우려했던 일이 벌어진다면, 나와 이졸데 두 사람은 죽은 목숨이나 다름없단다."

"여왕님, 그런 말씀은 하지 마십시오. 이제 제가 여왕님의 보호를 받고 있고, 저 자신과 제가 가진 모든 것을 여왕님께 맡겼으니, 용기를 내십시오. 제가 다시 건강해지기만 한다면, 저 혼자 모든 일을 좋은 결말로 마무리 지을 수 있습니다. 근데 여왕님, 제게서 찾은 그 혀는 어떻게 되었습니까? 그곳에 두고 오셨습니까, 아니면 어디 내버렸습니까?"

"그 점은 염려하지 않아도 된다. 그것과 네 소지품 전부를 잘 갖고 있다. 나와 내 사랑하는 딸 이졸데가 전부 챙겨 왔거든."

"좋습니다. 그렇다면 더 걱정할 필요가 없습니다. 제가 기력을 회복할 수 있도록 도와주시기만 하면 됩니다. 그럼 만사가 잘될 테니까요."


여왕과 공주 두 사람 모두 똑같은 지극정성으로 그를 보살폈다. 자신이 지닌 온갖 지식과 능력을 다해 그가 건강과 활력을 되찾고, 편안하게 지내도록 신경 썼다. 하지만 그사이 배에 남아 있던 사람들은 초조해하며 불안에 떨었다. 대부분은 불안감에 완전히 포기한 상태였다. 이틀 동안 트리스탄에게서 아무런 소식도 없었기 때문이다. 게다가 용이 낸 굉음을 들었는데, 현지 사람들 사이에 어떤 기사가 죽었다는 소문이 돌았다. 기사가 탄 말 몸뚱이가 반만 남아 있었다는 이야기도 함께 돌았다. 트리스탄 일행은 달리 생각할 수 없었다.

"그 기사가 트리스탄이지 누구겠는가? 의심의 여지가 없군. 트리스탄은 죽은 게 분명해. 아니면 이미 돌아왔을 테니까."

그들은 상의 끝에 쿠르베날을 뭍으로 내보내기로 했다. 그라면 트리스탄의 말인지 알아볼 수 있을 거라고 생각했기 때문이다. 쿠르베날은 말을 타고 가서 현장에서 그 말을 확인했다. 좀 더 가니 죽은 용을 볼 수 있었지만, 그곳에서 트리스탄의 흔적은 전혀 찾을 수 없었다. 찢긴 천 조각, 철갑의 파편조차 보이지 않았다. 그 순간 밀려온 절망감에 탄식하기 시작했다.

"아, 우리 주군 트리스탄, 죽고 말았나요? 맙소사, 이졸데, 당신의 명성과 아름다움이 콘월까지 퍼지지 않았더라면! 이졸데의 미모와 기품 때문에 기사도에 헌신한 이에게 주어진 행운이 재앙으로 바뀌고 말았구나. 아, 이졸데가 그의 마음에 들지 않았더라면 이런 일이 벌어지지 않았을 텐데!"

그는 슬피 울며 배로 돌아가, 자신이 본 것을 사람들에게 들려주었다.


그 소식에 많은 이가 슬퍼했지만, 모두가 그랬던 건 아니었습니다. 비극적 소식이 모두에게 비극은 아니었거든요. 그 고통을 가볍게 여긴 이들을 제법 볼 수 있었지요. 물론 크게 슬퍼한 사람들이 더 많았습니다. 아무튼 사람들의 태도가 둘로 나뉘었던

240

거죠. 한편은 나쁜 소식으로 여기고, 다른 한편은 좋은 소식으로 여겼습니다. 배에서 이런 상반된 모습은 공개적 대화와 속삭임 속에서 분명히 드러났답니다. 스무 명의 귀족은 절망적인 이 불확실한 소식을 가슴 아파하지 않았죠. 그들은 이제 그만두고 그곳을 떠나고 싶어 했습니다. 모두가 더 이상 트리스탄을 기다리지 말자고 했습니다. 물론 그 스무 명끼리의 이야기입니다. 하지만 다른 사람들은 계속 기다리면서 트리스탄에게 무슨 일이 일어났는지 더 알아보기를 원했습니다. 그리하여 떠나자는 측과 남아 있자는 측 사이에 논쟁이 벌어졌습니다. 결국 트리스탄이 죽었는지 아닌지 확실하지 않기 때문에 좀더 머물기로 했지요. 최소한 이틀은 나가서 정보를 수집하기로 한 건데, 귀족들로서는 불만이었지만 어쩔 수 없었지요.

그사이 구르문이 정한 날이 찾아왔다. 베이제포르트에서 자신의 딸과 궁정 집사장의 문제를 다루기로 한 날이 된 것이다. 구르문이 궁정에 초청한 이웃, 가신, 친척 모두가 제시간에 늦지 않게 도착했다. 그는 이들을 따로 불러서 이 문제를 놓고 그들의 의견을 묻고, 그들의 지지를 이끌어내려고 노력했다. 다름 아닌 자신의 명예가 걸린 일이었기 때문이다. 사랑하는 아내인 여왕에게도 조언을 구했다. 왕이 그녀에게 조언을 구할 만한 이유가 있었다. 왜냐하면 그녀는 흔히 남편이 사랑하는 아내에게 바라는 두 가지 뛰어난 장점을 모두 갖췄기 때문이었다. 그녀는 특출한 미모와 풍부한 지혜를 지녔기 때문에, 옆에 같이 있는 것만으로 남편을 기분 좋게 할 수 있었다. 이 놀랍기 그지없으며 아름답고 지혜로운 여왕도 당연히 회의에 참석했다. 그녀의 사랑하는 남편인 왕은 아내를 곁에 불러서 말했다.

"이졸데, 어쩌면 좋소? 이 재판이 내겐 죽을 듯이 괴롭소."

"기운 내세요. 별일 없을 거예요. 다 준비를 해놓았답니다."

"뭐라고? 나도 기뻐하게 귀띔 좀 해주시오."

"저기, 용을 죽인 건 결코 우리 집사장이 아니랍니다. 용을 누가 죽였는지는 알고 있어요. 필요하면 밝히기로 하지요. 그러니 더 염려하시지 않아도 돼요. 당당히 의회 귀족들에게 가서, 그들 모두에게 당신이 듣고 본 대로 이야기하세요. 집사장의 말이 사실이라면 왕국에 했던 맹세를 지키겠노라고 말입니다. 그들에게 함께 재판을 열라고 요구하세요. 걱정하지 마시고요. 집사장에게 자신의 권리를 주장하도록 하고, 하고 싶은 말을 다 하도록 내버려두세요. 적절한 때가 되면 저와 이졸데가 나서겠습니다. 그때 제가 발언을 하게 시키세요. 그러면 당신과 우리 입장을 이야기하지요. 일단 이 정도만으로도 충분합니다. 딸아이를 데리러 갔다가 바로 여기로 다시 돌아올게요."

여왕은 딸을 데리러 나갔고, 왕은 왕궁의 넓은 홀로 나갔다. 그는 왕국의 귀족과 기사 들과 함께 재판을 시작했다. 엄청나게 많은 수의 기사가 참석했는데, 왕에게 충성을 다하기 위해서라기보다 온 나라가 숨죽이고 지켜보고 있는 이 사건이 어떻게 진행될지 궁금했기 때문이었다. 모두 잔뜩 긴장한 표정이었다.

아름다운 이졸데 두 사람이 함께 홀에 들어오자, 모두가 두 사람에게 인사를 하며 환영했다. 두 사람의 아름다운 자태를 두고 생각과 말이 오갔지만, 사람들이 수군댄 건 이들의 아름다움보다 집사장의 기막힌 행운 때문이었다.

"저기 봐봐, 평생 복이라고는 지지리도 없는 형편없는 녀석이 저 멋진 소녀를 차지하다니, 하늘에서 복덩어리가 떨어졌군. 여자와 관련해 남자에게 생길 수 있는 최고의 축복이 저 녀석에게 내리다니."

두 사람은 왕 앞으로 나섰다. 왕은 자리에서 일어나 정중하게 그들이 자기 옆자리에 앉도록 배려했다.

"자, 궁정 집사장. 말을 해보시게. 자네가 바라는 게 뭔가?"

"폐하, 기꺼이 말씀드리지요. 저는 폐하께서 나라의 온 백성 앞에서 하신 약속을 어기지 않으시기를 바랄 따름입니다. 폐하께서 굳게 약속하신 내용을 분명 기억하실 겁니다. 용을 죽인 기사에게 상으로 폐하의 따님인 이졸데를 주겠다고 하신 맹세 말입니다. 그 맹세 때문에 많은 남자가 목숨을 잃었지만, 저는 두려워하지 않았습니다. 저는 공주님을 사랑하기에 목숨을 걸고 무시무시한 싸움에 뛰어들었습니다. 많은 사람이 그 싸움에서 살아남지 못했지만, 저는 그 괴물을 죽이는 데 성공했지요. 보십시오, 여기 있습니다. 증거를 가져왔습니다. 그러니 이제 폐하의 약속을 실천에 옮기십시오. 왕이 한 맹세는 진실이며 지켜져야 하니까요."

그러자 여왕이 따졌다.

"집사장, 그대가 내 딸 이졸데 같은 어마어마한 보상을 요구하다니, 그건 정말 너무 과하군요."

"에이, 여왕님, 그러시면 안 되죠. 어떻게 그런 말씀을 하실 수 있습니까? 이 사안을 결정하실 분은 폐하이십니다. 폐하께서

답을 해주실 겁니다."

하지만 왕은 궁정 집사장의 이의를 무시했다.

"당신과 이졸데를 대변해서, 아니 나를 대신해서 어디 이야기해보시오."

"감사합니다, 폐하. 그럼 이야기를 계속하겠습니다. 집사장, 여성에 대한 그대의 경의와 사랑은 분명 순수하고 고귀합니다. 훌륭한 아내를 얻을 만큼 충분히 멋진 남자이긴 하죠. 하지만 받을 자격이 없는 높은 보상을 요구한다면, 그건 옳지 않은 일일 겁니다. 그대는 공을 쌓았다고 자랑하고 있지만, 내가 듣기로는 그 일과는 아무 상관도 없더군요."

"여왕님, 대체 왜 그런 말씀을 하시는지 저로서는 영문을 모르겠습니다. 제가 여기 증거를 가져오지 않았습니까?"

"머리를 가져오긴 했지요. 하지만 이졸데를 상으로 얻기에는 다른 사람도 쉽게 할 수 있는 일입니다. 그녀를 얻기에 너무 사소한 업적이에요."

"맞아요, 그런 자잘한 공으로 나를 가져선 안 되죠."

이졸데 공주가 불쑥 끼어들었다.

"아니, 공주님, 제가 당신에 대한 사랑 때문에 위험을 무릅쓰고 이룬 일을 두고 그리 말씀하시다니 이거 너무한 것 아닙니까?"

"경이 저를 사랑한다니, 그것으로 충분한 상이군요. 아무튼 경에게 저는 아무런 호감도 없고, 앞으로도 없을 거예요."

"흥, 좋습니다. 이제 여자들이 어떤 사람들인지 확실히 알겠네요. 다들 악을 선으로, 선을 악으로 여기는 본성을 지니고 태

244

어났군요. 고집불통이니 매사가 비비 꼬였군요. 그대들은 어리석은 사람들을 영리하다고 하고, 영리한 사람들을 어리석다고 말합니다. 곧은 건 구부러뜨리고, 구부러진 건 곧게 만들려고 안간힘을 쓰지요. 싫어하는 것을 좋아하고, 좋아하는 것을 싫어하니, 본말이 전도되었군요. 그대들의 사랑은 항상 거꾸로 뒤집어버리려고 하니, 대체 머릿속에 무슨 생각이 들었습니까? 매번 여자들에게서 그런 것을 볼 수 있지요. 그대들을 바라는 이는 그대들이 원하지 않고, 그대들을 원하지 않는 이를 원합니다. 이렇게 게임을 하는 건 미친 방식 아닙니까? 어떤 확실한 담보 없이 여자를 위해 사서 고생을 하는 사람이 있다면, 그 사람은 정신을 전부 빼놓은 사람이겠죠. 아무튼 공주님이나 여왕님이 뭐라 말씀하시든 그건 이 일의 결론과 아무런 상관이 없습니다. 그렇지 않으면 제게 맹세를 깨뜨리는 일이 될 테니까요."

집사장의 말에 여왕이 화를 벌컥 내며 반박했다.

"집사장, 아주 거칠게 따지고 드는군요. 거 말마다 서슬이 퍼렇군. 하지만 정말 그런지는 모두 철저히 따져봐야지요. 귀부인들이 모여 있는 내실에서 머리를 짜내 꾸며낸 이야기인 줄로 사람들은 믿겠네요. 게다가 여성의 기사*로서 해야 할 일인 양 장황히 떠들어대는군요. 고귀한 여성의 본성을 너무 잘 아는 것처럼 이야기하는데, 그건 그대가 남자라는 걸 잊고 자신의 이야기를 한 것 아닌가요? 그대의 사랑도 어떻게든 본말을 전도하려

---

\* 사랑하는 여성에게 봉사한다는 의미로 그 여성의 옷 조각을 투구나 창에 매달고 싸우는 기사를 가리킨다.

고 애를 쓰는군요. 내가 보기에는 바로 그대가 여성의 방식대로 움직이기로 한 것 같아요. 자신이 싫어하는 것을 좋아하고, 원하지 않는 것을 가지려고 하니. 어휴, 그건 여성의 게임 방식 아니에요? 하지만 그대는 우리 규칙을 자기 것으로 만들고 싶지는 않을 테지요. 아이고, 그대는 남자예요! 우리 여자들은 그대로 두고, 제 갈 길이나 가요. 제대로 된 남자답게 행동해요. 사랑하는 것을 사랑하고, 원하는 것을 가지도록 해요. 그게 그대에게도 좋은 게임이니까. 그대는 이졸데를 원하는데, 이졸데가 그대를 원하지 않는다고 난리라니? 그게 공주의 성격인데, 뭘 어쩌겠어요? 공주는 쉽게 가질 수 있는 것에는 전혀 관심이 없어요. 마찬가지로 자신을 사랑하는 이가 있다 하더라도 전혀 신경을 쓰지 않지요. 그대나 다른 사람도 예외는 아니에요. 내게 물려받은 성격인데, 나도 그대를 받아들이기 싫어요. 그건 이졸데도 마찬가지예요. 가족이니까. 그대는 그대의 위대한 사랑을 허비하고 있어요. 저 순수하고 아름다운 공주를 원하는 사람은 너무나 흔해요. 그대가 폐하께 약속을 지켜야 한다고 요구하는 건 전적으로 옳은 이야기긴 해요. 하지만 그대는 지금까지 펼쳐온 주장을 계속 유지해야 하겠지요. 갑자기 근거가 모두 사라지면 곤란할 테니까. 주장을 관두는 일은 없겠지요? 근데 말입니다, 용은 다른 사람이 죽였다는 이야기가 들리더군요. 어떻게 생각하나요?”

“그 사람이 대체 누구란 말입니까?”

“난 그 사람을 알고 있어요. 필요하다면 여기 데리고 올 수 있지요.”

"제 명예를 위해 제가 사기를 쳤다고 믿을 사람은 아무도 없습니다. 설령 그런 일이 있다면, 궁정 법원이 어떤 결정을 내리든 상관없이 제 몸과 목숨을 바쳐서라도 맞서 싸우겠습니다. 결투로써 반박하고자 합니다."

"물론 약속하지요. 그대가 요구한 것을 받으리라고 내가 보장합니다. 용을 죽인 사람을 그대 앞에 데리고 오죠. 하지만 오늘이나 내일은 불가능하고, 사흘째 되는 날 그대와 싸움에 나설 겁니다."

여왕이 흔쾌히 받아들이자, 왕도 말했다.

"마땅하고 올바른 결론이군."

사람들도 같은 의견이라며 거들었다.

"집사장, 경은 여왕님의 제안을 받아들여야 합니다. 여왕님이 하자는 대로 해봤자 잠시 일을 늦추는 것일 뿐이니까. 결투를 최종적으로 확정지으시오. 여왕님도 그렇게 하셔야 하고요."

두 사람은 정확히 이틀 뒤에 결투를 열기로 왕에게 서약했다고 합니다. 이리하여 사건이 일단락되었습니다.

# 14. 트리스탄의 정체가 발각되다

두 귀부인은 함께 되돌아가서 다시 조심스럽게 그 음유시인을 보살피기 시작했습니다. 두 사람은 그의 건강을 회복시키기 위한 일이라면 뭐든지 열정적으로 최선을 다했죠. 그는 이제 건강을 되찾아 피부도 밝아지고 얼굴도 화색이 돌아왔답니다.

이졸데는 틈틈이 그를 바라보며, 그의 신체와 태도를 조심스럽게 지켜보았습니다. 그녀는 손과 눈을 몰래 훔쳐보고, 팔과 다리를 관찰했습니다.* 머리부터 발끝까지 쭉 훑어본 건데, 즉 소녀가 한 남자에게서 봐야 할 것을 본 것이죠. 자신이 본 게 모두 마음에 들었으며, 멋지다고 생각했습니다. 그 아름답고 섬세한 소녀는 그의 멋진 몸매를 하나하나 살펴볼 때마다 속으로 이렇게 말했답니다.

---

* 중세 사람들은 외모에서 내적 고귀함이 드러난다고 믿었다. 여기서 트리스탄이 자기 신분을 숨기려고 해도 숨길 수 없다는 점과 이졸데가 사랑의 미약을 마시기 훨씬 이전부터 트리스탄에게 호감을 느끼고 있음을 암시하고 있다.

'기적의 하느님, 당신이 하신 일이나 당신의 창조물에 어떤 결함이 있다고 한다면, 아마도 당신께서 저렇게 뛰어난 외모를 선물로 주신 저 훌륭한 남자가 먹고살기 위해 이리저리 방랑해야 했다는 사실이 유일한 흠일 것입니다. 저 남자에게는 한 왕국이나 지역을 다스리는 일이 적합할 테니까요. 이 세상의 수많은 왕국이 저런 사람이 아니라 하찮은 인간들의 손에 다스려지고 있다니 참 기이한 일입니다. 저렇게 뛰어나고 늠름한 남자는 높은 명예와 부를 가져 마땅합니다. 그렇지 않으니 크게 잘못된 것입니다. 주 하느님, 저 사람은 부당한 일을 겪고 있는 거예요.'

그녀는 자주 이렇게 중얼거렸습니다. 여러분도 이미 들으셨듯이, 그녀의 어머니는 아버지께 저 상인에 대해 처음부터 끝까지 자세히 전했습니다. 무슨 일이 일어났는지, 그리고 그가 언젠가 다시 아일랜드로 돌아가게 되면 장래에 안전을 보장해주기만을 바란다는 그의 소원도 이야기했지요.

그사이 소녀는 자신을 섬기는 기사 견습생인 파라니스에게 탄트리스의 흉갑과 무기를 깨끗이 씻어 광을 내고, 다른 장비도 잘 정비하라고 명령했다. 그는 명령대로 모든 걸 청소하고 잘 정리해 준비해두었다. 그런 뒤 소녀는 직접 모든 장비를 꼼꼼하게 살폈다. 그때 운명이 짓궂게 이졸데를 뒤흔들기 시작했다. 그녀는 다른 사람들이 알기도 전에 다시 마음이 괴로워졌다. 그녀의 마음과 시선은 갑옷이 잘 정돈된 곳으로 향하더니, 마치 소녀와 아이들이 호기심으로 그렇게 하듯, 칼집에서 칼을 꺼내

잡았다. 칼을 꼼꼼히 살펴보다가, 칼에 손상된 부분을 발견했다.

어휴, 저는 그녀가 뭐 때문에 그랬는지 모르겠습니다. 이 호기심에 어른도 넘어가서 문제가 생깁니다.

"착하신 하느님, 이 부분에 딱 맞는 부서진 조각을 갖고 있어요. 정확히 알아야겠어요!"

그녀는 그 파편을 가져와서 맞춰봤다. 그 불운한 파편은 마치 칼과 한 몸인 양 정확히 맞았다. 바로 2년 전에는 실제로 한 몸이었다. 그 순간 그녀는 옛 기억이 떠오르며 슬픔이 밀려왔고, 원망과 상심으로 얼굴빛이 창백해지며 눈가가 붉어졌다.

"아이고, 참으로 불쌍한 내 신세야. 대체 내게 무슨 일이 생긴 거람! 누가 이 저주받을 무기를 콘월에서 가져왔단 말인가? 외삼촌이 이 칼에 맞아 죽었는데. 외삼촌을 죽인 사람의 이름이 트리스탄이었지? 근데 음유시인의 이름은 탄트리스이니 누가 이 음유시인에게 칼을 준 걸까."

그녀는 두 이름을 조심스럽게 비교하며 소리를 내어 되뇌다가 혼란스러워했다.

"하느님 맙소사, 이 이름 때문에 불안해 미치겠네. 이게 무슨 관계가 있는지 모르겠지만, 서로 매우 비슷하게 들리는걸. 탄트리스와 트리스탄, 이 둘은 분명 연결 고리가 있어."

계속해서 이름을 읊조리다가 두 이름을 이루는 알파벳 철자를 따져보고는 두 철자가 똑같다는 것을 발견했다. 글자를 따로 떼어서 자리를 바꿔보는 순간, 드디어 제대로 된 실마리를 찾았다. 그냥 읽으면 트리스탄이고, 뒤의 글자를 앞으로 가져와 읽으면 탄트리스였던 것이다. 의심의 여지가 없었다. 아름다운 여인은 절규했다.

"맙소사, 이 모든 게 거짓이고 속임수로구나. 하지만 내 마음은 이미 제대로 알려주었지. 내가 그 사람을 제대로 봤을 때, 그의 풍모, 몸가짐, 모습 전부를 꼼꼼하게 따져본 뒤 내 느낌은 분명 그가 어느 군주의 태생이 아닐까 했어. 하지만 감히 누가 콘월에서 자기 원수를 찾아오려 했을까? 우린 벌써 그의 목숨을 두 번이나 구해주었어! 흥, 구했다고는 볼 수 없지! 이제 그는 죽은 목숨이야. 이 칼 때문에 그는 죽음을 맞이하게 될 거야! 자, 이졸데 서두르자. 네가 당한 고통을 되갚아야지! 그가 죽어 쓰러져야, 내 외삼촌을 죽인 칼로 죽임을 당해야 충분히 복수를 한 것이지."

그녀는 칼을 부여잡고 트리스탄이 있는 곳으로 찾아갔다. 트리스탄은 막 목욕을 하는 중이었다. 그녀는 다그쳤다.

"트리스탄, 네가 바로 트리스탄이지?"

"아녜요, 공주님. 전 탄트리스입니다."

"난 이미 알고 있어. 탄트리스와 트리스탄이 같은 사람이라는 걸. 곧 죽을 목숨이라는 것도 말이지. 트리스탄이 내게 한 짓을 탄트리스 네가 속죄해야 할 거야. 넌 내게서 외삼촌의 목숨을 빼앗아 갔잖아."

"아니라니까요. 상냥한 공주님! 맙소사, 어쩌시려는 겁니까? 지금 하려는 일 때문에 훗날 어떤 이름으로 불리게 될지 생각해보십시오. 공주님은 숙녀입니다. 지체 높으신 아가씨라고요. 공주님이 살인을 했다는 이야기가 퍼지면, 그 찬란히 빛나는 이졸데는 영원히 빛을 잃고 죽게 될 겁니다. 아일랜드를 밝히고 많은 사람의 가슴을 벅차게 만드는 태양이 사라지게 되는 거라고요. 아니, 그 하얀 손으로 칼을 들고 휘두르다니, 맙소사!"

그 순간 그녀의 어머니인 여왕이 안으로 들어왔다.

"얘야, 이게 어떻게 된 일이니? 대체 무슨 일이냐니까? 지금 하는 행동이 아름다운 숙녀에게 어울리는 일이니? 미쳤어? 장난이야, 아님 화가 난 거야? 손에 칼을 들고 뭐 하는 거야?"

"아, 어머니, 우리가 지닌 크나큰 슬픔을 떠올려보세요. 저기 있는 사람은 어머니의 오라버니를 죽인 살인자 트리스탄입니다. 지금 우리가 복수를 할 수 있는 시간이 찾아왔어요. 이 칼로 찔러버립시다. 지금보다 더 좋은 기회는 없을 테니까요."

"저 사람이 트리스탄이라고? 어떻게 알아낸 거니?"

"전 분명히 알아요. 이게 저 사람 칼이에요. 여기 날이 빠진 틈을 자세히 보시면 저 사람이 트리스탄인지 아닌지 금방 알아차릴 거예요. 이 조각을 저기 망할 틈에 맞춰보고 알았죠. 둘이 마치 한 몸인 것처럼 너무나 잘 들어맞는 게 아니겠어요."

"맙소사, 이졸데, 네가 그 기억을 다시 떠올리게 하다니! 내가 태어나지 않았더라면 더 좋았을 텐데. 저 사람이 정말 트리스탄이라면, 대체 내가 어떻게 속았단 말이야."

그때 이졸데는 칼을 뻗어 그에게 향했다. 어머니가 큰 소리로 외쳤다.

"잠깐, 이졸데! 멈춰. 내가 그에게 약속을 한 것을 알잖니?"

"상관없어요. 그는 죽어야 해요."

"아름다운 이졸데 아가씨, 저를 용서해주세요!"

트리스탄이 프랑스어로 애원했지만 이졸데는 비웃었다.

"푸하하, 악당 같은 놈, 내게 용서를 청한단 말이야? 네게 베풀 자비 따위는 없어. 네 목숨을 내놓아라!"

"아니다, 아가. 안타깝지만, 우리가 간단히 복수를 할 순 없다. 그렇게 되면 우리는 약속을 깨뜨려 명예를 잃고 마니까. 너를 그 지경에 빠뜨리면 안 된다. 그의 목숨과 가진 것 모두가 내 보호 아래 있어. 무슨 일이 있어도 아무도 그를 해치지 못하게 하겠다고 내가 맹세를 했잖니."

"감사합니다, 여왕님. 제가 여왕님을 믿고 제 목숨과 제가 가진 모든 것을 맡긴 것을 생각해주십시오. 여왕님은 저를 보호해 주겠다고 하셨습니다."

그러자 공주가 외쳤다.

"그건 거짓말이야. 난 잘 알고 있어. 트리스탄의 생명과 재산을 보호해주겠다고 한 적은 결코 없어."

그러고는 다시 그에게 칼을 겨눴다. 트리스탄은 다급히 프랑스어로 외쳤다.

"아름다운 이졸데 아가씨, 제발 용서해주세요!"


하지만 매사 모범이 되는 그녀의 어머니가 있었기 때문에, 트리스탄은 두려워할 필요가 없었답니다. 그가 욕조에 손발이 묶이고 이졸데가 홀로 그 자리에 있었다 한들, 그를 죽이지는 못했을 겁니다. 어떤 쓰린 맛이나 쓰디쓴 맛을 알지 못하는 여성스러운 마음, 즉 사랑과 달콤함으로 가득 찬 그녀가 어떻게 남자를 죽일 수 있겠습니까? 그저 고통과 분노 때문에 마치 그러고 싶은 것처럼 행동했을 뿐이지요. 만일 그런 마음이 있었다면, 스스로 목숨을 끊었을 테니까요. 그러기에 그녀는 너무 여리고 착했습니다. 그녀 마음에는 착한 생각밖에 없었고, 자신에게 고통을 입힌 사람을 알게 되자 화가 나고 가슴이 찢어졌을 뿐이었습니다. 그녀는 자신의 적을 알게 되었지만, 그를 죽일 수 없었습니다. 그녀의 부드러운 성품이 그녀를 자제시켰던 것이죠. 전혀 화해할 수 없는 두 가지 마음이 서로 대립하고 있었습니다. 분노와 여성스러움인데요, 이 둘은 서로 만나면 참 나쁜 쌍이 되죠. 분노가 이졸데로 하여금 원수를 죽이려고 할 때마다 부드러운 여성스러움이 가로막고 나서서 "그러면 안 돼. 하지 마!" 하고 감미롭게 속삭입니다. 즉 그녀 마음에는 두 가지 의지가 있는 거죠. 한 가지 마음으로 좋고 나쁜 것을 생각하고 있는 겁니다.*

아름다운 이졸데는 칼을 옆으로 던지려다가 다시 고쳐 잡았다. 증오로 기울었는지 아니면 온화함으로 기울었는지, 죽이고 싶은지 아닌지, 복수를 감행할지 말지 알 수 없었기 때문이었다. 그렇게 갈등이 계속되다 마침내 부드러운 여성스러움이 분노를 굴복시켰고, 원수는 무사했다. 모롤트의 원수를 갚지 않았던 것이다.

그녀는 칼을 집어 던지며 울음을 터뜨렸다.

---

* 중세 여성에게는 가족의 복수를 할 권리가 없었다. 따라서 이졸데도 복수를 하게 되면 죄를 짓는다는 중세 법적 관념 안에 갇혀 있다.

"흑흑, 내게 이런 날이 닥치다니!"

"사랑하는 아가, 내 마음도 네 마음처럼 찢어질 듯 아프단다. 아니, 너보다 심하게 고통스럽구나. 하느님의 은총 덕분에 네가 나보다는 오라버니와 가까운 사이가 되지 않았으니까. 아, 오라버니의 죽음은 내게는 평생 가장 큰 고통이란다. 하지만 지금은 네 처지가 더 염려스럽구나. 내게는 이 세상에 너만큼 소중한 사람이 없으니까. 네게 좋지 않은 일이 일어나는 걸 막을 수만 있다면, 아무리 고통스럽다 하더라도 그 복수를 포기하겠다. 그 고통은 덜 아프니까 흔쾌히 잘 감당할 수 있어. 지금은 그 나쁜 녀석이 신청한 결투 때문에 더 걱정이다. 빨리 해결책을 찾아야 할 상황이니까. 그러지 않으면 네 아버지인 폐하와 나, 너는 명예를 잃어버리고 다신 행복해질 수 없을 거야."

그러자 욕조에 있는 남자가 말했다.

"축복받은 여왕님과 공주님, 제가 두 분께 고통을 입힌 건 분명한 사실입니다만, 그 상황에서 달리 어쩔 수 없었습니다. 두 분께서 그 사건을 잘 살펴보신다면, 제가 강요받은 상황이 죽음과 다름없었음을 아실 겁니다. 그걸 피할 수 있는데도 자발적으로 원할 남자는 없습니다. 당시 무슨 일이 일어났든, 지금 집사장 때문에 어떤 일을 겪고 계시든 간에, 그 일은 한 사람의 손으로 모두 해결해야 합니다. 제가 모든 걸 좋은 결말로 이끌겠습니다. 저를 살려두어 결투에 나가서 죽는 걸 막지 않으신다면 말입니다. 이졸데 아가씨, 또 이졸데 여왕님, 두 분 모두 늘 현명하고 착하시며, 믿음직하고 사려 깊으신 분인 줄 잘 압니다. 저를 조금이라도 믿고, 트리스탄에 대한 옛 원한을 누그러뜨리고 위협을 좀 줄여주신다면, 기쁜 소식을 가져오겠습니다."

이졸데의 어머니인 이졸데는 그를 한참 쳐다보았다. 차츰 얼굴이 붉어지더니, 맑은 눈동자에 눈물이 그렁그렁해졌다.

"맙소사, 지금까지 계속 미심쩍어했지만, 이제야 그대가 누군지 분명히 알겠군요. 이제 묻지도 않았는데 그대가 자신을 직접 밝히다니. 아이고, 트리스탄 경, 내가 그대에게 그런 힘을 행사하는 처지가 되다니! 그건 정말 사필귀정이지만, 정작 내가 그런 힘을 쓸 수 없는 상황인데, 무슨 소용이 있단 말입니까? 하지만 힘이라는 게 아주 복잡한 것이지요. 이 특별한 경우, 사악한 악당과의 문제를 처리하기 위해서라도 내 권리를 행사해서 내 원수에게 힘을 쓸 수 있겠군요. 정말 그래야 할까? 그래, 물론 그렇게 해야죠."

바로 그때 우아하고 영특한 브랑게네가 경쾌한 발소리를 내며 멋지게 차려입은 모습으로 안으로 들어왔다. 그러고는 바닥에 던져진 번쩍이는 칼과 깊은 근심에 빠져 있는 두 여인을 보고는 말했다.

"어머나, 이게 무슨 일인지요? 거기서 세 분이 뭘 하시는 거죠? 여왕님과 아가씨의 눈시울은 왜 그렇게 젖어 있는 거죠? 이 칼은 왜 여기 있는 거예요?"

고귀한 여왕이 말했다.

"사랑하는 조카 브랑게네, 이걸 좀 보렴. 우리가 어떻게 속고 살았는지. 우리는 아무것도 모르고 뱀을 키웠어. 나이팅게일인 줄 알았는데. 비둘기인 줄 알고 곡식을 뿌려 주었더니 알고 보니 까마귀이지 뭐야. 하늘에 계신 주님, 어떻게 우리가 우리 원수를 두 번이나 극진히 보살펴 죽음에서 구하도록 하셨습니까! 철천지원수 트리스탄을 우리 손으로 직접 간호해 살려내다니. 그를 자세히 봐. 저기 앉아 있는 사람이 트리스탄이야. 지금 그에게 복수를 해야 할지 말아야 할지 결정을 내릴 수가 없구나. 조카야, 어떻게 하면 좋겠니?"

"여왕님, 그러시면 안 됩니다! 그런 부당한 행동을 생각하시기 전에, 여왕님의 행복과 올바른 판단을 지키셔야 해요. 여왕님께서 보호와 평화를 보장해주시기로 한 저 남자를 죽이려는 생각은 관두셔야 합니다. 여왕님이 진짜 그런 생각을 하시지 않았다는 건 하느님께서도 아실 거예요. 그 사람과 관련해서 무슨 중요한 일이 있는지 생각하셔야 합니다. 여왕님의 명예가 걸린 일이 있잖아요. 원수의 목숨 때문에 여왕님의 명예를 내버리시렵니까?"

"그럼 내가 어떻게 하면 좋겠니?"

"여왕님, 곰곰이 생각해봅시다. 밖으로 나갑시다. 그가 욕조에서 나오도록 해야죠. 그사이 여왕님을 위해 뭐가 최상인지 상의해봐요."

세 사람은 방을 나와 내실로 돌아가 상의를 시작했다. 현명한 이졸데가 말을 꺼냈다.

"두 사람은 이야기해보렴. 아까 그가 우리 두 사람에게 한 말이 무슨 뜻일까? 우리가 자기에 대한 옛 원한을 거둬들이면 우리에게 기쁜 소식을 가져다주겠다는 이야기 말이야. 그게 무슨 뜻인지 알고 싶군."

브랑게네가 자기 생각을 밝혔다.

"그가 무슨 계획을 세우고 있는지 알기 전까지 그에게 적개심을 드러내면 안 된다고 생각해요. 아마도 여왕님과 여왕님의 명예를 위해 좋은 의도로 이야기한 것 같으니까요. 바람에 자기 망토를 휘날리게 해야 하는 법입니다. 그가 무슨 의도로 아일랜드에 왔는지 알지 못하잖아요. 여왕님과 관련해 어떤 큰일을 준비하고 있는지도 모르죠. 그를 최대한 잘 보살펴야 해요. 이 사람이 그 사기꾼 같은 집사장에게 위협받는 치욕적인 수모를 막아줄 거라는 사실을 하느님께 영원토록 감사해야 한다는 점을 잊으면 안 됩니다. 하느님께서 우리에게 자비를 베푸셔서 우리가 그를 제대로 찾아낼 수 있었죠. 그를 빨리 발견하지 못했다면 그가 죽었을지도 모르잖아요. 그렇게 됐더라면 이졸데 아가씨의 상황은 정말 최악일 거예요. 그를 원수처럼 대하지 말아야 해요. 그가 우리의 적개심을 느끼게 되면, 분명 기회를 봐서 도망쳐버릴 거예요. 그러니 두 분은 그가 불평할 여지가 없도록 잘 보살펴주셔야 합니다. 제 생각은 그러니, 그렇게 하셔야 합니다. 트리스탄은 두 분처럼 지체가 높은 사람입니다. 잘 교육받았고 영리하며 모든 점에서 완벽한 사람이지요. 두 분 마음속으로는 어떤 생각을 하더라도, 그를 정중하게 대우하세요. 트리스탄의 계획이 뭔지는 모릅니다만, 그가 이곳으로 오게 된 건 분명 뭔가 중요한 일이 있어서입니다. 완수해야 할 중요한 일이 있을 거예요."

그들은 자리에서 일어나 트리스탄이 있는 방으로 건너갔다. 그는 침대에 누워 있었다. 그는 자기 잘못을 잘 알고 있었기 때

258

문에, 고귀한 숙녀들이 들어오는 것을 보자 그들 앞에 무릎을 꿇고 간청했다.

"숙녀들께서는 제게 자비를 베풀어주세요. 제가 여러분의 드높은 명예를 위해, 좋은 일을 이루기 위해 여러분의 나라에 왔다는 사실을 고려해주십시오."

그 눈부신 일행, 빛나는 미모를 지닌 세 명의 숙녀는 그 모습을 쳐다보고는 서로 눈길을 나눴다. 한동안 그들은 그 자리에 서 있었고, 트리스탄도 여전히 무릎을 꿇은 채였다. 그때 브랑게네가 입을 열었다.

"여왕님, 기사가 저렇게 오래 있도록 내버려두면 안 되잖습니까?"

"넌 내가 어떻게 하길 바라니? 내가 어떻게 해야 한단 말이냐? 내 마음 한편에는 그를 위할 생각이 하나도 없어서, 그와 화해를 맺을 수 없구나. 그와 뭘 어떻게 시작해야 할지 모르겠어."

브랑게네는 여왕에게 충언했다.

"여왕님, 제 말씀대로 하십시오. 여왕님과 아가씨, 옛 고통을 이겨내고 그를 받아들인다는 게 두 분께 몹시 힘든 일이라는 것은 잘 알고 있습니다. 하지만 두 분께서는 저 사람에게 목숨을 걱정하지 않아도 된다고 보장해주셔야 합니다. 그러면 저 사람도 두 분께 뭔가 도움이 될 이야기를 할 수 있을 겁니다."

"그렇게 하도록 하지."

그제야 두 사람은 동의했다. 그들은 트리스탄에게 몸을 일으키라고 말했다. 그에게 약속을 한 뒤, 네 사람은 한자리에 앉았다. 트리스탄은 그들에게 제안했다.

"여왕님, 지금 저를 우호적으로 대우해주신다면, 답례로 이틀 안에 여왕님이 사랑하시는 공주님이 훌륭한 군주를 맞이할 수 있도록 하겠습니다. 정말입니다. 그분은 정말 공주님께 어울리는 분으로 크게 베풀 줄 아시거니와, 어느 기사보다도 방패와 칼로 고귀한 명성을 날린 분입니다. 왕가의 혈통으로 공주님의 아버님보다 강력한 세력을 지닌 분이죠."

"정말 내가 그대의 말을 믿을 수 있다면, 그대의 조언을 모두 따를 텐데 말이지."

트리스탄은 여왕에게 대답했다.

"여왕님, 곧 확실한 것을 보여드리지요. 화해가 이뤄지는 즉시 그 증거를 보여드리겠습니다. 그러지 못하면 저를 보호해주기로 한 약속을 거둬들이고 제 목숨을 지켜주지 않으셔도 됩니다."

영리한 여왕은 브랑게네에게 물었다.

"애야, 네 의견은 어떤지 이야기해보렴."

"제 생각엔 저분 이야기가 그럴싸합니다. 저분 제안대로 하시는 게 좋다고 생각해요. 의심일랑 접어두고 두 분 모두 일어나셔서 저분께 키스하세요.* 제가 비록 여왕은 아니지만 저도 화해를 하려 합니다. 제 신분이 미천하긴 하지만 모롤트와 저도 친척이니까요."

그리하여 세 사람은 그에게 키스했으나, 어린 이졸데는 한참을 주저하다 마지못한 듯이 입을 맞췄다.

---

* 분쟁을 끝내고 화해한다는 상징이었다.

화해가 이뤄지자 트리스탄은 숙녀들에게 속내를 털어놓았다.

"제 평생 지금처럼 기쁜 때가 없었다는 걸 자비로우신 천상의 하느님은 아실 테지요. 저는 마주칠 위험들을 항상 조심하고 주의해왔습니다. 늘 계획을 세워야 했지요. 하지만 지금 이 순간은 오로지 여러분의 자비 덕분입니다. 제가 행복과 명예를 안겨드릴 테니 근심 걱정은 모두 버리세요. 그러기 위해 제가 콘월에서 아일랜드로 왔으니까요. 제가 처음 여기 머물면서 여러분 덕분에 건강을 되찾은 뒤 제 주군인 마르케왕께 돌아갔을 때, 저는 여러분을 쉼 없이 칭찬하고 탁월함을 노래했습니다. 꾸준한 제 이야기에 주군께서는 여러분께 관심을 갖게 되었고, 마침내 마음이 여러분께 끌리게 되었죠. 하지만 여러분이 가진 증오심 때문에 걱정이었죠. 게다가 주군께서는 저를 사랑하셔서 제가 그분이 돌아가신 뒤 상속자가 되도록 결혼을 하지 않기로 결정하신 터라 마음이 무거웠답니다. 하지만 저는 주군께 그러지 말라고 충언했고, 결국 설득할 수 있었습니다. 결국 우리 두 사람은 이 항해를 감행하기로 합의했습니다. 그런 이유로 제가 아일랜드에 오게 되었고, 용도 죽이게 된 겁니다. 여러분께서 저를 위하여 그토록 자비를 베풀어주셨으니, 공주님은 콘월과 잉글랜드의 주인이자 여왕이 되셔야 합니다. 이제 제가 왜 여기에 왔는지 아셨지요? 사랑하고 존경하는 숙녀 여러분, 세 분 모두 이 이야기는 일단 비밀로 해주십시오."

"그렇다면 경은 내 주군께 화해를 하도록 이야기하는 것도 반대한단 말인가요?"

"폐하는 아셔도 됩니다. 하지만 제가 해를 입지 않도록 신경을 써주셔야 합니다."

"물론이지요. 그 점은 걱정 안 하셔도 됩니다."

세 숙녀는 내궁으로 돌아갔습니다. 거기서 그들은 그가 자기 일을 얼마나 운 좋게, 또 능숙하게 처리했는지 놀라워했지요. 세 명 모두 그의 영리함을 칭찬했는데, 어머니, 브랑게네 순이었는데요, 그 딸은 이런 이야기를 했답니다.

"어머니, 제가 얼마나 운 좋게 그의 이름이 트리스탄임을 알아냈는지 들어보세요. 정말 놀라운 일이지요. 칼을 자세히 들여다보면서, 탄트리스와 트리스탄 두 이름을 곰곰이 생각했답니다. 머릿속에서 이름이 왔다 갔다 하다가 이 둘 사이에 뭔가 공통점이 있다는 느낌이 들더라고요. 그래서 계속 생각하다가, 그 두 이름이 똑같은 알파벳으로 되어 있다는 것을 알아냈어요. 제가 어떻게 읽어도 딴 이름이 아닌 탄트리스나 트리스탄이 되는 거예요. 항상 두 이름을 읽게 되는 거죠. 자, 보세요, 탄트리스 이름을 '탄'과 '트리스' 둘로 나눈 뒤 다시 '트리스'를 '탄' 앞에 놓고 소리 내보면 트리스탄이 되죠? '트리스' 앞에 '탄'을 두면 탄트리스가 되고요."

어머니는 성호를 그으며 말했다.

"어떻게 그런 생각을 해냈지? 하느님께서 너를 보호해주셨구나!"

세 사람이 트리스탄을 두고 한참을 이야기 나눈 뒤에, 여왕은 왕에게 내실로 와달라고 전갈을 넣었다. 왕이 찾아오자 그녀는 부탁 한 가지를 했다.

"폐하, 은혜를 베푸셔서 우리 세 사람의 청을 들어주시길 부탁드립니다. 폐하께서 그 청을 들어주셔야 우리가 모두 잘됩니다."

"할 수만 있다면 당신이 원하는 대로 하리다. 바라는 대로 들어주겠소."

"제게 분명 약속하신 겁니다."

고귀한 여왕이 확인하며 물었다.

"당신이 원하는 대로 전부 하겠소."

"고맙습니다. 폐하, 제 오라버니를 죽인 남자인 트리스탄을 제가 보호하고 있습니다. 폐하께서는 그를 사랑과 우정으로 만나주셔야 합니다. 그가 여기 가져온 사안은 화해를 하기에 충분한 성격의 일이기 때문입니다."

왕은 놀라 물었다.

"정말이오? 그 결정은 당신에게 맡기겠소. 나보다 당신과 더 관련된 일이잖소. 모롤트는 당신 오빠이니 나보다 당신과 가까운 사이니까. 당신이 그 일을 단념했다면, 당신의 뜻대로 나도 따르겠소."

그러자 여왕은 트리스탄이 들려주었던 이야기를 그대로 아뢰었다. 왕은 몹시 흡족해하며 말했다.

"이제 그가 약속한 것을 충실히 지키는지 지켜봅시다."

여왕은 브랑게네를 보내 트리스탄을 데려오게 했다. 트리스탄은 왕의 발 앞에 몸을 던지며 말했다.

"폐하, 자비를 베풀어주십시오."

"트리스탄 경, 그만 일어나서 내게로 오시오." 구르문왕이 말을 이었다. "달가운 일은 아니지만, 내게 입을 맞추시오. 여기 숙녀들이 복수를 포기했으니, 나도 복수를 떨쳐버리겠소."

"폐하, 그러면 제 주군과도 화해하시고, 주군이 다스리는 두 나라와도 화해를 하시겠습니까?"

"경, 그러하오."

트리스탄의 물음에 구르문왕이 고개를 끄덕였다.


이렇게 평화의 약속이 체결되자, 여왕은 트리스탄을 데려다 자기 딸 옆에 앉혔답니다. 그녀는 그에게 아까 폐하께 들려드린 것처럼 사건의 전말을 자세히 이야기해달라고 부탁했지요. 그가 용을 죽인 이야기와 마르케왕의 바람까지 말입니다. 트리스탄은 다시 한번 처음부터 이야기를 했지요. 이야기를 다 들은 왕이 무슨 말을 했는지 계속 들어보시겠습니까?


"트리스탄 경, 그대가 말한 내용이 확실한지를 어떻게 보장할 수 있겠소?"

"폐하, 가장 확실한 증거는 제가 이곳에 제 주군의 모든 제후와 함께 왔다는 겁니다. 폐하의 확신을 위해서 요구하시는 것을 기꺼이 바치겠습니다. 그저 말씀만 하십시오. 최후의 일 인까지 전부 바치겠습니다."

그런 후 왕은 자리를 떠났고, 트리스탄과 숙녀들만 남았다. 트리스탄은 파라니스를 곁으로 불렀다.

"이봐 친구, 저 아래로 내려가면 항구에 배 한 척이 있을 걸 세. 조용히 그곳으로 가서 쿠르베날이란 사람을 찾게나. 그 사람에게 주군이 오라고 했다고 전하게. 다른 사람이 듣지 못하게 비밀로 해야 해. 절대로 다른 사람에게는 이야기하지 말고, 눈에 띄지 않게 그를 데려오게. 자네의 신중함을 믿고 맡기는 거야."

파라니스는 정확히 실행했다. 그는 아주 신중하게 처신했기 때문에 아무도 그 일을 알아차리지 못했다. 두 사람이 숙녀들 앞에 모습을 드러냈을 때, 여왕은 쿠르베날에게 인사했지만 다른 사람은 하지 않았다. 그가 기사의 차림을 하지 않고 나타났기 때문에 누군지 몰랐다. 쿠르베날은 트리스탄이 건강한 모습으로 숙녀들 사이에서 환담을 나누는 것을 보자 프랑스어로 인사말을 건넸다.

"아, 착하신 주군, 하느님 맙소사, 지금 뭘 하시는 겁니까? 주군께서 지금 이 천상 낙원에서 남몰래 행복하게 지내시는 동안, 저희는 얼마나 노심초사했는지 모릅니다! 우리는 주군을 잃어버린 줄 알았거든요. 주군께서 이제는 살아 있지 않다고 맹세를 할 뻔했습니다. 그만큼 우리를 걱정하게 만드셨어요. 배 안에 있는 신하들은 모두 주군이 돌아가셨다고 확신했습니다. 지금도 그렇게 믿고 있을 겁니다. 가까스로 설득해서 오늘 밤까지 기다리기로 했지요. 오늘 밤 이곳을 떠나기로 합의를 본 상태입니다."

"무슨 소린지, 트리스탄 경은 아주 생생하답니다."

여왕은 의아해했다. 트리스탄이 브리타니아어로 말했다.

"쿠르베날, 바로 항구로 돌아가서 사람들에게 내가 무사하다고 전해. 그리고 우리가 맡은 일을 모두 잘 끝냈다는 이야기도 해."

그러고는 자신이 얼마나 훌륭하게 일을 매듭지었는지 그에게 하나하나 자세히 설명했다. 트리스탄은 자신의 행운과 노력을 다 들려준 뒤 명령했다.

"이제 서둘러 길을 떠나서, 왕국의 높은 신분의 영주와 기사들에게 내일 아침 일찍 채비를 하라고 전해. 모두 깔끔하고 가장 좋은 의복을 갖추도록 해. 내가 보내는 전령을 기다리다가 전령이 도착하면 바로 이곳 궁으로 말을 타고 출발해야 한다. 네게도 내일 아침 누군가를 보낼 텐데, 그 사람에게 내가 진귀한 보석을 보관해둔 작은 상자와 제일 좋은 내 의복을 챙겨서 건네줘."

쿠르베날은 절을 한 뒤 자리에서 물러갔다. 그러자 브랑게네가 물었다.

"저 사람은 누구지요? 이곳이 낙원인 것처럼 생각하던데요. 기사인가요, 아니면 기사 견습생인가요?"

"그가 누군지 궁금하시겠지만, 지금 보았듯이 그는 기사이며, 올곧은 남자입니다. 태양 아래 그 사람보다 큰 미덕을 갖춘 이는 없을 거라는 점은 제가 보증하지요."

"아, 그분은 정말 복 받은 훌륭한 분이시군요." 두 여왕과 멋지고 세련된 숙녀 브랑게네는 감탄했다.

쿠르베날은 배로 돌아왔을 때 자신이 분부받은 대로 사람들에게 전했고, 자신이 겪은 일과 트리스탄에게 일어난 일을 사람들에게 들려주었다. 그러자 죽었다가 다시 부활한 사람을 본 것처럼 모두 기뻐했다. 하지만 몇몇 사람은 여전히 트리스탄의 승리도, 그가 얻어낸 평화 조약에도 기뻐하지 않았다. 심기가 불편해진 귀족들은 다시 저들끼리 수군대더니 옛날과 똑같은 이야기를 꺼내기 시작했다. 트리스탄이 그렇게 엄청난 성과를 거둔 것을 보고, 그가 마법의 힘을 빌린 게 분명하다고 의심했던 것이다.

"저거 봐, 그 사람이 이룬 기적 같은 일은 분명히 정상적으로 처리해서 된 일이 아니라니까. 흠, 그가 시작한 일을 전부 어떻게 성공했는지 정말 알고 싶군."

# 15. 증거를 들이밀다

드디어 결투가 열리기로 한 날이 찾아왔다. 왕국에서 큰 세력을 지닌 많은 영주가 홀에 모여들었다. 귀족들은 젊은 이졸데를 두고 집사장과 결투를 벌이게 될 사람이 누군지 궁금해하며 잡담을 나누었다. 의문만 무성했을 뿐, 누구도 정보를 가진 사람이 없었다.

그사이 트리스탄은 자신의 상자와 의복을 전달받았다. 그는 세 명의 숙녀를 위해 세 가지 허리띠를 골랐는데, 어떤 황후나 여왕도 그보다 나은 허리띠를 가지지 못했을 만큼 정말 잘 고른 물건이었다. 머리띠, 브로치, 손수건, 반지와 같은 장신구가 상자가 넘칠 정도로 가득 차 있었는데, 전부 상상 이상으로 품질이 뛰어난 귀금속이었다. 트리스탄은 자기 맘에 든 허리띠와, 자신이 착용하고 싶은 머리띠와 브로치만 꺼낸 뒤 말했다.

"아름다운 세 분의 미인께서는 이 작은 상자에 든 걸 원하는 대로 골라 쓰시면 됩니다."

그러고는 옷을 갈아입기 위해 자리를 떴다.

그는 용맹스러운 기사에게 어울리도록 화려하고 웅장한 모습으로 치장하기 위해 신경을 기울였다. 그의 의복은 그에게 정말 멋지게 잘 어울렸다. 그가 다시 숙녀들에게 돌아와서 자기 모습을 보여주자, 세 사람 모두 그가 멋진 행운아라는 인상을 동시에 받았다. 그 매혹적인 여성들은 똑같이 이렇게 생각했다.

'이 사람은 정말 남성미가 넘치는 피조물이야. 의복과 용모가 어우러져 완벽한 남성으로 보여. 정말 잘 어울리는데. 모든 게 성공적이야.'

이제 트리스탄은 자기 부하들을 불러왔다. 그들은 와서 홀 안에 나란히 자리를 잡았다. 그들이 지나갈 때 궁정 사람들 모두 그들이 입은 우아한 의복에 감탄했다. 그렇게 멋진 옷을 차려입은 사람들이 이처럼 많이 모여 있는 모습은 본 적이 없다며 수군대는 사람들이 많았다. 하지만 그들이 왕국의 귀족들과 이야기를 나누지 않고 침묵을 지켰기 때문에, 그들이 어느 나라 사람인지 알지 못했다.

이제 왕은 여왕에게 공주와 함께 궁궐로 오라는 전갈을 보냈다. 여왕은 딸을 불렀다. "이졸데, 이제 가자! 트리스탄 경은 여기 계세요. 곧 오시라고 하겠습니다. 그럼 브랑게네가 경의 손을 이끌고 모셔 올 거예요. 두 사람은 우리 다음으로 홀에 들어오면 됩니다."

"그렇게 하겠습니다. 여왕님."


자, 경쾌한 아침놀과 같은 이졸데 여왕은 자신의 태양, 즉 아일랜드의 기적인 빛나는 미모를 자랑하는 이졸데를 이끌고 모습을 드러냈는데, 어떤 모습인지 들어보시겠습니까?

 그들은 가볍지만 품위 있는 걸음걸이로 아침 광채를 뽐내며 발을 내디뎠는데, 몸의 굴곡에 딱 달라붙도록 잘 맞춰진 의상 때문에 크고 날씬한 몸매가 돋보여서 미모가 매혹적으로 보였다. 마치 사랑의 여신이 아끼는 매사냥 놀이를 위해 더할 나위 없이 매력적인 모습을 직접 만들어낸 것 같았다. 그녀는 갈색 비단으로 된 옷과 프랑스 스타일로 재단한 외투를 걸치고 있었는데, 측면으로 옷이 엉덩이를 타고 아치형을 그리며 아래로 드리웠고, 매달린 레이스로 허리 주변에 살짝 묶여 있었다. 옷이 정말 몸의 일부처럼 잘 어울렸고, 뚱뚱한 부분이라고는 한 군데도 없었으며, 다들 보고 싶어 하는 것처럼 주름이 발끝까지 드리워져 있었다. 외투는 흰 모피 털로 두툼했으며, 가장자리는 아주 가는 매듭으로 멋지게 장식되어 있었다. 비로드가 바닥에 끌리거나 허공에 뜨지 않도록 외투의 길이가 너무 짧지도 길지도 않았다. 한마디로 몸에 딱 들어맞았던 것이다. 또 가장자리가 부드러운 검은담비 모피로 마음에 쏙 들게 장식되어 있었다. 너무 좁지도 않고 너무 넓지도 않게 검은색과 회색이 얼룩무늬를 이루었는데, 어느 한 곳이라도 검은색과 회색이 튀어나오지 않게 잘 정돈되어 있었다. 흰색이 아름답게 테두리를 둘렀는데, 두 가지가 서로 잘 보완되어 검은담비 모피를 제대로 살렸다. 외투는 화려한 끈으로 흰 진주에 고리를 걸어 잠그게 되어 있었다. 그 사랑스러운 여인은 왼손 엄지로 고리를 잠갔다.

오른손은 좀더 아래로 내려뜨렸습니다. 외투를 잠그는 부분이 어디 있는지 여러분도 잘 아시죠? 그녀는 두 손가락으로 그 부분을 잡아서 앞을 잠갔지요. 그 부분에서부터 가장자리까지 옷이 자연스럽게 늘어져서, 그곳 사람들 모두 이것저것을 볼 수 있었답니다. 아, 모피와 바깥 소재 말입니다.

사람들은 옷의 안쪽과 바깥쪽을 보았다. 옷 안에는 완벽하게 구성된 육체와 영혼에 대한 사랑이 자리 잡고 있었다. 결코 그처럼 아름답고 생동감이 넘치는 이미지가 만들어지고 그려진 적이 없었다. 검고 솜털처럼 하얀 그 이미지를 향해 호시탐탐 노리는 시선이 마치 거센 눈보라가 불어오듯 몰려들었다. 바로 이졸데가 많은 남성을 홀렸던 것이다. 머리에는 가느다랗고 세련되게 만든 황금 머리띠를 하고 있었다. 에메랄드와 히아신스,* 사파이어와 옥수와 같은 진귀한 보석이 반짝반짝 빛나며 조화롭게 머리띠 위에 멋지게 장식되어 있었다. 금세공사가 자기 솜씨를 최대한 뽐내야 만들 수 있는 장신구였다. 황금과 황금, 즉 둥근 머리띠와 이졸데가 서로 경쟁하듯 빛을 내고 있던 것이다. 만일 그 보석들이 없었더라면, 지혜로운 사람이라도 거기에 황금 머리띠가 있다고 생각하지 못할 정도였다. 그녀의 금발이 황금과 구별되지 않을 정도로 빛났기 때문이다.

이졸데가 이졸데와 함께, 즉 딸이 어머니와 함께 아무런 근심 없이 경쾌하게 걸어 나왔다. 보폭이 너무 넓지도 좁지도 않고

---

* 밝고 오렌지 빛깔의 녹석류석을 가리킨다.

딱 적당했다. 몸을 꼿꼿이 똑바로 세우고 자신감 있게, 마치 황조롱이처럼 매끄럽게 걸음을 내디뎠는데, 화려하게 멋 부린 모습은 앵무새와 같았다.

그녀는 나뭇가지 위에 앉은 매처럼 주위를 둘러보았다. 너무 부드럽지도 딱딱하지도 않은 시선으로 사냥감을 쳐다보았다. 아니 주변을 미끄러지듯 눈으로 훑었다고 하는 게 더 적합하다. 그녀의 시선과 마주치는 게 너무나도 기분이 좋았기 때문에, 놀라움과 기쁨의 눈빛을 드러내지 않은 이가 없었다. 이처럼 기쁨을 안겨다 주는 태양은 사방에 자신의 광채를 드리웠고, 어머니와 함께 걸어가는 그녀 덕분에 홀 전체가 경쾌한 분위기로 넘쳤다.

두 사람은 지체하지 않고 응당 해야 할 일을 했다. 두 사람은 인사말을 하거나 다른 말 없이 몸을 숙이는 두 가지 방식으로 친절하게 인사했다. 즉 저마다 맡은 역할대로 인사를 했는데, 어머니는 인사말을 건넸고, 딸은 잠자코 몸만 숙였다. 이처럼 두 숙녀는 부지런히 맡은 바 일을 했던 것이다.

드디어 이졸데와 이졸데, 태양과 아침놀이 왕의 곁에 자리를 잡고 앉자, 궁정 집사장은 주변을 둘러보며 숙녀들의 사안을 놓고 결투에 나설 전사가 어디에 있는지 물었다. 하지만 아무런 반응이 없었다. 그는 자기편 사람들을 불러 모아서 판결을 내리기 위해 왕 앞으로 나왔다. 꽤 많은 사람이 모였다.

"자, 폐하, 저는 결투할 권리를 요구합니다. 제 명예에 시비를 걸려는 그 멋진 사람은 대체 지금 어디에 있습니까? 저는 제 권리를 지킬 만큼 친구들과 가신들을 데려왔습니다. 국법에 따라 재판을 진행하시는 게 폐하의 의무이시니, 제 사안에 판결을 내려주시길 바랍니다. 저야 폐하를 제외하고는 무서울 게 없습니다."

그러자 여왕이 입을 열었다.

"집사장, 이 싸움을 고집하시니 내가 어찌해야 할지 모르겠군요. 지금이라도 물러나서 이졸데가 괴로움을 당하지 않게 모든 주장을 무효로 하고 거둬들이는 게 그대에게도 이로울 거요."

"풋, 여왕님, 무효로 하라고요? 물론 여왕님이 저라면 무조건 그리하시겠죠. 다 이긴 경기를 아무렇지도 않게 포기하시겠죠. 뭐라 말씀하시든 간에, 저는 승리자로서, 이 내기의 승자가 될 겁니다. 여기서 아무 소득 없이 돌아간다면, 그동안 생고생을 한 셈입니다. 그럴 순 없죠. 여왕님의 딸을 차지할 겁니다. 여왕님은 용을 죽인 남자를 안다고 하셨죠? 더 긴말할 필요 없이 그 사람을 데려오십시오."

"알겠어요, 집사장. 어쩔 수 없이 내 입장을 관철할 수밖에 없군요."

여왕은 파라니스에게 눈짓을 하며 말했다.

"가서 그 사람을 데려오너라."

기사와 귀족들은 서로를 쳐다보며 웅성거리기 시작했다. 그 기사가 누군지 다들 물으며 추측해봤지만 아무도 알지 못했다. 그때 보름달처럼 아름다운 브랑게네가 트리스탄의 손을 잡고 자랑스럽게 등장했다. 고상하고 세련된 그녀는 그의 옆에서 기품 있게 걸었는데, 그녀의 자태는 매혹적이었고, 정신은 자랑스럽고 자유로웠다. 그녀의 손을 잡고 나란히 걷는 그 사람도 위엄 있는 모습이었다.

그는 제대로 된 기사라는 것을 나타내는 모든 특징을 온전하게 보여주었다. 그의 모습에 칭송과 감탄사가 터져 나왔다. 그의 풍채와 의복은 대단히 잘 어우러져 사뭇 웅장한 느낌을 자아냈다. 그는 상상을 뛰어넘게 화려하고 이국적인 직물로 된 시클라스*를 입고 있었다. 그건 궁정에서 흔히 쓰는 천으로 만든 게 아니었다. 비단실은 거의 보이지 않았고, 보이는 곳 대부분이 황금색인 금실과 금이었다. 그 위에는 작은 진주가 달린 수놓은 레이스가 덮여 있었는데, 그물코는 손바닥 너비만큼 넓었다. 그 사이로 붉게 타오르는 숯불처럼 시클라스가 빛났다. 안감은 제비꽃 염료보다 더 짙게 염색한 비단으로 덧대었는데, 마치 아이리스가 피어난 것처럼 보였다. 이 금으로 장식된 비단은 옷감이 최대한 부드럽게 접힐 수 있는 주름을 보였기 때문에 멋지게 몸에 들어맞았다. 훌륭한 남성의 풍모에 그 이상 딱 들어맞을 수 없었다. 그는 머리에 놀라울 정도로 번쩍이는 관을 쓰고 있었다. 장인의 솜씨로 만든 관으로 마치 촛불처럼 밝게 빛났다. 관에 달린 토파즈, 사르딘,** 귀감람석, 루비가 머리와 머리카락을 감싸듯이 별처럼 반짝반짝 빛이 났다. 이렇게 화려하고 웅장한 모습으로 그는 귀족과 신분이 높은 사람들이 모여 있는 홀로 들

---

* 지중해의 키클라데스 제도에서 만든 호화스러운 비단을 이용한 데서 붙은 이름으로, 그리스 로마 시대부터 13세기까지 남녀가 입었던 짧은 겉옷이나 튜닉을 가리킨다. 보통 중세 기사들은 갑옷이나 코트 위에 걸쳤다.
** 고대 리디아 왕국의 수도로 금은보석 세공이 발달한 사르디스 이름을 딴 붉은색의 보석.

어온 것이었다. 그와 관련된 것이라면 전부 고상하고 대단해 보였다.

그가 궁 안으로 들어서자 사람들이 양쪽으로 비켜섰다. 콘월에서 온 사람들도 거기 있었는데, 그를 보자마자 기뻐서 달려나가 인사를 한 뒤 브랑게네와 트리스탄을 같이 포옹했다. 그들은 도착한 남녀 두 사람의 손을 잡고 성대하게 의기양양한 모습으로 왕좌에 있는 분들 앞으로 이끌었다. 왕과 여왕과 공주는 세련된 예법을 보여주었다. 자리에서 일어나서 그에게 인사를 한 것이다. 트리스탄은 세 사람 앞에 몸을 숙여 절했다. 그러자 세 사람도 트리스탄 일행의 신분에 걸맞게 최대한 정중하고 성대한 의전으로 환영의 뜻을 전했다.

기사들은 그들이 누군지 제대로 알지 못한 채 낯선 손님들에게 인사하기 위해 몰려들었다. 물론 낯선 이들 가운데 자기 사촌과 친척을 알아본 몇몇 사람이 있었다. 그들은 한때 인질로 콘월에서 아일랜드로 보내진 이들이었다. 많은 이가 기쁨의 눈물을 흘리며 자기 친척들을 얼싸안았다.

말하자면 웃음과 눈물이 한데 뒤섞였는데, 그 장면은 굳이 전부 일일이 이야기하지 않겠습니다.

왕은 트리스탄과 그와 동행한 브랑게네를 맞이해 자기 가까이에 앉도록 했는데, 트리스탄에게 바로 옆자리를 내주었다. 왕의 다른 쪽에는 아름다운 여왕과 공주가 앉아 있었다. 기사와 귀족, 트리스탄의 일행은 평평한 바닥에 앉았지만, 모두가 재판

과정을 지켜볼 수 있는 자리였다.

나라의 고귀한 신분의 사람들은 트리스탄에 대해 귀엣말을 나누며 쑥덕댔다.

분명 홀에 모인 사람들의 입에서 온갖 칭송의 말이 샘처럼 솟아났을 겁니다. 그들은 여러 가지 이유로 칭찬을 했는데, 많은 사람이 이렇게 말했습니다.

"이보다 나은 기사를 하느님께서 어디 또 만드시겠어? 결투면 결투, 논쟁이면 논쟁, 이보다 완벽할 수 없지! 입고 있는 옷은 얼마나 화려한지! 여기 아일랜드에서 저런 의복은 본 적이 없어. 황제나 입을 만한 옷이지. 저 일행도 왕처럼 우아하게 옷을 입었다고. 저 사람이 누군지 모르겠지만, 정말 지체 높은 부자일 거야."

사람들이 이렇게 수군댔지만, 집사장의 눈동자는 활활 타올랐다. 그때 홀 안에 조용히 하라는 명령이 내리자 다들 잠잠해졌고 숨소리 하나 들리지 않게 되었다. 왕이 물었다.

"집사장, 이야기해보시오. 경은 뭘 얻고자 하는 것이오?"

"폐하, 제가 용을 죽였습니다."

그러자 낯선 이가 일어나서 부인했다.

"귀하는 그런 일을 하지 않았습니다."

"무슨 소리요, 나는 그걸 지금 증명할 수 있소."

"어떤 증거를 가지고 계시는지요?"

트리스탄이 되물었다.

276

"저기 보이듯, 내가 가져온 머리가 증거요."

트리스탄은 몸을 돌려 말했다.

"폐하, 저분이 머리를 증거로 드시니, 사람들로 하여금 그 안을 살펴보라고 명하십시오. 그 안에 혀가 그대로 있다면, 저는 제 주장을 거둬들이고 더 왈가왈부하지 않겠습니다."

사람들이 용의 아가리를 열어봤지만, 아무것도 발견할 수 없었다. 그러자 트리스탄은 혀를 가져오라고 명했고, 분부대로 이뤄졌다.

"여기 계신 분들은 저게 용의 혀가 맞는지 한번 확인해보십시오."

모두 트리스탄의 말에 고개를 끄덕였고, 그의 주장에 동의했다. 하지만 집사장은 끝까지 사실을 받아들이지 않으려 했다. 하지만 어떻게 대처해야 할지 전혀 알지 못했다. 그 불쌍한 이는 혀가 꼬여 더듬거리기 시작했고, 머릿속 생각과 말이 따로 놀면서 도저히 멈출 줄 몰랐다. 말을 하는 것도 아니고 그렇다고 침묵을 지키는 것도 아니었다.


그때 트리스탄이 입을 열었다.

"어떻게 이런 기이한 일이 일어나게 됐는지 여러분께 알려드리죠. 제가 용을 죽인 뒤, 혀를 아가리에서 손쉽게 잘라냈습니다. 가져가기 위해서였죠. 그런 일이 있은 뒤에 저 사람이 와서 용을 다시 죽인 겁니다."

그 이야기에 모두가 판결했다.

"호언장담으로 명예를 얻을 수 없지. 자기가 원하는 대로 이야기를 하거나 주장할 수 있지만, 어떤 이야기를 받아들여야 할지는 누구나 안다. 먼저 그곳에 있어서 혀를 가져간 사람이 용을 죽인 사람이라는 것이 올바른 판단이다."

이 판결에 모두가 만장일치로 동의했고, 그 사기꾼은 외톨이가 되었다. 반면에 진실을 밝혀 인정을 받은 그 낯선 이는 궁정의 모든 사람에게 박수를 받았다. 트리스탄은 왕에게 이렇게 아뢰었다.

"폐하, 이제 폐하께서 하신 약속을 떠올리시길 빕니다. 폐하의 따님은 저의 것입니다."

"경에게 약속을 지키겠소. 경의 말을 사실로 믿으니까 말이오."

그러자 가짜 주장을 한 이가 반대하고 나섰다.

"하느님 맙소사, 폐하 그러시면 안 됩니다! 어떤 일이 벌어졌든 간에 그건 명예롭지 않습니다. 전부 거짓 나부랭이입니다. 부당한 판결로 제게 주어진 명예와 권리를 손상받느니, 차라리 결투에서 싸우다 지는 길을 택하겠습니다. 폐하, 저는 결투를 강력히 주장합니다."

"집사장, 이미 다 끝난 일이에요. 그대는 대체 누구와 싸우겠다는 거죠? 여기 이분이 그대와 싸우려 하겠어요? 이졸데를 얻었으니 더 바랄 것이 없을 테니까요. 그대가 아무것도 걸지 않는데도 그대와 싸우는 어리석은 짓은 하지 않으실 겁니다."

트리스탄이 여왕에게 웃으며 말했다.

"여왕님, 까짓것 못 할 거야 없습니다. 우리가 일부러 속여서 그의 권리를 빼앗았다는 주장을 하지 못하도록 기꺼이 그와 한판 싸우겠습니다. 폐하, 그리고 여왕님, 분부만 내리십시오. 그

278

에게 가서 급히 무장하고 준비하라고 명령하십시오. 저도 준비하겠습니다."

집사장은 진짜 결투가 벌어질 듯 일이 급속히 진행되는 것을 보자 친척이나 친구들과 상의를 하기 위해 궁에서 물러났다. 하지만 상황은 더 나빠졌다. 아무에게도 지지받지 못했기 때문이다. 사람들은 오히려 그를 질타했다.

"집사장, 이 법적 분쟁은 나쁜 음모에서 시작되었고, 결국 결말이 나쁘게 됐어. 어떻게 일을 이 지경으로 만들었나? 잘못을 저지르고도 결투에 나선다면 목숨을 잃고 말 거야. 그러니 그렇게 하라고 우리가 조언할 수 있겠어? 이번 일은 명분도 없고 해줄 조언도 없어. 자네가 체통을 잃어버린 마당에 목숨마저 잃어버리면 치욕만 커질 뿐이지. 우리는 자네가 결투를 벌이게 될 저 사람은 분명 용맹스러운 전사가 분명하다고 생각해. 그런 사람과 맞서 싸운다면 죽은 목숨이라니까. 사악한 이의 거짓된 조언 때문에 명예가 날아가버렸지만, 아직 목숨은 보전하고 있잖아. 혹시 누군가가 어떤 이유에서든 치욕과 거짓을 잠잠케 할 때까지 잠자코 기다려."

"그럼 이제 어쩌죠?"

"우리의 조언은 간단해. 돌아가서, 친구들이 모두 요구를 철회하라고 권했기 때문에 어쩔 수 없이 이 건에서 손을 떼겠다고 말하면 돼."

집사장은 그 조언대로 행동했다. 그는 안으로 들어가 자신의 친척과 가신 들에게 설득을 당했다며, 더는 이 일에 관여하지 않겠다고 말했다.

"어머나 집사장, 그대가 다 이겨놓은 게임을 아무런 이유도 없이 포기하는 걸 볼 줄이야. 꿈에도 그럴 줄은 몰랐어요!"

여왕의 말에 궁 안의 사람들도 모두 그를 비웃었다. 사람들은 그 가련한 집사장을 마치 바이올린과 치터처럼 뜯어댔다. 마치 공처럼 주거니 받거니 하며 그를 큰 소리로 비웃었다. 사기는 이렇게 공개적인 치욕으로 끝이 났다.

## 16. 사랑의 미약을 마시다

이 사건이 해결되었을 때, 왕은 궁에 모인 왕국의 높고 낮은 귀족과 기사에게 그 사람이 바로 트리스탄임을 밝혔다. 그러고는 자기가 아는 그대로 트리스탄이 왜 아일랜드에 왔는지 설명하고, 마르케왕의 제후들이 있는 자리에서 트리스탄이 협의한 내용을 확인하고 보증해주기로 약속했다고 알렸다. 아일랜드의 귀족들은 이 소식에 몹시 기뻐했다. 화해가 매우 멋진 일이며 좋은 씨앗을 뿌릴 수 있을 거라고 말했다. 또 오랫동안 서로 적대감을 가졌던 건 전부 부질없는 일이라고도 말했다.

이제 왕은 약속대로 트리스탄에게 사전에 협의한 내용을 구속력 있게 확인하라고 명령했고, 트리스탄은 그대로 했다. 트리스탄과 마르케왕의 모든 신하는 이졸데가 콘월 왕국을 지참금으로 받고, 전체 잉글랜드의 여왕이 될 것이라고 확인했다. 그런 뒤 구르문은 이졸데에게 그녀의 원수인 트리스탄과 신의의 손을 잡도록 했다.

콘월로 떠나는 트리스탄과 이졸데(허버트 제임스 드레이퍼, 1901년 작)

여기서 그녀의 원수라고 한 것은 그럴 만한 이유가 있지요. 그녀는 마음속으로 여전히 그와 화해를 하지 않았기 때문입니다.

트리스탄은 그녀의 손을 잡았다.

"아일랜드의 주군이신 폐하, 저와 제 여왕님의 이름으로 한 가지 청이 있으니, 저와 여왕님을 위해서라도 들어주십시오. 콘월과 잉글랜드에서 인질로 이곳에 보내진 모든 기사와 기사 견습생이 여왕님을 섬길 수 있도록 해주십시오. 이제 두 왕국의 여왕이 되셨으니, 그리하는 게 지당한 일입니다. 그러니 이 사람들을 풀어주십시오."

"물론 그렇게 하겠소. 저들이 경과 함께 고향으로 돌아가는 걸 반대할 이유가 없소."

일이 술술 풀리자 많은 사람이 기뻐했다. 트리스탄은 배를 추가로 마련하고, 자신과 이졸데뿐 아니라 다른 사람들도 편안하게 배를 선택할 수 있도록 준비하라고 명령했다. 모든 것이 준비되었고, 고국으로 출발할 채비를 마쳤다. 사신들이 떠나가 궁정에 있거나 왕국 다른 곳에 머물고 있는 고향 사람들을 전부 불러 모았다.

트리스탄이 그의 동료들과 함께 항해를 준비하는 동안, 현명한 여왕 이졸데는 미약媚藥을 준비해서 작은 유리병에 넣고 밀봉했다. 나름대로 철저히 계획을 세워서 준비한 것으로 놀라운 효능을 발휘할 거라고 생각했다. 남성이 상대방과 함께 그 약을 마시면, 자신이 원하든 아니든 간에 그 순간부터 상대방을 사랑할 수밖에 없게 되는 물약이었다. 물약을 마신 여성도 마찬가지였다. 그리하여 두 사람은 삶의 순간이든 죽음의 순간이든, 슬플 때나 기쁠 때나 하나가 될 수밖에 없었다. 그들에게 주어진 운명이었다. 현명한 여인은 물약을 들고 브랑게네와 만나 은밀한 대화를 나누었다.

"사랑하는 조카 브랑게네야, 슬퍼하지 말거라. 당연히 너도 내 딸과 함께 갈 테니 그럴 채비를 하렴. 네게 할 말이 있으니 잘 귀담아둬. 물약이 든 이 유리병을 가져가서 잘 간직해. 다른 사람이 보지 못하도록 어떤 금은보화보다 잘 보관해야 한다. 내가 일러주는 그대로 반드시 따라야 해. 이졸데와 마르케왕이 사랑을 나눌 때, 그들에게 와인 대신 이 물약을 건네주고 함께 마시도록 해라. 그 두 사람 외에 다른 사람은 한 모금이라도 이 물약을 마시지 않도록 주의해야 해. 그런 일은 정말 일어나지 않는 게 좋아. 너도 마시면 안 된다. 네겐 말해줄게. 이건 미약이야. 이졸데를 네게 맡기니, 그녀를 부디 잘 보살펴주렴. 그 아이는 나의 전부이니까. 나와 그 아이를 네 손에 맡긴다. 너의 모든 행복으로 그녀를 지켜주렴. 더는 할 말이 없구나."

"사랑하는 여왕님, 원하시는 대로 아가씨와 함께 길을 떠나겠습니다. 제가 할 수 있는 한 아가씨의 명예를 지키겠어요."

브랑게네는 여왕의 말에 순종했다.


트리스탄은 그의 부하들과 작별 인사를 했다. 베이제포르트 곳곳에서 기쁜 마음으로 작별 인사가 오갔다. 이졸데에 대한 사랑으로 왕과 여왕뿐 아니라 궁의 모든 사람이 트리스탄을 배웅하러 항구까지 행차했다. 아직은 트리스탄의 머릿속에 연인인 적은 없었지만 그의 마음을 옭아맨 밝고 아름다운 이졸데는 트리스탄 쪽에 서서 울음을 터뜨렸다. 그녀의 부모는 작별의 순간이 짧기만 해 가슴 아팠다. 많은 사람의 눈시울이 붉어졌고 뜨거운 눈물이 눈가를 적셨다. 이졸데는 많은 이의 마음을 사로잡았기 때문에 다들 남몰래 안타까워했다. 보기만 해도 즐거웠던 이졸데를 떠나보내게 되어 슬펐다. 드러내고 눈물을 펑펑 흘린 사람들도 있었고, 몰래 슬픔을 삭인 사람도 있었다.


자, 태양과 노을인 이졸데와 또 다른 이졸데, 거기다 보름달인 브랑게네가 이별하게 됐습니다. 두 명과 한 명이 갈라지게 되었는데, 정말 슬프고 참담한 순간이었지요. 끊을 수 없는 견고한 신의의 끈이 풀어지는 게 그들에게는 엄청난 고통이었답니다. 이졸데는 두 사람에게 끊임없이 키스를 퍼부었지요.

콘월 사람들과 귀한 아가씨의 신하들 모두 작별을 나누고 배에 올라탔다. 마지막으로 트리스탄이 아일랜드에서 가장 아름다운 꽃, 눈이 부시도록 아름다운 젊은 여왕인 이졸데의 손을 잡고 배 위로 인도했다. 그녀는 슬퍼서 몹시 침울한 상태였다. 두 사람이 육지를 향해 몸을 숙이자, 왕국과 백성은 하느님의 가호를 빌었다. 그들은 배를 출항시켰다. 큰 소리로 외치고 외치다가, "하느님의 이름으로 우리는 갑니다"라고 한목소리로 합창하며 먼바다를 향해 노를 저었다.

배 안에는 귀부인들이 편히 쉬도록 따로 공간이 마련되었는데, 트리스탄은 아무도 그들을 방해하지 말라고 명했다. 여왕과 시녀는 그곳에 머물렀고, 트리스탄 외에는 어떤 남자도 그곳의 문턱을 넘을 수 없었다. 트리스탄은 자주 여왕을 찾아가 울고 있는 여왕을 위로했다. 이졸데는 계속해서 울기만 했고, 고향과 친한 친구들과 떨어져서 생판 모르는 낯선 곳으로 가게 된 것을 한탄했다.

트리스탄은 슬픔에 빠져 있는 그녀를 만날 때마다 최대한 다정하게 그녀를 위로했다. 그는 상냥하고 다정하게 그녀를 포옹했는데, 신하가 여주인에게 보일 수 있는 표시와 다름없었다. 신의의 남자는 아름다운 여인의 슬픔을 덜어주기 위해 노력했지만, 아름다운 이졸데는 매번 그가 자신을 안으려 할 때마다 외삼촌을 떠올릴 수밖에 없었기 때문에 손길을 뿌리쳤다.

"대장님,* 제게서 멀어지십시오. 팔을 치우세요! 당신 때문에 짜증이 납니다. 왜 저를 만지려는 거예요?"

"아, 아름다운 아가씨. 제가 그러는 게 잘못된 일인지요?"

"그렇습니다. 전 당신을 증오하니까요."

"사랑스러운 아가씨, 왜 그러시죠?"

"당신이 제 외삼촌을 죽였잖아요."

"하지만 우린 화해하지 않았나요?"

"그것과는 상관없어요. 당신은 제 증오의 대상이에요. 당신이 아니라면 제가 고통이나 슬픔을 겪지 않았을 테니까요. 바로 당신이 계책과 술수로 제게 이런 고통을 안겨주었습니다. 도대체 왜 콘월에서 아일랜드로 와서 제게 불행을 안긴 거죠? 사기를 쳐서 저를 길러온 사람들을 제게서 모두 빼앗아버렸고, 오직 하느님만 아시는 곳으로 저를 납치해 가고 있잖아요. 맙소사, 당신은 저를 두고 무슨 거래를 한 거죠? 어휴, 제가 어찌 될지 하느님만 아시겠군요."

"아닙니다, 어여쁜 이졸데 님. 걱정하지 마세요. 행복해진다고 기뻐하셔도 됩니다. 고향에서 가난하고 의미 없이 사는 것보다 낯선 나라에서 강력한 여왕이 되는 것이 훨씬 낫지 않습니까? 낯선 왕국에서 부와 명예를 누리는 것이 조국에서 치욕스럽게

---

* 트리스탄에 대한 원한 때문인지 이졸데는 트리스탄을 선단의 인솔자로만 여기고 있다.

286

사는 것보다 더 낫습니다."

하지만 소녀는 대꾸했다.

"트리스탄 대장님, 대장님이 뭐라 해도 마음 내키지 않게 불편해하며 웅장하고 화려하게 사는 것보다 거창하지는 않지만 편안하게 만족하며 살고 싶어요."

"아가씨 말씀이 옳습니다. 하지만 편안하게 살면서 권력까지 주어진다면, 그중 하나의 축복을 받고 사는 것보다 훨씬 좋은 거죠. 한번 따져봅시다. 아가씨가 집사장을 남편으로 받아들여야 했다면 어쩔 뻔했습니까? 그보다는 지금 상황이 분명 더 행복하고 만족스러울 겁니다. 제가 아가씨를 도와 그 사람에게서 구원해준 것은 감사받을 일이지요!"

"저한테서 고맙다는 소리를 들으려면 한참은 있어야 할 거예요. 대장님이 저를 그 사람에게서 구한 건 사실이긴 해요. 하지만 저를 오래전부터 걱정과 근심에 빠뜨렸으니, 대장님에게 구원받기보다 차라리 집사장을 남편으로 받아들이는 편이 나았을 거예요. 그가 별 볼 일 없는 사람이긴 해도, 시간이 지나면 자신의 단점을 떨쳐버리고 제 맘에 들 수 있을 테니까요. 언젠가 그가 정말 나를 사랑하는 걸 입증할 수 있는 날이 올지 누가 알겠어요?"

"제겐 황당한 소리로만 들립니다. 자기 본성에 어긋나게 미덕을 쌓는 건 엄청난 노력이 필요한 법이지요. 나쁜 짓을 하던 사람이 나중에 점잖아질 수 있다고 믿는 사람은 아무도 없습니다. 아름다운 아가씨, 걱정 마십시오. 오래지 않아 폐하께서 당신의 부군이 되도록 하겠습니다. 그분과 함께하면 화려하고 기쁘게,

부유하고 미덕이 가득한 삶과 명예를 누릴 수 있을 겁니다."

배는 계속 앞으로 나아갔고, 순풍을 받아 순조롭게 항해했다. 하지만 두 아가씨, 즉 이졸데와 시녀는 바람과 물결에 익숙지 않았다. 곧 여행의 피로에 지치기 시작했다. 그러자 그녀들을 보살필 책임을 맡은 트리스탄은 육지로 배를 돌려 잠시 쉬어 가자고 명령했다. 배가 어느 항구에 정박하자, 뱃전에 있던 사람들은 대부분 육지로 나가 몸을 움직였다. 그사이 트리스탄은 여주인을 찾아가 존경을 표시하고 상태를 살폈다. 그녀 옆에 함께 앉아 이런저런 이야기를 나누다가 뭔가 마실 것 좀 달라고 부탁했다. 때마침 시녀들은 자리를 비운 상태였고, 몇몇 젊은 소녀들만이 여왕 곁에 있었다. 그중 한 소녀가 "보세요, 저기 와인이 담긴 작은 병이 있네요"라고 말했다.

아, 그렇게 보일지는 모르지만, 그건 와인이 아니었습니다. 그건 전혀 멈추지 않는 통증이요, 치료될 수 없는 마음의 고통이었습니다. 이 고통으로 두 사람은 죽게 될 운명이었습니다. 하지만 소녀는 전혀 그런 줄 몰랐고, 자리에서 일어나 물약이 든 유리병이 놓인 곳으로 갔던 겁니다. 그러고는 주인인 트리스탄 경에게 가져다주었습니다. 트리스탄 경은 이졸데에게 먼저 권했죠. 이졸데는 한참 망설이더니 그 물약을 마셨습니다. 그러고는 그에게 건넸고, 결국 두 사람 모두 그 물약을 마신 겁니다.

그때 브랑게네가 들어왔다. 그녀는 유리병을 보고는 무슨 일

How, as they sailed towards Cornwall, they saw on a day the flasket wherein was the love-filtre which the Queen of Ireland was sending by the hand of Dame Brangwine for Isoude to drink with King Mark, and how Tristram drank it with her, both unwitting, and how they loved each other ever after

사랑의 미약을 마시는 트리스탄과 이졸데(단테 가브리엘 로세티, 1862~63년 작)

이 벌어졌는지 바로 알아차렸다. 순간 너무나도 놀라서 몸에서 힘이 쭉 빠져나갔고, 충격으로 얼굴이 죽은 듯이 창백해졌다. 심장이 얼어붙은 채 방으로 들어와 그 불행하고 끔찍한 유리병을 들고 나가서는 사나운 파도가 이는 바다에 던져버렸다.

"아이고, 내 처지가 딱하기도 하지. 내가 태어나지 않았더라면 얼마나 좋았을까? 하느님은 왜 나를 이 여행에 따라나서게 하셨지? 이졸데 아가씨와 이 불행한 여행에 함께하기 전에 죽음을 주셨어야 하는데. 아, 트리스탄 경과 이졸데 아가씨, 이 물약으로 당신들은 죽은 거나 마찬가지예요!"

처녀와 총각, 이졸데와 트리스탄이 물약을 마셨을 때, 모든 사람의 열정을 불러일으키는 힘이 샘솟기 시작했다. 사랑 앞에서는 어떤 이의 마음도 안전하지 않은데, 바로 그 사랑이 그들 마음속에 똬리를 튼 것이다. 두 사람이 그 사실을 채 알아차리기도 전에 사랑은 승리의 깃발을 꽂고 그들이 자신의 지배를 받도록 했다. 그들은 그때까지 서로 다른 두 사람이었지만, 이제 똑같은 신세로 서로 하나가 되었다. 두 사람은 더 이상 서로 적대심을 품지 않게 되었다. 사랑이 화해를 이끌어냈고, 두 사람의 머릿속에서 증오를 씻어낸 뒤 마치 맑은 거울에 서로 비친 듯이 다정하게 하나로 묶어버렸기 때문이다. 오히려 두 사람은 똑같은 마음을 가지게 되었다. 그녀의 걱정은 그의 걱정이었고, 그의 걱정은 그녀의 근심이었다. 두 사람은 즐거울 때나 괴로울 때나 하나였지만, 그 사실을 드러내지 않았다. 의심과 부끄러움 때문이었다. 그녀는 부끄러워했고, 그도 마찬가지였다. 그녀는 그를 의심했고, 그는 그녀를 의심했다. 서로에 대한 마음의 욕망이 같은 줄 전혀 몰랐기 때문에 처음으로 두 사람에게 걱정이 생겼기 때문이다. 그래서 서로의 생각을 숨겼다.

트리스탄이 사랑을 느꼈을 때, 그는 즉시 자신의 신의와 명예를 떠올리며 망설였다.

'이러면 안 돼, 트리스탄. 정신을 차리자. 이런 생각은 해서도

안 돼.'

　하지만 마음은 이미 딴 곳에 가 있었다. 그는 자신의 의지와 싸우고 또 싸웠다. 자기 의지대로 따르려 하다가도 또 벗어나려 했다. 포로가 된 그 남자는 계속해서 사슬을 풀어버리려 했고, 기력이 다할 때까지 노력했다. 신의의 남자는 두 측면에서 압박을 받았다. 바라보기만 해도 그녀와 하나가 되어 감미로운 사랑이 마음과 정신을 엄습해올 때마다 그는 명예를 떠올렸다. 명예에 관한 생각이 그를 그녀와 떨어뜨려 놓았고 안전하게 만들었다. 하지만 그 즉시 사랑이 그녀에게 다시 향하도록 그를 강제했다. 사랑은 그의 타고난 지배자였기에 그는 복종할 수밖에 없었다. 그의 신의와 명예가 그를 고통의 구덩이에 빠뜨렸지만, 사실 그를 더 고통스럽게 만든 건 사랑이었다. 신의와 명예보다 사랑 하나가 그를 더 괴롭혔던 것이다. 그녀를 보는 것만으로 마음은 웃었지만, 눈을 딴 데로 돌리라고 경고 소리가 울렸다. 하지만 그녀를 보지 못하는 건 그에게 가장 큰 고통이었다. 매 순간 그는 마치 포로처럼 어떻게 하면 그녀에게서 벗어날 수 있을까 고민했지만 절망적이었다.

　'딴 곳으로 가거나 해서 이 욕망을 다른 대상으로 돌려야지. 맘대로 사랑을 해, 하지만 딴 곳에서 찾아!'

　하지만 그를 옭아매고 있는 올가미는 느슨해지지 않았다.* 그는 마음과 정신을 단속하며 상황을 바꾸려고 시도했지만, 머릿속에는 이졸데와 사랑밖에 없었다. 이졸데도 마찬가지였다. 그

---

* 이런 사랑의 이미지는 오비디우스의 『사랑의 기술*Ars amatoria*』에서 나온 것이다.

녀는 온 힘을 다해 노력했지만, 인생은 그녀 편이 아니었다. 사랑의 유혹이 끈끈이처럼 달라붙어서 자신의 감정이 이미 깊숙이 빠져들었다는 것을 알아차렸을 때, 그녀는 자기만의 의지의 공간을 찾아 새처럼 멀리 떠나려 했다. 그러나 끈끈한 라임이 그녀를 꽉 붙잡아서 잡아당겨 주저앉혔다. 아름다운 아가씨는 전력을 다해 그 자리를 벗어나려고 노력했지만 소용이 없었다. 거기에 붙어 있지 않으려고 손발을 끊임없이 비틀며 갖은 방법을 써서 그곳을 벗어나려 했지만, 그럴수록 그녀의 손발은 점점 더 깊게 남자와 사랑의 달콤한 함정에 빠져들었다. 라임으로 딱 달라붙은 그녀의 감정은 더는 탈출하지 못했다. 다리나 계단도 없었으며, 사랑에서 한 발짝도 움직일 수 없었다.

이쫄데도 다른 쪽으로 생각을 돌리고 딴생각을 하려 해도, 점점 더 사랑과 트리스탄만 생각났다. 하지만 이 모든 걸 드러내지 않고 감추었다. 그녀의 마음과 눈은 따로 놀기 시작했다. 수줍음에 눈을 돌렸지만, 마음으로는 사랑을 향했던 것이다. 처녀와 총각, 사랑과 수줍음, 이렇게 뒤엉킨 두 쌍이 그녀를 완전히 혼란에 빠뜨렸다. 처녀는 총각을 원하면서도 온 힘을 다해 그에게서 눈을 떼려고 애를 썼다. 부끄러움에도 불구하고 사랑을 간절히 바랐지만, 아무도 알아차리지 못하도록 주저했다.

하지만 무슨 소용이 있겠습니까? 부끄러움과 소녀는 잠시 지나가는 것이라, 잠시 피었다가 곧 보지 못한다고 세상 사람들은 말하지요.

결국 이졸데는 저항을 포기하고 운명에 몸을 내맡겼다. 패자는 몸과 마음을 그 남자와 사랑에 넘겨주었다. 그녀는 반복해서 그를 쳐다보며 은밀하게 뜯어보았다. 그녀의 맑은 눈과 감정은 이제 아름답게 조화를 이루었다. 그녀의 마음과 눈은 은밀하게 애정으로 그 남자를 훔쳐보았다. 그녀의 눈길에 그는 그녀를 다정다감하게 바라보았다. 그 역시 어쩔 수 없이 사랑에 항복하고 말았다. 총각과 처녀는 틈이 날 때마다 서로를 바라보며 기뻐했다. 두 연인에게는 매번 볼 때마다 상대방이 그전보다 더 멋지고 아름다운 것처럼 느껴졌다.

　　사랑의 법과 규칙에 따르면 당연한 일이지요. 사랑이 무럭무럭 자라 꽃이 피고 기쁨과 즐거움이 넘쳐날 때 연인들은 처음 시작할 때보다 서로를 더 맘에 들어 하는 법입니다. 현재든 옛날이든 늘 그렇습니다. 뿌리 깊은 사랑일수록 시간이 지나면 더 아름다워지는데, 사랑은 원래 그런 것이기 때문에 줄어들지 않거든요. 길면 길수록 더 아름다워지죠. 거기에 사랑의 힘과 가치가 있는 겁니다. 사랑이 그전보다 더 나아지지 않는다면, 사랑의 지배력은 이내 무너지고 만답니다.

# 17. 사랑을 고백하다

선단은 다시 육지를 떠나 경쾌하게 먼바다로 나갔습니다. 물론 두 마음이 이전처럼 함께 항해한 것은 같지만, 사랑이 그 코스를 완전히 벗어나게 만들었다는 건 여러분께 말씀드려야겠죠.

두 사람은 머리가 무거웠다. 순전히 기적과 같은 일이 만들어낸 행복한 고통이 그들을 괴롭혔다. 꿀은 쓴맛으로 변했고, 달콤한 것은 시큼해졌으며, 차가운 이슬은 불처럼 뜨거웠고, 약은 더욱 고통을 낳았다. 마음에는 용기가 사라져버려, 모든 것이 거꾸로 뒤집혔다. 트리스탄과 이졸데는 이런 고뇌를 짊어지게 된 것이다.

도저히 설명이 되지 않는 저항하기 힘든 어마어마한 힘이 그들을 내몰았고, 서로 얼굴을 보지 못하면 어느 누구도 편히 지낼 수가 없었다. 하지만 두 사람이 함께 있으면 다시 고통스러워졌다. 두 사람이 하나가 될 수 없다는 사실이 그들을 짓눌렀기 때문이다. 두 사람은 그걸 원했지만, 낯설고 부끄러운 감정이 그들의 행복을 가로막았다. 두 사람이 사랑의 라임 가지에 들러붙어 그런 감정을 감춘 채 한데 나란히 앉아 서로를 쳐다볼 때면, 겉으로는 머릿속과 마음속에서 벌어지는 일에 전혀 영향을 받지 않은 듯 태연한 모습이었다.

하지만 사랑은 알록달록한 것을 좋아하는 화가입니다. 그렇게 남몰래 은밀하게 고상한 마음으로만 간직하는 것으로 만족하지 않지요. 그래서 두 사람의 얼굴에 힘을 발휘하려 했답니다. 두 사람 얼굴에 다양한 색이 나타나기 시작했는데, 한 색이 오래가진 않았습니다. 이내 창백한 색에서 붉은색으로 계속 번갈아 변했지요.

사랑이 색조를 단장하듯, 두 사람의 얼굴은 붉은빛과 흰빛을 띠었다. 이렇게 분명하게 표시가 나자, 두 사람은 자연스럽게 상대방이 사랑에 빠졌다는 것을 알았다. 곧 서로 사랑에 빠진 연인처럼 행동하기 시작했으며, 함께 속삭이고 수다를 떨 수 있는 기회를 찾아 나섰다. 그들은 사랑의 밀렵꾼처럼 끈기 있게 그물과 덫을 놓고 잠복해서 기다렸고, 답변과 질문을 하며 살금살금 접근해 들어갔다. 그들은 서로 많은 이야기를 나눴다.

이졸데는 처녀들의 방식으로 제대로 시작했는데, 에둘러 이야기하면서 자기가 가장 좋아하는 이, 즉 연인에게 다가갔다. 오래전으로 돌아가서 어떻게 그가 심한 부상을 당한 채 홀로 작은 조각배에 실려 더블린에 오게 되었는지, 어머니가 그를 어떻게 치유했는지 언급하면서, 자신이 트리스탄의 가르침을 받아 뛰어나게 글씨를 쓰는 법과 라틴어와 현악기 연주법을 배웠다는 것을 이야기했다. 그러고는 그의 군센 기상과 용을 마치 눈앞에서 보는 듯 생생하고 자세히 묘사했으며, 자신이 어떻게 두 번이나 그를 알아봤는지, 즉 웅덩이와 욕조에서 벌어진 일을 떠올렸다. 그는 그녀에게, 그녀는 그에게 자유롭게 이야기를 주고받았다.

"내가 그때 욕조에서 절호의 기회를 봤을 때 경을 죽였더라면! 하느님 맙소사, 내가 왜 그냥 내버려뒀을까? 그때 내가 지금의 현실을 알았더라면, 경은 살아남지 못했을 거예요."

"왜 그러시죠, 아름다운 이졸데 아가씨? 무슨 근심거리가 있나요? 알다니요, 무엇을 말입니까?"

"내가 아는 사실 때문에 근심에 빠져 있어요. 내 눈앞의 일 때문에 고통스러워요. 하늘과 바다가 나를 괴롭혀요. 내 몸, 내 삶이 내게 짐이랍니다."

그녀는 그에게 팔을 뻗으며 그에게 기대어 쉬려 했다. 처음으로 그녀가 보인 과감한 행동이었다. 거울처럼 빛나는 눈가에 눈물이 서서히 차올랐다. 그녀의 마음은 넘어갔으며, 부드러운 입술은 살포시 부풀어 올랐고, 고개는 아래로 푹 꺾였다. 그녀의 연인은 팔을 뻗어 그녀를 안았다. 느슨하지도 않았고 꽉 껴안은 것도 아니었다. 아직은 낯선 사람 같은 태도를 취했다. 하지만 그는 다정한 목소리로 조용히 물었다.

"오, 사랑스럽고 어여쁜 이여, 말해주세요. 도대체 무엇이 아가씨를 걱정하고 아프게 하나요?"

"라메르, 제 처지가 라메르예요. 라메르 때문에 가슴이 답답합니다. 라메르 때문에 고통스럽습니다."

사랑의 사냥매인 이졸데가 대답했다. 그녀가 라메르란 단어를 반복해 쓰자, 트리스탄은 이 단어가 의미하는 바를 놓고 고심하기 시작했다.

'라메르l'ameir라면 사랑이란 뜻이야. 또 혹독하다는 뜻도 있지. 하지만 라 메이르la meir를 말하는 것이라면 바다라는 뜻인데. 이 단어는 뜻이 여러 가지란 말이야.'

그는 세 의미 중 하나는 내버려두고 다른 두 가지 의미에 초점을 맞췄다. 즉 두 사람의 주군인 사랑, 두 사람의 동경과 열망은 모른 척하고, 혹독함과 바다를 화제에 올린 것이다.

"아름다운 이졸데 아가씨, 바다 때문에 힘드신가 봅니다. 바다와 바람 두 가지가 혹독하게 느껴지나 보군요."

"아네요. 경은 무슨 말씀을 하시는 거죠? 그런 것 때문에 근심하는 게 아니에요. 바닷바람이나 바다가 쓰라리지는 않아요. 오로지 라메르 때문에 고통스러운 거랍니다."

그때에야 그는 그 단어가 '사랑'을 뜻한다는 것을 알아차렸다. 그는 은밀하게 그녀에게 말했다.

"아름다운 이여, 사실 나도 마찬가지예요. 라메르와 당신 둘 때문에 힘듭니다. 사랑하는 아가씨, 사랑스러운 이졸데, 바로 그대와 그대에 대한 사랑 때문에 혼란스러워 정신을 차리지 못하겠습니다. 생활이 완전히 엉망진창이 되어 다시 정상으로 돌아가지 못할 정도입니다. 내 눈에 보이는 그대 때문에 초조하고 고통스럽습니다. 내 감정을 뒤흔들어 병들게 했습니다. 제 마음속에는 오로지 아가씨만이 있을 뿐 세상 그 누구도 없습니다."

"저도 마찬가지예요, 저 역시 경을 사랑합니다."

이제 연인들이 상대의 생각, 마음, 의지가 서로 똑같다는 것을 알았을 때, 그들의 고통은 차츰 가라앉았다. 두 사람은 이제 제대로 감정을 드러낸 채 총각 대 처녀, 처녀 대 총각으로서 용기를 내어 서로를 쳐다보며 대화를 나누었다. 망설임은 사라진 지 오래였으며, 그는 그녀에게 키스를 했고, 그녀도 그에게 달콤하고 부드럽게 키스했다.

사랑은 그런 행복을 안겨다 주면서 관계를 개선해나갔다. 둘은 마음에서 쏟아져 나오는 달콤함을 서로 건네주며 마셨다. 기회가 생길 때마다 두 사람은 사랑을 주고받았지만, 언제나 그렇듯 아무도 그들의 감정과 욕망을 알아차리지 못하도록 조용하고 은밀하게 진행했다. 딱 한 사람만 그 사실을 알고 있었다. 현명한 브랑게네는 그들을 자주 몰래 조용히 지켜보고는 일찍이 그들의 비밀을 알아차렸다. 그녀는 종종 혼자 이런 생각을 하곤 했다.

'맙소사, 저분들이 사랑에 빠진 게 분명하군.'

오래지 않아서 두 사람의 상황이 얼마나 심각한지 점점 더 분명해졌다. 그들의 몸과 마음을 괴롭히는 내면의 고통이 겉으로 드러났기 때문이었다. 두 사람의 근심이 그녀를 괴롭혔다. 계속해서 두 사람이 사랑으로 서로를 갈망하는 모습, 한숨을 내쉬며 힘들어하는 모습, 생각에 짓눌려 고민하는 모습, 얼굴색이 뒤바뀌는 모습을 지켜봐야 했다. 두 사람의 머릿속에는 온통 사랑뿐이었다. 식음을 전폐하기 일쑤였고, 몸이 나날이 쇠약해졌기 때문에 브랑게네는 걱정이 되어 바짝 긴장했다. 그녀는 두 사람이 최악의 상황을 맞을까 염려하며 마음을 다잡았다.

'용기를 내. 무슨 일이 벌어지는지 확실히 알아봐야지.'

어느 날 현명한 그 아이는 용기를 내어 두 사람 곁에 앉아 조용하고 친근한 말씨로 물었다.

"여기에는 아무도 없어요. 우리 셋뿐입니다. 그러니 말씀해보세요. 무슨 일로 그렇게 힘들어하시는 거죠? 제가 볼 때마다 두 분은 항상 깊은 생각에 빠져 한숨을 쉬며 한탄하고 있더군요."

"뛰어난 분이시군요, 그대에게 감히 말해도 된다면, 그대에게 털어놓겠습니다."

트리스탄이 속마음을 내비쳤다.

"그래요, 경은 저를 믿으셔도 됩니다. 하고 싶은 말씀이 있으시면 이야기하세요."

"사랑스럽고 착한 그대여, 내가 이야기를 하기 전에, 당신은 우리를 불쌍히 여기고 너그럽게 봐줄 것을 반드시 약속하고 맹세해야 합니다. 그러지 않으면 우리는 절망적일 테니까요."

트리스탄의 말에 브랑게네는 하느님께 맹세코 그들에게 신의를 다하겠다고 약속했다.

"성실한 여인인 그대여, 하느님을 우선 생각하고, 자신의 구원은 나중에 생각하십시오. 우리의 고뇌와 우리가 처한 어려움을 보세요. 저와 이졸데는 가련하게도, 무슨 일이 벌어졌는지는 모르겠지만 갑자기 이성을 잃어버렸습니다. 이상한 병으로 고통받고 있어요. 바로 사랑 때문에 죽을 지경입니다. 그대가 아침부터 밤늦게까지 우리를 방해하고 있어서, 사랑을 나눌 시간과 기회를 갖지 못하고 있습니다. 우리가 그 때문에 죽는다면, 분명 이건 전적으로 그대 책임이에요. 우리가 죽고 사는 일은 그대 손에 달려 있습니다. 이걸로 전부 다 털어놓은 겁니다. 사랑스러운 브랑게네, 그러니 우리를 도와주십시오. 나와 그대의 여주인에게 자비를 베풀어주십시오."

그러자 브랑게네는 이졸데에게 물었다.

"아가씨, 정말 이런 상황 때문에 괴로우신 거예요?"

"그렇단다, 사랑하는 사촌 동생아."

브랑게네는 큰 소리로 한탄했다.

"아, 하느님, 어찌하여 악마가 우리를 갖고 놀도록 내버려두셨는지요? 안타깝게도 두 분을 위해 제가 고통을 감수하더라도 두 분의 수치스러운 행각을 도와줄 수밖에 달리 방법이 없군요. 두 분을 죽게 내버려두느니, 차라리 두 분이 하고 싶은 대로 하도록 기회를 드리겠습니다. 하지만 저를 위해서라도 두 분께서 마냥 망가지시면 안 돼요. 그런다고 제가 두 분의 명예를 지키는 일을 관두지는 않을 테니까요. 제 생각에는 두 분께서 감정을 억누르고 자제하실 수 있다면 그게 최상의 길입니다. 이 치욕스러운 일은 우리 셋만의 비밀로 하고, 더는 이야기하지 말아요. 이 일을 비밀로 하세요. 두 분의 명예는 빙판 위에 있는 거나 마찬가지예요. 우리 셋 외에 누군가가 이 사실을 알면 저도 두 분과 함께 망하는 거예요. 사랑하는 이졸데 아가씨, 죽고 사는 일은 아가씨의 손에 달려 있습니다. 지금부터 저를 신경 쓰지 마시고 원하시는 대로 하세요. 단, 좋은 방향으로 이끄세요."

그날 밤, 아름다운 여인이 침대에 누워서 그녀가 사랑하는 이에 대한 그리움으로 수척해질 때, 그녀의 연인과 의사, 즉 트리스탄과 사랑이 그녀의 방으로 슬며시 들어왔다. 사랑이 아픈 트리스탄을 자기 환자인 이졸데에게 손수 데려온 것이다. 사랑은 두 환자에게 각각 상대방을 약으로 주었다. 두 사람이 한 몸이 되는 것 외에 그들이 공통으로 짊어진 고통을 씻겨주고, 두 감정의 사슬을 풀어주는 방법이 어디 있을까? 뜨개질 대가인 사랑이 두 마음을 달콤한 실로 연결했고, 너무나도 튼튼히 천을 짰기 때문에 서로 떨어질 수가 없게 되었다.

자, 사랑에 대해 장황하게 떠들어대는 건 궁정 예법에 어긋날 뿐 아니라 성가신 일일 테지요. 고상한 사랑은 간략하게 이야기하는 게 고상한 감정에 좋답니다. 제가 그동안 살면서 그런 달콤한 고통, 마음속 깊은 곳에서 무자비하게 찔러대는 부드러운 고통을 거의 경험하지 못했다 하더라도, 제가 신뢰할 수 있는 제 안에 있는 어떤 예언의 소리가 그 두 연인은 정말 환희와 행복을 느꼈다고 말해줄 것입니다. 왜냐하면 그들이 사랑에게 저주와 원수인 골치 아픈 감시* 따위를 치워버렸기 때문이지요.

저는 두 사람에 대해 생각을 많이 했습니다. 지금도 매일 그들을 생각하고 있지요. 그들의 사랑의 환희, 그들의 근심과 초조를 눈앞에 떠올리며 그 상황을 가슴으로 지켜볼 때면, 제 안에서 동경, 소원, 전우애가 마치 날개가 돋친 듯 높이 솟아오릅니다. 제

---

* '감시'는 중세의 사랑 이데올로기에서 중요한 역할을 하는데, 서술 구조에서 남편이 아내가 연인과 탈선에 빠지는 것을 감시하는 극적인 순간을 나타낸다.

가 모든 기적을 능가하는 기적, 사랑에서 볼 수 있는 그 기적에 관심을 가질 때면, 행복에 어떤 기쁨이 있는지 이해하고, 그걸 제대로 느낄 수 있는 사람이 있다면, 제 기분은 세티모 고개*보다 훨씬 더 높이 뛰어넘을 겁니다. 하지만 저는 사랑에 대해 진심으로 아쉽습니다. 사람들은 대부분 사랑에 얽매여 제대로 사랑을 다스릴 줄 모르거든요. 우리 모두 사랑을 바라고 사랑을 경험하려 하지요. 하지만 서로 잘못된 방식으로 몰고 나가는 그런 것은 사랑이 아닙니다.

우리는 제대로 사랑을 하고 있지 않습니다. 마치 사리풀**의 씨앗을 뿌리고는 백합과 장미가 피어나길 바라는 식입니다. 그럴 수는 없지요. 뿌린 대로 거두는 것이며 뿌린 씨가 낳은 결실을 받아들여야 합니다. 우리가 뿌린 씨의 결실을 베고 수확해야 하지요.

우리는 마음속에 쓰라린 생각, 사기와 부정을 가지고 사랑을 재배합니다. 그래 놓고는 사랑에서 육체와 정신의 행복을 기대하지요. 하지만 그런 사랑은 순전히 고통만 가져다줄 뿐입니다. 바로 우리가 뿌린 씨에서 사악함, 거짓 열매, 나쁜 것을 거두는 겁니다. 우리에게 그런 나쁜 일이 벌어지고, 마음속의 고통으로 죽을 것 같으면, 모든 것을 사랑 탓으로 돌립니다. 사랑은 아무런 책임도 없는데 말이죠. 바로 우리가 사악한 씨를 뿌렸기 때문에

---

* 스위스 알프스산맥을 넘어가는 고개 중 하나로 로마 시대부터 주요 통행로였다.
** 유럽이 원산지인 독성 식물로 진통제로 이용한다. 고트프리트는 그릇된 사랑의 씨앗을 뿌려놓고 행복을 기대하는 것은 이치에 어긋난다고 경고하고 있다.

수치와 고통을 겪는 겁니다.

만일 사전에 그런 걸 생각했더라면 그런 고통을 겪을 이유가 없겠죠. 더 좋은 씨를 뿌리는 사람은 더 좋은 결실을 거두기 마련입니다. 사랑에 세속적인 생각이 끼어들면, 그 생각이 좋든 나쁘든 간에 인생을 허비하는 겁니다. 우리는 사랑이라고 부르는 일에 시간을 쏟고 허비합니다. 하지만 쏟아붓고 난 뒤 우리가 얻는 거라고는 바로 고통과 괴로움뿐입니다. 불행과 좌절이죠. 우리 모두 바라고, 그토록 가지고 싶어 하던 그 진귀한 보물에 대해 헛수고를 한 셈입니다.

하지만 꾸준하고 헌신적인 우정은 항상 우리에게 위로를 줍니다. 마치 가시덤불 속의 장미, 어려움 속의 안락함 같은 것이죠. 기쁨은 슬픔 옆에 숨어 있다가, 결국에는 기쁨을 가져다주지요. 하지만 오늘날 그런 우정을 찾아볼 수 있는 사람은 없습니다. 우리가 제대로 농사를 짓고 있지 않은 거지요.

"사랑이 세상 저 먼 곳으로 내쫓겼다"는 요즘 사람들의 말이 딱 맞습니다. 막연히 개념만 있을 뿐, 이름밖에 남은 것이 없거든요. 사랑에 대해 너무 많은 말을 했기 때문에, 다 낡고 해져서 그 이름을 부끄러워하고, 그 단어를 역겨워합니다. 사랑은 이제 멸시를 받는 비천한 대상이고, 이 세상의 짐입니다. 경멸과 눈총을 받으며 이 집 저 집 돌아다니며 구걸하고, 치욕스럽게도 너덜너덜한 자루를 짊어지고 있습니다. 그 자루에는 대로변에서 팔아치우기 위해 극도로 아껴놓은 도둑질한 장물이 담겨 있지요. 아, 그런 거래를 하도록 만든 건 우리입니다. 우리는 본성에 어긋난 태도를 사랑에 강요해놓고, 아무 책임도 지지 않습니다.

모든 마음을 지배하는 여왕인 사랑, 자유롭고 유일하게 고상한 사랑은 누구나 살 수 있고, 누구나 가질 수 있게 됐습니다. 아, 우리가 우리의 여왕을 우리에게 뭘 바치는 처지로 전락시켜버리다니요! 우리는 우리가 끼고 있는 반지에 가짜 돌을 박아놓고, 우리 자신을 속이고 있습니다. 이건 비열한 사기입니다. 자신이 사랑하는 이에게 그렇게 거짓말하면 자기 자신을 속이는 겁니다. 거짓 사랑을 하는 우리, 사랑의 사기꾼인 우리는 오늘날 얼마나 비참하게 살고 있는 겁니까? 그러니 이런 고통에서 좀처럼 행복한 결말을 낳지 못하는 겁니다. 우리의 삶을 기쁨 없이 헛수고를 하며 보내는 거죠!

　물론 우리를 기쁘게 만드는 것이 있지만, 그런 일은 좀처럼 겪기 힘듭니다. 누군가 사랑과 우정에 관한 진정 아름다운 이야기를 한다면, 수백 년 전에 그런 삶을 산 이들을 이야기한다면, 그건 정말 우리 마음을 감동시킬 것입니다. 누군가를 따라 할 기회는 많이 있습니다. 성실하고 진실하게 자신이 사랑하는 이에게 거짓 한 점 없는 사람이라면 노력해서 자신의 마음에 그런 행복을 만들어내지 못하는 사람은 없습니다. 하지만 비참하게도 우리에게는 모든 고귀함을 불러일으키는 것이 없습니다. 바로 마음에서 나오는 신의가 없어요. 우리에게 충고를 하지만 소용이 없습니다. 우리가 눈을 딱 감아버린 채 그 좋은 것을 아무렇지도 않은 듯 발로 밟습니다. 맞습니다. 멸시하며 바닥에 짓밟아버렸기 때문에, 지금 우리가 신의를 찾으려고 백방으로 노력해봤자 다시 찾을 수 없게 된 것이죠. 신의가 친구들 사이에 그렇게 가치 있고 복된 것인데, 왜 우리는 신의를 사랑하지 않을까요?

연인의 눈에서 나오는 은밀한 시선은 확실히 수십만 가지의 육체와 영혼의 고통을 사라지게 합니다. 사랑스러운 입술의 키스, 아, 마음속 깊은 곳에서 부드럽고 조용히 다가오는 키스는 그리움과 맘고생을 씻어줍니다! 트리스탄과 이졸데, 참을성이 부족한 두 사람도 서로의 공통된 목표에 도달했을 때 서로의 고통과 아픔을 씻어냈던 것 같습니다.

머릿속을 꽉 채우던 욕망도 해소되었다. 그들은 기회가 생길 때마다 연인이 바라는 모든 행위를 탐닉했고, 상황이 허락할 때마다 사랑으로 서로에게 빚진 이자와 세금을 성실하고 정당하게 자발적으로 바쳤다. 그들은 자신의 항해에 흡족했다. 그들이 어색함을 극복하자, 그들 사이의 애정은 커지고 굳세졌다. 그건 현명하고 올바른 일이었다. 왜냐하면 서로의 마음을 드러낸 뒤에 그걸 감추고, 부끄러움을 중시하며 사랑의 즐거움을 자제하는 연인은 자기 자신을 내버리는 것과 같기 때문이다. 서로 숨기고 감추는 것이 더 많을수록, 자신의 처지를 더 비참하게 만들고 사랑에 고통을 더 많이 섞는 셈이다. 하지만 두 사람은 서로 숨기지 않았다. 시선과 대화를 주고받으며 서로 친숙하게 지냈다. 이리하여 그들은 행복하고 즐겁게 여행을 했지만, 맘이 편하기만 한 것은 아니었다. 그들에게 닥쳐올 일 때문에 불안했다. 그들은 자신들의 행복이 어떻게 끝날지, 어떤 곤란한 지경에 빠지게 될지 벌써부터 걱정하기 시작했다. 바로 아름다운 이졸데가 자기가 바라지 않는 다른 남자의 여인이 되어야 한다는 사실! 게다가 또 다른 사실이 더 큰 걱정을 안겨다 주었다. 바로 이졸데가 처녀가 아니라는 사실이었다. 그 사실 때문에 두 사람은 고민에 빠졌으며 안절부절못했다. 하지만 서로에 대한 욕망을 자주 맘껏 채울 수 있었기 때문에, 그런 고민으로 크게 고통받지는 않았다.

배가 목적지인 콘월에 다다라 육지가 보이게 되자 모두 기뻐했다. 다들 고향에 도착한 것에 기뻐했지만, 트리스탄과 이졸데는 기쁘지 않았다. 그들의 눈에는 두려움과 공포가 그득했다. 그들의 뜻대로 할 수 있다면, 그들은 육지를 다시 보고 싶지 않았다. 자신의 명예를 잃어버릴까 두려워 몹시 불안해졌다. 그들은 이졸데가 처녀가 아니라는 사실을 왕이 알아차리지 못하게 하려면 어떻게 해야 할지 도무지 생각이 나지 않았다. 경험이 없는 철부지 연인이 그렇듯 허둥댈 뿐이었지만, 그 아이에게 하나의 해결책이 떠올랐다.


사랑이 경험 없는 아이들을 장난감처럼 갖고 놀 수는 있지만, 우리는 이 아이들에게서 생각과 영리함을 볼 수 있답니다.

## 18. 브랑게네를 희생양으로 삼다

　여러분께 길게 이야기하지 않겠습니다. 이졸데는 자신의 어린 나이에서 나올 법한 최상의 꾀와 계책을 냈답니다. 바로 브랑게네에게 부탁을 해서 한마디 말도 하지 않고 침묵을 지키며 남편인 마르케왕과 첫날밤을 보내도록 하는 것이었지요. 비록 마르케왕이 자기 권리를 침해당하고 속는 것이지만, 브랑게네보다 나은 거짓 신부를 고를 수 없을 테지요. 그녀는 아름다운 데다 처녀였으니까요. 그리하여 사랑은 비열한 간교와 계책 따위는 전혀 몰라야 하는 올바른 이들에게 사기 음모를 열심히 꾸미는 일을 가르친 겁니다.

　연인들은 그대로 실천했다. 그들은 브랑게네를 오래 설득하고 애걸한 끝에, 양보를 얻어내고 자신들이 바라는 대로 충실히 실행에 옮기겠다는 맹세를 받아낼 수 있었다. 하지만 브랑게네에게는 매우 무섭고 끔찍한 일이었다. 여러 번 얼굴빛이 붉으락푸르락해졌다가 다시 창백해졌다. 그만큼 그들의 부탁으로 심정이 괴로웠던 것이다. 정말 부당한 요구였다.

"사랑하는 아가씨, 아가씨의 어머니이자 고결하신 여왕 폐하께서 제게 아가씨를 맡기셨지요. 저주받을 이번 여행길에서 불행으로부터 아가씨를 지켜야 했습니다. 저의 부주의 때문에 이제 수치와 고통이 아가씨에게 닥쳤네요. 제가 아가씨와 함께 치욕을 짊어진다고 해도 그리 한탄할 자격이 못 됩니다. 아가씨는 풀어주고 저 혼자 이 짐을 전부 짊어지는 게 마땅하니까요. 자비로우신 하느님, 어찌 저를 이렇게 내버려두십니까!"

그러자 이졸데가 브랑게네에게 물었다.

"고귀한 사촌 동생아, 그게 무슨 말이야? 무슨 이야기를 하는 거지? 왜 너 자신을 비난하는 건지 전혀 이해가 안 돼."

"아가씨, 며칠 전 유리병을 바다에 던져버린 일이 있어요."

"그런데? 그게 큰일이니?"

"어휴, 그 유리병, 그 병에 들어 있던 물약에 두 분 목숨이 걸린 거예요."

"얘야, 아니 왜? 그게 무슨 상관이지?"

"그게 말이죠……"

브랑게네가 자초지종을 털어놓았다. 하지만 트리스탄은 개의치 않았다.

"우리가 죽을지 살지는 하느님께 달렸습니다. 어찌 됐든 내게는 그 독이 좋으니까. 내게 좋은 건데, 그게 왜 죽음인지 이해가 안 되는군. 뭐, 멋진 이졸데 때문에 죽어야 한다면 나는 흔쾌히 영원한 죽음을 맞이하도록 노력할 겁니다."

여러분께 이 이상의 이야기는 관두려 합니다. 사랑의 즐거움을 찾을 때면 고통을 짊어지게 되더라도 별로 상관없는 법이니까요. 물론 이 즐거움이 아무리 달콤하더라도 명예가 우리에게 요구하는 것을 잊어서는 안 될 겁니다. 육체의 즐거움 외에 딴 것을 신경 쓰지 않는 이는 명예를 포기한 사람이거든요.

트리스탄이 이런 삶에 푹 빠져 있었지만, 여전히 명예는 그의 뒤를 쫓아다녔다. 그의 신의가 그를 한시도 쉬지 못하게 했고, 마르케왕에게 신부를 데려다줘야 한다는 자신의 의무를 다할 것을 경고했다. 신의와 명예가 힘을 합쳐 그의 마음과 정신을 거세게 압박했다. 그전에는 트리스탄이 사랑을 선택했기 때문에 둘 다 패자가 되었지만, 이제는 사랑에 승리를 거두었다.

트리스탄은 즉시 사람들을 조각배 두 척에 나눠 태우고는 육지로 보내, 마르케왕을 찾아뵙고 아름다운 아일랜드 처녀에 대한 구혼이 어떻게 되었는지 아뢰도록 했다. 마르케왕은 부를 수 있는 사람은 전부 부르려 했다. 곧 수천 명의 사신이 길을 떠났다. 사람들은 귀국 일행과 낯선 손님들을 성대하게 환영했다. 마르케왕으로서는 자신의 인생에서 최악인 동시에 최선인 사람을 맞이한 셈이지만 그를 진심으로 환영했다. 마르케왕은 즉시 왕국의 모든 귀족에게 전갈을 보내, 예의에 맞게 자신의 결혼식에 맞춰 18일 안에 왕궁에 모이라고 지시했다. 왕명은 그대로 이뤄졌고, 그들 모두 어연번듯이 잘 차려입고 나타났다. 수많은 기사와 숙녀 일행이 화려한 복장을 갖추고 행복 그 자체인 아름다운 이졸데를 보기 위해 모여들었다. 모두가 그녀의 모습을 쳐다보며 프랑스어를 섞어가며 감탄했다.

"이졸데, 금발의 이졸데, 세상의 기적이 따로 없어!"

"세상에 저런 여자는 유일해. 정말 기적 같은 일이지. 사람들이 이 축복받은 소녀에 대해 떠들던 이야기가 전부 사실이구나. 태양이 세상을 밝게 비추듯, 그녀가 세상을 행복하게 만드는군. 다른 어느 나라에도 저처럼 놀라운 아이는 없어."

이제 그들이 모든 형식을 거쳐 결혼을 했다. 그녀는 콘월과 잉글랜드의 여왕으로서 권리를 인정받았고,* 만일 그녀가 상속자를 낳지 못할 경우에는 트리스탄이 왕위를 상속받는다는 것도 인정받았다. 모두가 그녀에게 환호를 보냈다.

드디어 밤이 찾아왔다. 남편인 마르케왕과 잠자리를 해야 할 때가 된 것이다. 그녀는 브랑게네, 트리스탄과 함께 사전에 시간과 장소를 철저히 검토해 상의한 뒤 준비를 마쳤다. 마르케의 침소에는 그 세 사람과 왕까지 네 명만이 있었다. 마르케왕은 이미 누워 있었다. 브랑게네는 여왕의 옷을 입었는데, 이졸데와 서로 옷을 바꿔 입었던 것이다. 트리스탄은 브랑게네를 순교와 고통을 감내해야 할 장소로 이끌었고, 이졸데는 촛불을 껐다. 마르케왕은 브랑게네를 자기 쪽으로 꽉 끌어당겼다.

이런 새로운 일이 그녀 맘에 들었는지는 모르겠습니다만, 그녀

---

* 콘월과 잉글랜드 왕과 아일랜드의 결혼 계약은 국가 중대사이고, 작품이 집필되던 신성 로마 제국 시대의 관점에서는 제국 의회의 승인이 필요한 일이다. 제후들이 모여 계약 내용을 검토하고 승인한 뒤에 왕은 결혼식을 올릴 수 있다.

는 그가 이끄는 유희에 침착하게 몸을 내맡겼습니다. 아무런 비명도 들리지 않았죠. 그녀는 왕이 원하는 대로 잘 따라주었고, 요구한 것을 황동과 금으로 갚았기 때문에, 부족함이라고는 하나도 남지 않았죠. 이와 비슷한 사례가 흔치 않다는 것은 말씀드려야겠네요. 세상에 어느 여자가 남자에게 금화 대신에 그토록 아름다운 동전을 침대 비용으로 지불했겠습니까? 제 목숨을 걸고 말씀드리는데, 아담 시절 이래로 그렇게 고귀한 가짜 동전을 찍어낸 적도 없고, 남자에게 그토록 기분 좋은 속임수를 쓴 적도 없었습니다.

두 사람이 침대에서 사랑 놀이를 하는 내내 이졸데는 크게 초조해하며 불안해했다.

'오 하느님, 제 곁에 계셔서 저를 도와주세요. 제 사촌이 의리를 지키도록 해주세요! 그녀가 이 놀이에 너무 오래 빠져 있으면, 그 맛을 깨닫고는 동이 틀 때까지 그와 함께 있으려 할까 봐 걱정되네요. 그러면 우리 모두 수모와 치욕을 겪을 텐데……'

하지만 아니었습니다. 그녀의 정신은 흠결 하나 없이 맑았습니다. 그녀는 이졸데 대신 그녀의 빚을 다 갚았을 때 침대에서 일어났답니다.

그때 이졸데는 손으로 자신의 자리를 더듬어 찾고는 침대에 걸터앉았다. 그러곤 여왕은 관습대로 와인을 요구했다. 남자가 처녀와 함께 잠자리를 같이하고 나면 누군가가 와인을 가져다 주었고, 두 사람은 잔 하나로 와인을 나눠 마시는 것이 일반적인 관습이었다. 그곳에서도 똑같은 일이 이뤄졌다. 왕의 조카 트리스탄이 등불과 와인을 가져왔고, 왕과 여왕은 와인을 마셨다.

몇몇 다른 판본에 따르면 트리스탄과 이졸데를 그런 지경에 빠뜨린 미약을 마셨다고 하는데, 그건 아닙니다. 브랑게네가 바다에 던져버렸기에 남아 있지 않았거든요.

그들이 관습을 지켜 술을 충분히 마셨을 때, 젊은 여왕 이졸데는 마음과 영혼의 고통을 소리 없이 느끼며 남편인 왕의 옆자리에 누웠다. 자기 의지에 반하는 일이었기 때문이다. 왕은 다시 한번 쾌락을 누리기 위해 그녀를 팔에 안고 몸을 꼭 밀착했다. 지금 여인이나 조금 전 여인이나 그에게는 전혀 차이가 없었다. 왜냐하면 이번에도 최고의 자질을 갖춘 여인이었기 때문이다. 그는 두 여인에게 금과 황동을 받은 셈이고, 지금 여인도 조금 전 여인처럼 자신의 책임을 다했기 때문에 그는 전혀 알아채지 못했다.

이졸데는 그녀의 남편 마르케왕의 사랑을 한 몸에 받았으며, 나라의 모든 백성에게 칭송과 존경을 받았다. 그녀에게서 뛰어난 미덕과 자질이 보였기 때문에 칭찬할 수 있는 사람이라면 누구나 그녀를 칭송하고 높이 기렸다. 한편 그녀와 그녀의 연인은 서로 시간을 보낼 기회를 충분히 얻었으며, 아침부터 밤늦게까지 쾌락을 누렸다. 아무도 그런 부정을 상상하지 못했고, 그런 낌새를 알아채지도 못했다. 그래서 그녀는 언제 어디서든 그의 곁에 있었고, 자기가 기뻐할 일을 하거나 즐길 수 있었다.

어느 날 그녀는 자신의 상황을 곰곰이 생각하기 시작했다. 브랑게네를 제외하고는 자신의 비밀과 속임수를 아는 사람이 없었기 때문에, 그 소녀만 없다면 자기 명예를 염려할 필요가 없다는 생각에까지 이르게 되었다. 행여나 브랑게네가 마르케왕과 사랑에 빠져서* 자신의 수치와 그 창피한 일이 어떻게 일어나게 됐는지 털어놓을지도 모른다는 우려까지 들면서 그녀는 근심 걱정으로 어쩔 줄 몰랐다.

여기 걱정에 빠진 여왕의 사례에서, 사람들이 종종 하느님을 두려워하기보다 경멸과 창피를 당하는 걸 더 두려워한다는 걸 알 수 있지요.

그녀는 잉글랜드 출신의 이방인 견습생 두 명을 불렀다. 그녀는 두 사람에게 여러 차례 맹세를 받은 뒤, 무조건 시키는 대로 따르겠다는 다짐을 받았다. 무슨 일을 시키든 목숨을 걸고 실행하고, 그 사실은 철저히 비밀에 부치라고 신신당부한 뒤에야 그들에게 살해 계획을 털어놓았다.

"너희 둘은 내 이야기를 잘 들어라. 너희에게 한 소녀를 보

---

* 여성이 자신의 처녀성을 가져간 남성을 반드시 사랑하게 된다는 중세의 미신에서 나온 생각이다.

낼 텐데, 그 아이를 데리고 즉시 은밀하게 숲으로 가거라. 너희가 보기에 인적이 없는 적절한 장소라고 생각되면 가까운 데든 먼 데든 상관없다. 거기서 그녀의 머리를 베어버려. 그녀가 무슨 말을 하는지 잘 들은 뒤, 너희에게 한 이야기를 그대로 내게 보고해라. 그녀의 혀도 베어서 가져와라. 나만 믿고 따라주면, 어떻게든 내일 바로 화려한 장비를 갖춰주고 너희를 기사로 만들어주마. 그리고 내가 살아 있는 동안 너희에게 봉토와 풍부한 재물을 내려주겠다."*

그들은 그녀의 명령을 받아들였다. 이졸데는 브랑게네에게 가서 말했다.

"얘야, 나 좀 보렴. 내 얼굴이 너무 창백하지 않니? 뭐가 이상한지 모르겠어. 두통이 심해. 내게 약초 좀 구해다 주렴. 무슨 약이라도 먹어야지, 그러지 않으면 죽을 것 같아."

브랑게네는 잔뜩 걱정하는 표정으로 대답했다.

"여왕님, 여왕님이 불편해하시면 제가 힘들죠. 이러고 있어서는 안 되죠. 여왕님께 도움이 될 약초를 구할 수 있는 곳으로 보내주세요."

"여기 견습생 두 명이 너와 함께 숲으로 가서 길을 안내해줄 거야."

"알았어요, 여왕님."

그녀는 일어나서 그들과 함께 말을 타고 나갔다. 약초, 나물,

---

* 고트프리트의 청중은 이졸데의 이런 약속이 빛 좋은 개살구라고 생각할 수밖에 없을 것이다. 법적으로 여성은 기사 작위나 봉토를 줄 수 없기 때문이다.

314

풀이 지천으로 난 숲에 다다랐을 때 브랑게네는 말에서 내리려했다. 하지만 두 사람은 그녀를 점점 더 깊은 숲으로 데리고 갔다. 들판에서 멀리 떨어진 숲 한가운데 도착하자, 그 충직하고 기품 있는 기사들은 그녀가 말에서 내리도록 했다. 그녀를 바닥에 앉힌 뒤, 침통한 표정으로 칼을 뽑았다. 브랑게네는 놀라서 바닥에 바짝 엎드렸다. 놀란 가슴을 부둥켜안고 온몸을 부르르 떨면서 그들을 향해 간청했다.

"제발 나리들, 대체 뭘 어쩌시려는 거예요?"

"그대는 죽어야 합니다."

"뭐라고요, 아니 왜요?"

한 사람이 대답했다.

"그대는 여왕님께 무슨 짓을 한 겁니까? 여왕님께서 그대를 죽이라고 분부하셨습니다. 지금 즉시 말입니다. 그대의 여왕님이자 우리의 여왕님인 이졸데 아가씨께서 당신의 죽음을 원하십니다."

브랑게네는 울면서 손을 펼쳤다.

"나리, 제발 자비를 베푸셔서 저를 잠시라도 살려주세요. 나리들께 변명이라도 할 수 있도록 잠시 시간을 주세요. 그런 뒤에 저를 죽이세요. 잠깐이면 됩니다. 나리께서는 제가 여왕님의 총애를 잃을 일은 아무것도 하지 않았다는 사실을 아셔야 합니다. 여왕님께도 그리 전해주세요. 생각해보면 심사를 불편하게 해드린 일이 하나 있습니다만, 그 때문이라고는 생각하고 싶지 않네요. 여왕님과 제가 아일랜드에서 여기로 올 때, 우리 두 사람은 각자 한 벌씩 의복 두 벌을 갖고 있었어요. 그 옷은 세상에

견줄 수 없는 아주 특별한 고급 옷으로 여행 때 가져왔지요. 눈처럼 흰 셔츠*였지요. 배를 타고 이 나라로 오는 도중, 뜨거운 태양 때문에 여왕님은 다른 옷은 입을 수 없어서 그 희고 깨끗한 셔츠만 입었어요. 그게 편했기 때문에 항상 그 옷만 입었고, 시간이 지나면서 그 흰옷이 더러워질 수밖에 없었답니다. 하지만 저는 제 옷을 흰 천으로 감싸서 상자 안에 조심스럽게 보관해두었기 때문에, 제 옷은 깨끗했죠. 여왕님이 여기에 도착하셔서 폐하와 결혼을 하고 그분과 잠자리를 같이하셔야 할 때, 입고 계신 그 흰옷이 원래 바라던 바와 달리 깨끗하지 않았던 겁니다. 원래 색이 아니었어요. 제 옷을 여왕님께 빌려드리긴 했지만, 그러기 전에 한참을 거절했죠. 그 일 때문에 제게 화가 나셨을 수는 있겠지만, 그 외에는 한 번도 여왕님의 청을 거절하거나 명령을 어긴 적이 없습니다. 맙소사, 이제 충직한 종으로서 주인에게 인사를 드리니 여왕님께 제 인사를 잘 전해주세요. 자비로우신 하느님께서 여왕님의 명예, 안녕, 생명을 지켜주시길 빕니다. 제 죽음에 용서를 받으시기를! 제 영혼을 하느님께 바치며, 제 생명을 기사님 손에 맡깁니다."

그 순수한 소녀의 처절한 울음이 그들의 심금을 울렸다. 두 남자는 측은한 마음이 들어 서로 눈치를 살폈다. 두 사람은 그녀를 죽이겠다고 약속한 일을 미안하게 여기며 후회했다. 그런 살인을 정당화할 만한 아무런 이유도 찾을 수 없었기 때문이었

---

* 중세 문학작품부터 근대 문학작품까지 깨끗한 흰 셔츠를 처녀성에 비유하는 경우가 많다.

다. 아니, 그녀가 죽어야 할 이유를 찾을 수 있는 사람은 아무도 없었다. 상의 끝에 자신들이 무슨 일을 겪게 되더라도 그녀를 살려주기로 결정했다. 그 충실한 이들은 일단 그녀를 묶어 나무 높은 곳에다 매달았다. 자신들이 다시 데리러 오기 전까지 늑대에게서 보호하기 위해서였다. 그들은 사냥개의 혀를 베어 챙기고는 말을 타고 돌아갔다. 그들은 살인을 명령한 이졸데 여왕에게 가서, 소녀가 슬퍼하며 애원했지만 명령에 따라 죽였다고 보고했다. 이졸데는 물었다.

"자, 말해보아라. 그 아이가 너희에게 뭐라고 했지?"

그들은 숨김없이 들은 대로 처음부터 끝까지 아뢰었다.

"그 말 외에는 너희에게 아무 말도 하지 않았단 말이지?"

"네, 그렇습니다."

그러자 이졸데는 표정을 바꾸어 꾸짖었다.

"맙소사! 그 아이를 도왔어야지! 너희는 그때 무슨 말을 했느냐? 이 저주받을 살인자들 같으니라고. 대체 무슨 짓을 한 거냐? 너희는 교수형에 처하고도 남을 놈들이다!"

"하느님 맙소사, 여왕님께서 어찌 그런 말씀을 하실 수 있습니까? 여왕님의 변덕을 어찌 받아들인단 말입니까? 바로 여왕님께서 그렇게 하라고 계속 애원하고 우리를 압박하셨으니까, 그 아이를 죽인 것 아닙니까?"

두 사람은 거세게 반박했다.

"그런 이야기는 금시초문이다. 나는 너희에게 그녀를 맡겼고, 가는 동안 그녀를 조심스럽게 보살피라고 명령했다. 그녀는 나를 위해 뭔가를 구해 오는 심부름을 하고 있었기 때문이다. 그녀를 다시 데려오지 않으면 너희는 죽은 목숨이다. 이 저주받을 살인자들! 너희 둘을 교수대에 매달겠다. 아니, 너희는 장작더미에서 화형당할 것이다."

"여왕님, 정말 여왕님의 생각과 마음은 순수하지 못하고 나쁘십니다. 말씀이 이리 뒤바뀌시다니요. 여왕님, 이런 폭력은 그만 휘두르십시오. 우리 목숨이 날아가기 전에, 그녀를 무사히 안전하게 다시 데려오겠습니다."

그러자 이졸데는 처절하게 울면서 말했다.

"이제야 너희가 사실대로 말하는구나. 브랑게네는 살아 있는 거냐, 아님 죽은 거냐?"

"아직 살아 있지요, 변덕스러운 이졸데 여왕님!"

"오, 그렇다면 데려와라. 그럼 내가 약속한 걸 이뤄주겠다."

"여왕님, 그대로 시행하겠습니다."

이졸데가 한 명은 곁에 붙잡아뒀기 때문에, 다른 한 명이 브랑게네를 두고 온 곳으로 말을 달렸다. 그는 그녀를 이졸데 여왕에게 데리고 왔다. 브랑게네가 이졸데 앞에 모습을 나타내자, 여왕은 그녀의 팔을 붙잡고 볼과 입에 키스를 멈추지 않았다. 여왕은 이 일을 비밀로 하는 조건으로 견습생들에게 20마르크의 금을 상으로 주었다.

이리하여 이졸데 여왕은 브랑게네가 죽는 순간까지 변함없이 충직했으며, 그녀의 생각이 불순물 하나 없이 도가니에서 녹아 정련된 금처럼 깨끗하다는 것을 알게 되었다. 그때부터 브랑게네와 이졸데는 한마음, 한 영혼이 되었으며, 서로에 대한 사랑과 신의가 굳건해져 두 사람 사이에 조금도 틈이 벌어지지 않았다. 그들은 함께 기뻐하며 즐거워했다. 브랑게네는 그곳 궁정에서 편안하게 지냈으며, 모두 그녀를 칭찬했다. 그녀가 누구에게나 친절을 베풀었고, 속으로나 겉으로나 나쁘게 대하지 않았기 때문이었다. 그녀는 왕과 여왕의 곁에서 조언을 하며 국사를 도왔는데, 궁에서 일어나는 일 가운데 브랑게네가 모르는 일은 없었다. 게다가 그녀는 이졸데를 충실히 섬겼으며, 연인인 트리스탄과 관련해서 그녀가 원하던 것은 무슨 일이든 했다. 그들은 연애를 아주 철저히 비밀에 부쳤기 때문에 전혀 의심을 사지 않았다. 그들의 행동, 말, 태도, 모든 일처리에서 아무런 낌새도 알아차릴 수가 없었기 때문에, 그런 나쁜 짓을 하리라 예상하는 사람은 없었다. 마치 방해를 받지 않고 자기들 맘에 드는 일을 하며 같이 시간을 보낼 수 있는 연인들처럼 그들은 아무런 걱정 없이 기쁘게 생활했다. 즉 두 연인 남녀가 서로의 사랑을 좇기 위해 쉼 없이 사냥에 나섰던 것이다. 종종 낮 동안에 사람들이 모여 있는 가운데서도 은밀한 시선을 나눴는데, 말 대신에 눈길로 친밀감을 교환하고 연인 간에 서로 약속한 애정을 주고받았다.

그들은 밤낮으로 이런 짓을 했지만 위험에 빠지지 않았다. 두 사람은 함께 걸어가거나 서 있거나 앉아 있을 때 거리낌 없이 자연스럽게 대화를 나누고 처신했다. 사람들 앞에서 대화를 할 때면, 놀라울 정도로 기술 좋게 끈적거리는 단어의 실을 끼워 넣었는데, 그들이 나누는 이야기 속에는, 마치 수놓은 비단 가운데 있는 금실처럼 사랑의 금실이 빛나는 것이 보였다. 하지만 그들의 말과 행동에 어떤 애정이 담겼다고는 아무도 생각하지 못했다. 트리스탄과 마르케왕의 친밀한 관계를 잘 알고 있었기 때문에, 그저 친척 간의 그런 감정으로 여길 뿐이었다. 그들은 이렇게 많은 사람을 속였고, 사랑 놀이를 감추었다. 고귀한 부인인 사랑이 이런 방식으로 많은 이의 가슴을 혼란에 빠뜨려서, 그들의 다정함이 어떤 종류의 것인지 아무도 알아차리지 못하게 했던 것이다. 그들의 사랑은 순수하고 고귀했으며, 두 사람의 감정과 의지는 완전히 하나였다. 예면 예, 아니요면 아니요, 전혀 다르지 않았다. 모든 면에서 일심동체였다. 두 사람은 함께 이런저런 사랑스러운 시간을 보냈는데, 연인들이 사랑 때문에 그러하듯 어떤 때는 기뻤다가 어떤 때는 침울하곤 했다. 그들 마음속에는 달콤한 음료와 쓰라린 음료가 한데 끓고 있었기 때문에, 즐거움을 낳기도 하고, 슬픔과 괴로움을 낳기도 했다. 트리스탄과 그의 여왕인 이졸데는 밀회를 할 기회를 갖지 못하면 괴로워했다. 그래서 어떤 때는 슬펐다가, 어떤 때는 기뻤던 것이다. 그사이 그들은 화내며 다투는 일까지도 생겼다.

물론 증오 때문에 생기는 분노를 말하는 건 아닙니다. 만일 어떤 이가 그런 다툼이 그런 사랑과 양립할 수 없다고 말한다면, 여러분께 한 말씀 올립니다. 그 사람은 결코 진정한 사랑을 경험해보지 않았습니다. 왜냐하면 사랑의 특성상 열정의 불꽃이 그런 방식으로 피어오르고, 연인을 불태우기 때문이지요. 그들은 다툼으로 아파하긴 하지만, 내적 신의가 모든 걸 제자리로 돌립니다. 그런 뒤에 다정함이 다시 피어오르기 시작하고, 예전보다 신의의 끈은 더욱 견고해지지요.

320

연인 사이의 그런 분노와 다툼이 생겨났다가, 외부의 도움 없이도 어떻게 화해하게 되는지 여러분은 충분히 들어 아실 겁니다. 함께 시간을 보낼 기회가 잦은 연인은 흔히 다른 사람이 자신보다 더 매력적이고 사랑스럽다고 생각하며 꺼리는 경향이 있지요. 그런 사소한 시기 때문에 전쟁 구호처럼 큰 소리를 높이며 화를 내죠. 조그만 불화에서 시작되어 큰 화해로 끝을 맺습니다. 그들이 그렇게 하는 것은 당연하고, 비난할 일이 아닙니다. 그런 과정을 통해 사랑은 튼튼해지고 새로워지며, 서로에 대한 애정이 불붙거든요. 불이 활활 타오르지 않으면, 사랑은 쇠퇴하고 시들시들해지며 얼음장처럼 식어버립니다. 분노가 사그라지면 사랑은 더는 신선한 푸른빛을 나타내지 못합니다. 어떤 작은 다툼의 불티가 날릴 때마다 화해를 낳을 신의가 새로워집니다. 불이 신의를 새롭게 만들고, 사랑을 금처럼 정화합니다.

　트리스탄과 이졸데는 그렇게 즐거움과 고통의 나날을 보냈다. 즐거움과 고통은 그들을 지치지 않도록 만들었다. 하지만 그들의 마음을 찢어놓는 고통은 아니었다. 두 사람은 아직 마음의 고통을 경험하지 못했다. 마음을 뒤집어놓는 불행은 아직 찾아오지 않았다. 그들은 자신의 행동에 대해 말이 나지 않도록 했고, 신중에 신중을 기해 비밀을 지키며 오래오래 시간을 보냈다. 두 사람은 더 대담해지고 행복한 시간을 보냈다. 이졸데 여왕은 온 나라 백성에게 사랑을 받았다. 트리스탄도 모든 사람 사이에 회자되었다. 그는 인정받는 유명 인사였으며, 왕국에서 놀라우리만큼 경외의 대상이 되었다.

## 19. 로테 연주 때문에 여왕을 빼앗기다

트리스탄은 매사 의욕이 활발하게 넘쳤다. 결투와 훈련을 하면서 대부분의 시간을 보냈으며, 업무가 없는 날이면 매사냥을 나갔다. 사냥철이면 수렵이나 몰이사냥도 즐겼다. 그러던 어느날 콘월 마르케왕의 항구에 배 한 척이 정박했다. 거기서 한 기사가 물가에 상륙했는데, 아일랜드의 고귀한 남작으로 이름은 간던이었다. 그의 풍채는 멋지고 화려했는데, 온 아일랜드가 그의 업적을 칭송하는 강력한 전사의 기운을 풍겼다. 그는 기사에게 걸맞게 화려한 복장을 갖추고 늠름한 태도로 방패나 창을 지니지 않고 혼자 마르케궁으로 말을 타고 찾아왔다. 등에 로테를 메고 있었는데, 금과 보석으로 장식했을 뿐 아니라 더 바랄 나위 없이 우아하게 현을 맨 멋진 로테였다. 그는 말에서 내려 궁전 안으로 들어가 마르케왕과 이졸데 여왕에게 인사를 했다. 자신은 왕과 여왕의 기사들과 함께 연인들을 찾아가 머문 적이 잦았다며, 여왕 때문에 아일랜드에서 콘월로 왔다고 밝혔다. 이졸데는 그를 즉시 알아보고, 격식 있게 프랑스어로 우아하게 인사했다.

"하느님의 축복이 있으시길, 간딘 경!"

"감사합니다, 아름다운 이졸데 님, 직접 뵈니 정말 금보다 더 아름다우십니다."

이졸데는 왕에게 몸을 기울이며, 그가 누군지 이야기했다. 마르케왕은 그가 로테를 등에 메고 있어서 이상하다며 매우 놀랐다. 사람들도 기이하다고 생각하며 이곳저곳에서 수군댔다. 하지만 마르케왕은 그의 위신을 세워주려고 했다. 자기 체면도 있지만, 이졸데의 부탁도 있었기 때문이었다. 그녀는 왕에게 그를 명예롭게 대우해야 한다고 주의를 주었다. 자기 고향 사람이기 때문이었다. 왕은 그녀의 의견을 받아들였다. 왕은 즉시 그를 자기 가까이에 앉게 하고는 왕국과 백성에 대해 이런저런 이야기를 물었다. 숙녀들과 궁정 관습에 대한 질문도 빼놓지 않았다. 식사가 차려지고, 다들 손을 씻고 그에게도 물이 건네졌을 때, 다들 그에게 로테를 내려놓으라고 여러 차례 권했다. 하지만 그를 설득할 수 없었다. 왕과 여왕은 분위기를 좋게 하기 위해 그냥 내버려두도록 했지만, 다른 사람들은 무례하며 꼴사나운 행동이라고 여기고는 가만있지 않고 조롱하고 비웃기 시작했다. 로테를 가진 기사는 짐을 짊어진 행상처럼 별 볼 일 없는 사람이라고 놀렸던 것이다. 기사는 전혀 개의치 않고, 마르케왕의 식탁에 자리 잡고 만족스럽게 먹고 마셨다.

상을 물렸을 때, 그는 일어나서 마르케왕의 신하들이 있는 자리로 가서 앉았다. 그들은 그를 배척하지 않고 열심히 궁정 이야기를 주제로 대화를 나누었다. 왕으로서 위엄의 표본인 마르케왕은 그에게 한 곡조 들을 수 있다면 모두에게 큰 기쁨이 될 것이라며, 사람들 앞에서 로테를 연주해달라고 예의를 갖춰 청했다.

"폐하, 어떤 보상을 받을지 모르고서는 연주할 마음이 들지 않습니다."

"아니, 경이 내게 뭔가 바라는 것이 있습니까? 걱정 마시오. 경의 연주를 듣게 되면, 내 그대가 원하는 걸 주리다."

"좋습니다."

그제야 아일랜드인은 고개를 끄덕이며 모두가 맘에 쏙 들어하는 곡을 연주했다. 왕은 또 다른 멋진 곡을 들려달라고 요구했다. 영리한 사기꾼은 속으로 '그 보수를 준다면, 당신이 원하는 건 무엇이든 연주해주지'라며 웃음 지었다. 그러고는 또 한 곡을 멋들어지게 연주했다. 두번째 연주가 끝나자 간딘은 로테를 손에 쥐고 왕 앞으로 나아가 말했다.

"폐하, 이제 아까 하신 약속을 기억해주십시오."

"기꺼이 뭐든 해주겠소. 뭘 가지고 싶은지 이야기해보시오."

"이졸데를 주십시오."

"이보게 친구, 경이 원하는 건 무엇이든지 들어주겠지만, 예외는 있지. 그건 절대로 안 되네."

"폐하, 정말입니다. 그것 말고는 바라는 게 없습니다. 반드시 이졸데를 받아야겠습니다."

"정말 그건 안 되네."

"폐하, 약속을 어기시겠습니까? 폐하가 진실하지 않다는 소문이 퍼지게 되면, 더 이상 나라의 왕으로 계실 수 없을 겁니

324

다. 왕의 법을 살펴보시고, 만일 거기에 달리 쓰였다면 제 요구를 포기하겠습니다. 폐하가 제게 아무 약속도 하지 않았다고 폐하나 다른 사람이 주장한다면, 궁정 법정에서 뭐라 판결하든 간에 폐하나 그 사람과 맞서서 제 권리를 지키겠습니다. 제 목숨을 내놓고 결투를 벌여 제 권리를 쟁취하겠습니다. 결투할 사람을 호명하시든, 아님 폐하가 직접 결투장에 나서시든 하십시오. 아름다운 이졸데가 제 것임을 제가 입증해드리죠.”

왕은 주변을 둘러보며, 신하들 중에 이 남자와 붙으려고 하는 사람이 있는지 살폈다. 하지만 자신의 목숨을 걸고 나서려는 사람이 아무도 없었다. 마르케왕 자신도 이졸데를 위해 싸울 생각이 없었다. 간딘이 너무나 용맹스럽고 자신감이 넘쳤기 때문에, 감히 아무도 그와 맞설 엄두를 내지 못했다.


이때 저의 주인공 트리스탄 경은 숲으로 사냥을 나가 있었답니다. 누군가가 여왕을 데려가려 한다는 나쁜 소식을 듣지 않았다면 그렇게 황급히 궁으로 돌아오지 않았을 테죠. 정말 나쁜 소식이었습니다. 간딘은 가슴이 찢어지도록 한탄하며 우는 그 아름다운 여인을 궁에서 데리고 나와 해안가로 데려가고 있었거든요. 그곳에는 막사가 세워져 있었는데, 정말 웅장하고 화려하게 치장된 멋진 막사였습니다. 그곳으로 여왕을 끌고 가서 밀물이 들어와 배가 다시 떠오를 때까지 기다리고 있었습니다. 지금은 배가 물가에서 꼼짝도 못 하는 상태였기 때문이죠.


트리스탄은 돌아와서 로테에 얽힌 이야기를 상세히 전해 들었다. 그는 즉시 말을 타고 황급히 달려 나갔다. 항구 근처에서 그는 일부러 수풀이 우거진 숲으로 들어가, 나뭇가지에 말고삐를 묶어놓았다. 칼도 거기에 걸어놓고, 하프만 손에 들고 막사가 있는 곳으로 걸어갔다. 가련한 이졸데가 남작의 팔에 안겨 절망하며 눈물을 흘리고 앉아 있는 모습이 보였다. 간딘은 그녀를 위로하려고 부단히 애를 썼지만, 하프를 들고 있는 그 남자가 나타날 때까지는 별 소용이 없었다.

간딘은 그에게 프랑스어로 인사말을 건넸다.

"멋진 하프 연주자에게 하느님의 가호가 있기를!"

"감사합니다, 훌륭한 기사님." 트리스탄도 프랑스어로 답례했다.

"기사님, 서둘러서 이곳에 왔습니다. 기사님이 아일랜드 분이시라는 이야기를 들었습니다. 저도 그곳 출신이거든요. 기사님의 명성에 힘입어 아일랜드 고향으로 돌아가고 싶습니다."

그 아일랜드인은 깊이 생각하지 않고 대답했다.

"이봐 친구, 내 그리 약속하지. 자네는 자리 잡고 앉아서 내게 하프 연주나 들려주게. 여기 숙녀분을 위로해 흐르는 눈물을 멈춰줄 수 있다면, 이 막사에서 찾을 수 있는 최상의 의복 한 벌을 선물로 주겠네."

"기사님, 좋습니다. 음악 연주가 위로가 되지 못할 만큼 저분의 상황이 나쁘지 않기를 바랄 뿐입니다. 그 정도만 아니라면 저토록 흘리는 눈물을 분명 멈추게 되실 겁니다."

트리스탄은 곧바로 연주를 시작했다. 아주 감미로운 멜로디가 이졸데의 심금을 울렸고, 그녀는 연인을 생각하며 곧 울음을 멈추었다. 곡이 끝났을 때, 조수가 밀려 들어와 배가 다시 떠올랐다. 그러자 선상에 있는 사람들이 큰 소리로 외쳤다.

"기사님! 승선하십시오! 트리스탄 경이 와서 육지에 있는 기사님을 만나게 되면 큰일이 벌어집니다. 그분 손에 이 땅과 백성 모두가 달려 있습니다. 사람들 말대로 그분은 유례없이 용맹스럽고 담대한 분이셔서, 기사님에게 안 좋은 일이 생길 수 있습니다."

간딘은 이 소리에 몹시 기분이 나빠져서 언짢은 목소리로 말했다.

"그런 이유로 빨리 배에 탄다면 천벌을 받을 테지! 이봐 친구, 디도 여왕*의 한 곡조를 더 들려주게. 그대 연주가 너무 훌륭해서 그대를 사랑하고 싶을 지경이야. 지금 나의 여왕을 위해서 하프를 켜게! 수고한 대가로 그대를 그녀와 함께 바다 건너로 데려가겠네. 그리고 지금 당장 약속한 상을 내리지. 내가 가진 최고의 의복을 주지."

"기사님, 분부대로 하겠습니다."

음유시인은 새로운 곡을 연주했다. 그의 연주가 너무나도 훌륭했기 때문에, 간딘은 그의 음악에 마음을 완전히 빼앗겼다. 그는 이졸데도 하프 연주에 완전히 빠져 있음을 보았다. 곡이 끝났을 때, 간딘은 여왕을 데리고 배에 오르려고 했다. 하지만 그사이 조수가 너무 차올라 배가 해안가에서 한참 떨어진 곳에

---

* 베르길리우스의 『아이네이스』에 등장하는 고대 카르타고를 건설한 여왕으로 사랑하는 아이네이스에게 배신을 당하자 스스로 목숨을 끊는다.

있었기 때문에, 여간 큰 말을 타지 않고서는 잔교에 도달할 수 없었다.

"이제 여왕을 저쪽으로 가게 하려면 어쩌면 좋지?"

"기사님께서 저를 데리고 가시는 게 확실하다면, 여기 콘월에 제 재산을 남겨둘 이유가 없습니다. 제가 이 근처에 말 한 마리를 가지고 있습니다. 기사님의 친구이신 여왕님을 잔교까지 물 한 방울 닿지 않게 모셔다 드릴 만큼 큰 말이죠."

간딘이 반색하며 말했다.

"그렇다면 얼른 가서 자네 말을 여기로 가져오게. 그리고 자네 옷도 받아 가게."

트리스탄은 재빠르게 말을 가져왔다. 그가 다시 돌아왔을 때 하프를 등 뒤에 메고 있었다.

"자, 아일랜드 기사님, 여왕님을 들어 올려 제 앞 안장에 태우십시오. 그분을 옮겨드리겠습니다."

"이봐, 그건 아냐. 그녀에게 손을 대선 안 돼. 내가 직접 그녀를 데리고 배로 옮기겠네."

그러자 이졸데가 말했다.

"어휴, 기사님, 무슨 말도 안 되는 소릴 하세요. 저 사람이 제게 손을 대면 안 된다니요. 저 음유시인이 절 옮기지 않는다면 전 결코 배를 타지 않을 거예요!"

그제야 간딘은 그에게 이졸데를 넘겼다.

"이봐 친구, 조심해서 그녀를 보살피게. 자네에게 큰 빚을 지네."

그는 이졸데를 안전하게 팔에 안은 뒤, 말을 내달려 한 발짝 멀리 거리를 두었다.

"어이, 멍청이 녀석, 뭐 하는 거야?"

"아니지, 멍청이 간딘 양반! 경이 멍청하게 당한 겁니다. 그대가 로테를 가지고 마르케왕을 속여 빼앗은 것을 하프로 되찾아가는 거니까. 사기를 치려다가 본인이 속은 셈 아니겠습니까. 나 트리스탄이 그대를 뒤쫓아 와서 그대를 갖고 논 것뿐입니다. 경은 정말 값진 의복을 선물하셨군요. 그대의 막사에 있던 것 중 가장 좋은 옷을 가져갑니다."

트리스탄은 말을 타고 떠났다. 간딘은 말할 나위 없이 분하고 억울해했다. 입은 피해와 수모 때문에 속이 몹시 상했던 것이다. 그는 창피함과 패배 의식에 젖은 채 바다를 건너 돌아갔다.

한편 트리스탄과 이졸데 일행은 궁으로 돌아갔습니다. 그들이 도중에 어떤 장소에 들러 즐거움을 누렸는지, 꽃밭에서 휴식을 취했는지 상상하지는 않겠습니다. 그런 상상이나 추측은 제 일이 아니지요. 아무튼 트리스탄은 이졸데를 외삼촌인 마르케왕에게 되돌려주며 호되게 질책했답니다.

"하느님 맙소사, 폐하가 여왕님을 정말 사랑하신다면, 어찌 하프나 로테 연주 따위로 무심코 그녀를 넘겨주는 어리석은 행동을 하실 수 있습니까? 폐하께서는 본인을 웃음거리로 만들었습니다. 여왕님을 로테 연주에 팔아버리다니요. 세상에 이런 경우는 없습니다. 신중을 기하셔서 그런 일이 다시 일어나지 않도록 하십시오. 앞으로 여왕님을 좀더 챙기십시오."

# 20. 궁정 집사장 마르도

궁뿐 아니라 나라 전역에서 트리스탄의 명성과 평판이 크게 높아졌다. 모두가 그의 능력과 명민함을 칭송했다. 그와 여왕은 늘 그랬듯이 다시 행복한 시간을 보냈다. 그 무렵 트리스탄에게는 동료가 한 명 있었다. 그는 높은 신분의 영주이자 왕의 가신인 가장 높은 궁정 집사장 마르도였다. 그는 사랑 때문에 트리스탄과 우정을 맺은 친구 사이였다. 많은 남자가 자신에게 무관심한 숙녀에게 그러하듯이, 매력적인 여왕을 남몰래 사랑하고 있었던 것이다.

궁정 집사장과 트리스탄은 함께 숙소를 사용하며 서로 잘 지냈다. 트리스탄의 입담이 좋았기 때문에, 밤마다 그의 옆에 누워서 이야기를 듣는 게 습관이 되었다. 어느 날 밤 그는 트리스탄과 오랫동안 이런저런 주제로 이야기를 하다가 잠이 들었다. 그때 사랑에 빠진 트리스탄은 슬며시 자리를 빠져나와 사냥에 나섰는데, 이 일로 그와 여왕이 큰 상심에 빠지게 되었다. 그는 아무도 눈치채지 못해 안전하다고 생각했지만, 평소처럼 기분 좋게 이졸데에게 가던 익숙한 길에 불행이 올가미와 함정을 놓았을 줄은 몰랐다. 그날 밤 길은 눈으로 뒤덮여 있었으며, 보름달이 매우 환하게 비치고 있었다. 트리스탄은 위험을 전혀 알아차리지 못했으며, 발각되리라고는 상상도 못 했다. 그는 자신의 비밀스러운 만남이 기다리는 곳으로 발걸음을 가볍게 옮겼다. 방에 도착했을 때 브랑게네는 거기 있는 체스판을 등불 앞에 살짝 기대어 놓았다.

저런, 그녀가 다시 자러 들어갈 때 문을 잠그는 걸 왜 잊었는지 모르겠네요. 이런 일이 벌어지는 동안, 궁정 집사장은 꿈을 꾸고 있었답니다. 사나운 야생 수퇘지가 숲에서 달려와서 왕궁으로 들이닥쳤는데, 입에 거품을 잔뜩 문 채 어금니를 번뜩이면서 도중에 가로막는 것이라면 전부 들이받았습니다. 그러자 사람들이 무리 지어 몰려왔지요. 기사들이 흥분하며 수퇘지를 포위했지만, 선뜻 그 짐승을 막으려는 사람은 아무도 없었답니다. 수퇘지는 으르렁거리며 궁 안을 헤집고 돌아다녔죠. 마르케왕의 침소 문을 뚫고 들어가더니 침대를 난장판으로 만들고, 침으로 침대와 침대 시트를 더럽혔습니다. 마르케왕의 신하들은 그 모습을 지켜만 볼 뿐 어쩔 줄 몰랐지요.

그때 마르도는 잠에서 깨었다. 그는 꿈속의 장면을 가슴 깊이 되새겼다. 너무나도 걱정스러운 꿈이었기 때문이다. 그는 자신이 꾼 꿈 이야기를 해주려고 트리스탄을 불렀다. 하지만 아무 대답도 없었다. 다시 한번 이름을 부르며 손을 내뻗었다. 손에 아무것도 잡히지 않고 침대가 비었다는 것을 알았을 때, 트리스탄이 자신에게 뭔가 비밀을 숨기고 있다는 의심이 들었다. 여왕과의 비밀스러운 관계에 대해서는 전혀 상상하지 못했다. 아무런 낌새도 알아차리지 못했기 때문이다. 하지만 그토록 자신이 아끼는 친구가 비밀을 털어놓지 않아서 약간 불쾌한 기분이 들었다.

마르도는 자리에서 일어나 옷을 입고, 조용히 문밖으로 나가 주변을 살폈다. 트리스탄의 흔적이 보였다. 달빛이 눈밭과 잔디 위에 트리스탄이 간 길을 가리켜주었는데, 조그만 정원을 가로질러 침소의 문까지 이르렀다. 그 이상 갈 용기가 나지 않았다. 문이 활짝 열려 있다는 사실이 맘에 들지 않았던 것이다. 그곳에 서서 트리스탄이 어디로 갔을지를 두고 나쁜 상황과 좋은 상황을 상상하며 꽤 오랫동안 생각에 빠졌다. 우선 트리스탄이 아마도 시녀 때문에 이리로 왔을 거라고 의심했다. 하지만 첫번째 의심을 하자마자, 트리스탄이 방문한 건 여왕일지도 모른다는 의심으로 금방 바뀌었다. 초조해하다가 마침내 마음을 단단히 먹고는 방 안으로 조용히 들어갔다. 하지만 안에는 달빛만 비칠 뿐 깜깜했다. 초가 타고 있었지만, 체스판이 가리고 있었기 때문에 소용이 없었다. 운을 하늘에 맡기고 벽과 칸막이를 더듬어가며 두 사람이 있는 침대까지 다가갔다. 그때 누워 있던 두 사람의 소리를 들었고, 그들이 무슨 짓을 하고 있는지 전부 알게 되었다. 그는 마치 칼에 찔린 듯이 심장이 찢어지는 고통을 느꼈다. 그때까지 이졸데를 진심으로 사랑하고 존경했기 때문이었다. 이제 모든 것이 사라지고 증오와 질투만이 불타올랐다. 그녀는 이제 증오와 고통, 고통과 증오의 대상이 된 것이다. 그는 이 두 감정으로 우울해졌다.

그는 이런 상황에서 어떻게 처신하는 것이 원하는 결과를 가져올 수 있을지 몰랐다. 증오와 고통 때문에 고상한 예법에 대한 계명은 안중에 없었다. 무조건 그들의 비밀을 세상에 폭로할 궁리만 했다. 하지만 트리스탄을 생각하자 그럴 수 없었다. 행여나 트리스탄이 자신을 해코지할까 봐 무서웠던 것이다. 결국 그는 그 자리를 떠나 돌아왔고, 모욕감을 느끼며 자리에 다시 누웠다. 곧 트리스탄도 돌아와 슬며시 자기 침대에 기어들어 갔다. 그는 아무 소리도 내지 않았고, 다른 이도 침묵을 지켰다. 둘 모두 이처럼 한마디도 말을 꺼내지 않는 건 매우 드문 경우였다. 트리스탄은 어색한 분위기를 보고는 상대방이 뭔가 의심하고 있다는 사실을 눈치챘다. 그래서 이전보다 말과 행동을 훨씬 더 조심했지만 이미 때는 늦었다. 그의 비밀은 발각되어 밝혀졌기 때문이다.

질투심에 불탄 마르도는 왕을 따로 만나 궁에서 이졸데와 트리스탄에 대한 이상한 이야기가 돌고 있다면서, 그 때문에 온 나라와 온 백성이 불쾌해하고 있다고 아뢰었다. 그러면서 왕이 이 사건에 주의를 기울여야 하고, 결혼 생활과 명예를 보호하기 위해 행동을 취해야 한다고 조언했다. 하지만 왕은 자신이 들은 이야기를 그대로 사실로 받아들이겠다는 말을 하지 않았다. 마르케왕은 신의로 똘똘 뭉친 흠결 없는 남자였기 때문에 그 이야기를 전혀 믿으려 하지 않았다. 오히려 자신의 벗에게 길잡이 별인 이졸데를 어떤 부정한 일로 의심한다는 것 자체를 거부했다. 하지만 시간이 갈수록 그는 생각이 복잡해지고 마음이 괴로 웠다. 확신을 심어줄 뭔가를 밝히기 위해서 두 사람을 계속해서 지켜보았다. 그들의 말과 행동을 엄밀히 주시했지만, 그들의 잘 못을 입증할 만한 것은 찾지 못했다. 왜냐하면 트리스탄이 이졸 데에게 궁정 집사장이 의심을 한다고 이미 경고했기 때문이다.

## 21. 계책과 계책이 서로 부딪치다

마르케왕은 주의를 소홀히 하지 않았다. 밤낮을 가리지 않고 두 사람을 경계의 눈초리로 바라보았다. 어느 날 밤 그가 그녀 옆에 누워 이야기를 나눌 때였다. 그녀가 한참 수다를 떠는 동안, 여왕을 잡기 위해 그녀가 가는 길에 간교하게 올가미를 놓았다.

"자, 부인, 내가 어떻게 해야 할지 당신의 의견을 들려주시오. 내가 곧 순례를 떠날 계획이라 아마도 오랫동안 집을 떠나 있게 될 것 같소. 그동안 누구에게 보호를 받는 게 좋겠소? 누구에게 당신을 맡겨야 할까?"

"맙소사, 그런 질문을 하시다니! 왕국 전체에서, 폐하의 백성 중에서 폐하의 조카분 곁만큼 제가 안전한 곳이 또 있겠습니까? 그분에게 모든 것을 믿고 맡기셔야 합니다. 폐하 누이의 아드님이신 트리스탄 경은 용감하고 명민할 뿐 아니라 모든 상황에서 도움이 되는 인물이니까요."

마르케왕은 이 대답을 매우 의심스럽게 여기고, 몹시 못마땅해했다. 이제 그는 전과 달리 본격적으로 의심의 눈초리로 그들을 지켜보기 시작했다. 그는 궁정 집사장에게도 자신의 계책을 들려주었다.

"폐하, 정말 그게 사실입니다! 보시지 않았습니까? 그녀는 그를 사랑하는 걸 숨기지 않습니다. 그를 궁에 내버려두고 있는 건 엄청난 바보짓입니다. 폐하의 아내와 폐하의 위신이 폐하께 소중하다면, 더 이상 그를 내버려둬서는 안 됩니다!"

궁정 집사장의 말에 마르케왕은 고통스러웠다. 자기 조카가 어떤 부정을 저질렀다는 증거를 하나도 찾아내지 못했는데 그를 의심하고 불신해야 한다는 사실 때문에 끊임없이 괴로웠다. 한편 계책에 빠진 이졸데는 기뻤다. 그녀는 브랑게네에게 웃으면서 남편이 하려는 순례에 대해 말하며, 자신을 누구에게 맡길지 물었다는 이야기도 했다. 그러자 브랑게네가 정색했다.

"여왕님, 거짓 없이 그대로 말씀해주세요. 맙소사, 그분께 누구를 추천했다고요?"

이졸데는 일어난 일을 사실 그대로 이야기했다.

"어휴, 철부지 같은 아가씨! 왜 그런 말을 하셨어요? 제가 들어보니 그 이야기는 전부 계책입니다. 다른 사람이 아니라 바로 궁정 집사장이 이 일을 꾸민 게 분명해요. 그들은 여왕님의 비밀을 캐내려고 하는 거예요. 앞으로는 좀더 주의하세요. 폐하께서 또다시 그런 이야기를 하시면 제가 말씀드리는 대로 행동하세요."

브랑게네는 여왕에게 어떻게 대답해야 할지, 이 계책에 어떻게 대응해야 할지 일러주었다.

그사이 마르케왕은 두 가지 고통에 내내 시달리고 있었다. 가지고 있던 의심과 불신을 도저히 떨쳐버리지 못해 괴로웠던 것이다. 그는 자신이 진심으로 사랑하는 이졸데를 전혀 믿지 못했고, 사기나 배신의 흔적을 찾을 수 없는 트리스탄을 의심했다. 자신의 다정한 벗 트리스탄, 자신의 행복 이졸데, 이 두 사람이 그에게는 가장 큰 고민이었다. 그들이 마음과 머릿속을 짓눌렀다. 그는 두 사람을 불신하며 의심했다. 관례대로 그는 이중의 고통을 따르려 했지만, 이졸데와 함께 즐거움을 누리려고 할 때마다 불신이 그를 가로막았다. 그는 불신에서 벗어나 진실을 찾으려 했다. 하지만 진실이 보이지 않으면 다시 의심이 피어올라 그를 괴롭혔고, 이 모든 과정이 계속 반복되었다.

　의심과 불신만큼 사랑의 기쁨을 해치는 게 어디 있겠습니까? 의심만큼 사랑하는 연인을 괴롭히는 게 어디 있을까요? 그저 길을 잃고 더 헤맬 뿐입니다. 이제 그는 우연히 자신이 듣고 본 부당한 일로 확실한 증거를 잡았다고 맹세를 할 정도까지 되었지요. 하지만 상황은 손바닥 뒤집듯 바뀌어서, 다시 의심을 일깨우는 뭔가를 보거나 경험하면서 새로운 혼란을 만들어냈습니다. 세상 사람들이 모두 그렇게 하긴 하지만, 사랑할 때 의심의 여지를 둔다는 것은 매우 어리석고 정말 멍청한 일입니다. 어떤 사람을 의심하면서 동시에 사랑할 수는 없는 법이거든요.
　하지만 의심과 불신을 확인하고자 하는 건 더 큰 실수입니다. 그전에 그저 의심만 했던 사실을 확인하게 되면, 알고자 노력했던 그것이 그에게는 다른 무엇보다 큰 불행의 원천이 되어버리기 때문이지요. 그전에 그를 괴롭히던 두 가지 걱정이 오히려 지금 그에게는 가벼울 겁니다. 가능하다면 다시 그 걱정을 짊어지려 하지, 확고부동한 진실을 찾으려 하지 않을 테니까요. 나쁜 일이 또 다른 나쁜 일을 불러오는 법입니다. 지금 더 괴롭고 고통스럽다면, 그전의 나쁜 일이 오히려 좋게 보이는 거죠. 사랑에 대한 의심이 끔찍하다 하지만, 확실한 증오만큼 끔찍하지는 않습니다. 오히려 견뎌내기 쉽지요. 게다가 사랑이 의심을 불러일으키기도 한다는 사실에 반대하는 분은 없으실 테죠. 사랑이 있는 곳에는 의심도 있습니다. 의심으로 사랑은 커나가기 때문입니다. 사랑을 의심하는 동안은 그게 사랑에 도움이 됩니다. 하지만 사랑이 진실을 알게 되면, 더 이상 구제할 방법이 없습니다. 또한 사랑은 독특한 성질을 가지고 있어서, 그 특성 때문에 대부분 혼란을 야기하고 엉망진창을 만들죠. 일이 전적으로 자신이 바라는 대로 흘러가면, 그렇게 유지되는 것을 좋다고 여기지 않고 쉽게 관둬버립니다. 하지만 의심이 생기면, 의심을 떨쳐버리려 하는 게 아니라, 확실히 누릴 수 있는 즐거움 대신에 가슴 깊이 고통을 느낄 사실을 열렬히 좋습니다. 이런 어리석은 습관을 마르케왕은 정확히 따르고 있었답니다. 그는 아침 일찍부터 밤늦게까지 어떻게 하면 가지고 있는 의심과 불신에서 벗어날 수 있을지, 확실한 증거를 잡아 마음속 고통에 파고들 생각에만 골몰했던 거죠. 온통 그런 생각밖에 없었습니다.

어느 날 밤 다시 왕과 마르도는 함께 머리를 맞대고 이졸데를 속여 함정에 빠트릴 계책을 논의했다. 하지만 상황은 정반대로 돌아갔다. 여왕은 자신을 파멸시키기 위해 왕이 놓은 그 올가미로, 브랑게네가 가르쳐준 방법을 이용해 자신의 남편인 왕을 잡으려 했던 것이다. 브랑게네의 충고는 매우 유용했으며, 계책에는 다른 계책으로 맞서는 것이 두 사람에게 도움이 되었다. 왕은 여왕을 꽉 끌어당겨 포옹하면서 눈과 입에다 수없이 키스를 했다.

"아름다운 부인, 내가 이 세상에서 당신보다 더 사랑하는 이는 없을 거요. 맙소사, 이제 당신과 작별을 해야만 한다니 정신을 잃을 지경이오. 하늘은 분명 아실 거요."

여왕은 이미 교훈을 얻은지라, 속임수에 속임수로 맞섰다. 그녀는 한숨을 내쉬며 말했다.

"어휴, 가슴이 찢어지도록 아픕니다. 아, 폐하께서 이 불행한 일에 대해 말씀하셨을 때, 농담일 거라고 생각했어요. 근데 지금 들으니 진심으로 하신 말씀이군요."

그녀는 고통스러운 눈빛과 표정을 보이며, 서글프게 울기 시작했다. 그 모습에 왕은 갖고 있던 의심이 모두 사라졌고, 정말 그녀가 진심으로 슬퍼한다고 확신할 정도였다.

물론 여자에게는 악의가 없을 테지요. 그저 자신이 원할 때마다 아무 이유 없이도 울음을 터뜨리는 방법을 알고 있을 뿐, 별다른 간계도 없고, 거짓도 없답니다.

이졸데는 서럽게 울었다. 쉽게 사람을 믿는 마르케왕이 물었다.

"아름다운 부인, 왜 그러시오? 왜 그렇게 우는지 말 좀 해보시오."

"울지 않을 이유가 어디 있겠어요? 바로 제 비참한 처지 때문에 우는 거랍니다. 이 가련한 여인은 낯선 나라에 살고 있어요. 그저 제 몸뚱이와 생각만을 가지고 여기에 있는 거죠. 폐하를 사랑하기 때문에 그 두 가지를 모두 폐하께 바쳤고, 제 머릿속은 온통 폐하 생각뿐 다른 생각을 할 수 없답니다. 제 마음은 오로지 폐하만을 사랑하는데, 폐하의 행동과 말씀을 보면 폐하는 그렇지 않은 것이 분명하네요. 폐하께서는 이 낯선 땅에 저를 내버려두고 먼 나라로 여행을 떠날 계획을 진지하게 세우고 계시니, 저를 전혀 안중에 두지 않으시나 봅니다. 그러니 제가 어찌 다시 행복할 수 있겠어요?"

"아름다운 부인, 그렇지 않소. 왕국과 백성은 당신 발아래 있소. 내 것인 동시에 당신의 것이라오. 당신이 명령하기만 하면 그대로 따를 것이며, 당신 분부대로 받들 것이오. 내가 떠나 있는 동안 당신을 잘 보호할 수 있는 내 조카, 교양 있는 트리스탄으로 하여금 당신을 보호하도록 하겠소. 그는 신중하고 현명하니, 당신의 행복과 명예를 드높이고 지키기 위해 온갖 방법을 다 강구할 것이오. 그는 충분히 신뢰할 만한 사람이니, 그에게 맡기리다. 그는 당신과 나를 아끼니, 당신과 나를 위한 일이라면 뭐든지 할 것이오."

하지만 아름다운 이졸데는 시침을 뗐다.

"트리스탄 경에게요? 그의 보호를 받는 것에 동의할 바에야 차라리 죽어서 땅에 묻히는 게 나을 거예요. 그 사기꾼은 제 곁을 맴돌면서 끊임없이 제 비위를 맞추며 아부합니다. 하지만 하느님은 그 속을 꿰뚫어 보시고 그가 진짜 올바른 사람인지 아실 테죠. 저 역시 그 사람을 잘 알고 있어요. 그는 제 외삼촌을 죽였기 때문에 제가 복수할까 봐 두려워하고 있어요. 그 사기꾼이 계획적으로 제 주변에서 알짱거리며 호의를 얻으려고 비위를 맞추는 건 바로 그 때문이랍니다. 하지만 소용없어요. 아무리 아부를 해본들 도움이 안 될 거예요. 하느님은 아시겠지만, 당신이 아니라면, 당신을 위해서가 아니라 저 자신의 명예를 생각한다면, 그에게 분명 호의적인 눈길을 주지 않겠지요. 그를 보고 그의 목소리를 듣는 일을 피할 수 없긴 해요. 그렇다고 결코 그를 진심으로 대하거나 호감을 느끼지는 않아요. 물론 제가 자주 그에게 이목을 집중한 적이 있긴 해요. 부인하진 않겠어요. 하지만 그건 남자들이 우리 여자들을 비난하듯, 제게 쏟아질지도 모르는 비난을 막기 위해서 냉담한 눈길과 거짓으로 꾸며댄 말로 했을 뿐이에요. 사람들은 여자들이 자기 남편의 친구들을 싫어한다고 말들 하지요. 그래서 저는 거짓 시선으로 별 마음 없이 그와 영양가 없는 이야기를 하며 자주 시간을 보냈어요. 그는 완전히 속아서 제가 진심으로 친절을 베푸는 줄 확신하고 있답니다. 그러니 폐하, 그런 생각 마세요. 폐하의 조카인 트리스탄 경은 단 하루라도 저의 보호자가 되어선 안 됩니다. 청을 하나 드려도 된다면, 저를 반드시 데려가셔야 합니다. 폐하가 분부하시면 제 몸을 스스로 지키겠습니다. 폐하가 직접 금지하지 않으신다면, 죽음이 우릴 갈라놓지 않는 한 폐하가 어디를 가시든 저도 따라가겠습니다."

이졸데는 간교하게 남편인 주군에게 아양을 떨었다. 그의 의심과 분노를 녹여버렸고, 그녀가 진심이라고 확신하도록 만들었다. 의심으로 흔들리던 마르케왕은 다시 평정을 되찾았다. 배우자가 그의 의심과 불신을 불식했기 때문이다. 그녀의 말과 행동 모두 그의 마음에 쏙 들었다. 왕은 즉시 궁정 집사장에게 그녀의 말을 단어 하나하나까지 상세하게 전부 들려주었으며, 그녀에게서 아무런 부정도 찾을 수 없다고 말했다. 궁정 집사장은 크게 실망하며 못마땅해했다. 하지만 다시 한번 이졸데를 시험해보자고 왕을 설득했다.

그날 밤 마르케왕은 그녀와 함께 침대에 누워 다시 이야기를 나누었다. 그때 다시 음험하게 질문의 덫을 놓으며 그녀를 유인했다.

"이보시오 부인, 우리에게 심각한 상황이 닥친 것 같소. 이제 여자가 왕국을 잘 다스릴 수 있을지 검토해봐야겠소. 부인, 난 전쟁터에 나가야 하오. 당신은 여기 내 신하들과 함께 남아 있어야 하오. 내게 우호적인 친척들과 신하들 모두가 당신이 바라는 대로 당신의 부와 명예를 지켜줄 것이오. 하지만 그중에 당신에게 불편하고 눈에 거슬리는 사람이 있다면, 그 사람들은 전부 멀리 내보내겠소. 당신을 불쾌하게 하거나 당신 심기에 어긋나는 사람은 눈에 띄거나 그에 관해 이야기를 듣지 못하도록 해야 하지 않겠소? 나 역시 당신이 싫어하는 사람을 심정적으로나 이성적으로나 잘 대우하지 않으리다. 그 점은 분명히 약속하겠소. 당신이 좋아하는 대로 하면서 행복하고 즐겁게 사시오. 내가 전적으로 밀어주겠소. 그리고 저기 내 조카 트리스탄은 당신이 불편해하니, 조만간에 기회가 닿는 대로 그를 궁과 신하들 사이에서 떼어놓겠소. 그는 파르메니에로 가서 자기 나랏일을 챙기도록 하리다. 그렇게 하는 게 그에게나 그의 왕국에 필요할 테니까."

"폐하, 저를 이리 잘 대해주시니 정말 너그러우셔요. 폐하께서 제 마음을 불편하게 하는 것을 치워주시겠다는 굳센 의지를 갖고 계시다는 것을 잘 알겠습니다. 그러니 저도 제 능력이 닿는 한 폐하께서 원하시는 것, 폐하를 기쁘게 하는 것이 있다면 전부 양보해야 올바르다고 사료됩니다. 또 폐하의 명예를 높이기 위해서는 뭐든지 아침부터 밤늦게까지 노력해야겠죠.

하지만 폐하께서 하시려는 일을 곰곰이 생각해보세요. 폐하의 조카를 지금이나 나중에나 폐하의 궁에서 내쫓는 일은 결코 있어선 안 됩니다. 그건 제가 원치 않는 일입니다. 그러지 마셨으면 해요. 왜냐하면 그 일로 제 위신이 떨어지게 될 테니까요. 제가 증오심으로 폐하를 설득해 제 외삼촌을 죽인 벌로 그를 떠나보냈다는 말이 곧바로 궁과 나라 전체에 퍼질 게 뻔해요. 뒷말이 많아지면 저뿐 아니라 폐하의 명예에도 누가 됩니다. 그러니 폐하께서 저를 위한다고 벗을 내쫓거나, 저를 이유로 폐하의 총애를 받는 누군가를 증오하고 상처 입히는 데는 결코 동의할 수 없어요. 또 다른 측면도 생각해야 합니다. 폐하가 없을 때 누가 폐하의 두 왕국을 지키겠어요? 한 여인의 손에 맡겨놓는 건 벅찰뿐더러 안전하지도 않아요. 두 왕국을 제대로 명예롭게 다스릴 사람은 이성과 용기가 필요합니다. 두 왕국에서 트리스탄 경 외에는 폐하가 권한을 맡길 사람이 없어요. 모든 사람을 원하는 대로 부릴 수 있는 사람은 그 말고는 없습니다. 사람들은 전쟁과 같은 위급한 상황을 매일 걱정하며 언제든 만반의 준비를 갖추고 있지요. 하지만 그 사람이 없으면 우리 상황이 나빠지는 일이 쉽게 벌어질 수 있어요. 그렇게 되면 사람들이 저를 거세게 비난하고 트리스탄 경을 들이대며 모두들 이런 소리를 하겠죠. '트리스탄이 여기 있었더라면 우리가 지금처럼 나쁜 일을 겪지 않았을 텐데'라고 말이에요. 그러고는 한목소리로 제가 그에게서 폐하의 총애를 빼앗아 폐하와 자신들에게 해를 입혔다며 제게 책임을 물을 거예요.

폐하, 더 나은 결정을 하세요. 세세한 내용까지 전부 고려하여 다시 한번 심사숙고하세요. 저를 데리고 함께 여행을 떠나시든지, 아니면 그에게 왕국 통치를 맡기세요. 그에 대한 제 감정이 어떻다 하더라도, 섣불리 다른 사람에게 어설프게 맡겨서 피해를 당하는 것보다는 그를 여기에 두는 게 나을 거예요."

그 순간 왕은 그녀가 트리스탄의 명예를 온전히 지켜주려고 마음을 쓰고 있음을 깨달았다. 다시 의심과 불신의 늪에 빠져, 전보다 더 큰 분노에 싸여 허우적댔다. 이졸데는 브랑게네에게 대화 내용을 자세히 들려주었는데, 한 마디도 빼지 않고 시시콜콜 이야기했다. 브랑게네는 그녀의 이야기를 듣고 그녀가 그런 식으로 왕의 말을 받아들인 것을 몹시 가슴 아파했다. 그래서 왕에게 무슨 이야기를 해야 하는지 다시 일러주었다.

그날 밤 남편과 잠자리에 들었을 때, 여왕은 그를 포옹했다. 그의 목에 매달려 키스를 하며 부드럽고 사랑스러운 가슴을 꽉 밀착하면서 다시 묻고 답하며 올가미를 살짝 놓았다.

"폐하, 제게 말씀해주세요. 요전에 트리스탄 경에 대해 이야기를 꺼내셨을 때, 저를 사랑하셔서 그를 고향으로 보내겠다고 진지하게 말씀하셨잖아요? 그 말씀을 믿을 수 있다면, 저의 남은 모든 생애 동안 폐하께 감사할 거예요. 폐하, 저는 폐하를 신뢰해요, 아니 신뢰해야 하지요. 하지만 폐하가 저를 시험하시는 게 아닐까 걱정되네요. 폐하께서 말씀하신 것처럼 정말 제가 싫어하는 것을 제 눈앞에서 치우시려 한다는 게 확실하다면, 폐하가 정말 저를 사랑하신다는 걸 알 수 있겠지요. 반대하지 않으신다면 이미 오래전부터 간직하던 청을 하나 드리고 싶습니다. 그를 오랫동안 옆에 두고 참고 지내게 되면, 그에게 어떤 일이 일어나게 될지 너무나 잘 알고 있기 때문이에요. 그러니 폐하, 제 증오심이라고만 생각하지 마세요. 폐하가 길을 떠나 계시는 동안 그에게 왕국을 맡기시고, 여행에서 흔히 일어나듯 폐하께 어떤 변고가 일어난다면, 그는 제게서 왕관과 왕국을 빼앗을 거예요. 그 사람 때문에 제가 어떤 위험을 겪게 될지 아셨죠? 그러니 친구처럼 호의를 베푸셔서, 저를 트리스탄 경에게서 구해주세요. 그게 올바른 결정이랍니다. 그를 다시 고향으로 보내시거나, 그를 데리고 여행을 떠나세요. 그사이 마르도 궁정 집사장이 저를 보호하면 될 테니까요. 저를 데리고 여행을 떠나기로 결정하신다면, 제가 폐하 곁에만 있을 수 있다면 누가 이 나라를 맡아서 다스릴지는 상관없어요. 다른 사람의 영향을 받지 마시고, 저와 나라에 좋다고 폐하가 생각하시는 대로 처리하세요. 이게 제 바람이자 제 뜻입니다. 저는 폐하 뜻대로 이뤄지는 것만 생각할 뿐, 왕국이나 백성은 별로 중요치 않아요."

이렇게 그녀는 남편에게 아양을 떨었다. 왕은 다시 의심을 버리고, 그녀의 감정과 사랑을 믿으면서 여왕이 아무런 잘못도 없고 전적으로 결백하다고 생각했다. 심지어 그는 궁정 집사장 마르도를 순 거짓말쟁이라고 여겼다. 그가 그녀에 대해 진실을 이야기했는데도 말이다.

## 22. 난쟁이 멜롯이 덫을 놓다

자, 궁정 집사장은 자기 바람대로 일이 돌아가지 않는다는 것을 알고, 새로운 일을 꾸몄습니다. 그때 궁에는 난쟁이가 있었는데, 사람들은 그를 아퀴탄* 출신의 작은 멜롯이라고 불렀지요. 사람들 말로는 그가 밤에 별을 보고 숨은 사실을 알아내는 능력이 있다고 합니다. 물론 저는 책에서 읽은 내용대로 들려드릴 뿐이지, 그 이야기가 진짜라고는 생각하지 않습니다. 그저 눈치가 빠르고 말주변을 타고났겠죠. 그는 왕과 친해서 숙녀의 내실까지 드나들 수 있었답니다. 궁정 집사장은 그를 설득해서 숙녀들이 있는 자리에 참석하게 되면 트리스탄과 여왕을 눈여겨보라고 했습니다. 그들의 사랑에 대한 확실한 증거를 찾는 걸 도와준다면, 마르케왕이 그에게 후한 상을 내릴 것이며, 언제나 대우를 받을 것이라고 꼬드긴 거죠.

---

* 갈리아 아퀴타니아 지역으로 오늘날 프랑스 남서부 아키텐. 중세 아키타니오 공국이 있었다.

멜롯은 이른 아침부터 밤늦게까지 교묘하게 이 일에 몰두했다. 그는 지속적으로 말과 행동으로 덫을 놓았으며, 곧 두 사람 사이의 연애를 밝혀냈다. 두 사람은 서로 너무 다정하게 지냈기 때문에, 멜롯이 연애의 증거를 빨리 찾아냈던 것이다. 그는 두 사람이 정말로 서로 사랑하고 있다고 마르케왕에게 즉시 보고했다. 멜롯, 마르케왕, 마르도 세 사람은 연기를 하기로 했다. 세 사람 모두 트리스탄을 궁에서 멀리 떠나보내면 두 사람의 비밀을 세상에 명확히 드러낼 수 있을 거라고 생각했다.

이 계획을 바로 실행에 옮겼다. 왕은 조카에게, 자신의 명예를 생각해서 앞으로 시녀들의 숙소나 숙녀가 머무르는 내실을 방문하는 일은 삼가라고 부탁했다. 처신을 신중히 해야 할 소문이 궁에 돈다는 이유였다. 자신과 여왕의 위신에 손상이 생길지도 모르니 조심하라고 명령했다. 왕이 부탁하고 분부한 대로 모든 일이 이뤄졌다. 트리스탄은 숙녀들이 출입하는 곳에는 일절 모습을 드러내지 않았고, 내실뿐 아니라 궁에도 들어오지 않았다. 신하들은 그의 행동이 평소와 다르다고 생각하며 그를 주시했다. 걱정스럽게도 사람들은 그에게 좋은 소리를 하기는커녕 그를 비난하며 크게 헐뜯었다. 트리스탄의 귀에는 매번 새로운 비방 소리가 들렸다.

트리스탄과 이졸데는 슬픈 시간을 보냈다. 두 사람에게는 일상이 슬픔과 고통의 연속이었다. 그들은 두 가지 이유로 괴로워했는데, 하나는 마르케왕의 의심이며, 다른 하나는 둘만의 기회를 갖지 못해서 생기는 괴로움이었다. 시간이 흐르면서 두 사람 모두 심신이 허약해지고 기력을 잃었다. 얼굴과 피부는 창백해졌다. 남자는 여자 때문에 핼쑥해졌고, 여자는 남자 때문에 핏기를 잃었다. 트리스탄은 이졸데 때문에, 이졸데는 트리스탄 때문이었다. 두 사람에게는 가혹한 시련이었다.

아, 그들이 고통을 함께했으며 똑같은 아픔을 느꼈다는 건 놀라운 일이 아니지요. 두 사람은 한마음이고 한 감정이었습니다. 두 사람의 기쁨과 두 사람의 근심, 두 사람의 죽음과 두 사람의 삶…… 이 모든 것이 서로 긴밀히 얽혀 있어서 한 사람이 느끼는 것을 다른 사람도 느낄 수 있었던 겁니다. 한 사람이 기뻐하면 다른 사람도 기뻐했지요. 두 사람은 좋을 때나 나쁠 때나 완전히 일심동체였고, 그들 공동의 근심이 얼굴에 확연히 드리웠기 때문에, 누구나 그들 안색에서 사랑을 확인할 수 있었습니다.

마르케는 그들 두 사람이 멀리 떨어지게 돼서 괴로워하고 있다는 것을 단번에 알아보았다. 그들이 서로 만날 장소와 방법이 있다면 어떻게든 서로 만나려고 할 것 같았다. 그래서 그는 계책을 하나 생각해냈다. 그는 즉시 사냥꾼들에게 사냥개를 데리고 숲으로 사냥을 떠날 준비를 하라는 전갈을 보냈다. 왕이 20일간 사냥을 한다는 소식이 궁에도 퍼졌다. 사냥에 일가견이 있고 사냥으로 시간을 보내려는 사람은 함께 가도 된다는 것이었다. 그는 여왕과 작별 인사를 하면서, 그동안 궁에서 하고 싶은 일을 하면서 즐겁게 지내라고 일렀다. 멜롯에게는 은밀히 트리스탄과 이졸데의 비밀을 캐내라고 분부하고, 성공하면 평생 크게 후사하겠다고 약속했다. 왕 자신은 요란을 떨며 사냥터로 떠났다.

하지만 그의 사냥 동료인 트리스탄은 외삼촌에게 아프다는 전갈을 보내고는 숙소에 그대로 남았다. 아픈 사냥꾼은 자기만의 사냥을 떠나려 했던 것이다. 이졸데와 함께 근심에 빠진 채 어떻게 하면 서로 만날 수 있을까 전전긍긍하며 기회를 엿보고 있었다. 하지만 방법이 도무지 떠오르지 않았다. 그사이 브랑게네는 트리스탄에게 와 있었다. 그가 심적으로 큰 고통을 겪고 있다는 걸 너무나 잘 알고 있었기 때문이었다. 그들은 함께 한탄했다.

"아, 순수한 아이야, 이런 절망적인 상황에서 나를 도와줄 방법이 없겠니? 나와 이졸데가 파멸을 피하려면 어떻게 해야 할까? 우리 목숨을 부지하려면 어찌해야 할지 전혀 모르겠구나."

"제가 경에게 무슨 조언을 하겠습니까? 하느님께서는 우리를 태어나게 하신 걸 분명 후회하실 거예요. 우리 세 사람 모두 행복과 명예를 잃어버렸습니다. 더는 예전처럼 기뻐하거나 자유롭지 못할 거예요. 아, 이졸데 아가씨! 아, 트리스탄 경! 제가 두 분을 만났기 때문에, 저로 인해 두 분의 모든 불행이 시작되었어요! 두 분을 도와드릴 방법을 전혀 모르겠어요. 효과적인 수단을 전혀 찾지 못하겠네요. 이렇게 오랫동안 감시를 받으며 갑갑하게 살아야 한다면, 틀림없이 끔찍한 일이 일어날까 두렵습니다. 아무튼 이 상황에서 달리 나은 방법이 없어 보이니 제 충고를 따르세요.

지금 경은 우리와 떨어져 있습니다만, 기회가 생겼다 싶으면 올리브 나뭇가지로 기다랗고 얇은 나뭇조각을 깎으세요. 거기 끝자리에 T, 맞은편에는 I라고 표시하세요. 두 분 이름의 첫 글자만 새기시고, 글자를 덧붙이거나 딴 일은 하지 마세요. 그런 뒤 과수원으로 가세요. 작은 개울을 아시죠? 분수에서 흘러나와 여인들 내실 앞을 흐르는 개울 말이에요. 그 나뭇조각을 개울에 띄워서 내실 문 앞까지 보내세요. 저와 낙심한 이졸데 아가씨는 거길 자주 가서 신세를 한탄하곤 합니다. 그 나뭇조각이 보이면 경이 분수 근처에 있다고 생각할게요. 거기 올리브나무 그늘에서 기다리면서 주변을 살피세요. 제 아가씨이자 경의 연인인 그녀가 곧장 그리로 갈 거예요. 경이 허락하신다면 저도 가겠어요. 얼마 남지 않은 짧은 제 생애를 두 분을 위해 바칠 겁니다. 두 분을 도우며 살겠어요. 두 분이 즐거워하게끔 한 시간이라도 제가 어떻게든 마련할 수 있다면 저의 천 시간이라도 기꺼이 바치겠어요. 두 분의 고통을 줄일 수 있다면 제 삶 전부를 희생할 수 있으니까요."

트리스탄은 너무나 감사한 나머지 브랑게네에게 존댓말을 쓰기 시작했다.

"오, 정말 고맙습니다, 아름다운 이여! 그대가 정말 충실하고 신망이 두터운 분이라는 걸 의심치 않습니다. 마음속에 그 두 가지를 하나로 가진 사람은 없었습니다. 제게 어떤 행운이 주어진다면, 그대의 행복과 신망을 위해 기꺼이 쓰겠습니다. 비록 지금 제 처지가 최악이고, 운명의 여신의 수레바퀴가 멈추었지만, 그대의 기쁨을 살 수 있는 방법만 안다면, 제 생명을 단축하더라도 저의 시간과 나날을 기꺼이 내놓겠습니다. 그 점에서는 전적으로 저를 믿어도 됩니다."

그는 훌쩍이면서 말을 이었다.

"성실하고 마음 착한 아가씨!" 그는 그녀를 팔로 꽉 안고는 눈과 볼에 끊임없이 키스를 해댔다. "아름다운 이여, 선의에 따라 신의의 요구대로 행동하십시오. 저와 그리움으로 여위어가는 복된 이졸데는 그대의 뜻에 따라 움직일 겁니다. 늘 우리 두 사람, 그녀와 저를 보살펴주십시오."

"트리스탄 경, 기꺼이 그러겠습니다. 이제 그만 저를 보내주세요. 제가 말씀드린 대로 하시면 되니, 너무 걱정하지 마세요."

"하느님께서 그대의 명예와 아름다운 몸을 지켜주시길!"

브랑게네는 눈물을 흘리며 작별을 고한 뒤 슬피 발걸음을 옮겼다.


슬픔에 젖은 트리스탄은 브랑게네가 자신의 딱한 처지에 조언해준 대로 나뭇조각을 깎은 뒤 개울에 던졌다. 그렇게 그와 그의 아가씨 이졸데는 밀회를 즐기기 위해 나무 그늘이 드리운 분수에서 만났다. 여드레 동안 정확히 여덟 번 그런 기회를 얻었는데, 알아차리는 사람도 없었고 누구의 눈에도 띄지 않았다. 하지만 어느 날 밤이었다. 트리스탄이 다시 그곳으로 갈 때, 어떻게 알게 되었는지 모르지만, 그 저주받을 난쟁이, 악마의 도구인 멜롯이 그 모습을 보고는 몰래 뒤를 쫓았다. 그는 트리스탄이 한 나무로 가서 기다리고 있는 모습을 지켜보고 있었는데, 얼마 되지 않아 한 귀부인이 와 그의 품에 안기는 것을 보았다. 하지만 그 귀부인이 누군지는 알 수 없었다.

다음 날 정오가 되기 직전 멜롯은 다시 살금살금 접근해왔다. 그는 일부러 신음 소리를 내며 트리스탄을 찾아갔다. 그의 마음에는 사악한 속임수로 그득했다.

"나리, 정말 저는 두려워 덜덜 떨며 간신히 이곳으로 왔습니다요. 나리는 감시자와 엿듣는 이로 둘러싸여 있기 때문에, 제가 몰래 나리를 만날 수 있을 거라고는 생각하지 못했거든요. 제 말을 믿으셔도 됩니다. 어휴, 그 신의 있고 고상한 이졸데 여왕님께서 나리 때문에 큰 근심에 빠져 계시다니, 저로서는 정말 괴로운 일이죠. 여왕님께서 제게 나리께 가달라고 부탁하셨습니다. 다른 사람에게는 이 전갈을 맡기려 하지 않으셨지요. 나리께 진심으로 인사를 전하라고 제게 분부하고 당부하셨어요. 그리고 나리와 마지막으로 만난 그곳에서 대화를 나누시겠다는 이야기를 꼭 전하라 단단히 이르셨습니다. 헤헤, 나리께서는 그곳을 아시겠지만, 저는 어딘지 모릅니다요. 또 늘 오시는 그 시간에 오라고 하시던데요. 저야 무슨 뜻인지 모르지만 여왕님께서는 그리 말하라 하셨습니다요. 저를 믿으세요. 저는 여왕님의 괴로움과 나리의 근심을 누구보다도 아파하고 있습죠. 이제 트리스탄 경, 자비로우신 나리, 허락하시면 저는 이만 물러가보겠습니다요. 달리 전할 말씀이 있으시면 부탁하십시오. 하지만 여기 오래 머물 순 없습니다. 궁에서 이 사실을 알면 제가 위험해질지 모르니까요. 그들 모두 저를 통해 두 분 사이에 뭔 일이 일어났다고 생각할 테니까요. 하지만 한마디 말이라도 제가 그 일에 간여한 적이 없다고 하느님과 두 분 앞에 맹세할 수 있습니다요."

하지만 트리스탄은 모른 척 대꾸했다.

"이봐 당신, 어디서 꿈꾸다 온 거요? 대체 무슨 소리를 하는 겁니까? 왕의 사람들이 무슨 생각을 한다고요? 뭐, 여왕님과 내가 뭘 했다고? 천벌을 받을 놈이군, 썩 꺼지시오! 당신에게 진짜 확실하게 말하는데, 사람들이 어떻게 생각하고 무슨 말을 하든 간에, 내 체통을 위해 참고 자제하지 않는다면 궁에서 다시는 당신의 꿈 이야기를 지껄이지 못할 수도 있다는 걸 명심하시오."

## 23. 과수원에서 위기를 맞다

과수원에서 위기를 맞이한 연인들(루브르 박물관, 1340년경)

화들짝 놀란 멜롯은 꽁무니를 빼고 달아났다. 그러고는 서둘러 마르케왕이 머물고 있는 숲으로 달려갔다. 그는 왕에게 드디어 사실을 알게 되었다고 보고했다. 그러고는 분수 근처에서 일어난 일을 상세하게 아뢰며 제안했다.

"폐하께서 직접 확인해보실 수 있습니다. 원하신다면 오늘 밤에 저와 함께 거기로 가시지요. 그들이 어떻게 준비했는지는 정확히 모르겠습니다만, 확실히 두 사람은 오늘 밤에도 그곳으로 올 겁니다. 그들이 서로 무슨 짓을 하는지 폐하의 두 눈으로 똑똑히 보시게 되겠죠."

왕은 자신의 불행을 염탐하기 위해 멜롯과 함께 그곳으로 갔다. 왕과 난쟁이가 밤에 과수원에 도착해서 주변을 살펴보니, 숨어서 살펴보기 좋은 은신처를 찾을 수 없었다. 분수 근처에는 높지는 않지만 울창하게 가지가 우거진 꽤 큰 올리브나무 한 그루가 있었다. 그들은 힘겹게 그 위로 올라가 앉아서 조용히 살펴보았다.

밤이 깊어지자, 트리스탄이 다시 그곳으로 슬며시 찾아왔다. 과수원에 도착했을 때 자신의 심부름꾼을 물 위에 띄워 보냈다. 그 심부름꾼은 자신을 애절하게 기다리고 있는 이졸데에게 연인이 와 있다는 메시지를 안전하게 전해주었다. 트리스탄은 올리브나무의 그림자가 드리워진 분수로 가 잠자코 풀밭에 서서 가슴속에 감춰진 불행을 달래고 있었다. 그때 마르케와 멜롯의 그림자가 눈에 들어왔다. 밝게 빛나는 달빛이 나뭇가지 사이로 비친 덕분이었다. 두 사람의 생생한 그림자를 보고는 두려움에 휩싸였다. 자신이 어떤 함정과 계교에 빠졌는지 그 즉시 알아차렸다. 그는 속으로 기도했다.

'하늘에 계신 주님, 저와 이졸데를 보호해주십시오! 그녀가 저 그림자를 보고 우리를 지켜보고 있다는 사실을 알아차리지 못한다면, 바로 내게 달려들 텐데…… 그렇게 되면 우리는 비극에 빠지게 될 거야. 주 하느님, 우리 두 사람을 불쌍히 여기시어 우리를 지켜주소서. 이리로 오고 있는 이졸데를 보호하시어 발걸음을 돌리도록 해주소서. 우리를 잡으려고 펼쳐놓은 이 간계와 사악한 의도를 그 순결한 여인에게 어떻게든 경고해서, 꼬투리를 잡힐 만한 말이나 행동을 하지 않도록 해주소서. 아, 주님! 저와 그녀에게 자비를 베푸소서! 오늘 밤 저희의 생명과 명예를 당신께 맡기나이다.'

그의 귀부인인 여왕과 두 사람의 동반자인 고귀한 브랑게네는 트리스탄의 전갈을 기다리기 위해 함께 슬픔의 정원으로 갔다. 그곳은 사람들의 눈을 피해 서로의 처지를 하소연하던 곳이었다. 두 사람은 종종 그곳에 가서 고통스러운 사랑을 애달파하며 한숨을 내쉬곤 했다. 브랑게네는 얼마 지나지 않아 심부름꾼, 즉 나뭇조각이 물결 위에 떠내려오는 것을 보았다. 그녀는 아가씨에게 이리 오라고 손짓했다. 이졸데는 나뭇조각을 잡고는 들여다보았다. '이졸데' '트리스탄'이란 글자를 읊조리고는 즉시 망토를 머리 위로 뒤집어쓰고 꽃과 풀 사이를 지나 나무가 서 있는 분수로 살금살금 다가갔다. 그들이 가까이 다가가 서로 모습이 보였을 때, 트리스탄은 그 자리에서 미동도 하지 않고 가만히 있었다. 전에는 볼 수 없었던 태도였다. 그에게 갈 때마다 매번 그가 먼저 맞이하러 다가왔기 때문이다.

이졸데는 몹시 이상하다고 생각했다. 저게 무슨 의미일까 고민하며, 마음이 조마조마했다. 그녀는 머리를 떨어뜨린 채 근심하며 그에게 다가갔다. 걸음을 내디딜 때마다 엄청난 두려움이 엄습해왔다. 천천히 나무 가까이 다가갔을 때, 세 사람의 그림자를 목격했다. 그림자는 분명 하나여야 했다. 곧바로 함정을 판 계책이라는 것을 알아차렸고, 트리스탄이 왜 그런 태도를 보이는지도 단박에 이해했다.

'어휴, 이 피에 굶주린 살인자들! 대체 무슨 속셈이지? 어떻게 여기까지 왔을까? 분명히 내 남편도 저기 어디 숨어 있을 텐데. 우리가 발각되어서 끝장날까 두려워. 주님, 저희를 보호해주세요! 우리의 명예를 잃어버리지 않도록 도와주세요. 주님, 그 사람과 저를 지켜주세요!'

그녀는 속으로 계속 생각했다.

'트리스탄은 이 끔찍한 일을 아는 걸까 아님 모르는 걸까?'

하지만 그가 함정을 눈치챘다는 것을 분명히 알 수 있었다. 그의 태도에서 명확히 드러났기 때문이다.

그녀는 그와 어느 정도 거리를 두고 서서 말했다.

"트리스탄 경, 저를 미숙한 철부지라고 확신하고 이 시간에 대화를 하기 위해 만나자고 하다니 정말 유감스럽기 그지없군요. 이렇게 늦은 시간에 이토록 몰래 면담을 요구하지 않는 것이 경의 외삼촌과 제게서 경의 명예를 지키고, 경의 신의에 더 부합할 텐데 말이죠. 이제 말해보세요. 제게 뭘 바라는 겁니까? 저는 큰 두려움을 느끼며 이곳에 왔어요. 브랑게네가 오자고 해서 왔을 뿐이에요. 오늘 경에게 다녀온 후로 그 아이는 제게 계속 간청하며, 경에게 가서 경의 하소연을 들어야 한다고 저를 설득했죠. 제가 그 아이에게 설득당한 건 큰 실수였어요. 그 아이가 지금 제 안전을 위해 이 근처에 있긴 하지만, 그럼에도 불구하고 누군가가 경과의 만남을 알아차리는 일을 겪기보다 차라리 제 손가락 하나를 희생하는 게 나을 거예요. 세상에는 나쁜 생각을 하는 사람들이 수두룩하니까요. 사람들이 경과 저에 대해 험담을 퍼뜨리고 있습니다. 우리 두 사람이 불륜에 빠져 있다고 호언장담을 하더군요. 궁의 모든 사람이 철석같이 그렇게 믿고 있어요. 하지만 하느님은 제가 마음속으로 경에게 어떤 감정을 가지고 있는지 잘 아십니다. 제가 경을 진심으로 사랑한 적이 있다면 무한한 벌을 받을 겁니다. 바로 하느님이 증인이세요. 저의 처녀성의 첫 장미꽃을 선사한 그 사람 외에는 지금까지 다른 남자를 갈망한 적도 없고, 이제 영원히 다른 남자에게는 제 마음이 닫혀 있을 것이라고 하느님 앞에 고백합니다. 제남편 마르케왕께서 트리스탄 경 당신 때문에 제게 그런 끔찍한 의심을 품게 되다니 정말 부당한 일이 아닐 수 없어요. 제가 폐하를 어떻게 생각하는지 그분은 너무나도 잘 알고 계시기 때문이지요. 저를 화제에 올리는 사람들은 정말 생각이 없는 사람들입니다. 그들은 제 마음을 도통 모르니까요. 물론 저는 경에게 수십만 번 제 호의를 드러내긴 했어요. 하지만 그건 제가 사랑을 바쳐야 할 분을 사랑해서 그런 거지, 정절을 지키지 않아서 그런 게 아네요. 하느님은 정확히 아실 테죠. 기사이건 기사 견습생이건 간에 제 남편인 마르케왕을 사랑하거나 친척 관계인 사람의 명예를 존중하는 게 옳다고 생각해요. 제게도 명예로운 일이니까요. 그런데 사람들이 그걸 오해하는군요. 그럼에도 저는 경을 싫어하진 않을 거예요. 그들이 하는 이야기는 전부 거짓말이니까요. 아무튼 제게 할 말이 있으면 지금 하세요. 이제 가야 합니다. 여기 오래 머무를 수 없어요.”

“복되신 여왕님, 여왕님을 편드는 사람이 있을지는 모르겠지만, 저는 여왕님의 말씀과 행동이 덕망 높고 명예롭다는 것을 전혀 의심하지 않습니다. 하지만 아무런 잘못도 없이 저와 여왕님의 관계를 중상모략하고 폐하의 총애를 빼앗으려는 거짓말쟁이들은 여왕님의 말씀에 전혀 동의하지 않을 겁니다. 하느님만 아실 테지요. 복되고 덕망이 가득하신 여왕님, 제가 여왕님과 폐하 앞에 잘못한 게 없다는 점을 고려하고 참작하셔서, 폐하께 말씀 좀 드려주십시오. 아무 이유 없이 폐하께서 제게 뿜어내는 분노와 증오를 격조 높은 체통을 지키기 위해서라도 감추시고 다음 여드레 동안만이라도 자제해주십사 간청합니다. 그때까지만 제가 아직 폐하의 총애를 누리고 있는 것처럼 폐하와 여왕님께서 태도를 취해주셨으면 합니다. 여드레 동안 이 나라를 떠날 준비를 하려고 합니다. 제가 떠날 때까지 두 분께서 지금처럼 저를 계속 적대시하신다면 제 주군이신 폐하, 여왕님, 저 모두가 위신을 잃어버릴 겁니다. 우리 원수들이 '거봐, 정말로 뭔가가 있었다니까! 트리스탄 경이 폐하의 분노 때문에 쫓겨나잖아'라고 떠들 테니까요."

트리스탄의 이야기에 이졸데가 대꾸했다.

"흥, 트리스탄 경, 경과 관련된 일을 폐하께 이래라저래라 부탁하느니 차라리 죽는 게 나아요. 경 때문에 제가 이미 오래전부터 폐하의 눈 밖에 난 걸 경도 잘 아시잖아요. 이 시간에 혼자 그것도 한밤중에 경을 만나러 온 사실을 알게 되거나, 이 일로 이상한 이야기가 돈다면 폐하께 호의를 받는 것은 끝이에요. 더 이상 저를 사랑하시거나 존중해주시지 않을 겁니다. 어쩌다 일이 이렇게 되었는지 정말 모르겠네요. 제 남편 마르케왕께서 어찌하여 저를 의심하게 되었는지, 누가 그분을 꼬드겼는지 의문이 듭니다. 아무리 봐도 경의 태도에서 제가 뭔가 그릇된 행동을 했다고 추측할 만한 것이 없었는데요. 보통 여자들은 그런 건 금방 아는데 말이에요. 경과 교류할 때 제 태도에도 전혀 부정한 일이나 경박스러운 일이 없었고요. 무엇 때문에 우리가 그런 지탄을 받게 되었는지 모르겠네요. 하지만 우리 상황은 좋지 않아요. 전능하신 하느님께서 이제라도 바로잡아주시길!

자, 저는 이만 가보겠습니다. 경도 그만 가보세요. 경의 근심거리나 고뇌 때문에 저도 괴롭다는 건 하느님만 아실 거예요. 지금은 다 포기하려고 하지만, 사실 제게는 경을 증오할 여러 가지 이유가 있었습니다. 저 때문에 아무런 이유 없이 많은 고통을 감수해야만 한다니 유감이군요. 그 때문에 경을 용서하고자 합니다. 그대가 떠나는 날이 되면, 주님께서 그대를 보호해 주시길 빕니다. 천상의 여왕께서 그대를 지켜주실 거예요. 제게 이야기를 전해달라는 경의 부탁에 관해서는, 뭐 제 조언이 다소 영향력이 있으니, 경에게 도움이 되는 방향으로 나름대로 최선을 다해 조언하고 일이 되도록 하지요. 단, 폐하께서 저를 오해하실까 봐 몹시 두려워요. 하지만 일이 어떻게 되든지, 또 제가 위험해진다 할지라도, 경이 저와 폐하께 그릇되게 처신하지 않았다는 사실에 대해서는 상을 내려야 할 거예요. 성공할지 어떨지 모르지만, 아무튼 경의 부탁을 가서 전하죠."

"자비로우신 여왕님," 트리스탄은 고마움을 전했다. "대답을 들으시는 대로 제게 즉시 알려주십시오. 다시 뵙지 못할 것 같아 지금 작별 인사를 해야 할 것 같습니다. 제게 어떤 일이 일어날지 모르지만, 덕망이 높으신 여왕님, 천상의 모든 군대에게 축복을 받으시길 빕니다. 육지와 바다가 이토록 순수한 여인을 가져본 적이 없다는 것을 하느님께서는 잘 아시겠지요. 하느님께서 여왕님, 여왕님의 영혼과 육신, 여왕님의 명예와 삶을 지켜주시길 빕니다."

자, 두 사람은 이렇게 헤어졌답니다. 여왕은 몸과 마음으로 은밀히 사랑의 고통을 느끼며 눈가에 눈물이 그득한 채 한숨을 쉬며 자리를 떴지요. 이름에 슬픔을 담고 있는 트리스탄도 거세게 흐느끼며 슬프게 돌아갔습니다. 하지만 나무 위에 앉아 있던 마르케왕도 죽을 지경으로 슬펐답니다. 자신의 조카와 아내를 크게 의심했다는 사실 때문에 괴로웠던 것이죠. 자신을 그렇게 만든 사람들을 수없이 저주했습니다. 마음속뿐 아니라 입 밖으로도 말이죠. 그는 흠결 없는 아내를 중상모략하며 자신을 속였다고 난쟁이 멜롯을 거세게 꾸짖었답니다. 그들은 나무에서 내려와 탄식하며 사냥터로 돌아갔습니다. 물론 마르케왕과 멜롯의 고통은 서로 달랐지요. 멜롯은 사기꾼이라는 비난 때문에 괴로웠고, 마르케왕은 자신의 의심 때문에 괴로워했습니다. 스스로 자기 조카와 아내를 그토록 의심하고 궁 안과 나라에 소문을 퍼뜨렸다는 자책감이 들었기 때문이죠.

다음 날 아침 일찍 마르케왕은 사냥꾼들에게 다들 남아서 계속 사냥을 하도록 분부한 뒤 자신은 궁으로 돌아왔다.
"부인, 그사이 어떻게 지내셨소? 어디 이야기 좀 들어봅시다."
마르케왕은 여왕을 다정하게 대했다.
"폐하, 쓸데없는 근심에 빠져 있긴 했지만, 하프와 리라를 연주하면서 시간을 보냈지요."

"쓸데없는 근심이라니? 대체 무슨 일이 있었소?"

마르케왕이 되묻자, 이졸데가 미소를 지으며 대답했다.

"뭐 그렇고 그런 일이 일어나지요. 언제나 그렇죠. 아무런 이유 없이 슬퍼하고 걱정하는 건 제 성격이기도 하고 여자들은 다 그렇지요. 그런 식으로 마음을 정리하고 눈을 씻어내기도 하니까요. 별일 아닌 것으로 몰래 심각하게 걱정하다가, 금방 훌훌 털어버리는 일이 자주 일어나곤 하잖아요."

그녀가 이렇게 농담을 했지만, 마르케왕은 주의 깊게 그녀가 무슨 말을 하려는 건지 단어 하나하나를 찬찬히 곱씹었다.

"참, 트리스탄이 어떻게 지내는지 아는 사람이 있소? 아니면 여왕은 아시오? 최근 들기로는 내가 사냥을 나간 사이 그의 상태가 좋지 않다고 하던데."

"폐하, 사람들이 사실대로 아뢴 것입니다."

여왕이 대답했다. 그녀는 사랑의 차원에서 그렇게 대답했다. 그의 근심이 사랑 때문에 생긴 줄 알았기 때문이다. 그러자 왕이 관심을 보였다.

"당신은 알고 있었소? 누가 그 이야기를 했소?"

"좀 전에 브랑게네가 그의 병에 대해 이야기해서 그렇게 추측한 거랍니다. 어제 낮에 그를 보고 와서 전하더군요. 저보고 자기 하소연과 말을 폐하께 대신 전해달라고 말입니다. 맙소사, 자기 명예를 좀 고려해주셔서 자신이 떠날 준비를 하는 여드레 동안만이라도 적개심을 자제해주십사 하고 내게 간청해달라니. 그런 뒤에 명예롭게 폐하의 궁과 이 나라를 떠날 수 있도록 우리 두 사람에게 좀 봐달라는 거죠."

그러고는 트리스탄이 분수 근처에서 한 이야기를 그대로 전했다. 물론 그들이 나눈 대화 내용은 왕도 같이 들어 알고 있었다. 왕은 부탁했다.

"부인, 내게 그를 의심하게 만든 사람은 저주받아야 할 것이오. 진심으로 후회하고 있다오. 최근에야 그가 전혀 잘못이 없다는 것을 알게 되었소. 이제 확신이 섰소. 사랑하는 부인, 당신이 나를 사랑하니 내가 더는 나쁘게 굴 필요가 없소. 당신이 바라는 대로 이뤄질 것이오. 나와 조카 두 사람 사이의 갈등을 정리해주시오."

하지만 여왕은 손사래를 쳤다.

"폐하, 그럴 수 없어요. 이 골치 아픈 일로 더는 고통받고 싶지 않아요. 오늘 문제를 해결한다 해도, 내일이면 폐하는 그전처럼 다시 의심에 빠져들 테니까요."

"절대로 그럴 리 없을 것이오, 부인! 다시는 의심 따위로 그의 명예를 뒤흔드는 일은 하지 않을 것이오. 겉으로 보이는 다정함 때문에 여왕인 당신을 의심하는 일은 하지 않겠소."

왕은 맹세했다. 그런 뒤 트리스탄을 데려왔고, 호의를 베풀며 그간의 의혹을 완전히 씻어냈다. 왕은 직접 이졸데의 손을 잡고 트리스탄에게 넘겨주며 그의 보호를 받도록 했다. 트리스탄은 그녀를 물심양면으로 보살폈고, 그녀와 시녀들은 그의 명령에 따랐다.


이리하여 트리스탄과 그의 여주인 이졸데는 이전처럼 행복하게 잘 살았답니다. 매사 즐거움으로 가득했지요. 온갖 근심 걱정이 사라지고 다시 그들에게 멋진 날이 주어진 겁니다. 물론 오래지 않아 새로운 고통이 그들을 다시 엄습해오겠지만 말이죠.

## 24. 신의 심판을 치르다

여러분께 분명히 말씀드릴 수 있습니다만, 고약한 이웃보다 쓰고 매운 억새풀은 없답니다. 집안에 배신자가 있는 것보다 최악인 상황은 없지요. 제가 말하는 건 이런 배신입니다. 친구에게 온갖 감언이설을 늘어놓으면서 속으로는 적대심을 품고 있는 경우인데, 그런 사람은 정말 경계해야 할 동료입니다. 그런 자는 항상 입에 꿀을 머금고 있지만, 가시에는 독이 묻어 있지요. 자기가 보고 듣는 일마다 독기 서린 질투로 친구에게 불행을 가져다주는데, 아무도 그를 막을 수 없습니다. 누군가가 공개적으로 자기 원수에게 해를 입히기 위해 준비한다면 그건 배신이라고 부를 수 없지요. 적어도 다른 사람에게 적이라는 걸 드러내면 큰 해를 입히지 못하거든요. 하지만 그러면서도 우정을 운운한다면 그 사람은 주의해야 합니다.

멜롯과 마르도가 그랬다. 그들은 배신으로 똘똘 뭉친 채 트리스탄과 자주 어울렸다. 두 사람은 사기와 계교를 가지고 트리스탄을 도우며 우정을 맺으려 했다. 하지만 트리스탄은 항상 그들을 경계하며 이졸데에게도 경고했다.

"제 마음속의 여왕님, 여왕님과 저 사이에 언행을 조심해야 합니다. 우리는 엄청난 위험으로 둘러싸여 위협받고 있습니다. 비둘기 모습을 한 독사 두 마리가 달콤한 태도로 아부하며 항상 우리 주위를 맴돌고 있어요. 복되신 여왕님, 그들을 조심하십시오! 동료가 비둘기처럼 보이지만 뒤로는 뱀 새끼처럼 꼬리가 있다면, 우박과 갑작스러운 죽음을 피하기 위해 성호경을 그어야 하니까요. 사랑하는 주인이신 아름다운 이졸데 님, 뱀 같은 멜롯과 개 같은 마르도를 조심하십시오!"

두 사람은 정말로 뱀과 개처럼 행동했다. 그들은 끊임없이 두 연인에게 덫을 놓았는데, 그들의 태도와 모든 행동이 개와 뱀을 닮았기 때문이다. 그들은 악의에 찬 말로 마르케를 꼬드기고 계략을 짜느라 지칠 줄 몰랐다. 결국 마르케는 다시 자신의 사랑을 확신하지 못하고 연인들을 의심하게 되었으며, 그들은 은밀히 덫을 놓아 조사해보려 했다.

어느 날 왕은 트리스탄과 이졸데와 함께 사혈\*을 했다. 그의 나쁜 조언자들이 그리하라고 권했던 것이다. 트리스탄과 이졸데는 이 일로 어떤 나쁜 일이 일어나게 될지 전혀 예상하지 못했으며 아무런 위험도 눈치채지 못했다.

왕과 가신들은 불필요한 소음과 일을 피해 방에서 편안하게

---

\* 사혈은 원래 로마 군대에서 훈육 차원에서 실시했지만, 중세에는 안정을 찾는 치료 수단의 하나였다.

하루 종일 누워서 쉬고 있었다. 다음 날 저녁, 사람들이 흩어지고, 마르케가 잠자리에 들었을 때, 계획한 대로 내실에는 마르케와 이졸데, 트리스탄과 멜롯, 브랑게네와 여왕의 시녀들만 있었다. 초의 불빛이 방해가 되지 않도록 그 앞에 천을 드리워놓았다. 새벽 기도 종소리가 울렸을 때, 의심이 많은 마르케는 조용히 의복을 갖춰 입은 뒤 멜롯을 깨웠다. 함께 새벽 기도에 참석하자는 것이었다.

마르케가 침대에서 나오자, 멜롯은 침대 주변 바닥에 밀가루를 뿌렸다. 누군가 침대를 오간 흔적이 있는지 나중에 알아보기 위해서였다. 그런 뒤 두 사람은 밖으로 나갔다. 하지만 그들은 기도 따위는 안중에도 없었다. 얼마 지나지 않아 브랑게네가 밀가루를 발견하고 그 의도를 눈치챘다. 그녀는 트리스탄에게 슬그머니 다가가서 경고하고는 다시 잠자리에 누웠다.


트리스탄은 이런 상황이 몹시 괴로웠답니다. 그의 마음은 여인을 갈망하고 있었고, 머릿속으로는 어떻게 하면 그녀에게 갈 수 있을까 하는 생각뿐이었지요. 그는 사랑은 눈이 없으며 열정은 두려움을 알지 못한다는 속담을 몸으로 입증했답니다. 그건 정말 사실이거든요.


'아, 고통스럽군!' 트리스탄은 머릿속이 복잡했다. '주 하느님, 이런 함정에서 제가 어찌하면 좋을지요? 이번에는 위험 부담이 너무 큰데.'

그는 침대에서 몸을 일으켜서 어떻게 그쪽으로 넘어갈 수 있을지 둘러보았다. 저쪽 밀가루를 또렷하게 볼 수 있을 만큼 환했다. 뛰어넘기에는 그 거리가 너무 멀었다. 그래서 감히 저쪽으로 갈 엄두가 나지 않았다. 하지만 장점이 있는 쪽으로 가능성을 시험해보기로 결정했다. 그는 두 발을 한데 모으고는 힘차게 뛰어올랐다.

이졸데 침대로 도약하는 트리스탄
(바이에른 국립 도서관 BSB Cgm 51)

아, 사랑에 눈먼 트리스탄이 기사의 기량으로 도약을 했는데, 그 힘이 너무 과했습니다. 그는 침대까지 뛰는 데 성공했지만, 경기는 지고 말았습니다. 그의 정맥이 파열되는 바람에 훗날 그 일로 큰 걱정과 고민을 하게 되거든요. 피가 흐르면 그리되듯 침대와 침대보는 피로 얼룩졌습니다. 사방 천지에 핏자국을 남겼던 것이죠. 거기 잠깐 누웠는데도, 금방 침대와 침구가 전부 피로 더럽혀졌지요.

그는 다시 뛰어 자기 침대로 돌아왔다. 그러고는 아침이 밝아올 때까지 생각에 빠져 있었다. 얼마 지나지 않아 마르케도 돌아와 바닥을 살펴보았다. 살펴보니 아무 흔적도 없었다. 하지만 침대로 시선이 갔을 때 사방이 피라는 것을 알아차렸다. 이 일로 마음이 무거워졌다.

"이게 무슨 일이오? 어쩌다 이렇게 피를 흘리게 됐소?" 그는 아내인 여왕에게 물었다.

"제 정맥이 파열돼서 출혈이 생겼어요. 아직도 제대로 멈추지 않습니다."

그러자 그는 몸을 돌려 트리스탄을 조사하려 했다. 마치 장난을 치는 것처럼 "트리스탄 경, 그만 일어나게!"라고 말하면서 이불을 잡아당겼다. 그 순간 핏자국이 눈에 들어왔다. 그는 아무 말도 하지 않았다. 트리스탄을 그대로 둔 채 몸을 돌려 밖으로 나왔다.

그의 마음은 몹시 무거웠다. 비극적인 날을 맞이한 사람처럼 머릿속은 복잡해졌다. 자신이 뒤쫓던 그 고통스러운 사실이 거의 밝혀진 것 같았기 때문이다. 하지만 두 사람의 비밀, 진짜 무슨 일이 일어났는지는 사실 알 수 없었다. 그저 자신이 본 피로 추측할 뿐이었는데, 그것만으로는 증거가 되지 못했다. 그는 예전에 떨쳐버렸던 의심과 불신에 다시 사로잡히고 말았다. 처음엔 침대 앞에서 아무런 흔적도 발견하지 못했기 때문에, 조카가 잘못을 저지르지 않았다고 믿었다. 하지만 여왕과 조카의 침대에 피가 잔뜩 묻은 것을 보는 순간, 의심으로 흔들리는 사람이 늘 그러하듯 불신과 분노가 밀려왔다. 그는 이런 불확실함으로 어쩔 줄 몰랐다. 이쪽으로 생각했다가 저쪽으로 생각하다 보니 자신이 뭘 바라는지, 뭘 믿고 싶은지 알 수 없었다. 자신의 침대에서 불륜의 흔적을 발견했다고 생각했지만, 사실 아무것도 찾은 건 없었다. 그 때문에 사실이 드러난 것 같다가도 동시에 감춰진 셈이었다. 어느 쪽으로도 판단을 내릴 수 없었고, 두 판단 모두 사실인 동시에 거짓이라고, 아니 별게 아니라고 여겼다. 그는 그들이 잘못을 저질렀다고 생각하고 싶지도 않았고, 그렇다고 그들이 아무런 잘못도 없다고 생각하고 싶지도 않았다. 그 가련한 의심 많은 이는 이런 생각으로 머리가 터질 것 같았다.

혼란스러운 마르케는 이제 정말 심각하게 고민하기 시작했다. 어떻게 하면 사실을 확실히 알아내서 판단을 내릴 수 있을지, 불확실한 짐을 내려놓을 방법은 없는지, 자신도 그랬지만 궁정 사람들이 자기 아내인 이졸데와 조카인 트리스탄에게 품은 의심을 어떻게 씻어낼지…… 그는 충직한 제후들을 소집해서 고민을 털어놓았다. 궁정에서 돌고 있는 이야기로 자신의 결혼 생활과 명예가 위태롭다고 이야기했다. 그러고는 두 사람을 공개적으로 비난할 것이며, 여왕이 모든 사람 앞에서 자신이 정조를 지켰으며 무고하다는 것을 입증할 때까지는 여왕에게 사랑을 베풀거나 친밀한 관계를 갖지 않겠다는 걸 왕국 전역에 알리겠다고 자신의 결심을 밝혔다. 한편으로 이런 범죄로 자신의 위신을 실추하지 않고 의심을 풀려면 어떻게 해야 좋을지 그들에게 자문을 구했다. 왕의 친척과 가신은 잉글랜드의 런던에서 즉시 평의회를 열 것을 제안했다. 거기서 성직자와 교회법을 정확히 알고 있는 교계 관계자에게 이 상황을 털어놓으라는 조언이었다.

곧 평의회가 5월 말 성령 강림 대축일 이후에 런던에서 개최될 것이라고 선포되었다. 왕명과 왕의 부탁에 따라 많은 성직자와 평신도가 모여들었다. 마르케와 이졸데도 그곳으로 왔는데 걱정과 근심으로 잔뜩 불안한 상태였다. 이졸데는 자신의 목숨과 명예를 잃어버릴까 두려웠다. 반면에 마르케는 아내인 이졸데 때문에 자신의 행복이 사라지고 위신이 실추될까 봐 우려했다.

이제 마르케가 평의회에 착석했다. 그는 왕국의 제후에게 계속되는 소문으로 자신이 얼마나 괴로운지 털어놓았다. 그러면서 하느님과 그들의 명예를 걸고 이런 만행에 어떻게 복수하고 심판해야 할지 등등 이 사안을 끝낼 어떤 해결책이나 조언이 있으면 이야기해달라고 강력하게 요청했다. 많은 사람이 여러 방식으로 저마다 의견을 내놓았는데, 쓸모없는 이야기도 있었고, 유용한 이야기도 있는 등 제각각이었다.

그때 제후 평의회에 속한 제후 한 사람이 일어났다. 학식이나 나이로 보아 현명한 조언을 내놓을 만했으며, 겉으로 보기에도 고상한 기품이 느껴지는 백발의 노장이었다. 바로 템스의 주교였던 것이다. 그는 지팡이에 의지한 채 말했다.

"주군이신 폐하, 제 이야기를 귀담아들으십시오. 폐하께서는 저희 잉글랜드의 제후들을 신뢰하시고, 폐하께 당장 필요한 조언을 구하고자 저희를 불러 모으셨습니다. 폐하, 저는 이 제후들 중 한 명으로, 평의회에 의결권과 투표권을 가지고 있습니다. 제가 전적으로 책임지고 행동할 만하고, 또 할 말은 할 수 있는 나이이기도 합니다. 여기 계시는 모든 분이 저마다 자기 의견을 말씀하십니다만, 저도 폐하께 제 나름의 의견을 말씀드리고자 합니다. 제 의견이 타당하다 생각하시면 제가 하자는 대로 따라주십시오.

사람들은 저희 여왕님과 트리스탄 경에게 심각한 비난을 퍼붓고 있습니다만, 들어보니 아무런 증거도 없습니다. 폐하께서는 나쁜 의도가 있는 그런 무시무시한 의심을 씻어낼 수 있겠습니까? 범죄 현장도 잡지 못했을 뿐 아니라 간단한 사실도 입증하지 못하는데, 어찌 폐하의 조카와 여왕님의 목숨과 명예가 걸린 일을 심판할 수 있겠습니까? 트리스탄 경이 그런 범죄를 저질렀다고 비난하면서도 마땅히 그의 앞에 내놓아야 할 증거는 없다니요. 마찬가지로 이졸데 님에 대해서도 쉽게 비난하면서 아무런 증거도 내놓지 않다니요.

물론 궁에서 그들을 크게 의심하고 있으니, 날마다 소문이 퍼져 이 일을 잘 알고 있는 백성과 폐하께 여왕님의 무죄가 입증

되기 전까지 폐하께서는 여왕님과 잠자리와 식사를 같이하시면 안 됩니다.* 불행히도 그런 이야기는 거짓이든 사실이든 귀에 쏙 들어오긴 합니다. 떠도는 내용이 사실이든 거짓말이든 사람들은 개의치 않으니까요. 일단 누가 나쁘다는 이야기가 돌면, 더욱 좋지 않은 쪽으로 생각하기 마련입니다. 지금 나온 이야기가 사실이든 아니든, 좋지 않은 소문과 비방이 널리 퍼졌기 때문에 폐하께는 해가 됩니다. 또 궁에 있는 사람들에게도 좋지 않지요. 그러니 폐하께 충언합니다. 여왕님께서 그런 치욕적인 일로 비방을 받고 계시니, 여왕님을 이곳으로 부르셔서 저희 앞에서 폐하께서 여왕님께 직접 물으시고 여왕님의 답변을 듣는 자리를 갖도록 하십시오. 그게 모임의 권한이기도 합니다."

"주교의 의견에 동의하오. 주교께서 해주신 이야기와 조언이 매우 타당하다고 생각되는군."

왕은 수긍했다. 즉시 이졸데에게 사람을 보내 궁의 평의회에 참석하도록 했다. 그녀가 착석하자, 현명한 원로인 템스의 주교는 왕명에 따라 일어나서 말했다.

"고귀한 여왕이신 이졸데 님, 제 이야기를 나쁘게 듣지 않으시길 빕니다. 저의 주군이신 폐하께서 폐하를 대신해서 말하라 명하셨으니, 제 말은 곧 폐하의 말씀이기도 합니다. 저야 폐하께 복종해야 하니까요. 하느님 앞에서 여왕님께 맹세컨대, 여왕님의 품위에 어긋나거나 여왕님의 명성에 흠이 되는 이야기는

---

* 중세 법에 따르면 부부가 식사와 잠자리를 같이하지 않는 것은 이혼의 사전 단계이다.

이 밝은 대낮에 모든 사람이 보는 앞에서 정말 거론하고 싶지 않은 게 제 본심입니다. 아, 제가 이 일을 피할 수 있다면! 복되신 고귀한 여왕님, 부군이신 폐하께서 시중에 떠도는 비난 때문에 여왕님께 물어보라고 명하셨습니다. 저도 폐하처럼 일이 어쩌다 이렇게 되었는지 잘 모릅니다만, 궁과 나라에 퍼진 소문으로는 여왕님이 폐하의 조카인 트리스탄 님과 뭔 일이 있다고 하더군요.

하느님께서 바라시듯 여왕님은 아무런 잘못도 없으실 테지만, 워낙 궁에서 말들이 많기 때문에 폐하께서는 여왕님을 의심하고 계십니다. 폐하께서는 여왕님을 늘 좋은 분이라고 생각하고 계시지만 궁에 떠도는 소문 때문에 의심이 생기셨습니다. 어떤 확실한 증거가 있어서 그런 건 아니지요. 그래서 폐하의 친구들과 가신들 앞에서 이 이야기를 꺼내는 겁니다. 다름 아니라 모든 사람이 직접 사실을 듣도록 해서 이런 소문과 거짓말을 끝내기 위해서지요. 그러니 우리가 모인 이 자리에서 폐하가 의심하시는 일에 대해 여왕님이 직접 해명하시는 게 좋겠다고 생각합니다.”

신중하고 현명한 여왕 이졸데는 자신이 말할 차례가 되자 자리에서 일어났다.

“폐하, 주교님, 그리고 이 나라의 귀족과 왕궁의 모든 분, 여러분 모두가 증인입니다. 폐하와 제가 뒤집어쓴 치욕적인 오명을 씻어내기 위해서라면, 기꺼이 말할 준비가 되어 있습니다. 지난 일 년 전부터 궁과 나라에 이런 비열한 소문이 퍼져 있다는 걸 여기 계신 분들은 모두 잘 아실 거예요. 근데 모두 아시다시피, 아무리 세상에 행복을 안겨준다 하더라도 모든 사람의 마음에 들 수 있는 사람은 없지요. 안 좋은 비난을 피해 가지 못한다는 걸 아시지 않습니까? 그렇기에 제가 그런 험담에 시달린다 해도 그다지 놀랍지는 않습니다. 게다가 사람들이 아무런 이유 없이 제가 잘못했다거나 치욕스러운 일을 저질렀다고 비난하는 것을 막을 수는 없습니다. 저는 외국인이고, 의지할 수 있는 친구나 친척이 없으니까요. 제 고통으로 아파할 사람은 여기에 아무도 없습니다. 그러니 여러분 모두, 신분이 높은 분이나 낮은 분이나 예외 없이 다들 저의 부정을 곧이곧대로 믿으시겠지요.

폐하의 명예를 위해 여러분이 제가 아무런 잘못이 없다고 믿도록 제가 뭘 어떻게 해야 할지 알 수 있다면, 얼마든지 그렇게 하고 싶습니다. 제가 어찌하면 좋을지 조언 좀 해주세요. 여러분의 의심을 씻어내고, 무엇보다도 폐하와 저의 명예와 위신을 지킬 수 있다면 저를 심판할 어떤 재판에라도 나설 준비가 되어 있습니다."

"여왕, 그렇게 하도록 하겠소. 여왕이 제안한 것처럼 정식 절차에서 공정함을 가릴 수 있다면, 지금 바로 그대가 진심이라는 걸 입증하시오. 뜨거운 철로 시험하는 신의 심판을 받아들이겠다고 맹세하시오. 이게 우리 왕실의 결정이오."

왕의 결정이었다. 여왕은 평의회에서 정한 대로 6주 안에 칼리운* 도시에서 심판을 받겠다고 맹세했다. 평의회에 참석한 왕

---

* 오늘날의 칼리언. 아서왕의 궁이 있다고 전해지는 곳으로 작품 속 내용과 달

과 귀족들은 모두 흩어졌다. 이졸데는 혼자 남아 초조해했다. 어느 때보다 불안과 걱정이 그녀를 거세게 짓눌렀다. 자신의 명예에 대해 염려했으며, 자신의 거짓말이 낱낱이 밝혀질까 봐 남몰래 전전긍긍했다. 하지만 도저히 이 걱정과 불안감을 떨쳐낼 방법이 없었다. 그녀는 어려움에 처했을 때마다 자신을 도와주신 자비로우신 하느님께 자신의 고통을 맡기기로 했다. 끊임없이 기도와 단식을 하며 걱정과 불안을 하느님께 맡겼다. 동시에 그녀는 하느님의 자상함을 전적으로 믿었기 때문에 계략을 생각해냈다. 그녀는 편지 한 통을 써서 트리스탄에게 보내, 배를 타고 칼리운에 도착하는 날 새벽에 해안가에서 자신을 기다려달라고 부탁했다.

그대로 일이 이뤄졌다. 트리스탄은 퉁퉁 붓고 볼품없는 얼굴로 순례자 복장으로 변장한 채 그곳에 가 있었다. 마르케와 이졸데가 도착하여 해안가에 다다랐을 때, 여왕은 그를 보고 즉시 알아차렸다. 배가 정박하자마자, 이졸데는 아랫사람들에게 그곳에 있는 순례자에게 기력이 충분하다면 자신을 안아서 배에서 육지로 데려다줄 수 있는지 하느님의 이름으로 부탁해보라고 분부했다. 이 일을 다른 기사에게 맡길 수 없는 상황이기 때문에 그렇게 하길 원한다는 것이었다.

그래서 사람들은 건너편에 대고 소리쳤다.

"이보게, 착한 양반, 이리로 건너와서 우리 여왕님을 뭍으로

---

리 잉글랜드가 아니라 웨일스에 있다. 칼리언은 서기 80년경 로마 수비대가 머물며 다스리던 도시였는데, '사가'에서도 신의 심판을 받는 도시로 거론된다.

좀 옮겨드리게나!"

그는 사람들의 부탁대로 행동했다. 그는 자신의 여주인인 여왕을 팔로 안고 얕은 물을 걸어 건넜다. 그때 이졸데는 속삭였다. 해안가에 도착하게 되면 뒷일은 신경 쓰지 말고 자기를 안은 채 비틀거리다가 넘어지라는 것이었다. 순례자는 그 말대로, 뭍에 올랐을 때 뭔가에 걸린 듯 비틀거리며 여왕을 안은 채 바닥에 넘어졌다. 그러자 사람들이 즉시 막대기와 갈고리를 들고 순례자를 향해 달려들었다.

"아니 그만, 그를 그냥 놔둬요!"

이졸데는 사람들을 제지했다. "저 사람은 아무 잘못 없어요. 그저 기력이 부족해서 넘어졌을 뿐이에요."

이 일로 모두가 그녀를 칭찬하고 고마워했다. 그녀가 불쌍한 사람에게 벌로 복수하지 않고 너그럽게 용서해준 것을 보자 모두 칭찬했던 것이다. 이졸데는 미소를 지으며 짓궂게 말했다.

"이 경건한 분이 나와 여행을 즐기고 싶어 했다 해도 이상할 게 없겠죠?"

사람들은 이 일로 그녀를 더욱 고상하게 생각했으며, 정말 미덕을 보여주었다며 그녀를 칭송하고 존경하는 사람들이 늘어났다. 마르케도 그 자리에 있었기 때문에, 모든 것을 직접 보고 듣고 있었다. 이졸데는 푸념하듯 말했다.

"그나저나 이제 어쩌면 좋지. 여러분 모두가 분명히 증언하게 됐으니, 제가 마르케왕 외에는 어느 남자도 날 안은 적이 없으며, 제 옆에 누운 적이 없다고 더는 맹세할 수 없게 되어버렸네요."*

그런 뒤 자리를 떠나 순례자에 관한 농담을 하며 칼리운에 도착했다. 그곳에는 많은 수의 귀족, 성직자, 기사뿐 아니라 백성도 모여 있었다. 주교와 다른 고위 성직자들은 미사를 집전하고 재판정을 축성했고, 자신이 맡은 준비를 다 끝냈다. 드디어 강철이 불가마에 올려졌다.

고귀한 이졸데 여왕은 하느님의 자비를 청하기 위해 옷과 말에 달린 금은보석 장식을 떼어서 사람들에게 나눠 주었다. 하느님께서 자신의 잘못을 따지지 않으시고 명예를 유지하도록 해 주십사 하는 마음에서 나온 행동이었다. 그렇게 대성당에 와서는 열성적으로 교중 미사에 참석했다. 고귀하고 현명한 여왕은 하느님께 모든 걸 맡긴 것이다.

그녀는 몸에 거친 털로 만든 상의**를 입었고, 길이가 발목에서 한 뼘 정도에서 끝나는 짧은 모직 외투를 그 위에다 걸쳤다. 소매는 팔꿈치까지 끌어 올렸기 때문에 팔과 발이 드러난 상태였다. 많은 사람이 그녀를 근심 어린 눈으로 초조하게 지켜보았다. 사람들은 그녀의 복장과 태도를 꼼꼼히 뜯어보았다. 이제 그녀가 앞에 두고 맹세할 성유물을 내왔다. 이졸데는 자신의 죄를 하느님과 세상 사람 앞에 고백하라고 경고를 받았다. 그때

---

* 다른 작가의 작품에는 걸인으로 변장한 트리스탄이 이졸데를 등에 업고 뭍으로 건네준다고 묘사한다. 그래서 그녀는 마르케왕과 걸인 외에는 자기 허벅지 사이에 있었던 남자가 없다고 맹세한다.

** 맨몸에 걸쳤기 때문에, 하느님 앞에 겸손하게 모든 것을 드러낸다는 뜻으로 마치 삼베를 걸친 것처럼 속죄를 할 때 상징으로 입는다. 팔과 발을 드러냈다는 것도 같은 맥락이다.

이졸데는 자신의 명예와 생명을 전적으로 하느님의 자비에 내맡겼다. 그녀는 외경심을 가지고 성유물에 손을 대고 맹세했다. 하느님의 은혜에 손과 마음을 내밀며, 자신을 지켜주시고 보호해주십사 기도했다.

거기에는 사악한 목적을 가지고 여왕이 파멸에 빠질 수밖에 없도록 맹세의 내용을 정하려는 사람들이 제법 많았다. 질투의 쓴맛을 본 마르도 집사장은 독기를 잔뜩 품고 사방에서 그녀를 몰이사냥 하며 그녀를 해치기 위해 동분서주했다. 하지만 그녀를 좋게 생각하던 사람들은 명예롭게 그에게 반박했다.

자, 그녀가 해야 할 맹세를 놓고 이곳저곳에서 논쟁이 벌어졌습니다. 뭐 그런 일에서 늘 그러하듯 어떤 이는 그녀를 나쁘게 보려 했고, 다른 이는 좋게 여겼던 것이죠. 자, 이제 여왕이 뭐라 하는지 들어보시렵니까?

"폐하, 사람들이 무슨 말을 하건, 제 맹세가 최종적으로 폐하의 마음에 흡족한 내용이 되어야 할 것은 분명합니다. 그러니 제가 하는 말과 행동을 주의 깊게 보셔서, 제가 맹세를 제대로 하는지 직접 지켜보세요. 모든 사람의 의견 하나하나를 일일이 챙길 수는 없으니까요. 제가 맹세하고자 하는 내용을 한번 들어보세요. '어떤 남자도 제 몸을 안 적이 없으며, 폐하를 제외하고 이 세상 어떤 남자도 제 품에 안기거나, 제 옆에 누운 적이 없습니다. 이 맹세에 포함시킬 수 없거나 맹세를 부정할 수 있는 유일한 사람은 아까 그 불쌍한 순례자입니다. 천상의 주님과 모든 성인이 제가 이 시험을 무사히 통과하고 구원받을 수 있도록 도와주소서.' 폐하, 이런 맹세 내용에 만족하지 않으신다면 기꺼이 수정하겠습니다. 뭐가 부족한지 말씀만 하시면 됩니다."*

"부인, 생각해보니 그 정도면 충분한 것 같소. 이제 쇳덩어리를 손에 쥐시오. 당신이 말한 내용이 사실이면, 하느님께서 이 곤경에서 당신을 도우실 것이오!"

"아멘."

아름다운 이졸데는 고개를 숙였다. 그녀는 하느님의 이름을 걸고 쇳덩어리를 쥐고 옮겼으나 데지 않았다.


자, 이리하여 전능하신 하느님이 바람에 쉽게 날리는 소매처럼 움직이신다는 사실이 세상 만천하에 드러났습니다. 여러분도 그분을 제대로 이해한다면, 그분은 원하는 모양에 최대한 가깝게 능숙하고 멋지게 맞춰주신답니다. 진실이든 속임수이든 그분은 기꺼이 모든 사람의 마음을 만족시켜주시지요. 진지하게 하시든 장난이든 간에 사람들이 바라면 항상 그렇게 하시지요. 이 모든 것이 영리한 여왕의 사례에서 명확하게 드러났습니다. 그녀의 교활한 행동과 하느님 앞에 했던 맹세가 그녀를 구했고, 결과적으로 명예롭게 빠져나오게 된 거지요. 그녀는 남편 마르케왕에게 다시 사랑을 받았으며, 백성의 칭송과 존경을 받았습니다. 그녀가 마음으로 원하는 것이라면 왕도 원했지요. 즉 왕은 그녀에게

---

* 신의 심판을 통과해야 하는 사람은 재판관이나 고소인이 사전에 정해주는 대로 맹세해야 했다. 하지만 이졸데는 이 규정을 살짝 피해 본인이 정하고 승인받았다.

명예와 부를 안겨다 주었던 것이지요. 어떤 속셈도 없이 왕의 마음과 생각은 온전히 그녀에게 빠져 있었습니다. 의심이나 불신은 전부 사라지고 말았답니다.

## 25. 사랑스러운 강아지 페티트크레이우

이졸데의 동무인 트리스탄은 부탁받은 대로 그녀를 칼리운 바닷가에서 뭍으로 안아 옮겨주고 난 뒤 바로 잉글랜드를 떠나 스발레스*에 있는 길란 공작에게 갔다. 그는 아직 아내가 없는 젊고 부유한 남자였다. 트리스탄은 환대를 받았다. 공작이 이미 트리스탄의 무용담과 놀랄 만한 업적을 익히 들어 알고 있었기 때문이었다. 그는 트리스탄에게 최대한 존경을 표시하고, 그를 환대했다. 자신의 손님을 기쁘게 하는 것이 응당 자기가 해야 할 일이라고 생각했기 때문에, 트리스탄을 보살피는 데 갖은 애를 썼다. 하지만 트리스탄은 늘 생각에 잠겨 있었고, 자신의 운명이 어떻게 될지 근심으로 마냥 슬펐다.

---

* 스발레스는 내용상 웨일스가 아닌 건 분명하나 정확히 어디인지는 학자들마다 의견이 다르다. 트리스탄이 도망치듯 스발레스로 가게 된 이유도 확실치 않다. 아마도 신의 심판에서 자신의 죄가 드러나게 될까 봐 두려워한 것 같다. 394쪽에서 간접적으로 그 동기가 설명되고 있지만, 고트프리트는 구체적으로 거론하지 않는다.

하루는 트리스탄이 길란과 함께 있다가 서글픈 생각에 그만 한숨을 푹 내쉬었다. 트리스탄을 조심스럽게 살펴보던 길란은 자기가 키우는 강아지 페티트크레이우를 데려오도록 했다. 아발리우*에서 얻은 강아지인데, 그 녀석을 보고 있으면 눈이 기쁘고 마음이 즐거워졌기 때문이다. 분부대로 시행되었다. 듣도 보도 못한 신기하고 우아한 모습의 자줏빛 강아지를 데려와 트리스탄 앞 탁자에 앉혔는데, 탁자 크기에 딱 맞게 덩치가 조그마한 녀석이었다.

들은 바에 따르면 정말 매력적인 녀석으로, 요정의 왕국 아발리우에서 어느 여신이 사랑과 호감의 표시로 공작에게 보냈다고 하더군요. 강아지의 아름다움과 특징을 묘사하고 기술할 수 있을 만한 말재주와 영리한 머리를 가진 사람이 없을 정도로 색과 마법으로 탁월하게 치장된 녀석이었답니다. 몸에 띤 색을 보면 이게 무슨 색인지 정확히 알 수 없을 정도로 이국적이고 형형색색이었지요. 털색이 마치 요술과 같이 달라져서 앞에서 보면 그의 가슴은 눈보다 흰 색을 띤다고 말할 겁니다. 하지만 허리를 보면 토끼풀보다 푸르고, 옆쪽은 주홍색보다 붉으며, 다른 옆쪽은 사프란보다 노랬지요. 아래쪽은 푸른 사파이어보다 짙푸르며, 위쪽은 여러 색이 아름답게 뒤섞여서 어느 한 가지 색이 돋보인다고 말하기 어려울 정도였답니다. 녹색도 빨간색도 아니고, 흰색도

---

* 아발론은 브리타니아어로 '사과의 섬'이란 뜻이다. 켈트족 전설에서는 요정이 사는 섬으로 알려져 있다. 원문에는 페티트크레이우와 운율을 맞추고자 의도적으로 아발리우로 표기되어 있는데, 이런 형태는 작품 곳곳에서 볼 수 있다.

검은색도 아니며, 그렇다고 노란색도 파란색도 아니었으니, 말하자면 모든 색이 뒤섞여 풍부한 자줏빛을 띠었지요. 아발리우에서 이런 녀석의 놀라운 털 색깔을 본다면, 이 세상에서 아무리 영리한 사람일지라도 그 색을 특정하기 어려울 게 분명합니다. 너무나 많은 색으로 휘황찬란했거든요.

그 녀석의 목에는 금으로 된 목걸이가 걸려 있었다. 움직일 때마다 그 끝에 매달린 방울 소리가 너무 경쾌하고 감미롭게 울렸다. 슬픔에 젖은 트리스탄은 그 소리에 근심과 슬픔에서 잠시나마 벗어나고, 자신을 짓누르는 이졸데에 대한 고뇌를 완전히 잊어버릴 수 있었다. 작은 방울 소리가 얼마나 감미롭게 들렸는지, 그 소리를 듣는 사람은 모든 근심과 불행이 완전히 사라져버렸다.

트리스탄은 경이로운 기적을 보고 들었다. 그는 개와 방울에 주목하며, 개와 기이한 털, 방울과 그 감미로운 소리를 유심히 관찰하고 들었다. 그는 감탄해 마지않았다. 이 강아지의 기적이 자신의 귓가에 울리며 슬픔을 앗아 가는 그 감미로운 소리의 기적보다 경이롭게 여겨졌다. 날카로운 눈으로 뜯어보아도 현란한 색으로 눈이 속고 마는 게 너무나 기이했다. 아무리 정확히 들여다보아도 무슨 색인지 도저히 알 수가 없었다. 트리스탄은 조심스럽게 손을 내뻗어서 털을 쓰다듬었다. 강아지를 만졌을 때 느낌이 마치 비단을 만진 것 같았으며, 몸뚱이 전체가 부드럽고 매끈했다. 녀석은 같이 놀려고 하면 으르렁거리거나 짖지 않고 기분 좋아하며 장난을 쳤다. 들리는 이야기로는 그 녀석은 먹고 마시지 않아도 된다고 했다.

강아지를 다시 데리고 나가자, 트리스탄의 슬픔과 고통이 다시 밀려왔고, 제대로 우울에 빠지고 말았다. 그는 최대한 정신을 집중해서 자신을 행복하게 할 방법, 또는 자신이 섬기는 여왕이 겪는 사랑의 고통을 위로해주기 위해 강아지 페티트크레이우를 얻어낼 계획을 세우기 시작했다. 하지만 간청이든 계략이든 성공할 방법을 도무지 생각해낼 수 없었다. 길란이 강아지를 결코 내주지 않을 것임을 잘 알고 있었기 때문이다. 그에게는 자신의 목숨 다음으로 강아지가 이 세상에서 가장 값지고 소중했다. 이런 생각과 근심이 그의 영혼을 계속 무겁게 짓누르고 있었지만, 그런 기색을 전혀 내비치지 않았다.

여러분, 진짜 이야기가 전해주는 트리스탄의 영웅담을 어디 한번 들어보시렵니까?

그 무렵 스발레스의 영지 너머에 거인이 살고 있었다. 강둑위에 성을 가진 아주 담대하고 지배욕이 강한 거인으로, 이름은 우르간 리 빌루스였다. 길란과 길란의 영지도 그 거인의 발밑에 있었고, 영지의 사람들이 아무런 해도 입지 않고 평화롭게 살기 위해서는 공물을 바쳐야만 했다. 그때 거인 우르간이 영지로 들어왔다는 소식이 궁에 알려졌다. 공물로 소, 양, 돼지를 받아 몰고 가려는 것이었다. 이 일은 자연스럽게 길란과 트리스탄 사이의 대화 주제가 되었는데, 공작은 힘으로 공물을 강요받을 수밖에 없었던 억울한 사연을 친구에게 털어놓았다. 트리스탄은 제

안했다.

"공작님, 제가 공작님을 이 일에서 해방하여 공물의 부담을 완전히 떨칠 수 있도록 해드린다면, 그 대가로 뭘 주시겠습니까?"

"경에게 약속하지요. 제가 가지고 있는 것 전부를 경에게 기쁘게 내드리겠습니다."

길란은 반색하며 대답했다. 그러자 트리스탄은 장담했다.

"공작님, 제게 확언하셨으니까 어떤 수고를 하든 간에 공작님을 도와드리겠습니다. 이른 시일 안에 우르간에게서 해방해드리지요. 아니면 제 목숨을 내놓겠습니다."

"제 말을 믿으십시오. 경이 원하는 것을 드리겠습니다. 그저 명령만 하시면 됩니다."

길란은 손을 붙잡고 약속했다. 트리스탄은 즉시 말과 갑옷을 준비하라고 한 뒤, 장비 책임자에게 그 악마 자식이 노략질을 하고 있는 곳으로 장비를 가져다 달라고 부탁했다.

트리스탄은 곧 우르간이 지나가는 길에 도착했다. 그 길은 거인이 다스리는 지역과 경계가 되는 빽빽한 숲으로 뻗어 있었다. 그 너머로 다리 하나가 있었는데, 약탈하고 돌아가는 길에 항상 그 다리를 이용했다. 곧 거인이 약탈한 가축 떼를 이끌고 나타났다. 트리스탄이 가축 떼 앞을 가로막고 나섰다. 저주받은 거인 우르간은 다리를 건너던 가축 떼가 멈춰서 주춤거리는 것을 보자, 기다란 쇠몽둥이를 공중에 휘두르면서 사나운 발걸음으로 성큼성큼 다가갔다. 거기에 잘 무장한 기사가 서 있는 것을 보고는 비웃으며 말했다.

"거기 말 타고 있는 멋쟁이 양반은 대체 누구시오? 내 가축 떼가 다리를 건너는 것을 가로막는 이유가 뭐요? 그러다가 목숨을 부지 못 한다는 것을 알고나 있소? 싸우지 말고 그냥 항복하는 게 좋을 텐데."

말을 탄 이는 주저하지 않고 대답했다.

"멋쟁이 양반, 내 이름은 트리스탄이야. 자네의 쇠몽둥이나 자네를 티끌만큼도 무서워하지 않는다는 걸 알아주었으면 해. 그러니 알아서 처신하라고. 내가 맘을 먹는 한, 자네가 노략질한 가축은 여기서 한 발도 더 나가지 못할 테니."

"아하, 트리스탄 경! 그대가 아일랜드의 모롤트를 이겼다고 자랑하던 그 사람이군. 그저 자만심에 차서 억지로 그를 결투로 내몰아 부당하게 죽였더군. 하지만 말싸움만으로 아일랜드인에게서 아름다운 여인, 눈부신 이졸데를 자기 것인 양 우기며 빼앗은 짓거리를 나에게 해선 안 되지. 아무렴 안 되고말고. 여기 강둑은 내 땅이야. 내 이름은 우르간 리 빌루스이니, 여기서 썩 꺼지시오!"

그러면서 그는 양손으로 멀리 떨어진 트리스탄을 향해 강력하게 일격을 날렸다. 목표를 향해 쇠몽둥이를 정확한 방향으로 던졌기 때문에 까딱하면 트리스탄은 목숨을 잃을 뻔했다. 황급히 몸을 돌려 피했지만 충분하지 않았기 때문이다. 날아온 쇠몽둥이가 타고 있던 말 엉덩이에 부딪쳐 말이 두 토막이 나고 말았다. 무시무시한 거인은 우레와 같은 소리로 트리스탄을 비웃으며 외쳤다.

"트리스탄 경, 하느님께 도움이나 구하시구려! 어디 내빼지 말고 내가 갈 때까지 친절하게 기다려주시오. 내 적법한 소유물을 가지고 내 길을 갈 수 있도록 은혜를 베풀어달라고 그대에게 간청할 테니 말이오."

말이 죽었기 때문에 트리스탄은 풀밭으로 껑충 뛰어내렸다. 그는 창을 잡고 몸을 돌려 우르간의 눈을 찔렀다. 그 저주받을 놈을 제대로 맞혔다. 무시무시한 거인은 황급히 쇠몽둥이가 떨어진 곳으로 가서 쇠몽둥이를 집어 들려고 손을 뻗었다. 그때 트리스탄은 재빨리 창을 내던지고 칼을 뽑아 거인을 향해 달려들었다. 목표한 대로 쇠몽둥이로 내뻗던 거인의 손을 잘라버렸기 때문에 쇠몽둥이는 다시 땅에 떨어졌다. 그런 뒤 다시 칼로 거인의 허벅지를 찔렀다가 뺐다. 우르간은 중상을 입은 몸인데도 왼손을 뻗어 쇠몽둥이를 쥐고는 적을 향해 달려들었다. 트리스탄은 나무 사이로 이리저리 몸을 숨기며 거인의 맹렬한 추격을 가까스로 피했다. 하지만 그 악마 같은 놈은 상처에서 출혈이 너무나 심했기 때문에, 기력이 순식간에 빠져나갈까 염려가 됐다. 그래서 약탈한 가축 떼와 기사를 내버려둔 채, 잘린 손을 집어 들고 허겁지겁 자기 성으로 되돌아갔다.

트리스탄은 약탈당한 가축 떼와 함께 홀로 숲에 남았다. 우르간이 살아서 도망친 게 사뭇 걱정되었다. 그는 풀밭에 앉아 잠시 생각에 잠겼다. 약탈당한 가축 외에는 자신의 업적을 입증해줄 증거가 없었기 때문에, 자신이 감수한 위험과 이 일에 쏟은 노력이 말짱 헛일이 될 수 있다고 생각한 것이다. 그렇게 되면 길란이 자신과 했던 약속을 지키지 않을지도 모른다는 생각이 들었다. 그래서 즉시 일어나 우르간이 도망가면서 남긴 흔적인 바닥과 풀에 얼룩진 핏자국을 뒤쫓았다. 트리스탄은 성에 도착하자마자 우르간이 어디 있는지 성안을 샅샅이 뒤졌다. 하지만 우르간은 물론 살아 있는 쥐 새끼 한 마리도 찾을 수 없었다.

전하는 이야기에 따르면, 부상당한 거인은 잘린 손을 식탁 위에 둔 채 성을 나와 상처에 쓸 약초를 캐려고 골짜기로 갔다고 합니다. 약초로 부상에서 회복할 수 있다는 걸 알고 있었던 것이죠. 게다가 잘린 손을 썩기 전에 원래 상태로 팔에다 제대로 붙이기만 하면 살릴 수 있었거든요. 거인은 기술이 있었기 때문에 눈은 포기하더라도 손은 살리려고 했죠. 하지만 그 일은 일어나지 않았답니다. 왜냐고요? 트리스탄이 바로 뒤따라와서 그 손을 발견했기 때문이죠. 트리스탄은 아무도 지키는 사람이 없다는 것을 알자, 손을 챙겨서 왔던 길로 되돌아가버렸답니다.

성으로 돌아온 우르간은 자기 손이 없어졌다는 것을 알아차렸다. 그는 고통스러운 표정을 지으며 격노했다. 그는 약초를 내던지고는 트리스탄을 뒤쫓았다. 하지만 트리스탄은 이미 다리를 건넌 뒤였고, 거인이 자신을 추격하는 것을 눈치챘다. 그는 재빨리 손을 나무 그루터기 아래에 숨겼다. 마침내 그 무시무시한 사람을 두려워할 때가 됐다. 왜냐하면 거인이나 자신 둘 중 하나는 죽어야 끝난다는 게 분명해졌기 때문이다.

트리스탄은 다리 쪽으로 몸을 돌리고는 창을 들고 거인을 향해 달려들었다. 창이 거인의 몸에 박히는 순간 창 자루가 산산조각이 났다. 그와 동시에 저주받을 우르간도 쇠몽둥이를 들고 내리쳤다. 급히 쇠몽둥이를 휘둘렀지만 트리스탄 너머에 맞았다. 그러지 않았다면 그만 쇠몽둥이에 짓이겨져 목숨을 잃을 뻔했다. 우르간의 성급함이 트리스탄을 살린 셈이었다. 너무 가까이에서 쇠몽둥이를 휘두르는 바람에 트리스탄을 지나쳐 때린 것이었다.

그 무시무시한 놈이 다시 자세를 갖추기 전에, 트리스탄은 여러 차례 속임 동작으로 그를 헷갈리게 하며 그의 눈을 공격했다. 이번에는 속이는 게 아니라 진짜였다. 다른 쪽 눈을 제대로 찔렀다. 우르간은 이제 정말 장님처럼 사방으로 쇠몽둥이를 휘둘렀고, 격렬한 팔놀림에 트리스탄은 한 걸음 뒤로 물러날 수밖에 없었다. 우르간은 그를 찾아 주변을 어루더듬듯 왼손으로 몽둥이를 휘둘렀다. 트리스탄이 공격할 지점까지 거인이 가까이 왔을 때였다. 트리스탄은 이번 공격에 모든 것을 걸었다. 그는 두 손으로 거대한 놈을 밀어서 다리 아래로 떨어뜨렸고, 그놈은 바위에 부딪쳐 산산조각이 났다.

복 받은 승리자 트리스탄은 거인의 손을 챙겨 서둘러서 성으로 돌아갔다. 얼마 지나지 않아 자신을 찾으러 나온 길란 공작과 마주쳤다. 길란은 트리스탄이 그 싸움을 떠맡겠다고 나섰을 때 진심으로 염려했다. 트리스탄이 무사히 살아남으리라고는 상상도 못 했기 때문이었다. 그런데 트리스탄의 모습이 눈에 들어오자, 기뻐하며 프랑스어로 소리쳤다.

"오, 잘 돌아왔어요, 트리스탄 경! 맙소사, 무사한 겁니까?"

트리스탄은 곧바로 죽은 거인의 손을 보여주며 어떻게 일이 운 좋게 성공적으로 마무리되었는지를 들려주었다. 길란은 기뻐서 어쩔 줄 몰랐다. 함께 다리로 돌아가서 트리스탄의 이야기를 눈으로 확인했다. 저 아래 박살이 난 그놈을 보고는 크게 놀랐다. 두 사람은 거인이 약탈한 가축 떼를 앞세우고 기쁘게 자기 땅으로 돌아갔다. 이 소식은 순식간에 스발레스 전역에 퍼졌다. 사람들은 트리스탄을 칭송하기 바빴으며, 전대미문의 업적을 세운 영웅처럼 존경했다.

길란과 성공적인 승리자 트리스탄이 다시 성으로 돌아와서 일의 성공에 대해 다시 이야기를 나누게 되었다. 그때 경이로운 남자 트리스탄은 공작에게 보상을 요구했다.

"공작님, 제게 하신 약속 말입니다. 우리가 맺은 계약과 제게 약속하신 것을 기억하셨으면 합니다."

"트리스탄 경, 물론입니다. 경이 갖고 싶으신 게 뭔지 말씀만 하십시오. 뭘 바라십니까?"

"길란 경, 제게 페티트크레이우를 주셨으면 합니다."

그러자 길란은 다른 제안을 했다.

"경에게 더 좋은 것이 있습니다만."

"그게 뭔지 들어나 봅시다."

"그 강아지는 그냥 제게 두시고, 그 녀석 대신 제 아름다운 누이를 데려가십시오. 거기다 제가 가진 것의 절반을 내드리겠습니다."

"그럴 순 없습니다. 길란 공작님! 약속하신 내용을 생각하십시오. 세상의 모든 왕국과 나라를 주신다 해도 저는 포기하지 않을 겁니다. 강독의 우르간을 죽인 보상으로 오로지 페티트크레이우만을 원합니다."

"트리스탄 경, 저의 제안보다 그 강아지를 더 원하시니 제가 한 약속을 지키겠습니다. 경이 원하는 대로 해드리지요. 경의 소원을 들어드리는 게 저로서는 무척 힘든 일이지만, 경의 신뢰를 깨뜨리거나 의도적으로 회피할 방법을 찾지 않겠습니다. 경의 소망대로 이뤄질 것입니다."

그러고는 트리스탄에게 그 강아지를 가져다주라고 신하에게 명했다.

"자, 경에게 이 이야기는 해야겠습니다. 앞으로 제 명예와 목숨을 제외하고는 제가 사랑스럽게 여기는 것을 전혀 소유하지 않겠다고 제 행복을 걸고 맹세합니다. 내 강아지 페티트크레이우 대신 뭐든지 전부 경에게 기꺼이 드릴 수 있으니 말입니다. 이제 이 녀석을 받으십시오. 그대에게 큰 기쁨을 가져다줄 겁니다. 정말 제게서 제 눈과 마음의 지고지락을 가져가시는 겁니다."

거기서 트리스탄이 얻은 강아지는 정말 값진 소유물이었지요. 그 강아지에 비하면 정말 로마나 이 세상의 모든 왕국과 나라, 바다도 보잘것없는 것 같았거든요. 이졸데와 함께 있는 것을 제외하면 이때만큼 행복했던 적이 없었답니다.

트리스탄은 웨일스 출신의 음유시인과 친해졌는데, 눈치도 빠르고 재치가 있는 사람이었다. 트리스탄은 아름다운 여왕 이졸데에게 기쁨을 선사해줄 강아지를 전달할 적절한 방법을 웨일스 사람에게 일러주었다. 영리하게도 그의 로테에 강아지를 숨기도록 한 것이다. 그러고는 자신이 그녀를 위해 이 녀석을 어떻게 얻었는지 편지를 써서 함께 보냈다.

음유시인은 길을 떠나 마르케왕의 성이 있는 틴타욜에 도착했다. 지시받은 대로 했기 때문에 도중에 어떤 사고나 어려움도 겪지 않았다. 그는 브랑게네에게 그간의 사정을 설명하며 편지와 강아지를 넘겨주었다. 그녀는 곧장 이졸데에게 전해주었다. 이졸데는 그 강아지가 보여주는 놀라운 기적을 바라보고, 또 가까이서 찬찬히 뜯어보았다. 그녀는 음유시인에게 보수와 상으로 금 10마르크를 내주었다. 그러고는 트리스탄에게 보낼 편지를 써서 그에게 맡겼다. 편지에는 남편인 마르케의 기분이 완전히 풀어졌으며, 그 사건들이 더는 문제가 되지 않는다는 이야기와 모든 문제가 해결되었으니 반드시 돌아오라는 이야기가 상세하게 쓰여 있었다.

트리스탄은 소식을 전해 받고 냉큼 고향으로 돌아왔다. 왕, 왕궁 사람들, 나라의 모든 백성이 예전처럼 그에게 경의를 표했다. 이때처럼 왕궁에서 높이 존경받은 적이 없었다. 물론 예외가 있었다. 마르도와 그의 동지 난쟁이 멜롯만큼은 마음에서 우러나온 것이 아니었다. 한때 트리스탄의 적이었던 그들은 경의를 표시했지만 경의와는 거리가 멀었다.

요즘 사람들은 그게 어떻게 가능한지 이야기합니다. 허상만 있는 자리에서 그게 경의이고 명예입니까 아닙니까? 예, 아니요를 묻는 겁니다. 근데 말이죠, 아니요와 예 두 가지 모두 그 안에 있답니다. 그걸 존경하는 사람에게는 아니요이지만, 그 존경받는 사람에게는 예입니다. 두 가지가 이 두 사람과 연결되어 있기 때문에, 거기서 예와 아니요를 볼 수 있는 겁니다. 그러니 무슨 말이 더 필요할까요? 그것은 명예가 없는 명예입니다.

이졸데는 남편에게 아일랜드의 현명한 여왕인 자신의 어머니가 그 강아지를 보냈다고 말했다. 어머니가 보석과 금으로 만든 귀중한 소품으로 더할 나위 없이 아름답게 단장시켰으며, 강아지가 쉴 수 있는 화려한 비단 카펫이 깔린 매력적인 작은 집을 꾸며 만들었다고 했다. 그렇게 강아지는 밤낮으로 이졸데 눈앞에서 혼자 혹은 다른 사람들과 어울려 지냈다. 그녀가 어디에 있든, 말을 타고 어디로 가든 같이 붙어 있는 게 습관이 되었으며, 한 순간도 눈앞에서 떠나지 않았다. 그녀가 그 녀석을 볼 수 있도록 주변 사람들이 항상 데리고 다니거나 안고 다녔다.

하지만 그녀가 편안하려고 그렇게 한 것은 아니었답니다. 전하는 이야기에 따르면, 사랑으로 그 녀석을 자신에게 보내준 트리스탄에 대한 사랑으로, 매번 자신의 사랑의 고통을 간직하기 위해 그렇게 했다고 합니다.

그녀는 강아지로 안정을 누리지도 못했고, 위로도 얻지 못했다. 신의가 두터운 여왕은 강아지를 받아 자기 고통을 잊도록 해준 그 방울 소리를 처음 듣자마자, 자신 때문에 괴로워하고 있을 연인 트리스탄을 떠올리며 근심에 빠졌기 때문이다.
'맙소사, 내가 즐거워하다니, 어떻게 신의 없이 그럴 수 있겠어? 그는 나 때문에 그렇게 고통스러워하는데, 나 때문에 자기 삶과 즐거움을 포기하고 슬픔에 잠겨 지내고 있는데, 어찌 내가 한 시간이라도, 아니 한 순간이라도 기쁨을 누릴 수 있겠어? 어떻게 그 사람 없이 나만 즐거워할 수 있겠어? 그의 기쁨과 슬픔이 오로지 내게 달려 있는데. 그의 마음이 하나도 즐겁지 않은데, 어떻게 내가 웃을 수 있단 말이야? 내 마음도 즐거울 수 없지. 그는 나 없이는 살 수 없어. 그 사람이 슬퍼하고 있는데 내가 그 사람 없이 기쁘고 즐겁게 살 수 있다고? 착하신 하느님, 제가 그 사람 없이 기쁨을 누리지 못하도록 저를 막아주소서!'

그녀는 그 방울을 고장 낸 뒤 목걸이에 그대로 남겨두었다. 이로써 방울이 가진 모든 기능과 효력을 잃어버리게 되었다. 다시는 예전과 같은 방식으로 소리가 울려 퍼지는 일이 없게 된 것이다.

사람들의 이야기로는 아무리 방울 소리를 들어도 근심이 사라지거나 줄어들지 않았다고 합니다.

이졸데는 아무 상관 없었다. 그녀는 행복해지려 하지 않았다. 신의가 두텁고 올곧은 그 연인은 자신의 행복과 삶을 오로지 사랑의 고뇌와 트리스탄에게 바쳤다.

# 26. 트리스탄과 이졸데가 추방당하다

트리스탄과 이졸데는 근심거리와 위험을 극복하고 궁정에서 다시 편히 지냈다. 궁정 사람들은 그들에게 경의를 표했다. 전에 없을 정도로 칭송이 자자했고, 그들의 주군인 마르케왕과의 사이도 예전처럼 다시 가까워졌다. 그들도 철저하게 처신을 잘했다. 안전하게 만날 기회를 갖지는 못했지만, 연인들이 그러하듯 서로에 대한 열망만으로 기뻐하며 만족했다. 속으로 갈망하는 것을 행동에 옮길 수 있다는 기대와 확신만으로 기분이 좋아졌고 기운이 솟아났다.

사랑에 속하는 일을 할 여건이 되지 않더라도 흔쾌히 포기하고 결과물을 위해 의지를 다지는 것, 그런 게 진정한 사랑이고, 사랑과 애정만이 만들어낼 수 있는 예술이랍니다. 굳센 의지가 있다면, 좋은 기회를 놓칠지라도 바로 그 의지로 그리움을 줄일 수 있지요. 연인들은 기회가 없는 걸 결코 원해서는 안 됩니다. 그러면 자신들의 불행만 가져올 뿐이거든요. 할 수 없는 것을 원하는 건 아무런 도움이 되지 않는 게임이지요. 할 수 있는 것만 원해야 합니다. 그런 게 마음이 불편해지지 않는 좋은 게임입니다.

트리스탄과 이졸데, 한 쌍의 연인은 적당한 기회를 이용할 수 없으면 그 기회를 지워버렸다. 서로 같은 바람이 있다는 것을 잘 알았지만 참았다. 그들 사이에는 상대방을 향한 부드럽고 감미로운 열망이 지치지 않고 오갔다. 공통된 사랑, 공통된 마음만으로 달콤했으며 행복했다. 그 연인들을 지배하던 맹목적인 사랑이 그들에게 허락했던 것처럼, 그들은 마르케 앞과 궁에서 그들의 사랑을 늘 조심스럽고 신중하게 감췄다. 하지만 사랑이 낳은 질투와 그 씨앗이 문제가 되었다. 씨앗이 뿌려진 뒤 일단 잔뿌리를 내리게 되면, 수분만 계속 공급된다면 싱싱하게 잘 번식해서 결코 죽지 않는다. 트리스탄과 이졸데의 경우도 그랬다. 그들을 둘러싸고 그칠 줄 모르는 의심이 다시 잡초처럼 무성해졌고, 사악한 장난질이 시작되었다. 사랑에 빠진 태도 때문에 사람들이 사랑의 증거라고 눈치챌 수분이 너무 많이 공급되었기 때문이다.

그런 건 아무리 조심해도 피할 수 없다고 말한다면 맞는 이야기입니다. 눈은 마음을 향하고, 손은 불편한 곳으로 서로 끌리거든요. 마음을 인도하는 별들은 마음이 열망하는 것을 우선으로 따르고, 손과 손가락은 가려운 곳으로 향하기 마련이지요. 사람의 경우도 바로 그랬습니다. 온갖 근심과 걱정에도 불구하고 그들의 다정한 눈길 때문에 주변에서 의심이 무성하게 불거지는 것을 도저히 막을 수 없었답니다. 제가 방금 들려드린 것처럼, 불행히도 마음의 친구인 눈은 매번 가슴으로 향했고, 손은 고통을 향해 뻗었기 때문입니다.

그들의 눈과 마음이 한데 얽힌 모습을 목격하는 경우가 더욱 잦아졌고, 주변에서 의심의 눈초리를 떨쳐버릴 수 없었다. 결국 마르케도 그들에게 사랑의 향기를 맡고 모든 걸 눈치채게 되었다. 그는 그들을 유심히 지켜보았다. 자주 몰래 숨어서 제 눈으로 직접 사실을 확인하려 했지만, 얼굴 표정 외에는 달리 이상할 게 없었다. 하지만 너무 달콤하고 애정 어린 표정이었기 때문에 곧바로 마음속에 질투와 증오가 치밀어 올랐고, 의심과 의혹이 서로 손을 잡아 하나가 되고 말았다. 그는 고통과 분노로 자제력을 잃고 말았다. 자신이 사랑하는 이졸데가 자기만을 사랑하지 않고 다른 사람을 사랑한다는 생각에 이성이 마비되어 버렸다. 그는 그 무엇보다 이졸데를 최고로 여겼고, 그 생각에서 벗어나지 못했기 때문이다. 화가 아무리 치밀었어도 자신이 사랑하는 부인은 여전히 사랑스러웠고, 자신의 목숨보다 더 소중했다. 하지만 그녀를 아무리 사랑하더라도 억울함과 미친 듯이 날뛰는 고통으로 화가 치밀어 올랐고, 결국 자신의 애정을 완전히 잊고 분노에 휩싸이게 되었다. 이제 거짓인지 사실인지는 전혀 상관이 없었다.

고통에 눈이 먼 마르케는 두 사람이 모든 신하가 모인 궁전으로 출석하도록 명했다. 그는 궁정 사람들이 모두 보고 들을 수 있도록 이졸데에게 대놓고 말했다.

"나의 여왕인 아일랜드의 이졸데여, 이미 오래된 일이지만, 당신이 나의 조카 트리스탄과의 관계 때문에 크게 의심받고 있다는 사실을 온 나라 백성이 알고 있소. 그래서 몰래 당신의 뒤를 쫓기도 하고 함정도 만들어봤소. 당신이 사리 분별이 있는 사람이기를 내심 기대했지만, 그렇게 처신하지 않더군. 내가 그런 걸 눈치채지 못할 만큼 바보인 줄 아시오? 사람이 많이 모여 있을 때나 작은 회합에서 당신의 마음과 눈은 마치 홀린 듯이 내 조카를 향해 있더군. 똑똑히 봤소. 나보다 저 녀석에게 더 애정 어린 관심을 표시하고 말이오. 당신의 태도에서 나보다 저 녀석을 더 사랑한다는 것을 알 수 있소. 당신과 저 녀석을 두 눈을 부라리고 지켜봤어도 아무런 소용이 없었소. 별의별 짓을 해봤지만 허사였지. 둘이 함께 있는 걸 막으려고 여러 차례 시도해봤지만, 그저 놀라울 따름이오. 그토록 오랜 시간을 떨어져 있는데도 서로 한마음이 될 수 있다니, 거참. 서로 감미로운 시선을 주고받는 것을 방해했지만, 그대들을 이어주는 사랑만은 갈라놓지 못하겠소. 내가 너무 오랫동안 그대들을 봐준 것 같은데, 이제 끝장을 봐야겠소.

자, 내가 하는 말을 똑똑히 들으시오. 그대들이 내게 준 모욕과 상처를 더는 참지 않겠소. 더는 그대들 때문에 고통받을 수 없소. 이런 수모를 이제 더는 용납하지 않겠단 말이오. 그렇다고 그대들에게 잔혹하게 복수를 하진 않겠소. 맘만 먹으면 합법적으로 복수할 수 있지만 그러지 않겠소. 나의 조카 트리스탄, 나의 아내 이졸데! 그대들을 죽이거나 어떤 무서운 벌을 내리기에 두 사람은 내게 너무 사랑스러운 존재요. 그런 명령을 내리자니 너무 고통스럽소. 내가 그토록 반대하는데도 둘이 서로 사랑하고 있는 것을 보느니, 그냥 둘이 원하는 대로 같이 지내는 게 낫겠소. 내 눈치를 볼 필요 없소. 두 사람의 사랑이 그렇게 위대하니, 그대들이 사랑하든 말든 지금부터 간섭하지 않겠소. 자유롭게 맘대로 하시오. 둘이 손을 꼭 잡고 내 궁과 내 나라를 떠나시오. 아무 소리도 듣지 않고, 싫은 꼴도 보지 않으면 나도 더는 고통스럽지 않을 거요. 우리 세 사람은 한데 있을 수 없소. 그러니 두 사람을 떼어놓기보다 내가 빠지겠소. 이렇게 같이 있는 건 최악이오! 뻔히 알고도 다른 사람과 사랑의 빵을 나누는 왕은 촌놈보다 덜떨어진 사람일 거요. 그러니 썩 꺼지시오. 원하는 대로 둘이 함께 사랑하고 사시오. 우리 사이는 이제 영원히 끝이오!"

마르케가 명한 대로 이루어졌다. 트리스탄과 그의 이졸데는 싸늘한 분위기 속에서 자신들이 모시던 왕과 주위 신하들과 헤어졌다. 두 사람은 손을 잡은 채 서로만을 믿고 의지하며 궁을 빠져나왔다. 그들은 벗인 브랑게네와 작별하며 자신들이 어떻게 지내는지 소식을 들을 때까지 궁에서 지내라고 당부하며 그때까지 건강하길 빌었다. 출발하는 길에 트리스탄은 두 사람이 먹고살기 위해 이졸데의 재산 중 금 20마르크를 챙겼다. 트리스탄의 하프와 칼, 사냥용 석궁, 뿔피리도 잊지 않고 들고 가도록 하인에게 준비시켰다. 또 사냥개 중 작고 멋진 히우단이란 이름의 개 한 마리를 골라서 목줄을 매달았다. 트리스탄은 자기 부하들에게 아버지 루알이 있는 고국으로 돌아가라고 명령하며 하느님의 가호를 빌었다. 하지만 쿠르베날만은 옆에 남겨두었다. 그에게 하프를 들게 하고, 석궁과 뿔피리는 자신이 직접 들었다. 마침내 세 사람은 말을 타고 궁을 떠났다. 페티트크레이우가 아닌 히우단이 이들 일행을 뒤따랐다.

충실하고 순수한 브랑게네는 홀로 슬픔과 애통함 속에 남겨졌다. 비극적인 사건과 그리고 자신이 사랑했던 두 사람과의 애절한 이별로 너무나 가슴 아파했기 때문에, 고통에 짓눌려 죽지 않은 것이 기적일 정도였다. 두 사람도 이별이 힘들기는 매한가지였지만, 브랑게네를 한동안 마르케 옆에 머물도록 한 데는 그럴 만한 이유가 있었다. 그녀에게 마르케와 두 사람의 관계를 호전시킬 사명을 떠맡긴 것이었다.

# 27. 사랑의 동굴

세 사람은 숲과 황무지를 지나 인적이 드문 곳에 다다랐다. 거의 이틀간을 움직인 셈이었다. 그 산에는 트리스탄이 오래전부터 알고 있던 동굴이 하나 있었다. 한번은 이 지역에 사냥을 나온 적이 있었는데, 그때 길을 가다가 우연히 발견한 곳이었다. 이 동굴은 이교도가 지배하던 시절, 그러니까 거인들이 이 땅의 주인이었던 코리네이스* 이전 시기에 험한 산에 구멍을 내서 만든 것이었다. 두 사람은 방해받지 않고 사랑을 나누기 위해 이곳으로 들어갔다.

그런 동굴을 발견한다면, 청동 문을 앞에 달아놓고 밀회의 장소로 쓰기 딱 좋답니다. 프랑스어로 'La foissure a la gant amant', 즉 '사랑의 동굴'이라는 이름이 거기에 딱 들어맞지요.

---

* 베르길리우스의 『아이네이스』에 등장하는 트로이 영웅의 이름이지만, 『브리타니아 왕국의 역사』 같은 영국 문헌에는 동명이인으로 콘월의 영웅으로 언급되고 있다.

그 동굴에 대해 전하는 이야기를 한번 자세히 들어보시지요.

　동굴은 넓고 둥글며, 벽들이 수직으로 높게 솟아 있었다. 또 전체가 눈처럼 희고 매끈하고 평평했다. 천장은 웅장하게 돔처럼 만들어졌고, 기둥 상단에는 귀금속과 보석으로 치장된 왕관이 놓여 있었다. 바닥은 대리석이어서 매끄럽고 거울처럼 반짝반짝 빛을 반사하며 풀처럼 푸른빛을 냈다. 한가운데에 크리스털로 정교하게 조각된 널찍하고 우아한 침대가 놓여 있었다. 침대의 옆면마다 사랑의 여신에게 바친다는 글이 새겨져 있었다. 동굴 천장에는 작은 구멍들이 뚫려 있었는데, 빛이 그 틈으로 들어와 이곳저곳을 비췄다. 사람들이 드나드는 청동 문이 있었으며, 그 앞에는 잎이 무성한 보리수 세 그루만이 서 있었다.
　입구 주변과 골짜기 쪽으로는 수많은 나무가 빽빽했고, 가지와 잎으로 산 전체에 그늘을 드리웠다. 한쪽으로 햇빛이 넓게 비쳤는데, 맑고 시원한 샘물이 밝은 빛을 내며 흐르고 있었다. 그 위로 잎이 무성한 또 다른 세 그루의 보리수가 서서 비와 햇살을 막아주고 있었다. 드넓은 들판에는 다채로운 꽃과 푸른 풀이 한데 어우러져 빛을 발했는데, 저마다 아름다움을 뽐내는 것 같았다.
　그 시기에는 새들의 매력적인 노래도 들렸는데, 그 어디서 들을 수 있는 노랫소리보다 더 화려하고 아름다웠다. 눈과 귀는 부드러움과 기쁨을 얻었다. 눈에는 부드러움이 비쳤고, 귀에는 기쁨이 들려왔다. 햇빛과 그림자가 비쳤고, 따사로움 속에 산들바람이 불었다. 이 산과 동굴 주위로 하루 거리 안에는 벼랑밖에 없었으며, 밭은 없고 손을 거치지 않은 황량한 땅이었다. 오솔길이나 판자 다리라고는 하나도 없었다.

물론 그렇다고 해도 트리스탄이 자기 연인을 데리고 가지 못할 만큼 두메산골은 아니었지요. 그들은 이 벼랑과 산골에서 보금자리를 마련했던 겁니다.

자리를 잡자 그들은 쿠르베날을 다시 돌려보냈다. 궁정으로 가서 궁금해하는 사람들에게 트리스탄과 아름다운 이졸데가 자신의 무죄를 만백성에게 공개적으로 입증하기 위해 엄청난 시련을 겪으면서도 아일랜드로 돌아갔다는 이야기를 퍼뜨리도록 했다. 그리고 두 사람의 충성스러운 벗인 브랑게네에게 사랑과 우정의 인사를 전하고, 그녀의 지시를 받으며 궁정에서 머물도록 했다. 또 마르케의 태도를 살피도록 했다. 만일 왕이 자신들을 죽일 나쁜 계획을 세우고 있다면 즉시 알려달라고 했다. 트리스탄과 이졸데를 생각해서 틈틈이, 적어도 20일에 한 번은 기분 좋은 소식을 전하도록 했다.

뭐 제가 더 들려드릴 내용이 있겠습니까? 그 친구는 분부대로 했지요. 그동안 트리스탄과 이졸데는 그 두메산골의 은둔처에서 살았답니다. 물론 이 자리에는 트리스탄과 이졸데, 두 연인이 그런 벽지에서 어떻게 먹고살았는지 궁금하고 신기해할 분들이 많으실 테죠. 궁금증을 가라앉히기 위해 그 이야기 정도는 들려드리겠습니다.

그들은 서로를 응시하며, 그걸로 먹고살았다. 눈으로 거둔 수확이 그들의 영양분이었다. 사랑과 욕망 외에는 아무것도 먹지 않았다. 두 연인은 음식에는 거의 관심을 기울이지 않았다. 그들은 이 세상에서 가질 수 있는 최상의 양식을 입고 있는 옷 속에 보이지 않게 갖추고 있었기 때문이다. 이 양식은 매번 새롭고 신선하게 마련되었는데, 그건 바로 순수한 신의, 즉 몸과 마음을 살찌우고, 육신과 영혼을 행복하게 만드는 달콤한 사랑의 향유였다. 그것이 그들의 최상의 음식이었다. 실제로 그들은 이것 외에 다른 음식에 신경을 쓰지 않았다. 마음은 욕망으로 채웠고, 눈은 기쁨을 얻었는데, 이건 몸에도 좋은 효과를 낳았다. 그것만으로 충분했다. 단계마다 사랑이 쟁기질 속에서 탄생했고, 늘 그들과 함께했다. 사랑이 그들에게 멋진 삶에서 필요한 모든 수단을 충만하게 만들어냈다. 그래서 외딴곳에서 다른 사람 없이 자기들만 외톨이로 사는 게 그들에게는 아무런 문제도 되지 않았다. 누가 필요할 것이며, 그들에게 누가 있어야 할 이유가 있는가? 그들은 1과 1로 짝수를 만들었다. 그러니 누군가가 그 커플에 합류한다면 그 수는 홀수가 되어버릴 테고, 이 넘치는 수 때문에 신경이 쓰이거나 부담이 될 뿐이었다.

그들은 둘만으로 충분했다. 그 훌륭한 아서왕이라도 자기가 가진 성에서 그토록 즐겁고 기쁨을 주는 성대한 축제를 열 수 없었을 것이다. 두 사람이 유리 반지 대신 사려 했던 행복은 다른 세상 어디에도 없었다. 세상에서 멋진 삶이라고 상상할 수 있는 모든 것을 그들은 거기서 갖고 있었다. 그들의 결혼 외에는 더 나은 삶에 한 치라도 보탬이 되는 것은 없었으니, 그 밖에 무엇이 더 필요할까? 그곳에 궁이 있었으며, 행복해질 수 있는 모든 것을 갖추고 있었다. 푸른 보리수, 그늘과 태양, 개울과 샘, 꽃, 풀, 잎과 새싹이 그들의 충성스러운 신하로서 두 사람의 눈을 즐겁게 했다. 작은 나이팅게일, 개똥지빠귀, 지빠귀를 포함한 숲속의 모든 새가 청아한 노랫소리로 그들을 받들었고, 방울새와 종달새가 서로 잘 모시겠다며 경쟁을 벌였다. 이렇듯 궁정의 무리가 늘 두 사람의 눈과 귀를 보살폈던 것이다. 사랑이 그들의 축제였으며, 환희의 절정이었다. 그들은 매일 수천 번 아서왕의 원탁을 차리고 모든 신하가 한데 모여 두 사람을 섬겼다.

자, 상황이 이러하니, 몸과 마음에 이보다 좋은 양식이 필요하지 않겠지요? 여자 곁에 남자가 있고, 남자 옆에 여자가 있으니, 필요한 게 더 있겠습니까? 자기가 필요한 걸 가졌고, 있고 싶은 장소에 있었던 겁니다. 하지만 많은 사람이 불필요한 이야기를 퍼뜨리더군요. 저는 그따위 말은 받아들이지 않으렵니다. 그런 일에 빠져 있으면 분명 다른 종류의 양식이 필요하다고 주장하던데, 그 말이 맞는지는 모르겠습니다. 제가 볼 때는 그것만으로 충분하거든요. 세상에서 더 좋은 음식을 발견한 사람이 있다면, 그게 무엇인지 어디 이야기 좀 해보십시오. 저 역시 한때 이런 방식으로 살았던 때가 있었는데요, 그땐 그것으로 충분했거든요.

자, 이제 바위에 있는 그 동굴이 왜 그런 모습으로 생겼는지 그 뜻을 풀이해드리려 합니다. 이미 말씀드렸듯이, 그 동굴은 둥글고 넓으며 우뚝 솟은 모습인데, 그 뜻풀이가 그다지 듣기 싫은 이야기는 아닐 겁니다.

둥근 내부는 사랑의 단순함을 나타낸다. 단순함은 사랑에 알맞은 성격이다. 사랑은 모난 곳이 없어야 한다. 사랑에 모가 나 있으면, 그건 거짓과 속임수이다. 넓은 내부는 사랑의 힘을 나타낸다. 왜냐하면 사랑의 힘은 끝이 없기 때문이다. 우뚝 솟은 높이는 구름 높이까지 최고조에 달한 감정을 나타낸다. 감정이 고조되면 무게에 지장 받지 않고 정점까지 치솟아 완벽한 왕관을 만들어낸다. 그건 정말 진귀한 보석으로 꾸며져 있고, 칭찬과 칭송이 자자한 완벽한 작품이라고 할 수밖에 없다. 하지만 우리는 바닥에 매몰된 채 솟아오르지 못해 감정이 푹 가라앉아 있고 억눌려 있어서, 휘황찬란하게 걸린 그 완벽한 작품을 그저 경이롭게 올려다볼 수밖에 없다. 우리가 그 위 구름 속에 떠 있는 그 화려함이 우리 아래로 광채를 발하는 것을 바라보면, 어느새 우리에게 날개가 자라나서 감정이 치솟기 시작하고, 그 완벽함을 칭송하며 하늘로 오른다.

동굴 벽은 희고 매끄럽고 평탄하다. 그건 순수하고 공정함을 나타낸다. 새하얗게 밝은 빛은 다른 색으로 칠해지거나 변색되어서는 안 되며, 그 어떤 의심이라도 비빌 언덕이나 뿌리내릴 구덩이가 있어서는 안 된다. 대리석으로 된 바닥은 영원히 변치 않고 푸른 항구성을 상징한다. 그 색과 매끈한 표면 때문에 이런 해석이 아주 잘 들어맞는다. 항구성은 정말 잔디처럼 신선하고 푸른색이어야 하며, 유리처럼 매끄럽고 투명해야 하기 때문이다.

한가운데 있는 크리스털로 된 사랑의 침대는 그 이름이 붙은 합당한 이유가 있다. 사랑을 나눌 용도에 알맞게 크리스털을 가공한 사람은 크리스털의 특성을 잘 이해했다. 바로 사랑도 크리스털처럼 맑고 투명하며 순수하기 때문이다. 단단한 청동 문 안쪽에는 두 개의 빗장이 있어 문을 잠글 수 있었다. 근데 문고리가 밖에서도 이용할 수 있도록 만들어져 있었다. 트리스탄이 그렇게 생각해낸 것으로, 바깥에서 손쉽게 걸쇠를 들어 올려 문을 여닫을 수 있도록 하기 위해서였다. 그런데 문에는 자물쇠나 열쇠가 없었다.

왜 그런지 이유를 설명해드리죠.

사람들이 문에, 즉 바깥쪽에 설치하는 모든 잠금장치는 거짓된 사랑을 뜻한다. 누군가가 안에서 들어오라는 말을 기다리지 않고 불쑥 사랑의 문 안으로 들어갈 경우, 그건 사랑으로 간주할 수 없고, 거짓과 폭력일 따름이다. 그래서 사랑의 문 앞에 청동 대문이 있으며, 사랑이 아니라면 그 누구도 들어갈 수 없다. 청동으로 문을 만든 이유도 무력과 권력, 계책이나 속임수, 사기나 거짓말로는 결코 청동을 부수지 못하기 때문이다. 안쪽에 있는 두 개의 빗장은 저마다 사랑의 표징으로 벽의 왼쪽과 오른쪽 방향으로 설치되어 있다. 하나는 향백나무로, 다른 하나는 상아로 만들었다.

자, 두 가지 의미에 집중해주세요.

향백나무로 만든 빗장은 사랑의 지혜와 이해를 뜻하며,* 상아
로 만든 빗장은 순결과 순수함을 뜻한다. 이 두 가지 봉인, 흠결
없는 두 빗장으로 사랑의 집을 보호하며, 거짓과 폭력을 막아낸
다. 바깥에서 걸쇠로 걸 수 있는 숨겨진 문고리는 주석으로 만
든 것이었고, 걸쇠 자체는 금이었다. 그런 재료를 쓴 데는 충분
한 이유가 있는데, 걸쇠와 문고리는 더할 나위 없이 저마다 특
성에 맞춰 만든 것이었다. 주석은 은밀한 사랑에 대한 지속적인
관심을 상징하고, 금은 성취를 나타낸다. 그래서 여기에 주석과
금이 아주 알맞다. 누구나 자신이 원하는 대로 관심을 돌릴 수
있으며, 좁히거나 넓힐 수 있고, 줄이거나 늘릴 수 있다. 또 팽
창시키거나 압축할 수 있는데, 마치 주석처럼 힘을 별로 들이지
않고도 이리저리 변형할 수 있다. 하지만 올바른 방식으로 사랑
에 관심을 기울인다면, 값어치가 나가지 않는 주석 문고리로 금
빛으로 물든 성공과 진귀한 체험을 분명 얻을 수 있다.
　동굴 위로는 돌이 무너져 생긴 세 개의 작은 창문이 눈에 띄
지 않게 단아한 형태로 있는데, 그 사이로 햇빛이 들어왔다. 이
중 하나는 친절이고, 나머지 둘은 겸손과 고상한 기품이다. 이
세 창을 통해 사랑스러운 햇살이 웃음을 드러냈다. 즉 영광스
러운 광채가 지상의 동굴을 밝힌 것이다. 또 동굴이 이런 황량

---

＊ 향백나무의 함축적인 의미는 솔로몬의 「아가」에서도 볼 수 있다. "그가 성벽
이라면 그 위에다 은으로 성가퀴를 세우고 그가 문이라면 향백나무 널빤지로 막
아버리련만"(「아가」, 8: 9).

한 두메산골에 위치하는 데도 나름의 이유가 있었다. 이건 사랑과 사랑이 처한 상황이 넓은 길이나 들판 같은 평지에 있지 않음을 가리킨다. 사랑은 황야에 숨겨져 있으며, 동굴로 가는 길은 몹시 험난하고 힘들다. 그 주변으로 산들이 솟아 있으며, 길은 경사가 가파르고 꼬불꼬불하며 사방으로 갈라져 있다. 힘든 인생길을 걷는 불쌍한 우리에게 그 길은 오르막과 내리막이 연속인 데다 바위와 돌이 가로막고 있을 때가 많아서 길을 제대로 찾아갈 수 없다. 한 번이라도 발을 잘못 내디디면 길을 잃고 만다. 하지만 운이 좋아 그런 황무지에서 목적지에 도달하는 사람은 그 수고가 헛되지 않고 마음의 기쁨을 발견할 것이다. 귀로 듣고 싶은 것, 눈을 기쁘게 하는 것 전부가 그 황무지에 넘쳐나기 때문에, 딴 곳을 가지 않을 것이다.

저는 그걸 잘 압니다. 저도 그곳에 있어봤거든요. 저도 황무지에서 새들과 숲의 짐승인 사슴과 노루를 뒤따라 숲속을 쫓아다녔지만, 한 마리도 잡지 못하고 시간만 허비한 적이 있었죠. 제 노력은 전부 헛수고였습니다. 저도 동굴로 들어가는 문의 문고리를 발견했고, 걸쇠를 보았습니다. 이따금 크리스털까지 가기도 했죠. 종종 윤무를 추며 뛰어 들어갔다가 되돌아 나오곤 했지만, 한 번도 그 위에서 쉰 적이 없었습니다. 하지만 침대 주변의 대리석은 제대로 밟았거든요. 대리석이 아무리 단단하다 하더라도 최대 장점인 그 푸른빛을 지키며 계속 커지지 않았다면 오늘날에도 진정한 사랑의 흔적이 보일 겁니다. 저는 환하게 빛나는 벽에도 시선을 자주 멈추고 바라보았습니다. 또한 돔처럼 둥근 천장의 홍예머리인 그 왕관에도 시선을 자주 빼앗겼고, 그 위에 훈장처럼 빛나는 보석을 마냥 쳐다보기도 했습니다. 햇빛을 안겨주던 그 작은 창들은 종종 제 마음도 밝게 비춰주었습니다. 11살 때부터 그 동굴을 알았지만, 콘월에는 가본 적이 없었습니다.

그 야생의 궁전에 사는 신의의 인물 트리스탄과 그의 애인은 그곳 숲과 초원에서 일할 때나 쉴 때나 마냥 즐겁게 시간을 보냈다. 그들은 언제나 서로 붙어 있었다. 아침 이슬이 맺힐 무렵 그들은 경쾌한 발걸음으로 이슬이 꽃과 풀을 신선하게 적시는 초원으로 나갔다. 상쾌한 기운이 도는 풀밭은 기운을 차리는 데 도움이 되었다. 그곳에서 이리저리 산책을 했고, 서로 담소를 나누며 새들의 달콤한 노랫소리에 귀 기울였다. 그런 뒤 몸을 돌려 차가운 샘물이 솟아나는 곳으로 가서 샘이 솟는 소리와 졸졸 흘러가는 소리를 들었다. 늘 평지로 물이 흘러들어가는 곳에 앉아서 휴식을 취했다. 거기서 물소리를 들으며 어디로 흘러가는지 지켜보며 즐거워했다.

빛나는 태양이 더 높이 떠올라 따사로운 햇볕이 내리쬐면, 부드러운 바람이 부는 보리수로 자리를 옮겼다. 거기서 몸과 마음이 다시 기쁨으로 가득 찼다. 보리수 아래서는 눈뿐 아니라 몸도 즐거워졌는데, 그 사랑스러운 보리수가 풍성한 잎으로 시원한 공기와 그림자를 내주었기 때문이다. 그림자 덕분에 바람은 시원하고 은은하게 느껴졌다. 보리수 아래의 평상은 꽃과 풀로 만들어진 것인데, 보리수 아래 있는 잔디밭은 가장 아름다운 색을 띠었다. 신의의 연인들은 그곳에 기대앉아 옛날 사랑 때문에 비극적인 결말을 맞이한 열정적인 연인들에 대해 이야기를 나누었다. 트라키아의 필리스*와 불쌍한 카나케**가 사랑의 이름으로 겪어야 했던 이야기, 비빌리스***가 자기 오라버니에 대한 사랑 때문에 가슴이 무너졌던 이야기, 티루스와 시돈의 여왕 디도가 사랑의 열병 때문에 비참한 결말을 맞이했던 이야기를 하면서 안타까워하고 슬퍼했다. 그들은 그런 주제의 이야기에 몰두했다.

그런 이야기를 잊고 싶을 때면, 그들은 그들만의 동굴로 가서 기쁨을 느낄 수 있는 일을 했다. 그리고 나선 그리움의 정을 듬뿍 실어 하프를 타고 노래를 불렀다. 이따금 서로 원하는 대로 손과 목소리를 바꿔가며 사랑에 대한 곡을 연주하고 노래 부르며 그 시간을 즐겼다. 한 사람이 하프를 연주하면, 다른 사람은 자연스럽게 곡을 붙여서 감미롭고 정겨운 목소리로 노래를 부르곤 했다. 게다가 하프와 노랫소리가 함께 어우러질 때면 그 화음이 너무나 사랑스럽게 울려 퍼졌기 때문에, 그 동굴의 이름이 프랑스어로 '사랑의 동굴'이라 불리는 것도 당연했다.

옛날부터 이 '동굴'에 대해 설명해온 것을 두 사람은 제대로

---

* 오비디우스의 『헤로이데스』에 등장하는 트라키아 공주로 트로이 전쟁을 승리로 이끈 테세우스의 아들 데모폰과 사랑에 빠진다. 하지만 데모폰을 기다리다 지쳐서 자살하고 만다.
** 오비디우스의 『헤로이데스』에 등장하는 아이올로스의 딸로 사랑하는 오라버니의 아이를 임신했다는 이유로 자살을 강요받고 목숨을 버린다.
*** 오비디우스의 『변신』에 등장하는 인물로, 사랑하는 오라버니에게 버림받은 뒤 울다가 죽고 만다.

입증한 것입니다. 그 동굴의 진정한 안주인이 비로소 자신의 업무를 제대로 본 것이죠. 시간을 때우거나 놀기 위해 그곳에서 행해졌던 것과는 달랐습니다. 의미를 보건대 두 사람의 사랑의 유희만큼 순수하고 무결하지 않았기 때문입니다. 그들은 어느 연인들보다 진정으로 사랑하며 시간을 보냈습니다. 온전히 자신의 마음에서 우러나는 대로 행동했습니다.

물론 낮에는 많은 일을 하며 시간을 보냈죠. 사냥을 하고 싶으면 석궁을 들고 말을 타고 숲으로 나갔습니다. 사냥개인 히우단을 데리고 붉은 사슴을 사냥하러 나가는 날도 많았습니다. 그 녀석은 처음에는 제대로 달리지도 못할 뿐 아니라 제때 짖지도 못했죠. 하지만 트리스탄은 이내 그 녀석을 수사슴과 노루뿐 아니라 모든 야생동물을 소리 내지 않고 잘 쫓도록 훈련시켰습니다. 많은 나날을 이렇게 보냈는데, 굳이 사냥감을 잡기 위해서라기보다 즐겁게 시간을 보내기 위해서 사냥에 나선 것이었죠. 저야 잘 알고 있는 사실입니다만, 그들이 석궁을 들고 사냥개와 함께 밖을 나선 건 양식을 구하기 위해서라기보다 재미 때문이었거든요. 이처럼 두 사람은 모든 시간을 전적으로 자기 신분에 걸맞게 자기가 원하는 일을 하며 보냈답니다.

# 28. 마르케가 동굴에서 두 사람을 발견하다

그사이 비극의 인물 마르케왕은 크나큰 슬픔에 빠져 있었다. 그는 실추된 자기 위신과 아내를 안타까워했고, 날이 갈수록 육체적으로나 정신적으로 쇠약해졌다. 부와 명예에는 이제 관심이 없었다. 그러던 어느 날 그는 바로 그 숲으로 사냥을 떠났다. 즐기기 위해서라기보다 슬픔을 떨쳐버리기 위해서였다.

일행이 숲에 도착했을 때, 사냥꾼들은 사냥개들을 풀어 날짐승들을 몰도록 했다. 풀어놓자마자 사냥개들은 아주 멋진 수사슴을 몰아서 무리에서 떼어놓았다. 말과 같은 갈기를 가진 놈으로 크고 힘세며 하얀 털을 가졌으며, 마치 최근에 돋은 것처럼 거의 자라지 않은 짧고 작은 뿔을 지닌 녀석이었다. 저녁이 될 때까지 사냥개들은 온 힘을 다해 그 녀석을 쫓았지만 결국 놓쳐버렸고, 수사슴은 자신이 온 길을 따라 무사히 도망치고 말았다. 그 녀석은 동굴 근처로 도망쳤던 것이다.

마르케는 기분이 매우 언짢았고, 사냥꾼들은 더 기분이 나빴다. 털색과 갈기가 그렇게 독특한 수사슴을 발견했는데 놓쳤다고 다들 화를 냈다. 그들은 사냥개를 다시 불러들이고 밤을 보낼 준비를 했다. 그들 모두 휴식이 필요했기 때문이다. 트리스탄과 이졸데도 하루 종일 숲에서 울려 퍼진 뿔피리 소리와 사냥개 짖는 소리를 똑똑히 들었다. 그 순간 마르케 외에 다른 사람일 리가 없다고 생각했다. 그 때문에 몹시 걱정이 되었다. 자신들이 발각될까 봐 두려워했던 것이다.

다음 날 아침 일찍 사냥꾼 대장은 동이 트기 전부터 움직였다. 그는 동료들에게 거기서 하루를 머물며 기다린 후에 자신의 뒤를 쫓으라고 명령했다. 그는 사냥개 한 마리를 골라서 목줄을 맨 뒤 길을 떠났다. 사냥개는 앞장서서 무수한 장애물을 넘고, 바위와 돌, 황무지와 초원을 지나며 길을 열었으며, 마침내 전날 밤 수사슴이 도망친 곳에 다다랐다. 사냥개는 흔적을 정확히 뒤쫓아서 산골짜기가 끝나는 해가 돋는 지점까지 나아갔다. 바로 트리스탄이 지내는 평지의 샘 근처에 다다른 것이다.

그날 아침 트리스탄과 그의 동반자도 밖에 나와 있었다. 두 사람은 아침 일찍 손을 맞잡고 아침 이슬이 맺힌 초원과 멋진 골짜기로 향했다. 종달새와 나이팅게일이 노래를 하며 그들의 벗에게 인사를 하기 시작했다. 숲속의 새들은 늘 트리스탄과 이졸데를 반갑게 맞이했는데, 저들만의 라틴어로 지저귀며 아주 극진하게 반겼다. 우아한 작은 새들도 두 사람을 환영했다. 모두가 연인들에게 인사하기 위해 애를 썼다. 가지 위에서 온갖 형태의 유쾌한 멜로디로 노래를 했고, 두 사람을 즐겁게 하기 위해 다성악으로 샹송과 돌림곡을 노래하는 어여쁜 새들이 많았다. 눈앞에서 아름답게 솟아나는 차가운 샘도 두 사람을 기다리고 있었다. 샘은 흥얼거리며 그들 앞을 똑바로 흘러 지나치며 그들을 즐겁게 맞이했다. 마치 농담을 하듯 연인들에게 다정하게 인사를 했다. 보리수와 산들산들 부는 바람도 두 사람을 반갑게 맞이했다. 이들은 두 사람의 몸과 마음을 기쁘게 하고, 귀와 감각을 즐겁게 했다. 나무에 움튼 새싹, 빛나는 초원, 꽃, 은은하게 푸른 잔디, 거기서 피어나는 모든 것이 두 사람에게 다정하게 인사말을 건넸다. 그 외에 상쾌한 이슬도 그들을 맞이했는데, 그들의 발을 촉촉이 적시며 만족감을 안겨주었다.

산책을 끝낸 뒤, 그들은 다시 동굴로 돌아가 서로 머리를 맞대고 앞으로 어떻게 대처할지 의논했다. 왜냐하면 누군가가 어떻게든 사냥개들 덕분에 그곳까지 찾아와서 은신처를 발견하게 되면 무슨 일이 일어날지 두려웠기 때문이다. 그때 트리스탄은 자기들 상황에 딱 맞는 기발한 생각을 해냈다. 그들은 다시 침대로 가서 둘이 서로 떨어진 채 누웠다. 남녀가 아닌 두 명의 남자 동료가 눕는 것처럼 누웠는데, 평소와 전혀 다른 모습이었다. 게다가 둘 사이에 날이 보이도록 칼을 놓았다.* 칼 한쪽에는 트리스탄, 다른 쪽에는 이졸데, 이렇게 두 사람은 각각 따로따로 떨어진 채 잠이 들었다.

자, 제가 방금 말씀드린 사냥꾼이 샘에 도착했습니다. 곧바로 트리스탄과 그의 연인이 지나간 흔적을 발견했지요.

---

* 잠자리를 칼로 나눈 것은 남자가 잠자리를 같이하는 여자를 건드리지 않겠다는 것을 상징했다. 이 모티브는 『트리스탄』뿐 아니라 수많은 전설과 동화에서 볼 수 있다.

사냥꾼은 그것이 수사슴이 밟고 지나간 흔적이라는 생각이 들었다. 그는 일어나서 길이 난 곳으로 흔적을 뒤쫓았다. 앞서 밟은 자국을 따라가다가 동굴의 문에 다다랐다. 문은 두 개의 빗장으로 닫혀 있었기 때문에 더 갈 수 없었다. 그래서 막힌 길 대신에 우회로를 찾기 위해 주변을 돌아다니다가 우연히 동굴 위쪽으로 난 숨겨진 창을 발견했다. 그는 조심스럽게 그 안을 들여다보았는데, 즉시 그 안에 있는 사랑의 수행자들인 여성과 남성을 발견했다. 그는 놀란 눈으로 그녀를 관찰했는데, 그녀를 보고는 이 세상 사람에게선 태어날 수 없는 우아하고 멋진 피조물이라고 생각했다. 하지만 그녀에게 오래 시선이 머물지 않았다. 바로 그 옆에 시퍼런 칼이 놓인 것이 보였기 때문이다. 그는 깜짝 놀라 뒷걸음쳤다. 뭔가 으스스한 일이 벌어지고 있다는 생각이 들면서 두려움이 밀려왔다. 그는 절벽에서 내려와 다시 사냥개들이 모인 곳으로 돌아왔다.

그사이 마르케도 사냥꾼 무리보다 앞서서 흔적을 뒤쫓고 있었기 때문에 일찍 그를 만날 수 있었다. 사냥꾼은 헐떡이며 말했다.

"폐하, 전해드릴 소식이 있습니다. 제가 아주 기이한 곳을 발견했습니다."

"대체 무슨 일이냐?"

"사랑의 동굴을 발견했습니다."

"어떻게 찾았느냐? 그게 어디에 있지?"

"이 근처 황무지에 있습니다, 폐하!"

"이 황량한 두메산골에 말인가?"

"예 그렇습니다."

"그곳에 누가 살더냐?"

"예, 폐하. 동굴 안에는 한 남성과 여신이 있었습니다. 그들은 한 침대에 누워 있었는데, 마치 서로 계약을 한 듯이 자고 있었습니다. 남성은 보통 남자처럼 보였습니다. 하지만 그와 함께 누워 있는 여성이 사람인지는 잘 모르겠습니다. 요정보다도 아름다웠기 때문입니다. 이 세상에 살과 뼈로 된 이 중 그토록 아름다운 이는 있을 수 없을 겁니다. 무슨 이유인지 모르겠지만, 그들 사이에는 칼 하나가 놓여 있었습니다. 날을 시퍼렇게 내놓고 말입니다."

"나를 그곳으로 데려다 다오!"

왕의 명령에 사냥꾼 대장은 숲속 험난한 길을 지나 그가 말에서 내려 살폈던 그곳으로 왕을 이끌었다. 왕은 말에서 내려 걸어서 풀 위의 흔적을 따라갔다. 사냥꾼은 그 자리에 남아 있었다. 이제 마르케도 그 문에 도착했다. 그는 문에는 신경 쓰지 않고 몸을 돌려 바깥 벼랑으로 향했다. 꼭대기까지 수많은 갈림길이 있었지만, 마침내 사냥꾼이 말한 그 조그만 창을 발견했다. 안을 들여다보았을 때 그는 기쁨과 고통을 동시에 느꼈다. 그곳 크리스털 침대에 두 사람이 예전과 마찬가지로 누워서 잠들어 있었다. 사냥꾼이 이미 알아낸 것처럼, 두 사람이 서로 등을 돌린 채로 떨어져 있는 것이 보였다. 한 사람은 이쪽을, 다른 사람은 저쪽을 향하고 있었고, 그들 사이에는 날이 번쩍이는 칼이 놓여 있었다. 두 사람이 바로 자기 조카와 아내라는 걸 알아챘다. 그의 몸과 마음은 고통과 기쁨으로 얼어붙었다. 그들이 그렇게 떨어져 누워 있는 모습이 한편으로 기뻤지만 다른 한편으로 아팠다.

'기뻤다'고 제가 말씀드린 건 마르케가 그들이 흠결 없이 결백하다고 믿었기 때문입니다. '아팠다'는 말은 그들을 의심했기 때문이지요. 마르케는 속으로 이렇게 생각했답니다.

'자비로우신 하느님, 저걸 어떻게 해석해야 합니까? 오랫동안 제가 의심했듯이 저들 사이에 무슨 일이 벌어졌다면, 왜들 저렇게 누워 있습니까? 여자란 사랑하는 남자 품에 안겨 옆에 꼭 붙어 있기 마련이잖습니까. 그런데 사랑하는 두 사람이 왜 저러고 있지요?'

그는 좀더 생각을 이어나갔다.

'하지만 뭔가 꺼림칙하지 않은가? 지금 보이는 모습이 거짓이 아닌가?'

그러자 다시 의심이 새록새록 피어올랐다.

'거짓이 맞지?'

'확실히 맞아.'

'정말 거짓이라고?'

'단연코 아니야.'

그는 두 가지 가능성을 두고 생각이 오락가락하며 어쩔 줄 몰랐다. 결국 마르케는 그녀의 사랑을 의심하기 시작했다. 그때 화해의 여신인 사랑이 조용히 다가와 마법과 같이 일을 정리했다.* 사랑은 자신의 최고의 색인 황금색으로 하얀 얼굴을 눈가림하며 속삭였다. '아니에요.' 이 말은 빛을 내며 왕의 가슴속에 파고들었다. 왕을 괴롭히던 반대의 말인 '그래요'라는 말은 더 이상 들리지 않았다. 모든 의심과 불확실성은 사라졌다. 사랑이 황금색, 즉 금과 같은 순수함으로 그를 홀려서 눈을 멀게 하고 이성을 잃게 만든 뒤, 기쁜 날만 가득한 부활절의 시기로 그를 이끌었던 것이다. 그는 자기 마음의 기쁨인 이졸데를 계속해서 쳐다보았다. 그녀가 그렇게 아름답게 보인 적이 없었다.

그녀가 어떤 식으로 분위기를 뜨겁게 달아오르도록 했는지 잘 모르겠습니다. 그런 이야기는 전하지 않거든요. 하지만 그녀의 얼굴빛과 몸매가 마치 여러 빛깔의 장미처럼 남성에게 너무나 사랑스럽고 매력적으로 다가갔다는 건 분명합니다. 그녀의 입술은 작열하는 숯처럼 환하게 빛났습니다. 아, 이제야 그녀가 어떻게 했는지 알겠군요. 제가 들려드린 것처럼, 이졸데는 아침 이슬을 맞으며 초원으로 나가곤 했는데, 그 때문에 광채가 났나 봅니다. 태양으로부터 가늘고 긴 햇빛이 몸 안까지 비춰서 그녀 뺨과 턱, 입에서 광채가 났던 거군요.

이제, 두 아름다움이 함께 뛰놀았고, 두 빛이 하나로 합쳐 빛났다. 태양과 태양이 즐거워하며 이졸데를 축복하기 위한 결혼

---

* 앞서 마법의 물약이 효력을 발휘하는 장면에서도 사랑이 '화해자'의 역할을 한다.

식을 벌였다. 그녀의 턱, 입, 피부 빛, 몸매, 모든 것이 너무나 사랑스럽고 매혹적이어서 마르케를 완전히 사로잡았다. 그는 그녀에게 키스를 하고 싶어 환장할 지경이었다. 사랑이 불을 지폈고, 그녀의 아름다운 몸으로 남자를 불타오르게 했다. 여성의 아름다움은 남성의 온 신경이 여성의 몸에 가도록 했고, 사랑의 열정으로 타오르도록 이끌었다.

마르케는 넋이 나간 채 그녀를 바라보았다. 그녀의 옷 사이로 드러난 사랑스러운 목, 가슴, 팔, 손을 갈망하듯 보았다. 그녀는 머리에 두건 대신 클로버로 된 화환을 쓰고 있었는데, 자기 남편에게 지금처럼 사랑스럽고 매력적으로 비친 적이 없었다.

벼랑 틈으로 들어오는 햇살이 그녀 얼굴에 그대로 비치는 것을 보자, 피부가 상할까 염려가 되었다. 그래서 풀, 꽃, 나뭇잎을 뜯어다 창을 막으며 아름다운 미인에게 축복을 빌었다. 그는 자비로우신 하느님께 그녀를 보살펴달라고 기도한 뒤 눈물을 흘리며 자리를 떴다. 그는 크게 상심한 채 다시 사냥개들이 모인 곳으로 돌아갔다. 사냥을 취소하며 사냥꾼들에게 즉시 사냥개를 이끌고 궁으로 돌아가도록 명령했다. 이렇게 한 이유는 아무도 그곳에 가서 그녀를 발견하는 일이 없도록 하기 위해서였다.

왕이 막 떠났을 무렵 트리스탄과 이졸데는 잠에서 깼다. 그들은 주변을 둘러보며 햇빛을 찾았지만, 햇빛은 두 개의 창에서만 들어왔다. 빛이 들어오지 않는 셋째 창을 보고는 깜짝 놀랐다. 그들은 즉각 자리에서 일어나 바깥쪽 절벽으로 갔다. 창문 앞에 놓인 나뭇잎, 꽃, 풀이 눈에 들어왔다. 또한 동굴 바깥쪽과 위쪽 흙바닥에 남은 발자국과, 동굴 쪽으로 오간 사람의 흔적을 발견

동굴 안에서 잠든 트리스탄과 이졸데를 바라보는 마르케왕
(바이에른 국립 도서관 BSB Cgm 51)

했다. 그들은 깜짝 놀라 두려움에 사로잡혔다. 어떤 식으로든 마르케가 여기로 와서 자신들을 발견했다는 생각이 들었기 때문이다. 충분히 상상되는 일이지만, 확증은 없었다. 하지만 자신들을 발견한 사람이 누구든 간에 그때 자신들이 서로 떨어진 채 등을 돌리고 누워 있었다는 사실은 그나마 큰 위안이 되었다.

## 29. 왕과 화해하고 되돌아오다

자, 왕은 조언과 의견을 들어보기 위해 즉시 궁과 왕국에 있는 자문을 맡은 귀족들과 친척들을 불러들였습니다. 제가 여러분에게 좀 전에 들려드린 대로 두 사람을 어떻게 발견했는지 그들에게 상세하게 이야기했지요. 또 지금부터는 트리스탄과 이졸데의 죄에 대해서는 어떤 이야기도 듣고 싶지 않다고 선언했답니다. 자문을 맡은 귀족들은 즉시 왕의 의중을 파악했고, 그들을 다시 곁으로 부르고 싶어 한다는 것을 알아챘습니다. 그래서 경험이 풍부한 사람들처럼 왕의 심중과 바람대로 하도록 조언을 했지요. 자신의 명예에 어긋나는 것이 없고, 두 번 다시 두 사람을 둘러싼 추문에 개의치 않을 테니 아내 이졸데와 조카를 데려와도 된다고 한 것이죠.

곧바로 쿠르베날을 불러와 사신으로 두 사람에게 가도록 했다. 그러면 상황을 잘 알기 때문이다. 왕은 트리스탄과 여왕에게 호의와 우의를 약속했다. 되돌아와도 되니, 더 이상 자신을 원망하지 말라고 했다. 쿠르베날은 두 사람에게 마르케의 의도를 전했다. 이 소식에 연인들은 진심으로 기뻐했다. 하느님께 감사해 어쩔 줄 몰랐으며, 세상 무엇보다 자신들의 명예를 되찾았다는 사실에 기뻐했다.

그들은 예전처럼 화려한 생활로 다시 돌아갔다. 하지만 예전에 그랬던 것처럼 그렇게 은밀하게 함께 시간을 보낼 수는 없었다. 그들의 행복도 예전처럼 누릴 수 없었다. 한편으로 마르케왕과 신하들, 궁정 사람들은 그들을 존중하려고 무척 애를 썼다. 하지만 두 사람은 더 이상 자유롭게 속내를 드러내지는 않았다. 게다가 마르케가 여전히 의심이 남아 있어서였는지, 트리스탄과 이졸데에게 하느님과 자신을 위해 신중하게 처신하기를 신신당부했기 때문이다. 친밀한 시선을 다정하게 주고받는 것을 삼가도록 했으며, 또 남몰래 서로 다정하게 이야기해선 안 된다고 명했다. 이런 명령으로 두 연인은 가슴 아파했다.

하지만 마르케는 다시 행복해졌다. 그토록 열망하던 아내 이졸데 때문에 기쁨이 생겼기 때문이다. 비록 명예로운 것이 아니라 육체적인 것이었지만 상관없었다. 그는 아내에게서 사랑이나 애정을 얻지 못했으며, 하느님께서 허락하신 어떤 명예로움도 누리지 못했다. 왕인 남편과 남편의 권리 덕분에 여왕, 여주인이라고 불리는데도 말이다. 하지만 그는 이 모든 것을 감내하고, 마치 그녀가 자신을 사랑하는 것처럼 매번 사랑으로 그녀를 대했다.

속담에서 말하는 어리석고 지각없는 맹목盲目은 바로 이런 것이죠. "사랑에 눈멀면 안과 밖을 전부 보지 못한다." 맞습니다. 사랑은 눈과 이성을 마비시킵니다. 눈과 이성이 올바로 보는 것을 제대로 보려 하지 않지요. 마르케의 경우도 그랬답니다. 그는 아내 이졸데가 몸과 마음을 바쳐 트리스탄을 사랑한다는 것을 너무나도 잘 알았지요. 하지만 그 사실을 받아들이려 하지 않았던 겁니다. 그렇게 그녀와 함께 명예롭지 못한 삶을 사는 걸 누구 탓으로 돌려야 할까요? 이졸데가 사기를 친다고 비난하는 사람은 부당한 일을 하는지도 모릅니다. 엄밀히 말하면 그녀는 남편이나 트리스탄을 속이지 않았기 때문이죠. 마르케는 그녀가 자기를 사랑하지 않는다는 것을 자기 눈으로 똑똑히 확인했지만, 그녀를 사랑하니까요. '주님, 그는 왜 그녀를 그토록 사랑했을까요?' 똑같은 이유에서 요즘도 많은 사람이 그렇습니다. 욕망과 욕구 때문에 엄청나게 괴로움을 겪으며, 겪을 수밖에 없지요. 오, 오늘날 그런 사람들을 얼마나 많이 볼 수 있는지! 그런 사람들을 이야기하자면, 마르케와 이졸데처럼 이성을 잃고 눈이 먼, 아니 그들보다 더 눈먼 이들이 얼마나 많은지요? 눈이 멀어 자기 눈앞에서 벌어지는 일을 외면하려 하고, 정확히 보고 아는 사실을 거짓으로 여기는 사람이 너무나 많습니다. 그들이 맹목적이 된 건 누구의 책임인가요? 만약 우리가 상황을 제대로 이해한다면 아가씨들에게 아무런 책임도 물을 수 없을 겁니다. 그들이 무슨 일을 어찌했는지 정확히 살펴보면, 남자들에게 아무런 잘못이 없다는 게 분명합니다. 범죄를 분명히 알아차릴 수 있다면, 남편이 아내에게 속거나 계략에 빠지지 않지요. 욕망이 눈이 뒤집히도록 만든 겁니다. 욕구가 사기범이며, 항상 세상을 뚜렷하게 보지 못하게 합니다. 맹목에 대해서 말한다면, 욕망과 욕구만큼 철저하고 무시무시하게 눈을 어둡게 만드는 것이 없습니다. 그런 소리를 듣고 싶지 않더라도 "아름다움은 위험하다"라는 말은 사실이지요. 광채가 나듯이 아름다운 이졸데의 빼어난 미모가 마르케왕을 안팎으로 완전히 눈멀게 만들었기 때문입니다. 그는 그녀를 비난할 일을 전혀 분간하지 못했고, 보이는 것마다 그에게는 전부 최고였답니다. 긴말하지 않겠습니다. 그는 그녀 곁에 있고 싶었기 때문에, 그녀 때문에 겪는 모든 일을 그저 못 본 척했던 거죠.

마음속에 늘 봉인하고 은폐해둔 것을 그리 쉽게 감출 수는 없습니다. 어떻게든 생각나는 대로 움직이기 마련입니다. 풀을 뜯어 먹었던 곳으로 눈이 가는 건 당연하죠. 마음과 눈이 이미 맛있는 풀을 뜯어 먹었던 길로 향하기 때문입니다. 이런 즐거움을 멀리하려 할수록 더 끌리기 마련입니다. 하느님이 아신다니까요. 막으면 막을수록 그런 놀이는 더 하고 싶어지는 법이며, 더더욱 매달리게 됩니다. 트리스탄과 이졸데도 그랬답니다.

두 사람은 감시가 엄격해지고 금지 명령이 내려져서 기쁨과 즐거움을 누리지 못하고 빼앗기게 되자 몹시 괴로워하며 슬퍼했다. 뜨거운 욕정이 그들을 예전보다 괴롭혔고, 어느 때보다 끈덕지고 거세게 그들을 몰아붙였다. 머릿속은 엄중한 감시를 떨치고 싶은 생각뿐이어서 마음이 납으로 된 산처럼 무거웠다. 사랑의 원수인 그 저주받을 감시 때문에 그들은 이성을 잃을 지경이었다. 무엇보다도 이졸데는 절박했다. 트리스탄과 이별은 그녀에게 죽음이나 매한가지였기 때문이다. 남편이 그와 친밀하게 지내는 걸 금지할수록, 온 정신은 더욱더 트리스탄에게 향했다.

사람들은 '감시'에 대해 이렇게들 말합니다. 감시를 재배하는 곳마다 가시와 독침만 자란다고요. 치솟는 분노는 많은 여인의 명예와 평판을 공격해, 제대로 대우받을 경우 유지하고 싶어 하는 명예를 앗아 갑니다. 부당하게 대우한다면, 여인들의 명예와 품성도 덩달아 타락해버리지요. 이처럼 감시는 그녀의 명예와 품성을 바꿔버립니다. 하지만 감시를 한다 해도 여자에게 감시는 별 소용이 없습니다. 왜냐하면 나쁜 여자를 감시할 수 있는 남자는 없거든요. 물론 품성이 좋은 여자는 감시 따위는 필요 없습니다. 흔히 말하듯 자기 자신을 지키기 때문이죠. 그리고 여자는 감시하는 사람을 확실히 증오합니다. 감시로 여자에게서 매력이나 존경 같은 것이 사라져서, 자기 품위 따위는 전혀 지키려 하지 않는 지경까지 이르게 되죠. 그게 바로 가시덤불이 낳은 결과입니다. 왜냐하면 비옥한 땅에 가시덤불이 한번 뿌리를 내리면, 메마른 땅이나 황무지보다 더 뿌리 뽑기 힘든 법이거든요. 좋은 의도라 하더라도 너무 오래 여성을 부당하게 대하면 나쁜 결실을 맺을 뿐 아니라, 이미 나쁜 결과보다 더 안 좋은 결과를 가져온다는 사실을 잘 압니다. 정말이랍니다. 많은 책에서 그런 사례를 읽었습니다. 그렇기 때문에 현명한 사람이라면, 아니 좋은 의도로 여성의 품위에 신경 쓰는 사람이라면, 몰래 감시를 할 게 아니라 사려 깊게 조언을 하고 가르침을 주며 다정하게 대해야 할 것입니다. 이런 방법으로 그녀를 지켜야 하고, 그녀를 지키는 데 이보다 좋은 방법은 없다고 믿어야 합니다. 왜냐하면 그녀가 못되든 착하든 간에 자주 부당하게 대하면 고집쟁이가 되어버릴 텐데요, 그녀를 사랑한다면 그런 일은 막아야 할 겁니다. 그런 겁니다. 공정한 남성이라면, 아니 공정해지고자 하는 남성이라면 모두 자신의 아내를 신뢰해야 합니다. 또한 아내가 자신을 사랑하므로 모든 부당한 일을 자제한다고 믿어야 합니다. 여성에게 별의별 수를 다 써도 나쁜 수단으로 사랑을 강제로 짜낼 수는 없습니다. 그래 봤자 그나마 있던 사랑의 불씨마저 꺼뜨리게 되지요. 불신의 감시는 사랑에 안 좋습니다. 치명적인 분노만 일으킬 뿐, 여성을 완전히 타락시켜버리거든요.

그래서 모든 종류의 금지를 포기하는 사람은 처신을 잘하는 사람이라고 봅니다. 금지 때문에 여성에게 치욕적인 일만 생기기 때문이죠. 많은 여성이 금지하지 않았다면 하지 않았을 일을 그저 금지하기 때문에 저지르고 말거든요. 하느님은 아시겠지만, 이런 가시와 엉겅퀴를 여성은 타고났습니다. 이런 본성의 아가씨들은 첫번째 금지를 어긴 어머니 이브의 자식이죠. 우리 주 하느님께서 낙원에 있는 과일, 꽃, 풀, 뭐든지 원하는 대로 허락하셨지만, 한 가지만은 어기면 천벌을 받을 거라고 금지하셨죠. 성직자 나리들께서 말씀하시길, 그건 무화과*였다고 합니다. 그걸 따면서 하느님의 명령을 어겼고, 자기 자신과 하느님마저 잃어버리

---

* 랍비 문학에 따르면 금지된 과일, 즉 선악과는 사과가 아니라 무화과이다.

고 말았습니다. 저는 확신합니다. 그것이 금지되지 않았다면 이브는 결코 죄를 저지르지 않았을 겁니다. 그녀는 난생처음 행동으로 자신의 본성을 드러냈으며, 해선 안 될 일을 한 것이죠. 이 사건을 곰곰이 생각해보면, 이브는 이 열매를 포기할 수 있었습니다. 하지만 그녀는 자기 마음대로 하다가 자신의 명예를 전부 삼켜버릴 뿐 먹지도 않을 열매를 딴 것이죠. 그래서 이브의 딸들은 모두가 이브를 닮았습니다. 하느님 맙소사! 금지해도 소용없어요. 오늘날 금지 때문에 자신을 망치는 이브들이 얼마나 많은데요. 그 본성이 그러하고, 천성이 그렇게 작용하기 때문에, 그걸 삼갈 능력이 있는 사람은 높은 칭송을 받고 명예를 누리는 겁니다. 자신의 본성에도 불구하고 미덕을 갖추고, 신의 천성을 거슬러 좋은 평판과 명예를 유지하면서도 몸을 순수하게 지키는 사람이 있다면, 겉은 여성이지만 사실상 남성의 기질을 지닌 사람이죠. 그런 여성이 있다면 높이 평가하고 칭송하며 존경해야 할 것입니다. 어떤 여성이 여성의 특성과 기질을 버리고 남성의 것을 취한다면, 전나무에서 꿀이 나며, 독풀에서 발삼이 나오고, 쐐기풀에서 장미가 피어나게 되지요.

여성이 자신의 신체와 명예에 알맞게 부응하기 위해 염치를 가지고 자신의 욕망에 맞서 싸우는 것보다 여성으로서 완벽함을 이룰 수 있는 방법이 있을까요? 그녀는 이 싸움을 이겨내서, 육체와 명예를 정당하게 지킬 수 있어야 하고, 두 미덕 중 하나도 소홀히 해선 안 됩니다. 두 미덕을 다 갖출 좋은 기회가 주어졌는데도, 신체 때문에 명예를 뒷전에 두거나, 명예 때문에 신체를 소홀히 한다면 올바른 여성이 아닙니다. 어느 하나도 포기해서는 안 되며, 어떤 결과가 주어지든 간에 기쁨과 고통 속에서 둘 다 지켜야 합니다. 하느님께서는 아시겠지만, 엄청나게 노력하고 인내해야 그런 품위를 지킬 수 있습니다. 둘 사이에 균형을 유지하면서 살도록 노력하십시오. 늘 이 점을 명심하고 자신의 행동거지를 단정하게 하십시오. 중용은 인격과 품위를 드높입니다. 태양이 비친 이래로 중용을 제대로 존중하며 자신의 삶을 올바르게 살아가는 여성처럼 복된 사람은 없습니다. 자기 자신을 존중하는 한, 세상 모든 사람이 그녀를 존중할 수밖에 없지요. 자기 자신을 싫어하며 자기 자신과 반대로 처신하는 여성을 누가 사랑하겠습니까? 자신을 역겨워하는 걸 세상 사람들에게 드러내는데 무슨 사랑과 존경을 받을 수 있겠습니까? 사람들은 욕망이 솟아나면 자기 욕구를 채우고는 그런 의미 없는 충동에 고상한 이름을 붙이지요. 그건 사랑이 아닙니다. 아니고말고요. 오히려 사랑의 적이며, 비루하고 하찮은, 아무런 가치 없는 방탕일 뿐입니다. "많은 사람을 사랑하려는 이는 많은 사람에게 사랑을 받지 못한다"라는 속담은 진리입니다. 모든 이에게 사랑받으려는 여성은 우선 자기 자신부터 사랑하는 법을 배워야 하며, 모든 사람에게 그 사랑을 보여줘야 합니다. 그것이 진정한 사랑의 모습이라면, 세상 모든 사람도 그녀를 사랑할 것입니다.

　자신의 본성을 스스로 존중해서 세상 사람들의 마음에 드는 여성은 세상 사람들에게 존경받고 칭송받기 마련입니다. 모든 사람이 그녀를 매일 새롭게 칭송하며 그녀에게 화관을 씌워줄 것이고, 이로써 자신의 명망도 더 높아지기 때문이지요. 그녀의 관심을 받고, 그녀의 몸과 마음, 생각과 사랑을 선사받는 사람은 복 받으려고 세상에 태어난 사람이며 영원한 행복을 위해 뽑힌 사람이라고 칭송할 만합니다. 왜냐하면 그의 마음이 이 지상 낙원에 있는 것 같기 때문이죠. 그런 사람은 꽃에 손을 내밀더라도 뾰족한 것에 다치거나, 장미를 꺾을 때 가시에 찔릴까 걱정할 필요가 전혀 없습니다. 뾰족한 침이나 가시 따위가 전혀 없기 때문이지요. 엉겅퀴처럼 손을 따끔하게 만드는 분노 같은 것이 전혀 없지요. 장미 향이 나는 평화가 뾰족한 침, 가시, 엉겅퀴 같은 방해물을 모두 뿌리째 뽑아버렸거든요. 이런 낙원에는 눈을 기쁘게 해주는 것 외에는 가지에서 그 어떤 푸른 것도 자라지 않으며, 오로지 완벽한 여성다움만이 꽃을 피울 뿐이랍니다. 거기서는 신의와 사랑, 세상의 명망과 존경이란 결실만 맺습니다. 그렇습니다. 기쁨이 넘쳐나고 5월의 나날과 같은 그런 낙원에서 축복받은 남성은 자기 마음을 행복으로 가득 채울 수 있고 그의 눈에는 온통 즐거움뿐일 겁니다. 그런 남성이 트리스탄과 이졸데보다 못할 게 뭐가 있겠습니까? 제 말에 동의하시는 분이라면 트리스탄의 삶과 자기 삶을 굳이 바꿀 필요가 없습니다. 어떤 올바른 여성이 어떤 남성에게 자기 몸과 자기 명예를 바치고, 그를 위해 그 두 가지를 내맡긴다면, 그보다 더 큰 기쁨이 어디 있겠습니까! 얼마나 다정하게 그를 돌볼까요! 그의 앞길에서 가시와 엉겅퀴를 없애버리고, 사랑의 짜증스러운 일을 모두 치워버리겠죠. 이졸데 같은 여성이 트리스탄 같은 남성에게 똑같이 해준 것처럼 마음의 고통도 사라지게 할 겁니다. 저는 확신합니다. 제대로 찾아보면, 오늘날에도 자신이 얻고자 하는 것을 구할 수 있는 이졸데 같은 여성이 여전히 많답니다.

자, 이제 감시 이야기로 되돌아가겠습니다. 여러분이 들으신 대로 이졸데와 트리스탄 두 연인에게 감시는 너무나도 고통스러웠습니다. 그들은 금지를 당해 너무 괴로워서 어떻게 하면 기회를 만들까 하고 초조해한 나머지 결국 자신들이 당할 시련에도 불구하고 서로 만나기로 했답니다. 그 일로 두 사람은 죽을 만큼 아픈 고통을 겪게 된답니다.

태양이 뜨겁게 내리쬐는 어느 정오였다. 불행히도 그들은 명예를 견디기가 힘들었다. 두 종류의 햇살, 즉 태양의 따사로움과 사랑의 감미로움이 여왕의 마음과 감정에 내리쬔 것이다. 그리움과 뜨거운 열정이 앞다퉈 그녀를 괴롭혔다. 충동과 일을 벌일 시점을 놓고 치열하게 갈등하다가 계책을 세웠는데, 그게 그만 자신을 나락에 빠뜨리고 말았다.

이졸데는 정원에서 기회를 엿보고 있었다. 자신의 계획을 실행에 옮기는 데 도움이 될 그늘을 찾았다. 한적하고 시원한 은신처를 물색한 것이다. 그런 곳을 찾자마자 즉시 그곳에 화려하고 멋지게 침상을 준비했다. 그 위에 덮개와 시트를 깔고 자색 천과 비단을 펼치자, 왕의 침구가 호사스럽게 마련되었다. 은신처가 준비되자, 금발의 이졸데는 내의를 입은 채 그 위에 누웠다. 그러고는 브랑게네를 제외하고 모든 궁녀를 물러가도록 했다.

그런 뒤 트리스탄에게 전갈을 보내, 한시도 지체하지 말고 즉시 와서 이졸데와 면담을 해야 한다고 전했다. 그는 이브가 건네주는 과일을 받아서 그녀와 함께 죽음을 먹었던 아담처럼 그대로 행동했다. 트리스탄이 도착하자, 브랑게네는 자리를 떠나 다른 궁녀들에게 가서 그곳에서 가슴을 죄며 불안에 떨었다. 그녀는 시종들에게 모든 문을 잠그고 아무도 안으로 들이지 말라고 명령했다. 그럴 권한이 없는데도 말이다. 모든 문이 닫히자 브랑게네는 자리에 앉아, 여왕을 엄중하게 감시하거나 경계하는 일이 없기를 바라며 근심에 빠졌다. 그녀가 한참 고민에 빠져 있는 동안 시종 한 명이 바깥으로 나가려고 했다. 그 순간 안으로 들어오려는 왕과 마주쳤다. 왕은 성급하게 여왕을 찾았다. 그러자 궁녀 한 명이 대답했다.

"여왕님께서는 주무시는 걸로 압니다, 폐하."

생각에 빠져 있던 가련한 브랑게네는 화들짝 놀라며 입이 얼어버렸다. 가슴이 철렁 내려앉아 손 하나 꼼짝할 수 없었다. 고개만 어깨 쪽으로 푹 숙일 뿐이었다. 하지만 왕은 다시 물었다.

"그럼 여왕이 어디서 자고 있는지 이야기하려무나."

그들은 정원을 가리켰다. 마르케는 즉시 그곳으로 향했다. 하지만 그가 봐야 했던 건 가슴이 무너지는 일뿐이었다. 아내와 조카가 서로 거세게 포옹한 채 뺨을 갖다 대고는 입을 맞추고 있었던 것이다. 그가 볼 수 있던 건 침대 시트가 보여주는 것, 즉 침대 시트 아래로 삐져나온 것이 전부였다. 그들의 팔과 손, 어깨와 쇄골, 모든 게 서로 빈틈없이 붙어 있었는데, 청동이나 금으로 주조한 어떤 예술 작품도 그보다 잘 결합될 수 없을 정도였다.

각설하고, 트리스탄과 여왕은 아주 달콤하게 자고 있었던 거

마침내 마르케에게 발각된 연인들
(바이에른 국립 도서관 BSB Cgm 51)

죠. 물론 뭘 하고 난 뒤였는지는 전 모르겠습니다.

  자신의 불행을 적나라하게 목격하자, 왕은 비로소 끝없는 슬
픔에 빠져들었다. 이제 확실해졌기 때문이다. 자신을 괴롭히던
의심과 불안은 이제 사라졌다. 분명히 알았기 때문에, 더는 의
심할 필요가 없었던 것이다. 그전에 자신이 그토록 얻고자 노력

했던 것을 이제 얻었다.

하지만 의심할 때가 모든 것이 드러난 지금보다 그에게 훨씬 더 나았으리라는 건 분명하지요. 의심을 고통스럽게 떨쳐버리기 위해 그토록 노력했는데, 이제 그 결과가 죽음으로 찾아왔습니다. 산송장이 되어버린 거죠.

그는 조용히 돌아서서 자리를 떠났다. 그는 자문을 맡은 귀족들과 가신들을 따로 불러 모았다. 왕은 그들에게 트리스탄과 여왕이 잠자리를 함께했다는 보고가 사실이었다고 말을 꺼냈다. 그러고는 자신과 함께 가서 그 모습을 봐야 한다고 했다. 자신의 이야기대로 그런 모습을 목격하게 되면, 두 사람을 재판하고 국법이 규정하는 대로 자신의 권리*를 행사할 것이라고 말했다.
마르케가 자리를 떠나서 얼마 가지 않았을 때 트리스탄도 잠에서 깨어 그의 뒷모습을 보았다.
"맙소사, 충실한 브랑게네, 그대는 뭘 한 거지! 브랑게네, 이 잠자리 때문에 우리 목숨이 날아가게 될까 두렵구나.** 이졸데, 일어나요. 이 불쌍한 사람아! 일어나요, 내 마음속의 아가씨! 우리가 발각된 것 같소."
"아니 발각되다니, 대체 무슨 일이죠?"

---

* 관습법에 따르면 배신당한 남편은 배우자의 부정을 목격한 현장에서 바로 복수해도 되었으나, 마르케는 문명화된 시대의 법에 따라 증인을 데리러 갔다.
** 두 사람의 비극적 사랑이 브랑게네가 사랑의 물약을 부주의하게 관리해서 시작되었듯이, 사랑의 결말도 그녀가 관여된 상황에서 끝을 맺고 있다.

"좀 전에 폐하가 우리를 지켜보고 계셨소. 우리 두 사람을 봤단 말이오. 나도 그를 봤고. 지금 우리 곁을 떠났지만, 내가 죽을 목숨이라는 건 분명하오. 그는 도와줄 사람과 증인을 데리러 갔을 테니. 우리를 죽일 생각이겠지. 사랑하는 아가씨, 이제 우리는 헤어져야 해요. 아름다운 이졸데, 예전에 가졌던 그런 행복은 이제 다시 기회가 주어지지 않겠지. 지금까지 우리 둘을 묶어주었던 그 사랑이 얼마나 순수했는지 기억해주시오. 나를 그대 마음속에 영원히 간직해주길! 내게 무슨 일이 일어나더라도 당신은 내 안에 영원히 있을 거요. 이졸데는 늘 트리스탄의 마음속에 살 테니까. 사랑하는 친구, 내가 멀리 떨어져 있다고 몸 상하지 않도록 조심해요! 최악의 상황에서도 나를 잊지 마시오! 사랑하는 연인 아름다운 이졸데, 이제 떠나야 하니 내게 작별 키스를 해주시오!"

끝으로 트리스탄이 프랑스어로 작별을 고하며 키스하려 하자, 그녀는 잠시 몸을 뒤로 빼다가 포기한 듯이 탄식했다.

"트리스탄 경, 우리 마음과 감정은 '잊는다'는 뜻을 채 알기도 전에 이미 오랫동안 서로 긴밀하고 밀접하게 결합되어 있었어요. 그러니 그대가 멀리 떨어져 있건 저와 함께 있건, 제 몸과 마음, 삶에는 트리스탄 외에 다른 사람은 있을 수 없답니다. 트리스탄 경, 저는 당신께 제 몸과 삶을 온전히 맡겼지요. 다른 여성이 당신과 저 사이를 갈라놓지 않도록 해주세요. 그러면 지금까지 우리 사이에 완벽하게 유지된 사랑과 신의가 앞으로도 온전히 유지될 수 있을 거예요. 이 반지를 받으세요. 당신을 향한 제 신의와 사랑의 증거예요. 혹시 다른 여성을 사랑하려고 맘먹는 날이 오면, 지금 제 심정을 기억하게 해줄 거예요. 지금 이 이별이 우리를 정신적으로나 육체적으로 얼마나 고통스럽게 하는지 떠올려주세요. 당신 때문에 제가 참고 견뎌야 했던 그 수많은 고통의 시간을 기억하시고, 당신이 가장 사랑하는 이졸데 외에는 다른 누구도 맘에 가까이 품지 마세요. 다른 사람 때문에 저를 잊지 마세요. 우린 지금 이 순간까지 함께 기쁨과 슬픔을 같이 나누지 않았던가요. 우리 그런 기억을 죽을 때까지 간직해나가요. 경, 제가 이토록 매달릴 필요가 없겠죠. 이졸데가 트리스탄과 한마음이었고 서로 신뢰했다면 앞으로도 영원히 그럴 테니까요. 하지만 한 가지 청이 있어요. 세상 어느 곳에 가시든 몸을 소중히 보살피세요. 경의 몸은 제 몸과 마찬가지니까요. 제가 고아와 같이 홀로 남겨진다면 저 역시 죽을 수밖에 없어요. 저도 제 몸을 잘 챙길게요. 저를 위해서가 아니라 당신을 위해서 조심해서 잘 보살필게요. 제 몸이 바로 당신 몸이니까요. 당신과 당신 목숨이 제 손에 달려 있다는 걸 잘 알고 있어요. 우리는 한 몸이며 한 생명입니다. 당신 생명인 바로 저 이졸데를 끊임없이 생각해주세요. 그렇게 해서 당신 안에 제 생명이 있다는 걸 보여주세요. 또 제 안에 당신 생명이 있다는 걸 보셔요. 우리 두 사람의 생명이 당신 손에 달려 있답니다. 이제 와서 키스해주세요. 트리스탄과 이졸데, 당신과 저 두 사람은 영원히 일심동체예요. 이 키스가 죽을 때까지 늘 제가 당신이고 당신이 저라는 걸, 하나의 트리스탄이고 하나의 이졸데라는 사실을 봉인해줄 거예요."

　　두 사람이 서로의 약속을 키스로 봉인한 뒤, 트리스탄은 엄청난 고통과 슬픔 속에 멀리 떠났다. 자기 자신이자 자신의 두번째 생명인 이졸데는 상심에 빠진 채 그 자리에 남아 있었다. 이번처럼 사랑하는 두 연인이 크나큰 아픔 속에서 서로 헤어진 적은 없었다.

그사이 왕도 궁의 귀족들을 이끌고 돌아왔다. 하지만 너무 늦었다. 침대에는 이졸데만 깊은 생각에 빠져 아까처럼 누워 있었다. 이졸데 외에는 다른 사람이 보이지 않자, 귀족들은 왕을 한편으로 데리고 갔다.

"폐하, 아무런 근거 없이 폐하의 부인이 그런 치욕적인 범죄를 저질렀다고 주장하시면 폐하의 위신에도 좋지 않습니다. 폐하께서 부인을 아무리 경멸하신다고 해도 결국은 폐하 자신에게만 해가 될 뿐입니다. 부인에 대한 폐하의 행복을 잃어버리고, 드러난 물증은 없이 폐하의 위신만 떨어뜨리는 추문이 궁이나 나라에 떠돈다면 어찌 폐하가 행복해질 수 있겠습니까? 왜 그렇게 여왕님을 못 잡아먹어서 안달이십니까? 폐하께 거짓됨이 없는 여왕님께 왜 그렇게 중상모략을 하십니까? 폐하, 폐하를 위해서 간청하오니, 그러지 마십시오! 제발 하느님과 폐하를 위해서라도 그런 수치스러운 일은 하지 마십시오!"

귀족들이 이렇게까지 설득하자, 왕은 그들의 말을 따라 다시 한번 자신의 화를 삭이고는, 아무런 복수를 하지 않고 자리를 떠났다.

# 30. 흰 손의 이졸데*

트리스탄은 숙소로 돌아왔다. 그는 부하들을 모두 모아서 항구로 내달렸다. 그러고는 부하들과 첫 배를 타고 그곳을 떠나 노르망디로 향했다. 하지만 그곳에 오래 머물지는 않았다. 편안하게 생활하면서 자신의 고통을 위로받을 수 있는 곳을 찾으려 했기 때문이다.

참 기이한 상황이 아닙니까? 괴로움과 슬픔에서 도망쳐 왔는데도 괴로움과 슬픔을 찾다니요. 그는 마르케와 죽음을 피해 필사적으로 도망쳤지만, 마음속에 있는 자신을 죽일 치명적인 위험을 찾은 겁니다. 바로 이졸데와의 이별이죠. 죽음을 피해 죽음에 사로잡히는 것이 무슨 도움이 되겠습니까? 콘월에서 영혼의 고

---

* 고트프리트는 이 부분부터 이야기를 단편적으로만 서술하고 있다. 신기하게도 이 부분은 서아시아의 키아이 이븐 도레이쉬의 작품과 내용이 거의 일치하는데, 이 때문에 트리스탄 전설이 메르브 왕자와 메디아 공주의 로맨스를 주제로 한 페르시아 서사시 『비스와 라민』에서 왔다고 추정하기도 한다.

통을 벗어나기 위해 콘월을 떠나왔는데, 이제 밤낮으로 그 고통을 짊어졌으니 무슨 도움이 되겠습니까? 여성을 위해 자신의 목숨을 구했는데, 바로 여성 때문에 다시 자신의 목숨이 중독된 셈이죠. 이 세상에 살아 있는 것 중 그의 최고의 삶인 이졸데처럼 육신과 영혼에 치명적으로 위험한 것은 없었습니다. 죽음과 또 다른 죽음이 그를 궁지에 몰아넣은 겁니다. 그는 자신이 세상에서 이런 고통을 견디고 살아남으려면 기사로서 업적을 쌓아야만 한다고 생각했답니다.

마침 독일에서 전쟁이 크게 벌어졌다는 소식이 들려왔습니다.* 트리스탄도 사람을 통해 이 소식을 들었죠. 그는 샹파뉴 지역을 거쳐 독일로 향했고, 그곳에서 왕홀과 왕관을 섬겼습니다. 트리스탄은 영웅적인 행동과 무공으로 큰 성공을 거두었답니다. 이제까지 로마 제국에서 기사의 용맹으로 그토록 유명해진 사람은 없었지요. 그의 업적은 일일이 말씀드리지 않겠습니다. 사람들이 그의 공이라고 일컫는 업적을 모두 자세하게 묘사한다면 이야기가 어마어마하게 길어질 테니까요. 그중에서 꾸며낸 이야기들은 무시하겠습니다. 사실만 전하는 것도 제게는 이미 벅찬 일이랍니다.


트리스탄의 삶과 죽음, 그의 살아 있는 죽음인 금발의 이졸데는 슬픔에 젖어 고통에 빠져 있었다. 트리스탄과 그를 실은 배

* 아마도 1198년부터 호엔슈타우펜 왕가와 벨프 왕가가 벌인 독일 왕 및 신성로마 황제 쟁탈전을 가리키는 것 같다. 이 부분을 근거로 『트리스탄』이 당시 권력을 다투던 필리프 폰 슈바벤이 죽기 전에 쓰였을 것이라고 추정할 수 있다.

가 떠나는 것을 우두커니 지켜봐야만 했던 그날, 가슴이 찢어져 죽지 않았던 것은 트리스탄이 살아 있기 때문이었다. 트리스탄이 살아 있다는 사실 덕분에 살아남을 수 있었다. 그가 없이는 살 수도 죽을 수도 없었다. 그녀의 죽음과 삶은 중독되어버려, 자신의 의지대로 죽지도 살지도 못했다.

눈동자의 초롱초롱한 빛은 점점 사라졌다. 심적 고통으로 입속의 혀는 침묵을 지킬 때가 잦았다. 그녀는 산 것도 죽은 것도 아닌 둘 다 공존하는 상태였다. 고통으로 자신의 영향력을 완전히 잃어버렸기 때문에, 둘 중 어느 것도 선택하지 못했다. 바람에 휘날리는 돛을 보았을 때 그녀는 마음속으로 한탄했다.

'아아, 트리스탄 경! 제 마음은 오로지 당신께 가 있는데, 제 눈은 당신만 바라보고 있는데, 어찌 그리 서둘러 제게서 떠나가시는지! 왜 그리 저를 바삐 떠나시나요? 저 이졸데를 떠나시는 건 당신 삶을 버리는 것과 같다는 걸 저는 너무나 잘 알고 있답니다. 왜냐하면 제가 당신의 삶이니까요. 저 없이는 단 하루도 살지 못할 거예요. 당신 없이는 저도 마찬가지예요. 우리 자신과 우리의 삶은 단단히 얽혀 있고 완전히 연결되어 있어서 당신은 제 삶을 앗아 가는 동시에, 당신의 삶을 여기에 두고 가시는 거랍니다. 두 삶이 이처럼 하나로 단단히 엮인 적이 없지요. 우리는 서로의 죽음과 삶을 함께 짊어지고 있습니다. 서로가 허락하지 않는 한, 우리 중 어느 누구도 혼자 죽거나 제대로 살 수 없습니다. 그러니 이 가련한 이졸데는 산 것도 죽은 것도 아니지요. 어디 갈 수도 올 수도 없답니다. 자, 저의 주인 트리스탄 경, 당신과 제가 영원히 한 몸이고 한 목숨이니, 제가 제 삶과 제 몸뚱이를 어떻게 해야 할지 말씀해주세요. 당신을 위해서도, 저를 위해서도 말이에요. 지금 가르쳐주세요! 왜 아무런 말씀도 하시지 않나요? 정말 조언이 절실해요. 이 어리석은 이졸데가 무슨 말을 해야 할까요? 트리스탄의 혀와 제 이성이 함께 떠나버렸는데 말이죠. 이졸데의 몸과 삶을 돛과 바람에 맡겨 떠나보내고 말았으니까요. 이제 저를 어디서 찾을 수 있나요? 어디서 저를 찾아야 하나요? 저는 여기에도 있고 저기에도 있지만, 저기에도 없고 여기에도 없으니까요. 이토록 곤혹스러운 사람이 있었나요? 이토록 산산이 찢긴 사람이 있었나요? 여기 육지에 제가 있는데도, 바다 위에 있는 저 자신을 봅니다. 저기 트리스탄과 함께 배를 타고 있는데, 여기 마르케 곁에 앉아 있습니다. 제 안에서 삶과 죽음이 거세게 싸우고 있습니다. 저는 이 둘에 중독되어버렸어요.

죽을 수만 있다면 기꺼이 죽을 텐데. 하지만 내 삶이 달려 있는 사람이 허락하지 않는구나. 이제 그 사람 없이 살아야만 한다 해도 그 사람을 위해서나 나를 위해서도 제대로 살 수가 없어. 그 사람은 자기 없이는 내 마음이 죽어지낸다는 것을 알면서도 나를 여기에 남겨둔 채 떠나가버렸지. 하느님 맙소사, 내가 지금 무슨 말을 하는 거지? 내 근심은 절반으로 나뉘어서, 나 홀로 지고 있는 건 아닌데 말이야. 그도 나처럼, 아니 나보다 더 큰 고통을 겪고 있을 테지. 그의 슬픔과 고통은 나보다 훨씬 커. 그가 통보한 이별로 내 심경이 무거웠지만, 그의 마음은 더했을 거야. 그가 없이 내가 여기서 겪는 고통을 그는 훨씬 더 크게 느낄 거야. 내가 그를 한탄한다면, 그도 나를 한탄하겠지. 하지만 내가 한탄하는 게 더 당연해. 내가 트리스탄 때문에 슬퍼하고 한탄하는 건 너무나도 당연하다고 주장할 수 있어. 왜냐하면 내 삶이 온전히 그 사람에게 달려 있기 때문이야. 다른 한편으로 그의 죽음은 내게 달려 있으니, 그가 달리 한탄해야 할 이유가 있을까?

그의 명성과 목숨을 부지하기 위해서 난 기쁘게 그를 떠나보낼 거야. 내게 오래 머물러 있으면 그는 살아남을 수 없으니까. 그러니 그 없이 살아야 해. 그가 나 때문에 그의 안위를 염려하지 않아도 된다면, 내가 어떤 상처를 입더라도 그를 떠나보내겠어. 그를 가슴 아프게 그리워하게 되더라도, 그가 멀리 떠나서 나와 함께 있을 때보다 건강하게 지낸다면 떠나보내야지. 내 곁에서 무슨 일이 일어날지 계속 두려움에 떨며 사는 것보다 나으니까. 하느님은 아시겠지만, 친구의 불이익으로 자기 이익을 취하는 사람은 친구를 사랑하지 않는 사람이야. 내게 무슨 불이익이 생기더라도, 나는 트리스탄에게 해가 되지 않는 애인이 되고 싶어. 내가 영원히 슬픔 속에 산다 해도 그 사람이 행복해진다면 상관없지. 그 사람이 그 자신과 나 자신을 위해 살아남을 수 있다면, 무슨 일이든 억지로 할 것이고, 기꺼이 그와 나 자신을 포기하겠어.'

자, 제가 이미 들려드린 대로 트리스탄이 독일에서 반년 넘게 머물렀을 무렵의 이야기입니다.

그는 몹시 고향으로 돌아가고 싶었다. 자신의 아가씨에 대해

444

백성이 뭐라고 하는지 알고 싶었기 때문이다. 그래서 독일을 떠나서 자신이 온 곳인 노르망디로 되돌아가기로 결심했다. 거기를 거쳐 루알의 아이들이 있는 파르메니에로 가려 했다. 루알을 만나서 자신이 처한 곤란한 상황을 털어놓고 싶었다. 하지만 안타깝게도 그와 아내 플로레테는 이미 세상을 떠난 지 오래였다. 아무튼 루알의 아들들은 트리스탄이 돌아온 것에 무척 기뻐하며, 성대하고 기품 있게 그를 맞이했다. 그들은 트리스탄의 손과 발, 눈과 입에 입을 맞추면서 맹세했다.

"폐하, 하느님께서 폐하를 통해 저희에게 아버지와 어머니를 다시 주셨군요. 훌륭하신 신의의 폐하, 다시 여기 정착하셔서 폐하에게 속한 모든 것을 다시 적법하게 거둬들이십시오. 폐하의 가신이었던 저희 아버지가 폐하와 함께 지내면서 행복했던 것처럼 저희를 행복하게 해주십시오. 저희도 폐하를 영원히 섬기겠습니다. 폐하의 친구였던 저희 어머니와 아버지 두 분은 돌아가셨습니다. 이제 자비로우신 하느님께서 어려움에 빠진 우리를 기억하셔서, 폐하를 다시 저희에게 보내주셨군요."

이미 슬픔에 잠겨 있던 트리스탄에게 새로운 고통과 큰 슬픔이 밀려들었다. 두 사람의 무덤이 있는 곳으로 데려다달라고 했다. 그는 슬퍼하며 발걸음을 옮겼다. 두 사람의 무덤 앞에 오랫동안 서서 눈물을 흘리며 애달파하면서 자신의 슬픔을 드러냈다. 상심에 빠져 그는 하느님께 호소했다.

"전능하신 하느님, 제가 어린 시절부터 들어왔듯이, 신의와 명예가 땅에 묻히게 된다면 바로 여기 묻혀 계신 두 분이 분명 그런 경우입니다. 신의와 명예가 하느님과 함께 있다고 사람들이 말한다면, 하느님 면전에 이 두 분이 계실 거라는 사실을 전혀 의심치 않습니다. 아무도 이의를 제기할 수 없을 겁니다. 당신께서 이 세상에 존귀하고 훌륭하게 만드셨던 루알과 플로레테도 그곳에서 하느님의 자녀들이 쓴 왕관을 쓰고 있을 테니까요."

루알의 훌륭한 아들들은 트리스탄에게 정중하게 가옥과 재산을 자발적으로 바치며, 최선을 다해 트리스탄을 섬기겠다고 맹세했다. 그들은 트리스탄을 섬기는 데 지침이 없었다. 자기들이 할 수 있는 것이라면 그의 명령대로 다 실행했다. 그와 함께 기사들과 숙녀들을 방문하고, 종종 마상 창시합이나 사냥이나 수렵 등 시간을 보낼 수 있는 모든 일을 함께하며 그를 따랐다.

브리타니아와 잉글랜드 사이에 아룬델\*이라고 불리는 공작령이 있었다. 그곳은 바다와 경계를 이루었는데, 용맹하고 고귀한 신분의 꽤 나이가 많은 공작이 다스리는 곳이었다. 연대기에 따르면 이웃 나라들이 거세게 세력 다툼을 벌이며 전쟁을 일으켜 영토를 침범해 빼앗았다고 한다. 바다와 육지 어디에서든 열세했기 때문에, 공작은 그저 지키는 데 급급할 뿐이었다.

---

\* 고트프리트는 아룬델이 브리타니아와 잉글랜드 사이에, 즉 바닷가에 위치하고 있다고 한다. 하지만 뒤의 내용을 보면 아룬델은 브리타니아, 파르메니에와 국경을 맞대고 있어서 트리스탄이 말을 타고 이동한다고 묘사된다. 물론 고트프리트가 말하는 브리타니아는 영국 본토가 아니라 프랑스의 브르타뉴 지방을 가리키기도 하지만, 전반적으로 고트프리트의 세계는 현실과 많이 동떨어져 있고 아서왕과 그 기사들을 다룬 소설 속의 공간처럼 환상적인 세계를 구성하고 있어서 지리적으로 모순되는 경우가 많다.

그는 아내와 함께 아들 하나와 딸 하나를 두었다. 둘 다 외모나 성품이 뛰어난 아이였다. 아들은 이미 기사로 서임되어 기사로서 열심히 살고 있었다. 지난 3년 동안 기사로서 큰 영예와 높은 명성을 얻었다. 그의 여동생은 아리따운 소녀로 흰 손의 이졸데로 불렸다. 그녀의 오빠는 프랑스어로 고귀한 카에딘으로 불렸고, 아버지는 요벨린 공작이었다. 어머니인 공작 부인의 이름은 카르지에였다.

파르메니에에 있던 트리스탄은 아룬델에서 전쟁이 일어났다는 소식을 들었다. 그러자 그곳에 가면 시름을 어느 정도 덜 수 있겠다는 생각이 들었다. 그래서 즉시 파르메니에를 떠나 아룬델의 통치자를 만날 수 있는 카르케란 이름의 성으로 향했다. 아룬델의 통치자와 신하들은 정말 필요할 때 인물이 나타났다며 트리스탄을 환영했다. 이미 소문으로 유명했기 때문이다.

아시다시피 트리스탄은 용맹으로 바다에 있는 모든 섬에서 명성이 자자했다는 이야기가 전해온답니다.

모두가 트리스탄이 찾아온 걸 크게 기뻐했다. 공작은 트리스탄의 조언과 지시라면 뭐든 따를 태세였다. 자신과 자신의 공국을 전부 맡겼다. 그의 아들인 고귀한 카에딘은 트리스탄을 위해 헌신했으며, 고귀한 손님의 위신과 명예를 드높이는 데 도움이 된다고 생각되는 일이라면 최선을 다해 그 일에 집중했다. 트리스탄과 카에딘은 서로를 위하는 일이라면 앞을 다퉈 하려 했다. 서로에게 진실한 우정을 지키기로 맹세했으며, 실제로 두 사람이 죽을 때까지 우정을 굳건히 지켰다.

이방인인 트리스탄은 카에딘을 대동하고 공작을 찾아갔다. 트리스탄은 공작에게 전쟁 상황을 물어보며, 적들이 어떻게 움직이고 어느 지점에서 공작에게 커다란 손실을 입혔는지 알려달라고 했다.

자, 이제 전쟁이 어떻게 돌아가는지 자세히 보고받았습니다. 또 적의 위치와 적의 군대가 어디로 움직이고 있는지도 정확히 설명을 들었지요.

트리스탄은 적군이 이동하는 길목에 공작이 아주 튼튼한 요새를 갖고 있다는 것을 알았다. 그와 친구 카에딘은 기사 소부대를 이끌고 그곳으로 가 진을 쳤다. 그들의 전력은 들판에서 벌어질 수 있는 전투에 대비하기에는 부족했지만, 이따금 몰래 적지를 기습해 약탈과 방화를 저지르면서 적에게 피해를 입히기에는 충분했다. 한편으로 트리스탄은 고국인 파르메니에로 은밀히 사신을 보내, 충성스러운 가신인 루알의 아들들에게 그 어느 때보다 기사들이 필요하다고 전했다. 그러니 원군을 거느리고 와서 자신들이 훌륭하고 명예로운 가신들이라는 걸 입증해주길 바란다고 요청했다. 그들은 기사 오백여 명을 보내왔는데, 모두 최고의 장비를 갖추고 보급품도 넉넉히 갖추었다.

트리스탄은 고국에서 원군이 온다는 소식을 듣자, 직접 말을 타고 나가 그들을 맞이했다. 그러고는 자기편인 동맹군 외에는 아무도 눈치채지 못하게 밤중에 이들과 국경을 넘었다. 그런 뒤

448

병력 절반은 카르케성에 주둔시키고는 성안에서 꼼짝달싹하지 말고 숨어 있으라고 명령했다. 성 밖에서 누가 도발을 하든 간에 무시하고 전투에 나서지 말라는 것이었다. 단, 카에딘과 자신이 싸우고 있다는 소식이 들려오면 그때는 성 밖으로 나와 전장에서 행운을 찾아도 된다고 일렀다. 그러고는 나머지 병력 절반을 이끌고 출발했다. 한밤중에 자신이 머물던 요새 안으로 군대를 끌고 들어가 카르케성에서처럼 병력을 드러내지 않고 잘 숨어 있었다. 다음 날 아침이 밝아오자 트리스탄은 기사들 중에서 백 명가량을 추렸다. 나머지는 그곳에 예비로 남겨두고는 카에딘에게 주의를 기울이고 있다가 자신이 쫓기는 상황이면 부하들을 구원병으로 보내달라고 부탁했다.

요새와 카르케성 양쪽에서 포위 공격을 하도록 대비한 거죠. 자, 이제 트리스탄은 국경을 넘어 쳐들어갑니다.

트리스탄은 적의 요새가 있고 적이 주둔하고 있는 지역을 대놓고 돌아다니며 약탈하고 불을 질렀다. 저녁이 되기도 전에 고귀한 카에딘이 출정해 공세를 펼치고 있다는 소식이 방방곡곡에 퍼졌다. 이 소식을 들은 적군의 수장인 루기어 폰 돌레이스,* 나우테니스 폰 한트,** 리골린 폰 난트***는 분개했다. 밤에 동원 가

---

* 프랑스 북부 해안의 돌드브르타뉴 지역을 가리키는 듯하다.
** 고대 영어 '핸툼'에서 나온 지명으로 오늘날 영국 남해안의 햄프셔 지역을 가리키는 듯하다.

능한 모든 원군과 전투력을 소집했다. 다음 날 정오 무렵 군대가 모두 집결하자 즉시 카르케로 진격했다. 기사만 400명이 넘었다. 그들은 익숙한 대로 카르케성 앞에 진을 치려고 계획했다. 하지만 트리스탄과 그의 동료 카에딘은 그들의 뒤를 바짝 따랐다. 그러고는 상대편이 감히 싸움을 걸지 않을 거라고 생각한 그 시점에 사방에서 그들을 습격했다. 그들 중 그렇게 빨리 적과 마주치리라 예상한 사람은 아무도 없었지만, 공격을 받았다는 것을 알자 즉시 전투에 나섰다.

그들은 대열을 지어 말을 타고 달려왔다. 드디어 창과 창이 부딪치고, 말과 말, 사람과 사람이 서로 뒤엉켜 격렬하게 싸웠고 서로 막심한 피해가 발생했다. 여기저기서 서로에게 큰 피해를 입혔다. 여기서는 트리스탄과 카에딘이, 저기서는 루기어와 리골린이 활약했다. 칼이나 창으로 맞붙을 상대는 어디든 있었다. 한쪽에서는 "한트 기사, 돌레이스와 난트!"라고 외쳤고, 다른 한쪽에서는 "카르케와 아룬델!"이라고 외쳤다.

성안에 있는 사람들은 전투 상황이 유리해진 것을 보고 성 밖으로 출정해 적 부대의 측면을 공격했다. 적군을 이리저리로 내몰며 치열한 싸움을 치렀다. 얼마 지나지 않아 적의 대열이 무너지자, 파르메니에 군대는 적의 옆구리로 밀고 들어가 양 떼 속 멧돼지처럼 적중에서 날뛰었다. 트리스탄과 친구 카에딘은 적군 수장의 휘장과 무기를 찾아다녔다. 마침내 루기어, 리골린, 나우테니스는 포로로 잡혔고, 그들의 병력은 큰 손실을 입었다.

---

\*\*\* 오늘날 프랑스 서부 낭트를 가리킨다.

파르메니에의 트리스탄과 그의 기사들이 창으로 이들을 말에서 떨어뜨려, 칼로 죽이거나 사로잡았다. 적들은 저항해봤자 더는 소용이 없다는 것을 알고, 뿔뿔이 흩어져 도망치거나 꾀를 부려 목숨을 보전하려 했다. 다들 필사적으로 몸부림을 쳤지만, 싸움은 도망, 투항, 죽음 셋 중 하나로 결정되고 말았다.

자, 이제 전투가 어느 한쪽의 완벽한 승리로 기울었고, 포로들은 안전한 곳에 갇혔습니다. 드디어 트리스탄과 카에딘은 모든 기사, 모든 병력과 군대를 이끌고 그 나라를 향합니다. 바로 적국으로 쳐들어가는 거죠.

적국에 들어간 트리스탄 군대는 적에게 속한 온갖 종류의 것, 그게 재물이든 도시든 요새든 간에 전부 빼앗고 파괴했다. 그러고는 노획한 돈과 재물을 카르케성으로 보냈다. 그들이 화풀이를 충분히 하고 적국을 완전히 평정해 온 지역을 지배하게 되었을 때, 트리스탄은 즉시 자기 군대를 고국 파르메니에로 돌려보냈다.

물론 그들의 도움으로 자신의 위신을 세우고 영광스러운 승리를 거둔 데 대해 그들에게 크게 고마워했답니다.

트리스탄은 부하들이 떠난 뒤 포로들을 신중히 처리했다. 그들이 다시 봉토를 받을 수 있도록 그들에게 은혜를 베풀어달라고 새 군주에게 조언했다. 군주에게 그들을 용서하겠다는 약속

카에딘을 위기에서 구한 트리스탄
(바이에른 국립 도서관 BSB Cgm 51)

도 받아냈다. 그들은 앞으로 옛 원한과 적대감 때문에 이 나라
에 피해가 가는 일은 영원히 없도록 하겠다고 굳게 맹세했다.
이리하여 적의 수장과 그의 가신들은 모두 다시 자유의 몸이 되
었다. 이 일로 트리스탄도 다시 궁정과 나라에서 큰 영예와 명
성을 누리게 되었다. 궁정 사람들과 백성은 그의 지혜와 용맹을
칭송했다. 어디에서든 그가 원하는 대로 할 수 있었다.

자, 이번에는 카에딘의 누이인 흰 손의 이졸데 이야기입니다.

그녀는 이 나라에서 가장 아름다운 꽃으로 고상하고 교양을 잘 갖춘 아가씨였다. 또 훌륭하기로 명성이 자자했기 때문에, 온 백성을 자기편으로 만들어서, 만인의 모범이라는 칭찬 소리가 높았다.

트리스탄은 그토록 아름다운 그녀의 모습을 보자 다시 괴로워졌다. 마음속의 옛 근심이 다시 피어올랐기 때문이다. 그녀의 모습에 아일랜드의 빛이었던 다른 이졸데가 생생하게 떠올랐다. 게다가 그녀의 이름도 이졸데였기 때문에, 그녀를 볼 때마다 이름 때문에 침울해지고 슬픔에 빠졌다. 그의 얼굴에서 심적 고통을 눈치챌 수 있을 정도였다. 하지만 그는 이 고통을 사랑하고 즐겼다. 심지어 달콤하고 좋기까지 했다. 그녀를 바라보는 것이 좋았기 때문에 이 고통을 사랑했다. 이졸데 때문에 피어올랐던 근심이 어떤 기쁨보다도 달콤했다. 이졸데는 그의 즐거움이자 고통이었다.

네, 그렇습니다. 트리스탄은 이졸데로 뒤죽박죽이 되어 좋기도 했지만, 동시에 고통스러웠던 거죠. 한 이졸데가 다른 이졸데의 이름으로 트리스탄의 마음을 아프게 할수록, 그녀를 더 보려 했습니다.

그는 종종 프랑스어로 "아, 하느님 저를 불쌍히 여기소서!"

혼자 중얼거리며 한탄했다.

"주님, 제가 저 이름 때문에 이렇게 혼란스럽다니요! 저 이름 때문에 제 이성과 눈으로 사실을 제대로 판단하지 못하고 거짓과 혼동하며 뒤죽박죽이 되어버렸습니다. 너무 괴로워서 미칠 지경입니다. 제 귓가에 끊임없이 이졸데의 웃음소리가 들리지만, 이졸데가 어디에 있는지 도통 모르겠습니다. 제 눈에는 이졸데가 보이지만, 이졸데를 볼 수 없습니다. 이졸데는 제게 멀리 있지만, 가까이에도 있습니다. 제가 이졸데 때문에 두번째로 마법에 걸렸을까 두렵습니다. 마치 콘월은 아룬델이, 틴타욜은 카르케가 되어버렸고, 이졸데도 이졸데가 되어버린 것 같습니다. 사람들이 저 소녀를 '이졸데'라고 부를 때마다 제가 이졸데를 찾았구나 하고 생각합니다. 그 때문에 정말 헷갈립니다. 그렇게 오랫동안 그리워했던 이졸데를 다시 보는 이상한 일이 제게 일어나다니요. 이제 저는 이졸데가 있는 곳에 있는데도 이졸데 곁에 있지 않습니다. 아무리 가까이 있어도 그렇게 되지 않습니다. 매일 이졸데를 보지만, 그녀를 볼 수 없습니다. 그게 저의 근심입니다. 이졸데를 찾았지만, 저를 사랑으로 애타게 만들던 금발의 그녀는 아닙니다. 제가 이런 생각을 하게 만든 그녀는 제가 속으로 곰곰이 생각하고 있는 이졸데입니다. 아룬델의 이졸데이지 그 이졸데 라 벨은 아닙니다. 고통스럽게도 그녀는 보이지 않습니다. 하지만 제 눈으로 계속 보고, 그녀 이름의 인장을 지닌 이를 저는 영원히 진심으로 좋아하렵니다. 제게 기쁨과 행복한 삶을 자주 안겨주는 그 사랑스러운 이름에 고마워하렵니다."

트리스탄은 사랑스러운 불행인 흰 손의 이졸데를 바라볼 때마다 이런 생각에 자주 빠지곤 했다. 그의 가슴에 뜨거운 열정이 다시 불붙었는데, 비록 재로 덮였지만 속은 활활 불타고 있었다. 결투나 기사의 업적은 이제 그의 안중에 없었다. 그의 마음과 생각은 오로지 사랑과 쾌락만을 향했다. 그는 신기한 방식으로 쾌락을 추구했다. 그는 소녀 이졸데를 위한 사랑을 느끼려고 노력했는데, 자신이 짊어진 그리움의 짐을 그녀가 덜어줄 것이라고 기대하며 사랑에 대한 욕망, 달콤한 희망을 들볶았다. 그가 애타는 시선을 그녀에게 던질 때가 너무 많았기에, 그녀도 그가 자기를 사랑한다는 걸 뚜렷하게 알아차릴 정도였다.

물론 그녀도 그전부터 그에 대해 많이 생각했고, 그의 생각에 빠져 있을 때가 잦았다. 궁정과 나라에서 그를 높이 평가하는 이야기를 들은 뒤로, 그에게 마음이 끌렸기 때문이다. 그리고 트리스탄이 언제인가 그녀에게 우연히 눈길을 주었을 때, 그녀가 남자의 시선에 은밀히 대답하자, 그는 마음속 괴로움을 모두 끝내버리기 위해 어떤 방법을 시도할지 고민하게 되었다. 그는 아침부터 밤늦게까지 기회가 될 때마다 그녀를 보려고 애를 썼다.

얼마 지나지 않아 카에딘은 두 사람의 시선을 알아차리고는, 이전보다 더 자주 트리스탄을 그녀에게 데리고 갔다. 그는 그녀가 트리스탄의 마음을 얻어서 트리스탄이 그녀와 결혼하고 그대로 이 나라에 남아 있기를 원했다. 그렇게 되면 트리스탄의 도움으로 왕국에서 벌어지는 모든 싸움을 일거에 끝낼 수 있을 터였다. 그래서 동생인 이졸데에게 트리스탄이 그녀와 대화를 나누고 싶어 하면 흔쾌히 말벗이 되어달라고 부탁했다. 또 뭘 하기 전에 반드시 자기나 부친과 상의해야 한다고 당부했다. 이졸데는 오빠의 부탁대로 했다. 왜냐하면 본인이 더 그러고 싶었기 때문이다. 그녀는 트리스탄에게 좀더 친절하게 대했다. 대화나 행동 등 온갖 방법으로 그의 생각을 사로잡아 마음속에 사랑이 피어오르게 했다. 마침내 괴롭기만 했던 그녀의 이름이 트리스탄의 귓전에 사랑스럽게 울리게 되었다.

그는 이졸데를 보고, 그녀의 목소리를 들으며 의도했던 것보다 큰 기쁨을 누렸다. 이졸데에게도 똑같은 일이 일어났다. 그를 보는 게 좋아졌고, 그에게 끌렸다. 그는 그녀를 생각했고, 그녀는 그를 생각했다. 그들은 저마다 사랑과 우정을 약속했고, 품위를 흐트러뜨리지 않는 한 언제든 열정적으로 서로를 챙겼다.

어느 날 트리스탄은 앉아서 옛 생각에 시름에 잠겼다. 자신때문에 온갖 시련을 겪고 있으면서도 자신만을 생각하고 있을 자신의 또 다른 생명, 사랑의 열쇠인 금발의 여왕 이졸데를 생각했다. 그런 이졸데를 버려두고 다른 여성에게 연모의 정을 품게 된 것이, 아니 이런 생각에 빠지게 되었다는 사실 자체가 몹시 괴로웠다. 그는 자책하며 중얼거렸다.

"이런 신의 없는 녀석, 대체 뭘 하는 거지? 너무나도 분명해. 내 마음과 생명인 이졸데는 그토록 어리석은 짓까지 하면서 오로지 나만을 사랑하고, 세상 무엇보다도 나를 소중히 여겨왔잖아. 근데 나는 반대로 그녀와 전혀 함께할 수 없는 생명을 갈망하며 사랑하다니. 어쩌다 이 지경이 되었지, 이 배은망덕한 트리스탄아! 나는 두 명의 이졸데를 사랑하고, 두 사람을 동시에

456

좋아하지만, 나의 또 다른 생명인 이졸데는 오로지 한 명의 트리스탄을 좋아하고 있구나. 그녀는 나 외에는 다른 트리스탄을 원하지 않는데도, 나는 다른 이졸데를 얻기 위해 안달이 나다니. 갈팡질팡하는 망할 놈의 트리스탄 녀석아! 이런 망상을 떨쳐버려, 이런 사악한 생각을 버리라고!"

이리하여 트리스탄은 자신의 뜻을 굽히고는 자신의 사랑과 소녀 이졸데에 대한 욕망을 억눌렀답니다. 물론 그가 여전히 다정한 태도를 보였기 때문에, 그녀는 그걸 사랑에 대한 징표라고 믿었지요. 하지만 상황은 달라졌습니다. 일이 흘러가야 하는 방향으로 흘러갔거든요. 이졸데가 이졸데에게서 트리스탄을 몰래 빼앗아버린 겁니다.

트리스탄은 자기 마음속에 깊이 뿌리내린 사랑으로 되돌아가버렸다. 그의 마음과 생각은 그저 옛 시름으로 괴로워할 뿐이었다. 하지만 그는 여전히 예의 바르게 행동했다. 소녀가 감정이 피어오르기 시작해서 연모의 모습을 보일 때면, 그녀에게 기쁨을 안겨주기 위해 노력을 아끼지 않았다. 이졸데에게 아름다운 전설을 들려주거나 노래를 불렀고, 시를 지어 그녀 앞에서 낭송하기도 했다. 그녀가 기뻐할 수 있는 일이라면 열과 성을 다했다. 그녀와 함께 머물면서 노래를 하거나 이따금 음악 연주를 하면서 시간을 보냈다.

이때 트리스탄은 온갖 종류의 현악기로 연주할 노래와 아름다운 멜로디를 만들어냈습니다. 그 곡들은 그 뒤로 많은 이의 사랑을 받고 있지요. 또 이 세상이 지속되는 한 도처에서 사랑받고 평가받을 웅장한 「트리스탄 라이히」*를 쓴 것도 이 무렵이었답니다.

전체 궁정 사람들이 모여 있을 때면, 즉 그와 이졸데, 카에딘, 공작과 공작 부인, 신사 숙녀 들이 한자리에 모일 때면 종종 즉흥적으로 노래 가사를 써서 론도와 작은 궁정 멜로디에 붙여 노래를 부르곤 했는데, 항상 "내 사랑 이졸데, 내 친구, 그대 안에 내 죽음이 있으며 그대 안에 내 생명이 있네"라는 프랑스어 후렴구가 따라붙었다.

그가 너무나도 열정적으로 노래를 불렀기 때문에, 다들 이 구절이 자신들의 이졸데를 뜻한다고 자연스럽게 받아들였다. 모두가 기뻐했지만, 그의 친구 카에딘만큼 기뻐한 사람은 없었다. 카에딘은 트리스탄의 손을 이끌고 매번 자기 동생의 옆자리에 앉혔다. 그녀는 진심으로 기뻐하고 그를 항상 열성적으로 보살피며 그에게 모든 관심을 쏟았다. 그녀의 맑은 눈동자와 머릿속은 그저 트리스탄뿐이었다. 이따금 그 연약한 처녀는 부끄러움과 수줍음을 무릅쓰기도 했다. 이졸데는 마치 카에딘을 위해서 그런다는 듯이 자주 드러내놓고 자신의 손을 그의 손에 맡기기도 했다. 물론 그렇게 행동하기로 약속했지만, 사실상 자신의 즐거움을 위한 행동이었다.

---

* 중세 이야기식의 짧은 시로 연마다 다른 곡조가 붙어 있는 것이 특징이다.

소녀는 그 앞에서 너무나도 사랑스럽게 행동했다. 미소를 짓고 웃음을 터뜨리면서 잡담을 나누고 수다를 떨었고, 유머러스하게 환심을 사면서 그의 마음에 사랑의 불을 지폈기 때문에, 결국 사랑에 대한 생각과 감정이 다시 요동치기 시작했다. 그는 자신이 이졸데를 원하는지 아닌지 헷갈리게 되었다. 게다가 그녀가 너무나도 다정하게 굴어서 곤경에 빠졌다. 그는 자주 생각에 빠져 고민했다.

"내가 그녀를 원하는 걸까? 그런 것 같기도 하고, 아닌 것 같기도 하고."

그때 자신 앞에서 기개氣概의 목소리가 들려왔다.

"아닙니다, 트리스탄 경. 이졸데를 향한 당신의 신의를 보십시오. 경에게서 한 걸음도 벗어나지 않는 신의의 이졸데를 다시 생각하셔야 합니다."

그리하여 그는 그런 생각에서 다시 벗어나 마음의 여왕인 이졸데에 대한 사랑으로 괴로워하기 시작했다. 그래서 행동과 처신을 바꿔서 어느 곳에서든 늘 슬픈 모습만 내비쳤다. 이졸데 곁에 앉아 함께 담소를 나눌 때도 완전히 정신이 나간 채 그저 한숨만 내쉬었다. 곧 그의 은밀한 걱정거리가 명백해져서 궁정에 있는 사람들은 전부 그의 걱정과 근심이 이졸데 때문에 생긴 것이라고 생각했다. 그들의 생각은 사실 옳았다. 트리스탄의 슬픔과 고뇌는 이졸데 때문이었다. 이졸데가 그의 불행의 원인이었다. 하지만 사람들이 생각하는 흰 손의 이졸데는 전혀 아니었다. 아룬델 출신이 아닌 이졸데 라 벨, 즉 아름다운 이졸데였다. 그러나 사람들은 자신들 생각대로 믿었다. 이졸데 자신도 그렇게 생각하고는 완전히 착각에 빠졌다. 자기가 트리스탄을 그리워하는 것 이상으로 트리스탄이 자신의 이졸데를 몹시 그리워했기 때문이다.

이처럼 두 사람은 전혀 다른 고뇌를 겪으며 시간을 보냈다. 두 사람은 그리움으로 슬픈 시간을 보내긴 했지만, 그 슬픔은 완전히 달랐다. 그들의 사랑과 그리움은 하나가 될 수 없었다. 트리스탄이나 소녀 이졸데 그 누구도 공동의 사랑의 궤도를 나란히 가지 않았다. 트리스탄은 필사적으로 다른 이졸데를 원했지만, 이졸데는 다른 트리스탄을 원하지 않았다. 흰 손의 그녀는 그만을 올곧이 사랑하고 생각했다. 그녀의 마음과 생각은 그를 향했다. 그의 근심은 그녀에게 고통이었다. 창백한 얼굴을 보고 한숨을 깊이 내쉬는 걸 들을 때면, 그녀는 몰래 그를 지켜보며 함께 한숨을 내쉬었다. 그녀는 자신과 상관없는 그의 고민을 늘 함께 나눴던 것이다. 그의 고뇌에 그녀는 너무나 괴로워서, 그의 아픔이 마치 자기 아픔인 양 더 고통스러워했다.

그녀가 올곧이 드러내는 사랑과 우애 때문에 트리스탄은 몹시 괴로웠다. 그녀가 무작정 자신의 사랑을 믿고 막연한 기대감으로 자신에게 마음을 여는 게 안타까웠다. 몸에 밴 궁정 교육 때문인지 그는 능력이 닿는 한 대화와 행동으로 그녀의 고통을 덜어주려고 부단히 노력했다. 하지만 그녀는 이미 근심에 푹 빠져 있었다. 그래서 그가 노력하고 애를 쓸수록 소녀 이졸데는 차츰차츰 더욱 그에게 반하게 되었다. 마침내 그녀는 사랑에 홀딱 빠져서 그에게 은밀한 사랑의 몸짓과 말을 건네거나 눈길을 던졌기 때문에, 그는 세번째로 우유부단한 갈등에 다시 빠져들었고, 마음속의 배는 다시 어두운 생각의 바다에서 이리저리 요동치기 시작했다.

이건 놀라운 일이 아니지요. 하느님은 아시겠지만, 남자들 눈앞에서 쉼 없이 계속 눈웃음을 치는 향락이 눈과 이성을 마비시키고 마음을 뒤흔들거든요. 여기서 연인들은 가까이서 사랑하면서 가까운 사랑 없이 지내는 것보다 먼 사랑으로 먼 고뇌를 짊어지는 게 더 쉽다는 교훈을 이끌어내실 수 있겠죠. 그건 정말입니다. 제가 아는 한, 가까운 사랑을 갈망하면서 없이 지내기는 힘들지만, 먼 곳의 사랑은 없이 지내면서 갈망할 수 있거든요. 그래서 가까운 사랑을 억누르기보다 오히려 먼 사랑을 버리지요. 자, 트리스탄도 이런 덫에 걸려들고 맙니다.

그는 먼 사랑을 그리워하며, 들을 수도 볼 수도 없는 이 때문에 큰 슬픔에 빠져들었다. 그러고는 자기 눈으로 자주 볼 수 있는 가까운 이에 대한 사랑을 억눌렀다. 그는 아일랜드 사람인 광채가 나는 금발의 이졸데를 끊임없이 그리워하며, 카르케의 흰 손의 고귀한 소녀를 멀리했다. 한편으로 카르케의 이졸데 때문에 격심한 고통에 시달리면서 아일랜드의 이졸데와 멀어졌다. 그리하여 그는 두 사람 사이에서 헤매게 되었다. 이졸데와 이졸데를 원하는 동시에 원하지 않았다. 한 사람을 멀리하며 다른 사람을 찾았다. 하지만 소녀 이졸데는 나뉨 없이 그만을 온전히 그리워하며 정성을 다했다. 자신을 피하는 이를 그리워했고, 자신에게서 도망치는 이를 따라다녔다. 그녀가 속은 건 그의 책임이었다. 트리스탄이 이중적 눈빛과 이중적 말솜씨로 그녀를 철저히 속였기 때문에, 그의 마음과 생각이 확실하다고 믿었던 것이다. 하지만 트리스탄의 갖은 속임수에도 불구하고 트리스탄이 즐겨 부르는 "내 사랑 이졸데, 내 친구, 그대 안에 내 죽음이 있으며 그대 안에 내 생명이 있네"라는 프랑스어로 된 노래 가사 때문에 트리스탄을 사랑하는 그녀의 마음은 더욱 굳건해졌다.

그 노래 가사로 그녀의 마음은 완전히 그에게 빠져 도망치는 남자를 헌신적으로 따르게 됐고, 마침내 네번째 사랑의 시도 끝에 자신에게서 도망치는 그를 되돌려서 자신에게 다시 관심을 기울이도록 했다. 하지만 그는 여전히 밤낮으로 자기 처지와 삶을 곱새기며 우울한 생각에 빠졌다.

"아, 주님, 제가 어쩌다 사랑으로 혼란에 빠지게 되었는지요? 제 생명과 이성을 앗아 가고, 저를 이토록 괴롭히는 이 사랑의 혼란이 이 세상에서 진정되려면, 반드시 새로운 사랑이 있어야 가능할 겁니다. 사랑이 다른 사랑의 힘을 앗아 간다는 이야기를 자주 읽어 잘 알고 있습니다.* 라인강은 어느 지점이든 개별 물줄기를 다른 곳으로 돌리지 못할 만큼 그 흐름이 거세지는 않습니다. 수많은 지류로 갈라져 나가 그 힘이 줄어들게 됩니다. 그래서 그 큰 라인강도 결국은 실개천처럼 되어버리지요. 사람들이 잘게 약한 불로 나눠 꺼버릴 수 없을 만큼 거센 불길은 없습니다. 연인들도 마찬가지입니다. 연인이라도 비슷하게 일을 처

---

* 오비디우스의 교훈은 중세 문학작품에서 광범위하게 인용되었는데, 이 부분은 오비디우스의 『사랑의 치유 Remedia Amoris』에서 묘사된 사랑의 혼란에 대한 해결책과 비슷하다.

리할 수 있지요. 자기 감정을 수시로 잘게 다른 데로 흐르도록 하고, 기분을 사방으로 분산하면, 남은 것이 거의 없게 돼서 더 이상 피해를 입지 않을 수 있습니다. 아마 저에게도 그런 일이 일어날 수 있을 겁니다. 제 사랑과 그리움을 한 명 이상의 여성에게 나누어 향하게 한다면, 제가 하나 이상의 사랑을 생각한다면, 아마도 저는 슬픔이 없는 트리스탄*이 되지 않을까요? 그렇게 한번 해보렵니다. 제게 행운이 주어진다면, 지금이 시도할 때입니다. 저의 아가씨를 위해 지키고 있는 신의와 사랑은 내게 도움이 되지 않기 때문입니다. 그녀를 섬기며 저 자신과 삶을 허비하고 있습니다. 제 삶에 도움이 되지 않습니다. 쓸데없이 그런 고통과 슬픔을 겪고 있습니다.

오, 나의 연인, 사랑하는 이졸데, 우리는 너무 멀리 떨어져 살고 있소. 우리 둘이 함께 하나의 기쁨, 하나의 슬픔, 하나의 행복, 하나의 고통을 겪던 그 시절은 이제 다 지나갔소. 고통스럽지만 지금은 아니오. 나는 슬프지만, 그대는 기쁘오. 나의 감정은 그대의 사랑을 그리워하지만, 그대의 감정은 나를 그리워하는 것 같지 않소. 맙소사, 그대 때문에 나는 즐거움을 포기하고 있지만, 그대는 원하는 만큼 즐거움을 누리고 있소. 게다가 그대는 결혼을 한 몸이지 않소? 그대의 남편인 마르케와 그대 두 사람은 한 지붕 아래 같이 살고 있소. 그런데 난 낯선 땅에 홀로 있으니. 그대에게 거의 위로를 받지 못할까 봐 두렵소. 그런데

---

* 트리스탄의 이름의 어원에 담겨 있는 슬픔이 사라진 트리스탄을 말한다.

도 내 마음은 한시도 그대를 떠날 수 없다니. 그대가 나를 전혀 그리워하지 않고, 나 없이도 늘 잘 지내고 있는데, 나와 소원해지지 않을 이유가 있겠소?

아, 사랑하는 여왕 이졸데, 내 삶은 그대 때문에 이토록 깊은 시름을 앓고 있소. 그런데도 여기서 내가 어떻게 살아가는지 알아보기 위해 내 소식을 한 번도 묻지 않으니, 그대는 나를 그만큼은 사랑하지 않나 보오. 아, 내가 무슨 말을 해야겠소? 내 삶을 알아보려면 어디다 물어봐야겠소? 이미 오랫동안 어디로 불지 모르는 바람처럼 내 몸을 맡겨왔소. 나를 찾을 수 있긴 하겠소? 전혀 상상이 가지 않는구려. 저기서 찾으면 나는 여기 있고, 여기서 찾으면 저기 있으니. 나를 어디서 어떻게 찾겠소? 나를 어디서 찾고 있소? 내가 있는 곳이지 않소. 나라가 어디 가진 않잖소. 나는 이 나라에 있소. 여기서 트리스탄을 찾아야 하오. 맞소, 누군가가 찾기 시작하면 나를 발견할 때까지 찾을 것이오. 방랑자를 찾을 때는 그를 찾기 위한 목적지가 정해지지 않는 법이라오. 성공을 거두려면 좋건 나쁘건 열정을 다해 그곳에 도달해야 하오.


하느님께서는 아시겠지만, 제 삶이 달린 아가씨는 그사이 저를 찾기 위해 물밑으로라도 콘월과 잉글랜드 전역을 수소문해야 했습니다. 저를 조금이라도 생각한다면, 프랑스와 노르망디, 저의 왕국 파르메니에, 아니 그녀의 연인인 트리스탄이 있다고 하는 지역을 샅샅이 뒤져 저를 찾아야 했습니다. 그녀를 제 몸과 영혼보다 사랑하고 존경하는데, 저는 그녀에게 아무 의미도 없군요. 그녀를 위해 그 어떤 여성도 멀리하면서 그녀 없이 있어야 한다니. 이 세상에서 제게 주어질 수 있는 기쁨과 행복한 삶을 그녀에게서는 전혀 얻을 수 없군요."*

---

* 트리스탄의 독백을 마지막으로 고트프리트의 작품은 미완으로 끝난다. 하지만 일부 단편에서는 "나는 나이 들어 내 인생의 나날을 크게 한탄하고 있군요"라는 구절로 끝나기도 한다.

# 시대를 앞서간 중세 운문 장편소설『트리스탄』

## 1. 시의 대가 '마이스터 고트프리트'

고트프리트 폰 슈트라스부르크는 중세 운문 장편소설『트리스탄』의 저자로 유럽 중세 후기의 가장 중요한 시인이다.『트리스탄』의 필사본에서도 '고트프리트Gotefrit'란 이름은 모노그램처럼 4연 이니셜에 장식되어 있다. 하지만 그에 관해서는 특별히 남아 있는 기록이 없다. 그의 작품이나 다른 작가들의 작품에 언급된 내용으로 그가 어떤 사람이었는지 어렴풋이 유추해 볼 뿐이다.

『마네세 가요 필사본』을 비롯해 13~14세기에 전승된 여러 기록에 따르면 그를 "마이스터 고트프리트 폰 슈트라스부르크 meister Gotfrit von Strazburg"라고 부른다.『빌헬름 폰 오를렝스』나 『알렉산더』 같은 후대 작품에서도 그의 이름이 언급된다.

일반적으로 지명 수식어는 귀족 신분을 나타내지만, 그전의 『트리스탄』 필사본들이 알자스 지방에서 많이 생성된 것으로 미루어 그의 이름에 붙은 '슈트라스부르크von Straßburg'는 그저 그의 고향이나 활동 지역을 나타낸다고 본다.

『마네세 가요 필사본』(하이델베르크 대학 도서관 소재)에 그려진
'마이스터 고트프리트 폰 슈트라스부르크'

　반면에 '마이스터'란 칭호는 분명히 이 시인의 높은 교육 수준
을 암시한다. 이 무렵 활동했던 유명 시인들은 기사나 귀족 출
신이 많았던 반면에, 고트프리트는 대성당 학교나 수도원 학교
같은 정식 교육기관에서 제대로 교육을 받은 독특한 이력을 지
닌 인물이었다. 그래서 그를 그린 그림에서는 당시 지식 계층인
성직자처럼 삭발한 모습으로 묘사된다. 실제로 20세기 논문들

중 고트프리트의『트리스탄』을 신학적으로 해석하려는 시도가 많았다. 하지만 그가 라틴어 문화권의 성직자 계층이 아닌 궁정 평신도 문화권에 속하는 일반 청중을 위한 작품을 썼다는 점은 분명하다.

실제로『트리스탄』의 구절로 유추해보자면, 그는 독일 및 프랑스 궁정문학에 정통했으며, 높은 수준의 라틴어 교육을 받았다. 또한 궁정 전문 지식, 음악, 사냥, 법 등 다양한 분야의 지식을 섭렵했다. 이런 점 때문에 볼프람 폰 에셴바흐 등의 동시대 작가에게 현학적이라는 비판을 받기도 했지만, 당대 궁정 사회뿐만 아니라 시인들은 그를 '대가'로 인정했다.

울리히 폰 튀어하임(1195년경~1250년경)과 하인리히 폰 프라이베르크(1250년경 이후)는 이른바 '트리스탄 후속 편'에서 고트프리트의 죽음을 애도한다. 이를 보면 그가 1215년경 사망했다는 것은 분명하지만, 그가 언제 출생했는지 알 수 없으므로 나이는 여전히 불분명하다.

고트프리트는『트리스탄』과 시 몇 편 외에 남긴 작품이 없기에 작품 활동을 하지 않았을 때 그가 어떤 삶을 살았는지는 단지 상상의 나래만을 펼 뿐이다. 그의 능력으로 볼 때 아마도 귀족들의 개인 교사를 했거나, 교구청 또는 시의 관청에서 사무를 보며 살았을 법하다. 아무튼 정확한 자료가 없어서 구체적 삶은 알 수 없다.

## 2. 중세 독일 장편소설의 아방가르드 『트리스탄』

작품에 등장하는 역사적 사건과 다른 시인들의 기록으로 볼 때, 『트리스탄』은 1200년에서 1210년 사이에 쓰였다. 총 19,548행에 달하는 미완성 장편 운문소설로 줄거리 구조나 서술 방식으로 추정해보면 고트프리트는 대략 3만 행 분량을 계획했던 것 같다. 울리히 폰 튀어하임과 하인리히 폰 프라이부르크는 고트프리트가 사망해서 소설을 완성할 수 없었다고 기록하고 있지만, 그가 어떤 이유에서 완결하지 못했는지는 확실치 않다.

고트프리트는 예전부터 전해온 소재를 이용한다. 작품 속 화자의 이야기에 따르면 그는 약 1160년에 고대 프랑스어로 쓴 토마스 폰 브리타니아의 앵글로 노르만 버전 『트리스탄』을 참고하여 그 줄거리 전개를 그대로 따라 서술했다. 하지만 『트리스탄』의 소재는 중세 기사문학에서 핵심이라 할 수 있는 영웅적인 기사와 귀부인의 아름답고 고귀한 사랑이 아닌, 그리스도교 문화에서 금기시되던 비윤리적인 주제, 즉 주요 인물(마르케 왕과 이졸데)의 사기 결혼과 (트리스탄과 이졸데의) 혼외정사이다. 여기에다 자신의 성찰이 담긴 사랑의 해석과 주석 등을 달아 독자적인 '트리스탄과 이졸데'를 그려냈다. 독자의 이해를 위해서 간단히 작품의 줄거리를 소개한다.

트리스탄은 파르메니에의 리발린과 콘월의 마르케왕의 누이인 블란셰플루어의 아들이다. 아버지 리발린은 전쟁에서 사망했고, 어머니는 그 충격으로 쇠약한 몸으로 트리스탄을 낳다가 세상을 떠났기에 그는 태어나면서부터 천애의 고아가 된다. 부모의 충실한 원수元帥인 루알 리 포이테난트의 후견을 받고 자란 트리스탄은 이런저런 모험 끝에 외삼촌인 마르케왕과 만나고 아버지 리발린이 그랬듯 마르케의 궁정에 몸을 의탁하게 된다.

어느 날 아일랜드에서는 영웅 모롤트를 보내 마르케왕에게 굴욕적인 공물을 강요하는 일이 벌어진다. 이를 거부하려면 모롤트와 결투를 해야 하는데, 트리스탄이 이 싸움을 자진해서 떠맡는다. 결투에서 이겼지만, 독 묻은 칼에 상처를 입은 트리스탄은 결국 조각배 하나에 몸을 내맡기고 콘월을 떠난다. 콘월에는 트리스탄을 치유할 수 있는 사람이 없었기 때문이다. 모롤트의 칼에 묻힌 독을 만든 아일랜드의 여왕 이졸데만이 그 상처를 치유할 능력이 있었다. 하지만 그녀는 모롤트의 누이였고, 아일랜드와 콘월은 원수지간이었다. 그래서 트리스탄은 '탄트리스'라는 이름의 음유시인으로 자신의 정체를 숨긴다. 결국 그는 그녀의 치료로 건강을 되찾게 되고 그 대가로 여왕의 딸 이졸데 공주에게 언어, 음악, 예법을 가르친다.

후손이 없는 외삼촌 마르케왕은 콘월로 돌아온 트리스탄에게 왕위를 물려주려고 한다. 하지만 귀족들은 트리스탄을 시기하여 마르케왕에게 원수지간인 아일랜드의 이졸데 공주와 결혼하도록 권한다. 현실적으로 불가능한 일을 떠넘긴 것이다. 하지만 트리스탄은 이졸데를 데려오는 혼인 사절 임무를 맡아 아일랜드로 돌아간다. 트리스탄은 이졸데와의 결혼이 상으로 걸린 용을 죽이는 데 성공하지만, 그때 입은 부상으로 다시 이졸데의 치료를 받는다. 이 과정에서 자신의 정체가 드러나 죽을 뻔하지만, 궁정 집사장 때문에 곤란한 처지에 빠진 이졸데 모녀를 구하면서 극적으로 화해한다. 트리스탄은 마르케왕의 신부로 이졸데를 호송하는 중책을 맡아 고국으로 돌아오게 된다.

여행을 떠나기 전 여왕은 이졸데의 시녀 브랑게네에게 첫날밤 신혼부부가 마시게끔 '사랑의 미약'을 맡긴다. 두 사람 사이에 변치 않는 사랑을 맺어주는 마법의 물약이었지만, 실수로 트리스탄과 이졸데가 이 물약을 마시고 사랑에 빠진다. 결혼 전 트리스탄과 잠자리를 한 이졸데는 이를 감추기 위해 결혼 첫날밤에 자기 대신 브랑게네가 마르케의 침실에 들게 해 위기를 모면한다.

결혼 후에도 트리스탄과 이졸데는 브랑게네의 도움으로 계속 궁정에서 몰래 만나 사랑을 나눈다. 이들의 관계를 의심한 마르케왕은 이졸데에게 신의 심판까지 받도록 하지만, 갖은 계책에 계속 속고 만다. 결국 두 사람은 발각되고, 궁정에서 추방되기에 이른다. 우여곡절 끝에 다시 궁정으로 돌아오지만 두 사람의 관계가 다시 밝혀지고, 트리스탄은 궁정에서 도망쳐 낯선 노르망디로 향한다. 그리고 거기서 동명이인인 또 다른 이졸데와 만난다. 그녀와의 사랑으로 옛사랑을 잊으려고 노력하나 쉽지만은 않다.

고트프리트의 『트리스탄』은 여기서 끝난다. 즉 트리스탄의 옛 연인 이졸데에 대한 연민과 새로운 사랑으로 인한 갈등까지만 서술되고, 그 뒷이야기는 미완으로 남았다. 트리스탄이 흰손의 이졸데와 결혼을 하려 했다가 첫날밤 옛사랑 이졸데에 대한 신의 때문에 괴로워하며 포기한 이야기, 금발의 이졸데의 편지를 받고 카에딘과 함께 아일랜드로 건너가 이졸데를 만난 이야기, 카에딘의 연애담, 끝으로 우리가 잘 아는 하얀 돛과 검은 돛의 착각으로 트리스탄과 이졸데가 죽게 되는 비극적인 결말은 후대 작가인 울리히 폰 튀어하임과 하인리히 폰 프라이베르크가 고트프리트의 서술 유형대로 마무리를 지은 것이다.

고트프리트의 트리스탄 에피소드는 중세 문인들을 매료했을 뿐만 아니라, 포르투갈에서 발칸반도에 이르기까지 다양한 버전으로 150여 편이 넘는 필사본과 단편斷片들을 남겼다. 트리스탄 에피소드가 지닌 신화적 요소, 즉 '사랑의 미약'과 같은 모티브들로 인해 트리스탄 소재는 끊임없이 새로운 시각에서 재해석되었다. 아일하르트 폰 오베르크의 『트리스트란트』(1170년경)에서 근대 리하르트 바그너의 오페라 「트리스탄과 이졸데」를 거쳐 조제프 베디에의 『트리스탕과 이죄』(1900)까지 거의 모든 장르에서 매력을 발산할 수 있었던 것도 그 때문이다.

이런 트리스탄 문학의 전통에서 고트프리트의 『트리스탄』은 특별한 지위를 지닌다. 『트리스탄』은 비록 미완의 작품이긴 하지만 전체 트리스탄 문학에서 가장 중요한 작품으로 간주되며, 오늘날 시각으로 볼 때도 그보다 앞선 아일하르트의 작품이나 후대의 트리스탄 작품들보다 훨씬 미학적으로 아름다운 운율 형식을 유지하고 있다.

『트리스탄』은 형식적으로 운율의 절대적 순수성을 나타내는 시행의 기법을 보여주는데, 균일하게 교차되는 4강약 2/4박자 리듬의 형식 미학을 추구하고 있다. 또한 내용상으로 사랑의 '행복과 고통'이라는 정반의 대립 구조와 여기서 도출되는 대칭적

병렬 구조를 띠고 있어서, 다층적이고 복잡한 상징이 발생한다. 그래서 고트프리트는 트리스탄 소재에 누구나 모범으로 삼을 "고전적인"(프리드리히 랑케) 형태를 부여했다는 평가를 받는다.

게다가 고트프리트는 동시대의 작품과 옛 민중어로 쓰인 연애 가요뿐 아니라 고대 라틴어로 쓰인 오비디우스와 솔로몬의 「아가雅歌」에서 받은 영향들을 재가공하여 시적으로 자기만의 '트리스탄'을 만들어냈다. 여기서 한 걸음 더 들어가 당시 기준으로 금기시된 연인들의 사랑을 사회적 관심사로 만들었다. 무엇보다도 서문과 사랑의 미약 에피소드 등 작품 곳곳에서 저자가 피력하는 '사랑론', 이른바 '문학론'(129~38쪽)에서 동시대 시인들과 벌이는 문학 논쟁은 트리스탄 소재를 다룬 다른 작품들과 구별되는 특징이다. 그리고 제대로 처신하는 여성이라도 감시를 받으면 나쁘게 행동하게 된다는 '여성의 감시'에 관한 정신분석학적 주석(428~32쪽)은 고트프리트의 트리스탄 버전에서만 볼 수 있다. 이는 오비디우스에서 찾아볼 수 있는 모티브이지만, 고트프리트는 이를 '육체의 본성'과 '도덕으로서 명예'의 올바른 관계에 대한 성찰로 승화시켰다. 이렇게 작품의 주제를 심화했다는 점에서 고트프리트의 『트리스탄』은 중세 장편 운문소설의 아방가르드 역할을 했다.

## 3. 21세기에 『트리스탄』 읽기

고트프리트의 『트리스탄』에 대한 당대의 반응은 두 갈래였다. 고트프리트의 고차원적인 언어 예술과 뛰어난 미학적 작품 구성은 라틴어 문화로 대변되는 식자층이나 이런 문화를 모범으로 삼던 작가들에게는 큰 호평을 받았다. 하지만 비윤리적인 내용으로 인해 그리스도교 문화에 살던 청중에게는 거부당했다. 게다가 고전적 주제와 엘리트적 해석 때문에 볼프람 폰 에셴바흐 같은 동시대 작가의 작품보다 대중적 인기가 낮기도 했다.

하지만 중세에 걸쳐 고트프리트의 『트리스탄』의 수용은 광범위했다. 오늘날 11개의 완전한 필사본과 16개의 단편이 남아 있다는 사실이 이를 증명한다. 또한 고트프리트의 문체와 언어 예술은 동시대와 후대 작가들에게 큰 영향을 미쳤다. 콘라트 폰 뷔르츠부르크(1220/30~1287)와 루돌프 폰 엠스(1254년 이전 사망)는 고트프리트를 자신의 모델로 삼고 그의 문체를 따르려고 노력했다. 예컨대 콘라트 폰 뷔르츠부르크는 죽음을 넘어선 트리스탄의 사랑을 이상적인 사랑의 기준으로 삼아 운문소설 『심장 이야기』(13세기 후반)의 서문을 장식했다.

중세 이후에도 여러 작가, 조형예술가, 작곡가가 트리스탄 소재를 다루었으나, 고트프리트의 『트리스탄』이 본격적으로 주목받게 된 것은 18세기 낭만주의 시대였다. 낭만주의 작가들은 고트프리트의 작품을 운문이나 산문으로 새로 구성하거나 재가공하려고 노력했으며, 『트리스탄』의 주요 장면과 모티브(신의 심판, 추방, 사랑론)를 활용했다. 『트리스탄』의 수용사 중 한 획을 그은 것은 리하르트 바그너의 오페라 「트리스탄과 이졸데」(1865)이다.

트리스탄과 이졸데의 비극적 사랑을 다룬 바그너의 오페라는 지금까지도 엄청난 반응을 불러일으키고 있다. 바그너가 고트프리트의 『트리스탄』을 참조했다는 사실은 텍스트의 차용이나 주제가 상응하는 부분이 많다는 점에서 입증된다. 하지만 바그너의 「트리스탄과 이졸데」는 트리스탄이 마르케왕을 위해 이졸데를 데리고 콘월로 돌아오는 선상에서부터 줄거리가 시작된다. 그래서 트리스탄의 부모와 어린 시절에 관한 이야기가 거의 없으며 그 전에 일어난 이야기는 이졸데의 독백을 통해 요약될 뿐이다.

게다가 「니벨룽의 반지」 「로엔그린」과 같은 바그너의 다른 오페라와 마찬가지로 바그너의 「트리스탄과 이졸데」는 '트리스탄'의 원형을 제대로 전달하지 못한다. 그 원형이 된 중세 문학의 주제나 이미지가 낭만주의라는 프리즘을 거치면서 변형되거나 왜곡된 채 전달되기 때문이다. 즉 고트프리트의 주인공 '트리스탄'과 바그너의 '트리스탄', 볼프람의 주인공 '파르치팔'과 바그너의 '파르지팔'은 같은 인물이지만 전혀 다르다. 이는 그리스도교적 요소, 켈트족 요소 등의 다양하고 복잡한 문화의 총체가 낭만주의 시각에서 사라지거나 변형되었기 때문이다. 그런 점에서 오늘날 고트프리트의 『트리스탄』은 현대 유럽 문화의 원형을 제대로 이해하고, 복잡하고 다차원적인 중세 문화를 살펴보는 데 도움이 되리라 생각한다.

\*\*\*

독일 중세 문학작품 중 현재 우리말로 완역된 것은 저자가 알려지지 않은『니벨룽족의 노래』와 볼프람 폰 에셴바흐의『파르치팔』두 작품밖에 없다.『트리스탄』역시 한국어 완역본은 이 책이 최초이다. 사실 독일 중세 문학자들이 중세 독일어 텍스트 번역은 원본 텍스트의 이해를 도울 뿐이지 운율이나 단어의 뉘앙스를 살리며 원문을 대체하는 번역은 불가능하다고 말한다. 그래서 실용적인 목적에 비중을 두고 좀더 정확한 의미를 전달할 수 있는 산문 번역을 선호하고 있다.

이 책 역시 독자들이 이해하기 쉽도록 익숙치 않은 운문 대신 산문으로 번역했다. 또 독자들이 중세 유럽 세계를 이해하기 쉽도록 낯선 용어나 지명, 사회적 맥락은 각주를 달아 설명했다. 다소 어색할 수 있으나 독자가 아닌 청중을 대상으로 하는 구술 문학의 특성을 살리기 위해 작중 화자의 어투는 다르게 번역하고, 서체도 다르게 표기했다.

우리말 번역에는 프리드리히 랑케가『트리스탄』의 여러 필사본을 비교 정리한 중세 독일어판[Friedrich Ranke(Hrsg.): Gottfried von Straßburg, *Tristan und Isolde*(Berlin: Weidmann, 1930)/Marold, Karl, Bd. 1 *Text: Unveränderter fünfter Abdruck nach dem dritten mit einem auf Grund von Friedrich Rankes Kollationen verbesserten kritischen Apparat besorgt und mit einem erweiterten Nachwort versehen von Werner Schröder*(Berlin·Boston: De Gruyter, 2004)]을 기초로 하여, 페터 크네히트의 현대 독일어 번역본[Peter Knecht, Bd. 2 *Übersetzung: Mit einer Einführung in das Werk von Tomas Tomasek*(Berlin·Boston: De Gruyter, 2004)]과 뤼디거 크론Rüdiger Krohn의 주석이 달린 레클람 현대 독일어 번역

본[*Gottfried von Straßburg: Tristan*, Bd. 1-3(Stuttgart: 2012), RUB 4471-4473]을 참조했다. 또한 독자의 이해를 돕기 위해 트리스탄 주석서의 정석으로 꼽히는 람베르투스 오켄Lambertus Okken의 주석집[*Kommentar zum Tristan-Roman Gottfrieds von Straßburg*, 3 Bde.(Amsterdam·Atlanta(GA), 1996)]과 여러 논문을 참조하여 주석을 달았다.

『트리스탄』 번역으로 그간 역사 속 지식으로만 접하던 중세 궁정 문화와 기사도에 관한 추상적인 설명이 좀더 구체적인 독서 경험으로 바뀌었으면 하는 게 역자의 작은 소망이다. 한 걸음 더 나아가 우리 독자가 몇백 년 동안 세계문학의 소재가 된 중세 유럽 문학의 고전이 지닌 가치를 느끼는 계기가 된다면 더할 나위 없겠다.

중세 문학작품이 우리 독자와 만나기 힘든 상황에서 『트리스탄』을 대산세계문학총서로 발간하게 되어 매우 기쁘며, 번역과 출판을 지원해주신 대산문화재단에 감사를 드린다. 낯선 외국어와 이국적인 표현에도 불구하고 자연스럽게 우리말로 전달될 수 있도록 다듬어준 문학과지성사 편집부의 노고에 경의를 표한다. 누구보다도 오랜 번역 기간 중 조언과 격려를 아끼지 않으신 은사인 독일 뮌헨 대학교의 에른스트 헬가르트 교수님께 고마움과 출간의 기쁨을 전하고 싶다.

# 세계문학과 한국문학 간에 혈맥이 뚫려, 세계-한국문학의 공진화가 개시되기를

21세기 한국에서 '세계문학'을 읽는다는 것은 무엇을 뜻하는가? 자국문학 따로 있고 그 울타리 바깥에 세계문학이 따로 있다는 말인가? 이제 한국문학은 주변문학이 아니며 개별문학만도 아니다. 김윤식·김현의 『한국문학사』(1973)가 두 개의 서문을 통해서 "한국문학은 주변문학을 벗어나야 한다"와 "한국문학은 개별문학이다"라는 두 개의 명제를 내세웠을 때, 한국문학은 아직 주변문학이었다. 한데 그 이후에도 여전히 한국문학은 주변문학이었다. 왜냐하면 "한국문학은 이식문학이다"라는 옛 평론가의 망령이 여전히 우리의 의식을 장악하고 있었기 때문이다. 그렇게 생각하고 그렇게 읽고, 써온 것이었다. 그리고 얼마간 그런 생각에 진실이 포함되어 있는 것도 사실이었다. 그러나 천천히, 그것도 아주 천천히, 경제성장이나 한류보다는 훨씬 느리게, 한국문학은 자신의 '자주성'을 세계에 알리며 그 존재를 세계지도의 표면 위에 부조시키고 있었다. 그런 와중에 반대 방향에서 전혀 다른 기운이 일어나 막 세계의 대양에 돛을 띄운 한국문학에 위협적인 격랑을 밀어붙이고 있었다. 20세기 말부터 본격화된 '세계화'의 바람은 이제 경제적 재화뿐만이 아니라 어떤 나라의 문화물도 국가 단위로만 존재할 수 없게 하였던 것이니, 한국문학 역시 세계문학의 한 단위라는 위상을 요구받게 되었던 것이다.

그러니 21세기 한국에서 세계문학을 읽는다는 것은 진정 무엇을 뜻하는가? 무엇보다도 세계문학이라는 개념을 돌이켜 볼 때가 되었다. 그동안 세계문학은 '보편문학'의 지위를 누려왔다. 즉 세계문학은 따라야 할 모범이고 존중해야 할 권위이며 자국문학이 복종해야 할 상급 문학이었다. 그리고 보편문학으로서의 세계문학의 반열에 올라간 작품들은 18세기 이래 강대국의 지위를 누려온 국가의 범위 안에서 설정되기가 일쑤였다. 이렇게 해서 세계 각국의 저마다의 문학은 몇몇 소수의 힘 있는 문학들의 영향 속에서 후자들을 추종하는 자세로 모가지를 드리워왔던 것이다. 이제 세계문학에게 본래의 이름을 돌려줄 때가 되었다. 즉 세계문학은 보편문학이 아니라 세계인 모두가 향유할 수 있도록 전 세계 방방곡곡에서 씌어져서 지구적 규모의 연락망을 통해 배달되는 지구상의 모든 문학이라고 재정의할 때가 되었다. 이러한 재정의에는 오로지 질적 의미의 삭제와 수량적 중성화만 있는 게 아니다. 모든 현상학적 환원에는 그 안에 진정한 가치를 향해 나아가고자 하는 지향성이 움직이고 있다. 20세기 막바지에 불어닥친 세계화 토네이도가 애초에는 신자유주의적 탐욕 속에서 소수의 대국 기업에 의해 주도되었으나 격심한 우여곡절을 겪으며 국가 간 위계질서를 무너뜨리는 평등한 교류로서의 대안-세계화의 청사진을 세계인의 마음속에 심게 하였듯이, 오늘날 모든 자국문학이 세계문학의 단위로 재편되는 추세가 보편문학의 성채도 덩달아 허물게 되어, 지구상의 모든 문학들이 공평의 체 위에서 토닥거리는 게 마땅하다는 인식이 일상화까지는 아니더라도 최소한 정당화되고 잠재적으로 전망되는 여건을 만들어내게 되었던 것이다.

또한 종래 세계문학의 보편문학적 지위는 공간적 한계만을 야기했던 게 아니다. 그 보편문학이 말 그대로 보편성을 확보했다기보다는 실상 협소한 문학적 기준에 근거한 한정된 작품 집합에 머무르기 일쑤였다. 게다가, 문학의 진정한 교류가 마음의 감동에서 움트는 것일진대, 언어의 상이성은 그런 꿈을 자주 흐려왔으니, 조급한 마음은 그런 어둠 사이에 상업성과 말초적 자극성이라는 아편을 주입하여 교류를 인공적으로 촉진시키곤 하였다. 이제 우리는 그런 편법과 왜곡을 막기 위해서, 활짝 개방된 문학적 관점을 도입하여, 지금까지 외면당하거나 이런저런 이유로 파묻혀 있던 숨은 걸작들을 발굴하여 널리 알리고 저마다의 문학을 저마다의 방식으로 감상할 수 있는 음미의 물관을 제공해야 할 것이다. 실로 그런 취지에서 보자면 우리는 한국에 미만한 수많은 세계문학전집 시리즈들이 과거의 세계문학장을 너무나 큰 어둠으로 가려오고 있었다는 것을 절감한다.

이와 같은 인식하에 '대산세계문학총서'의 방향은 다음으로 모인다. 첫째, '대산세계문학총서'의 기준은 작품의 고전적 가치이다. 그러나 설명이 필요하다. 이 고전은 지금까지 고전으로 인정된 것들에 갇히지 않는다. 우리가 생각하는 고전성은 추상적으로는 '높은 문학성'을 가리킬 터이지만, 이 문학성이란 이미 확정된 규칙들에 근거한 문학성(그런 문학성은 실상 존재하지 않거니와)이 아니라, 오로지 저만의 고유한 구조를 통해 조직되는데 희한하게도 독자들의 저마다의 수용 기관과 연결되는 소통로의 접속 단자가 풍요롭고, 그 전류가 진해서, 세계의 가장 많은 인구의 감성을 열고 지성을 드높일 잠재적 역능이 알차게 채워진 작품의 성질을 가리킨다. 이러한 기준은 결국 작품의 문학성이 작품이나 작가에 의해 혹은 독자에 의해 일방적으로 결정되는 것이 아니라, 세 주체의 협력에 의해 형성되며 동시에 그 형성을 통해서 작품을 개방하고 작가의 다음 운동을 북돋거나 작가를 재인식시키며, 독자의 감수성을 일깨워 그의 내부에 읽기로부터 쓰기로의 순환이 유장하도록 자극하는 운동을 낳는다는 점을 환기시키고 또한 그런 작품에 대한 분별을 요구한다.

이 첫번째 기준으로부터 두 가지 기준이 덧붙여 결정된다.

둘째, '대산세계문학총서'는 발굴하고 발견한다. 모르거나 잊힌 것을 발굴하여 문학의 두께를 두텁게 하고, 당대의 유행을 따라가기보다는 또한 단순히 미래를 예측하기보다는 차라리 인류의 미래를 공진화적으로 개방할 수 있는 작품을 발견하여 문학의 영역을 확장할 것을 목표로 한다. 이는 또한 공동선의 실현과 심미안의 집단적 수준의 진화에 맞추어 작품을 선별한다는 것을 뜻한다.

셋째, '대산세계문학총서'가 지구상의 그리고 고금의 모든 문학작품들에게 열려 있다면, 그리고 이 열림이 지금까지의 기술 그대로 그 고유성을 제대로 활성화시키는 방식으로 진행되는 것이라면, 이는 궁극적으로 '가장 지역적인 문학이 가장 세계적인 문학'이라는 이상적 호환성을 추구한다는 것을 가리킨다. 이는 또한 '대산세계문학총서'의 피드백에도 그대로 적용될 것이다. 즉 '대산세계문학총서'의 개개 작품들은 한국의 독자들에게 가장 고유한 방식으로 향유될 터이고, 그럴 때에 그 작품의 세계성이 가장 활발하게 현상되고 작용할 것이다.

이러한 기준들을 열린 자세와 꼼꼼한 태도로 섬세히 원용함으로써 우리는 '대산세계문학총서'가 그 발굴과 발견을 통해 세계문학의 영역을 두텁고 넓게 하는 과정 그 자체로서 한국 독자들의 문학적 안목과 감수성을 신장시키는 데 기여할 것을 기대하며, 재차 그러한 과정이 한국문학의 체내에 수혈되어 한국문학의 도약이 곧바로 세계문학의 진화로 이어지게끔 하기를 희망한다. 이는 우리가 '대산세계문학총서'를 21세기의 한국사회에서 수행하는 근본적인 소이이다. 독자들의 뜨거운 호응을 바라마지않는다.

'대산세계문학총서' 기획위원회

# 대산세계문학총서